운
양
집

이 책은 2010년도 정부(교육과학기술부)의 재원으로 한국고전번역원의 지원을 받아
수행된 '권역별거점연구소협동번역사업'의 결과물임.

This work supported by institute for the Translation of Korean Classics - Grant funded by
the Korean Government

한국고전번역원 한국문집번역총서

운양집 4
雲養集

김윤식 지음
金允植

이지양
정두영　옮김
이주해

일러두기

1. 이 책의 번역 대본은 한국고전번역원에서 간행한 한국문집총간 328집 소재 《운양집(雲養集)》으로 하였다. 번역 대본의 원문 텍스트와 원문 이미지는 한국고전종합DB (http://db.itkc.or.kr)에서 확인할 수 있다.

2. 내용이 간단한 역주는 간주(間註)로, 긴 역주는 각주(脚註)로 처리하였다.

3. 한자는 필요한 경우 이해를 돕기 위하여 넣었으며, 운문(韻文)은 원문을 병기하였다.

4. 맞춤법과 띄어쓰기는 한글 맞춤법과 표준어 규정을 따랐다.

5. 이 책에서 사용한 부호는 다음과 같다.

   ( ) : 번역문과 음이 같은 한자를 묶는다.

   〔 〕 : 번역문과 뜻은 같으나 음이 다른 한자를 묶는다.

   " " : 대화 등의 인용문을 묶는다.

   ' ' : " " 안의 재인용 또는 강조 부분을 묶는다.

   「 」 : ' ' 안의 재인용을 묶는다.

   『 』 : 「 」 안의 재인용을 묶는다.

   《 》 : 책명 및 각주의 전거(典據)를 묶는다.

   〈 〉 : 책의 편명 및 운문·산문의 제목을 묶는다.

운양집 제7권

부賦

사辭

운양집 제8권

설說

운양집 제9권

어제대찬御製代撰

서 序

책문 冊文

국서 國書

조 詔

상소 비답 疏批

자문 咨文

서한 書翰

원지명 園誌銘

지문부기 誌文附記

서 序

운양집

제7권

策책　辭사　賦부

議의　論논　傳전

부賦

모두 7편이나 5편만 수록하였다.

고한부

苦寒賦

경오년(1870, 고종7), 신미년(1871), 임신년(1872)의 혹한과 봄날의 천둥, 적생(赤眚)[1]은 다 흉조여서 〈삼재부(三災賦)〉를 지었다. 그 징험이 12년 후에 임오년(1882, 고종19)과 갑신년(1884)의 변란으로 나타났다. 적생부(赤眚賦)는 수록하지 않는다.

아, 모진 추위여 현명[2]이 포학을 부려	噫凜戾乎玄冥之爲虐也
깊이 잠복한 미약한 양기를 억누르네	凌微陽之蠖濩
하늘과 땅을 가로막아 교섭하지 못하여	隔穹隤而弗交
암담하게 막혀 닫히고 말았네	鬱慘黷而閉塞
나약한 것 없애라고 칼자루 주었더니	芒選懦而授柄
때를 넘기고도 독을 퍼뜨리네	奄踰時而播毒

---

1 적생(赤眚) : 오행가(五行家)가 병화(兵禍)의 재앙으로 지목한 징조이다. 《송서(宋書)》권33 〈오행지 3(五行志三)〉에 다음과 같은 기사가 나온다. "공손연 때에 양평의 북쪽 저자에 살덩어리가 생겨났다. 길이와 둘레는 각기 몇 자였으며, 머리와 눈과 입이 있고 손발은 없으나 움직였으니 이것이 적생이다. 점괘에 이르기를 '형체가 있으나 온전하지 않고 몸이 있으나 소리가 없으면, 그 나라가 멸망할 것이다.'라고 하였다. 공손연은 머잖아 위나라에서 죽임을 당했다.〔公孫淵時襄平北市生肉 長圍各數尺 有頭目口喙 無手足而動搖 此赤眚也 占曰 有形不成 有體無聲 其國滅亡 淵尋爲魏所誅〕"

2 현명(玄冥) : 겨울을 주관하는 신의 이름이다.

그리하여 당돌하게 위세를 부리고	爾乃傋突作威
제멋대로 횡포 부리며 능멸하네	恣睢憑陵
강포하게 힘을 쏟아내	彊梁夐矖
기세 등등 추위를 떨치네	潬汝淩兢
진흙탕 차가워져 떨며 울고	濘淨栗淚
꽁꽁 얼어붙고 말았네	凍濃洗凝
사납고 독하게 다그치니	慘刻操切
급박하기 규승[3]과 같네	急如糾繩
부리는 자들로 말하자면	若其所爲使者
궁기[4]가 폭풍을 일으켜 북돋우고	窮奇鼓之以拉焱
등륙[5]이 눈보라 펄펄 날려 돕는다네	騰六助之以漉漉
수레 달리듯 바람 횡횡 불고	奔輪颲飀
눈서리 뒤덮여 텅 빈 듯 적막하네	灌澄沇漻
산더미처럼 쌓였어도[6]	積如京坻
허기를 달랠 수 없구나	饑不可療
온갖 화초는 얼어붙어 꺾어지고	百卉僵摧

---

3 규승(糾繩) : 관리들의 부정을 감독하고 바로잡는 것을 말한다.

4 궁기(窮奇) : 요(堯) 임금 시대 사흉(四凶)의 하나인 공공(共工)의 별칭이다. 공공이 충신(忠信)을 버리고 악행을 좋아하며 행실과 취미가 궁흉(窮凶)하고 기괴하다 하여 그렇게 불렸다 한다.

5 등륙(騰六) : 눈을 내리게 하는 신의 이름이다.

6 산더미처럼 쌓였어도 : 원문은 적여경저(積如京坻)이다. 《시경》〈보전(甫田)〉에 "증손자네 노적가리, 높은 언덕 같고 산등성이 같네.[曾孫之庚 如坻如京]"라는 구절이 있다.

천지간의 온 구멍에서 울부짖는 소리 나네	萬竅咆哮
세찬 여울물은 얼어붙어 멈추고	急瀨凝斷
산등성이는 민둥산이 되었네	剢屺頭童
땅은 갈라지고 나무는 메마르고	地裂木枯
들은 황폐하고 길은 막히고 말았네	野荒途窮
추위가 사람에게 닿을 때는	其觸於人也
창에 찔리고 화살더미 맞는 듯	如攢槊叢鏑
살을 저미고 뼛속을 파고들며	刻膚透髓
혀가 굳고 코가 막히네	舌强衄鼻
피가 얼어붙어 손가락 끊어질 듯	血凍墮指
덜덜 떨리어 땀조차 나지 않고	戰栗無汗
이가 딱딱 부딪쳐 상하고 마네	齲齘齒毁
마치 저 장조가 옥사를 다스리듯[7]	譬如張趙鍊獄
내색[8]이 죄를 얽듯[9]	來索羅織
사저수와 숙수[10]로 고문하듯	死猪宿囚

---

7 장조(張趙)가 옥사를 다스리듯 : 장조는 송(宋)나라 말기 흠종(欽宗) 때에 정권을 장악했던 장세걸(張世傑)과 조문의(趙文義)를 가리킨다. 이들이 집권할 때 옥사가 많고 형벌이 혹독하여 살을 에는 사형집행자[劊子]나 다름없다고 평하였다.

8 내색(來索) : 내준신(來俊臣)과 색원례(索元禮)로, 당(唐)나라 측천무후(則天武后) 때 악명이 높던 형관(刑官)들이다. 가혹한 고문 기술을 만든 자들로 유명하다.

9 죄를 얽듯 : 원문은 '나직(羅織)'으로, 그물처럼 얽어 짠다는 뜻이다. 당(唐)나라 무후(武后) 때에 혹독한 법관인 주흥(周興)이 지은 《나직경(羅織經)》이란 책이 있는데, 그 내용은 죄수를 고문하고 유도신문하여 어떻게 하던지 죄를 만드는 방법을 기술한 책이다. 죄 없는 사람을 잡아가서 죄를 꾸며 뒤집어씌우는 법을 나직법(羅織法)이라고 한다.

돌지후와 정백맥[11]으로 고문하듯 하고 突地定脈

또 채분[12]에 들어있는 독 지네가 又如蠆盆納蛆

살갗에 몰려들어 매섭게 쏘아대어 辛螫集肌

소리쳐 울부짖고 대굴대굴 뒹구는데 叫呼宛轉

사방 돌아봐도 의지할 데가 없는 듯하네 四顧靡依

쳐다보니 昂視則

희화[13]는 추워서 고삐를 놓치고 羲和滄凉而失馭

섬아[14]는 멍하니 미간을 찌푸리며 纖阿矇眃而攢眉

창룡[15]은 꿈틀대며 머리를 움츠리고 蒼龍困蠢而頭縮

장리[16]는 초췌하게 날개를 늘어뜨렸네 長離羸惷而垂翅

---

10 사저수(死猪愁)와 숙수(宿囚) : 당나라 내준신·색원례의 무리가 만든 형구, 형벌
의 종류이다. 《신당서(新唐書)》 권209 〈혹리전(酷吏傳) 내준신(來俊臣)〉에 "커다란
형틀을 만들어 번호를 붙였으니, 첫째가 정백맥, 둘째가 천부득, 셋째가 돌지후, 넷째가
착즉신……여덟째가 사저수이다.……형틀에 묶인 자는 땅에서 뒹굴다 곧 숨이 끊어진
다.〔又作大枷各爲號 一定百脈 二喘不得 三突地吼 四著卽臣……八死猪愁……被枷者宛
轉地上 少選而絶〕"라는 말이 나온다. 또한 《구당서(舊唐書)》 권186 〈혹리전(酷吏傳)
색원례(索元禮)〉에는 " 며칠동안 밥을 줄이고 밤을 이어 신문하며 밤낮으로 흔들어서
자지 못하게 하였는데, 이를 일러 '숙수'라고 했다.〔或累日節食 連宵緩問 晝夜搖撼 使不
得眠 號曰宿囚〕"라고 하였다.

11 돌지후(突地吼)와 정백맥(定百脈) : 위의 주 10 참조.

12 채분(蠆盆) : 가혹한 형벌의 종류이다. 상(商)나라 주왕(紂王)이 뱀이나 독충을
넣은 구덩이에 죄인을 넣어서 혹형을 가했다고 한다.

13 희화(羲和) : 해의 수레를 모는 여신이다.

14 섬아(纖阿) : 달을 몰고 운행한다는 여신의 이름이다.

15 창룡(蒼龍) : 전설속의 청룡(靑龍)으로 상서로움을 상징하는 용이라 전한다. 《楚
辭 九辯》

하고[17]는 살갗이 터서 달구지를 버리고	河鼓皴皴而棄箱
천손[18]은 웅크리고 베틀을 던졌네	天孫跂坐而抛機
구름은 컴컴해져 빛을 잃고	雲慘慘而無光
밤은 막막하여 끝나질 않네	夜漫漫而未涯
굽어보니	頫視則
땅은 드높게 쌓여 겹겹을 이뤘는데	嵬嶪複陸
드넓어 텅 빈 듯 고요하며	蕩蕩寥廓
혼돈[19]은 일어나지 못하고	混沌不起
칠규[20]가 모두 막혔네	七竅皆塞
촉룡[21]은 길게 숨을 들이쉬고	燭龍長吸
빙현[22]은 깊이 쌓여있네	氷玄潛蓄

16　장리(長離) : 남방의 주조(朱鳥)를 가리킨다.

17　하고(河鼓) : 별 이름으로 《이아(爾雅)》〈석천(釋天)〉에 "견우성(牽牛星)을 하고라고 한다."라고 하였다.

18　천손(天孫) : 천제의 손녀라는 뜻으로, 직녀성(織女星)의 별칭이다.

19　혼돈(混沌) : 천지의 중앙을 담당한 제왕이다. 《장자(莊子)》〈응제왕(應帝王)〉편에 "남해(南海)의 제(帝)가 숙(儵)이고 북해(北海)의 제가 홀(忽)이고 중앙의 제가 혼돈이다. 숙과 홀이 때때로 혼돈의 땅에서 만나니, 혼돈이 그들을 융숭히 대접하였다. 숙과 홀이 혼돈의 덕을 갚으려고 말하기를 '사람들은 모두 일곱 구멍이 있어 보고 듣고 먹고 숨 쉬거늘 이 혼돈만이 그것이 없으니 뚫어주어야겠다.' 하고, 날마다 하나의 구멍을 뚫었더니 7일 만에 혼돈이 죽었다."라고 하였다.

20　칠규(七竅) : 눈, 귀, 입, 코 등 일곱 군데의 구멍으로 사람의 감각 기관을 의미한다. 《莊子 應帝王》

21　촉룡(燭龍) : 종산(鍾山)의 신으로 눈을 뜨면 낮이 되고 눈을 감으면 밤이 된다는 용이다. 신장(身長)이 천 리 인데 입에 불을 머금어 천문(天門)에 비친다고 한다. 《山海經》

무팽[23]은 약 짓다가 덜덜 떨고 　　　　　　巫彭操藥而噤痒

상희[24]는 목욕하다 오들오들 떠네 　　　　常羲振浴而瘆㾕

수풀과 늪지의 모든 날짐승 물고기 벌레들이

　　　　　　　　　　　　　　凡山林藪澤飛潛蚑蠕之屬

침묵한 채 두려워하며 떼지어 모였구나 　　喑默嘽嘍懾居聚族

지푸라기 여러 겹 깔고도 　　　　　　　芫苲累藉

뱃속이 텅텅 비어 　　　　　　　　　　嗛嗉枵空

교룡과 이무기는 연못 바닥에 죽고 　　　蛟螭殫於淵底

호랑이와 표범은 굴속에서 죽었네 　　　　虎豹殭於穴中

사산된 망아지 송아지 불쌍하고 　　　　　閔馬牛之殰墮

고치에서 죽은 벌레 애달프네 　　　　　　傷坏蟄之閉窮

비실비실 실성한 듯 　　　　　　　　　　莫不圍圉如癡

22　빙현(氷玄) : 두꺼운 얼음을 말한다. 《포박자(抱朴子)》〈내편(內篇) 권15 잡응 (雜應)〉에, "어떤 사람이 더위를 타지 않는 방법을 물었다. 포박자가 말하기를, 어떤 사람은 입하(立夏)일 육임(六壬) 육계(六癸)의 부적을 붙이고, 어떤 사람은 육계(六 癸)의 기를 운행하며, 어떤 사람은 현빙환(玄氷丸)을 복용하고, 어떤 사람은 비상산(飛 霜散)을 복용한다고 하였다.〔或問不熱之道 抱朴子曰 或以立夏日 服六壬六癸之符 或行 六癸之炁 或服玄氷之丸 或服飛霜之散〕" 육임(六壬)의 육은 음수(陰數)이고 임(壬)은 북방의 귀신, 육계(六癸)의 계(癸)도 북방을 의미한다.

23　무팽(巫彭) : 무당이자 의원을 가리킨다. 《산해경(山海經)》〈해내서경(海內西 經)〉에 "개명 동쪽에 무팽·무저·무양·무리·무범·무상이 살았는데, 설유의 시체 로 불사약을 만들었다.〔開明東有 巫彭 巫抵 巫陽 巫履 巫凡 巫相 來窫窳之尸皆操不死之 藥〕"라는 말이 나온다.

24　상희(常羲) : 상의(常儀)라고도 한다. 옛 전설 속의 인물로 황제(黃帝) 때 달을 맡았 던 신하이다.

골골 기력이 쇠한 듯   殀殀如憊

비쩍 마른 말린 고기 같고   挺挺如腊

삐죽삐죽 고슴도치 같네   礫礫如蝟

높은 언덕 몇 길 되는 나무도 엎어지고   乃至崇岡揭丈尋之材

땅 밑에는 죽어 꼬부라진 싹이 많다네   重泉多夭句之萌

물 없는 항아리가 갑자기 깨지고   瓶甖無水而忽破

치지도 않은 쇠가 저절로 울리네   金鐵不觸而自鳴

아궁이 옆 술독도 얼고   訝氷酒於窗甖

갑 속의 거문고 줄 끊겼네   驚絶絃於匣琴

사물도 이와 같으니   物猶如此

사람이 어찌 견디랴   人何以堪

담요 깔고 겹 휘장 두른 아늑한 집에서   至若氍毹複帳煖閣邃簷

촛불 켜고 화롯가 둘러앉아 데운 술 달게 마시며

                                           燒燭圍爐斟熱醑甘

수탄[25]을 때도 물을 끼얹은 듯   猶患夫熾獸炭如潑水

숙상[26]을 껴입어도 칼날 추위 섬뜩하구나   擁鸕鶿如刀鎌

만수[27]는 추위 비틀거리고   蠻袖凄而蹣跚

---

25 수탄(獸炭) : 석탄을 가루로 만들어 짐승 모양으로 뭉쳐 놓은 것이다. 《진서(晉書)》 권93 〈양수열전(羊琇列傳)〉을 보면 도성의 부호들이 이것을 가지고 술을 데워 마셨다는 고사가 전해 온다.

26 숙상(鸕鶿) : 초록빛 털을 지닌 숙상이라는 새의 가죽으로 만든 갖옷이다. 한나라 사마상여(司馬相如)가 일찍이 탁문군(卓文君)과 함께 성도(成都)로 돌아갔을 때, 집이 워낙 가난하여 술을 마련할 길이 없자, 자기가 입고 있던 숙상 갖옷을 팔아 술을 사가지고 탁문군과 함께 마시며 즐겼다는 고사가 있다.

설후[28]는 목이 매어 재갈을 물린 듯 薛喉澁而攝箝

금세 흥이 깨져 유흥을 그만두고 乍罷歡而撤娛

실의에 빠져 멍하니 마음 아파하네 逝懁悢而傷心

더구나 고달픈 선비와 곤궁한 농부는 況乃酸儒窮畯

구멍 난 지붕에 거적을 씌웠다네 薦被漏屋

옷 걸쳐도 따뜻하지 않고 衣無奇溫

솥에는 먼지[29]만 가득 찼네 甑塵滿匈

부황 든 채 고통스러워하며 頷顑波吒

올빼미처럼 웅크리고 거북이처럼 엎드렸네 鴟蹲龜伏

햇볕 잃어 따뜻하지 않으니 負暾不溫

귀신이 나와[30] 산발하고[31] 날뛰네 殘殀曲局

참으로 글로는 구제할 방도 없으니 寔文字之無救

아내와 자식 돌아보며 부끄러워하네 顧婦子而慙恧

---

27 만수(蠻袖) : 남방 출신의 무녀(舞女)의 긴 옷소매로, 무희를 가리킨다. 흔히 초수(楚袖)라고도 한다.

28 설후(薛喉) : 설 땅 출신 가기(歌妓)의 목구멍을 가리킨다.

29 솥에는 먼지 : 원문은 '증진(甑塵)'으로 《후한서(後漢書)》 권81 〈범염열전(范冉列傳)〉에 내무(萊蕪) 고을의 수령으로 임명되었던 후한의 범염(范冉)이 가난하게 살면서도 낯빛 하나 변하지 않자, 사람들이 "범사운의 시루 속에서는 먼지만 풀풀 나고, 범내무의 가마솥 속에는 물고기가 뛰논다네.〔甑中生塵范史雲 釜中生魚范萊蕪〕"라고 노래를 지어 찬미한 고사가 전한다.

30 귀신이 나와 : 원문은 '능긍(殘殀)'으로 귀신이 나다니는 모양을 뜻한다.

31 산발하고 : 원문은 '곡국(曲局)'으로 머리카락이 구부러져 어지럽게 말린 모양이다. 《시경》 〈채록(采綠)〉에 "나의 머리카락 헝클어졌으니, 잠깐 돌아가 머리 감으리라.〔予髮曲局 薄言歸沐〕"라고 하였다.

더욱이 홀아비 과부 고아 독거 노인	又有矜寡惸獨
곱추 앉은뱅이 절름발이 수척한 이는	傴躄尫羸
곤궁한 처지[32] 하소연할 곳 없는데	顚連無告
이토록 혹독한 추위를 만났네	逢此酷罹
하늘의 뜻 아니고서야	靡有穹蒼之念
어찌 재앙이 풀리길 바라겠는가	詎望咎刻之緩
주군처럼 화로에 떨어져도[33] 후회하지 않고	邾廢爐而靡悔
예양처럼 숯을 삼켜도[34] 화내지 않으리라	讓吞炭而無慍
기꺼이 죽는 불나방 부럽고	羨燈蛾之樂死
얼어 죽은 흘간산 참새[35] 불쌍하다	悲干雀之痝痝

---

32 곤궁한 처지 : 원문은 '전련(顚連)'으로 가난하고 의지할 곳 없는 것을 의미한다. 송(宋)나라 장재(張載)의 《서명(西銘)》에 "온 천하의 쇠잔하고 병든 자, 고아와 독거노인과 홀아비와 과부가 모두 곤궁하여 하소연할 곳 없는 나의 형제들이다.〔凡天下疲癃殘疾 惸獨鰥寡 皆吾兄弟之顚連而無告者也〕"라는 표현이 있다.

33 주군(邾君)처럼 화로에 떨어져도 : 《춘추좌씨전》 장공(莊公) 3년 2월조에, "주(邾)나라 장공이 문 위의 누대에서 정원을 내려다보는데 문지기가 독의 물을 퍼서 정원에 쏟고 있었다. 장공이 그것을 보고 화를 내자 문지기가, '이역고가 이곳에서 소변을 보았습니다.'라고 하였다. 잡아들이라고 명했으나 잡지 못하자 더욱 화가 나서 스스로 걸터앉았던 평상에서 굴러 화로에 떨어져 화상을 입고서 마침내 죽었다.〔邾子在門臺臨廷 閽以缾水沃廷 邾子望見之怒 閽曰夷射姑旋焉 命執之 弗得 滋怒 自投于牀 廢于鑪炭 爛遂卒〕"라는 내용이 있다.

34 예양(豫讓)처럼 숯을 삼켜도 : 전국 시대 진(晉)나라 지백(智伯)의 신하 예양(豫讓)이 자기 임금을 죽인 조양자(趙襄子)에게 복수를 하기 위해, 몸에는 옻칠을 발라 문둥이처럼 꾸미고 숯불로 혀를 태워 벙어리 행세를 하면서 품안에 비수를 품고 조양자의 변소에 들어가서 양자가 나타나기를 기다렸다. 《史記 卷86 刺客列傳 豫讓》

35 흘간산(紇干山) 참새 : 절대 빈곤에 허덕이는 하층민을 비유한다. 흘간산은 여름

타고난 명대로 살지 못해	哀彼命之不終
수명의 길고 짧음은 아무 상관없네	儘不繫乎修短
추위가 계속되는 이변 중	原夫恒寒之異
크게 드러난 것만 살펴보면	京傅攸著
형벌을 숭상해 마구 잡아들였거나	崇罰峻罔
적을 얕보고 경솔히 생각했거나	侮敵輕慮
선행을 듣고도 상주지 않았거나	聞善不予
도인이 떠나기 시작했을 때였네	道人始去
참으로 같은 기운은 서로 감응하나니	諒一氣之相感
동산이 무너지자 종이 울었던 것[36]과 유사하네	類鍾應於山崩
방숙[37]이 보좌하던 태평성대에	念晟化之方叔
어찌하여 이런 재앙 불러 왔을까	夫何致此咎徵
드높은 대궐 쓸쓸하니	瓊樓嵬而蕭瑟

에도 늘 눈이 쌓여 있기 때문에 "흘간산 꼭대기 참새 한 마리 죽었구나, 어찌하여 날아가서 즐겁게 살지 못했는고.〔紇干山頭凍死雀 何不飛去生處樂〕"라는 속요가 있었다고 한다.《資治通鑑 唐昭宗 天佑元年》

36 동산이……것 : 상호 긴밀하게 반응하는 것을 말한다. 중국에서 촉군(蜀郡)의 동산(銅山)이 무너지자 위(魏)의 낙양(洛陽) 궁궐 안에 있는 종이 울었다는 고사가 전한다.《주역》〈건괘(乾卦) 문언(文言)〉에 "같은 소리는 서로 응하고 같은 기는 서로 구한다.〔同聲相應同氣相求〕"라고 하였는데, 공영달(孔穎達)의 소(疏)에 "누에가 실을 토함에 상(商)음을 내는 현이 끊어지고, 동산이 무너짐에 낙양의 종이 응한다.〔蠶吐絲而商弦絶 銅山崩而洛鐘應〕"라는 구절이 있다.

37 방숙(方叔) : 주(周)나라 선왕(宣王) 때의 현신(賢臣)이다. 선왕이 나라를 중흥할 때에 만형(蠻荊)이 반기를 들었는데 방숙이 3천 승의 원정군을 통솔하여 평정함으로써 위기를 극복한 일이 있다.《詩經 采芑》

어찌 군왕의 마음에 느낀 바 없으랴 　　　　　 豈無感乎淵衷

장왕[38]은 문 앞에서 기한을 구제했고 　　　　 莊當戶而賑寒

경공은 누대 짓기 멈추고[39] 곤궁을 구휼했네 　　 景罷臺而恤窮

오직 문왕 무왕의 엄정함과 관용[40] 　　　　　 惟文武之張弛

교화 육성하는 신묘한 공적을 우러르네 　　　　 仰參育之神功

누가 장차 서곡의 피리를 불어[41] 　　　　　 疇將吹乎黍律

국풍을 화기 넘치도록 되돌릴까 　　　　　　 挽國風於沖融

38　장왕(莊王) :《고금사문유취전집(古今事文類聚前集)》 권22 〈우설진한(雨雪賑寒)〉에 "눈비가 내릴 때 초(楚)나라 장왕(莊王)이 갖옷을 입고 문 앞에 있다가 '나도 오히려 추운데, 저 백성과 나그네들은 매우 추울 것이다.' 하고 나라 안을 순행하여 백성들과 나그네 가운데 잘 곳이 없고 양식이 없는 자들을 구휼하게 하니, 나라 사람들이 크게 기뻐하였다."라고 하였다.

39　경공(景公)은……멈추고 : 제(齊)나라 경공이 겨울에 큰 누대를 세웠는데, 백성들이 얼고 굶주려 죽었다. 신하인 안자(晏子)의 충언을 듣고서 누대 세우는 공사를 멈추었다고 한다.《古今事文類聚前集 卷22 歲寒築臺》

40　문왕……관용 :《예기(禮記)》〈잡기(雜記)〉에, "활줄을 한 번 팽팽하게 잡아당기고 한 번 느슨하게 풀어 놓는 것처럼 다스리는 것이 바로 문왕·무왕의 도이다.〔一張一弛 文武之道也〕"라고 한 데서 온 말로, 전하여 백성을 다스리는 데 있어 엄정함과 관용을 병용하는 것을 의미한다.

41　서곡(黍谷)의 피리를 불어 : 서곡은 산 이름으로 연곡산(燕谷山) 혹은 한곡(寒谷)이라고도 한다. 하북성 밀운현(密雲縣) 서남에 있다. 전국 시대 연(燕)나라 지역이었다. 이곳의 토지가 비옥한데도 기후가 한랭하여 곡식이 자라지 못하자, 이곳에 거주했던 추연(鄒衍)이 피리를 불어 날씨를 따뜻하게 해서 곡식이 잘 자라도록 한 고사가 있다.《列子 湯問》

춘뢰부

春雷賦

임신년(1872, 고종9) 2월 18일은 춘분이 이미 지난 때였으나 추위는 여전히 꺾이지 않았다. 이날, 천둥소리가 갑자기 일어나고 번개가 몹시 쳤다.

한 겨울 모진 추위 겪고서	閱大冬之祈寒
사나운 음기가 뿌리 깊게 오래 머물러	頑陰痼而久留
사양[42]이 떨치고 일어나지 못하나 의심했는데	疑四陽之不振
기쁘게도 서쪽 밭에 개구리 소리 들리네	喜聞蛙於西疇
어찌 하여 풍륭[43]이 갑자기 일어나는지	何豐隆之遽發
더위가 자리할 곳 전혀 없구나	儘源暑之所無
갑자기 산머리에서 우르르 울리더니	乍隱隱於山頭
구름 속에서 우레 소리 이어지네	繼硫磕於雲衢
음과 양이 부딪쳐[44] 번개 치니	於是噬嗑列缺
번갯불이 번쩍번쩍	礚礴煜熻
구름을 태우고 하늘을 사르며	爇雲燒空
벼락이 번쩍하더니	曤晱閃爍

---

42 사양(四陽) : 양이 넷이라는 것은 대장괘(大壯卦), 즉 음력 2월을 뜻한다. 양이 이미 과반수를 차지해 강성해지는 괘로서 우레가 하늘 위에 있는 것을 상징한다.

43 풍륭(豐隆) : 구름과 천둥을 주관하는 귀신 이름이다.

44 음과 양이 부딪쳐 : 원문은 '서합(噬嗑)'이다. 서합은 《주역》에 나오는 괘(卦)의 하나로, '화뢰서합(火雷噬嗑)' 괘의 단(彖)에 "뇌전(雷電)이 합하여 드러나는 것이다. [雷電合而章]"라고 하였다.

불줄기 내리 꽂히고	火道飛掣
천둥소리 곧장 일어나네	疾聲輒作
우르르 쾅쾅 우르르 쾅쾅	訇礚軒隆
우지직 와당탕	拉擸揮搖
동쪽 서쪽 함께 몰아치고	東西並驅
남쪽 북쪽 번갈아 치네	南北交錯
처음에 일어날 땐	其始起則
쾨쾅 회언45이 터지듯	漠然如淮堰之大決
여량46이 괄괄 곧장 쏟아지듯	沛然如呂梁之直瀉
자유자재롭기가 하늘을 뒤덮는 날개 같고	翛然如蔽天之翮
신속하기가 진지로 내달리는 말과 같네	驫然如赴陣之馬
홀연히 솟아올라 쾨르릉 울리다가	忽奔騰而磅磑
이내 을러대고 싸우며 노성을 지르네	旋脅閴而喑啞
굉음은 무너져 내릴 듯 메아리를 울리고	轟崩塌而響嘵
소리는 산을 뒤흔들듯 기와를 진동시키네47	聲撼岳而震瓦

---

45 회언(淮堰) : 중국 회수(淮水)에 있는 제방이다. 양(梁)나라 무제(武帝) 천감(天
監) 15년에 회언을 완공했다. 한 번은 회수가 범람하여 회언이 붕괴되었는데 그 굉음이
3백 리까지 들렸으며, 회성(淮城) 인근 촌락 10만여 가구가 모두 바다로 떠내려갔다고
한다. 《通鑑總類 淮堰成而復壞》

46 여량(呂梁) : 중국 사수(泗水)에 있는 격류가 흐르는 곳이다. 《열자(列子)》에 "여
량(呂梁)은 물이 3천 길을 내려 쏟아 거품이 40리나 가는 험한 곳"이라 하였다.

47 기와를 진동 : 전국 시대 진(秦)의 군사가 조(趙)나라 무안(武安) 서쪽에 진을
쳤다가 북을 치며 출군하자 무안의 가옥 지붕 기와가 모두 진동했다고 한 고사가 있다.
《史記 卷81 廉頗藺相如列傳》

포뢰[48]는 구름 사이에서 울부짖고 蒲牢吼於雲間
괴룡[49]은 숲 아래에 엎드려 있네 乖龍伏於林下
옥녀[50]는 벽에 기대 눈을 가리고 玉女倚壁而掩目
아향[51]은 수레에 붙어 다리를 떠네 阿香附車而股栗
그런데다 부설[52]을 휘두르니 爾乃奮其斧楔
여기저기 어지럽게 번개가 치네 縱橫亂出

---

48 포뢰(蒲牢) : 바다 짐승의 이름이다. 큰 종의 별칭이기도 하다. 포뢰는 평소 고래를 무서워하여 고래가 치고 덤비면 포뢰가 크게 운다고 한다. 따라서 종은 소리가 커야 하기 때문에 종을 주조할 때면 포뢰를 그 위에다 새기기에 종의 별명을 포뢰라고도 한다. 《後漢書 卷70下 班固傳》

49 괴룡(乖龍) : 전설에 나오는 못된 용이다. 비를 내려 주기를 싫어해서 온갖 방법으로 숨는다고 한다. 《茅亭客話》

50 옥녀(玉女) : 한나라 동방삭(東方朔)이 지은 《신이경(神異經)》에 신선의 영수(領袖)인 동왕공(東王公)이 동황산(東荒山) 속의 큰 석실(石室)에 살면서 옥녀와 투호(投壺)를 할 적에 그 화살이 혹 빗나가서 병에 들어가지 않을 경우에는 하늘이 웃었는데, 그 입을 벌리고 웃을 때에 흘러나온 빛이 바로 번개였다고 전한다.

51 아향(阿香) : 신화·전설 속에 나오는 우레수레〔雷車〕를 밀었다는 여신이다. 진(晉)나라 도잠(陶潛)이 지은 것으로 알려진 《수신후기(搜神後記)》 권5에 나온다.

52 부설(斧楔) : 뇌설(雷楔)과 같다. 뇌신(雷神)이 벼락을 일으키는 도구이다. 송(宋)나라 심괄(沈括)의 《몽계필담(夢溪筆談)》 〈신기(神奇)〉에 "세상사람 중에 뇌부(雷斧)와 뇌설(雷楔)을 얻은 자가 있는데 '뇌신이 떨어뜨린 것으로서 벼락이 친 곳에서 얻음이 많다.'라고 했다. 나는 일찍이 본 적이 없다. 원풍(元豐) 중에 내가 수주(隨州)에 있을 때 여름에 큰 벼락이 쳤는데 한 나무를 부러뜨렸다. 그 아래서 한 자루〔楔〕를 얻었는데 전하는 말과 같았다. 뇌부는 동철(銅鐵)로 만든 것이 많고, 자루는 돌인데, 도끼와 같으나 구멍이 없다.〔世人有得雷斧楔者 云雷神所墜 多于震雷之下得之 而未嘗親見 元豐中 予居隨州 夏月大震雷 一木折其下 乃得其一楔 信如所傳 凡雷斧 多以銅鐵爲之 楔乃石耳 似斧而無孔〕"라고 하였다.

번개가 통과하면 불타 재가 되고	過之則灰燼
번개가 닿으면 부서져 없어지네	觸之則糜滅
죄를 숨긴 이묘[53]를 징계하기도 하고	或懲夷廟之隱慝
간교한 붓 놀려 세운 당비[54] 부수기도 하네	或碎黨碑之奸筆
죄 없는 사람과 가축 불타기도 하고	人畜之無辜而或遭焚爇
무심한 풀과 나무 꺾여 부러지기도 하네	草木之無情而或見摧折
노여움 쌓았다가 멋대로 풀어놓으니	方蓄怒而思逞
어찌 옥석을 구별하랴	又安有玉石之別哉
이런 때 하늘빛은 수시로 바뀌어	當是時也天無定色
외처럼 쪼개지고 천처럼 찢어지네	瓜分幅裂
땅은 안정된 곳 없어	地無定居
온통 요동치며 위태롭기만 하네	震蕩虤脆
산과 강 제 자리 잃은 채	山川失所
솟구쳐 오르고 무너져 내리네	沸騰崩崒
새도 사라지고 짐승도 달아나	鳥窮獸挺

---

53 죄를 숨긴 이묘(夷廟) : 《춘추좌씨전》 희공(僖公) 15년 조에 "이백(夷伯)의 묘 (廟)에 벼락이 쳤는데 죄를 준 것이다. 여기에 전씨(展氏)가 은닉한 것이 있었다.〔震夷 伯之廟 罪之也 於是展氏有隱慝焉〕"라고 하였다. 이백은 노(魯)나라 대부 전씨의 조부 인데, 이(夷)는 시호이고, 백(伯)은 자(字)이다.

54 당비(黨碑) : 원우당인비(元祐黨人碑)를 말한다. 1102년에 송 휘종(宋徽宗)이 채 경(蔡京)을 정승으로 등용하고 왕안석(王安石)이 제창했던 신법(新法)을 받듦과 동시 에 원우 구당(元祐舊黨)의 명단을 작성하라고 하니 채경이 문언박(文彦博)・사마광 (司馬光)・소식(蘇軾) 등 1백 20명을 나열하고 그중에 신당(新黨) 육전(陸佃) 등을 포함하여 모두 간당이라 지목하자 휘종이 글씨로 그들의 성명을 돌에 새겨 단례문(端禮 門)과 각 지방 관청에 세웠다. 《宋史 卷19 徽宗本紀》

도망쳐 숨고 두려워 떠네	竄屛惕怵
온갖 귀신 불안해 숨 죽이고	百鬼怔營
고래들도 분주히 도망치네	鯨鯢奔突
이윽고 다시 포효하고 으르렁거리며	已復咆勃哮赫
획획 재빠르게 치닫네	驫麤票疾
성을 내고 노여움 띤 채	淹恚滯怒
시간이 지나도록 그치지 않네	移時不歇
귀를 가릴 사이 없고	耳不及掩
숨을 쉴 겨를 없네	喘不及息
단정한 선비도 법도 있게 걷지 못하고	莊士失其矩步
용맹한 영웅도 밥을 먹지 못하네[55]	梟雄爲之撤食
도화[56]는 호미 던지며 간담 서늘해했고	道和投鋤而喪膽
하후[57]는 기둥 끌어안으며 실색하였네	夏侯抱柱而失色

---

55 용맹한……못하네: 유비(劉備)가 조조(曹操)와 술을 마시며 천하의 영웅을 논하다가 "지금 천하 영웅은 그대와 나뿐."이라는 조조의 말에 놀라 유비가 손에 들었던 숟가락을 저도 모르게 떨어뜨렸다. 때 마침 우레 소리가 요란하였으므로 "천둥소리에 혼이 났군."라고 하고 핑계 대었다. 여기서는 그 핑계 댄 고사를 염두에 두고 쓴 듯하다. 《三國志演義》

56 도화(道和): 중국 진(晉)나라 사람 양도화(楊道和)를 말한다. 《화한삼재도회(和漢三才圖會)》 권3 〈뇌(雷)〉에 "양도화가 밭에서 우레의 신을 만났다. 뽕나무 아래 이르러 벼락이 내리치기에 도화가 호미로 그 팔을 막았는데, 얼굴색이 붉고 눈은 거울 같았으며, 모각(毛角)의 길이는 3척에 소·말·양·닭·개·돼지 여섯 짐승과 같고, 머리는 원숭이 같았다.〔楊道和於田中值雷神 至桑下 霹靂下擊之 道和鋤格其肱 色如丹 目如鏡 毛角長三尺 如六畜 頭似獼猴〕"라고 하였다.

57 하후(夏侯): 위진(魏晉) 시대 하후현(夏侯玄)을 가리킨다. 기둥에 기대서 글씨를

광부[58]는 허물을 헤아리며 벌벌 떨고	狂夫數愆而瞿瞿
아녀자는 담벼락 구멍 뚫고 기어드네	婦孺穿壁而扶服
탁비[59]의 깃털 걸치고	苟非服槖蜚之毛
사방을 비추는 곡나무[60] 꿰어 차고	珮四照之穀
중화[61]의 성덕을 더하지 못하고서야	加之以重華之盛德
이런 때를 만나 어찌 정신 잃지 않겠는가	安能遇此而不喪惑也
아아 이상하다	噫嘻異哉
저 치우[62]가 명을 거역해	粤自蚩尤逆命
헌원씨가 전쟁을 개시하면서부터	軒轅造兵

쓰고 있었는데 갑자기 소낙비가 내리더니 그가 기대어 있는 기둥에 벼락이 쳐 기둥이 부서지고 옷이 그슬렸다. 그런데도 하후현은 안색을 조금도 변치 않은 채 여전히 글씨를 썼다고 한다.《世說新語 雅量》

58 광부(狂夫) : 뜻이 매우 커서 행실이 뜻에 미치지 못하는 사람을 가리킨다.《논어》〈자로(子路)〉편에, 공자가 "중도의 사람을 얻어서 함께하지 못한다면 반드시 광자와 견자와 함께 하겠다.〔不得中行而與之 必也狂狷乎〕"라고 한 말에서 유래하였다.

59 탁비(槖蜚) : 새 이름이다. 올빼미와 비슷한데, 사람 얼굴을 하였고 발이 하나라고 한다. '蜚'는 '飛'와 통용되는 자이다. 탁비의 깃털을 차고 다니면 천둥이 쳐도 두려움을 느끼지 않는다고 한다.《山海經 西山經》

60 곡(穀)나무 :《산해경》에 의하면, 미곡(迷穀)이라는 나무가 있는데 생김새는 곡식과 같고 흑색 무늬가 있다. 그 꽃은 사방을 비추어 그것을 차면 미혹되지 않는다고 한다.

61 중화(重華) : 순(舜) 임금을 가리킨다. 중화는 순 임금의 문채가 요(堯) 임금에 이어 문덕(文德)을 거듭 빛냈다는 뜻으로 순 임금의 별칭으로 쓰인다.

62 치우(蚩尤) : 황제(黃帝) 때 제후의 한 사람이다. 풍백(風伯)과 우사(雨師)를 동원하여 풍우를 일으키며 탁록(涿鹿) 판천(阪泉)에서 난을 일으키자 황제 헌원씨(軒轅氏)가 지남거(指南車)를 만들어 이를 무찔렀다고 한다.《史記 卷1 五帝本紀》

자르고 찌르며 적을 위협하는 도구는   折衝威敵之具

날마다 새로워지고 달마다 생겨났지만   日新月生

근래의 대포처럼 맹렬하고도 요란한 것은 없었네

          未有如近世大礮之烈且轟者也

어찌하여 하늘은 재앙으로 혼내지 않고   夫何天未懲禍

도리어 그 소리를 본 떠   反效其聲

군자의 나라를 진동시키고   來動君子之國

가만있는 백성들을 놀라게 하는가   故驚于于之氓

일찍이 들건대 우레의 상은   蓋嘗聞雷之爲象也

《역》에서는 경륜의 점사[63]라고 밝혔고   在易著經綸之占

동자[64]는 호령의 뜻이라 하였으니   董子稱號令之意

게으름 부리는 구차한 마음 경계하고   警偸惰之苟心

망설이던 큰일을 단행케 함이라네   斷猶豫之大事

애벌레는 이때에 굴에서 나오고   坯蟲於是乎啓戶

새싹은 이로 인해 땅 위로 나오니   句萌因玆而出地

이 또한 위세를 극복해 스스로를 구제한 것이리라

          其亦以威克而能自濟者乎

하물며 이 쌓인 음기가 계절의 질서 빼앗고 矧玆積陰奪序

자리를 차지한 채 가로막고 있음에랴   盤據隔塞

---

63 경륜(經綸)의 점사 : "구름과 우레가 둔(屯)이니 군자가 그것을 통해 경륜한다.〔雲雷屯 君子以經綸〕"라고 하였다. 《周易 屯卦 大象》

64 동자(董子) : 한대(漢代)의 학자 동중서(董仲舒)의 존칭이다. 《춘추(春秋)》를 전공, 하늘과 인간의 밀접한 관계를 강조했고, 유학(儒學)을 국교(國敎)로 하게 만들었다. 저서에는 《춘추번로(春秋繁露)》, 《동자문집(董子文集)》이 있다.

양기가 씩씩하게 나오려 할수록	陽壯欲出
음기의 저항이 더욱 세지네	陰拒愈力
그래서 몹시 분격하여 치고받음에	所以勃鬱憤戾抵冒搏擊
두 기운이 다퉈 모두 상처 입고	致兩鬪而俱傷
화평의 항구한 덕을 잃게 되었으니	失和平之恒德
조심하고 조심하라	戒之戒之
오직 너희 미천한 서캐나 이[65]같은 것들은	惟爾下土蟣虱
아무것도 모르나니	不識不知
하늘의 위엄을 두려워하고	畏天之威
너희 거동을 각기 삼가라	各敬爾儀
두려워 떨며 웅크리고	悚息鞠跽
엎드려 천둥이 그치기를 바라라	俯伏思休
큰비가 쏟아 붓듯 하다가	大雨如注
날이 개어 구름 걷히리라	霏然雲收

---

65 서캐나 이 : 기슬지신(蟣虱之臣)의 준말이다. 옷이나 머리의 이처럼 미천한 신하
의 신분을 가리킨다.

등고부 병서

登高賦 幷序

면양(沔陽)에 있을 때 지었다.

반고[66]가 이르기를 "산에 올라 시를 읊을 줄 알아야 대부(大夫)라고
할 만하다."라고 하였다. 말하자면, 외물에 감응해 단서를 열게 되니
재지(材智)가 깊고 아름다워져 함께 일을 도모할 만한 까닭에 대부가
된다는 것이다. 나처럼 죄를 짓고 객지에서 외로이 있는 사람이나 소
견이 좁고 견문이 별로 없는 인사가 어찌 감히 현철한 분들의 자취를
좇아서 시부에 흠을 내고 더럽히겠는가? 다만, 변방의 물가에 머물
러 있으면서 때가 가을이 되었는지라 이를 슬퍼하며 물가에 임하니
송옥의 회포[67]를 금하지 못하겠다. 고향을 떠나와 누각에 올라 왔으
니 이에 중선의 부[68]를 모방하여 이로써 높은 언덕을 눈여겨보며 몽

---

66 반고(班固) : 32~93. 부풍(扶風) 안릉(安陵) 사람으로, 자는 맹견(孟堅)이다.
《한서(漢書)》를 찬술한 후한 초기의 역사가이다. 《한서》 권30 〈예문지(藝文志)〉에
"산에 올라가 시를 읊을 줄 알아야 대부라고 할 만하다.〔登高能賦 可以爲大夫〕"라고
한 말이 있다.

67 송옥(宋玉)의 회포 : 송옥은 전국 시대 초(楚)나라 사람으로 굴원(屈原)의 제자이
다. 굴원의 방축(放逐)을 슬퍼하며 지은 시 《초사(楚辭)》〈구변(九辯)〉이 가을을 슬퍼
하는 내용으로 시작한다. 첫 부분이 "슬프다, 가을 기운이여. 쓸쓸하게 초목은 바람에
흔들려 땅에 지고 쇠한 모습으로 바뀌었도다.〔悲哉秋之爲氣也 蕭瑟兮 草木搖落而變
衰〕"라고 하여 비감한 회포를 드러내고 있다.

68 중선(仲宣)의 부(賦) : 중선은 산양(山陽) 사람 왕찬(王粲, 177~217)의 자(字)
이다. 부는 〈등루부(登樓賦)〉를 가리킨다. 삼국 시대 위(魏)나라 사람인 왕찬은 박식
하고 문장이 뛰어나 건안칠자(建安七子) 중 한 사람으로 손꼽혔다. 한 헌제(漢獻帝)

당붓에 흥(興)을 부친다.

사는 이러하다.   辭曰

몽산[69]의 가파른 봉우리에 올라	登蒙山之崒屼兮
면주의 고성을 따라 도네	循沔州之古城
돌투성이 비탈길 기어 올라	攀磝道之犖确兮
뜬 구름 밟고 별을 어루만지네	躡浮雲而捫星
민보[70] 옛 터를 살펴보니	覽民堡之舊墟兮
흙 언덕 빙 둘러진 게 개미집 같네	環土阜而蟻封
어찌 옛날엔 그렇게 어지럽고 혼란했던가	何昔日之搶攘兮
궁벽한 모퉁이 이곳도 칼끝에 화를 입었네	僻隅猶此罹鋒
동남쪽 너른 들판 굽어보니	頫東南之大野兮
누런 벼 무성하여 가을걷이 하네	黃雲翳而西成
이곳은 바닷가 하늘의 곳간이라	兹海壖之天府兮
참으로 서울에 큰 도움 된다네	寔弘濟於中京
아미산[71] 높은 꼭대기에 올라	陟峨嵋之高巔兮
신선이 노닌 자취 찾아가니	訪遊仙之遺躅

때 난리를 피해 형주(荊州)의 유표(劉表)에게 15년 동안 의탁해 있다가 조조(曹操) 밑으로 들어가 시중(侍中) 벼슬까지 지냈는데, 형주에 있을 때 성루(城樓)에 올라가 시사(時事)를 한탄하고 고향을 그리는 내용으로 〈등루부(登樓賦)〉를 지었다. 《文選 卷11》

69 몽산(蒙山) : 면천군에 있는 산이다. 몽산석성(蒙山石城)이 있다.

70 민보(民堡) : 백성들이 자체적으로 쌓아서 만든 보루(堡壘)를 말한다.

71 아미산(峨嵋山) : 충남 당진군 면천면 죽동리에 있는 산이다.

날개가 돋아 멀리 날아갈 듯	若羽化而遐擧兮
바람이 시원하게 겨드랑이에 스미네	風泠泠而襲掖
빼어난 기운이 수려함을 모아	精英鬱其特秀兮
참으로 크고도 높구나	多佛崔而並隆
음과 양으로 나눠 밤과 낮 이루니	割陰陽爲昏曉兮
아스라이 바라보며 가슴을 씻어내네	緊裂眦而盪胸
뭇 산들이 내달려 솟아올랐어도	衆別峗之奔騰兮
너와 더불어 자웅을 다투지 못하네	莫與汝乎爭雄
끝도 없이 펼쳐진 사방을 바라보매	曠無垠而四顧兮
호기⁷²가 하늘에 닿았네	接灝氣於太空
아득한 오나라 창문의 한 필 비단⁷³	杳吳門之匹練兮
우산의 지는 해가 슬프구나⁷⁴	悲牛山之落景
끝없이 날아가는 저 기러기 떼	征鴻之去無極兮
물가 모래톱 탁 트이고 하늘은 머네	洲渚闊而天逈
저 넘실거리는 물을 바라보니	瞻彼水之滔滔兮

---

72 호기(灝氣) : 천지의 정대(正大)하고 강직(剛直)한 기운을 말한다.

73 오나라……비단 : 공자가 안연(顏淵)과 함께 노(魯)나라 태산(泰山)에 올랐을 때, 오(吳)의 창문(昌門)을 보았는데 안연이 말하기를, "한 필의 하얀 베가 보입니다.〔見一匹練〕"라고 하니, 공자가 이르기를 "그것은 흰 말〔白馬〕이다."라고 한 데서 온 말이다. 《太平御覽 卷818》

74 우산(牛山)의……슬프구나 : 제(齊)나라 경공(景公)이 우산에 올랐다가 북으로 제나라를 바라보며 "아름답구나, 저 나라가! 울창도 하도다. 옛날부터 사람이 죽지 않는 존재였다한들 과인이 장차 저것을 버리고 어디로 갈 것이란 말인가.〔齊景公游於牛山之上 而北望齊 曰美哉國乎 郁郁蓁蓁 使古而無死者 則寡人將去此而何之 俯而泣下沾襟〕"라고 한 고사가 있다. 《漢詩外傳 卷10》

또한 바다로 가느라 쉬지 않네	亦赴海而不休
서글퍼라 매인 박 같은 내 신세	哀吾生之瓠繫兮
넓고 끝없는 파도 위의 갈매기 부럽구나	羨浩蕩之波鷗
구름 사이로 관악산 바라보며	望冠岳於雲間兮
경루의 임금님 그리네	懷佳人於瓊樓
머나먼 성궐은 들쑥날쑥하고	緬城闕之參差兮
뭇 용들[75]이 한 줄로 이어섰네	緯群龍之所經
길이 넓어 치우침이 없으니	道蕩蕩而無偏兮
팔방에서 궁궐로 모여드네	徠八荒於庭衢
기와 용[76]과 같은 이들 가득하니	升夔龍之濟濟兮
무엇하러 민생을 보살펴 달라 기도할까	孰求庇乎民生
어지럽게 줄지어 달리며 다투어 나아가느라	紛鶩列而競趨兮
길에는 수레 부딪는 소리 우레 같은데	路擊轂而如霆
탄식하며[77] 깨어나 오래 생각하니	契寤歎而永思兮
근심이 맺혀 취한 듯 어지럽네	心結轖而迷酲
머리를 긁적이며 하늘에 묻지만	羌搔首而問天兮
하늘 문 굳게 닫혔고 길은 머네	閶闔閉而路長
과보[78]가 해를 쫓아 간 일 생각해보니	窮夸父之逐日兮

75 뭇 용들 : 여기서는 끝없이 이어진 산등성이들을 가리키는 듯하다.

76 기(夔)와 용(龍) : 순(舜) 임금의 두 어진 신하이다. 기는 악관(樂官)이고, 용은 간관(諫官)이었다. 여기서는 명신들을 비유하여 말한 것이다.

77 탄식하며 깨어나 : 《시경》〈대동(大東)〉에 "걱정하다 잠깨어 탄식하니 우리 백성들 가엾구나.〔契契寤歎 哀我憚人〕"라는 구절이 있다.

78 과보(夸父) : 고대 신화 속의 인물이다. 과보가 제 자신의 역량을 헤아리지 못하고 해를 쫓아가고자 하여 우곡(嵎谷)까지 달려갔는데, 목이 마르자 하수(河水)와 위수(渭

자기 역량을 헤아리지 못했음을 알겠네	知己力之不量
완적의 수레[79] 돌려 길을 찾으니	回阮轍而尋遹兮
쑥대밭만 눈에 가득하네	又蒿萊之滿目
짐짓 바람을 타고 높이 날아	聊乘風而翶翔兮
먼 생각 육지로 달리는데	騁遐想於川陸
시절 경물은 장차 변하려 하고	攬時物之將變兮
난초와 혜초도 빈 골짜기에서 시드네	蘭蕙萎於空谷
젊은날 돌아오지 않음을 탄식하나니	慨少壯之不來兮
어찌 몸뚱이에 부림을 당하는가	夫何爲乎形役
예전에 실혜는 추방당했을 때	昔實兮之見放兮
긴 노래 불러 스스로 위로했고[80]	矢長歌而自勞

水)의 물을 마셨으나 물이 부족하였다. 이에 다시 대택(大澤)의 물을 마시려고 하였는데, 미처 도착하기도 전에 중도에서 목이 말라 죽었다 한다.《列子 湯問》

79 완적(阮籍)의 수레 : 진(晉)나라 완적이 마음이 내키면 수레를 몰고 정처없이 가다가 길이 막다른 곳에 이르면 곧 통곡을 하고 돌아섰다고 한다.《晉書 卷49 阮籍列傳》

80 예전에……위로했고 : 실혜(實兮)는 신라 진평왕 때 신하로, 성품이 강직하여 바른 것을 지키고 아부하지 아니했다. 하사인(下舍人) 진제(珍堤)가 상사인(上舍人) 실혜(實兮)를 참소하여 왕이 실혜를 냉림(冷林)으로 좌천시켰다. "어떤 사람이 실혜에게 '군(君)은 세상에 충성을 하는 이로 알려졌는데 이제 참소를 받아 멀리 죽령(竹嶺) 밖 황벽(荒僻)한 땅에 좌천되었는데도 어찌 바른 말을 하여 자신을 변명하지 않는가.' 하니, 실혜가 '굴원(屈原)이 내쫓김을 당했고 이사(李斯)도 형(刑)을 입었으니 영신(佞臣)이 임금을 속여 충신이 배척을 입는 것은 예전에도 그러했다. 그러니 슬퍼할 게 무엇인가?' 하고서 말없이 가면서 장가(長歌)를 지어 뜻을 보였다.〔或謂實兮日 君自祖考 而忠誠公材聞於時 今爲佞臣之讒毀 遠宦於竹嶺之外荒僻之地 不亦痛乎 何不直言自辨 實兮答日 昔屈原孤直 爲楚擯黜 李斯盡忠 爲秦極刑 故知佞臣惑主 忠士被斥 古亦然也 何足悲乎〕"한다.《三國史記 卷48 實兮列傳》

유씨는 곡도에 유배를 당했지만	庾被譴於鵠島兮
그래도 글을 올려 보답을 도모했네[81]	猶上書而圖報
몸은 곤궁해도 뜻을 돈독히 하여	身處窮而篤志兮
선현의 높은 식견 더듬어가리	敉前修之卓識
소리[82]를 편안히 여기고 운명에 맡기면	安素履而委命兮
근심과 후회가 쌓이지 않으리	庶憂悔之無積
산꼭대기에 기대어 휘파람 부니	依山椒而發嘯兮
소리가 울려 숲 저 멀리 퍼져가네	聲振越乎林薄
소문의 진인[83]을 따르길 원하니	願從蘇門之眞人兮
지극한 도는 묵묵함에 있구나	至道在於默默

---

81 유씨(庾氏)는……했네 : 유씨는 고려 태조 때의 신하 유검필(庾黔弼, ?~941)로, 평산 유씨(平山庾氏)의 시조이며, 시호는 충절(忠節)이다. 조정에서 참소를 입어 곡도(鵠島)에 유배되었으나, 후백제가 침범하자, 곡도에서 글을 올려 아뢰기를, "신이 비록 죄를 지고 적소(謫所)에 있으나, 백제가 우리 해변을 침범하였다는 소식을 듣고, 신이 이미 본도(本島) 및 포을도(包乙島)의 장정을 뽑아 군대에 보충하고 전함을 수리하여 막고자 하니, 원컨대 상께서는 근심하지 마소서.〔臣雖負罪在貶 聞百濟侵我海鄕 臣已選本島及包乙島丁壯 以充軍隊 又修戰艦以禦之 願上勿憂〕"라고 하였다. 왕이 이 글을 보고 눈물을 흘리며 이르기를, "참소를 믿고 어진 이를 내쫓은 것은 내가 밝지 못한 탓이다.〔臣讒逐賢 是予不明也〕"라고 하였다. 곡도는 조선조에는 황해도에 속했던 백령도(白翎島)로 고구려 때 지명이 곡도였다. 《高麗史 卷92 庾黔弼列傳》

82 소리(素履) : 평소 생활, 즉 본분대로 행함을 말한다. 《주역》〈이괘(履卦) 초구(初九)〉에 "본분대로 해 나가면 허물이 없다.〔素履往無咎〕"라고 하였다.

83 소문(蘇門)의 진인(眞人) : 소문은 중국 하남성 서북쪽의 소문산(蘇門山)이며, 진인은 진(晉)나라 때 죽림칠현의 한 사람인 완적(阮籍)이 소문산으로 찾아갔던 은자 손등(孫登)을 말한다. 완적이 손등을 만나 선술(仙術)을 물었으나 손등은 일체 대답을 않고 휘파람만 길게 불면서 가 버렸는데, 그 소리가 마치 암곡(巖谷)에 메아리치는 난봉(鸞鳳)의 소리와 같았다고 한다. 《晉書 卷49 阮籍列傳》

도망부

悼亡賦

면양(沔陽)에 있을 때 지었다.

저기 미녀가 강가에 있어	彼姝子兮在江之渚
부용으로 치마 삼고 혜초로 패옥 삼았네	芙蓉爲裳兮蕙爲珮
옥처럼 곧은 자태 다소곳 말이 없고	亭亭玉立兮凝無語
남편 받들며 아리땁고 유순하였네	恭執槃匜兮婉而嫕
맑은 몸가짐 깨끗한 행실 예절을 어김없고	澡身潔行兮儀不忒
마음에 욕심 끊고 담박함 달게 여겼네	心絶歆慕兮甘淡泊
예전에 내가 죄 지어 도성을 나가서	昔余負戾而出城兮
용산의 강가 집에서 살 때	寓龍山之江閣
부지런히 온갖 집안일 챙기고	服勤勞而周旋兮
아침저녁으로 공경하며 지냈네	緊虔共其朝夕
긴 여름 장마철 지낼 때	經長夏之霪霖兮
물결이 하늘에 넘치고 지붕을 때리며	浪滔天而打屋
구름은 꺼먼 명반 같고 바람은 울부짖어	雲礬黑而風嘯兮
들판엔 도깨비불 저녁마다 번쩍였네	野燐夕其閃爚
그러나 짤막한 등잔걸이 아래서 바느질하며	守短檠而執鍼兮
마음 오롯이 하여 다른 생각 없었네	志專壹而無貳
내 마음의 슬픔 불쌍히 여기고	悶余心之戚戚兮
웃고 이야기 나누며 서로 위로했네	聊笑語而相慰
내가 저 남쪽에 유배되어	迨余竄夫南服兮

어수선히 급박하게 헤어지게 되자	繽佋偲而解携
이번 걸음 오래가지 않을 터이니	謂玆行之不久兮
상심하여 너무 슬퍼하지 말라고 했지	勿傷神而遽悲
이윽고 세월 흘러 해가 바뀌고	旣經時而歷歲兮
길 더욱 멀어지고 소식 드물어졌네	道更賒而便稀
아침 까치 소리에 문득 기뻐하고	朝聞鵲而乍喜兮
저녁 기러기 소리에 길게 한숨 쉬었네	夕聽鴈而長唏
계절이 쉽게 흘러간다 탄식하면서	歎節序之易邁兮
눈물 머금은 채 옷을 부쳐 주었네	含涕淚而寄衣
얼굴빛 초췌하여 어두워지고	容光瘁而黯淡兮
허리며 팔다리 여위어 옷 둘레 헐거워졌네	腰肢瘦而減圍
병든 몸으로 설설 기면서	將病軀而匍匐兮
죽음보다 더한 슬픔 누차 겪었네	又屢戚於喪威
능화경84에 먼지 끼고 머리는 쑥대머리	菱塵翳而首蓬兮
아 누굴 위해 머리감고 기름칠할까85	睪誰爲乎膏沐
길게 목을 늘여 발돋움하며 용서받길 기다리며	長延佇而俟休兮
골짜기에도 봄이 돌아오길 바랐는데	冀暖律之回谷

---

84 능화경(菱花鏡) : 옛날의 구리거울 이름으로, 육각 모양으로 뒤에 능화(마름꽃)가 새겨져 있어서 부르는 이름이다.

85 머리 감고 기름칠할까 : 머리 감고 기름 발라 치장하는 것을 말한다. 《시경》〈백혜(伯兮)〉에 "남편이 동으로 간 이후로, 머리는 쑥대머리가 되었노라. 어찌 감고 기름칠 못할까만, 누구를 위해 모양을 낸단 말가.〔自伯之東 首如飛蓬 豈無膏沐 誰適爲容〕"라고 한 데서 온 말인데, 이 시는 한 부인이 오래도록 정역(征役)에 나가 있는 남편을 그리워하여 부른 노래이다.

어찌 한번 병들어선 일어나지 못하고   何一疾之不起兮

문득 이승과 저승으로 길이 나뉘었는가   路便隔於幽明

달 속에 계수 꽃처럼 나부끼더니   飄桂子於月中兮

난초 같은 몸 무덤에 맡겼네   委蘭質於佳城

나그네 집 쓸쓸한데 가을 깊어 가고   旅館寒而秋深兮

은하수 엷은데 구름 걷히네   河漢薄而雲斂

밤기운 넘쳐나 바다 같은데   夜漫漫而如海兮

형형히 등불 밝아 불꽃 토하는구나   燈炯炯而吐燄

각침[86] 어루만지며 스스로 애도하고   撫角枕而自悼兮

〈당풍〉의 〈갈생〉[87]을 읊조리네   詠唐風之葛生

혼이 생시처럼 내 꿈에 들어와   魂彷彿而入寐兮

평상시처럼 기쁜 마음으로 위로하네   歡勞苦如生平

그윽하게 웃으며 응시하다가   凝微睇而綿藐兮

짐짓 머뭇거리며 정을 머금네   故躊躇而含情

문득 깨어보니 사라지고   倏遽遽而相失兮

달빛만 처량히 휘장을 비추네   月鑑帷而凄清

잠 못 들고 탄식하며 이리저리 뒤척이니   載寤歎而轉輾兮

---

86 각침(角枕) : 뿔로 만든 베개이다. 《시경》 〈갈생(葛生)〉에 "각침이 찬란하며 비단 이불이 곱도다. 내 아름다운 분이 여기에 없으니, 누구와 더불어 밤을 샐꼬.〔角枕粲兮 錦衾爛兮 予美亡此 誰與獨旦〕"라고 하였는데, 이 시는 남편이 오랫동안 정역(征役)을 나가 돌아오지 못하자 아내가 남편을 그리며 읊은 것이다.

87 갈생(葛生) : 《시경》 〈당풍(唐風)〉의 한 편명이다. 남편을 전장에 내보낸 부인이 칡덩굴이 숲 위로 뻗어 가는 것을 보면서, 남편 없는 자신의 외로움을 서러워한 내용이다.

그 고운 얼굴 눈앞에 있는 듯하네 　　宛淸揚其在目

향기로운 풀 갑자기 시들어 안타깝거늘 　　惜芳卉之驟謝兮

또 무슨 인연이 이리 얕고 엷은가 　　又何緣之淺薄

본래 수명의 장단이야 정해져 있다지만 　　固修短之有期兮

곤궁한 운명을 만났구나 　　値運途之窮阨

생이별 뒤에 사별이라니 　　惟生離而死別兮

회포가 뒤얽혀 풀기도 어렵구나 　　懷纏綿而難釋

하지만 근심은 아무 소용없으니 　　然憂思之無益兮

오동나무 어루만지며 높이 노래 부르려네 　　且撫桐而高歌

아 인생이 꿈과 같음이여 　　嗟人生之如夢兮

새벽 구름 배꽃에서 사라져버렸네[88] 　　曉雲空於梨花

---

88 아……사라져버렸네 : 소식(蘇軾)의 〈서강월(西江月)〉에 "그대의 정이 새벽구름
을 좇아 사라지니, 이화와 더불어 꿈꿀 수가 없구나.〔高情已逐曉雲空 不與梨花同夢〕"라
고 하였다.

귀천을 그리워하며 읊은 부

懷歸川賦

면양(沔陽)에 있을 때 지었다.

나는 두호의 물가에서 태어나	余生于荳湖之湄
귀천이라는 마을에서 자랐지	長于歸川之鄕
나이 마흔 무렵에	年垂强仕
가족들 이끌고 서울로 들어왔네	挈眷入京
이때부터 벼슬길에서 바삐 일하느라[89]	自是鞅掌塵途
일찍이 하루도 침상에 누워 쉬지 못했지	未嘗一日偃息在牀也
총괄하면 귀천에 살았던 것이 서른 해	總之在歸川者爲三十秋
귀천을 떠난 것이 열아홉 해이네	去歸川者爲十九霜
비록 굴러다니는 쑥보다 정처 없긴 하지만	雖無定於轉蓬
아직도 고향언덕 돌아보며 그리워하네	猶回戀於首邱
꿈은 길이 동호에 있고	夢長在於東湖
마음은 언제나 천운루를 맴도네	心常繞於雲樓

천운루(天雲樓)는 옛날에 살던 곳이다.

귀천이라는 고장은	夫歸川之爲鄕也

---

89 바삐 일하느라 : 원문은 '앙장(鞅掌)'으로, 매우 바빠서 의용(儀容)을 갖추지 못하는 모습을 의미한다. 《시경》〈북산(北山)〉에 "어떤 이는 집에서 편히 누웠다 일어났다 하는데, 어떤 이는 왕사에 바빠서 의용도 못 갖추도다.〔或棲遲偃仰 或王事鞅掌〕"라는 구절에서 유래된 말이다. 이 시는 한 대부가 국가의 부역(賦役)에만 늘 종사하느라 부모도 봉양할 겨를이 없게 된 것을 은밀히 원망하는 내용이다.

양근과 광주의 접경으로	處楊廣之交
산수와 습수[90]가 만나는 곳에 있네	臨汕濕之會
골짜기는 열려있고 산이 아름다우며	峽開山媚
모래가 밝고 물이 넓게 흐르네	沙明水澮
박환 옹은 그곳을 서호에 견주었고	朴瓛翁比之於西湖

예전에 환재(瓛齋 박규수(朴珪壽)) 선생이 일찍이, "내가 연경에 갔을 때 전당(錢塘)[91]의 거인(擧人 과거 응시자)을 만나니 소매에서 《서호도(西湖圖)》를 꺼내 보여주기에 그곳의 산수 형세를 살펴보았다. 우리나라 두릉(斗陵)과 귀천(歸川) 사이라면 그곳에 해당할 만했다. 다만 인공으로 가꾸어 설치한 것이 흠일 뿐이다."라고 말씀하셨다.

이번로[92]는 그곳을 촉의 산에 비기었네 　　李樊老擬之於蜀山者也

두미(斗尾)[93]는 양쪽 협곡이 하늘 높이 솟았고 그 사이로 큰 강이 흐른다. 세상에 전하는 말에, 옛날에 중국으로부터 원숭이를 얻어가지고 온 사람이 있었는데 두미에 이르러 처음 울었다고 한다. 아마 그 산세가 무협(巫峽)과 같기 때문인 듯하다. 동번(東樊) 이만용(李晚用)의 시에 이르기를, "산은 촉(蜀)의 산과 같고 강은 오(吳)의 강과 같구나."라고 하였다.

강을 따라 십리 사이 　　　　　　　　沿江十里之間

90　산수(汕水)와 습수(濕水) : 산수는 북한강, 습수는 남한강을 가리킨다. 《與猶堂全書 汕水尋源記》

91　전당(錢唐) : 중국의 옛 현명(縣名)이다. 지금 절강성(浙江省)에 속한 곳인데, 옛 시문(詩文)에 언급된 전당은 지금의 항주시(杭州市)를 가리킨다.

92　이번로(李樊老) : 이만용(李晚用, 1792~?)으로, 본관은 전주(全州), 자는 여성(汝成), 호는 동번(東樊)이다. 1858년(철종9) 무오별시문과(戊午別試文科)에 병과(丙科) 3등으로 급제, 벼슬은 봉사(奉事), 우통례(右通禮)를 거쳐 병조 참지(兵曹參知)에 이르렀다. 문집으로 《동번집(東樊集)》이 전한다.

93　두미(斗尾) : 양주군(楊州郡)과 광주군(廣州郡) 사이로 흐르는 한강 상류 부근을 가리킨다. 두미협(斗尾峽)이라고도 한다.

종종 이름난 관리가 대대로 살아온 마을이 많네

往往多名宦世居之村

청탄[94]은 여씨의 동산　　　　　　　　　青灘爲呂氏之園

두릉은 정씨의 물굽이라 일컫네　　　　斗陵稱丁氏之灣

　유산(酉山) 정학연(丁學淵)[95]의 시에 "정가(丁家)의 물굽이와 여가(呂家)
의 낚시바위가 인접해 있네."라는 구가 있다.

저 금봉산[96] 깊고 고요한 곳은　　　　彼金鳳之窈窕

선조께서 터를 잡으신 곳　　　　　　　寔先祖之攸卜

　금봉(金鳳)은 귀천의 주산(主山) 이름이다. 열수(洌水)의 동쪽에 있는데,
선조(先祖) 문정공(文貞公 김육(金堉))께서 처음 이곳에 터를 잡으셨다.

구불구불한 산등성이는 푸른 나무들 둘렀고　　岡巒逶迤而環翠

맑은 냇물은 흰 띠처럼 휘감아 도네　　　　　澗溪澄而繚白

남도의 봄날 새벽 손에 움켜질 듯　　　　　　挹藍島之春曉

운길산 빼어난 빛 손에 잡힐 듯　　　　　　　攬雲吉之秀色

94　청탄(青灘) : 경기도 광주(廣州) 분원리에서 양평 방면으로 가면서 귀여리와 검천
리를 지나 맨 끝에 수청리 마을 앞을 흐르는 물이름이다. 이곳에 대수청리(大水青里)와
소수청리(小水青里)가 있었는데, 1914년 무렵에 수청리로 통합되었다고 한다. 이 마을
앞을 흐르는 강물이 맑고 푸르러 '수청(水青)'이라 하며 마을 앞의 강물이 여울이 져
있어 물살이 세어 '청탄(青灘)'이라 불려왔다고 한다. 이 마을에 숙종 때 영의정을 지낸
여성제(呂聖齊)의 생가와 신도비며 묘소가 있다. 19세기에 영천 군수(榮川郡守)를 지
냈던 여동근(呂東根)의 호가 청탄이기도 한데, 《다산시문집(茶山詩文集)》에는 정약용
선생과 여동근이 창수한 시가 여러 편 전한다.

95　정학연(丁學淵) : 1783~1859. 정약용(丁若鏞, 1762~1836)의 맏아들이다. 의술
에 밝았다고 전해지며, 문집으로 《유산집(酉山集)》이 전한다. 다산 선생이 사시던 곳이
양평 두물머리였으므로 '정씨의 물굽이[丁氏之灣]'라고 한 것이다.

96　금봉산(金鳳山) : 경기 광주시 남종면 귀여리 일대에 있는 산이다.

남도(藍島)는 남한강과 북한강 사이에 있다. 운길(雲吉)은 강의 북쪽에 있는 산 이름인데, 수종사(水鍾寺)가 있다. 귀천팔경(歸川八景)에 '남도의 봄날 새벽〔藍島春曉〕', '운길산 새벽 종〔雲吉曉鍾〕'이 들어있다.

| 아주에선 노 젓는 노래 메아리치고 | 響棹謳於鴉洲 |

백아주(白鴉洲)는 우저(牛渚) 아래에 있다.

| 주곡에선 나무꾼 노래 들려오네 | 聆樵歌於酒谷 |

주곡(酒谷)은 금봉산 오른쪽에 있는데, 그곳에 사는 백성은 모두 나무를 해서 파는 것을 생업으로 삼는다.

| 완리에서 남쪽 북쪽 나뉘고 | 分南北於阮里 |

귀천에는 커다란 시내가 있고, 천운루(天雲樓)는 그 시냇물의 서쪽에 있다. 시내의 동쪽은 우리 일가 사람들이 많이 살고 있다.

육옥[97]이 동쪽 서쪽 이어지네	連東西於陸屋
오른쪽으로 돌아보면 넓은 밭이 비옥하고	右顧則平田膴膴
왼쪽으로 돌아보면 맑은 물결 잔잔하네	左眄則淸流漪漪
나무는 소나무와 전나무	其木則有松有檜
과실은 밤과 복숭아라네	其果則侯栗侯桃
맛있기론 조씨네 동산의 앵두를 일컫고	美稱趙園之櫻
향기는 한씨네 담배가 유명했지	香著韓氏之葓
물고기는	其魚則
두미의 잉어와 낭호의 쏘가리요	斗尾之鯉朗湖之鱖
술은 우저의 좋은 술이요	酒則牛渚佳釀

97　육옥(陸屋) : 진(晉)나라 육기(陸機)와 육운(陸雲)의 집을 말한다. 육기와 육운은 친형제로 함께 낙양으로 가서 문명(文名)을 날리며 함께 살았다.《晉書 卷54 陸機列傳》

그릇은 자원[98]의 비색이니 器則瓷院秘色

> 자원은 분원(分院)이라 부르기도 한다. 국내의 자기는 이곳의 것을 최고로 친다.

무릇 백성의 생필품과 술 마시고 노는 재료를

凡生民日用之需遊讌觴咏之具

예서 족히 얻을 수 있었네 可以取足於是矣

그때 중부께서 살아계시고 형제들 무고하여 于時仲父在堂兄弟無故

나아가선 눈을 읊는 기쁨[99]이 있었고 進有詠雪之懽

물러나면 침상을 나란히 한 즐거움[100]이 있었네 退有聯牀之樂

창은 밝고 안석은 깨끗했으며 窓明几淨

몸은 한가롭고 마음은 여유로워 身閒心適

기이한 문장 찾아 감상하고 搜奇文而欣賞

옛 경전을 완상하고 탐구했네 玩古經而探索

이원에서 꾀꼬리 소리를 듣기도 하고 或聽鶯於梨園

분곡에서 낚시를 드리우기도 하고 或垂釣於湓曲

> 이원(梨園)은 집 뒤에 있고, 분곡(湓曲)은 마을 입구에 있다. '이원의 꾀꼬리 소리〔梨園聽鶯〕', '분곡 물가의 가는 버들〔湓浦細柳〕'은 곧 귀천팔경 중 두 가지이다.

---

98 자원(瓷院) : 조선 시대 사옹원(司饔院)의 분원으로 경기도 광주에 있었다.

99 눈을 읊는 기쁨 : 한집안 사람들이 모여서 화락하게 즐기는 것을 말한다. 동진(東晉) 사안(謝安)이 그 조카와 조카딸들과 함께 놀고 있을 때 눈이 내리자 모두에게 눈을 읊으라고 하여 품평했다는 고사에서 나왔다. 《世說新語 言語》

100 침상을……즐거움 : 소식이 아우 소철(蘇轍)과 침상을 맞대고 밤새 이야기 나눈 즐거움을 말한다.

노를 저어 친구를 찾아가기도 하고 　　　　或挽棹而訪友

달빛 받으며 스님을 찾아가기도 했네 　　　　或乘月而尋禪

　　금봉산의 꼭대기에 승사(僧舍)가 있는데 명월암(明月菴)이라고 부른다.

화수정에서 거문고를 타고 　　　　　　　彈琴於花樹之亭

　　화수(花樹)는 정자 이름이다.

세연천에서 차를 품평했었네 　　　　　　品茶於洗硯之泉

　　집 뒤에 바위틈으로 솟아나는 샘이 있어 흐르는 물을 곡수(曲水)로 여기며
　　항상 이곳에서 벼루를 씻었다. 바위 위에 옛 사람이 새겨 놓은 세연암(洗硯
　　巖)이라는 세 글자가 있다.

천 그루 거목의 그늘에서 오가며 쉬고 　　流憩於千章之陰

만 리 흐르는 물결에 발을 씻었네 　　　　濯足於萬里之波

아, 이 언덕 참으로 아름다워 　　　　　　惟玆邱之信美

은자가 깃들어 노닐기 딱 좋네 　　　　　愜隱者之棲遲

허나 세상일에 원대한 뜻 있어 　　　　　爾乃志有事於四方

시골집에 묻히는 걸 부끄럽게 여기고 　　耻埋沒於田廬

고향 산의 원숭이와 학과 헤어져[101] 　　辭猿鶴於故山

도읍으로 수레 타고 날아갔네 　　　　　飛輪轂於上都

태항산[102]의 높은 돌계단 넘고 　　　　　凌太行之危磴

101　고향……헤어져 : 원숭이와 학은 고향에 은거할 때 벗으로 삼은 동물을 말한다.
공치규(孔稚圭)의 〈북산이문(北山移文)〉에 "혜장(蕙帳)이 텅 비어 밤 학이 원망하고,
산인(山人)이 떠나가서 새벽 원숭이가 놀란다.〔蕙帳空兮夜鶴怨 山人去兮曉猿驚〕"라고
하였다.

102　태항산(太行山) : 중국 하남성과 산서성 경계에 있는 산으로 길이 험준하기로
유명하다. 백거이(白居易)의 시 〈태항로(太行路)〉에 "태항산 험한 길 수레를 부수지
만, 인심에 비긴다면 평평한 길이라네.〔太行之路能摧車 若比人心是坦途〕"라는 구절이

염여[103]의 성난 물결 건너느라	駕灩澦之怒濤
어지러이 수레 축 기울고 돛대 부러져도	紛傾軸而摧檣
잠시 머뭇거릴 뿐 그치진 않았다네	猶逡巡而未休
이름난 정원과 화려한 집을 거쳤지만	閱名園與華屋
끝내 나의 것은 아니었네	竟非吾之所有
물가를 따라 외로이 시를 읊으며	循澤畔而孤吟
저물어가는 내 삶을 느끼네	感年歲之遲暮
하늘 끝 고향 동산 바라보니	望故園於天涯
내 혼은 아득히 서쪽으로 달려가네	神邈邈而西馳
나무는 심을 때 비해 거의 아름이 되었고	樹幾圍於手種
바위는 낚시하던 때보다 더 윤기 나리라	石曾溫於坐磯
슬프다 이 한 몸 떠돌며	嗟一身之漂泊
지난날의 자취 더듬어 거듭 탄식하네	撫陳迹而累唏
강과 언덕 구불구불 길은 막혔는데	川原紆而路阻
어느 날에 돌아갈 수 있을지	知曷日而旋歸
아 사람은 막바지에 처하면 근본을 돌아보고	夫人情窮必反本
지치면 고향을 그리워하네	倦則懷土
이런 까닭에 삼려대부[104]는 초를 그리워했고	是以三閭睠楚

있다.

103 염여(灩澦) : 염여퇴(灩澦堆)이다. 장강(長江) 삼협(三峽) 중 구당(瞿塘)의 협구(峽口)에 돌출한 강 위의 큰 바위이다. 험난한 뱃길의 한 곳으로서 흔히 벼슬살이의 험난함을 비유한다.

104 삼려대부(三閭大夫) : 초(楚)나라 굴원(屈原)을 말한다. 굴원이 귀양 가기 전에 맡았던 관직으로 종묘제사와 왕족인 굴(屈), 경(景), 소(昭) 삼대성(三大姓)의 자제들

중니께선 노나라를 그리워했네 　　　　　　　　　　　　仲尼思魯

위나라 여자[105]는 기수 낚시터를 멀리서 그리고 　　　　　衛女遐想於淇竿

한나라 고조는 분사[106]에서 슬퍼했네 　　　　　　　　　漢祖興悲於枌社

반생[107]은 옥문으로 들어가길 바랐고 　　　　　　　　　班生望入於玉門

오손공주[108]는 황곡 되길 소원했네 　　　　　　　　　　烏孫願爲乎黃鵠

유자는 선화방을 추억했고[109] 　　　　　　　　　　　　柳子憶善和之坊

의 교육을 담당한 직책이었다.

105 위나라 여자 : 《시경》〈죽간(竹竿)〉에 나오는 내용을 가리킨다. 주희의 주석에서 "위녀(衛女)가 제후(諸侯)에게 출가하여 친정 부모를 뵈러 가고 싶어도 가지 못하므로 이 시(詩)를 지었다.〔衛女嫁於諸侯 思歸寧而不可得 故作此詩〕"라고 하였다. 기수(淇水)는 친정이 있는 위나라에 속한 곳이다.

106 분사(枌社) : 한 고조의 고향이다. 그는 천하를 평정한 후 고향에 들러 통곡을 했다고 한다.

107 반생(班生) : 반초(班超, 32~102)로, 부풍(扶風) 평릉(平陵) 사람이며, 자는 중승(仲升)이다. 그는 처음에 집이 가난하여 관청에 글씨를 써주고 살았는데, 어느 날 "대장부라면 부개자나 장건처럼 국경을 벗어나 공을 세워 봉건제후가 되어야지 어찌 붓과 벼루를 일삼으랴.〔大丈夫當效傅介子張騫立功異域 以取封侯 安能久事筆硯乎〕"라고 하고 붓을 던지고 나가더니 뒤에 옥문관(玉門關)을 나가서 서역을 평정했다. 옥문관은 서역으로 가는 관문인데, 그가 "신이 감히 주천까지 가기는 바랄 수 없지만, 살아서 옥문관에 들어오기를 소원합니다.〔臣不敢望到酒泉郡 願生入玉門關〕"라는 말을 남기고 간 것이 유명하다. 나중에 안서도호(安西都護)가 되고 정원후(定遠侯)에 봉해졌다.

108 오손공주(烏孫公主) : 한 무제(漢武帝) 때에 종실(宗室)의 딸을 공주로 가장하여 오손(烏孫)의 국왕에게 시집보냈는데, 그를 오손공주라 부른다. 공주가 고국을 그리며 〈황곡곡(黃鵠曲)〉을 지어 "고국 땅에서 살고 싶어 마음이 상하네. 소원은 황곡이 되어 고향에 돌아감일세.〔居常土思兮心內傷 願爲黃鵠兮歸故鄕〕"라고 했던 고사에서 나온 말이다. 《漢書 卷96 西域傳》

109 유자(柳子)는……했고 : 당나라 유종원(柳宗元)의 《기허맹용서(寄許孟容書)》에 "집에 사서(賜書) 3천 권이 있는데, 여전히 선화리(善和里) 옛 집에 있습니다.〔家有

소군은 미주의 풍속을 술회했네[110]　　　　　　蘇君述眉州之俗

예부터 어질고 지혜롭고 명철한 선비는　　　　　自古賢智聖哲之士

모두 그렇지 않은 사람이 없었나니　　　　　　　莫不皆然

나만 홀로 어떤 사람이기에　　　　　　　　　　余獨何人

상심하여 크게 우울하지 않을 수 있겠는가　　　能不傷心而壹鬱乎

손님 가운데 비웃는 사람 있어 말하길　　　　　客有笑之者曰

무릇 사람이 고향을 그리는 것은　　　　　　　夫人之懷鄕井者

친지와 전택이 있기 때문이네　　　　　　　　爲有親知與田宅耳

자네는 고향을 떠난 지 이미 오래고　　　　　子之去鄕已久

친척도 세상을 떠났으며　　　　　　　　　　親戚凋謝

오랜 벗들도 영락해 버렸네　　　　　　　　朋舊零落

뒤늦게 태어난 젊은이들은　　　　　　　　後生少年

자네 이름만 들었을 뿐　　　　　　　　　但聞子之名

자네 얼굴도 알지 못하니　　　　　　　　不識子之面

훗날에 돌아가 보아야　　　　　　　　　他日歸去

요양의 학[111]과 비슷하지 않겠는가　　　得無似遼陽之鶴乎

賜書三千卷 尙在善和里舊宅]"라고 했다. 이로 인하여 선화(善和)는 장서(藏書)를 지적
하는 말이 되었다. 여기서는 고향을 향한 마음을 말한다.

110 미주(眉州) : 중국 사천성(四川省) 미산현(眉山縣)을 가리킨다. 북송 때 미주
소씨(蘇氏)인 소순(蘇洵)이 집안의 족보를 만들었는데, 중국에서 일반 백성들이 족보
를 만들기 시작한 것은 소순에서 비롯했다 한다. 소순의 〈족보서(族譜序)〉가《고문진
보후집(古文眞寶後集)》에 수록되어 유명해졌다. 또 소순의 아들인 소식(蘇軾)의 〈미
주 원경루기(眉州遠景樓記)〉에 이곳 풍속이 기술되어 있다. 여기서는 고향을 향한 마
음을 말한다.

또 자네가 귀천에 있었을 때도 　　　　　　　　且子之在歸川

본래 한 이랑의 밭도 없었고 　　　　　　　　素乏一稜之田

또 두어 개 서까래 올린 집도 없었네 　　　　又無數椽之屋

늙어서 고향 마을에 간들 　　　　　　　　　投老歸里

의지하고 깃들 곳도 없으니 　　　　　　　　無所依庇

장차 흘간산의 참새[112]가 되려는 것인가 　將欲作紇干之雀乎

자넨 송평[113]에 있는 달팽이만한 집과 　　子有松坪蝸廬

조그만 땅 척박한 밭을 　　　　　　　　　尺贊薄田

소 울음 들릴 만큼 가까운데도 　　　　　在牛鳴之地

여태 직접 가서 한번 거들떠보지도 않고 　尚不能身往一看

삼백 리나 떨어진 귀천을 그리워하는가 　乃思三百里之歸川乎

그런 까닭에 통달한 사람은 운명에 맡기고 　是故達人委命

어진 사람은 처한 상황을 편안히 여기네 　仁者安遇

인생은 눈 녹은 진창의 기러기 발자국[114] 같은 것 　等飛鴻之雪泥

---

111 요양(遼陽)의 학 : 한나라 시인 정영위(丁令威)가 영허산(靈虛山)에서 도를 닦은 뒤 학이 되어 고향 요동으로 돌아와 푯대 위에 앉아 노래했다. "새가 된 정영위 집떠나 천년만에 돌아왔네. 성곽은 그대로인데 사람은 다 변했으니, 어찌 신선을 배우지 않고 무덤만 즐비한가?〔有鳥有鳥丁令衛 去家千歲今始歸 城郭如故人民非 何不學仙 冢累累〕"《後搜神記 卷1》

112 흘간산(紇干山)의 참새 : 절대 빈곤에 허덕이는 하층민을 비유한 것이다. 자세한 내용은 25쪽 주 35 참조.

113 송평(松坪) : 충청도(忠淸道) 비인현(庇仁縣)에 속했던 마을이다.

114 눈……발자국 : 아무 자취도 남기지 못하고 덧없이 떠나는 인생을 비유한 말이다. 소식(蘇軾)의 〈자유의 민지에서의 옛일을 생각한다는 시에 화답하다〔和子由澠池懷舊〕〉라는 시에, "인생이 가는 곳 그 무엇과 같은가, 눈 녹은 진창의 기러기 발자국

노둔한 말이 콩을 그리는 것[115] 비웃네	笑駑馬之戀豆
옛날 전국 시대 유세하던 선비들은	昔戰國之遊士
아침에는 진나라 저녁에는 초나라에 있었지	朝居秦而暮楚
나라가 아직 그대로 있으니	國尙猶然
고향이 무슨 관계있으랴	鄕於何有
자네가 강의 잉어와 호수의 쏘가리 말했으나	子謂江鯉湖鱖
어이 이곳의 맛좋은 해산물만 하겠으며	何如海錯之珍美
우저의 좋은 술이라도	牛渚佳釀
어찌 면천의 두견주만 하겠는가	何如沔川之鵑酒

    면천(沔川) 고을 사람들은 두견주를 잘 빚는다.

만물에는 좋고 나쁨이 없는 법인데	物無分於厚薄
땅에만 어찌 고향과 타향이 있겠는가 하였지	地豈在於新舊
그리고는 함께 크게 웃으며	因相與大笑
가득히 채운 술잔을 드네	引滿擧白
얼큰하게 취하니	陶然而醉
서산의 해는 저물려하네	山暉欲夕

같네.〔人生到處知何似 應似飛鴻踏雪泥〕"라고 한 데서 온 말이다.

115 노둔한……것 : 안목이 짧고 얕은 평범한 사람이 눈 앞의 작은 이익을 탐하는 것을 비유한 말이다. 송(宋)나라 황정견(黃庭堅)의 시구에 "노둔한 말이 구유의 콩 그리워하니 어찌 굴레를 면할 수 있으랴?〔駑馬戀棧豆 豈能辭縶縲〕"라는 구절이 있다. 〈次韻寄李六弟濟南郡城橋亭之詩〉

사辭

여섯 장군 신을 맞이하고 보내는 사
六將軍迎送神辭

자원(瓷院)[116]의 사람이 매양 음력 3월이면 여섯 장군의 상(像)을 그려놓고 북치고 춤추며 신을 즐겁게 하였으며, 굿을 하여 복을 구했다. 여섯 장군은 모두 충성을 다하다가 나라를 위해 죽었으므로 그 신이 가장 영험한 까닭이다.

영신곡 迎神曲

길한 아침[117]에 문을 나서서	穀朝兮出門
유거[118]를 엮고 난초 물에 머리 감았네[119]	結柳車兮沐芳蘭

---

116 자원(瓷院) : 조선 시대 사옹원(司饔院)의 분원으로 경기도 광주에 있었다.

117 길한 아침 : 원문은 곡조(穀朝)로, 이때의 곡(穀)은 '좋다' '아름답다'는 의미이다. 《시경》〈동문지분(東門之枌)〉에 "아아 좋구나 남쪽 들이여〔穀旦于差 南方之原〕"라는 표현이 나온다.

118 유거(柳車) : 장례식에 사용하는 상거(喪車)이다. 여기에서의 유는 모은다는 뜻으로, 여러 가지 장식물로 장식한 수레를 말한다. 한유(韓愈)가 일찍이 항상 자기를 괴롭히는 다섯 궁귀(窮鬼), 즉 지궁(智窮), 학궁(學窮), 문궁(文窮), 명궁(命窮), 교궁(交窮)을 물리친다는 뜻으로 〈송궁문(送窮文)〉을 지었는데, 여기에 "버드나무를 엮어 수레를 만들고 풀을 묶어 배를 만들어……〔結柳作車 縛草爲船……〕"라는 표현을 사용하였다. 《古文眞寶後集》

119 난초……감았네 : 마음가짐이 매우 경건하고 고결함을 의미한다. 《초사》〈구가

대무는 너울너울 춤추며	大巫兮婆娑
예쁜 옷 입고서 패옥을 울리네	被姣服兮鳴珮環
드넓은 봄물에 계수나무 배 띄우고	春水闊兮桂舟
퉁소 소리 필릴리 필릴리	簫管鳴兮啾啾
강엔 구름 자욱하고 산엔 비 오는데	江雲漠兮山雨
명계의 혼령 오시는지 바람 횡횡 부네	冥靈之來兮風颼颼
두 마리 구화규120를 탔도다	駕九花之兩虯
아, 바라볼 뿐 가까이 할 수는 없는데	謇可望而不可褻兮
장군께서 강림하려다 망설이시네	君將降兮夷猶
물은 굽이지고 산은 험한데	水曲兮山阻
고국은 어디 쯤인가	故國兮何處
만월대121엔 사슴들 노닐고	月臺兮遊麋鹿
수창궁122엔 벼와 기장이 자라네	壽宮兮長禾黍
한 가닥 채찍 장하던 기상 텅 비고	一條鞭兮壯氣虛
장성이 무너지자 눈은 횃불처럼 타올랐네	長城壞兮目如炬
한 겨울 송백처럼	松柏兮歲寒
우뚝 선 그 모습 누가 짝하랴	特立兮誰侶

(九歌) 운중군(雲中君)〉에 "난초 끓인 물로 몸을 씻고 향초 끓인 물로 머리 감는다.〔浴蘭湯兮沐芳〕"라고 하였다.

120 구화규(九花虯) : 천리마의 일종으로 당나라 대종(大宗)이 곽자의(郭子儀)에게 하사했다는 말의 이름이다.

121 만월대(萬月臺) : 황해도 개성의 송악산 기슭에 있는 고려의 궁궐터이다.

122 수창궁(壽昌宮) : 황해도 개성에 있었던 궁궐로 고려 공민왕 때 홍건적의 침입으로 연경궁(延慶宮)이 불타자, 그 후에 정전(正殿)으로 사용했던 곳이다.

첫 번째 영신곡 그 소리 애절한데 　　　　　　迎神一曲兮聲悲切

애처로운 원숭이 저녁에 울고 물가에 안개 피어나네

　　　　　　　　　　　　　　　　　哀猿暮號兮烟生渚

이윽고 천시되어 어길 수 없으니 　　　　　　已而天時兮不可違

장군께서는 주저 말고 속히 오소서 　　　　君速歸來兮無延佇

　　이상은 도통(都統) 최영(崔瑩)[123] 영신곡이다.

산 남쪽에서 장군을 기다려 　　　　　　待夫君兮山之陽

장차 이 향기를 바치려하네 　　　　　　　將以遺此芬芳

애달피 부르니 내 마음 슬퍼져 　　　　　　招招兮我心悲

눈물 흘러넘쳐 펑펑 쏟아지네 　　　　　　橫流涕兮滂滂

호가 소리 울리고 달빛 침침한데 　　　　　胡笳動兮月黑

어떤 사람이 그윽한 대숲에 있는 듯하여라 　若有人兮幽篁

훤칠한 칠 척의 키 당당도 한데 　　　　　儼七尺之堂堂兮

바람을 가르며 숙상[124]을 모네 　　　　　御嘶風之驌驦

123　최영(崔瑩) : 1316~1388. 본관은 동주(東州), 시호는 무민(武愍)이다. 평장사
(平章事) 최유청(崔惟淸)의 5세손이며, 사헌규정(司憲糾正) 원직(元直)의 아들이다.
1359년 홍건적이 서경을 함락시키자 이방실 등과 함께 이를 물리쳤다. 1361년에도 홍건
적이 창궐하여 개경까지 점령하자 이를 격퇴하여 전리판서에 올랐다. 이후에도 흥왕사
의 변, 제주 호목의 난을 진압했으며, 1376년은 왜구가 삼남 지방을 휩쓸자 홍산에서
적을 대파했다. 1388년 명나라가 철령위를 설치하려 하자, 요동 정벌을 계획하고 출정
했으나 이성계의 위화도회군으로 실패하고, 이성계 일파에게 살해되었다.

124　숙상(驌驦) : 좋은 말의 일종으로 숙상(鷫爽)이라고도 쓴다. 춘추 시대 당(唐)의
성공(成公)이 초(楚)에 갔을 때 두 필의 숙상마(鷫爽馬)를 가지고 있었는데 자상(子
常)이 그 말을 가지고 싶어 했으나 주지 않았다 한다. 《春秋左氏傳 定公3年》

말의 목에 매달고 온 간신의 머리	斬佞頭兮繫馬頸
구름 속에 던지니 유혈이 낭자하네	擲雲中兮血淋浪
도깨비는 두려워 달아나 숨고	魍魎惵其竄伏兮
새와 짐승 놀라서 바삐 달아나네	鳥獸駭其奔忙
신령이 번쩍이며 강림하시려 하니	靈剡剡其將臨兮
갑자기 회오리바람 높이 이네	倏飄擧兮翶翔
계수나무 깃발125 보였다 사라지니	桂旗兮明滅
멀리 바라보며 마음 슬퍼지네	遙騁望兮心傷
아득하여 붙잡을 수 없이	杳杳兮莫攀
팔룡126을 타고 사방을 노니시네	乘八龍兮遊四方
백두산에는 바위가 우뚝우뚝	白頭之山兮石齒齒
두만강에는 물결이 넘실넘실	豆滿之水兮波洋洋
장군의 장대한 뜻 굳세기도 하구나	夫君壯志兮應洸洸
어찌하여 뜬구름은 변환을 부려	夫何浮雲之變幻兮
해와 달 가리며 넘쳐흐르나	蔽兩曜而漫漫
구천을 바라보며 상제께 하소연하나	望九天而訴帝兮
하늘 문 닫히고 길은 끊어졌구나	閶闔閉而路斷
슬피 홀로 서서 크게 한숨 쉬며	悵獨立兮太息

---

125 계수나무 깃발 : 신기거(神祇車)에 세우는 깃발이다. 수레 깃발에 향기가 감도는 것을 말한다. 《초사》〈산귀(山鬼)〉에 "붉은 표범을 타고 얼룩무늬 삵을 쫓음이여, 목련〔辛夷〕 수레에는 계수나무 깃발을 맸네.〔乘赤豹兮從文狸 辛夷車兮結桂旗〕"라고 했다. 왕일(王逸)의 주(注)에 "계수나무 깃발과 신이라는 것은 수레와 깃발에 향기를 두른 것을 말한다."라고 하였다.

126 팔룡(八龍) : 주 목왕(周穆王)의 8필의 준마로 일반적으로 준마를 뜻한다.

날개 돋지 않음을 한스러워하네   恨不生夫羽翰

두 번째 영신곡 그 소리 처량한데   迎神二曲兮聲凄凄

천지 참담하게 서리와 눈 쌓이네   天地慘淡兮集霜霰

날 저물고 길 먼데 장군께선 돌아오지 않고   日暮途遠兮君不歸

장군께서 돌아오지 않으시니 심란하구나   君不歸來兮心曲亂

     이상은 장군 남이(南怡)[127] 영신곡이다.

아름다운 자리에 계준[128]을 진설하고   陳桂樽兮琮席

오늘 저녁 이리저리 배회하네   聊逍遙兮今夕

돌개바람처럼 춤추며 소매 떨치고   舞迴風兮拂袖

구름에 메아리치도록 피리를 부네   響夏雲兮擘笛

어지럽게 북 치고 종을 울리니   紛交皷兮鳴鍾

신령이 엄숙하게 강림하시네   靈皇皇兮來格

깃발은 해를 가리고 군사는 운집하여   旌蔽日兮士如雲

왼손에는 도끼 오른손엔 창을 잡았네   左執鉞兮右拖戟

---

127 남이(南怡) : 1441~1468. 본관은 의령(宜寧), 시호는 충무(忠武)이다. 의산군(宜山君) 휘(暉)와 태종의 넷째 딸인 정선공주(貞善公主)의 슬하에 태어나 1457년(세조3)에 17세로 무과에 장원 급제, 세조의 총애를 받았다. 1467년(세조13) 이시애(李施愛)의 난을 토벌하여 적개공신(敵愾功臣) 1등에 오르고, 의산군에 봉해졌다. 이어서 서북변(西北邊)의 건주위(建州衛)를 정벌하고 27세에 병조 판서가 되었다. 1468년 예종 때 유자광(柳子光)에 의해 역모를 꾸민다고 모함을 당하여 능지처참을 당하였다. 1818년에 관작이 복구되었다. 창녕의 구봉서원(龜峯書院), 서울 용산의 용문사(龍門祠) 및 서울 성동의 충민사(忠愍祠)에 배향되었다.

128 계준(桂樽) : 좋은 술이다. 《초사》〈동군(東君)〉에 "북두를 가져다가 계장을 떠내도다.[援北斗兮酌桂漿]"라고 하였다.

백호는 웅크리고 주조는 날고	白虎矍跥兮朱鳥翔
갈라지는 번갯불에 벼락이 뒤따르네	裂缺流光兮從霹靂
우르릉 징과 북 울리듯 천둥치고	雷隱隱兮鉦鼓發
단풍에 벼락치니 파란 도깨비불 내달리네	靑楓合兮走燐碧
신령이 도도한 모습으로 찾아오셔서	靈之來兮偃蹇
기꺼이 우리를 위로하시네	慰我人兮無射
시꺼먼 살기 너무 짙어서	殺氣黑兮太重
벌과 전갈처럼 쏠까 두렵네	恐蜂蠆之有螫
아, 근심스레 길이 탄식하나니	羌於邑兮永歎
이에 나의 회포 겹겹이 쌓이네	余懷有此襞積
높은 언덕에 올라 탄금대 바라보니	登高岡兮望琴臺
짙은 구름 끼어 사방 막았네	陰雲翳以四塞
아래엔 큰 물결치는 강이 있으니	下有洪濤之混瀁兮
이곳이 바로 공의 유택이네	寔維公之遺宅
공은 조수 타고 영험함을 떨치며	公乘潮兮揚靈
아침에 나와 노닐다 저물녘에 돌아가네	朝出遊兮暮適
세 번째 영신곡으로 나의 근심 풀어내니	迎神三曲兮瀉我憂
산의 달빛 희미한데 두견새 우네	山月微茫兮杜宇啾
장군이시여 돌아오셔서 이 술잔을 드소서	願君歸來兮飮此盂
수국엔 오래도록 머물러선 안됩니다	水國兮不可以久留

이상 총병(總兵) 신립(申砬)[129] 영신곡이다.

---

129 신립(申砬) : 1546~1592. 본관은 평산(平山), 자는 입지(立之), 시호는 충장(忠
壯)이다. 23세 때 무과에 급제, 선전관·도총관 등을 거쳐 진주 판관을 지냈다. 1583년

강의 모래섬에서 부사가 나오시길 기다려　　　　望侯出兮江之洲

산 깊은 곳에서 부사가 오심을 맞이하네　　　　迎侯歸兮山之幽

사람들은 부사가 오셨는지 분명치 않다는데　　　人言侯來兮未分明

사나운 바람 저녁에 일어 천막 말아올리네　　　衝飆夕起兮捲碧油

우뚝 솟아 길게[130] 구름 가에 나타나심에　　　偃蹇連蜷兮出雲際

한 창은 치켜들고 또 한 창은 비껴 찼네　　　　手奮靈戈兮橫威矛

외딴 성 달무리지고 고각 소리 차가운데　　　　孤城月暈兮皷角冷

강개하여 눈물 흘리며 북채를 잡네　　　　　　慷慨流涕兮援玉枹

옛날 일 감히 말하기 전에　　　　　　　　　　疇昔之事兮未敢言

천지는 어둡고 비바람이 치려하네　　　　　　天地冥冥兮風雨愁

남문에 뻗친 자색 기운 사라지지 않으니　　　　南門紫氣兮亘不滅

천추 만세토록 정령이 노니네　　　　　　　　千秋萬歲兮精靈遊

(선조16) 온성 부사로 있을 때 이탕개(尼湯介)가 거느린 야인(野人)들이 침입하여 훈
융진(訓戎鎭)을 공격하자 두만강을 건너가서 그들의 소굴을 소탕하였다. 같은 해 5월
종성에 쳐들어온 이탕개의 1만여 군대를 물리치고, 육진(六鎭)을 지켰다. 1584년 함경
도 북병사, 1587년 우방어사(右防禦使), 이어 함경도 남병사로 임명되었다. 1590년
평안도 병마절도사, 한성부 판윤을 지냈으며 항상 군비(軍備)의 부족함을 논하여 조정
의 신임을 받았다. 1592년 임진왜란이 일어나자 삼도순변사로서 왜군과 대적하던 중
충주성 탄금대(彈琴臺)에서 배수진을 치고 싸우다가 왜장 소서행장(小西行長)에게 참
패를 당했다. 아군이 섬멸되자 그는 김여물, 박안민(朴安民) 등과 함께 남한강물에
투신, 순절하였다. 뒤에 영의정에 추증되었다.

130　우뚝 솟아 길게 : 한(漢)나라 때 회남왕(淮南王) 유안(劉安)에게 초빙된 인사들
가운데 소산(小山)이라고 일컫던 이들이 굴원(屈原)의 고사에 감동된 나머지 '초은사
(招隱士)'라는 시부(詩賦)를 지었는데, 그 첫 행에 "계수나무 떨기로 나니 산이 그윽하
다. 우뚝 솟아 길게 뻗어 가지 서로 얽혔구나.〔桂樹叢生兮山之幽 偃蹇連蜷兮枝相繆〕"라
는 표현이 나온다.《楚辭 卷8 招隱士》

충신으로 살다가 죽어서 여귀 되셨으니　　　　生爲忠臣兮死作厲鬼

친히 뇌부[131]를 잡고 남쪽 오랑캐 몰아내리　　親執雷斧兮驅南酋

동래 고을과 대마도에　　　　　　　　　　　　萊之州兮馬之島

영거가 매일 나와 바닷가를 뒤흔드네　　　　　靈車日出兮震海陬

치우[132]를 선두삼고 비렴[133]을 마부삼아　　　蚩尤先驅兮飛廉御

내달리고 짓밟으니 피 비가 떨어지네　　　　　崩奔蹂躪兮血雨墜

천도 돌고돌아 세상이 바뀌었으니　　　　　　天道循環兮陵谷變

지금에야 부사의 뜻 이루어지려는가　　　　　其庶在今兮成侯志

네 번째 영신곡에 머리털 쭈뼛 서고　　　　　迎神四曲兮衝危髮

강 물결 솟구쳐 강가 나무 부러지네　　　　　江波洶湧兮江樹折

날씨가 따뜻해지고 남방이 촉촉해졌으니　　　天氣向暖兮南方濕

부사가 타신 말 돌아오면 내가 꼴을 먹이리라　侯馬歸來兮吾將秣

　　이상은 동래(東萊) 송상현(宋象賢)[134] 영신곡이다.

131　뇌부(雷斧) : 뇌신(雷神)이 벽력을 칠 때 사용한다는 도끼 모양의 신구(神具)이다.

132　치우(蚩尤) : 치우기(蚩尤旗)이다. 병란(兵亂)의 전조(前兆)가 된다는 별의 이름으로, 《산해경》〈대황북경(大荒北經)〉에 보인다. 또 치우는 황제(黃帝) 때 제후(諸侯) 중의 한 사람이기도 하다. 풍백(風伯)과 우사(雨師)를 동원하여 풍우(風雨)를 일으키며 탁록(涿鹿)의 벌판에서 황제에게 난을 일으켰다가 패망했다고 한다.《史記 卷1 五帝本紀》

133　비렴(飛廉) : 본래 신령한 새 이름인데, 전(轉)하여 풍백(風伯), 즉 바람신을 가리키는 말로 쓰인다.

134　송상현(宋象賢) : 1551~1592. 본관은 여산(礪山), 자는 덕구(德求), 호는 천곡(泉谷), 시호는 충렬(忠烈)이다. 1576년(선조9) 별시문과에 병과로 급제, 승문원 정자, 승정원 주서(承政院注書) 겸 춘추관기사관(兼春秋館記事官), 경성 판관, 지평,

신령이 저물녘에 금암[135]에 강림하시어　　　　靈暮降兮金巖

당당한 모습으로 홀로 서계시네　　　　表亭亭兮獨臨

성대히 맞이하건만 돌아보지 않으시고　　　　繽相迎兮不顧

옷이 산안개에 젖을까 근심하네　　　　愁衣裳之濕嵐

구름 깃발 유유히 다가오는데　　　　雲旂來兮容與

바람은 휙휙 양참[136]을 몰아오네　　　　風肅肅兮驅兩驂

의병 모집하러 왼쪽으로 오른쪽으로　　　　招義旅兮左右

번뇌와 원통함 깊은 숲과 같았네　　　　若煩冤兮深林

달은 밝아 휘영청 장군의 얼굴인가　　　　月皎皎兮疑君顔

우레는 우르릉 장군의 모습 장군의 음성이라　　　　雷轟轟兮象君音君

칼을 움켜잡고 남쪽으로 출정하여　　　　擁劍兮南出

부상의 요사한 기운[137] 쓸어버리셨네　　　　掃扶桑之妖祲

예조·호조·공조의 정랑 등을 역임했다. 두 차례에 걸쳐 종계변무사(宗系辨誣使)의
질정관(質正官)으로 명나라에 다녀왔으며, 1591년 통정대부(通政大夫)에 오르고 동래
부사가 되었다. 왜군의 침략 소문이 들리자 방비를 굳게 하고 선정을 베풀었다. 1592년
4월 13일 임진왜란이 일어나고, 14일 부산진성을 침범한 왜군이 동래성으로 밀어닥치자
항전하였다. 성이 함락되자 조복(朝服)을 덮고 단좌(端坐)한 채 순사하였다. 왜장 히라
요시(平義智) 등이 그의 충렬을 기려 동문 밖에 장사 지내주었다 한다. 후에 이조 판서
·좌찬성에 추증되었다.

135　금암(金巖) : 금암산이다. 경기도 하남시에 있는 산으로 남한산의 한 줄기이다.
홍계남이 임진왜란 때 수원(水原)의 충의위(忠義衛)로 있는 그의 부친을 도와 적의
머리를 많이 베어 공을 세워 제수받은 관직이 경기 조방장(京畿助防將)이었다.

136　양참(兩驂) : 수레를 끄는 네 마리 말 가운데 안쪽의 두 마리 말 외에 양쪽 바깥쪽
에 있는 두 마리 말을 가리킨다.

137　부상(扶桑)의 요사한 기운 : 왜적을 말한다. 부상은 전설 속의 동해에 있다는
뽕나무인데 해가 돋는 곳이라고 하며, 일본의 별칭으로 쓰인다.

효도에다 충성까지 다하였으니　　　　　　　既全孝又盡忠兮

고금의 역사책에 환히 빛나네　　　　　　　　煥竹帛於古今

물가에 지초[138] 못가에 창포 있어　　　　　汀有芷兮澤有蒲

장군을 그리느라 내 마음 괴롭구나　　　　　思夫君兮勞我心

장군 오시지 않아 슬피 탄식하노니　　　　　君不來兮謾悲嗟

장군을 뵙게 되면 무어라 아뢸까　　　　　　既見君兮云如何

다섯 번째 영신곡에 굳센 마음 싹트니　　　迎神五曲兮壯心萌

푸른 하늘 드넓고 산은 우뚝 솟았구나　　　碧天寥廓兮山嵯峨

변방 경보 그친 지 오래고 비린 먼지 사라졌으니

　　　　　　　　　　　　　　　　　邊警久息兮腥塵消

장군은 돌아와 창을 내려놓으시라　　　　　君應歸來兮枕畫戈

　　이상은 장군 홍계남(洪季男)[139] 영신곡이다.

하늘 끝 저 멀리 아름다운 사람　　　　　　有美一人兮天之涯

138　물가에 지초(芷芔) : 지초는 향초인 백지(白芷)로 전하여 재덕(才德)이 출중한
사람을 비유한다. 《초사(楚辭)》〈구가(九歌) 상부인(湘夫人)〉에 "원수(沅水)엔 백지
가 있고 풍수(澧水)엔 난초가 있음이여, 공자를 생각하면서 감히 말을 못하도다.〔沅有
芷兮澧有蘭 思公子兮未敢言〕"라고 한 데서 온 말이다.

139　홍계남(洪季男) : 1564~1597. 본관은 남양(南陽)이다. 1592년(선조25) 임진왜
란이 일어나자 아버지인 충의위(忠義衛) 홍언수(洪彦秀)를 따라 안성에서 의병을 일으
켜 싸우다가 아버지가 전사하자 대신 의병을 지휘, 여러 곳에서 승리하였다. 그 공으로
경기도 조방장(助防將)이 되고, 수원 판관(水原判官)을 거쳐, 이듬해 충청도 조방장으
로 영천 군수(永川郡守)를 겸임, 진주, 구례, 경주 등지의 싸움에 참전했다. 1595년
경상도 조방장으로 전임했고, 이듬해 의병을 이끌고 '이몽학의 난'을 평정하는 데 공을
세웠다. 1597년 34세를 일기로 영천에서 사망하였다.

고운 옷 차려입고 고운 눈썹 그리네	嬋媛修服兮掃蛾眉
서로 멀리 헤어져 봄 가고 가을 가니	閱春徂秋兮相睽離
내 마음 슬픈 줄 장군께선 모르리	我心實悲兮君不知
장군이 약속하시어 날마다 기다리건만	君旣有約兮日勞望
천로 험난하여 걸음이 지체되네	天路險難兮行獨遲
산은 어찌하여 빙 둘러 있고	山何爲兮繚曲
나무는 어찌하여 들쑥날쑥한가	樹何爲兮參差
해는 황량하게 먼 물가로 지는데	日荒荒兮下極浦
저 멀리 바라보는 눈길 누구를 위해서인가	目渺渺兮爲誰
신령이 강 가득히 비를 내리고	神靈雨兮滿江
무지개 깃발 나부끼며 구불구불 나아오네	霓旌飄兮委蛇
바위 틈 물가에서 창포를 캐고	臨石澗兮采蓀
계장140을 따르니 술잔 향기롭네	酌桂漿兮芳樽
내가 수레를 타고 들로 나가니	予駕言兮適野
어렴풋 신령이 문득 문 앞에 오셨네	靈恍惚兮奄當門
중당에서 떼 지어 방울 소리 일더니	叢鈴起兮中堂
장군께서 또렷하게 말씀하시네	道分明兮君言
나는 이렇듯 절조를 품고서	曰予抱此貞操兮
〈백주〉141를 맹세하며 속이지 않았건만	矢柏舟而不諼

---

140 계장(桂漿) : 좋은 술이다. 《초사》〈동군(東君)〉에 "북두를 가져다가 계장을 떠
내도다.〔援北斗兮酌桂漿〕"라고 하였다.

141 백주(柏舟) : 절개를 고수함을 비유한다. 《시경》의 〈패풍(邶風)〉과 〈용풍(鄘
風)〉에 모두 백주라는 편명이 있다. 〈패풍〉의 시는 위(衛)나라 태자 공백(共伯)의
처 공강(共姜)이 남편 사후 재가(再嫁)하지 않고 절조를 지켰다는 내용이며, 〈용풍〉의

어리석은 백성들 포악하여	蚩氓之彊暴兮
참소로 이간질하여 환심을 샀네	介鴆媒而求歡
내가 항거해도 힘이 미약했지만	予旣拒而力弱兮
홀로 저 야합만은 부끄러워했네	竊獨羞夫淫奔
창오[142]의 저녁 구름 바라보며	望蒼梧之暮雲兮
군자를 그리니 눈물이 흐르는구나	懷君子兮淚潺湲
부모 같은 천지[143]는	父母兮天只
나의 마음 헤아려 은혜를 품었네	諒我情兮懷恩
어찌하여 사악한 무리들은 속임수 부리며	奈妖孼之譸張兮
나의 고운 얼굴 미워하는가	固嫉予之紅顏
몰래 모래를 불어 그림자에 쏘니[144]	潛吹沙而射影兮
슬퍼라 난초 혜초가 불에 탔구나	傷蘭蕙之遭焚
장군의 말씀 듣고 마음이 불타는 듯	聞君言兮心如燬
높푸른 하늘 우러러 이런 이치 알았네	仰穹蒼兮聞此理

시는 홀로 사는 며느리가 시어머니의 재가 권고를 거부한 내용이다.

142 창오(蒼梧) : 돌아가신 선왕을 그리워한다는 뜻이다. 창오는 순(舜)의 장지를 말한다. 순 임금이 남쪽으로 순수(巡狩)하다가 창오산 밑에서 붕어(崩御)하여 그곳에 장사지냈다고 한다.

143 천지(天只) : 하늘이다. 《시경》〈백주(柏舟)〉에 "어머니는 하늘이시다.〔母也天只〕"라고 한 구절에서 나온 말이다.

144 몰래……쏘니 : 흉독을 품고 남을 음해하는 행위를 의미한다. 《시경》〈하인사(何人斯)〉에 "저 사람은 도깨비도 되었다가 또 물여우도 되었구나.〔爲鬼爲蜮〕"라고 하였는데, 주희의 주에 "이 물여우가 입에 모래를 머금고 물에 비친 사람의 그림자를 쏘면, 그것에 맞은 사람은 바로 병에 걸리지만 형체는 보이지 않는다.〔能含沙以射水中人影 其人輒病 而不見其形也〕"라고 하였다.

장군 마음 깨끗하고 모습 아름답건만　　　　　　君珮潔兮君容美

박명함이여 누가 그렇게 만들었나　　　　　　　　命之薄兮誰使

여섯 번째 영신곡에 굳센 마음 녹아나는데　　　迎神六曲兮銷剛腸

북풍은 나무에 불고 지는 해 처량하네　　　　　北風吹樹兮西日凉

고래가 배를 흔들고 범은 골짜기에서 울부짖는데

　　　　　　　　　　　　　　　　　　　　　　鯨鯢盪舟兮虎嘯谷

어찌 돌아오지 못하는가 재앙을 만나서라네　　胡不歸來兮故罹殃

　이상은 장군(將軍) 임경업(林慶業)[145] 영신곡이다.

145　임경업(林慶業) : 1594~1646. 본관은 평택(平澤), 자는 영백(英伯), 호는 고송
(孤松), 시호는 충민(忠愍)이다. 충주(忠州) 출생이다. 친명배청(親明排淸)의 입장을
취했던 무장(武將)이다. 1618년(광해군10) 무과에 급제, 1624년에 정충신(鄭忠信) 휘
하에서 이괄(李适)의 난을 평정하는 데 공을 세워 진무원종 공신(振武原從功臣) 1등이
되었다. 그 후 1627년 정묘호란 때 좌영장(左營將)으로 강화에 있었으며, 1630년 평양
중군(平壤中軍)으로 검산성(劒山城)과 용골성(龍骨城)을 수축하는 한편 가도(椵島)
에 주둔한 명나라 도독(都督) 유흥치(劉興治)의 군사를 견제했다. 1633년 청북방어사
겸 영변 부사로 백마산성(白馬山城)과 의주성(義州城)을 수축했으며, 공유덕(孔有德)
등 명나라의 반도(叛徒)를 토벌, 명나라로부터 총병(總兵) 벼슬을 받았다. 1636년 병자
호란이 일어나자 백마산성에서 청나라 군대의 진로를 차단하고 원병을 청했으나 김자점
(金自點)의 방해로 결국 남한산성까지 포위되었다. 1640년 안주 목사(安州牧使) 때
청나라의 요청에 따라 주사상장(舟師上將)으로 명나라를 공격하기 위해 출병, 다시
명군과 내통하여 청군에 대항하려다가 이 사실이 탐지되어 체포되었으나 금교역(金郊
驛)에서 탈출했다. 1643년 명나라에 망명, 명군의 총병(總兵)이 되어 청나라를 공격하
다가 포로가 되었다. 이때 국내에서 좌의정 심기원(沈器遠)의 모반에 연루설이 나돌아
1646년 인조의 요청으로 청나라에서 송환되어 친국(親鞫)을 받다가 김자점의 밀명을
받은 형리(刑吏)에게 장살(杖殺)당했다. 1697년(숙종23)에 복관(復官), 충주 충렬사
(忠烈祠) 등에 배향되었다.

향신곡 享神曲

동산에는 밤 있고 산에는 개암 있으니	園有栗兮山有榛
감히 정결하게 정성으로 진설 않으랴	非敢潔兮誠以陳
영령들 일제히 당에 올라	靈濟濟兮升堂
찬연히 웃고 찡그리진 않네	粲啓齒兮不矉
용 깃발 펄럭여 꿈틀거리고	龍旂動兮蜿蜒
생황과 슬 소리 어지러이 어우러지네	笙瑟和兮繽紛
술은 맛이 좋고 안주도 향기로워	酒旣旨兮肴旣馨
영령들 맘껏 취하시니 나의 마음 편안하네	靈醉飽兮我心寧
신령이 복을 내려주심 풍성하여	神降福兮穰穰
요기를 몰아내고 길상을 맞이했네	驅妖氛兮延吉祥
비가 때맞춰 내리고 바람도 때맞춰 불어	雨時潤兮風時調
보리는 풍년 들고 알곡이 일천 곳간이라네	麥兩歧兮粟千箱
나는 진흙 이겨 그릇 빚어 먹고사니	我惟埏埴兮陶爲業
거칠고 조악하지 않으며 단단하고 반듯하네	不苦不窳兮利堅貞
온갖 소원 이루어져 어그러짐 없어서	百願遂兮無虧
한 해를 마치도록 즐겁고 편안하네	俾卒歲兮樂康
즐겁고 편안함을 무엇으로 보답할까	樂康兮何以報
나의 생 마치도록 잊지 않으리	終我生兮不可忘

송신곡 送神曲

구름은 어디서 유유히 오며	雲何來兮容與
바람은 어디로 급급히 가는가	風何去兮遽遽
신령들 내일 아침 떠난다고 들었기에	聞君行兮在朝

밤새도록 뜬눈으로 잠들지 못했네   耿不寐兮中宵

너무도 순식간이라 모르고 있었는데   太倏忽兮莫知

어디에서 전송을 해드려야 할까   將何處兮送將歸

자원의 버드나무 한들거리고   院柳兮依依

물가의 풀 향기롭고 아름답네   汀草兮芳菲

이보다 더한 즐거움 없는데[146] 또 어디로 가시려나 樂莫樂兮復何之

산마다 물마다 달빛은 서리처럼 흰데   山山水水兮月如霜

비룡들 훨훨 함께 날아오르네   飛龍翩翩兮共翱翔

---

146 이보다……없는데 : 세상의 즐거움 중에는 새로 사람을 알아서 사귀는 것보다 더한 것이 없다는 뜻이다. 굴원(屈原)의 〈소사명(少司命)〉에, "살아서 이별하는 것보다 더 큰 슬픔은 없고, 새로 사람을 알아서 사귀는 것보다 더 큰 즐거움은 없다.[悲莫悲兮生別離 樂莫樂兮新相知]"라는 구절이 나온다. 《文選 卷33 九歌》

행로사 2수
行路辭 二首

구름은 시커멓고 북풍은 찬데	雲慘慘兮北風寒
눈비 섞여내려 캄캄한 주혼[147]이로다	雨雪交加兮黔黷畫昏
아, 길 가는 사람 손발 얼어 터진 채	吁嗟行路之人兮手足凍皴
숨죽여 어둔 길 가니 화복을 알 수 없네	惴惴冥行兮不知禍福之門
왼쪽은 절벽 오른쪽은 깊은 못	左觸厓石兮右臨深淵
올빼미 울고 귀신이 울부짖어 혼백을 두렵게 하네	
	梟鳴鬼嘯兮怵魄懾魂
득의양양 사나운 범 길에서 사람 덮치니	猛虎得意兮當路攫人
뿜는 피 비 오듯 하고 날뛰며 울부짖네	噴血如雨兮跳踉叫讙
아, 길가는 사람 진퇴양난이라	吁嗟行路之人兮進退遘難
하늘 우러러 무고함을 호소해도 들어주지 않네	籲天無辜兮天不聞

구름 시커멓고 북풍 매서운데	雲慘慘兮北風烈
비와 눈이 퍼부어 날던 새도 끊기었네	雨雪滂滂兮飛鳥斷絶
아, 길가는 사람 두려워 떨며	吁嗟行路之人兮小心慄慄
굽어봐도 땅 보이지 않고 쳐다봐도 해 보이지 않네	

---

147 주혼(晝昏) : 《송서(宋書)》 권33 〈오행지(五行志)〉에 "안개가 일어 100보 밖에
서 사람이 보이지 않는 것을 주혼이라 하는데, 파국이 아니면 멸문할 징조이다.〔凡霧氣
四方俱起 百步不見人 名曰晝昏 不有破國 必有滅門〕"라고 하였다.

俯不見地兮仰不見日

가시나무[148] 피하려다 마른 등걸에 걸리고　　將避蒺藜兮又逢枯櫱

굶주림과 갈증에 쓰러진 채 옷은 해지고 신발은 닳았네

飢渴頓踣兮衣穿屨缺

사나운 호랑이 낮에도 포효하니 아득한 절벽 무너지는 듯

猛虎晝嘷兮蒼厓崩裂

승냥이와 이리는 포악질을 거들어 날뛰면서 덤벼드네

豺狼助虐兮憑陵嚵突

비록 친척 있더라도 구해줄 수 없거늘　　雖有親戚兮莫能相恤

저 승냥이와 범이 어찌 나를 살려둘까　　惟彼豺虎兮逝肯我活

(옮긴이 이지양)

---

148 가시나무 :《주역》〈곤괘(困卦) 육삼(六三)〉에 "돌에 채여 넘어져 가시나무에 쓰러짐이라, 집에 들어가도 아내를 보지 못한다.〔困于石 據于蒺藜 入于其宮 不見其妻〕" 라는 구절이 보인다.

책 策

모두 2편이나 1편만 수록하였다.

삼정책

三政策

철종대왕이 즉위한 지 13년(1862)에 호남과 영남의 민란으로 인해 이정청(釐正廳)을 설치[149]하고 삼정을 바로잡을 방안을 의론하였다. 6월 12일 임금께서 책문(策文)을 내리시고 진신(搢紳)과 유생(儒生)을 모두 궁정으로 오게 하여 10일의 기한을 주고 성균관에 글을 바치도록 하셨다.

신 삼가 대책을 올립니다. 삼가 생각건대 전하께서는 즉위하신 지 13년 동안 묵묵히 조심해서 큰소리를 내거나 안색을 찌푸린 일이 없어, 백성들은 그 허물을 들은 바가 없고 내외의 여러 신하들도 모두 변함없는 덕을 우러러보았습니다. 그러다 하루아침에 덕음(德音)으로 명철한 질문을 내리시고 애통한 마음의 교지를 내려 바로잡을 대책을 구하셨습니다. 막히고 가려진 것을 크게 열고 널리 듣고 두루 살피시니, 보고 듣는 모든 사람들이 감격하여 고심하면서 대응할 방법을 생

---

149 이정청(釐正廳)을 설치 : 1862년 삼남 지역에 농민봉기가 확산되자 조선 정부는 그 원인을 삼정문란에서 찾고, 5월 25일 철종은 부세문제를 논의하기 위한 기구의 설치를 명하여 이정청을 설치하였다. 6월 10일 삼정 개혁을 공포하고 6월 12일부터 8월 27일까지 재야 유생층과 관료들에게 개혁책을 널리 모집한 후 윤 8월 19일 삼정이정책을 발표하였다.

각하고 백성들 또한 마땅히 기뻐 춤추며 이로부터 지극한 치세(治世)를 보게 될 것이라고 여겼습니다.

그러나 책문(策問)이 내려오자 그것을 들은 사람들은 하인이나 아녀자들까지도 형식적인 것이라고 지목하지 않는 이가 없고 식견이 있는 자들은 도리어 이 때문에 백성들에게 믿음을 잃을까 걱정하고 있습니다. 비유하자면 먹을 것을 가지고 배고파 우는 아이를 꾀어 놓고 바로 주지 않아 더욱 화나게 만드는 것과 같습니다. 게다가 오늘날 국가의 형세가 심히 쇠약해졌으니, 일대 개혁을 행하고자 하다가 끝내 궁색해져 도리어 생각지도 못한 우환이 생길까 염려됩니다. 신은 이에 한탄스러움을 이기지 못하고 거듭 우려하고 있습니다.

생각건대, 평소 전하의 결단력에 부족한 바가 있고 백성을 위하는 뜻에 미덥지 못한 점이 있었습니까? 만약 그렇다면 전하의 밝은 성덕으로 경솔히 이러한 큰일을 일으켜서 앉은 채로 사방의 민심을 잃어서는 안 됩니다. 만약 스스로 할 수 있다고 판단하신다면, 위로는 기강을 세워 큰 은택을 아래에서 얻을 수 있도록 하고, 훌륭한 대책을 써서 뜻이 흔들리거나 빼앗김 없이 처음과 끝이 한결같도록 하소서. 그렇게 한다면 종사에 끝없는 복이 내리고 백성들은 다시 소생할 수 있을 것입니다. 태조와 태종께서 실로 위에서 지켜보고 계시니, 이러한 일을 거행하면서 어찌 조심스럽게 그 편안하고 위태로움을 살피지 않을 수 있겠습니까?

성상의 책문에 '나라의 큰 정사〔國之大政〕' 운운한 곳에서부터 '백성을 다스리는 대권이 아니겠는가〔理民之大柄歟〕'라고 말씀하신 곳이 있습니다.[150] 신은 모든 일에는 강(綱)이 있고 목(目)이 있으며 경(經)이 있고 위(緯)가 있다고 생각합니다. 전부(田賦)는 강이고 군정과 환곡은 그 목이며, 전부는 경이고 군정과 환곡은 위입니다. 오늘날 강을 폐지하고 목만 다스리며, 위를 들어 경을 어지럽힌다면, 필시 본말이 모두 병들게 되어 제대로 따져볼 수도 없게 될 것입니다. 전하께서는 삼정을 모두 거론하여 진실로 그 명목을 보존하고자 하면서도 경위강목(經緯綱目)의 바깥에서 구하시니, 이 점이 신이 답답하고 황망하여 어떻게 대답을 올릴지 몰라 하는 까닭입니다.

신은 먼저 전부(田賦)에 대해 말씀드리고 싶습니다. 신이 들건대 나라를 지니고 집안을 지닌 자는 적은 것을 걱정하지 않고 균등하지 않음을 걱정하며, 가난함을 걱정하지 않고 불안함을 걱정한다고 하였습니다. 우리나라는 산과 골짜기 사이에 처해 있어서 구슬, 패물, 물소 뿔, 상아, 비단과 융단 따위의 산물이 없고, 물화를 실은 외국 배가 항구에 모여들지 않습니다. 오로지 구구한 조세 수입만 가지고 재용(財用)을 삼으니 가난하고 또 부족하다고 할 만합니다. 그러나 그것을 균등하게 하는 방법은 그 마땅함을 얻지 못했습니다. 이른바 결부의 법[151]이라는 것은 고려 말부터 명확하지 못해서 본조의 여러 임금께서는 이를 계승하되 경장(更張)을 중시하였으며, 종종 그 제도에 기인해 한때의 병통을 대략 바로잡았습니다. 혹은 결(結)을 같게 하고 척(尺)을 달리 하거나, 혹은 척을 같게 하고 결을 달리 하였으나, 모두 획일적

---

150 성상의……있습니다 : 이 책문은 《성재집(性齋集)》 권9 〈삼정책(三政策)〉, 《고환당수초(古歡堂收艸)》 권4 〈삼정책어제(三政策御製)〉, 《성재집(省齋集)》 권44 〈삼정책(三政策)〉 등에 실려 있다. 원문의 '理民之大柄歟'는 책문의 '初豈非經國理民之大柄歟'라는 부분을 따온 것이어서 원뜻에 맞추어 반어의문으로 번역하였다.

151 결부(結負)의 법 : 수확량을 기준으로 토지의 등급을 매기고 면적을 측량해서 그 결과에 따라 조세의 액수를 정하던 제도이다.

인 옛 제도는 아니었습니다. 그럼에도 당시의 백성들에게 원망하는 말이 없고 칭송하는 소리가 일어난 것은, 어진 교화가 널리 펼쳐지고 풍속이 순후하였으며, 집정 대신들 모두 관대하고 신중하며 어지럽게 고치는 것을 좋아하지 않았으므로, 위에서 하는 일을 백성들이 모두 믿고 편안하게 여겼기 때문입니다. 그런데 시대가 내려올수록 폐단은 더욱 심해지고 풍속이 각박해질수록 원망은 더욱 절박해졌으며, 정식 세금은 가벼워졌는데도 불법적인 징세는 끝이 없어졌습니다. 지금에서 보자면 떨어진 갈포옷이 썩어 문드러져 더 이상 바느질도 해볼 수 없을 정도여서 버릴 수밖에 없는 것과 같습니다. 그런데도 재정을 맡은 자들은 여전히 밝지도 않고 어둡지도 않은 상태에 그대로 둔 채 끝없는 욕심을 부리고 있습니다. 아! 커다란 강과 바다도 마를 때가 있거늘, 하물며 구구한 한조각 땅덩어리야 더할 나위가 있겠습니까?

태만해서는 나라를 유지할 수 없고 어두워서는 백성을 가르칠 수 없으며, 일처리가 광명정대하지 않고서 일을 이룰 수 있었던 경우는 드물었으니, 어째서 그렇겠습니까? 태만하고 어두운 것은 사사로움이 생겨나는 원인이며, 광명정대함은 믿음이 세워지는 원인이기 때문입니다. 옛날의 밝은 임금은 그것을 알았기에 반드시 생각을 정밀하게 하고 힘써 나아갔으며 간략하게 법을 세웠습니다. 이에 한번 정전법(井田法)을 시행하니 천하의 일이 모두 공평해졌습니다. 한나라의 한전(限田),[152] 당나라의 균전(均田),[153] 송나라의 방전(方田)[154] 등은 모두

---

152 한전(限田) : 토지 소유의 면적을 제한하는 것으로 여기서는 전한 말의 애제(哀帝) 때(기원전 7)에 공포된 한전법을 말한다. 당시 농가 1호의 표준을 1경으로 정하고, 고급관료나 부유한 서민의 토지소유를 최고 30경으로 제한하였다.

그 제도가 땅을 위주로 하여 백성들의 생산을 균등하게 한 것이었습니다. 백성들의 생산이 균등해지면 국가의 재정도 넉넉해집니다. 오늘날은 일정한 제도가 없는 전토를 일정한 봉록이 없는 서리에게 맡겨 놓고, 묵은 밭의 조세는 영영 빠져나가버리고 재해를 입은 논밭은 영영 면제되니, 전쟁이 없는데도 날로 나라의 내실이 위축됩니다. 일의 형세가 이와 같은데도 여전히 고쳐 시행하려고 하지 않는 것은 참으로 상하의 경비가 본래 전부(田賦)에서 나오지 않으니까 토지의 일을 생각할 필요조차 없다고 여기기 때문입니다. 사리가 어둡기가 이보다 심한 것이 없습니다. 곡식이 토지에서 나오고 소용(所用)이 토지에 달려있는 것을 사람들은 다 알고 있습니다. 간사하고 교활한 자들이 몰래 농간을 부리며, 힘 있는 부자들이 암암리에 면제받는 것을 사람들은 다 알고 있습니다. 온 나라가 모두 알고 있을 뿐 아니라 전하께서도 이미 남김없이 훤히 알고 계십니다. 그러나 그 근원을 완전히 맑게 하지 못하는 것은 온갖 폐단이 이미 고질이 되어서 차마 분명한 말로 바로잡지 못하기 때문입니다. 일을 태만히 하기가 이보다 심할 수 없습니다.

신이 삼가 여론을 들어보니, 모두 양전을 다시 해야 한다고 하는데 이는 참으로 바꿀 수 없는 논의입니다. 그러나 지금의 법으로 양전하게 되면 노력과 비용이 많이 들고 간사함과 거짓이 불어날 것이니, 이

---

153 균전(均田) : 중국 북위 때 시작되어 당나라 때까지 시행(施行)된 토지 제도이다. 나라의 모든 땅을 공유지로 삼고 백성에게 고르게 경작지를 나누어주고 세금을 받았다.

154 방전(方田) : 방전균세법(方田均稅法)을 줄인 말이다. 중국 송나라 때 왕안석(王安石)이 실시한 신법의 하나로, 동서남북 각각 1,000보(步)를 1방(方)으로 하여 토지의 비옥도와 척박도를 검량(檢量)하고 5등분으로 나누어 등급에 따라 과세한 세법이다.

점도 염려하지 않을 수 없습니다. 우리나라의 전제는 본래 무너졌고, 게다가 오랫동안 양전하지 않은 뒤라 명목상으로 비록 결부(結負)라고 하지만 실상은 태고 때와 다름이 없습니다. 지금은 천도가 변화할 기회이며, 어진 군주가 법을 제정할 때입니다. 전하께서 진실로 여기에 뜻을 두신다면 신은 그 설을 대략 아뢰어 보겠습니다.

삼대(三代)의 정전 제도는 신 또한 반드시 회복할 수 없다는 것을 압니다. 한나라와 당나라의 한전·균전의 법은 신 또한 반드시 이룰 수 없다는 것을 압니다. 옛 법에 어긋나지 않으면서도 오늘날에 효과를 볼 수 있는 것은 오직 방전법(方田法) 뿐입니다. 그 법은 송나라에서 시작하여 명나라 때 완성되어 지금도 중국에서는 여전히 그것을 준용하고 있으니,《어린도책(魚鱗圖冊)》[155]이 바로 그것입니다. 우리나라에서도 이미 시험해 보았습니다. 숙종 때 평천군(平川君) 신완(申琓)[156]이 상소하여 양전법의 잘못된 점을 힘써 말하고, 또 유집일(兪集一)[157]의 방전법을 서술하였기에[158] 황해도 지방의 네 읍에 먼저 시행하

---

155 어린도책(魚鱗圖冊) : 조세 징수의 기초 서류로 작성한 관부의 장부로, 토지관계의 소송에도 그 증거로서 사용되었다. 송나라 때부터 비롯되어 명·청나라 때는 광범위하게 시행되었다. 일정한 구역의 전체토지를 세분한 지적도의 모양이 물고기비늘과 같다 해서 어린도라 불렀다. 세분된 토지에는 각기 형상, 주위의 장척(丈尺), 경계를 도시(圖示)하고, 여기에 지번, 소재지, 면적, 조세액, 소유자명 등을 기재하여 이를 유목책(流木冊)이라 하였으며, 어린도와 유목책을 합칭하여 어린책 또는 유목어린책이라고도 하였다.

156 신완(申琓) : 1646~1707. 본관은 평산(平山), 자는 공헌(公獻), 호는 경암(絅庵), 시호는 문장(文莊)이다. 신여식(申汝拭)의 아들로 여정(汝挺)에게 입양되었다. 1672년(현종13) 문과에 급제, 영의정을 지냈으며 평천군(平川君)에 봉해졌다. 저서로《경암집》이 있다.

여 공평하게 하고 이름을 구정양법(丘井量法)이라 했습니다. 장부가
상세하고 엄밀하며 부(負)[159]를 나눈 것이 지극히 균등했습니다. 돈대
를 쌓아 방(方)을 정하고 각각 양전하여 열흘이나 보름 사이에 일을
끝마칠 수 있었습니다. 그 구정(丘井)[160]의 구획에 따라 거리를 재었기
에 한 읍 안에 동서남북의 거리와 산천과 전야(田野)의 형세가 한 번만
장부를 펴면 일목요연하게 구분되었습니다. 중국에서 오륙백 년간 적
용해왔는데도 문제가 없었고, 우리나라에서 시험해 보아도 여러 읍에
서 효과를 보았으니, 이는 참으로 천하의 좋은 법입니다.

　신은 이 법을 본받아 시행해야 한다고 생각합니다. 새끼로 세로줄과
가로줄을 설치하여 해당 토지 모두 1천보로 방(方)을 삼습니다. 봇도
랑과 밭두둑이 교차하거나 지세가 들쑥날쑥해도 그대로 두고 바꾸지
않도록 합니다. 가로 세로 기준선만을 정확하게 하고 면적을 공평하게

---

157 유집일(兪集一) : 1653~1724. 본관은 창원(昌原), 자는 대숙(大叔), 호는 정헌
(貞軒)이다. 유근(兪瑾)의 아들이다. 1680년(숙종6) 문과에 급제, 형조·공조의 판서
를 지냈다. 위접관(尉接官)으로 대마도에 가서 울릉도와 독도의 영유권을 주장했다.

158 숙종……서술하였기에 :《숙종실록》28년 8월 11일 조에 "우의정(右議政) 신완
(申琓)이 차자(箚子)와 함께 8조(條)의 책자(冊子)를 바쳤다.……여덟 번째는 경계
(經界)를 바르게 하는 것이니,……작년 유집일의 방전법은 그가 지부(地部)에 올린
구정양법(丘井量法)과 수의(繡衣)의 서계(書啓)로 본다면, 실로 간사함을 막는 묘법
이 될 것이니, 진실로 이를 팔도(八道)에 두루 시행한다면, 수백 년 동안 문란해진
경계를 정돈할 수 있을 것입니다."라고 하였다.

159 부(負) : 농토의 면적을 나타내는 단위이다. 1444년(세종26) 양전법 개정 이후
1부는 각 등전척(等田尺)으로 사방 10척의 정사각형 면적이 되었다. 대한제국 때인
1902년(광무6)부터는 100제곱미터인 1a를 1부로 제정하였다.

160 구정(丘井) : 고대 토지 제도에서 면적의 단위로, 구(丘)는 16정(井)이고 1정은
900묘(畝)이다.

하는 법만 명확하면 됩니다. 사방의 모서리에는 돈대를 쌓고 나무 기둥을 세운 다음 함부로 훼손하지 못하게 하여 쉽게 알아볼 수 있게 합니다. 걸음 수에 따라 결(結)을 삼고, 토지 등급을 살펴 세(稅)를 정하여 장부에 기재하는 것을 《어린도책》과 같이 하면, 종횡을 구별하지 못하는 사람이라도 한눈에 계산할 수 있을 것입니다. 땅이 묵히는 것인지 경작하는 것인지, 수확에 결손이 있는지 충실한지 여부를 스스로 보고 하도록 하면 노련하고 교활한 자들도 농간을 부릴 수가 없을 것입니다. 만약 이와 같이 하면 정식 세금이 저절로 많아져서 나라의 재용이 저절로 넉넉해질 것이니, 전날 과외(科外)로 걷던 어지러운 부세를 모두 줄이거나 없애면 모두 질서정연해질 것입니다. 이는 불과 몇 년의 노력으로 만 세대의 이익을 여는 것입니다. 어떤 사람은, "근래 백성들 풍속이 무너져서 새 법을 시행하면 소요와 격변을 불러오기 십상이다."라고 말하지만, 이는 그렇지 않습니다. 이 백성들로 하여금 풍속을 무너뜨리고 교화를 따르지 않게 한 것이 누구의 허물입니까? 윗사람이 항산(恒産)을 마련해 주지 않기 때문에 아랫사람이 항심(恒心)이 없는 것입니다. 이제 전하께서 백성을 사랑하여 과감히 행하실 수 있다면, 어찌 이루어지지 않음을 걱정하겠습니까?

신이 지난번 영남 사람의 말을 들었는데, 민란이 일어난 읍에 대해 조정에서 포흠(逋欠)을 덜어주고 군정(軍丁)을 뽑는 것은 그저 몇 년의 피해를 덜어주는 데 지나지 않는데도, 백성들은 기뻐 날뛰며 국가의 은혜를 우러러 칭송했다 합니다. 다투고 송사하려는 사람이 있으면 곧 서로 저지하면서, "우리가 이전에 어떻게 살았던가? 이제는 구덩이에 빠져 죽는 것을 면하고, 바야흐로 너와 함께 안락을 누리고 있는데, 무엇 때문에 다투고 송사하려는가?"라고 했답니다. 신은 이 말을 듣고 저도 모르게 눈물이 났습니다. 백성들의 마음은 이와 같은 것입니다. 신은 조정에서 아직도 그런 점을 다 알지 못한다고 생각합니다.

이른바 군적(軍籍)이라는 것은 나라를 바로잡고 백성을 지키는 도구입니다. 그런데 그것이 포(布)를 거두는 데 이롭다 하여 마침내 정규적인 부세(賦稅)와 혼칭하여 일컬으며 구별이 없게 되었습니다. 신은 무슨 근거로 그렇게 되었는지 모르겠습니다만 일반 백성들의 원망이 저승까지 미칩니다. 우리나라가 이것 때문에 화평을 잃은 지 300년이나 됩니다. 신은 그 폐단을 줄줄이 늘어놓지는 않겠습니다. 청컨대 역대 여러 임금님께서 염려하고 바로잡으려고 했던 일을 대략 열거하여 전하께 말씀드리겠습니다.

옛날 인조 시절에는 조정 신하들이 결포(結布)를 거두자고 청했으며[161], 숙종 37년에는 호포를 시행할 것을 청했습니다.[162] 그 밖에 유포(儒布), 구전(口錢), 유포(游布) 등의 설[163]이 어지럽게 거론되었는데

---

161 인조……청했으며 : 결포(結布)는 조선 후기 양역변통책(良役變通策)의 하나로 제기되었던 토지 부과세로, 전결(田結)을 단위로 포(布)를 징수하는 세금의 하나이나 실제로 실시되지는 않았다. 수포대역제(收布代役制) 실시 이후 군역(軍役) 대신 1년에 포 2필을 납부하는 양인의 부담을 덜어주고, 임진왜란 · 병자호란 이후 급증한 군비를 보충하기 위하여 호포(戶布) · 구전(口錢) · 유포(遊布) 등과 함께 거론되었다. 균역법(均役法)이 실시된 1750년(영조26)까지 그 시행 여부를 둘러싸고 논의가 지속되었다. 경종 때 이건명, 영조 때 송인명 · 조현명 등이 주장하였다. 《仁祖實錄 4年 3月 20日》

162 숙종……청했습니다 : 서종태(徐宗泰) 등이 주장하였다. 《肅宗實錄 37年 1月 5日》

163 그……설 : 조선 후기 군역(軍役)의 폐해를 보완하기 위해 실시하고자 했던 양역변통책으로 제안되었던 논의로, 유포(儒布)는 유생들에게 포를 거두는 것이다. 구전(口錢)은 16세에서 55세에 이르는 성인 남녀 모두에게 세금을 부과하고자 한 일종의

여러 거룩하신 임금들께서 원대하게 생각하고 장래를 깊이 근심하여 폐단이 또 폐단을 낳을까 염려하여 끝내 시행하지 못하게 되었습니다. 우리 영조대왕 때에 이르러 세 번이나 대궐 문에 임하여 울면서 양역(良役)의 폐단을 논했습니다. 이에 포 1필을 감해주어서 균역급대(均役給代)의 법[164]이 일어나게 되었습니다. 요순(堯舜)같은 성인의 마음으로 널리 인자함을 베풀었으니, 어찌 나머지 한 필마저 다 줄여주고 싶지 않으셨겠습니까? 실로 전제가 바로잡히지 않으면 옛 제도를 갑자기 모두 바꾸기는 어려운 일이었기 때문입니다. 그러나 그 이후로 여러 신하들이 성조(聖祖)의 뜻을 받들지 못하고, 안이한 마음으로 경계하지 않아서 균역세를 거두어들이는 것은 그대로였고 양역의 폐단은 다시 늘었습니다. 아! 폐단의 근원이 한번 열리면 막기 어려운 것이 이와 같습니다.

호포(戶布)·유포(游布)·구전(口錢)을 시행하자는 주장은 모두 근거가 있습니다. 그러나 어떤 것은 경상(經常)의 세에 어긋나고 어떤 것은 시기적절하지 못하니 모두 좋은 법이 아닙니다. 오직 결포(結布)만이 가장 폐단이 없습니다. 그러나 결(結)로써 포(布)를 내게 하니,

인두세(人頭稅)이다. 유포(游布)는 일정한 직업이 없이 양역에서 면제된 이들에게서 일률적으로 군포(軍布)를 징수하자는 제안이다. 《肅宗實錄 45年 5月 11日》

164 균역급대(均役給代)의 법 : 균역법(均役法)을 말한다. 1750년(영조26) 종래 인정(人丁) 단위로 2필씩 징수하던 군포(軍布)가 여러 폐단을 일으키고, 농민 경제를 크게 위협하는 지경에 이르자 2필의 군포를 1필로 감하기로 하는 한편, 균역청을 설치하여 감포(減布)에 따른 부족재원(不足財源)을 보충하는 대책을 마련하게 하고, 이를 뒷받침하기 위해 어전세(漁箭稅)·염세(鹽稅)·선세(船稅) 등을 균역청에서 관장하여 보충한다는 등의 균역법이 제정되어 1751년 9월에 공포되었다.

결국 전부(田賦)일 뿐, 군포라고 하기에는 또한 잘못된 것이 아니겠습니까? 옛날에는 농민 가운데서 병사를 뽑았으므로 토지에 두 가지 세금을 부과하지 않았습니다. 만일 오늘날 양전(量田)을 다시 한 다음에 정세(正稅) 중에서 양병(養兵)의 비용을 조달하고 영원히 군포를 덜어 준다면 그 제도가 고제(古制)에 거의 가까워 천지의 화합을 부를 수 있을 것입니다.

삼영(三營)[165]을 한번 말해보겠습니다. 선대 조정의 여러 신하들이 이미 삼영을 양성하기 어려운 것을 병통으로 여겨 줄이고자 하였고, 아울러 양역의 폐단도 줄이려 했습니다. 어떤 사람이 말하기를, "마땅한 것은 그대로 두고 고칠 것은 고쳐 각각 본도에 소속시키고, 옛 법에 따라 복호(復戶)[166]와 급보(給保)[167]를 시행하여 그 이름을 따로 정합니다. 넉넉히 구휼하고 연습시켜서 조발할 일이 생기면 장수를 정해 통솔하여 부름에 나아가게 하고, 한 군영의 병력은 남겨두어 숙위를 전담하게 합니다."라고 하였습니다.[168] 이는 신의 선조인 옛 재상 김육(金堉)[169]의 의견입니다. 또 "5개의 영으로 나누고 각각 2천 명씩 순번을

---

165 삼영(三營) : 조선 후기의 오군영(五軍營) 가운데 훈련도감(訓鍊都監), 금위영(禁衛營), 어영청(御營廳)의 세 군문(軍門)을 말한다. 경우에 따라서는 훈련도감 대신에 총융청(摠戎廳)이 포함되기도 하였다.

166 복호(復戶) : 특정한 대상자에게 그 호(戶)의 조세나 부역을 면제해 주는 일을 말한다.

167 급보(給保) : 조선 시대에 군역을 담당하던 정군(正軍)에게 생계 보조자인 보인(保人)을 배정하여 준 것이다.

168 어떤……하였습니다 : 《효종실록》 3년 6월 29일 기사에 자세한 논의가 나온다.

169 김육(金堉) : 1580~1658. 본관은 청풍(淸風), 자는 백후(伯厚), 호는 잠곡(潛谷), 시호는 문정(文貞)이다. 1649년 5월 효종의 즉위와 더불어 대사헌이 되고, 이어서

나누어 경기 내의 비옥한 땅에 주둔시키고 농사짓게 하여 스스로 먹고 살게 합니다."라고도 했는데,[170] 이는 옛 재상 유성룡(柳成龍)[171]의 주장입니다. 전하께서 결정하여 선택하십시오.

환곡이란 한 때의 구황을 위한 정책이지 역대로 통행되었던 법규는 아닙니다. 공자께서 말씀하시기를, "이름이 바르지 않으면 말이 순하지 않고, 말이 순하지 않으면 일이 이루어지지 않는다."[172]고 하였습니다. 대개 곡식을 백성들에게 빌려주어 국가에서 그 모곡(耗穀)[173]을 받음에 간사한 서리들에게 그 권한을 쥐도록 하는 것은 명분이 바르지 못하니, 이는 지혜로운 사람이 아니라도 말할 수 있을 것입니다. 나라

9월에 우의정이 되자 대동법의 확장시행에 적극 노력하였다. 1636년(인조14) 7월~1637년 6월까지 성절사(聖節使)로서 명(明)나라에 다녀와 《조천일기(朝天日記)》를 남겼다. 명나라 관원의 타락과 어지러운 사회 분위기, 병자호란의 발발과 남한산성에서의 인조의 항복 소식 등을 담고 있다. 1654년 6월에 다시 영의정에 오르자 대동법의 실시를 한층 확대하고자 노력했다. 시 문을 모은 《잠곡유고(潛谷遺稿)》, 《잠곡별고(潛谷別稿)》, 《잠곡유고보유(潛谷遺稿補遺)》, 《잠곡속고(潛谷續稿)》가 전한다. 그 외 《기묘록(己卯錄)》, 《잠곡필담(潛谷筆談)》 등이 있다.

170 각각……했는데 : 《선조수정실록》 27년 4월 1일 조에 자세한 내용이 보인다.

171 유성룡(柳成龍) : 1542~1607. 본관은 풍산, 자는 이현(而見), 호는 서애(西厓), 시호는 문충(文忠)이다. 이황의 문인으로 1566년(명종21) 문과에 급제, 벼슬은 영의정을 지냈다. 1592년 임진왜란이 일어나자 도체찰사로 군무를 총괄, 이순신과 권율을 등용, 임란을 극복하는 데 힘썼다. 1604년 호성공신 2등으로 다시 풍원부원군에 봉해졌다. 도학, 문장, 덕행, 글씨로 이름을 떨쳤고, 안동의 호계서원(虎溪書院), 병산서원(屏山書院)에 제향되고, 저서로는 《서애집》, 《징비록(懲毖錄)》 등이 있다.

172 이름이……않는다 : 《논어》 〈자로(子路)〉에 보인다.

173 모곡(耗穀) : 환자(還子)를 받을 때, 곡식을 쌓아 둘 동안 축이 날 것을 미리 셈하여 한 섬에 몇 되씩 덧붙여 받던 곡식이다.

의 1년 전부(田賦) 수입은 10만 섬이 안 되는데 여러 도의 환곡 총액은 천여만 섬이 되니, 본말이 전도된 것이 이와 같습니다. 지금 여러 도의 환곡 창고는 텅텅 비어 있는데, 이서(吏胥)는 가짜 장부를 들여다보며 옛날대로 백징(白徵)[174]하니, 심히 무리하기가 또 이와 같습니다. 좋은 법이라도 후세에 더러 무너지는데, 나쁜 법에 기대어 마음대로 한없는 욕심을 채우고자 한다면 장차 무슨 짓인들 못하겠습니까? 논자들이 그 사정이 이와 같다는 것을 알고 있으면서도 감히 앞장서서 그것을 혁파하자고 말하지 못하는 것은, 부스러기 같은 몇 되 몇 말의 모곡이 경상비가 되기 때문입니다. 만약 정말로 어쩔 수 없다면, 어째서 정세(正稅)에 추가하여 부과하고 이런 쓸모없는 법을 혁파하지 못한단 말입니까? 신은 양전을 다시 해 타당하게 하면, 정세의 수입으로 창고를 채울 수 있다고 생각합니다. 이재(理財)에 도리가 있고 입법이 구차하지 않다면, 상평(常平)과 사창(社倉)의 법은 복구할 수 있습니다. 만일 양전을 다시 하지 않는다면 창고를 채울 수 있는 다른 방법은 없습니다. 다만 환자(還上)라는 명목은 없애지 않으면 안 되니, 어째서 그렇겠습니까? 나라가 탐관오리의 뱃속에 창고를 맡긴다면, 다급할 때 자금을 취할 길이 없어져 아무렇지도 않게 또 백성을 학대하게 됩니다. 무슨 연유로 빈 명분을 세워 실제적인 피해를 입고 이 지경에 이르도록 나라의 근본을 깎고 손상시킨단 말입니까?

성상의 책문에 '삼대는 오랜 옛날이다.'부터 '그 설을 지자질구레하게 한다.'라고 하신 대목이 있습니다. 신은 '옛 일을 본받지 않고도 오래

---

174 백징(白徵) : 세금(稅金)을 물 만한 까닭이나 관계가 없는 사람에게 억지로 세금을 물려서 받아내는 일을 말한다.

갈 수 있는 것은 없다.'[175]고 들었습니다. 삼정이 이런 지경에 이른 것은 바로 옛것을 본받지 않았기 때문입니다. 중국의 역대 제도는 시대가 같지 않아도 옛날 일을 되짚어 본받아 각각 일정한 규범이 있었으니, 어찌 우리나라의 삼정 제도처럼 전적으로 옛 제도와 어긋났겠습니까? 이제 전하께서 옛 제도를 버리고 싶어서 자질구레하다고 말씀하시니, 자질구레하지 않아서 쓰이고 있는 것은 틀림없이 오늘날 세속의 구차한 견해일 터, 그렇다면 백성들이 무엇을 기대하겠습니까?

성상의 책문에 '본조가 개국한 지'부터 '또한 옛 제도에 끌어올만한 것이 있는가?'라고 하신 대목이 있습니다. 신은 일찍이 좋은 법은 쉽게 무너지고 잘못된 정치는 고치기 어려움을 엎드려 탄식한 바 있습니다. 연한을 정하여 개량하는 좋은 제도가 오늘날까지 여러 세대 동안 거행되지 못한 것은, 간사한 이서와 부호들 중에 원하지 않는 자가 많고, 집행자들이 그들에게 좌지우지 되기 때문입니다. 전품(田品)을 6등으로 나누고 연분(年分)을 9등으로 나눈 것 또한 세금을 고르게 하는 뜻이 없는 것은 아닙니다. 그러나 전품과 연분이 같아지고 해마다 재결(災結)로 몇 번씩 감해주어 손실에 손실이 더해지게 됨으로써 정부(正賦)가 가볍고 천해지게 되었는데, 이는 수령이 법도를 어기고 칭송을 구하여, 부세를 가볍게 해주었다는 명예를 바라기 때문입니다.

오위(五衛)[176]를 혁파한 일은, 선조 26년에 있었고, 이후 80년 사이

---

175 옛……없다 : 《서경》〈열명 하(說命下)〉에 나오는 말이다.
176 오위(五衛) : 조선 전기의 군대 편제의 이름이다. 중위(中衛)인 의흥위(義興衛), 좌위(左衛)인 용양위(龍驤衛), 우위(右衛)인 호분위(虎賁衛), 전위(前衛)인 충좌위(忠佐衛), 후위(後衛)인 충무위(忠武衛)를 말한다.

에 삼영(三營)이 연이어 설치되었습니다. 멀리서 와서 숙위(宿衛)하는 군사는 지나치게 많아서는 안 됩니다. 그 이유는 세입(稅入)을 헤아려 만 명의 병사를 기를 수 있어야 겨우 3, 4천 명을 먹일 수 있기 때문입니다. 지금은 100명을 기를 힘도 없는데, 삼영의 할 일 없는 군졸들에게 급료를 지급하니 참으로 백성을 편안하게 하고 나라를 지키는 방도가 아닙니다.

입번(入番)을 풀어주고 포를 거두는 제도는 장수가 나라의 평화로운 때를 만나 그 틈을 타고 이익을 꾀한 것으로, 당나라 말에 변방의 장수가 수졸(戍卒)들을 착취하여 거두어들인 것과 다르지 않습니다.

환곡의 모곡을 취하여 비용을 보충하는 경우는 애초부터 성세(盛世)의 정사가 아닙니다. 송나라 유자 호인(胡寅)[177]이 말하기를 "진(晉)·한(漢) 사이에 작서모(雀鼠耗)와 생모(省耗)[178]를 거두었는데, 대부분 거두어서 창고를 채웠다. 근자의 수운(輸運)에서는 도리어 관에서 수운의 손실분을 지급하지 않고 그 모자라는 수를 수운을 맡은 자에게

---

177 호인(胡寅) : 1098~1156. 송(宋)나라 숭안(崇安) 사람으로, 자는 명중(明仲), 호는 치당선생(致堂先生)이다. 호안국(胡安國)의 조카로, 벼슬은 예부 시랑(禮部侍郎)에 이르렀다. 직학사원(直學士院)을 회복하라 자주 상소했다. 진회(秦檜)가 정권을 담당한 뒤로 신주(新州)에 안치되었다가 진회가 죽자 벼슬이 회복되었다. 저서로《논어상설(論語詳說)》,《독사관견(讀史管見)》,《비연집(斐然集)》이 있다.

178 작서모(雀鼠耗)와 생모(省耗) : 둘 다 모곡(耗穀)을 달리 이르는 말이다. 작서모는 관아에서 보관하는 환자(還子)를 참새와 쥐가 먹어서 생긴 손실을 메우는 것이라고 핑계대서 생긴 말이다. 오대(五代)의 한(漢)나라 은제(隱帝) 때에 거두어들이는 법이 각박하고 호되었는데, 그 전의 제도에 전세(田稅)를 거둘 때 매 가마에 두 되씩을 더 바치게 하여 이것을 작서모(雀鼠耗)라 일렀던 것을 왕장(王章)이 비로소 영을 내려 두 말씩을 더 바치게 하여 생모(省耗)라고 하였다.《星湖僿說 卷9 人事門 雀鼠耗》

책임지도록 하니 패가망신하는 경우를 헤아릴 수 없을 정도이다."[179]고 하였습니다. 이로 보자면, 정세(正稅)에서 모곡을 받는 것도 오히려 후대 사람들의 비난을 받았는데, 하물며 백성들에게 빌려주고 이자를 거두는 것이 당당한 국가의 경상비가 될 수 있겠습니까?

성상의 책문에 '전고를 널리 찾아'부터 '변하는 것은 통한다는 뜻이다.'라고 하신 대목이 있습니다. 신은 '아는 것이 어려운 것이 아니라 실천하는 것이 오히려 어렵다.'[180]고 들었습니다. 그러나 실천했는데도 마땅함을 얻지 못했다면 아는 것이 모자라서 그런 것입니다. 지금 전하께서 겸허한 마음으로 불러들이고 방문하시어, 문자로 올리지 못한 말까지 받아들이시니, 직언을 구하는 도리가 지극하다 하겠습니다. 삼정의 허물을 집어내어 여러 간사한 자들과 늙고 추한 자들이 실정을 숨기지 못하게 하시니, 물정을 환하게 비추는 눈이 밝으시다 하겠습니다. 밤낮없이 걱정하고 애쓰시며 개혁하고 변통할 방도에 전심을 다하시니, 백성을 사랑하는 뜻이 간절하다 하겠습니다. 그렇지만 신은 오히려 의심스러운 바가 있습니다. 없애지 않으면 안 된다는 것을 알면서도 위엄이 미치지 못하는 바가 있고, 구휼하지 않으면 안 된다는 것을 알면서도 은혜가 미치지 못하는 바가 있으니, 어리석은 백성들이 어찌 전하께서 이처럼 근심하고 애쓰시는 마음을 알겠습니까?

성상의 책문에 '내가 머리에서부터 개혁하고자 한다.'부터 '여기에서 벗어나지 않는다.'라고 하신 대목이 있습니다. 신이 가만히 생각건대 오늘날 바로잡을 방법은 대략 그와 같을 것입니다. 전하께서 여러 사람

---

179 진(晉)……정도이다 : 《문헌통고(文獻通考)》 권25 〈조운(漕運)〉에 보인다.

180 아는……어렵다 : 《서경》 〈열명 중(說命中)〉에 나오는 표현이다.

들의 마음을 묵묵히 헤아리시고 그들이 말하고 싶어 하는 것을 먼저 말씀하시니, 신은 뜻과 생각이 고갈되어 다시 어떻게 대답해야할지 모르겠습니다. 그러나 지혜로운 사람은 예사로운 말에서 통찰하고, 밝은 사람은 모두 똑같은 견해에서 차이를 분별해 내니, 오직 좋은 점을 취하여 어떻게 활용하느냐에 달려 있을 뿐입니다.

성상의 책문에 '다만 좌우에서 견제함을 생각건대'부터 '모두 위태롭게 된다.'라고 하신 대목이 있습니다. 신이 말씀드리자면, 임금이 정사를 하는데 장애가 되는 단서가 셋이 있습니다. 뜻을 세움이 확고하지 않은 것이 하나요, 법이 좋지 않은 것이 둘이요, 권신이 국정을 담당하여 임금이 뜻대로 할 수 없는 것이 셋입니다. 지금 성상께서 위에 계시고 대소 신하들이 함께 직분을 맡고 있는데, 누가 감히 은혜로운 교화를 막아서 흘러가지 못하게 할 수 있겠습니까? 이는 다만 법이 갖추어지지 못해서이며, 전하의 뜻이 아직 확고하지 못하기 때문입니다. 현명한 사람이건 그렇지 못한 사람이건 모두 임금께서 쓰시기에 달려 있을 뿐입니다. 인재를 얻는다는 것이 어찌 반드시 은나라의 부열(傅說)[181]이나 주나라의 여상(呂尙)[182] 같은 사람을 얻어야만 양전(量田)할 수 있겠습니까? 양전과 치국이란 무엇입니까? 지금 전하께서는 이미 적절한 사람을 발탁하여 공경(公卿)과 집사의 자리에 임명하셨습니다.

---

181 부열(傅說) : 중국 고대 은(殷)나라 때의 현상(賢相)이다. 부암(傅巖)의 담을 쌓는 노예였는데 무정(武丁)이 성인을 얻는 꿈을 꾸고 부암에서 얻어 재상을 삼으니 나라가 크게 다스려졌다 한다.

182 여상(呂尙) : 성은 강(姜), 이름은 상(尙), 자는 자아(子牙)로 강태공(姜太公)을 말한다. 중국 주(周)나라 초기의 정치가로 무왕(武王)을 도와 은(殷)나라를 쳐서 천하를 평정했다. 병서 《육도(六韜)》는 그의 저작이라고 전한다.

공경과 집사를 모두 적임자로 얻었다면, 양전 또한 인재가 없음을 걱정할 것이 없고, 공경과 모든 담당자를 그 적임자로 얻지 못했다면, 전하께서는 진실로 이 점을 걱정하시기에 겨를이 없어야 할 터, 어찌 유독 양전만 어렵다고 하십니까? 신은 인재를 얻기 어려운 것은 오로지 어떤 관직을 주어 부리느냐에 달려 있다고 생각합니다. 그러므로 다만 천성이 탐욕스럽고 잔인하여 사욕을 좋아하고 공정함을 저버리는 사람을 등용하지 말고, 점차 유망한 사람을 발탁하여 전담하도록 한다면, 여유롭게 번거로움을 줄이고 일을 성사시켜 전하의 사업을 끝마칠 수 있을 것입니다. 또 여러 도와 군현에서 행실을 닦고 능력을 갖춘 자를 뽑도록 한 다음, 거치는 고을마다 차례로 음식을 제공하여 올려 보내 태학에 모이게 하십시오. 이미 완성된 규정을 주어 이를 강습시키고, 묶고 나누고 계산하는 법을 익히도록 한 다음, 전하께서 때때로 불러 시험보고 장려하십시오. 그렇게 하시면 그들 모두가 반드시 은혜를 알고 감격할 것이니, 부리기에 충분할 것입니다. 이에 이들을 감령(監領)으로 임명하여 측량하도록 하며, 자신의 성명을 도장(圖帳)의 끝에 기록하게 한다면 나중에 검증하여 상벌을 줄 수 있습니다. 이것이 어찌 장애가 되는 단서이겠습니까?

재용을 마련하는 문제는 신 또한 말씀드리기 어렵습니다. 중읍(中邑)에 들어가는 양전의 비용을 헤아려 보면 미(米) 200섬, 전(錢) 100관은 써야 지급할 수 있습니다. 팔도의 비용을 총계하면 미(米) 7만2천섬, 전(錢) 3만6천 관이 됩니다. 오늘날 안팎의 모곡이 비었으니 어떻게 마련하겠습니까? 신이 또 여러 주의 환총(還總)[183]을 헤아려보니

---

183 환총(還總) : 조선 후기 일정량의 부세를 안정적으로 확보하기 위해 촌락의 토지

비록 소읍이라도 4, 5천 섬에 모곡은 4, 5백 섬 이하가 아닙니다. 신은 원곡의 모곡 이외에 매 섬마다 임시로 한 말을 더 거두기를 청합니다. 이런 뜻을 백성들에게 알리고 그 밖에 영읍에서 과외로 거두는 것을 일절 금지한다면 백성들이 따르지 않을 이치가 없고, 양전의 비용도 넉넉해질 수 있을 것입니다.

군적을 조사하여 인정(人丁)을 충당할 때 어지럽게 뒤섞이기 쉽다는 말은 참으로 성상께서 교시하신 바와 같습니다. 모든 일은 그 근원을 맑게 하여 흐름을 다스리지 않는다면 힘만 몇 배로 들고 끝내 효과도 거두기 어렵습니다. 이 때문에 열성조(列聖朝)이래로 이건 아니라고 여겨[184] 인재를 널리 구하였지만, 걱정하고 애쓰는 뜻에 부응하지 못하였습니다. 환곡을 덜어주고 상평(常平)·의창(義倉)을 설치하는 것 같은 일은 전하께서 비록 말씀만 하시고 시행하지 않으셨지만, 신은 태평성대의 기초가 실로 여기에 있다고 생각합니다.

어째서이겠습니까. 백성을 어질게 하는 방법은 진실로 임금께서 성심으로 강구하고 미루어 실천하신 바이니, 꼭 들어맞지는 않았더라도 멀지도 않을 것입니다. 신은 성상의 뜻을 이루어 세상을 구할 방책을 올리고자 합니다. 우리나라 환곡은 본래 옛 제도가 아닙니다. 사창(社倉)[185]이라고 하지만 아전들이 그 전권을 쥐고 있으며, 상평이라고 하

결수에 비례하여 환곡의 액수를 정한 뒤, 이를 촌락 단위로 공동납부하게 한 제도이다.

184 이건 아니라고 여겨 : 원문은 '우불(吁咈)'로 《상서》〈요전(堯典)〉에 보인다. 동의하지 않음을 나타내는 부정사이다.

185 사창(社倉) : 주자(朱子)가 농민들을 진휼하기 위해 실시한 일종의 곡물 대여기관이다. 조선왕조에서는 1448년(세종30)부터 경상도 지역에서 시험적으로 시행하였으나, 사창곡의 부족과 농간으로 인한 폐단이 발생하여 1470년(성종1)에 폐지되었다.

지만 쌀을 방출하고 거둬들이는 실상이 없어서 농간 부리는 문을 열어 폐단 쌓아놓은 곳집이 되기에 딱 좋을 뿐입니다. 이제 그 옛 관습과 창고를 모두 그대로 두되 일괄 사창의 규칙에 의거할 것을 청합니다. 읍 밖의 창고에 칸막이를 많이 설치하고 면과 동을 구분하여 저장하도록 하며, 각 면마다 감관(監官)을 정하고 각 동마다 돌아가며 사람을 보내 지키게 합니다. 아전은 출납할 때 장부에 기록만 하고 그밖에는 간여하지 못하도록 합니다. 그러면 사람들 모두가 사사롭게 감추는지 감독할 수 있을 것이니, 살피고 돕는 효과가 크게 드러날 것입니다. 모곡을 취하는 것은 비록 경법(經法 근본이 되는 법)은 아니지만, 사창에서 이자를 거두는 예에 의거하여 읍에 따로 창고를 두고, 해마다 축적한 것으로 상평곡을 거두어들이고 나누어주는 밑천을 삼으면, 또한 뜻밖의 용도에 대처할 수 있을 것입니다.

경상비를 당겨쓰는 일에 대해서는 신이 듣지 못하였습니다. 엎드려 생각건대 전하께서는 임금이 되신 뒤로 궁실을 높이지도, 정원을 꾸미지도, 잔치를 자주 열지도, 의복을 고치지도, 맛있는 것을 구하지도 진귀한 노리개를 좋아하지도 않으셨습니다. 이 몇 가지는 신들이 모두 알고 있는 것입니다. 그러나 겨우 성궁(聖躬 임금의 몸)만 다스리시고 교화가 문밖에 미치지 못하니 재용이 어떻게 줄어들지 않을 수 있겠습니까? 신은 누추한 궁궐과 낡은 옷으로는 재용을 절감하기에 부족하다고 생각합니다. 먼저 좌우의 사사로움을 물리친 뒤에야 모든 일이 바르

조선 후기 환곡이 폐단이 심해지자 이를 대체할 수 있는 방안으로 유학자들에 의해 제기되었으나 시행되지 못하다가, 1866년(고종3)에야 비로소 사창절목을 마련하고 사환(社還)이라는 명칭으로 시행되었다.

게 될 수 있습니다. 부녀자와 환관이 은밀하게 하는 말을 임금이 한번 들어주면 그 문이 바다와 같아집니다. 뇌물이 이 때문에 생겨나고, 거두는 것이 이 때문에 많아지며, 염치가 이 때문에 없어집니다. 척족과 대신 또한 휘둘릴 수밖에 없게 되어 천하의 일이 모두 무너지고 있습니다. 옛날의 국가와 가문이 망한 것은 한결같이 이 길을 말미암았습니다. 이는 다름 아니라, 임금이 사사로움을 따르고 공정함을 잃으며, 측근을 가까이하고 먼 자를 홀대했기 때문입니다. 신이 감히 전하께서 그렇다고 하는 것은 아닙니다. 오늘날 이 지경에 이르게 된 까닭을 궁구해 보건대 또 어찌 유래가 없겠습니까?

고 재상 민진원(閔鎭遠)[186]이 영조(英祖)께 고하기를 "호조의 1년 수입이 겨우 10만 섬인데 쓰는 비용은 너무 많습니다. 궁인(宮人), 환관, 액예(掖隷 궁에서 임금의 행차 등을 맡는 대전별감)의 수가 《경국대전(經國大典)》에 기재된 것과 비교하면 몇 배가 넘는데, 모두 두터운 녹을 받고 있습니다. 궁녀 한 사람당 비용이 1년에 미(米) 100섬인데 궁인이 천명에 가까우니 들어가는 비용이 몇 만섬이겠습니까?"[187]라고 하였습니다. 영조의 검소함으로도 당시 재정을 담당한 신하가 이런 말을 했습니다. 하물며 옛날과 오늘날을 비교해보면 수입은 더 줄었는데 소비는 더 커졌으니 민생이 어찌 곤궁하지 않을 수 있겠습니까?

---

186 민진원(閔鎭遠) : 1664~1736. 본관은 여흥, 자는 성유(聖猷), 호는 단암(丹巖)·세심(洗心)이며, 시호는 문충(文忠)이다. 인현왕후(仁顯王后)의 오빠이다. 1691년(숙종17) 문과에 급제, 좌의정을 지냈다. 글씨를 잘 쓰고 문장에 능했다. 노론의 선봉장으로 활약했다. 저서로 《단암주의(丹巖奏議)》, 《연행록》, 《단암만록》 등이 있다.

187 호조의……만섬이겠습니까 : 《영조실록》 2년 11월 21일 기사에 보인다.

서울의 관아와 지방의 관아에 날마다 달마다 지급되는 수량에 대하여, 신이 그 사정을 말씀드리고자 합니다. 환곡에서 모곡을 취하는 것은 처음에는 부족분을 보충하기 위한 것일 뿐이었습니다. 후세에 회록(會錄)[188]하는 법이 시행되면서 모곡을 열로 나누고 그 중 하나를 공용으로 했습니다. 효종 때 이르러 5분의 4를 공용으로 취하였고, 그 뒤에는 모든 모곡을 회록하게 되었습니다. 이는 다름 아니라 쓸데없는 부서가 점점 많아져서 지출이 점점 번잡해지고, 감사와 장수가 정상적인 녹봉 외에 이익을 엿보았기 때문입니다. 10년이나 100년 후에 관아가 더 많아지고 비용이 더 번잡해지면 장차 다시 어떤 모곡을 취하여 공용을 보충하겠습니까? 이 몇 조목은 아직 고질병처럼 되어 치료하기 어려운 병은 아닙니다. 좋은 약을 조금만 쓰면 곧바로 일어날 수 있습니다.

성상의 책문에 '아아, 내가 덕이 부족하여'부터 '펑펑 눈물을 흘린다'라고 하신 대목이 있습니다. 신 엎드려 이 대목을 읽고서 저도 모르게 눈물이 턱에 흘렀습니다. 돌아보건대 신은 가난한 집에서 나고 자라면서 오랫동안 기름을 받았지만 미천하고 고루하여 태평성세에 우러러 보답하지 못하였습니다. 지난번 길거리에서 숨을 죽이고 경외의 백성들과 함께 멀리서 청필(淸蹕)[189]하는 모습을 바라보았습니다. 위엄 있는 모습으로 온화하게 수레에 앉은 채 돌아보지 않는 것을 보고, 모두들 '우리 임금께서 군왕의 덕이 있다.'고 말하였습니다. 지금 원이(元

---

188 회록(會錄) : 세금이나 기타 공물을 징수할 때, 자연적으로 감소되는 것을 보충하기 위해 1할을 더 거두고 그것을 따로 계상(計上)하여 보관하는 일을 말한다.

189 청필(淸蹕) : 임금의 행차에 사람의 통행을 금하고 길을 치우는 일을 말한다.

二)의 재앙과 양구(陽九)의 액운[190]을 만난 것은 바로 하늘이 임금의 성충을 열어 분발하여 성취하도록 하려는 것입니다. 이제 밝은 교지를 받들어 보니 비로소 전에 하신 말씀이 우연이 아니었음을 믿게 되었습니다. 전하께서는 임금이 임금인 까닭을 생각하시고 오늘날 조정의 신하는 신하가 신하된 까닭을 생각하기를 바랍니다. 전하께서는 황천(皇天)과 조종(祖宗)이 나에게 준 것은 어떤 도(道)인가, 구중궁궐에 존귀하게 거하며 비단과 옥을 누리는 것은 무슨 뜻인가, 백관과 모든 백성들이 나에게 바라는 것은 무슨 일인가를 생각하십시오. 오늘날 조정 신하들은 국가가 높은 관작으로 은혜를 내리고 두터운 월급으로 우대하는 것은 무슨 뜻인가, 힘과 성의를 다하여 임금을 보좌하는 것이 무엇인가 생각해야 합니다. 옛날의 임금과 신하가 걱정과 근심을 함께 하여 한 시대의 공업(功業)을 경영한 것처럼 하면 삼정(三政)은 저절로 바로잡힐 것입니다.

성책의 끝에 명하시기를 '자대부(子大夫)'부터 '친히 살펴보겠다'라고 하신 대목이 있습니다. 성상(聖上)의 물음이 절실하기가 여기에 이르니 신이 감히 무지한 말씀을 다시 올립니다. 삼정의 법에는 본래 충분하지 못한 점이 있으니, 이것이 신이 경장(更張)하고자 하는 까닭입니다. 그러나 삼정이 행해진 지 수 천년 혹 2~3백년인데도 폐단이 여기에 이르지 않은 것은, 제도를 운용함에 절도가 있고 왕법이 아래에까지 행해질 수 있었기 때문입니다. 지금 전하께서 근본을 닦지 않고

---

190 원이(元二)의⋯⋯액운 : 재앙이 드는 해를 말한다. 술가(術家)에서 4,617년을 1원(元)으로 삼고, 원이 시작되는 처음의 106년 사이에는 가뭄이 드는 해가 아홉 번 있음을 이르는 말이다.

삼정의 말단만을 고치고자 하신다면, 비록 대우(大禹)[191]가 토지를 다스리고 유안(劉晏)[192]이 계책을 관장한들 무슨 보탬이 있겠습니까?

신이 듣기에 선왕의 제도는 비록 천자라도 칠묘(七廟)에 그친다 하니, 조종께 박하게 하려는 것이 아니라 민력에 한계가 있기 때문입니다. 지금 태묘(太廟 종묘)와 영녕전(永寧殿),[193] 그리고 영희전(永禧殿)[194] 외에 안에는 진전(眞殿)[195]이 있고 밖에는 여러 궁(宮)이 있습니다. 신이 엎드려 듣건대 진전의 다례(茶禮)에 지나친 음식을 올려 함부로 쓰는 비용이 매우 많다고 합니다. 신은 후세 사람들이 풍예(豊昵)[196]라 비난하면서, 성인의 효가 아니라고 말할까 두렵습니다. 또 여러 궁은 세대가 이미 멀어졌으니 모두 차례로 한 묘에 받들어 모시는 것이

---

191 대우(大禹) : 중국 고대의 성왕(聖王)인 우왕(禹王)에 대한 경칭(敬稱)이다.

192 유안(劉晏) : 716~780. 중국 당(唐)나라 남화(南華) 사람이며, 자는 사안(士安)이다. 이부 상서와 동평장사(同平章事)로서 강회상평사(江淮常平使)를 겸직하고, 뒤에 또 관내 하동 삼천 및 제도청묘사(關內河東三川及諸道青苗使)가 더해졌는데, 양염(楊炎)이 정권을 잡자 죄를 씌워 충주 자사(忠州刺史)로 내치고 사사(賜死)했다. 그는 재물을 관리함에 있어서 백성을 아끼는 것을 우선으로 삼았다.

193 영녕전(永寧殿) : 임금 및 왕비로서 종묘(宗廟)에 모실 수 없는 분의 신위(神位)를 봉안(奉安)하던 곳이다. 종묘와는 달리 영녕전(永寧殿)은 일 년에 두 번, 정월(正月)·칠월(七月)에 대관(代官)을 보내어 간소(簡素)하게 제사(祭祀)를 지냈다.

194 영희전(永禧殿) : 태조(太祖)·세조(世祖)·원종·숙종(肅宗)·영조(英祖)·순조(純祖)의 영정(影幀)을 봉안하여 제를 거행하던 곳이다. 남별전(南別殿)이라고도 한다.

195 진전(眞殿) : 선원전(璿源殿)의 다른 이름이다. 선원전(璿源殿)은 역대 임금의 초상을 보관하던 전각으로 창덕궁(昌德宮) 안에 있다.

196 풍예(豊昵) : 다른 선조들은 염두에 두지 않고 자기 부친만 위하여 존숭하는 것을 말한다.

마땅합니다. 사관(祠官)에게 때 맞춰 제사를 올리게 하면, 사적인 은혜도 전날보다 퍼지고, 성상의 효도도 영세토록 모범이 될 것입니다.

옛날 영종대왕이 《각전각궁공상정례(各殿各宮供上定例)》 및 《국혼정례(國婚定例)》, 《각사정례(各司定例)》의 간행을 명하여 비용을 줄인 것이 수십만 전이었습니다.[197] 이는 더욱더 전하께서 마땅히 본받아야 할 것입니다. 항상 올리는 수라나 의복 이외에도 밖으로부터 진헌(進獻)하는 예가 있다고 들었습니다. 근래 여염집에 간혹 이런 풍속이 있는데, 부녀자의 사사로운 욕심에 이끌려 재산을 탕진해가며 부잣집에 보태주는 일에 익숙해져서 일상이 되었습니다. 예(禮)를 아는 사대부가에서도 오히려 일절 금하는데, 하물며 당당한 천승(千乘 왕)의 공궤(供饋)에 어찌 이같이 예가 아닌 물건을 쓰겠습니까? 입과 배, 귀와 눈에 관련된 작은 일에서부터 시작하여 그 해로움이 국체(國體)를 손상하고 재물을 잃어 백성의 고충이 되는데 이르니 진실로 자잘한 일이 아닙니다. 전하께서 한 몸의 욕심부터 끊으신다면 여러 신하 가운데 누가 감히 멸사봉공하지 않겠습니까? 제도가 궁궐에서 깨끗해진다면 사방에서 누가 감히 기풍을 따르지 않겠습니까? 그런 다음 쓸모없는 관청을 줄이고 쓸모없는 관리를 도태시키고 사치를 금하고 경조사비를

---

197 영종대왕이……전이었습니다 : 각 전(殿), 궁(宮) 및 각사(各司)에 올리는 물종에 정해진 한계가 없어 공인(貢人)이 날로 곤란하고 경비가 날로 결핍되므로, 1749년(영조25)에 호조 판서 박문수(朴文秀) 등에게 명하여 매입하는 물종(物種)을 서진(書進)케 하여, 어필로 조목(條目)에 따라서 삭감하고, 이를 정례(定例)로 삼아 준행하도록 하였다. 이때 절감한 양이 수십만 전이 되었다고 한다. 또 각 전, 궁의 《공상정례(供上定例)》 6권, 《국혼정례(國婚定例)》 2권, 《각사정례(各司定例)》 12권, 《상방정례(尙方定例)》 3권을 간행하여 《탁지정례(度支定例)》라고 하였다. 《萬機要覽 財用篇4 戶曹各掌事例》

절제하고 각궁 각사에서 정각(征榷)의 세[198]를 취하여 한 관아에 전속시켜 경비에 보충하십시오. 공곡(公穀)과 전폐(錢幣)를 도둑질하여 사사로운 이익을 경영하는 자는 엄한 법으로 처형한다면, 재용이 넉넉지 못한 걱정은 없을 것입니다.

옛날에는 봉록을 후하게 주어 선비를 권면하였습니다. 《시경(詩經)》에 "어렵고 가난하거늘 나의 어려움 알아주는 이 없네."[199]라고 하였으니, 위(衛)나라는 이 때문에 쇠미해졌습니다. 지금 삼공(三公)의 봉급은 서리와 다를 것이 없고, 여러 주(州)의 소리(小吏)들은 몇 말 몇 되의 급료조차 없습니다. 이와 같은데도 백성의 소득을 침범하지 말라고 할 수 있습니까? 생각건대 녹봉을 늘려 염치를 기른 뒤에 과외(科外)로 걷는 것을 일체 금단하고, 구임(久任)[200]의 법을 시행하며, 부정한 관리를 다스리는 법을 명확히 하고 요행으로 이루는 길을 막아 버린다면, 민생이 불안할 걱정은 없을 것입니다. 진실로 이와 같이 하면 삼정을 바로잡지 않아도 국가는 태산처럼 편안할 것이며, 전하께서는 자자손손 끝없는 복을 길이 누리실 것입니다.

신은 삼가 죽음을 무릅쓰고 성상께 대답을 올립니다.

---

198 정각(征榷)의 세 : 나라에서 거두는 상품세와 관청의 전매(專賣)를 말한다.

199 어렵고……없네 : 《시경》〈북문(北門)〉의 구절이다. 위나라 현자가 춘추를 만나 뜻을 얻지 못하여 가난과 불우를 노래한 것이다.

200 구임(久任) : 조선 시대의 관직에는 출근일수로 가리는 임기가 있어서 그 임기가 차면 거관(去官)되었으나, 경험, 기술 등을 요하는 특수 관직에는 임기에 구애되지 않고 장기간 계속 근무하게 하여 업무상의 능률과 숙달을 기하도록 하였다. 선척(船隻)의 일을 담당하는 사재감(司宰監)의 관원, 제사를 담당하는 봉상시(奉常寺)의 관원, 사대문서(事大文書)를 담당하는 승문원(承文院)의 관원 등이 이에 해당된다.

전 傳

모두 6편이나 5편만 수록하였다.

권겸산전

權兼山傳

권옥(權鈺)은 서울 사람이다. 조부 권기(權耆)는 정조를 섬겨 승정원 승지를 지냈다. 옥은 어려서 부친을 잃어 행실을 닦지 못했으나 기이한 재주가 있었다.-7세에 시를 짓기를 "물소리는 얼음 아래 매끄럽고, 산색(山色)은 눈 온 뒤에 비옥하다.〔水聲氷底滑 山色雪餘肥〕"라고 하자, 보는 사람들이 감탄했다.- 커서는 세상에서 용납 받지 못함을 알고, 궁색하고 누추한 처지를 슬퍼하다가 예법에 얽매이는 것을 포기하고 방종을 즐겨 하는 일마다 법도에 맞지 않으니, 이웃 사람들이 모두 꺼리고 피하였다. 옥은 베푸는 것을 좋아하여 본래 넉넉했던 집안의 재물을 친척과 벗 가운데 가난한 사람들에게 모두 빌려주었다. 재물이 없어지자 남쪽으로 내려가 호서(湖西)지방에서 살면서 의기(義氣)를 행하고 바르지 못한 것을 바로잡았다. 항상 패랭이를 썼고 스스로 겸산(兼山)이라 호를 붙였다. 호서 사람 가운데 여자나 아이들도 권겸산(兼山者)을 모르는 사람이 없었다.

일찍이 저자거리에서 노는 것을 좋아하고 물건 값을 잘 매겼으므로 시장에서 모든 물건을 교역할 때는 옥이 말하기만 기다렸다. 옥은 가운데 서서 주위를 둘러보면서 아무 것도 하지 않는 듯 보였지만, 교활한 상인과 약은 장사치라도 감히 실상을 숨기지 못했으며, 사나운 포교와 교활한 이서도 숨죽이고 엎드려 두려워하며 바라보았다. 흙으로 빚은 인형처럼 있다가 해질 무렵이면 그 이익을 거두어 술과 고기값으로 삼았는데, 하루에 수천 전(錢) 아래로 내려가지 않았다.

호서 사람 가운데 세력이 있는 자에게 기대어 횡포를 부리며 남의 묘지를 강탈하여 장사지내는 자가 있었으나 묘의 주인이 막을 수 없었다. 옥이 그 집에 이르러 천천히 위로하기를 "걱정하지 마시오. 내가 있으니 반드시 당신이 욕을 당하게 내버려두지 않겠소."라고 하였다. 그리고 편지를 써서 사방의 행상과 떠돌이들을 불러모아 수천 명을 얻어서 산에 올라가 그 무덤을 헤치고 관을 깨뜨려 시신을 꺼낸 다음 토호의 집에 끌어다 두고 꾸짖었다. "네가 파리나 모기 같은 힘에 의지하여 죽은 아비를 팔아 횡재를 얻으려 하는데, 지금 어디에 있냐? 설사 돈으로 탐관오리를 부릴 수는 있겠지만 나는 어쩔 테냐?" 말을 내뱉자 한 집안이 울음을 참고 비명을 삼키며, 머리를 조아리고 숨을 죽였다. 옥이 떠난 지 사흘이 지나도록 아이 소리도 문밖에 흘러나오지 않았다. 이로부터 호서 사람 중에 감히 해골을 싣고 밤에 나다니는 자가 없었다.

홍주(洪州)에 왕자 집안의 묘를 지키는 부자(富者)가 있었는데, 하루는 사사로운 원한으로 마을의 선비를 때려죽였다. 그 아들 셋이 관아에 고소장을 내자, 부자가 왕자 집안으로 도망쳐 숨었다. 홍주 목사가 사람을 시켜 그를 내놓으라고 요구하자 왕자가 허락하였으므로 형구를 채워 홍주 옥으로 압송했다. 부자는 계책이 막혀 빠져나갈 길이 없자 뇌물을 바쳐 모면하려고 하였다. 옥이 그 일을 듣고 곧바로 선비 집으로 가서 개돼지라고 큰소리쳤다. 세 아들은 놀라고 두려워 문밖에 나왔다가 옥을 보고 납작 엎드렸다. 옥은 "지금 도적놈이 네 아비를 죽이고도 이 세상에서 편안히 누워 먹고 살고 있는데 너희 셋은 직접 찌르지도 못하고 그저 겁나고 죽음이 두려워 머뭇거리며 남의 손을 기다리고 있느냐? 저놈이 하루아침에 돈을 바쳐 판결을 뒤집고 죽기 직전에 놓여난다면, 너희는 보복하려한들 그럴 수 있겠느냐?"라고 꾸짖었다. 세 아들은 절하고 울며 살려달라고 애걸했다. 옥은 쯧쯧 혀를 차며 "너희를 보니 해내지 못하겠다. 내가 너희를 위해 일을 처리하겠다."라고 하였다. 그리고는 사람을 시켜 전에 불렀던 자들을 다시 부르니, 그날 안으로 구름처럼 관아에 모였다. 이에 함께 옥문을 부수고, 세 아들을 들여보낸 다음 하고 싶은 대로 하도록 했다. 세 아들은 앞 다투어 배를 갈라 간을 꺼내 잘근잘근 씹고 머리와 허리를 자르고 사지를 자르고는 춤추고 날뛰다가 돌아갔다. 홍주 사람들은 소름끼쳐하며 통쾌하다고 했다. 애초에 홍주 목사가 권겸산이 왔다는 말을 듣고 부(府)의 이서들에게 함부로 움직이지 말라고 단단히 일렀으므로, 세 아들이 복수할 때 감옥에는 끝내 별 일이 없었다.

이때 감사와 영장(令長)²⁰¹ 가운데 청렴하지 않은 자들이 있으면 옥이 길에서 꾸짖고 욕보였기에 감사와 영장들은 모두 귀를 막고 지나갔다. 옥은 성정이 강개하여 아첨하는 것을 원수처럼 미워하고 세력 있는 자들을 업신여겼지만 어려운 사람이 있다는 말을 들으면 밤에도 잠을 못 잤다. 그런 까닭에 그가 가는 곳마다 빈곤하고 약한 사람들은 장성(長城)처럼 그를 의지하였고, 화를 만나고 어려운 일에 얽혀 하소연할

201　영장(令長) : 지방의 수령이다. 현령(縣令) 혹은 영군(令君)이라고도 한다.

데가 없는 사람은 목마른 것처럼 그를 기다렸다.

옥은 평소에 한동네 사람 황자용(黃子容)과 잘 어울렸다. 뒤에 자용 또한 빈곤해져서 홍주의 어머니 집에 더부살이 했는데, 몇 년이 지나자 어머니 집에서 잘 대해주지 않았다. 그래서 돌아가겠다고 인사를 드리고 다시 서울로 가려고 하였다. 면천(沔川)에서 길을 나섰는데 봉두난 발에다 때 묻은 얼굴을 하고 짐을 지고 노래 부르며 오는 권겸산과 만났다. 자용을 자세히 보더니 "자네는 황수재가 아닌가? 어쩐 일로 여기 왔나?"라고 하였다. 자용 또한 놀라고 기뻐하며 손을 잡고 그 이유를 호소하였다. 옥이 매우 통탄하면서 "나는 떠돌아다닌 이래 항상 길에서 죽으면 거두어 줄 사람이 없는 것을 걱정하면서도 나를 묻어줄 사람은 너라고 여겼다. 이제 너를 다시 만났구나."라고 하고 함께 술집에 다리를 쭉 뻗고 앉아 술을 실컷 마시면서 노래하다 울다 웃다 욕했다. 떠나려 할 때 자용에게 갈 곳을 묻자, 대답하기를 "고향으로 돌아갈 것이네."라고 하였다. "밑천이 있는가?"라고 하자, "없다."고 답하였다. 옥은 전대를 털어서 가지고 있던 2천 5백전을 주었다. 자용이 사양하자 옥이 웃으며 말하기를 "자네가 나를 염려하는가? 우리들이 먹고사는 것은 저 좀스런 선비와 다르다."라고 하면서 끝내 주고 갔다.

뒤에 자용은 호서에 이르면 종종 길에서 옥을 만났는데, 한번은 조용히 말하기를 "아깝다 좋은 옥을 밭에 버려두다니! 행실을 고치고 녹을 구하면 그대의 재주는 쓸 만한데."라고 하였다. 옥은 대답하지 않고 길가의 높은 회나무를 가리키며 "곧구나. 이것이 내 마음을 안다."라고 하였다. 자용이 "무슨 말이냐?"라고 하자 옥이 말하기를 "만일 이 회나무를 좁은 지붕 아래 옮겨 심는다면 가지를 펼칠 수도 없을 것이고 굽히려 하면 꺾일 것이다. 지금은 넓은 들에 서 있으니 굽거나 꺾일 걱정이 없고 비바람과 눈서리는 그 절개를 도와준다. 장부는 이와 같아야 마땅하지 않겠는가? 또 오늘날 벼슬하는 자들은 술과 고기와 여색때문이 아니겠는가? 이런 것은 내가 이미 넉넉히 가졌는데 또 무얼구하겠는가?"라고 하였다. 오륙년이 지나 옥이 어느 군(郡)의 길에서죽었다. 죽은 날 부고를 하지 않았는데도 모인 사람이 만여 명이었다.모두 목쉬도록 통곡하고 지팡이를 들어 서쪽을 향해 초혼(招魂)[202]하고돈을 거두어 염하고 묻었다. 호서 사람 가운데 그 무덤 아래를 지나면서 눈물을 흘리고 탄식하지 않는 사람이 없었다.

무오년(1858) 겨울 내가 서울에 있을 때 밤에 황자용과 함께 호서의인물을 논했는데, 자용이 권옥의 일을 아주 자세하게 말해주었다. 옥은신체가 건장하고 말소리가 쩌렁쩌렁 했으며, 술을 잘 마셔 백 잔을마셔도 취하지 않고 개 한 마리를 다 먹어도 배부른 줄 몰랐다. 시짓기를 좋아하여 머무는 곳마다 시를 지었다. 앞서 말했던 면천 길에서황자용과 함께 지은 시 가운데는 자못 일컬을 만한 기이한 구절이 많다.-청산은 무명씨와 더불어 살고 백발은 뜻있는 사람에게 두루 많다.〔靑山可與無名氏白髮偏多有志人〕- 그때에 호서에는 여덟 호걸이 있었는데, 지역 세력을빙자하여 임협(任俠)으로 알려졌다. 그러나 의로운 명성은 모두 권겸산 밑에 있었다. 자용 또한 의를 좋아하고 남의 어려움을 구해주기를좋아하였다. 나의 오랜 친구인데, 이름은 휴(休)이고 자용은 그 자이다.

---

202 초혼(招魂) : 사람이 죽었을 때 그 혼을 부르는 일을 말한다. 생시에 입던 저고리를 왼손에 들고 오른손은 허리에 대어 지붕에 올라서거나 마당에 서서 북쪽을 향하여"복(復), 복, 복."하고 세 번 부른다.

금사 이원영전

琴師李元永傳

내가 서울에 있을 때 가끔 금객(琴客)들과 어울려 놀았는데, 금사 이원영의 명성이 자자하였다. 병인년(1886) 봄에 건릉(健陵)[203]의 침랑(寢廊)[204]으로 재소(齋所)에 입직할 때는 매우 한가로웠다. 사람들이 "이 고을에 거문고를 잘 타는 사람이 있는데, 그 사람과 더불어 이야기를 나눌 만합니다."라고 하였다. 내가 기뻐하며 가서 불러오라고 하였다. 잠시 후 문에 이르렀는데 훤칠한 키에 풍채가 아름답고 양쪽 귀밑머리는 희끗희끗한 사람이 땅을 지팡이로 더듬으면서 왔다. 나는 사람을 시켜 그를 부축하여 계단을 오르게 한 다음 맞이하며 "아무개는 여기에 있고, 아무개는 여기에 있다."[205]고 말해주었다. 이윽고 그 이름을 들어보니, 바로 전에 말하던 금사 이원영이었다. 내가 놀라 기뻐하며 말하길, "나는 이씨 노인이 딴 세상 사람이라 여겼는데, 노인께서 정말 이 곳에 계셨군요."라고 하였다.

이에 이 노인이 그 평생 전수 받은 거문고 솜씨에 대해 모두 말하고,

---

203 건릉(健陵) : 경기도 화성시 안녕동에 있는 조선 제22대 정조와 효의왕후(孝懿王后) 김씨의 능의 이름이다.

204 침랑(寢廊) : 종묘(宗廟), 능(陵), 원(園)을 지키는 참봉(參奉), 즉 능참봉이다.

205 아무개는⋯⋯있다 : 《논어》〈위령공(衛靈公)〉편에 "악사 면(冕)이 뵈러 왔을 때 계단에 이르자 계단이라 말씀하시고 자리에 이르자 자리라고 말씀하시고, 모두 자리에 앉자, '아무개는 여기에 있고, 아무개는 여기에 있다.'〔師冕見 及階 子曰 階也 及席 子曰 席也 皆坐 子曰 某在斯某在斯〕"라고 한 구절이 있다.

가만히 거문고를 안고서 생각에 잠기더니 다음과 같은 노래를 지어 불렀다.

이 몸이 어떤 몸인가	此身何身兮
동궁을 가까이에서 모신 몸일세	昵侍靑宮
이 거문고가 어떤 거문고인가	此琴何琴兮
동룡[206]을 즐겁게 한 거문고일세	得娛銅龍
세월은 머물지 않아	年華不留兮
이 몸 떠도는 쑥이 되었네	身如飄蓬
거문고여 거문고여	琴兮琴兮
누가 알리오 너의 곤궁함을	誰知汝窮

노래를 끝마치고 천천히 현(絃)을 어루만지며 상음(商音)을 끌다가 우음(羽音)을 타니[207] 좌중에 눈물을 흘리지 않는 자가 없었다. 내가 한참을 처연히 있다가 "노인장은 이미 늙어서 세상에서 다시 이름을 떨칠 수 없으니, 제가 노인장을 위하여 영원히 전해지도록 도모해도 되겠습니까?"라고 말하고, 드디어 그를 위하여 다음과 같이 전(傳)을 지었다.

이 노인은 초명이 원풍(元豐), 자는 군보(君甫)다. 10대조 이후로

---

206 동룡(銅龍) : 동으로 주조한 용모양의 분수이다. 궁궐에 있었다. 진(晉)나라 육 홰(陸翽)의 〈업중기(鄴中記)〉에 "華林園中千金堤上 作兩銅龍 相向吐水 以注天泉池"라 고 나와 있다.

207 상음을……타니 : 거문고의 음은 오행(五行)의 소리가 있는데, 수는 우음(羽音), 화는 치음(徵音), 목은 각음(角音), 금은 상음(商音), 토는 궁음(宮音)이라고 한다.

만악(縵樂)[208] 연주하는 것을 배웠는데, 이 노인에 이르러 이름이 더욱 알려졌다. 성품이 소탈하고 놀기를 좋아하여 집안을 돌보지 않았다. 17세에 액정서(掖庭署)[209]에 소속되어 화려한 옷을 입고 여러 소년들을 좇아 청루(靑樓)에서 어울려 놀았다. 진아(螓蛾)・만록(曼睩)[210]이 좌우에 늘어서 재주를 보이는데 노래하는 자들 중에는 눈길을 보내고 마음속으로 좋아하여 그가 한번 돌아봐 주기를 바라지 않는 이가 없었다. 이 노인은 비용을 아끼지 않고 그 즐거움을 펼치기에 힘썼다. 이 때문에 여러 어울려 놀던 남녀들이 떠들썩하게 이 별감(李別監)이 멋있다고 얘기하였다.

익종(翼宗)이 대리청정 할 때[211] 그가 거문고를 잘 탄다는 것을 듣고서 중희당(重熙堂)[212]으로 불러들였다. 이 노인은 거문고를 끼고 시중들며 아침저녁으로 동궁의 마음을 기쁘게 해드렸다. 하지만 한참 지나자 마음이 답답해지고 바깥 생활의 즐거움이 그리워져 마침내 병을

---

208 만악(縵樂) : 사(詞)의 음악적 형식이다. 대체로 느리고 가락이 적은 것을 말한다. 반대로 영(슈)은 좀 빠르고 가락이 많이 들어가는 음악의 형태이다.

209 액정서(掖庭署) : 전갈(傳喝), 공어필연(供御筆硯), 궐문쇄약(闕門鎖鑰) 등의 일을 맡아보는 관아이다.

210 진아(螓蛾)・만록(曼睩) : 진아는 '진수아미(螓首蛾眉)'의 준말이다. 매미의 이마에 나방의 눈썹이라는 뜻으로 미인을 형용하여 이르는 말이다. 만록은 미인의 구슬 같은 눈동자가 발하는 빛, 즉 미인을 가리킨다. 송옥(宋玉)의 〈초혼(招魂)〉에 "아리따운 만록 눈동자가 빛나네.[蛾眉曼睩 目騰光些]"라고 나온다.

211 익종(翼宗)……때 : 익종은 순조의 세자인 효명세자를 말한다. 1827년(순조27) 부터 1830년(순조30) 사이에 순조의 명을 받아 대리청정을 하였다.

212 중희당(重熙堂) : 창경궁에 있던 왕세자의 궁이다. 동궁이 서연(書筵)을 하고 신료들을 접견하던 곳으로, 1782년(정조6)에 창건되었다.

핑계대고 밖으로 나왔다. 다시 옛날과 같이 방탕한 생활로 돌아갔으나, 다만 거문고의 솜씨는 더욱 묘해져, 명성이 있고 귀한 벼슬아치들이 노닐 때에 서로 다투어 초대해 갔으니, 공경(公卿)들 사이에서 명성이 자자하였다. 내사별제(內司別提) 경복장(景福將)[213]에 제수되어 여러 번 품계가 올라 자헌대부(資憲大夫)[214]의 품계에 이르렀는데, 이것은 참으로 공경귀족들의 힘이었다.

중년에 경치 좋은 곳을 골라 창의문(彰義門)[215] 밖에 터를 잡아 집을 짓고, '일계산방(一溪山房)'이라 편액을 달았다. 거문고를 가지고 그 제자들을 가르쳤다. 제자들이 한번 노인의 가르침을 받으면 모두 다 훌륭한 거문고 명장이 되었으므로 다투어 그를 찾아왔다.

자못 거문고에 힘입어 살아갔으나, 얼마 후에는 가세가 더욱 몰락하여 마침내는 남쪽으로 수원부(水原府) 송산촌(松山村)에 내려가 세들어 살았다. 자손들을 가르치고, 밭을 갈아서 자급하였다. 이 노인은 나이가 들자 두 눈이 어둡고 침침해져서 사물을 구분하지 못한 탓에, 도성 안에 이르지 못한 것이 거의 12년이 되었다. 세상 사람 중에 평소 노인의 이름을 들은 자들도 그를 아득히 옛날 사람이라고 여길 뿐, "〈자허부(子虛賦)〉를 읊은 자가 아직도 양원(梁園)에서 객 노릇을 하면서 별탈이 없다."[216]는 것을 알지 못했다.

---

213 내사별제(內司別提) 경복장(景福將) : 내수사에 딸린 6품 별제(別提) 벼슬의 하나가 경복장이다. 내수사는 왕실의 재정과 노비 등에 관한 사무를 맡아보던 관청이다.

214 자헌대부(資憲大夫) : 조선 시대 문산계(文散階)의 하나로, 문관 정2품 하계(下階)의 관계명(官階名)이다.

215 창의문(彰義門) : 서울 종로구 창의동에 있는 조선 시대 성문이다.

216 자허부(子虛賦)를……없다 : 〈자허부〉를 읊은 자란 사마상여를 말한다. 양원(梁

노인이 늙어 폐인이 된데다 또 흉년을 당하여 더 곤궁해졌고, 할미 또한 곱사병을 앓았다. 노인은 지난 날 맘대로 이름난 창기(娼妓)를 거느리고 집안일을 돌보지 않으면서 날마다 재물을 기울여 그 창기가 원하는 것을 들어주는 동안, 할미 홀로 지독한 고생을 하면서 살림을 꾸렸고, 창졸간에 재물이 다하자 창기는 떠나갔으나 오직 할미만이 가난을 함께 하였음을 생각할 때마다 후회가 가득하고 할미에게 매우 부끄럽기도 했다. 할미 또한 남편이 평생 투계나 노름, 유흥의 장소에 분주히 돌아다녔지만 지금은 황량한 산, 쓸쓸한 집에 있으면서 장부의 뜻을 굽히고 있음을 생각할 때마다 가여워했지만, 늙도록 무탈하게 서로 머리를 대고 지켜줄 수 있음을 다행으로 여겼다. 때문에 전날의 허물을 잊고서 서로 아끼고 사랑해 주었다.

당시 이 노인의 집은 네 벽만 서 있고, 오직 거문고 하나만 있었다. 깊은 가을 고요한 밤 낙엽이 우수수 뜨락에 떨어질 때면, 노인은 일어나 문득 거문고를 안고 길게 노래하며 연주하였다. 할미 또한 거문고 소리를 익히 들어온 터라 곁에 앉아 그 잘하고 못함을 평하였으니, 그 즐거움이 적지 않았다. 이 노인이 말하길, "늙어서야 짝이 있는 즐거움을 알았다."라고 하였다. 이 또한 사마상여(司馬相如)[217]가 문군(文

園)에서 객 노릇을 한다는 것은 그가 한(漢)나라 양효왕(梁孝王)의 원유(園囿)에서 노닐었던 것, 즉 대궐에서 노닐었던 경력을 가리킨다.

217 사마상여(司馬相如) : 중국 전한(前漢)의 성도(成都) 사람으로, 자는 장경(長卿), 아명은 견자(犬子)였으며, 인상여(藺相如)의 사람됨을 흠모하여 '상여'라고 개명하였다. 경제(景帝) 때 무기상시(武騎常侍)가 되었다. 사부(辭賦)에 능하여 한(漢)·위(魏)·육조(六朝) 문인들의 모범이 되었는데, 특히 〈자허부(子虛賦)〉와 〈상림부(上林賦)〉가 유명하다.

君)을 가볍게 버려서 백두가(白頭歌)의 원망[218]을 자초한 것 보다 낫다. 또 내가 보건대, 세상의 경박하고 놀기 좋아하며, 사마(絲麻)를 중히 여기고 관괴(菅蒯)를 천하게 여기는[219] 자가, 하루아침에 또한 이씨 노인의 처지가 되지 않을 줄 어찌 알겠는가! 이 글을 보면 아마도 느끼는 바가 있을 것이다.

---

218 문군(文君)을……원망 : 문군은 탁문군으로, 한나라 때 임공(臨邛)의 큰 부자인 탁왕손(卓王孫)의 딸로 글을 잘하였다. 일찍이 과부가 되어 친정에 와 있는데 부친의 생일잔치에 사마상여가 초대되어 금(琴) 타는 소리를 듣고 반하여 패물을 싸 가지고 그를 따라가서 살았다. 후일 사마상여가 첩을 얻으려고 하자 탁문군이 백두음(白頭吟)을 읊고 자결하려 하였으므로 사마상여가 그만두었다는 이야기가 있다.《西京雜記》

219 사마(絲麻)를……여기는 : 값비싼 직물이 있더라도 거친 천을 버리지 말고, 미인이 있더라도 초췌한 부인을 박대하지 말라는 의미이다.《춘추좌씨전(春秋左氏傳)》성공(成公) 9년 조에 이러한 시구가 있다.

권처사전 병자년(1876, 고종13)

權處士傳 丙子

예로부터 나라가 교체될 때에는 반드시 절의를 지키는 사람이 있었는데, 명나라 말보다 더한 때는 없었다. 전에 이르기를 "임금은 예로써 신하를 부리며, 신하는 충성으로 임금을 섬긴다."[220]고 하였다. 태조 고황제(太祖高皇帝)[221]는 유사(儒士)를 숭상하고 장려하며 신료를 예로 대접하였으니, 천하의 선비가 깨끗하게 자신을 닦고, 예우에 대해 보답함을 중하게 여기지 않음이 없었다. 300년이 지나는 동안 여러 번 좌절을 만났으나 뜻과 의리는 더욱 강해졌기에, 천명이 바뀌었는데도 맨손으로 버티며 죽음 보기를 집으로 돌아가는 듯하였으니, 교화가 사람의 마음에 스며듦이 어찌 깊다고 하지 않겠는가? 남쪽으로 건너간 이래로 중국의 유민은 차마 몸을 훼손할 수 없어서 차라리 머리카락을 보존하고 죽을지언정, 머리를 남겨두어 살기를 원하지 않았다. 내가 《강음성수기(江陰城守記)》[222]를 읽어보니 참으로 슬프기 짝이 없다. 우리나라는 중국의 번국(蕃國)이어서 다행히 관(冠)과

---

220 임금은……섬긴다 : 《논어》〈팔일(八佾)〉의 "정공(定公)이 임금이 신하를 부리고 신하가 임금을 섬기는 도리를 묻자, 공자가 대답하기를 '임금은 예로써 신하를 부리고, 신하는 충성으로 임금을 섬긴다.〔君使臣以禮 臣事君以忠〕'라고 하였다."에서 인용한 것이다.

221 태조 고황제(太祖高皇帝) : 주원장(朱元璋, 1328~1398)을 말하는 것이다.

222 강음성수기(江陰城守記) : 청나라 만주족이 강음성에서 한족을 대학살한 사건을 기록한 글이다. 청나라 한염(韓焱), 허중희(許重熙), 대전유(戴田有)가 함께 지었다.

의복을 온전히 지킬 수 있었으니, 그 긴급한 사정이 중국과 다르다. 그런데도 병자호란과 정묘호란을 당했을 때 몸을 정결히 하고 의(義)를 위해 하늘에 부르짖으며 파도치는 바다에 뛰어든 자가 서로 이어졌다. 이것은 무슨 까닭인가? 최근에 〈안동 권처사의 유사(遺事)〉를 얻어 보고 탄식하며 황제의 은택이 젖어드는 바와 떳떳한 심성이 발하는 바가 안팎과 고금의 차이가 없음을 알게 되었다.

삼가 살펴보니, 처사의 이름은 숭립(崇立)이고 자는 정보(禎甫)다. 초명은 종립(宗立)이며 자는 영보(榮甫)로 첨정(僉正)을 지낸 익(翊)의 아들이다. 어려서부터 성정이 효성스럽고, 두 아우 중립(中立), 정립(廷立)과 더불어 우애가 매우 돈독했다. 인조 갑자년(1624) 공이 유일(遺逸)[223]로 조정에 천거된 일이 있었는데, 공은 병 때문에 사양하였고 다시는 남에게 추천받은 일이 없었다. 병자년(1636) 남한산성이 포위당하자 공은 눈물을 흘리며 분개하고 몸을 던져 국가의 환란을 구하고자 하였다. 그 아우 훈련원정(訓練院正) 중립이 말하기를, "형님이 아니면 노모를 봉양할 수 없습니다. 아우는 젊고 건장하니, 형님을 대신해 가고자 합니다."라고 하였다. 고집을 막을 수 없어 공은 울며 허락하고, "진짜 내 동생답구나!"라고 하였다. 드디어 가산을 털어 마을의 용사를 얻고, 곡식과 무기를 갖추어 보냈다. 공의 큰아들 식(湜) 또한 따랐다. 정축년(1637) 정월 13일 중립이 광주(廣州)의 쌍령(雙嶺)에 이르렀는데, 이때 경상 좌병사 허완(許完)[224]과 우병사 민영(閔

---

223 유일(遺逸) : 벼슬하지 않고 초야에 사는 묻혀 사는 은사로서 학문과 덕행이 이름난 이를 특별히 천거하여 관직을 주는 제도를 말한다.

224 허완(許完) : 1569~1637. 본관은 양천, 자는 자고(子固), 시호는 충장(忠莊)이

林)[225]이 모두 병사를 거느리고 모였다가 적을 만나 궤멸되었다. 중립은 분연히 그 부하를 돌아보며 말했다. "장부는 마땅히 죽음으로 나라에 보답해야 한다. 어찌 차마 한번 죽음을 겁내어 내 형님의 뜻을 땅에 떨어뜨리겠는가?" 말을 마치고 곧바로 나가 싸움에 임하여 많은 적군을 살상하였으나, 온 몸에 창을 맞아 끝내는 식(湜)과 족제 일도(日刓)와 함께 살해당했다.

남한산성의 포위가 풀리고 나서 공은 그 일을 듣고 북쪽을 향하여 통곡했다. 이름과 자(字)를 고치고 숭정(崇禎)[226]을 잊지 않는다는 뜻을 기탁했다. 그 재산을 두 조카 연(演)과 온(溫) 및 그 일가 가운데 가난한 자에게 모두 나누어 주고 이때부터 문을 닫고 발자취를 감추어 낙동강 별장에 은거하였다. 사는 곳에 대명동(大明洞)이라 편액을 걸고 스스로 '낙애산인(洛厓散人)'이라고 불렀다. 작은 배를 갖추어 날마다 물고기 잡고 나무하여 자급하다가 몇 년 뒤에 죽었다.

오호라, 당시에 죽음으로 절개를 지킨 사람이 반드시 천하 후세에 알려지기를 바란 것은 아니다. 그렇지만 천하 후세가 이런 사람이 있었다는 것을 모르게 해서는 안 된다. 이것이 《존주록(尊周錄)》[227]과 《배

다. 1593년(선조26) 무과에 급제, 진주 목사와 회령 도호부사를 지내고, 1636년 병자호란이 일어났을 때 영남좌도 절도사로 있던 그는 보병 1만여 명을 이끌고 광주 쌍령에서 적과 싸우다 전사했다.

225 민영(閔栐) : ?~1637. 시호는 충장(忠壯)이다. 무신으로 1636년 병자호란이 일어났을 때 경상우도 병마절도사로 척화론을 주장, 휘하 군사를 이끌고 상경하다가 광주의 쌍령 전투에서 청군과 싸우다 전사했다.

226 숭정(崇禎) : 중국 명나라 마지막 임금인 사종(思宗)의 연호(1628~1644)이다.

227 존주록(尊周錄) : 조선 숙종 때의 학자 이태수(李泰壽)가 존명양이(尊明攘夷)의

신전(陪臣傳)》²²⁸이 지어진 까닭이다. 그러나 권공의 형제와 같이 군대의 편장(褊將)과 비장(裨將)으로 죽거나, 암혈에 몸을 숨긴 선비들, 그리고 들판에 몸을 숨기고 목석에 이름을 감춰 지금까지 전해지지 않은 자들이 또한 이루 헤아릴 수 없으니 안타깝다. 공자께서 말씀하시길 "노나라에 군자가 없었다면 이 사람이 어찌 이런 덕을 갖출 수 있겠는가?"²²⁹ 하였다. 안동은 군자의 고장이다. 어진 사우(師友)와 강습(講習)을 통한 이로움이 많으니 공이 명예와 절조를 이룸이 어찌 까닭이 없겠는가?

사적(事蹟)을 간추린 책으로, 이수이(李壽頤)가 편술하였다. 1716년(숙종42) 완성되었다. 전편과 후편으로 구성되었으며, 전편은 태조에서 인조대까지의 사대의식(事大意識) 및 임진왜란, 병자호란 당시 척화(斥和)의 행적 및 청에 대한(復讐) 북벌(北伐) 논의 등에 관련된 글을 수록하였다. 후편에는 왕도정치(王道政治) 및 군사관련 내용을 수록하였다. 필사본. 9권 5책. 규장각도서.

228 배신전(陪臣傳) : 정조 때의 학자 황경원(黃景源)이 저술한 책으로 원래 명배신고(明陪臣考)였으나 후에 《배신전(陪臣傳)》으로 이름을 고쳤다. 중국 명, 청(明清) 교체기에 숭명배청(崇明排清)을 내세우며 끝까지 청나라와의 화친을 배격한 조사(朝士) 29명의 열전(列傳)이다. 황경원의 문집인 《강한집(江漢集)》에도 수록되어 있다. 당시 조선과 명나라의 관계 및 명나라에 대한 조선 신하의 생각과 태도 등을 알 수 있다. 필사본. 4권 2책. 규장각도서.

229 노나라에……있겠는가 : 《논어》〈공야장(公冶長)〉에서 공자가 제자 자천(子賤)을 평한 말이다.

김의환전 신묘년(1891, 고종28)

金宜煥傳 辛卯

김의환(金宜煥)은 초명(初名)이 재환(在煥)이며, 자는 영숙(永叔)이다. 그 선조는 광산(光山) 사람이다. 어려서 경강(京江) 두호(荳湖)에 살았다. 부친을 여읜 데다 가난하여 배우지 못했지만 낮에는 일하고 밤에는 책을 베껴 읽고 외워 대략 그 대의(大義)를 통하였다. 성품은 선(善)을 즐기고 의(義)를 좋아하며, 신의가 있었으므로 비록 집안 형편은 몹시 궁핍하였으나 부자가 기꺼이 그를 위해 돈을 빌려주었다. 이 때문에 크게 궁한 것은 면할 수 있었다. 커서는 셈에 밝고 백성의 일을 잘 알아서 장수나 현령이 앞 다투어 서기(書記)로 삼았다. 그러나 가는 곳마다 직설적인 말로 그 잘못을 바로잡으니 주인은 모두 그를 몹시 싫어하였다. 이복 아우가 있는데, 나이가 어리고 놀기를 좋아하여 여러 번 형의 재산을 없애버렸다. 의환이 조금도 얼굴색을 바꾸지 않고 계속 은혜로 대해주면서 좋은 집과 밭을 사 아우에게 주고는 자신은 처자식과 서울에서 가난하게 먹고 사니, 아우가 마침내 뉘우쳐서 착한 사람이 되었다. 외삼촌에 의해 내사별제(內司別提)[230]에 보임되었다가, 제중원(濟衆院)[231] 주사로 옮겼다. 만년에 실

---

230 내사별제(內司別提) : 내사(內司)는 궁중에서 쓰는 쌀, 베, 잡물과 노비(奴婢) 따위에 관한 일을 맡아보던 관아이다. 1466년(세조12)에 내수소(內需所)의 격을 올려 이 이름으로 하였다. 별제(別提)는 종6품 벼슬이다.

231 제중원(濟衆院) : 1885년(고종22)에 미국인 알렌에 의하여 세워진 우리나라 최초의 서양의학 의료기관으로, 처음 명칭은 왕립 광혜원(王立廣惠院)이었으며 1894년

직하여 무료해지자 해서(海西)를 돌아다니다가 병을 얻어 돌아왔다. 신묘년(1891) 11월 초9일 경성의 전동(典洞)[232]에서 죽으니 그때 나이가 64세였다. 아들 하나가 있는데 아직 어리다.

　내 집이 두호에 있을 때 의환과 이웃해 살았는데, 집을 장동(壯洞)[233]으로 옮기고는 자주 오가지 못했다. 의환은 내수사(內需司)에서 벼슬하였는데, 내수사는 궁궐에 소속되었기 때문에 초당(貂璫 환관)과 서로 친하게 지냈다. 한 대당(大璫)[234]이 의환에게 말하기를 "내가 들으니 장동 김 교리(金校理 김윤식)가 어질고 문장이 있다더라. 지난번 춘방(春坊)[235]에서 그를 보았는데, 단정한 사람인지 알겠더라. 다만 그 집이 가난한데 벼슬하지 않고 있으니 염려된다. 내가 틈을 타서 주상께 은밀히 아뢰어 군수자리 하나를 얻게 할까 하는데 자네는 어찌 생각하는가?"라고 하였다. 의환이 기뻐하며 와서 말해주므로 내가 말했다. "우리 선비의 거취는 구차해서는 안 된다. 아무리 어진 환관이라도 자취를 더럽힐 수는 없으니, 사절하는 것이 마땅하다."라고 하였다. 의환이 또 기뻐하고 대당에게 돌아가 말하기를, "김 교리는 절조를 지키는 사람이라 남의 입김을 바라지 않소."라고 하였다. 대당이 듣고 놀라 말하기를, "진짜 사대부라 할 만 하구나."라고 하였다. 이때부터 의환은

(고종31)까지 존속하였다.

232 전동(典洞) : 경성 북부에 위치하였다. 지금의 종로구 견지동이다.

233 장동(壯洞) : 지금의 서울 종로구 통의동, 효자동, 청운동 일대를 말한다.

234 대당(大璫) : 품계가 높은 환관을 지칭한다.

235 춘방(春坊) : 조선조 때의 세자시강원(世子侍講院)의 별칭으로, 왕세자에게 경서(經書)를 시강하고 도의를 가르쳐 주던 기관을 말한다. 태조 때 설치하여 운영해 오다가 고종 20년에 폐지했다.

깊이 존경하며 마음으로 복종하였고 나 또한 그의 정성과 소박함을 매우 아름답게 여겨 그를 더욱 우대하였다. 나는 해서 안찰사와 순천 (順天) 부사를 지내고, 서울에서 벼슬하다가 면천으로 유배되었는데, 의환은 따라오지 않은 적이 없었으니, 성쇠를 겪으면서도 시종 변하지 않은 것은 그를 알아준 것에 대한 감격에서 나온 것이다.

아아! 의환은 나보다 열두 살이 젊기에 뒷 일을 맡기려고 하였는데, 안타깝다. 의환은 배우지 못한 것을 늘 슬퍼하면서, 군자가 되기를 원했으나 그러지 못했으니 군자의 뒤를 따르겠노라 하였다. 비록 몸은 미천하고 관직은 낮으나 그의 뜻이 묻히게 둘 수 없어서 그를 위해 그 평생의 대강을 간략히 서술한다.

숙사 소산 선생전 임인년(1902, 광무6)

塾師小山先生傳 壬寅

선생은 성은 김씨요 휘는 상필(商弼)이고 자는 우보(佑甫)다. 소산
(小山)은 그 호다. 김씨의 조상은 경주(慶州) 출신인데, 뒤에 진천
(鎭川)에 살았다. 선생은 젊어서 시예(時藝)를 공부했는데, 동료들이
따라가지 못하였다. 겨우 약관(弱冠)이 지나 진사가 되었으나, 집이
가난하여 부모를 봉양할 수 없었다. 나의 중부(仲父) 청은공(淸恩公)
께서 양근(楊根) 귀천(歸川)의 가숙(家塾)으로 선생을 불러들여 나
와 종형제에게 명하여 수업을 받게 하셨다. 이에 구두(句讀)를 가르
치는 것 이외에 다른 일에 마음을 두지 않았고, 성현의 경전[236]을 연
구하고 정밀하고 깊은 생각에 매진하였다. 만년에 심오한 경지에 이
르렀으나, 당시 사람들은 알지 못하고 과거 준비나 하는 선비쯤으로
여겼다. 선생은 문장으로는 《예기(禮記)》, 《좌전(左傳)》, 《사기(史
記)》를 좋아했고, 시는 도정절(陶靖節)[237]과 두공부(杜工部)[238]를 좋

---

236 성현의 경전 : 분소(墳素)라고 쓴다. 분은 삼분(三墳)으로 삼황(三皇)의 글을
가리키고, 소는 소왕(素王)으로 공자(孔子)를 가리키는바, 옛날 성현이 지은 전적(典
籍)을 이르는 말이다.

237 도정절(陶靖節) : 도잠(陶潛, 365~427)으로, 중국 동진(東晋)·송 대(宋代)의
시인이며, 자는 연명·원량(元亮), 시호는 정절(靖節)이다.

238 두공부(杜工部) : 두보(杜甫, 712~770)로 자는 자미(子美), 호는 소릉(少陵)이
다. 중국 최고의 시인으로서 시성(詩聖)이라 불렸다. 48세 때 관직을 버리고 사천성(四
川省) 성도(成都)에 정착했을 때, 절도사 엄무(嚴武)의 막료(幕僚)로서 공부원외랑(工
部員外郞)의 관직을 지냈으므로 이로 인해 두공부(杜工部)라고 불리게 되었다.

아했다. 술을 마신 뒤에 옛 문사(文詞)를 읽다가 마음에 부합되는 부분에 이르면 곧 무릎을 치고 낭랑하게 읊조리니, 비록 일자무식한 사람이라도 신령이 지피는 듯 흥이 약동하였다. 성품은 담담하여 장난을 좋아하지 않고, 입으로는 농담을 하지 않았다. 남들을 가르칠 때는 반드시 실천을 우선하고 글공부는 나중에 하도록 하였으며 말이 효제충신(孝悌忠信) 등에 미치면 문득 열변을 토해 마지않으니, 듣는 사람들이 지루함을 잊었다.

매양 내게 경계해주시기를 "너는 부모를 잃어 돌봐주는 사람이 없으니, 스스로 분발하여 힘써 배우고 자립할 방도를 힘써 생각해야 한다. 다른 아이들과 같은 과정을 따르면서 스스로 만족해서야 되겠느냐?"라고 하였다. 지금으로부터 5, 60년 전인데 그 말씀이 여전히 귓가에 남아 있으니, 마음속에 깊이 새겨져 있었음을 알 수 있다. 매번 과제를 지어 올리면 반드시 손으로 하나하나 고쳐 진부한 것을 신묘하게 바꿔주셨다. 예컨대 나의 〈절간에서 노닐다〔遊蕭寺〕〉라는 시의, "시야 저 끝의 배는 오이껍질 그림자 같고, 마음이 적적할 때의 시는 불경 소리 같구나.〔眼窮舟是瓜皮影 心寂詩如貝葉聲〕"와 〈여름비〔夏雨〕〉라는 시의, "시골집엔 항상 폭포소리 울리고, 강가 누대 절반이 구름 안개에 들어갔네.〔野屋尋常鳴瀑布 江樓一半入雲烟〕"와 같은 구절은 모두 선생이 손수 고쳐주신 것인데 이와 같은 것들이 매우 많다. 오언시에 더욱 뛰어났으니, "밤새도록 계곡 물소리 들으며, 그대와 함께 작은 정자에 서 있네.〔終夜聽幽澗 與君立小亭〕" 같은 것은 신묘한 시구이다. 그 밖의 다른 것은 잊어서 다 기록할 수가 없다.

돌아가신 해에 지은 시가 있는데, "사는 동안 강 달이 흰 적이 없었는데, 분수 밖에 물가 꽃 붉은 것 여러 번 보았네.〔生來江月無全白 分外汀

花見屢紅]” 또 “늙기도 전에 산을 보며 공연히 약속했고, 여생 동안 술을 끊으니 끝내 봄이 없네.〔未老看山空有約 餘生止酒竟無春.〕”라고 하였다. 얼마 있다가 세상을 떴으니, 사람들이 시참(詩讖)[239]이라고 하였다.

내가 아홉 살에 입학하여, 열네 살에 선생이 돌아가셨는데, 그 5, 6년은 모두 몽매한 시절이라 그다지 배운 것을 궁구하지 못했으니 안타깝다. 저술한 원고는 흩어져서 거두지 못하였고 《소산토수(小山吐綬)》 한 권과 시문 약간권이 그 집에 소장되어 있다. 선생은 아들 하나가 있는데 이름은 긍태(兢泰)이고, 진사에 합격했다. 1902년(광무6) 임인 중춘(仲春)에 숙생(塾生) 청풍 김윤식이 지도(智島) 둔곡(芚谷)의 귀양살이 하는 집〔鵩舍〕[240]에서 쓴다.

---

239 시참(詩讖) : 자신이 지은 시가 우연히 뒷일과 꼭 맞게 되어 전에 지은 시가 예언적 역할을 한 것처럼 된 일을 가리킨다.

240 귀양살이 하는 집 : 가의(賈誼)가 장사(長沙)에 좌천되었을 때 자신의 불우한 처지를 굴원(屈原)에 비겨 〈복조부(鵩鳥賦)〉를 지었다. 여기서 인하여 복(鵩)자는 귀양지 혹은 좌천된 지역을 말하게 되었다. 《文選 卷13》

논論

모두 3편이나 2편만 수록하였다.

정삭과 복색을 개정하자는 논의
改正朔易服色論

멀리 가려는 자는 해가 떨어지기 전에 멈추고, 높이 오르려는 자는
아래에서 힘을 쓰지 않는다. 가생(賈生)[241]의 병통을 논해보면 조급
하게 진언(進言)한 것이 가장 심하니, 조급하게 진언하면 대부분 일
을 그르친다. 무엇을 개정하는 일은 훌륭한 군주가 아니면 과시하려
는 군주만이 할 수 있고, 평범한 임금은 하지 못한다. 한나라 문제(文
帝)는 평범한 군주 가운데 어진 사람이다. 가생(賈生)은 마땅히 일상
의 떳떳한 인륜의 도리를 진언하고 수양하고 실천하는 공부를 권하
며, 얕은 데서부터 깊은 곳에 들어가고, 쉬운 곳으로부터 어려운 곳
에 이르렀어야 했다. 천천히 젖어들게 하여 그 잘못된 마음을 바로잡

---

241 가생(賈生) : 가의(賈誼, 기원전 200~기원전 168)로, 한(漢)나라 낙양(洛陽)
사람이며 유명한 학자이자 문장가이다. 20세 때 최연소로 박사(博士)가 되고 1년 만에
태중대부(太中大夫)가 되어 진나라 때부터 내려온 율령·관제·예악 등의 제도를 개정
하고 전한의 관제를 정비하기 위한 많은 의견을 상주했다. 〈진정사소(陳政事疏)〉,〈조
굴원부(弔屈原賦)〉 등의 유명한 글이 있고, 《신서(新書)》 10권과 명대에 편집한 《가장
사집(賈長沙集)》이 있다.

은 다음, 군주가 내 말을 믿고 쓰는지 살피고 지금이 나의 도가 시행될 만한 때인가 헤아렸어야 했다. 그런 다음에 뜻을 분발하여 학업을 일삼고, 스스로 천하의 막중한 책임을 맡으면 예악(禮樂)을 밝힐 수 있고, 학교를 일으킬 수 있고, 경계를 바로잡을 수 있고, 법과 도량형을 공평하게 할 수 있다. 또 그 임금을 요순(堯舜)으로 만드는 일도 백성을 화목하고 즐겁게 하는 일도 못할 것이 없을 것이다.

이때가 되면 정삭(正朔)²⁴²을 개정하고 복색을 개정하는 일도 하루아침에 가능할 것이다. 각 일을 맡은 연소자 시세를 헤아려보지 않고 거족(巨族)들과 의논하지도 않은 채 한편으로는 통곡하고 눈물을 흘리며 소장을 쓰고, 한편으로는 정삭과 복색을 개정하는 일을 진언하여, 문제(文帝)와 군신들로 하여금 어리둥절하여 영문을 알지 못하게 하였으니 듣고 따라주기를 바랄 수 있겠는가? 정삭과 복색을 개정하는 것은 당시 급한 임무가 아니었는데도, 가생이 반드시 그것을 시행하려 하는 것은 삼대(三代)의 옛 제도를 빨리 회복하고자 함이었다. 삼대의 옛 제도를 회복하고자 했다면 정삭과 복색을 개정하는 데 그치지 않을 터이거늘 가생이 여기에 급급해 한 것은 유독 어째서인가? 어떤 사람이 말하기를, "한나라 초에는 진(秦)의 유풍과 나쁜 풍속이 여전히 민간에 남아 있었다. 그래서 가생은 그 정삭과 복색을 개정하여 백성으로 하여금 진나라의 옛 제도를 잊고 한나라의 새로운 제도를 따르게 하고

---

242 정삭(正朔) : 제왕이 새 왕조를 열고 새로 반포하는 역법(曆法)이다. 고대에는 왕조가 바뀌면 반드시 정삭을 고쳤으므로, 하(夏), 은(殷), 주(周), 진(秦) 및 한초(漢初)의 정삭이 달랐다. 한 무제(漢武帝) 이후 지금까지는 하(夏)의 제도를 쓰는데, 하의 정월이 곧 지금 쓰이는 음력 정월이다.

자 그리 한 것이다."라고 하였다. 아아, 더욱 어려운 일이다!

옛날 무왕이 은나라를 어리석은 백성을 변화시키고, 그 마음이 풀어지는 것을 막아 마침내 풍속을 바꿀 수 있었다. 그러나 《시경》에 "그렇게 강신제를 도우면서 항상 은나라의 제사옷과 관을 쓰도다."[243]라 하고, 또 "손님이여, 손님이여, 그 말도 또한 희구나."[244]라 하였으니, 이는 그 복색을 고치지 않은 것이다. 《서경》에 이르기를, "13년에 왕이 기자를 방문하였다."[245]라 하였으니, 이는 그 연호를 바꾸지 않은 것이다. 언제 정삭과 복색 개정을 급선무로 삼은 적이 있었는가? 이것이 이른바 '그 근본을 다스리지 않고 그 말단을 다스린다.'는 것이다. 가생이 계책을 세움 또한 어리석도다!

가생이 한나라 문제에게 등용되지 못한 것을 사람들은 가생의 불행이라 여기는데, 나는 다행으로 여기니 어째서인가? 문제가 정치하는 방식은 몸소 현묵(玄默)[246]을 닦고 일 만드는 것을 좋아하지 않았다. 그래서 가생의 말이 이때 쓰이지 않은 것이다. 무제(武帝)에 이르러 유자를 숭상한다는 명분으로 큰일 벌이기를 좋아했다. 그러므로 태초(太初) 원년(기원전 104)에 정삭과 복색을 개정하고, 관직을 정하고, 율려(律呂)를 맞추는 일을 시행했다. 또 이어서 동쪽과 서쪽에 봉선(封禪)[247]을 지내니 천하가 시끄러워졌다. 그러니 무제의 과시하는 마음은

---

243 그렇게……쓰도다 : 《시경》 〈문왕(文王)〉에 보인다.

244 손님이여……희구나 : 《시경》 〈유객(有客)〉에 보인다.

245 13년에……방문하였다 : 《서경》 〈홍범(洪範)〉에 보인다.

246 현묵(玄默) : 조용히 침묵을 지키는 것이다. 여기서는 말하지 않아도 그 덕에 감화되어 착하게 되는 도가적 이상 정치를 뜻한다.

247 봉선(封禪) : 제왕이 천지에 제사지내는 큰 의식이다. 봉은 태산(泰山) 위에 제단

실로 가생이 열어준 것이다. 만약 가생이 무제의 시대에 태어나 이러한 의견을 건의했다면 무제는 무조건 기뻐하면서 따랐을 것이다. 또 이어서 동쪽과 서쪽에 봉선을 했더라도, 가생은 그것을 금할 수 없었을 것이다. 그러므로 후세에 무제를 논하는 자는 반드시 먼저 가생을 탓했을 것이니, 어찌 가생의 큰 불행이 아니겠는가?

　그러나 가생은 말만 하는 자가 아니다. 그 재예(才藝)를 보면 그 말에 부응할 수 있는 사람이다. 그의 군주가 조급한 진언을 억제시키고 기량을 확충시킨 다음 천천히 재상의 임무를 맡겼다면, 그가 시행하는 바에 볼만한 점이 있었을 것이다. 그러나 한 번 보고 마음에 들어 관작을 성급히 높여주었다가, 얼마 안 되어 홀대하면서 장사(長沙)로 물리쳐 버렸다.[248] 가생의 학문이 성숙하고 재기가 노련해지기 전에 문득 기뻐하게 하다 이내 슬퍼하게 하여 마음을 어지럽혔으니, 어찌 좋은 끝맺음이 있기를 바라겠는가? 오호라! 이것은 한나라 문제의 잘못이다.

을 쌓고 제사를 지내 하늘의 공에 보답하는 것이고, 선은 태산 아래 양보산(梁父山)에 터를 닦고 제사를 지내 땅의 은혜에 보답하는 것을 뜻한다.

248 홀대하면서……버렸다 : 가의가 한 문제에 의해 장사(長沙) 땅으로 좌천된 사실을 말한다.

공심공성론
攻心攻城論

제갈량이 옹개(雍闓)[249]를 토벌하려고 할 때 마속(馬謖)[250]이 전송하면서 말했다.

"군사를 쓰는 방법은 마음을 공격하는 것이 상책이고 성을 공격하는 것이 하책이며, 심리전이 상책이고 무력전은 하책입니다. 공께서는 그들을 진심으로 복종하게 하십시오."[251]

제갈량이 그 말을 받아들여 마침내 훌륭한 공을 세웠다.

김자(金子)는 평한다.

위태롭구나, 이 말이여! 불변의 교훈이 될 수 없도다. 내 일찍이 들으니, 선왕께서 오랑캐를 제어할 적에 모기와 등에가 손을 무는 것처럼 하여 쫓아버리기만 하였다.고 하였다. 《시경》에는 "잠깐 오랑캐를 정벌하여 태원(太原)에 이르렀다."[252]라고 하였다. 오랑캐가 주나라의

---

249 옹개(雍闓) : ?~225. 건녕(建寧) 사람으로 이민족인 이족(彝族) 출신이다. 촉한의 영창 태수(永昌太守)였다. 후에 반기를 들었지만 제갈량에 의해 평정되어 죽게 된다.

250 마속(馬謖) : 190~228. 양양(襄陽) 의성(宜城) 사람으로, 자는 유상(幼常)이다. 중국 삼국 시대 촉한(蜀漢)의 문신으로 재기가 뛰어났다. 제갈량이 기산(祁山)으로 출병할 때 마속을 선발해서 군을 통솔하게 했는데 위(魏)나라 장군 장합(張郃)과 가정(街亭)에서 싸워 패배당하고 돌아와 옥에 갇혀 죽었다. 읍참마속(泣斬馬謖)이란 말이 나오게 된 장본인이다.

251 군사를……하십시오 : 《삼국지》 〈마속전〉에 보인다.

252 잠깐……이르렀다 : 《시경》 〈동궁(彤弓)〉에 보인다.

걱정거리가 된 지 오래인지라 선왕(宣王)이 군대를 출동시켜 국경 밖으로 쫓아내고 돌아온 것이다. 어찌 선왕이라고 마음을 공격하는 것이 훌륭하다는 것을 몰랐겠는가? 이적(夷狄)의 믿을 수 없음이 금수와 같아, 위엄으로는 굴복시킬 수 있어도 교화로는 심복시킬 수는 없으며, 우리 변방의 우환만 제거하면 되었지 그 소굴까지 다 제거할 수는 없기 때문이다. 어째서인가? 우리 백성과 자식을 몰아 금수의 땅에서 죽게 하는 것은 어질지 못한 일이고, 얻더라도 이로울 게 없고, 잃으면 우리 위엄을 손상시키니 지혜롭지 못한 것이다. 어질지도 못하고 지혜롭지도 못한 일은 군자라면 하지 않는다.

제갈공명은 온 나라의 병력을 총출동하여 험난한 요새를 넘어가 억센 적을 토벌하였다. 가령 맹획(孟獲)[253]이 한번 싸우고서 항복하여 다시 반란하지 않겠다고 맹세하였다면 공명은 회군하여 돌아오지 않을 수 없었을 것이고, 공명의 군대가 막 국경을 넘어오자마자 맹획이 또 슬그머니 전처럼 도발하였다면 공명은 다시 노수(瀘水)를 건너가지 않을 수 없었을 것이다. 이와 같이 여러 차례 하였다면 맹획의 병력은 지치지 않고서 촉군(蜀軍)의 병세는 고갈되었을 것이다. 다행히 어리석고 우둔한 맹획이 승패의 형세는 판단하지 못하고 그저 한바탕 힘을 겨뤄 이기려고만 한 덕분에 일곱 번 사로잡혔다가 일곱 번 놓여나기에 이르렀으니, 사정상 마음으로 복종하지 않을 수 없었던 것이다. 마속의

---

253 맹획(孟獲) : 중국 삼국 시대 촉한 건녕(建寧) 사람이다. 남중(南中)의 호강(豪强)으로, 유비(劉備)가 죽은 뒤 촉나라에 모반해 제갈량이 남정(南征)해 산 채로 잡았다가 풀어 주었다. 칠종칠금(七縱七擒)하고 나서야 다시 모반하지 않았다. 정사에서는 옹개와 협력한 인물로 그 성명만 등장할 뿐 자세한 인적사항은 모두 미상이다.

말은 이리하여 증명되었다. 그러나 공명이 위연(魏延)의 계책은 쓰지 않으면서 만전의 계책이 아니라고 여기고,[254] 유독 마속의 말만 받아들인 것은 어째서인가? 위연은 일개 무부일 뿐이요, 평소 공명에게 신임을 받지 못했다. 그러므로 공명은 그의 말을 듣자마자 이미 성공하지 못할 것이라 계산하였고, 마속의 경우는 병법에 능했으므로 비록 지혜로운 공명으로서도 현혹되지 않을 수 없었던 것이다. 남만(南蠻)을 토벌할 때에 이르러 마속이 한번 이런 의견을 꺼내자 공명은 그 말을 믿었다. 마속의 말이 매우 시기에 적절했기 때문에 공명은 믿지 않을 수 없었다. 공명은 자기를 헤아리고 적을 헤아려보아 이 방법으로 충분히 남만을 굴복시킬 수 있다고 여겼기 때문에 의심치 않고 따랐고 공도 이룬 것이다. 이는 병가의 임기응변이지 오랑캐를 제어하는 뛰어난 계책은 아니다. 공명에게는 가능하지만, 만일 마속에게 그것을 맡게 했다면 나는 반드시 그가 곤경에 처했을 것이라고 생각한다.

---

254 공명이······여기고 : 위연(魏延, ?~234)의 자오곡(子午穀) 계책을 가리킨다. 제갈량(諸葛亮)이 제1차 북벌에 나섰을 때, 위연이 정예병 5천을 데리고 자오곡을 통해 장안에 진격하겠다는 계책을 내었으나, 제갈량은 "위험한 길을 지나는 것은 안전하게 평탄한 길을 따라가서 농우를 평정하는 것만 못하니 만전을 다하면 반드시 이겨 걱정이 없을 것이다.〔過於懸危 不如安從坦道 可以平取隴右 十全必克而無虞〕"라고 하며 받아들이지 않았다. 《資治通鑑 卷71 魏記3》

의 議

모두 2편이다.

한성개잔[255]에 대한 사적인 의견 을유년(1885, 고종22)
漢城開棧私議 乙酉

어떤 사람이 말했다.

"임오년(1882, 고종19) 가을 북양대신(北洋大臣)[256]이 《수륙무역장
정(水陸貿易章程)》을 상주, 결정하여 두 나라의 변치 않는 법전이 되었
습니다. 그런데 요즘 여론을 들으니, 한성에 개잔하는 한 가지 일 때문
에 많은 어려움이 있다고 하던데, 그 이야기를 들을 수 있겠습니까?"

답하였다.

"우리나라는 본래 외교가 없었는데 개항 이후로 견문이 전과는 조금
달라졌습니다. 그러나 경성 안에까지 각국의 상점을 개설하는 것은
다른 나라에는 없는 일이니 의논하는 자가 불편하다고 말하는 것은

---

255 한성개잔(漢城開棧) : 청나라는 일본의 경제적 이익을 견제하고 조선과의 종속
관계를 강화하기 위해 1882년 조청상민수륙무역장정(朝淸商民水陸貿易章程)을 체결
하였는데, 그중 제4조에 해당한다. 청나라의 상인이 한양에 화물을 쌓아두고 유숙할
수 있는 곳을 설치한다는 것이 주된 내용이다.

256 북양대신(北洋大臣) : 이홍장(李鴻章, 1823~1901)을 가리킨다. 청나라 말 부국
강병을 위해 양무운동을 주도하였고, 태평천국의 난 이후 정권의 실세가 되었으나,
청일전쟁으로 실각하였다.

소견이 없지 않습니다."

"청나라는 우리나라를 내복(內服)[257]처럼 여겨 동쪽 변방의 중임을 맡겼습니다. 그러므로 우리에게 유리한 것이면 끝까지 수용해주지 않는 것이 없습니다. 지금 《수륙무역장정》 중에 '특별히 한성에 개잔한다.'는 한 조항이 어찌 청나라 상인이 우리나라와 얼마 안 되는 이권을 다투는 것이겠습니까? 우리나라 사람들은 외국과의 교섭, 상무(商務) 등에 어둡기 때문에 뒷날 각국이 떼 지어 이르면, 반드시 속고 모욕당하는 일이 많을 것입니다. 차라리 한성에 내왕하는 청나라 상인으로 하여금 우리 백성과 똑같이 열게 하고, 또 상무위원(常務委員)을 파견하여 그 일을 처리하게 하면, 외국의 모욕을 막을 수 있고 암암리에 도움을 받을 수 있을 것이니, 이는 좋은 계책이 아니겠습니까? 우리나라는 몹시 가난하여 이 땅에서 나오는 것 중 청나라 상인의 눈에 들만한 것이 없는데, 어리석은 백성이 항상 그 이익을 빼앗길까 두려워하니 썩은 쥐를 뺏길까 화를 내는 올빼미[258]에 가깝지 않겠습니까?"

"청나라 사람이 한성에 상점을 여는 것은 실로 우리를 보호하고 우리를 이롭게 하며 한 집안의 우의를 돈독히 하고 외인의 모욕을 막아주기 위한 것입니다. 그러나 일에 따라 생겨나는 폐단에 있어서는 지혜로운

---

257 내복(內服) : 왕기(王畿) 이내의 지방을 말한다. 왕기는 수도로부터 반경 500리 이내의 땅으로, 그 나라의 핵심이 되는 지역이다.

258 썩은……올빼미 : 《장자(莊子)》〈추수(秋水)〉에 나오는 "원추가 남해를 출발해 북해로 날아가는데, 오동이 아니면 쉬지 않고 연실(練實)이 아니면 먹지 않고 예천이 아니면 마시지 않는다. 이때 올빼미가 썩은 쥐를 얻었는데 원추가 지나가자 올려다보며 '으르렁!' 겁을 주었다.〔夫鵷鶵發於南海而飛於北海 非梧桐不止 非練實不食 非醴泉不飲 於是鴟得腐鼠 鵷鶵過之 仰而視之日 嚇〕"라는 구절에서 인용한 것이다.

자도 미리 헤아릴 수 없습니다. 우리나라는 상업이 보잘 것 없어서 부유한 대상은 애초에 오지를 않고, 동쪽으로 오는 자는 모두 소소한 자본으로 자질구레하게 경영하여 요행히 일시의 이익을 바라는 자들입니다. 이런 무리가 어찌 보호와 유지(維持)라는 큰 뜻을 알겠습니까? 오직 욕심껏 이익을 취하고자 할 뿐이니 얻으면 살고 잃으면 죽는다는 생각에 관용과 용서의 도를 전혀 알지 못합니다. 게다가 경멸하고 업신여기는 마음을 지니고 있어 걸핏하면 분란을 일으킵니다. 하지만 관리 이하가 서로 따지기도 불편하여 바라보고 반기던 마음은 점점 소원하고 미움으로 바뀌고, 화목하던 정은 시샘으로 변할 터이니, 외국인이 염탐해서 이런 사정을 알게 되면 쉽게 이간하는 계책을 낼 것입니다. 이는 대국(大局)에 관계되는 일이니 크게 걱정해야할 것입니다."

"지금 말한 폐단은 항구에 있어서도 또한 마찬가지입니다. 그런데 어찌 유독 성 안에 상점 여는 것만 불가하다고 말합니까?"

"항구에는 각기 정한 조계(租界)가 있고, 또 통행의 규정이 있어서 위반할 수가 없습니다. 그러나 성 안은 주민들과 뒤섞여 사는 터라, 이런저런 사단이 생겨나면《수륙무역장정》한 가지만 가지고는 다스릴 수가 없으니, 이런 점이 가장 어렵습니다. 그러므로 청나라의 천진(天津), 상해(上海) 등 개항한 여러 곳에서도 그 성 안에 각국의 상점이 개설되어 있다는 말은 듣지 못했습니다. 이는 뒤섞여 살아서 사단이 생기는 걱정을 막기 위해서이고, 또 거주민의 고유한 이익을 보호하기 위해서이기도 합니다."

"지금 다만 청나라 상인이 폐단이 되는 것만 말하는데, 예컨대 서양인이나 일본인이라면 폐단이 없다고 보장할 수 있겠습니까?"

"청국 상인이 상점을 연 것은 그 의도가 우리를 보호하려는 데서 나온 것인데도 폐단이 있습니다. 하물며 서양인과 일본인이 같이 상점을 연다면 장차 그 폐단에 어찌 끝이 있겠습니까? 서양 상인은 현재 온 자가 없습니다. 그러나 지난해 영국·독일, 그리고 금년에 이탈리아·러시아와의 조약에는 모두 이 조항이 실려 있고, 일본 상인은 이미 성 안에다 상점을 열었습니다. 만약 청나라 상인만 있다면 그래도 서로 화합할 희망이 있습니다. 그러나 우려되는 것은 바로 사방의 객상들이니, 먼저 청나라 상인을 논하는 것은 현재 청나라 상인이 이미 상점을 열었기 때문입니다."

"《수륙무역장정》 머리말에 의거하면 '각 조약국과 일체로 평등한 혜택을 받는 열(列)에 있지 않으니, 한성개잔은 우리 두 나라만의 특별한 조항이다.'라고 하였습니다. 어찌 각국에 평등한 혜택을 허락하겠습니까?"

"《수륙무역장정》에 심판권(審辦權)처럼 조약 각국이 다른 점이 있는 경우에는 똑같은 혜택을 주는 것은 마땅하지 않지만, 일이 상무와 관계된 경우에는 각국에서 차이를 두는 것을 원치 않습니다. 지난해 조약을 의논할 때, 우리 정부에서 상점을 여는 한 가지 일만은 승인하지 않으려고 하였는데, 영국 사절과 여러 날을 논박한 끝에 결국 허락하지 않을 수 없었습니다. 그 후속 조약 제2항에, '현재 조약을 맺은 나라들은 앞으로 상인이 한성에 들어가는 것을 허락하더라도 상점을 열어 이익을 내는 경우에는 허락했던 것을 취소하도록 한다.'라고 되었으나, 영국 상인에게는 이 조항의 예를 끌어다 쓸 수 없습니다. 비록 오늘날 청나라가 조약 개정을 승인한다 하더라도 각 조약국과 다른 논리를 제기할 수는 없을 것입니다."

"매년 조공 사신 행차 때마다 우리나라 사람이 인삼을 가지고 북경에 가서 팔았는데, 반년을 상주하였어도 허다한 폐단이 생겼다는 말은 듣지 못했습니다. 유독 청나라 상인이 한성에 상점 여는 것을 승인하지 않는 것은 어째서입니까?"

"북경같이 큰 곳에 조선 상인 수십 명이 들어갔다고 해서 어찌 있는지 없는지 표시가 나겠으며, 또 어찌 말썽이 생길 수 있겠습니까? 그리고 인삼을 가지고 가서 상점의 주인에게 팔았을 뿐이고 상점을 연 적은 없습니다. 이른바 '고려인삼국'이라는 것은 모두 북경 상인의 상점이지 조선인이 스스로 연 것은 아닙니다. 지금 만일 청나라 상인이 상품을 성 안으로 들여와서 북경의 고려인삼국처럼 토박이 상인의 상점에 맡겨서 판다면 뭐 안 될 것이 있겠습니까? 다만 상점을 여는 일이 불편하다는 것뿐입니다."

"지금 시국이 갑자기 변하여 사해가 한 집안이 되었으니 어리석게 옛 견해만 고집하는 것은 옳지 않으며, 물결을 따라 움직여줘야 합니다. 이 《수륙무역장정》에서 정한 내용은 참으로 북양대신의 깊은 생각에서 나온 것이니, 비록 혹시 당장 불편한 점이 있더라도 우선 따라서 시행하고 서서히 그 효과를 관찰하는 것이 어떻습니까?"

"일에는 이해(利害)를 밝히기 어려운 경우가 있고, 이해가 서로 반반이라 상세하게 논할 필요가 없는 경우도 있습니다. 오직 한성 안에 개잔하는 것은, 해로움은 말할 수 없이 많고 이익은 눈에 보이는 것이 없습니다. 한성은 탄환만한 협소한 지역으로 민호(民戶)가 수만에 불과하니, 평상시 백금(百金)을 지니고 시장을 누비면 쌓아놓은 물품을 모두 바닥낼 수 있습니다. 지금 각국이 상점 여는 것을 허락하고 사들이고 내다 파는 것을 마음대로 하여 이익을 챙기게 하면, 거주하는 백성들은 생업을 잃어 즉시 유랑하는 지경에 이르게 될 것입니다. 이것이 첫 번째 해악입니다. 상인들은 이익을 다투는 것만 알고 대체(大體)를 돌아보지 않으니 뒤섞여서 살다보면 간사하고 속이는 일이 날로 불어나고 소송이 점점 이어져서 불화가 쉽게 생길 것입니다. 이것이 두 번째 해악입니다. 도성 안에 풍속이 다른 사람들이 함께 살게 되면 혹 계엄(戒嚴)이 있을 경우에 쫓아내기가 불편합니다. 비록 같은 배를 탄 형세에 처해 있다 해도 그들이 성을 지켜 함께 죽기를 바라기는 어려우니, 만에 하나 저들에게 호응하는 간사한 무리가 있으면 피해는 더욱 커질 것입니다. 이것이 세 번째 해악입니다. 한성의 제도로 말하면, 성 안의 큰 시전(市廛)에는 각기 팔도록 허락한 업종이 있어서 그 이익을 독점하되 나라에 세금을 후하게 바치게 하였고, 국가의 경상 비용은 대부분 여기에 의존합니다. 그런데 지금 각국이 상점을 열게 되면 시전 상인들이 이익을 잃게 되고 경상적 비용도 따라서 크게 위축될 것입니다. 이것이 네 번째 해악입니다.

인천 항구는 서울과의 거리가 70리이고 그 사이에 또 내하(內河)가 있어서 경성까지 곧바로 도달할 수 있습니다. 우리 백성은 항구에서 무역하여 경성에 옮겨다 파는데 여기에는 응당 가져야 할 이익이 있습니다. 그런데 이제 각종 상품이 항구에 도착하자마자 배를 세내어 내하를 통해 서울로 운반해 들여오고 저들 상점에서 스스로 판매를 하게 되면, 우리 백성들은 이익을 취할 방법이 없게 되어 인천은 곧 버려진 항구가 될 것입니다. 이것이 다섯 번째 해악입니다. 성 안에 착한 백성과 악한 백성이 뒤섞여 사는데, 혹은 각국 상인에게 고용되기도 하고 통역이 되기도 합니다. 그들이 세력을 믿고서 사단을 만들고 각종 악행을 저지를 것이니, 지금 벌써 그러한 현상이 불어나는 것이 보입니다. 우리 정부에서 죄를 물으려고 하면 공사와 영사에 호소하여 각기 비호하기를 일삼고, 심지어 호조(護照)[259]를 영구히 지급해달라고 청하여 우리 정부에서 전혀 상관할 수 없도록 하기까지 합니다. 정부가 되어 백성을 제어하지 못하고, 법을 두려워하지 않는 무리들이 도성에 모여 살면서 제멋대로 날뛰는데도 그것을 막을 수 없다면, 정부에서 명령을 시행할 방법이 없어 착한 백성이 악한 백성으로 변할 수 있을 것입니다. 이것이 여섯 번째 해악입니다. 또 간악한 짓을 하여 법을 어긴 자가 상점으로 도망가 숨으면, 각국 조약 중에 '본국 백성이 법을 범하고서 각국 상인이 개설한 상점이나 거주하는 우소(寓所 임시 거처) 등의 곳에 숨어있으면 본국 관리는 마음대로 들어가서 수색하여 잡아들일 수 없다.'라는 조문에 따라야 합니다. 이에 각국 상점은 도망자가 숨는 소굴이 되고 말 것입니다. 도성 안에 어찌 도망자의 소굴이 있는 것을 용납할 수 있겠습니까? 이것이 일곱 번째 해악입니다. 도성 안에는 아직도 도둑들이 많은데, 만약 상점을 설치하게 되면 도난 사건이 앞으로 더욱 많아질 것입니다. 저들이 우리에게 도둑을 잡아 장물을 찾아달라고 요구하면 그 고달픔을 감당할 수 없을 것입니다. 그리고 어떤 경우 의심 가는 단서를 잡아서 스스로 잡아들이고, 양민을 도적으로 오인하여 갖가지 독한 매로 다스리면 성시의 백성들은 앞으로 두려워서 발을 포개고 다니게 될 것입니다. 이것이 여덟 번째 해악입니다. 이 여덟 가지 해악은 특별히 뚜렷하게 나타난 것일 뿐이고 기타 불편한

---

259 호조(護照) : 조선 후기 외국인에 대하여 통리기무아문(統理機務衙門)에서 발급하던 일종의 여행허가증이다. 호조에는 대체로 상호(商號)·성명과 왕래지역이 표시되어 있었다. 1인 1지(紙)로 되어 있으나, 2인 이상이 같은 지역을 왕래할 경우에는 1건으로 처리하였다. 호조 발급에는 1인당 동전 15냥의 발급료를 받았다.

단서는 일일이 열거하기 어렵습니다. 만일 지금 의논하여 고치지 못하면 훗날 각국이 잇따라 이르러서 외국 상점이 점점 많아지게 될 때 더욱 고치기 어려울 형편에 이를 것입니다. 그때 가서 고치려고 하더라도 필시 지금보다 백 배는 더 힘이 들어 주객이 모두 곤욕을 당할 것입니다."

"여덟 가지 해악에 대한 설은 진실로 이 폐단에 들어맞습니다. 다만 염려스러운 것은 《수륙무역장정》은 황제께 상주하여 결정한 것인데, 시행한 지 얼마 되지 않아서 갑작스레 고칠 것을 청하면, 부상(傅相 이홍장의 당시 벼슬)께서 허락하려고 하겠습니까?"

"근래 매양 천진에서 온 자들에게 들으니, '부상께서 우리나라 일을 언급하면 언제나 근심하는 기색을 드러내어 염려하기를 마지않았다.'라고 합니다. 만일 불편한 점이 있어서 개정을 요청하는 것이라면 분명 탄식하며 허락하실 것입니다. 하물며 《무역장정》 제8항에, '이후 모름지기 첨삭해야 할 곳이 있으면 응당 그때그때 상의하여 칙명(勅命)을 청하고 재가를 얻어 시행한다.'라고 되어 있습니다. 이는 오늘날과 같은 처지를 미리 열어놓은 것입니다. 이제까지는 불편함을 알아도 그 일을 중히 여겨 감히 드러내놓고 청할 수 없었으나, 여러 가지 폐단이 이미 나타났으니 개정을 요구하지 않을 수 없습니다."

"만일 이 말과 같다면 《수륙무역장정》 중 한성개잔 한 조항은 전부 삭제해야 됩니까?"

"전부 삭제할 필요는 없습니다. 양화 나루, 마포 같은 강가 연안 지역은 성과의 거리가 10리여서 한성이라고 통칭하니, 이른바 '파촉(巴蜀) 또한 관중(關中)이다.'[260]라는 경우입니다. 편리한 곳을 골라 시장을 열더라도 《수륙무역장정》의 뜻에는 위배되지 않습니다. 다만 성 안에 상점을 개설하는 것이 합당하지 않은 것뿐입니다. '한성'이란 글자 아래에다 특별히 이러한 내용을 주로 달면 되는 것인데 어찌 굳이 전부 삭제할 필요가 있겠습니까?"

260 파촉(巴蜀) 또한 관중(關中)이다 : 항우(項羽)가 유방(劉邦)을 경계하여 파촉에 봉하면서 편의상 했던 말인 "巴蜀亦關中地也"에서 인용한 말이다. 《史記 項羽本紀》

십육사의

十六私議

제1 천거법 薦擧法 양재론(養才論)을 덧붙임

국가는 현명한 인재를 임용하는 것으로 근본을 삼고, 조정은 인재를 얻는 것으로 다스림을 삼는다. 백 가지 좋은 사업을 일으키는 것이 한 사람의 현명한 인재를 등용하는 것만 못하고, 열 가지 폐정(弊政)을 제거하는 것이 한 사람의 불초(不肖)한 자를 퇴진시키는 것만 못하니, 이것은 고금을 통하여 정치하는 데 중요한 요점이다.

요순(堯舜)의 성세에는 한 부서를 설치하여 관리임용의 직임을 관장하게 한 적이 없었기에 사람마다 현인을 천거할 수 있었다. 후세에 전조(銓曹 이조와 병조)를 설치하여 온 세상 선비들이 모두 이 길을 통해 등용되게 하고 천거한 사람에 대한 상벌의 규칙을 분명히 하지 않았기에 현명한 인재가 저 아래 갇히고 관직이 오랜 세월 비어 있게 되었다.

인재는 매우 많아서 한 사람의 눈과 귀로 두루 알 수 없고, 인재를 알아보는 지혜는 명철하신 요 임금도 어렵게 여기셨다. 그런데 지금은 평소의 행실은 상고하지 않고 마을의 여론으로 선발하여 갑작스레 관리로 임명하고, 관례에 따라 연한이 차면 승진하여 옮기니, 직무에 걸맞은 사람은 열에 한둘도 안 된다. 또 인사를 맡은 관리가 자주 교체되어 임면·출척에 관한 규칙에 익숙지 못하므로 그 권한이 서리에게 돌아가서 그들 마음대로 조종한다. 이에 현우(賢愚)의 구별이 없어지고 관작(官爵)이 어지럽혀져, 조급하게 승진하고자 경쟁하는 풍조가 크게 유행하고 탐욕스럽고 더러운 습속이 날로 기승을 부린다. 인척(姻

戚), 친분, 아첨, 뇌물 등 온갖 폐단이 그 가운데에 소용돌이쳐서 각기 제 한 몸의 이익을 도모할 뿐, 백성과 나라를 개의치 않는다. 이리하여 관리 전형과 선발의 일은 더 이상 물을 수도 없는 지경에 이르렀으니 몹시 한탄스럽다.

《주례(周禮)》의 "향(鄕)에서 세 가지 일로 빈객으로 예우하여 추천한다.[261]"라는 법은, 천고토록 제왕의 바꿀 수 없는 성대한 법이다. 다스리고자 하는 자가 이 법을 두고 무엇을 쓰겠는가?

그 다음에 한나라는 공·경(公卿)으로부터 주·부(州府)의 대관(大官)에 이르기까지 모두 자기의 관속을 벽소(辟召)[262]할 수 있었다. 또 효제(孝悌), 역전(力田), 현량(賢良), 방정(方正), 직언(直言), 극간(極諫)하는 사람을 천거하는 제도가 있었는데 천거한 자에게는 모두 상벌이 있었다. 그러므로 한나라가 인재를 얻음이 성대했던 것은 후세에서 미칠 수 없다. 위·진(魏晉) 때에는 지방에 구품중정제(九品中正制)[263]를 시행하여, 논의된 인재를 이부(吏部)에서 수용하였으나 상·

---

261 향(鄕)에서……추천한다 : 주(周)나라 때에 향대부(鄕大夫)가 소학(小學)에서 현능한 인재를 천거할 적에 그들을 향음주례(鄕飮酒禮)에서 빈객으로 예우하며 국학(國學)에 올려 보낸 것을 말한다. 《주례(周禮)》 지관(地官) 대사도(大司徒)에 "향학(鄕學)의 삼물 즉 세 종류의 교법(敎法)을 가지고 만민을 교화한다. 그리고 인재가 있으면 빈객의 예로 우대하면서 천거하여 국학에 올려 보낸다. 첫째 교법은 육덕이니지·인·성·의·충·화요, 둘째 교법은 육행이니 효·우·목·연·임·휼이요, 셋째 교법은 육예이니 예·악·사·어·서·수이다.〔以鄕三物敎萬民而賓興之 一曰六德 知仁聖義忠和 二曰六行 孝友睦婣任恤 三曰六藝 禮樂射御書數〕"라는 말이 나온다.
262 벽소(辟召) : 초야에 있는 사람을 예를 갖추어 불러서 벼슬을 시키는 것이다.
263 구품중정제(九品中正制) : 구품중정법(九品中正法) 또는 구품관인법(九品官人法)이라고 한다. 위(魏)·진(晉) 이후 남북조 시대(南北朝時代)의 관리 임용제도인데,

벌로 권면하거나 징계하는 법은 없었다. 그러므로 시행한 지 몇 대 만에 중정(中正)이 이미 사사로움을 따르는 폐단이 생겨 불편하다고 논하는 자들이 많았다. 그러나 옛 법을 닦고 밝혀서 그 폐단을 보충한다면 여전히 가까운 옛날의 좋은 법이 될 것이다.

수(隋)나라가 처음 진사시(進士試)를 창설하여 문사(文詞)로 인재를 뽑으면서부터 천거하는 법이 비로소 무너졌다. 최량(崔亮)과 배광정(裵光庭)이 정년격(停年格)과 순자격(循資格)을 만들면서[264] 관리 선발법이 또 크게 무너졌다. 비록 그렇긴 했지만 천하가 무사한 때를 당하여, 상하가 편히 놀고 즐기면서 인재 구하는 일을 힘쓰지 않고 옛것을 그대로 따르고 오류를 답습함으로써 백관의 자리를 채울 뿐이었다. 그러다가 인재가 점점 부족해지고 국사가 날로 잘못되어가자 갑자기 사건이 일어나면 전조(銓曹)의 순자격은 한쪽에 밀쳐두고, 미천한 평민과 한미한 창고지기가 천거되어 기량과 재능을 펼쳤으니,

---

임금이 각 지방의 문벌과 인망이 있는 사람으로 중정(中正)을 선발하여 군·현에 대·소의 중정을 임명하고, 중정이 그 군·현 내의 인재를 조사하여 9품(品)으로 등급하여 임금에게 보고하면, 그 내용을 살펴 관리로 임용했던 제도이다. 중정 자신이 문벌 출신이어서 대체로 재능 여하보다는 문벌에 따라 상품(上品)에 오르는 폐단이 있어서 수(隋)나라에 이르러 폐지되었다.

264 최량(崔亮)과……만들면서 : 북위(北魏) 효명제(孝明帝) 때 관직은 적고 사람은 많은 현상을 해결하기 위해, 당시 이부 상서(吏部尙書)였던 최량(崔良)이 정년격(停年格)이라는 제도를 건의하여 시행하였고, 당나라 현종(玄宗) 때 시중 겸 이부 상서(侍中兼吏部尙書) 배광정(裵光庭, 676~733)이 정년격을 발전시킨 순자격(循資格)을 건의하여 시행하였다. 정년격이란 재능과 상관없이 연자(年資)에 따라 관직에 임명하는 제도이고, 순자격이란 일정한 기한이 차면 순서대로 승진시키는 방식의 관리 임용제도이다.

그런 뒤에야 가까스로 지탱할 수 있었다. 그러나 대세는 이미 기울어져 결국 패망하기에 이르렀으니, 이것은 자연스러운 형세이다. 이미 어지러워진 뒤에 애타게 구하는 것이 어찌 무사한 때에 미리 대비하는 것만 하겠는가? 훌륭한 인재들이 여러 관직에 늘어서고 백성들이 각기 생업에 편히 종사한다면 비록 천만년이 지나더라도 누가 그 기반을 흔들 수 있겠는가?

우리나라 신라 때에는 정치와 교화가 질박하여 화랑도(花郎徒)를 통해 인재를 뽑았다. 비록 옛 제도를 상고한 것은 아니었으나 오히려 실용적인 인재를 얻었다. 고려 때에는 명망 있는 공경과 현철한 스승이 각기 자기의 학업을 가지고 학관을 열어 생도를 가르쳤는데, 학문과 이름을 이룬 자가 세상에 많이 등용되니, 문(文)과 질(質)이 잘 어우러져 볼만 하였다. 그러나 쌍기(雙冀)[265]가 과거제도를 창설하면서부터 인재가 쇠퇴하기 시작했다. 본조(本朝) 역시 과거로 선비를 뽑는다. 인재를 선발하는 제도를 처음 시작할 때에도 천거법이 있었으나 지금은 공허한 조문이 되었으니, 그 폐단을 논하고자 하면 사람을 바꿔가며 헤아려도 이루 셀 수가 없다.

당나라 사관(史官) 심기제(沈旣濟)[266]의 《선거의(選擧議)》를 읽어

---

265 쌍기(雙冀) : 중국 후주에서 고려에 귀화한 쌍철의 아들이다. 956년(광종7) 후주의 시대리평사(試大理評事) 재임시 사신 설문우(薛文遇)를 따라 고려에 와서 신병 때문에 체류하다 귀화. 원보 한림학사(元補翰林學士)가 되었다. 958년 당(唐)나라 관리임용제도를 따라 과거제도를 창설하게 하고 수차 지공거(知貢擧)가 되었다.

266 심기제(沈旣濟) : 750?~800? 《임씨전(任氏傳)》, 《침중기(枕中記)》의 저자로 알려진 중국 중당(中唐)의 전기 작가 겸 역사가이다. 특히 《침중기》는 당대 전기소설 대표작이다. 덕종(德宗) 때, 재상(宰相) 양염(楊炎)의 추천으로 사관(史官)이 되었고,

본 적이 있는데, 다음과 같이 말하였다.

"인재를 천거하는 법에는 세 가지 조목이 있으니, 덕과 재주와 공로입니다. 그러나 안이하게 행하고 천천히 말하는 것은 덕이 아니요, 문장을 화려하게 꾸미는 것은 재주가 아니요, 자품(資稟)과 고과 점수를 쌓는 것은 공로가 아닙니다. 그런데 지금은 이것으로 천하의 선비를 구하니 참으로 미진한 점이 있습니다. 지금은 이부에서 인재를 뽑아 주·군에서 직무를 시험합니다. 만일 재주와 직무가 걸맞지 않아서 자사(刺史 주(州)의 장관)에게 책임을 물으면, '관리 임명은 이부에서 나왔으니 감히 그만두게 하지 못한다.'고 합니다. 시랑(侍郎 차관)에게 책임을 물으면, '문필(文筆), 판단력, 자품, 고과 점수를 헤아려 제수한 것이니, 이후의 일은 보장하지 못한다.'고 합니다. 영사(令史)[267]에게 책임을 물으면, '경력과 출입(出入)을 살펴 임명한 것이니, 다른 것은 알지 못한다.'고 합니다. 신은 생각건대, 5품 이상 및 여러 관서의 장관은 마땅히 재신(宰臣)으로 하여금 서용하게 하되 이부와 병부에서 참여하여 의논할 수 있게 해야 합니다. 6품 이하나 속관(屬官)의 경우에는 주·부에서 벽소하여 초징하여 벼슬주는 것을 허락하되 혹시라도 선발이 공정하지 못하면 이부와 병부에서 살펴서 천거하고, 견책과 삭출(削黜)을 가하면 인재의 천거가 모두 마땅함을 얻어 다스려지지 않는 관직이 없을 것입니다."[268]

781년에 양염이 실각하자 처주[浙江省 麗水] 사호참군(司戶參軍)으로 좌천되었다. 훗날 중앙에 돌아와 이부원외랑(吏部員外郎)에 이르렀다.

267 영사(令史) : 한나라 때 난대상서(蘭臺尙書)의 속관(屬官)이다. 송(宋)·원(元) 때의 서리(胥吏)이다. 여기에서는 당(唐)나라의 관직인데 문서를 담당한 실무관리를 말한다.

나는 이에 책을 덮고 한숨을 쉬며 탄식하였다.

"이것이 바로 당시 세상을 구제하는 정치였는데도 쓰이지 못했으니, 당나라 말세였기 때문이리라!"

마침내 그 취지를 근본으로 하여 이리저리 가늠해보고 변통해서 《선거사의(選擧私議)》를 지어 천박한 자의 한 가지 설을 갖춘다.

널리 중론을 물어 먼저 재상을 세우고 팔다리와 귀와 눈처럼[269] 믿고 맡겨서 두 마음을 품지도 의심하지도 않으면,[270] 바람이 고동(鼓動)시키듯 사방이 교화되고[271] 임금의 덕이 아래로 펼쳐질 것이다. 재상의 직책은 국가의 안위와 관계되니, 제대로 된 인재가 재상이 되면 임금은 팔짱 긴 채 아무 일 하지 않아도 천하는 저절로 다스려질 것이다. 옛날 제 환공은 후궁에게 빠져 있었으나[272] 관중(管仲)을 믿고 맡겨 마침내

---

268 인재를……것입니다 : 심기제(沈旣濟)의 《선거의(選擧議)》를 축약하여 인용한 것이다. 《資治通鑑 卷225 唐記42》

269 팔다리와 귀와 눈처럼 : 순 임금이 "신하는 짐의 팔다리와 이목이 되어야한다.〔臣作朕股肱耳目〕"라고 한 말에서 인용한 것이다. 《書經 益稷》

270 두……않으면 : 익(益)이 "어진 자에게 맡기되 두 마음을 품지 마시고 사악한 자를 제거하되 의심하지 마십시오.〔任賢勿貳 去邪勿疑〕"라고 한 말에서 인용한 것이다. 《書經 大禹謨》

271 바람이……교화되고 : 순 임금이 "나로 하여금 바라는 대로 다스려져서 사방이 풍동하니, 이는 바로 너의 아름다운 공이다.〔俾予從欲以治 四方風動 惟乃之休〕"에서 인용한 말이다. 《書經 大禹謨》

272 제 환공은……있었으나 : "제 환공이 후궁을 좋아해 총애하는 후궁이 많아 부인 같은 이가 여섯 명이었다.〔齊侯好內 多內寵 如夫人者六人〕"라고 하였다. 《春秋左氏傳 僖公17年》

패업을 이루었다. 고양(高洋)은 포학하고 무도하였으나 양음(楊愔)을 믿고 맡겼기 때문에[273] 위의 군주는 우매했지만 아래의 정치는 깨끗했다. 진시황의 형석정서(衡石程書),[274] 수 문제(隋文帝)의 위사전찬(衛士傳餐)[275]은 부지런히 정사를 돌보았다고 말할 만하다. 그러나 재상이 된 이사(李斯)[276]와 양소(楊素)[277]가 능력 있는 사람을 꺼리고 어진 이를 감추었으니 나라가 어찌 망하지 않을 수 있었겠는가? 나라에 있어서 재상의 중요성이 이와 같은데, 군주가 사사로운 기쁨과 노여움으로 아침에 임명하고 저녁에 파면하여 어린아이 장난처럼 하다니 지나치지 않은가? 재상을 세우고자 하면 조정 신하들을 광범위하게 모아서 다

---

273 고양(高洋)은……때문에 : 고양(高洋)은 북제(北齊)의 초대 황제(재위 550~559) 문선제(文宣帝)를 가리킨다. 그는 즉위한 후 양음(楊愔)에게 누이를 시집보내고 여러 차례 왕으로 봉할 정도로 총애하였으나, 매우 난폭하여 옷이 피에 흥건히 젖을 정도로 양음을 채찍으로 때리고 취해서 양음의 배를 갈라보려고 하기도 하고 산 채로 관에 넣어 묻으려고 하기도 하였다. 그러나 양음이 정사를 잘 돌보아 나라가 잘 다스려졌다.

274 진시황의 형석정서(衡石程書) : 진시황이 저울과 추로 서목(書目)을 달아 매일 일정량을 결재하던 일을 가리킨다. 그는 신하를 불신하여 이런 식으로 모든 서류를 자신이 직접 결재하였다.

275 수 문제(隋文帝)의 위사전찬(衛士傳餐) : 수(隋)나라 문제(文帝)가 위사(衛士)를 시켜 밥을 날라다[傳餐] 먹으면서 정무를 처리한 일을 가리킨다. 그는 밥 먹을 시간을 아낄 정도로 정사(政事)에 부지런하였다.

276 이사(李斯) : ?~기원전 208. 중국 진(秦)나라 때 상채(上蔡) 사람으로 순경(荀卿)에게 배웠다. 진시황이 천하를 통일하고 이사를 승상으로 삼아 군현 제도를 만들고 금서령을 내렸다.

277 양소(楊素) : 546~606. 원래는 북주(北周)의 신하였으나 당시 좌승상이었던 양견(楊堅)이 민심을 얻은 것을 보고 그를 도와 수나라를 세웠다. 수 문제가 된 양견 역시 그의 재주를 매우 신임하여 함께 수나라의 제도를 정비하였다.

함께 가부(可否)를 의논해야 한다. 또 태학(太學)의 학생들 및 각 사(司)의 노성한 서리, 시정(市井)의 노인들에게 각기 소견을 진술하게 하여 모두 같은 마음인가를 살피고 천천히 끝까지 찾아보아야지 잠깐 사이에 결정해버려서는 안 된다. 여러 논의들을 취합하여 많은 사람이 추천하는 자를 임명해야 한다. 그래도 결정이 나지 않으면 임금은 마땅히 몸소 사직과 종묘에 나아가 경건하게 정성들여 점을 쳐서 결정하고 길일을 택해 대중에게 고한 뒤에 재상으로 삼아야 한다.

재상의 직책은 오로지 어진 인재를 등용하는 데 있으니, 비록 성대한 덕과 공이 있어도 논외로 친다. 부열(傅說)은 고종(高宗)에게 "제가 공경히 받들어 뛰어나고 어진 이를 널리 불러 여러 지위에 세우겠습니다."[278]라고 하였다. 이극(李克)[279]은 인재를 등용한 우열을 가리고 위성자(魏成子)와 적황(翟璜) 중 재상 적임자를 정했고, 공손홍(公孫弘)은 동합(東閤)을 열고[280] 천하의 훌륭한 선비를 맞이해 조정에 천거하였기 때문에 한나라의 명재상이 되었다. 당 태종이 방현령(房玄齡),

---

278 제가……세우겠습니다 : "제가 공경히 받들어 뛰어나고 어진 이를 널리 불러 여러 지위에 세우겠습니다.〔惟說式克欽承 旁招俊乂 列于庶位〕"라고 하여 은나라 재상 부열(傅說)이 임금인 고종(高宗)에게 뜻을 받들어 인재를 많이 등용하겠다고 한 말을 인용한 것이다. 《書經 說命下》

279 이극(李克) : 기원전 455~기원전 395. 중국 전국 시대 위(魏)나라 사람으로 문후(文侯)를 도와, 그를 전국 시대 최초의 패자로 만들었다. 평조법(平糶法)을 창안하여 나라를 부강케 하였다. 또 형명학(刑名學)의 비조로 중국 형법전의 모범인 《법경(法經)》 6편을 편찬했다. 본문의 이야기는 《사기》〈위세가(魏世家)〉에 보인다.

280 공손홍(公孫弘)은 동합(東閤)을 열고 : 한나라 때 포의의 신분으로 시작해 승상의 지위에 오른 공손홍이 객관을 지어놓고 동쪽의 작은 문을 늘 열어두어 언제나 현인을 맞이할 것이라는 태도를 천명한 것을 말한다.

두여회(杜如晦)에게 "공이 복야(僕射)가 되었으니, 마땅히 널리 어진 인재를 구하여 재량에 따라 직임을 주어야 한다. 근래 들으니 송사를 처리하느라 하루도 쉴 틈이 없다 하는데, 어찌 짐을 도와 훌륭한 인재를 구하겠느냐."라고 하고 이어서 상서성(尙書省)의 세세한 일은 좌승(左丞)과 우승(右丞)에게 맡기고 큰 일만 복야가 관여하도록 칙령을 내렸다.[281] 논자들은 재상 임명의 요체를 터득했다고 말하였다. 이길보(李吉甫)가 재상이 되었을 적에 배기(裴垍)에게 인재를 물어 삼십여 명을 모두 관리에 제수하니,[282] 당시에 인재를 얻었다고 일컬었다. 최우보(崔祐甫)가 재상이 된 지 이백일이 안 되어 팔백 명에게 관직을 제수하였는데 친척과 친지들이 많이 들어가 있었다. 그는 "잘 모르는 사람이라면 그의 재주와 덕행을 어찌 알아서 등용하겠습니까?"라고 하였다.[283] 옛날의 명철한 임금과 현명한 재상은 모두 이 방법을 사용하

---

281 당 태종(唐太宗)이……내렸다 : 당 태종 때 방현령(房玄齡, 579~648)은 상서우복야(尙書右僕射)였고, 두여회(杜如晦, 585~630) 역시 상서우복야로서 방현령과 함께 조정의 정치를 관장하였다. 본문은 "황제가 '공은 복야가 되었으니 짐을 도와 이목을 넓혀 훌륭한 인재를 물어야 한다. 이제 들으니 하루에도 수백 장씩 송사문을 읽는다고 하니, 인재를 구할 틈이 있겠는가?'라고 하고 이어서 세세한 사무는 좌승과 우승에게 맡기고 큰 일만 복야가 관여하도록 칙령을 내렸다.[進尙書左僕射 監修國史 更封魏 帝曰 公爲僕射 當助朕廣耳目 訪賢材 此聞閱牒訟日數百 豈暇求人哉 乃敕細務屬左右丞 大事關僕射]"라는 구절에서 인용한 것이다.《新唐書 卷96 方杜列傳》

282 이길보(李吉甫)가……제수하니 : 당나라 헌종(憲宗) 때 중서시랑동평장사(中書侍郎同平章事)에 임명된 이길보(758~814)가 중서사인(中書舍人)인 배기(裴垍, ?~811)를 불러 인재를 추천해달라고 하여, 배기가 30여 명의 이름을 써서 주었다. 몇 달 안에 이들을 모두 임용하자 당시 이길보가 인재를 얻었다는 칭찬이 있었다.《舊唐書 卷148 裴垍列傳》

283 최우보(崔祐甫)가……하였다 : 당나라 대종(代宗) 때, 새로 재상이 된 최우보

였다. 후세에는 임금은 재상을 의심하고 재상은 혐의를 피한 탓에, 훌륭한 인재 하나를 등용했다거나 불초한 자 하나를 물리쳤다는 말을 듣지 못했으니, 저런 재상을 어디에 쓰겠는가? 임금은 마땅히 여론을 널리 물어 현명한 재상을 뽑아 두고 훌륭한 인재의 선발을 전적으로 맡기되, 의심하거나 꺼리는 마음을 두지 말아야 한다. 그가 천거한 사람이 공을 세우거나 죄를 지었을 때 상벌을 행하면 나라에 직무를 소홀히 하는 관직이 없을 것이다.-이하 천거하는 법의 세세한 항목은 일일이 기록하지 않는다.-

(崔祐甫, 721~780)가 이백일도 안 되어 팔백 명을 관직에 제수하였으나 앞뒤에서 바로 잡느라 제대로 된 인재를 얻지 못했다. 대종이 "사람들이 경을 비방해 등용한 사람이 친척이나 친지와 관련이 많다고 하는데 어째서인가?"라고 묻자 "제가 폐하를 위해 백관을 선발하니 감히 신중히 하지 않을 수가 없습니다. 만일 평소 알지 못한다면 어떻게 그의 재주와 덕행을 알아서 등용하겠습니까?"라고 하니 대종이 옳게 여겼다. 《資治通鑑 卷225 唐記41》

붙임 양재론

《학기(學記)》에, "옥은 다듬지 않으면 그릇을 이루지 못하고, 사람은 배우지 않으면 도를 알지 못한다."라고 하였으니, 배우지 않고서 도를 알 수 있는 사람이 어찌 있겠는가. 오늘날 선비라는 자는 모두 다듬지 않은 그릇이니 앞으로 어디에서 인재를 뽑겠는가. 만일 선비를 뽑고자 하면 먼저 인재를 길러야 한다. 인재를 기르는 방법은 옛날의 소학(小學)과 대학(大學)의 규제에 갖추어져 있으니, 오직 위에 있는 사람이 성심으로 흥기시키고 권면하는 데 달려 있을 뿐이다. 그러나 매양 걱정이 세상이 원하는 치세의 군주가 항상 있지는 않다는 점이다. 혹은 수명이 길지 못하기도 하고, 혹은 처음에는 권면하였다가 나중에는 태만하기도 하여, 공업이 지속되지 않는다. 《시경》에 "문왕이 수를 누리시니 어찌 사람을 진작시키지 않으리오."[284]라고 하였으니, 이것을 말하는 것이다.

만약 서울과 지방의 학교에서 총명하고 뛰어난 자제를 선발하여 중앙에 모여 배우도록 하고, 순서에 따라 점차 진급시키며 착실하게 배우고 학문의 이치를 깊이 음미하게 하여 수십 년 공부를 쌓게 하면, 이에 재덕을 갖춘 선비가 배출되고 국가에서 사람을 등용하는 방법에 아쉬움이 없을 것이다. 그러나 오늘날 관부에서 사람을 가려 뽑지 않은 지 오래되었다. 백 가지 법도가 모두 해이해지고 날로 위태로워져 당장

---

284 문왕이……않으리오 : "주나라 왕이 수를 누리시니 어찌 사람을 진작시키지 않으리오.〔周王壽考 遐不作人〕"라고 한 구절에서 인용한 것으로, 본래는 '주왕(周王)'이나 김윤식은 '문왕(文王)'으로 썼다. 주나라 왕은 주나라 문왕을 가리킨다. 《詩經 大雅 棫樸》

의 수요에 급급한데 어느 겨를에 수십 년 오랜 시간을 기다리겠는가? 그러므로 우선 이런 구차한 법으로 눈앞에 닥친 급한 사태를 구하고자 한다. 한두 해 시행해 보아 사람들이 덕행을 닦는 것이 미덕이라는 것과 독서가 좋은 일이라는 것을 알게 되면, 선비의 풍조가 크게 변하고 학교제도가 점차 일어나 인재가 배출될 수 있을 것이니, 그러면 이 방법도 반쯤은 이루어지는 셈이다. 아아! 유럽의 여러 나라가 사해에서 세력을 펼치는 것은 학교 교육이 융성하기 때문이다. 동방의 시서(詩書) 읽는 나라에 도리어 학당 한 칸이 없다고 누가 생각이나 하겠는가? 윗사람이나 아랫사람이나 어리석어서 오직 이익만 좇으니 어찌 거듭 한심하지 않겠는가?

붙임 천과론

우리 조정에서는 선비를 뽑을 때 오로지 과거 시험만을 보는데, 입법 (立法)이 매우 엄밀하여 간사함과 거짓을 용납하지 않는다. 경학에 밝고 덕행을 닦은 사람은 얻지 못하고 문학 잘 하는 선비만 이를 통해 등용되니, 이미 현명한 인재를 구하는 뜻은 잃어 버린 것이다. 백년 이래로 풍속이 크게 변하여 사(私)는 공(公)으로 여기면서 거리낌도 두려움도 없어졌으니, 과거에 합격하려는 자는 세력을 통하지 않으면 반드시 뇌물을 쓴다. 유사(有司)로서 공정하게 집행해야 하는 자는 손 가는대로 답안지를 뽑으면서 잘했는지 못했는지 묻지 않는 것으로써 의심스런 행적을 피한다. 이에 선비들이 모두 체통이 무너져서, 문장 익히는 데는 뜻을 두지 않고 시서(詩書)는 다락에 묶어치운 채 죽을 때까지 들춰보지 않는다. 과거 시험장에 들어가면 늘 글솜씨를 빌리고 답안지를 훔쳐 제출하는데, 한 사람이 제출하면 만 사람이 전해가며 베낀다. 장사치와 광대, 채마밭 날품팔이와 짐꾼이 어깨를 들이대고 줄줄이 이르러 장내를 가득 채운다. 시제가 일단 나오면 사방에서 시끄럽게 떠들면서 시권(試卷)을 눈처럼 던져 잠깐 사이에 산처럼 쌓인다. 만약 공정하길 바라는 여론이면, 시험관은 곧 손 가는대로 집어서 급제자 명단 위쪽에 뽑아두는데, 뽑힌 사람을 보면 바로 조금 전에 어깨를 들이대고 시끄럽게 떠들던 무리이다. 이렇게 하지 않으면 사람들이 공정하다 일컫지 않는다. 이로써 가지고 놀고 장난치는 도구로 삼고, 이로써 사람 마음을 위로하고 기쁘게 하는 꺼리로 삼는다. 이런 소문이 한 번 퍼지면 과거 보길 바라지 않는 사람이 없어, 매번 과거 시험령이 들리면 사민(四民)이 모두 생업을 그만두고 번개처럼 달려와 구름처럼 모여서 하루의 요행을 노린다. 과거를 베풀어 선비를 뽑는 뜻이 진실로 그런 것이던가?

만일 천거하는 법을 시행하면 세 가지 편한 점이 있다. 천거하는 자가 비록 공정하지 못하더라도 반드시 장사치와 날품팔이가 후보자 안에 들지 않을 것이다. 인재 선발할 때 정해진 인원이 있어 시험 보기가 쉬우니, 답안지가 산처럼 쌓이는 폐단이 없을 것이다. 천거에 들지 못한 자는 분수를 편안히 여겨 스스로 그만둘 것이니, 생업을 그만두고 멀리서 달려가는 수고로움이 없을 것이다.

단지 이 세 가지 편한 점만으로도 소득이 이미 많다. 더욱이 허다한 이점도 있고, 어지러움을 돌이켜 다스릴 수 있으며, 나라를 보존하고 백성을 편안하게 할 수도 있지 않을까?

옛날 중종 기묘년에 현량천과(賢良薦科)[285]를 시행하였다. 이 법이 가장 옛 법에 가까운데 아깝게도 소인들에 의해 무너졌다. 그러나 한 시대의 명류(名流)가 모두 그 가운데서 나와 세상에서 경모하고 숭상하였다. 풍속도 마침내 변하여 사대부의 위엄과 지조가 백 년이 지나도록 쇠퇴하지 않아 여러 대에 걸쳐 실제로 인재를 얻어 썼으니, 어찌 작은 보탬이었다고 말하겠는가?

임오년(1882) 겨울 나는 기무처(機務處)에서 근무하고 있었다. 이때

---

285 현량천과(賢良薦科) : 1519년(중종14) 기묘년에 조광조(趙光祖)의 건의로 실시한 현량과를 가리킨다. 중국 한(漢)나라의 현량방정과(賢良方正科)를 본보기로 삼아, 학문과 덕행이 뛰어난 인재를 천거하여 관리로 임명하는 제도이다. 서울에서는 홍문관·춘추관 등 4개의 관(館)에서, 지방에서는 유향소(留鄕所)에서 적격자를 추천하여 예조에 보고하였다. 예조는 후보자의 천거 사항을 종합하여 의정부에 보고한 뒤 천거된 사람들을 대궐 뜰에 모아 임금이 참석한 가운데 대책(對策)으로 시험을 보고 선발하였다.

군란을 막 겪은 사람들은 벼슬길에 진출하려는 마음이 없었다. 나는 동료와 상의하기를 "근래 과거의 폐단이 아주 고질적인데, 지금이야말로 변통할 수 있는 때이다."라고 하였다. 마침내 천거하는 법의 절목(節目)을 초록하여 올린 끝에 윤허를 받았으나 한두 번 시행하고는 곧 폐지되어 버렸다. 식자들은 지금도 한스럽게 여긴다. 임오년에 올린 절목은 한 때의 임시변통으로 나온 일이었기 때문에 규모가 너무 간략하다. 지금 이 사의(私議)는 옛것과 비교하면 조금 상세하지만 여전히 완벽하지는 않다. 오직 인재를 기르는 것을 우선한 뒤에야 선비를 뽑을 수 있고, 선비를 뽑은 뒤에야 관리로 삼을 수 있고, 관리로 삼은 뒤에야 나라를 다스릴 수 있다. 이것을 제외하고서 다스리는 도를 논하는 것을 들어보지 못하였다.

제2 전폐 錢幣

하늘은 이익에 대해 말하지 않는 것을 이롭게 여기고, 왕자(王者)는 이익을 도모하지 않는 것을 이롭게 여긴다. 이익에 대해 말하고 이익을 도모하는 것은 상인의 도(道)다. 나에게 이익이 되면 남에게는 해가 된다. 상업이란 자기 한 몸을 위한 일이므로 비록 남에게 해가 되더라도 거리끼지 않고 한다. 왕자는 천하를 마음에 두기 때문에 필부(匹夫)가 제 살 곳을 얻지 못해도 오히려 "나의 허물이다."라고 말하는데,[286] 하물며 그들과 이익을 다투겠는가? 《전(傳)》에 이르기를 "재물이 모이면 백성이 흩어지고 재물이 흩어지면 백성이 모인다."라고 하였고,[287] 유약(有若)은 "백성이 풍족하면 임금이 누구와 더불어 부족하시겠습니까?"라고 하였다.[288] 백성이 모이고 임금이 풍족하면 나라가 항상 편안하다. 비록 강대한 이웃이 있어도 감히 모욕하지 못할 것이니, 이익이 어느 쪽이 크겠는가?

돈이란 백성을 편리하게 하기 위한 것이지 이익을 거두기 위한 것이

---

286 필부(匹夫)가……말하는데 : 《서경》〈열명(說命)〉에 "한 지아비가 살 곳을 얻지 못하면 이는 내 죄라 할 것이다.〔一夫不獲 則曰時予之辜〕"라고 한 이윤(伊尹)의 말을 인용한 것이다.

287 전(傳)에……하였고 : 《대학장구》 전 10장에 "덕이란 근본이고 재물은 말단이니 근본을 밖으로 하고 말단을 안으로 하면 백성을 다투게 하고 약탈을 일삼게 된다. 그러므로 재물이 모이면 백성이 흩어지고 재물이 흩어지면 백성이 모이는 것이다.〔德者本也 財者 末也 外本內末 爭民施奪 是故 財聚則民散 財散則民聚〕"라고 한 말에서 인용한 것이다.

288 유약(有若)은……하였다 : 《논어》〈안연(顏淵)〉에 "백성이 풍족하면 임금이 누구와 더불어 부족하겠으며 백성이 부족하면 임금이 누구와 더불어 풍족하겠는가?〔百姓足 君孰與不足 百姓不足 君孰與足〕"라고 한 유약의 말을 인용한 것이다.

아니다. 옛날 우왕과 탕왕이 홍수와 가뭄을 만났을 적에, 구리를 캐돈을 주조하여 가난한 백성들이 얻어 먹을 것을 바꾸게 함으로써 막혀있던 재화를 통하게 했는데, 후세에도 편리하게 여겨서 계속 시행하고 폐지하지 않았다. 돈의 가치는 물가와 함께 오르락내리락 하니, 조금이라도 균형을 잃으면 백 가지 폐단이 이어 생겨난다. 더욱이 구리와 공력을 아껴서 이익을 거두는 계책으로 삼아서는 안 된다. 이것이 재원이 고갈되는 이유이며, 백성들의 생활이 곤궁해지는 까닭이다.

역대 화폐 가운데 오로지 한나라의 사수전(四銖錢),[289] 후위(後魏)의 태화오수전(太和五銖錢),[290] 당나라의 개원전(開元錢)[291]만이 가장 균형을 이루었다. 당시에는 국가가 융성하고 백성들이 부유하였다. 말세에 이르러 여러 차례 화폐를 고치지 않은 적이 없었으니, 더러는 가볍고 더러는 무겁고 더러는 질이 나쁘면서도 얇아 상업이 행해지지 않고 도적이 사방에서 일어났다. 이는 다름이 아니라, 한·당의 융성

---

289 한나라의 사수전(四銖錢) : 오수전(五銖錢)의 오기로 보인다. 한나라 때는 사수전(四銖錢)이 없었고, 한 무제(漢武帝) 때 이전 화폐인 진나라의 반량(半兩)을 이어받아 오수전(五銖錢)을 만들어 썼는데, 이것이 오수전의 기원이다. 상면에 '오수(五銖)'라는 글자가 새겨져 있고, 직경 5밀리미터, 무게는 약 3.5~4그램이었으며, 외국까지 널리 쓰였다.

290 후위(後魏)의 태화오수전(太和五銖錢) : 후위(後魏)의 효문제(孝文帝) 때 만든 화폐로 당시 연호인 '태화(太和)'를 따서 이름을 지었다. 큰 것의 직경은 2.5밀리미터, 무게는 3.4그램이었고 작은 것은 직경 2밀리미터, 무게는 2.5그램 정도였다.

291 당나라의 개원전(開元錢) : 당나라 고조(高祖) 때 주조된 개원통보(開元通寶)를 가리킨다. 상면에 쓰인 개원통보라는 글자는 구양순(歐陽詢)이 쓴 것이다. 이후 화폐를 '통보' 혹은 '원보(元寶)'라고 부르게 된 계기가 되었으며, 10전이 1냥이 되는 규정도 이 화폐에서 비롯되었다.

한 시대에는 작은 이익을 구하지 않고 백성을 편리하게 하는 데 뜻을 두었기 때문에, 구리와 공력을 아끼지 않고 화폐를 적당하게 하고 재화를 균형있게 하는 데 힘썼으므로, 영원히 시행할 수 있는 제도가 되었다. 말세에는 대체(大體)를 알지 못하고 모든 구차한 술수로 질 나쁜 동전을 많이 주조함으로써 천하의 이익을 쓸어 담았다. 관건은 공사의 구분에 얼마나 마음을 쓰느냐에 있는데, 그 효과와 폐해의 차이가 이토록 큰 것이다. 그러므로 돈이란 잘 쓰면 백성을 편하게 하는 이로운 물건이 되지만 잘못 쓰면 나라를 패망하게 하는 재앙의 물건이 되니, 어찌 가볍게 보아 자주 바꿀 수 있겠는가?

우리나라는 신라와 고려 이래로 화폐를 쓰지 않았다. 본조 효종 때 선조 문정공(文貞公 김육)께서 여러 번 소를 올려 화폐 시행할 것을 청한 끝에, 개성 한 지역에서 시행되다가 숙종 때 이르러 널리 통용되었다. 그 때 주조한 상평통보(常平通寶)는 대부분 재료가 충분하여 동전의 형태가 완비되어 있고 견고하여 흠이 없었다. 관에는 이익이 없었지만 백성은 편리함을 좋아하여 2백여 년 행해졌는데, 그동안 물가가 항상 안정되어 상하가 상평통보에 의지하였다. 그런데 지금 20년 사이에 모두 네 번 화폐를 변경하여 나라가 마침내 크게 병들었다.

옛날 가산(賈山)이 몰래 동전 주조하는 것의 폐단을 논하여 말하기를 "다른 재료를 조금만 섞어도 이익은 매우 큽니다."라고 하였다.[292]

---

292 옛날……하였다 : 한나라 효문제(孝文帝) 때 사수전을 만들고 나서 백성들이 마음대로 사전(私錢)을 주조할 수 있도록 하는 명을 내리자, 가의(賈誼)와 가산(賈山)이 각각 《간제도주전령사민방주(諫除盜鑄錢令使民放鑄)》와 《대힐간제도주전령(對詰諫除盜鑄錢令)》을 올려 불가함을 역설하였다. "다른 재료를 섞는 것이 매우 적어도 이익은 매우 큽니다.〔殽之甚微 爲利其厚〕"라고 한 구절은 가의(賈誼)의 문장에 나오는 내용

지금의 당오전(當五錢)[293]은 2문(文)에 불과한 비용으로 5문의 쓰임을 감당하게 하니, 다른 재료를 조금 섞는 정도가 아니라 몇 배의 이익을 취하려 하는 것이다. 이는 관의 이익을 거두느라 백성의 해로움을 돌아 보지 않는 것이다. 백성의 해로움을 돌아보지 않고서 죽음을 무릅쓰고 이익을 구하는 것은 몰래 주조하는 자나 하는 짓이다. 나라를 다스리는 자라면 엄금해야 마땅할 텐데, 어찌 나라를 다스리면서 이런 일을 한단 말인가? 당초 나라에 계책을 얘기한 자는 반드시 "이와 같이 하면 공시(貢市)[294]에게 쌓인 채무를 갚을 수 있으며, 군대의 군량을 지급할 수 있을 것이다."라고 했을 것이다. 이것은 심장의 살을 도려내어 눈병을 치료하려는 것과 다름이 없으니 매우 지혜롭지 못하다.

지금 삼남과 관동, 관서, 관북이 모두 당오전을 사용하지 않는다. 오직 경기와 해서, 호서의 연해에서만 쓴다. 개인이 서로 매매할 적에 2문(文)씩 치기도 하고 2문에 못 미치게 쳐서 사용하기도 한다. 팔도의 세금은 모두 엽전으로 거두어서 당오전으로 바꾸어 서울에 내고 남는 이익은 수령과 아전 및 외획차인(外劃差人)[295]에게 돌아가니 해를 입는

인데, 김윤식이 잘못 인용한 것으로 보인다.《漢紀 孝文皇帝紀上》

293 당오전(當五錢) : 1883년부터 1894년까지 주조되었던 화폐이다. 재정난을 타개 하기 위해 주조되었는데, 1문전(文錢)이 상평통보 5매의 가치와 같았으나 실질 가치는 상평통보 2매에 불과하였다. 이로 인해 물가가 폭등하고 국내화폐의 절하로 국제무역에 큰 손실을 초래하였다.

294 공시(貢市) : 공계(貢契)와 시전(市廛)을 가리킨다. 공계는 대동법(大同法) 실 시 이후 궁중 및 각종 관아에 사용 물품을 납품하던 공인(貢人)들의 공동출자기구(共同 出資機構)이고, 시전은 정부의 조달물품을 담당하던 시장의 상점을 가리킨다.

295 외획차인(外劃差人) : 지방에서 징수한 세금을 지방 수령으로부터 대여 받아 지 방에서 물품을 구입하여 서울로 수송하고 그 판매대금을 지방 수령 대신 국고에 납입하

것은 오직 국가뿐이다. 돈이 가치가 없으면 물건 가치가 높아지는 것은 당연한 이치이다. 지금 물가는 10년 전을 기준으로 열 배가 넘는 것도 있고 백 배가 넘는 것도 있으니, 명칭은 비록 당오전(當五錢)이라 하나 실제로는 지난날 엽전 반 문의 가치에도 못 미친다. 국가가 1년 동안 주조한 돈이 얼마 되지 않는데도 팔도에서 날마다 달마다 운반해오는 세금과 잡세를 모두 당오전으로 충당하게 하니, 앉아서 수십 배의 이익을 잃어버린다. 그리고 공시의 원망은 날로 심해지고 군량이 없다는 보고가 계속되니, 나라를 이롭게 하는 효과가 어디에 있는가? 논하는 자는 오히려 훌륭하지 못하다고 생각한다.

최근에 또 신당오전(新當五錢)을 주조했는데 구당오전(舊當五錢)에 비해 더 얇고 조악하다. 이 돈이 점차 유포되면 물가는 더욱 뛰어 올라 통제할 수 없고, 돈을 티끌처럼 여겨 부르는 게 값일 것이다. 백성은 손발을 둘 데가 없고 국가의 재정도 이에 따라 날로 더욱 위축될 터, 급히 변통하지 않는다면 앞으로 어떤 지경에 이를지 알 수 없다. 변통의 방법은 오직 빨리 명령을 내려 구당오전은 당이전(當二錢)으로 쓰게 하고, 신당오전은 혁파하는 데 달려있을 뿐이다.

혹자가 말한다.

"그렇게 한다면 경성과 세 항구의 각국 상인이 무려 수천인데, 나라 안 돈의 반이 그들 수중에 있으니, 일단 이 명령이 내려지면 분명 시끄럽게 들고 일어나 모두 본전을 깎는 것에 대한 배상을 요구할 것이다. 그렇지만 지금 내탕고 자금이 비어 있으니, 무엇으로 이 막대한 돈을

___

던 상인을 가리킨다. 원래는 무거운 화폐를 운반하느라 생기는 위험과 불편을 해소하기 위한 제도였으나, 재정의 궁핍에 따라 많은 폐해가 생겼다.

물어 주겠는가?"

답하였다.

"지금 만일 당오전을 모조리 없앤다면 각 상인들이 억울하다고 하는 것도 이상할 것 없다. 그러나 당이전으로 쓰는 것을 허용한다면 원래 본전을 깎이는 것도 아닌데 무슨 원망이 있겠는가? 종전에는 이 명령이 없었어도 민간에서 매매할 때 본디 당이전(當二錢)이나 당일전(當一錢)으로 쓰고 있었다. 개인적으로는 그렇게 사용하면서 명령을 듣고서 배상을 요구한다니, 어찌 그럴 리가 있겠는가? 내가 전에 외무아문(外務衙門)에 있을 때 일찍이 이를 걱정하여 각국 공사와 논의하고 변통하고자 했었다. 그런데 조정의 논의가 정해지지 않은 탓에 어영부영 지나치고 만 것이 지금까지 한스럽다. 4, 5년 사이에 상황이 또 어떻게 되었는지 모르겠지만 만일 배상한 뒤에야 변통할 수 있는 형편이라면 비록 다른 나라에 빚을 내서라도 못할 것이 없다. 지금 쓸데없는 일을 하면서도 걸핏하면 수십만 은전(銀錢)의 차관을 내는데, 하물며 이처럼 민생과 국가의 재정이 달려 있는 것을 못하겠는가?"

"백성들이 당오전을 싫어한 지가 오래되었다. 비록 당이전으로 낮추어 쓰게 하더라도 백성들은 분명 좋아하지 않을 것이다. 기왕에 곧바로 혁파할 수 없다면 어찌 당일전으로 사용하지 않는가?"

"화폐의 가치가 본래보다 높든 낮든 모두 폐단이 생길 수 있다. 구당오전은 크기와 가치가 엽전 2문에 해당되니, 당일전으로 쓰게 되면 본래 가치에 비해 지나치게 높은 것이다. 같은 값이면서 본래 가치보다 지나치게 높으면 누가 본래 가치보다 낮은 것을 버리고 높은 것을 가지기를 좋아하겠는가? 그렇게 되면 반드시 정체되어 유통되지 않고 다른 나라로 유입되거나 혹은 간사한 백성이 몰래 주조하는 밑천이 될 것이니 그 폐단 또한 막기 어려울 것이다. 세상 만물은 공평함을 얻으면 분쟁의 발단이 잦아들고, 분쟁의 발단이 잦아들면 온갖 불화도 잊게 된다. 내 말을 한 번 채택해보면 일 년 열두 달 사이에 반드시 물가가 옛날처럼 회복되는 것을 볼 것이다."

"외국에서는 금은전을 쓰는데 우리나라도 쓸 수 있지 않겠는가?"

"어찌 금은전뿐이겠는가? 당오전이라도 명실상부하면 충분히 편하게 쓸 수 있는 화폐가 될 것인데, 하물며 금은전이겠는가? 비록 그렇더라도 모든 나라에서는 금은전을 중시하여 다른 나라에 유출되는 것을 제일 꺼린다. 만약 우리나라에서 금은전을 쓰면서 법으로 제한하지 않으면-각국은 토산품 및 제조품을 많이 수출하지만 다른 나라의 물품을 많이 사지 않기 때문에 금은이 유출되지 않는다.- 비록 금은전이 있더라도 분명히 나라 사람에게 쓰이지 못할 것이다."

"지폐는 어떠한가?"

"유사(有司)에게 세금을 다스리는 재주가 있고, 조정에 금석 같은 믿음이 있으면 지폐 역시 통용될 수 있다. 그렇지 않으면 해가 됨이 또 오늘날 당오전에 비할 바가 아닐 것이니, 가벼이 의논할 수 없다.

총괄컨대, 백성을 이롭게 하는 것에 뜻을 둔다면 지폐든 금은전이든 당오전이든 모두 통용될 수 있다. 그러나 나라를 이롭게 하는 것에 뜻을 둔다면 하나도 폐단이 되지 않는 것은 없다. 그러므로 《전(傳)》에 이르기를 '나라는 이익을 이롭게 여기지 않고 의(義)를 이롭게 여긴다.'라고 하였다.[296] 의(義)라는 것은 일의 마땅함이니, 일의 마땅함에 부합

---

296 전에……하였다 : 《대학장구》 전 10장에 나오는 "맹헌자가 '……세금을 무겁게 거두는 신하를 두기보다는 재물을 훔치는 신하를 두라.'고 하였으니, 이는 나라가 이익

하지 않는 경우 나라가 어찌 홀로 그 이익을 누릴 수 있겠는가?"

을 이로움으로 삼지 않고 의로 이로움을 삼아야 됨을 말한 것이다.〔孟獻子曰……與其有
聚斂之臣 寧有盜臣 此謂國不以利爲利 以義爲利也〕"라고 한 구절에서 인용한 것이다.

제3 양병 養兵

삼대 이후 양병법(養兵法) 가운데 부병제(府兵制)[297]보다 좋은 것이 없다. 그 다음은 둔전제(屯田制)[298]이며, 모병제가 가장 나쁘다. 양병의 어려움은 부병(府兵)에게 군량을 마련해 주는 데 있다. 병사들이 농업에 종사하면 병사가 모두 토착민이 되어 군량비가 들지 않는다. 이 제도가 가장 옛 법에 가까우니, 당나라 및 고려부터 본조 초기까지 시행되었다. 둔전제 역시 병사들을 농사에 정착시키는 의도가 있다. 한나라 조충국(趙充國)[299]에게서 비롯되어, 후세 변방을 방어하면서 오래도록 수자리 하는 역(役)에 많이 행해졌다. 우리나라 평양과 남원에 모두 당나라 둔전의 유적이 있다. 모병제는 당나라 장열(張說)[300]에게서 시작되었는데, 이업후(李鄴侯)가 "병사가 농토에 정착하지 않으면 스스로를 소중히 하지 않아 자기 처지를 잊은 채 이익을 따르니 화란이 마침내 생겨납니다."라고 했던 것이 바로 이 제도를 두고 한 말이다.[301] 그 뿐만 아니다. 한 사람을 병사로 양성하는데

---

297 부병제(府兵制) : 균전 농민(農民)들 가운데 병정(兵丁)을 뽑아 농한기에 훈련(訓鍊)을 시켜 그 부의 방위(防衛)를 맡게 하고 조세(租稅)를 면하게 해주는 제도이다.
298 둔전제(屯田制) : 변경이나 군사 요지에 군사를 두고 이들에게 농토를 주어 경작하게 하여 군량에 충당하게 하는 토지 제도이다.
299 조충국(趙充國) : 기원전 137~기원전 52. 농서(隴西) 상규(上邽)사람으로, 자는 옹손(翁孫)이며, 한나라의 명장이다. 한나라 선제(宣帝) 때 그의 계책을 써서 강족(羌族)의 반란을 평정한 후 둔전(屯田)을 시행하였다.
300 장열(張說) : 667~731. 범양(範陽) 사람으로, 자는 도제(道濟)·열지(說之)이다. 당(唐)나라의 명재상이다. 현종 때 징병하여 수도와 근린을 지키게 하는 위사제(衛士制)가 붕괴상태에 이르자, 당시 재상이었던 장열이 위사제를 폐지하고 장정병(長征兵)을 모집하였는데, 모병제의 시초가 되었다.

농민 열 사람 먹을 비용이 드니 국력이 항상 이 때문에 피폐해진다. 전쟁이 없을 때는 나라 창고를 비게 하고, 전쟁이 일어나면 교만하고 게을러 쓸모가 없으니, 이것이 가장 안 좋은 이유이다.

나라를 다스리는 자는 전쟁을 잊어서는 안 되니, 전쟁을 잊으면 반드시 위태로워진다. 지금 사해가 패권을 다투어 아주 작은 나라일지라도 재화를 축적하고 병사를 단련시켜 자강을 도모한다. 하물며 우리나라는 동양의 요충지에 있으면서도 홀로 안일하게 대비 없이 옛 법도를 고수하면서 스스로를 지키고 있다. 멀리 거인(莒人)을 교훈 삼을[302] 필요 없이 가까이 유구(琉球)를 거울삼아야 마땅하니[303] 매우 두렵지 않은가?

내가 천진(天津)에 있을 때 중당(中堂) 이소전(李少荃 이홍장)과 그의 막료들이 일찍이 나에게 천하의 형세를 말하면서 자강을 권유하였

---

301 이업후(李鄴侯)가……것이다 : 당나라 덕종 때 부병제 부활을 고려하자 이필(李泌, 722~789)이 부병제의 장점을 역설할 때 장열이 시작했던 모병제를 비판하며 "병사가 땅에 정착하지 않으면 또 종족이 없으니 스스로 소중히 하고 아끼지 않아 제 몸을 잊은 채 이익을 따르니 화란이 마침내 생겨납니다.〔兵不土著 又無宗族 不自重惜 忘身徇利 禍亂遂生〕"라고 한 말에서 인용한 것이다. 이필을 이업후(李鄴侯)라 한 것은 업현후(鄴縣侯)에 봉해졌기 때문이다. 《資治通鑑 卷232 唐紀48》

302 멀리……삼을 : 거(莒)는 춘추전국 시대 산동에 있던 작은 제후국으로, 거나라가 망한 일을 가리킨다. 거는 말기에 항상 주변 강국인 제나라와 노나라에 점령당해 있었다. 점점 국세가 약해졌지만 방어적인 태도만을 취하였고 왕위를 둘러싸고 내분이 일어났다. 노나라에 일부 땅을 빼앗겼고 끝내 초나라에게 멸망당했으며, 초나라 세력이 물러난 후 영토는 제나라의 차지가 되었다.

303 가까이……마땅하니 : 현 오키나와에 있던 왕국인 유구(琉球)가 오랫동안 중국의 조공국으로 있었으나 1609년 일본 시마즈씨(島津氏)의 침입을 입어 그 영향권 내에 있다가 1879년 결국 일본의 침략으로 멸망당한 일을 가리킨다.

는데, 들을 때마다 두려운 마음이 생기지 않은 적이 없었다. 이후 우리나라에서도 친군영(親軍營)[304]을 세우고 기기창(機器廠)[305]을 설립하여 자못 군사 준비를 맞추었다. 그 후 8, 9년간 세상일을 겪으면서 시의(時宜)를 헤아려보고서 양병이 오늘날 급선무가 아님을 알았다. 지난날 천진에서의 논의는 우리나라 형편을 깊이 알지 못한 탓에 나온 말이었다. 공자는 "양식을 버리고, 군대를 버려야 하니, 백성은 믿음이 없으면 설 수 없다."라고 하였다.[306] 믿음이란 정령(政令)의 근본이니 먼저 정령을 닦고 백성의 식량을 풍족하게 한 연후에야 군대를 의논할 수 있다.

지금 백관의 일정한 봉급을 끊고, 공시(貢市)에게 지급해야 할 대가를 중지시킨 채, 나라의 자원을 퍼붓고 민력을 고갈시켜가며 오로지 날랜 병사 7, 8천 명을 양성하니, 내외에서 근심하고 원망하며, 백성들

---

304 친군영(親軍營) : 임오군란 후 한성의 방위를 강화하기 위해 청나라 군대의 훈련과 신식무기의 원조를 청하여 설치한 군영이다.

305 기기창(機器廠) : 영선사행(領選使行)을 통해 습득한 청나라의 신식 무기제조법과 기계를 바탕으로 1883년 한성에 세웠던 최초의 근대 무기제조 공장이다.

306 공자는……하였다 :《논어》〈안연(顏淵)〉에 나오는 말로, "자공이 정치를 물으니, 공자께서 '양식을 풍족하게 하고 군대를 충분히 갖추고 백성이 나라를 믿게 하는 것이다.'라고 하였다. 자공이 '부득이해 버려야 한다면 세 가지 중에서 어느 것을 먼저 버려야 합니까?'라고 하자 '군대를 버려야 한다.'라고 하였다. 자공이 '부득이해서 버려야 한다면 두 가지 가운데 어느 것을 먼저 버려야 합니까?'라고 하자, '양식을 버려야 한다. 자고로 사람은 다 죽지만 백성이 믿음이 없으면 설 수가 없다.'라고 하였다.〔子貢問政 子曰 足食 足兵 民信之矣 子貢曰 必不得已而去 於斯三者何先 曰 去兵 子貢曰 必不得已而去 於斯二者何先 曰 去食 自古皆有死 民無信不立〕"라고 한 구절에서 인용한 것이다.

의 마음이 흩어져 떠났는데도 종종 군량이 비었다는 보고가 들어온다. 반드시 제 몸을 스스로 태우는 근심이 생기게 될 것이니, 어찌 외국의 모욕을 막을 수 있겠는가? 한 번 오늘날 형세로 논해 보자. 우리나라의 군대는 본디 취약하고 훈련을 받지 않아서 백 사람이 외국 병사 하나를 대적할 수 없다. 비록 십 수 만 병사를 양성하여도 강포한 적을 막기에 부족하다. 그러나 병사가 한 사람도 없을지라도 다만 정령으로 내부를 다스리고 외교로 외부를 공고히 하면, 반드시 갑자기 외침을 당하는 일은 없을 것이다.

지금을 위한 계책으로 군대를 감축하고 군량을 줄이는 것 만한 것이 없다. 좌우의 두 친군영만 존속시켜 각각 천 명의 군사를 배치하고, 날마다 부지런히 훈련시켜 궁궐 수비에 대비해야 한다. 여러 도에 새로 모집하는 군대를 모두 없애 농사짓도록 돌려보낸다. 덕정을 닦고 혜택을 펴서 요역과 세금을 가볍게 하고 포흠을 덜어주어 빈민을 구휼하며, 민력을 길러야 한다. 인심이 크게 화합하고 넉넉히 식량이 축적되기를 기다려 서서히 군대 증강을 의논해야 한다. 1년 써야할 경비 이외의 경비를 헤아려 천 명의 병사를 먹일 수 있은 뒤에야 오백 명을 양성하고 만 명을 먹일 수 있은 뒤에야 오천 명을 양성한다. 능력을 헤아려 대처하고 항상 재정에 여유가 있도록 하면, 나라와 백성이 모두 편안하고 군량이 부족하지 않아 비상시의 대비를 강구할 수 있을 것이다. 부병제는 폐기된 지 이미 오래되어 복구를 논의하기 어려우니 지금 시험해 볼 수 있는 것은 둔전제가 아니겠는가.

예전 임진왜란을 겪은 후 훈련도감(訓練都監)을 설치했으나 군량을 댈 길이 없었다. 서애(西厓) 유성룡(柳成龍)이 둔전제를 건의하였으나 그 제도에 대해서는 자세히 알려진 것이 없다. 이보다 앞서 율곡 선생이 수도에 십만 군대를 양성하자고 청하였다. 당시에 군량을 마련할 어떤 계책이 있었는지는 알 수 없지만, 상상하건대 역시 뜻이 둔전에 있었을 터인데 안타깝게도 의론이 행해지지 않아 설치하여 시행하려던 모형이 전해지지 않는다. 지금 한양 10리 밖에 너른 들과 비옥한 땅이 많다. 양천과 부평 사이는 한 눈에 보아도 평지여서 늘 홍수의 걱정이 있기 때문에 묵히고 버려둔 밭이 많다. 마땅히 적임자를 택하여 장수로 삼고 백성을 모집하여 땅을 경작하되 세금을 면제해주고 제방을 많이 쌓아서 물이 범람하는 것을 막아 가옥과 밭을 마련하는 일은 관청에서 도와주어야 한다. 그리고 촌락이 점차 커지면 그곳 장정을 선발하여 부곡(部曲)과 항오(行伍)[307] 단위로 편제한 다음 전쟁의 진법(陣法) 제도를 가르치고 그 지역 양곡을 군량으로 삼는다. 그리하면 몇 천 명의 정예 군사를 얻을 수 있을 것이다. 후에 다시 형편을 살펴서 다른 교외에도 실시하여 도성문을 둘러싼 사방 교외에 병영이 가지런히 늘어서 함께 도성을 보호하게 되면 나라의 형세도 견고해질 것이다. 비록 성곽과 해자가 없어도 저절로 금탕(金湯)[308]의 형세를 갖추게 될 것이다. 비록 그러나 이 또한 백성과 나라 형편이 조금 펴지기를 기다린 뒤라야 의논할 수 있는 일이니 오늘날의 급선무는 아니다.

---

307 부곡(部曲)과 항오(行伍) : 고대 군대의 편제단위이다. 대장의 군영은 오부(五部)로 되어 있고, 부(部)에는 곡(曲)이 있으며, 곡에는 군후(軍候) 1인을 둔다. 항오는 군사의 편제단위이다. 사병 5명을 1오(伍)라 한다.

308 금탕(金湯) : 매우 튼튼하고 잘된 성지(城池)를 말한다. 금성탕지(金城湯池)의 준말이다.

제4 포흠[309]의 견감 蠲逋

각 읍의 포흠은 세 가지가 있으니 관리의 포흠[官逋], 아전의 포흠[吏逋], 백성의 포흠[民逋]이 그것이다. 관리의 포흠은 이름을 바꿔 가하(加下)[310]라 하고 수리(首吏)[311]에게 부담을 지워 사채처럼 간주하니 포흠이라고 할 수 없다. 백성의 포흠은 채찍과 곤장으로 핍박을 받아 가난한 과부나 궁핍한 집조차도 조금이라도 납부를 어긴 적이 없으니 실로 포흠이라고 말할 것이 못된다. 포흠이라고 말할 수 있는 것은 오직 아전의 포흠뿐이다.

대개 아전의 포흠에는 여섯 종류가 있는데, 모두 해당 아전이 고의로 포흠을 범한 것은 아니다. 첫째는 신연(新延)[312] 포흠이다. 고을마다 신·구관이 교체될 때에 구관이 짐을 꾸려 출발하고 나면 수리가 삼반(三班)[313]의 이서와 노비를 데리고 수백 리 혹은 천리 먼 땅에 가서 신관을 맞이해 오는데, 일행의 복식과 기구 및 왕래하고 머무는 비용과 신관의 행차 비용 모두를 공전(公錢)을 유용하여 조달한다. 그 비용

---

309 포흠(逋欠) : 포는 조세의 포탈, 흠은 관가 재물의 사사로운 소비로 부족을 초래한 것을 가리킨다. 조세 미납으로 인한 결손 및 곡물이나 금전을 대출해준 이후에 받지 못하여 결손이 생기는 것을 총칭하는 말이다.

310 가하(加下) : 환곡(還穀)이나 진휼미(賑恤米) 등을 운영할 때 정해진 예산을 초과하여 더 지출하는 것을 말한다.

311 수리(首吏) : 각 지방 관아의 여섯 아전(衙前) 중, 이방(吏房)이 으뜸이라는 뜻으로 일컫는 말로, 곧 이방을 가리킨다.

312 신연(新延) : 감영(監營)이나 고을에서 새로 부임하여 오는 감사나 수령을 장교나 이속(吏屬)들이 맞아 오는 일을 말한다.

313 삼반(三班) : 지방 관아에 딸린 향리(鄕吏)·군교(軍校)·관노(官奴)를 이르는 말이다.

가운데 관름(官廩)³¹⁴으로 회감(會減)³¹⁵하는 것이 많다. 얼마 안 되어 신관이 또 교체되기도 하고 간혹 1년에 서너 번 교체되기도 하는데 이때 유용된 공전은 책임 물을 데가 없어 결국 수리의 포흠이 된다.

두 번째는 지공(支供)³¹⁶ 포흠이다. 관아에서 일상적으로 소비하는 물건은 모두 정해진 값이 있는데, 이는 수백 년 전에 정해진 것이다. 예를 들면 쇠고기 한 근은 값이 8푼[文]으로 정해져 있는데 지금 한 근의 시가는 3~4백 푼이니, 지금 가격으로 옛날 가격을 헤아려보면 증가폭이 4~50배에 이른다. 물건마다 이런 식이다. 관에서는 정해진 값으로 요구하고, 아전은 시가로 사서 납부한다. 대체로 공전으로 진상하는데 그것이 쌓여 막대한 포흠이 있다. 비록 좋은 자리에 파견보내 월급을 주어도 여전히 그 손실을 보충할 수 없다.

세 번째는 가하(加下) 포흠이다. 무릇 수령의 녹봉은 수리에게 위임하고, 그 사용한 것을 그때그때 기록하게 한다. 수리는 여러 가지 공전을 취하여 융통해서 들여놓는데, 만일 사용한 것이 녹봉을 초과하게 되면 명목을 '가하(加下)'라고 한다. 관리 교체 이후에는 결국 수리의 포흠이 되어버리니 명목은 비록 아전의 포흠이지만 실은 관리의 포흠이다.

네 번째는 상납 포흠이다. 각 고을에서 전세(田稅)와 대동세미를

---

314 관름(官廩) : 조선 시대 지방 벼슬아치들에게 주던 녹봉이다. 18등급으로 나누어 지급했는데, 초기에는 실직(實職)에 따라 사맹삭(四孟朔)에 주었으나, 경종 때부터는 매월 삭(朔)에 앞당겨 주었다.

315 회감(會減) : 받을 것과 줄 것을 마주 셈하여 많은 수효에서 적은 수효를 상쇄하여 회계 처리하는 것이다.

316 지공(支供) : 조선 시대 관비물품(官備物品)의 지급을 의미한다.

상납할 때 경창(京倉)[317]의 관례적인 인정(人情)[318]과 명목 없는 잡비가 날로 달로 증가하여 원납(原納)에서 급히 빼앗아 가는 바람에 포흠이 점점 많아진다. 또 향읍의 담당 아전이 배를 인도하여 경강(京江)[319]에 도착하면 성안의 간사한 백성과 무뢰한 무리가 관료의 집에 청탁해 쌀을 빼앗아 체납(替納)[320]하고 체납 비용을 후하게 요구하니 또 생각지도 못한 손실이 생긴다. 매번 일천 섬에 혹 4, 5백 섬이 부족하게 되는데 그것을 담당 아전에게 책임을 지워 보충하여 납부하게 한다. 담당 아전은 비록 그 까닭을 불 보듯 훤히 알지만 어찌할 도리가 없으니 포흠을 떠맡고 돌아와 백성에게 거두어 채워 넣는다. 또 포(布)를 납부 받는 각 영(營)과 각 사(司)에서는 담당자가 이유 없이 퇴짜를 놓아 반드시 담당 아전을 잡아 가두어 뇌물을 받고서야 비로소 세포(稅布)를 받아주니, 그 피해가 또한 백성에게로 돌아간다.

　다섯 번째는 저채(邸債)[321] 포흠이다. 외읍의 이속(吏屬)은 매양 경기 감영(京畿監營)의 저채를 쓰는데, 본전은 얼마 안 되나 이자에 이자가 더해지는 것이 원나라 때 양고리(羊羔利)[322]와 같아서, 징수가 친족

317　경창(京倉) : 1392년(태조1)에 서울의 남쪽 한강 연안에 설치했던 중앙 창고이다. 전국의 각 조창(漕倉)에서 조운(漕運)하여 온 세곡을 수납, 보관하였다가 각기 용도에 따라 이용하였다.

318　인정(人情) : 옛날 벼슬아치들에게 주던 선물이다.

319　경강(京江) : 뚝섬으로부터 양화진(楊花津)에 이르는 한강 일대를 가리킨다.

320　체납(替納) : 세미(稅米)를 돈이나 비단 같은 것으로 바꾸어 납부하는 것을 가리킨다.

321　저채(邸債) : 경저리(京邸吏)나 영저리(營邸吏)가 백성들의 공납(貢納)을 대납(代納)함으로써 백성이 이들에게 진 빚이다. 이를 구실삼아 그 배(倍)로 횡취(橫取)하는 등 작폐가 심했다.

에까지 미치니 곳곳마다 집안이 파산하고 만다. 이는 비록 자초한 일이지만 또한 하나의 고질적인 폐단이다.

여섯 번째는 임뢰(任賂)[323] 폐단이다. 각 읍의 이서는 원래 정해진 급료가 없어서 교활한 농간질이 날로 늘어나고 필채(筆債)[324]도 점점 증가한다. 지금 각 읍의 수리가 먹는 돈은 옛날에 비해 대략 열배가 늘었다. 가령 수리가 응당 먹을 돈이 1천 관(貫)[325]이라면 그 직임을 맡으려고 도모하는 자가 5백 관의 뇌물을 바쳤을 경우 1천 관을 모두 내놓고 그 자리를 도모하는 자가 있으면 반드시 많이 낸 자에게 준다. 이런 까닭에 직임을 맡으려고 진 빚이 날로 더해 가는데도 관례로 보아넘긴다. 이는 모두 공금을 먼저 유용하고 뇌물로 충당한 것이다. 또 뇌물을 후하게 주고 직임을 도모하는 자는 절대로 신중하고 검약한 사람이 없으니 포흠 위에 포흠을 더하여 마침내 한 읍의 막대한 병폐가 된다. 이것은 실로 고의로 범한 포흠이다. 그러나 또한 어찌 전적으로 이 무리들만 책망할 수 있겠는가?

무릇 이 여섯 가지 포흠은 곳곳마다 우환이 되어 폐단이 없는 읍이 없다. 아전과 백성이 모두 곤궁해져 서로 흘겨보며 원한과 억울함을 품어도 호소할 곳이 없으니, 그 또한 슬플 따름이다. 한 고을에서 생산하는 재화는 한정되어 있는데 지금은 그 고을에는 남겨진 이익이 없다.

---

322 양고리(羊羔利) : 원나라 때 성행한 고리대를 말한다. 양고식(羊羔息)이라고도 한다.

323 임뢰(任賂) : 보직을 받기 위해 주는 뇌물이다.

324 필채(筆債) : 아전들이 백성들의 민원서류를 필사해 주고 삯으로 받던 돈이다.

325 관(貫) : 엽전을 세는 단위이다. 엽전 1천 닢[文]을 1관이라고 한다.

그래서 제 아무리 크게 간사하고 매우 교활한 자라도 스스로 자기 몸을 살찌울 방법을 꾀할 겨를조차 없이 먹지도 않은 포흠에 쓸려 들어간다. 세상에서 이를 논하는 사람은 모두 "포흠을 진 아전은 죽여야 한다."라고 하지만, 이는 어질지 못한 논의이다. 옛날 오(吳)나라 여강(廬江) 백성이 현령이 재물을 받았다고 고소하니, 서지고(徐知誥)가 양정식(楊廷式)에게 이 일을 조사해보도록 했다. 정식은 "현령은 미미한 관직일 뿐이니, 백성의 재물을 거두어 도통(都統)에게 바쳤다면 마땅히 도통을 다그쳐 꾸짖어야 한다. 어찌 큰 것을 놓아두고 작은 것을 꾸짖을 수 있겠는가?"[326]라고 하였다. 오늘날의 포흠한 아전들도 이와 같으니, 그렇게 꾸짖을 것이 무엇 있겠는가? 게다가 포흠한 아전을 한 사람이라도 죽였다거나 포흠한 물자를 조금이라도 견감해주었다는 말을 듣지 못했다. 징수가 죄 없는 구족(九族)에게까지 미치고 거둬들임이 궁핍한 고을의 피폐한 백성에게 두루 미쳐, 살가죽을 벗기고 골수를 뽑아서 공납에 충당한다면 이것이 어찌 백성의 부모 된 자의 뜻이겠는가? 차라리 크게 덕음(德音)을 내려 묵은 포흠을 탕감하고 설관(薛舘)의 문서[327]를 태워 친족에게 징수하는 법을 없애며, 팽아(烹阿)의 법

---

326 옛날……있겠는가 : 《자치통감(資治通鑑)》 권271 〈후량기(後梁紀)〉 권6에 나오는 내용이다. 서지고(徐知誥)는 도통(都統) 서온(徐溫)을 가리키는데, 양정식의 이 말을 듣고 자신의 불찰을 사과하고 작은 일도 더욱 주의했고 한다. 양정식의 다른 인적 사항은 자세하지 않으며, 천주(泉州) 사람이라고만 나온다.

327 설관(薛舘)의 문서 : 채무자가 가난하여 갚을 능력이 없는 빚 문서를 가리킨다. 전국 시대 제(齊)나라 설공(薛公)인 맹상군(孟嘗君)의 객관(客館)이다. 맹상군은 3천 명의 식객을 부양하기 위해 주민들에게 돈놀이를 하면서 풍훤(馮諼)에게 돈을 받아오라고 시켰다. 그러자 풍훤은 설 지방에 가서, 빚진 사람들 가운데 갚을 능력이 없는 가난한 자들을 모아놓고 "맹상군께서 여러분들의 빚을 받지 않으시겠답니다."라고 하고

령[328]을 정비하여 여섯 가지 포흠의 근원을 막느니만 못하다. 그런 이후에 만일 고의로 어기는 자가 있으면 《대명률》에 따라 처벌하고, 관에서 정한 지공 물품의 가격은 마땅히 혁파하여 모두 시가에 따라 사서 쓰도록 명한다면 국가에 비록 눈앞의 작은 손실은 있을지라도 반드시 큰 이익을 얻을 터, 곧 천지의 조화로움도 부를 수 있을 것이다.

서 채권(債券)을 모두 불에 태워 버렸으므로 가난한 백성들이 만세를 불렀다는 고사가 있다.〔馮諼矯命以債賜百姓 盡燒其券 民稱萬歲〕《戰國策 齊策4》

328 팽아(烹阿)의 법령 : 소임을 다하지 않고 아부한 자를 처단하는 법을 말한다. 아첨하는 신하, 혹은 탐관오리를 가마솥에 넣어 삶아 죽이게 한 형벌이다. 전국 시대 제(齊)나라 위왕(威王)이, 악정을 하고서도 왕의 측근에게 뇌물을 바쳐 칭찬을 구한 아대부(阿大夫)와 아대부를 칭찬한 측근에게 팽형(烹刑)을 가한 고사에서 나온 말이다.

제5 결부의 폐단 結弊

옛날에는 10분의 1세 제도를 행하자 칭송하는 소리가 일어났으니 10분의 1세 제도는 천하의 올바른 제도이다. 우리나라 전부(田賦) 제도는 한전(旱田) 1결에 6두(斗)만 거두었으니, 이는 10분의 1에 미치지 못했다. 그 후에 수전(水田) 1결에 12두를 거두었는데 이것을 대동(大同)이라 한다. 이에 거의 10분의 1의 제도에 부합하였다. 그러나 전토를 소유한 자는 스스로 경작하지 않고 모두 가난한 자에게 빌려주어 경작하게 한 다음 그 수확을 나눈다. 그러면 곧 반결을 경작하고 1결의 세금을 내는 셈이니 이는 너무 무겁다. 수백 년 이래로 전토를 다시 측량하지 않아, 묵혀두고 경작하지 않다가 새롭게 경작한 곳이 있으면 모두 아전과 서리의 은결(隱結)[329]로 귀속되었다. 원장(元帳)[330]이 날로 줄어드니 결세는 편중되고, 마구 징수하는 잡비는 날로 달로 증가하여 끝이 없다. 그런데도 또 종종 수전의 세율로 한전의 세금을 거두기도 한다.

결부의 폐단 중 가장 큰 것이 상납할 때 인정과 잡비에 덧붙여 내는 쌀값이다.-원래의 인정 잡비 이외에 또 해마다 증가하여 거의 원납과 서로 같아졌다.- 그 다음은 경저리(京邸吏)의 수고비로 주는 쌀값이다.-호남은 영저리(營邸吏) 진상가미가 있는데 모두 뇌물을 주고 청탁하려는 것이다. 증가하여 수백 섬에 이른다.- 강화도 포량(砲粮)[331]이 있고-매 결에 1두를 더 거둔다.- 서원의 결

---

329 은결(隱結) : 조선 시대에 전세의 부과 대상에서 부정・불법으로 누락시킨 토지를 말한다. 전주나 전호 그리고 지방관아 관리의 부정 수단으로 발생하는 탈세 전이다. 은결이란 양전을 실시할 때 비옥한 전답의 일부를 원장부에서 누락시켜 그 조세를 사취하는 것이다.

330 원장(元帳) : 조선 시대에 개량한 양안(量案) 이전의 본래 있었던 양안 장부이다.

두채(結頭債)[332]가 있고-예전에는 매 결에 50푼[文]을 거두었는데 지금은 6, 7백 푼을 거둔다.- 신·구관 쇄마가(刷馬價)가 있고, 취재(臭載)[333]후에 건져 낸 하등한 쌀값이 있고, 환모(還耗)를 결세(結稅)로 대신해준 쌀값과 자초대전(煮硝代錢)이 있고, 약재가미(藥材價米)가 있다. 관동의 녹용 대전(鹿茸代錢)과 치계대전(雉鷄代錢)이 있고, 강계 여러 고을의 인삼 대전(人蔘代錢)이 있다. 호서 연해의 운목대전(運木代錢)이 있고, 호 남 연해의 죽물(竹物)을 더 실어 나르는 비용에 해당하는 쌀값이 있다. 허다한 잡세가 모두 12두(斗) 이외의 것이다. 또 두(斗)와 곡(斛)[334]의 넓고 좁음이 일정하지 않아 해가 갈수록 납부할 것이 증가해 1결의 세미가 증가한 것이 30여 두에 이른다. 또 수년 이래로 명목 없는 결세 를 거두는 것이 많다. 아교·석회·철물·관솔불·도배·장판지 값 등 각종 명목을 다 기록할 수가 없는데, 시도 때도 없이 독촉해 징수한 다. 매 1결(結)에 거두는 것이 대체로 4, 5백 관(貫)에 이르지만 경사 (京司)에 내는 것은 20관, 혹은 30, 40관에 불과하고 그 나머지는 모두 중간에서 없어져 버린다. 탐오한 수령과 흑심을 지닌 아전이 또한 이를 기회로 이익을 취한 다음 그가 사사로이 바칠 것을 공결(公結)을 빙자 하여 거둬들인다. 이에 시골 백성들은 일 년 내내 힘써 지은 농사를 다 관으로 실어 보내도 부족한 일인데, 또 고을 아전이 여섯 가지 포흠

---

331 포량(砲粮) : 포군(砲軍)의 운영을 위하여 따로 징수하던 세금이다.

332 결두채(結頭債) : 전세(田稅)에 덧붙여 징수한 일종의 부가세이다.

333 취재(臭載) : 짐을 실은 배가 가라앉는 것, 혹은 배에 실은 짐이 제때에 목적지에 닿지 못해 상하여 냄새가 나고 못쓰게 되는 것을 말한다.

334 곡(斛) : 10두(斗)가 1곡(斛)이다.

을 무법하게 징수하고, 향리의 권세 있는 토호가 강제로 빼앗아 가기도 한다. 백성의 고통을 생각하면 아아 탄식하고 한숨이 나온다.

지금 나라를 보존할 대책을 세우려면 마땅히 백성을 보호하는 정책을 우선으로 해야 하고, 백성을 보호하는 정책은 오직 결부 행정을 크게 관대하게 하는 데에 달려있다. 전세·대동세의 원납 액수 외에 무법하게 징수하는 허다한 잡비를 일체 혁파하여 옛 법규를 도로 복구해야만 한다. 그리고 각 읍의 은결을 조사하여 원장(元帳)에 되돌려 올리고, 아전 인원을 줄여서 고정 급료를 지급하여, 권세 있는 토호들을 엄히 단속하여 침탈하지 못하도록 하면, 빈사상태의 백성들은 부담을 덜고 쉴 수 있을 것이고 국가도 영원히 보존되어 걱정이 없을 것이다.

어떤 사람이 말했다.

"원납만 보존하면 국가의 회계가 반드시 부족할 텐데 어쩌겠는가?"

대답해 본다.

"지금의 국가는 옛날의 국가와 같다. 옛날에는 충분했는데 지금에 부족한 것은 충분치 못해서가 아니라 바로 용도에 절제가 없어서이다. 만일 용도를 절제하지 못한다면 어느 때인들 충분하겠는가? 옛날 한나라 문제(文帝)는 전조(田租)를 거두지 않기도 하고 반만 거두기도 했는데, 그때는 천하에 물산이 풍부하고 인구가 많았으며 태창(太倉)의 곡식이 계속 묵어 쌓였다. 당 태종은 위징(魏徵)[335]의 건의를 채택하여

---

335 위징(魏徵) : 580~643. 중국 당(唐)나라 곡성(曲城) 사람으로, 자는 현성(玄成), 시호는 문정(文正)이다. 벼슬은 좌광록대부(左光祿大夫), 태자태사(太子太師)를 지내고 정국공(鄭國公)에 봉해졌다. 저서로 《유례(類禮)》, 《군서치요(群書治要)》 등이 있다.

요역(徭役)을 줄이고 부세를 적게 받아 백성과 더불어 휴식하였는데, 얼마 이후에 나라는 부유해지고 백성은 늘어났으며, 집집마다 사람마다 풍족하여 들에서는 덮어 갈무리 하지 않고 나그네는 양식을 가지고 다니지 않았다. 크게 덜어낼 줄 아는 사람에게는 반드시 큰 이익이 있으며, 두터이 거둔 사람은 반드시 두터운 화를 입게 되어 있으니 이것은 천리의 상도(常道)이다. 이로써 말해보건대 비록 원납이라 할지라도 때에 따라 너그러이 면해주었거늘, 하물며 무법하게 징수하는 이런 잡비는 모두 중간에서 좀먹는 것인데 국가 회계와 무슨 관련이 있었던가?"

"이 말을 실행하면 민력은 펴질 수 있을 것이다. 그러나 창고의 관속과 저리들은 이것을 명줄로 삼는다. 그 세력이 단단히 뿌리박고 있는데, 만일 하루아침에 생업을 잃게 된다면 장차 시끄럽게 비방이 일고 온갖 방법으로 저지할 것이니 필시 행해지지 못할 것이다."

"위정자가 만일 비방을 피하려고 한다면 무슨 일을 할 수 있겠는가? 이는 우리 부자(夫子) 정자산(鄭子産)[336]도 면하지 못했던 것이다. 그러나 조정에서 일을 공명정대하게 처리한다면 사람들이 기쁜 마음으로 복종할 것이니 그들이 장차 누구와 더불어 비방을 조성하겠는가."

---

336 정자산(鄭子産) : 기원전 580?~기원전 522. 중국 춘추(春秋) 시대 정(鄭)나라 정치가로, 성은 공손(公孫), 이름은 교(僑), 자산은 자이다. 중국 최초로 성문법을 만들고 농지를 정리하여 전부(田賦)를 설정, 나라의 재정을 재건했다. 공자는 그를 '혜인(惠人)'이라 일컬었지만, 진(晉)나라 정승 숙향(叔向)은 그에게 편지를 보내 꾸짖으며 비방했다. 부자(夫子)는 덕행이 높아 모든 사람의 스승이 될 만한 사람에 대한 경칭이다.

제6 공인과 시전 상인 貢市

우리 조정의 명종과 선조 때 공납의 폐단이 가장 심했다. 효종 때에 이르러 나의 선조 문정공(文貞公 김육)이 대동법을 상주해 입법하니, 먼저 호서 지역에 시험하고 이어서 영남과 호남에 시행하였다. 그 법은 각종 공물의 값을 전결(田結)에 균등 부과하여 매 결마다 12두를 더해 선혜청에 수송 납부하며, 서울에 사는 사람으로 각 공물의 주인[337]을 삼는 것이었다. 무릇 각사에 진상할 물품은 공인이 사서 납부하도록 하고, 값을 계산하여 선혜청에서 쌀과 포로 받게 하고 공가(貢價)[338]라고 불렀다. 모두 그 값을 넉넉하게 책정하여 공인은 열배의 이득을 얻었다. 이에 안팎에서 그것을 편하게 여겨 넉넉하게 공급되도록 진상하니 지금도 준행되고 있다. 그러나 국가의 예산이 점차 쪼들리면서, 여러 차례 공물 값 지급이 정지되어 각 공인이 값을 받지 못한 것이 많게는 4, 5만 관이고 적게는 또한 7, 8천 관에 이르렀다. 매양 진상할 때가 되면 번번이 빚을 내서 납부하니 공인마다 빚이 산처럼 쌓여 집안이 파탄 나고 재산이 거덜 나 그 해가 인척에게까지 미친다. 이에 이름이 공적(貢籍)에 있으면 평민도 그와 혼인하

---

337 공물의 주인 : 조선 시대 대동법(大同法)이 실시되면서 중앙의 각 궁(宮) · 관부(官府)에 필요한 물자의 조달을 맡았던 어용(御用) 공납청부업자(貢納請負業者)를 가리킨다. 대동법이 실시되면서 모든 공물을 대동미(大同米)로 대신 바치게 되자, 민간에서는 공동출자 기구인 공계(貢契)를 조직하고, 나라에서 필요한 물품을 공인으로 하여금 납품하게 하며, 그 대가(代價)를 대동미로 받았다. 각사주인(各司主人) · 공계인(貢契人) · 공물주인(貢物主人) · 공주인(貢主人) · 주인(主人) 등으로 불린다.

338 공가(貢價) : 조선 시대에 각 지방에서 바치던 공물(貢物)에 대한 값이다. 먼저 공가(貢價)를 지급하는 방식과 공물을 먼저 받은 후에 공가를 지급하는 방식이 있었다.

려 하지 않는다. 공인 문서는 매매 가격이 매우 높았지만 지금은 남에게 그냥 주려고 해도 받지를 않고, 공인 문서를 반납하고 스스로 물러나려 해도 관에서 허가해주지 않는다. 실로 진퇴양난이라, 근심스럽고 고달프고 곤궁하고 파리해져서 진상도 여러 차례 빠뜨리곤 한다.

어떤 사람이 말했다.

"법은 궁하면 변하고 변하면 통하니 옛날부터 변하지 않는 법이란 없다. 대동법이 시행된 지 이미 300년이다. 지금 각 공인마다 값을 받지 못한 것이 수십 만 관이지만 국가의 재정이 텅 비어서 보상할 수가 없고 또 진상하라고 꾸짖을 수도 없다. 지금은 공물을 자연스럽게 폐지할 때이다. 당초에 공가가 너무 후해서 국가가 열 배의 이익을 잃은 것이다. 지금 마땅히 이 기회를 타서 여러 공물을 혁파하고 진상받던 온갖 물품을 관에서 스스로 사서 쓴다면 반드시 큰 이익을 얻을 것이다."

대답해본다.

"그렇지 않다. 대동의 폐단은 법의 병폐 때문이 아니라 조정에서 신뢰를 잃었기 때문이다. 그렇다면 마땅히 약속과 신의를 명확히 지켜 점차 옛 제도를 회복해야지 어찌, 굳이 고쳐 만들 필요가 있겠는가? 또 비록 관에서 산다고 해도 또한 사람을 시켜 사오도록 할 텐데, 사람을 부리면서 후한 이득을 주지 못하면 어찌 영구히 폐단이 없을 수 있겠는가? 옛날 유안(劉晏)[339]이 탁지부(度支部)를 관장하면서 양자

---

339 유안(劉晏) : 718~780. 중국 당(唐)나라 남화(南華) 사람으로, 자는 사안(士安)이다. 이부 상서와 동평장사(同平章事)로서 강회상평사(江淮常平使)를 겸직하고,

(楊子)에 장(場)을 설치하고 관선으로 곡식을 운반해 오는데 매 척마다 천민(千緡)을 지급했다. 어떤 사람이 '비용이 절반에도 미치지 못하니 줄이십시오.'라고 청하자, 유안이 말했다. '그렇지 않다. 대계(大計)를 논하는 자는 작은 비용을 아껴서는 안 된다. 모든 일은 반드시 영구한 계책을 생각해야 하는 법, 지금 선장(船場)을 처음 설치하여 일을 맡아하는 사람이 많으니, 마땅히 먼저 그들 사용(私用)에 군색함이 없게 해야 관청의 물건이 견고하고 완전해질 것이다. 만일 갑자기 그들과 더불어 자질구레하게 비교하고 따진다면 어찌 오래 시행될 수 있겠는가? 후일에 반드시 그것을 줄이는 자가 있을 텐데 절반 이하를 줄인다면 그래도 괜찮겠지만, 그보다 지나치면 운반할 수 없을 것이다.'[340]라고 하였다. 50년 뒤에 담당 관리가 과연 그 반을 줄였다. 함통(咸通)[341] 중에 담당 관리가 비용을 계산하여 지급하니, 더 이상 남는 비용이 없어 선박의 이익이 약해지자 조운이 마침내 폐지되었다. 옛사람이 공가를 넉넉하게 정한 것 또한 이러한 뜻이었으니 어찌 바꾸는 것을 가벼이 의론할 수 있겠는가? 또 당나라 때 궁시(宮市)의 폐단[342]을 보

뒤에 또 관내 하동 삼천 및 제도청묘사(關內河東三川及諸道靑苗使)가 더해졌는데, 양염(楊炎)이 정권을 잡자 죄를 씌워 충주 자사(忠州刺史)로 내치고 사사(賜死)했다. 그는 재물을 관리함에 있어서 백성을 아끼는 것을 우선으로 삼았다.

340 그렇지……못하다 : 유안(劉晏)이 한 이 말의 정확한 출처에 대해서는 미상이다.

341 함통(咸通) : 당나라 의종 때인 860~873년의 연호이다.

342 궁시(宮市)의 폐단 : 궁정 내부에 시장을 설치하는 것이다. 당나라 덕종 말기에 궁중과 환관이 민간 시장의 물건을 강매하여 것을 '궁시'라고 하였지만 실은 약탈하는 것에 가까웠다. 당나라 한유(韓愈)의 《순종실록(順宗實錄)》 권2에 이러한 사실이 보인다.

지 못했는가. 만일 관에서 직접 사게 되면 그 폐해는 장차 시장의 물건을 헐값에 후려쳐 사는 데 이르고, 소란이 일어나 통제할 수가 없게 될 것이니, 이는 좋은 계책이 아니다. 옛날 제도를 바탕으로 삼고 오늘날 마땅함을 참작하여 긴요하지 않은 공물이라면 혁파할 만한 것은 혁파하고 남겨둘 만한 것은 남겨두는 것이 낫다.

절제하고 깊이 생각하여 수입을 헤아려서 지출토록 하며, 공민으로 하여금 먼저 값을 받고 뒤에 진상하게 하되 상하가 굳게 지켜 정해진 규범을 바꾸지 말아야 한다. 받지 못한 값은 나라의 예산이 조금 넉넉해지기를 기다렸다가 해를 나누어 지급하면 공민은 반드시 소생의 기쁨을 맛볼 터인데, 굳이 그 생업을 모두 빼앗아서 나라의 체모를 손상하고 백성의 원망을 받으려하는가? 종로 거리의 각 시전은 도읍을 세운 초기부터 나라와 서로 의지하며 그 성쇠를 함께해왔다. 국가에 큰일이 있으면 시전 상인들이 재화를 거두어 납부하여 도왔고, 힘을 합쳐 부역에 나서는 등 급할 때 서로 의지가 되어 주었기에 국가 또한 특별히 마음을 써서 돌보아 주었다. 연초마다 연로(輦路)[343]에 시전 상인을 소집하여 어려운 바를 묻고 경성 내에 다른 상인이 멋대로 장사하는 것을 금하여 이익을 독점하게 하였으니, 국가가 시전 상인을 돌봐주는 것 또한 지극했던 것이다. 근년 이래 요역이 번잡하고 무거운데다 진상에 절도가 없어지자 각 시전이 피폐한 것이 공인과 다를 바 없다. 그런데 각국 상인이 조약에 의거해 경성에 개잔(開棧)하면서 난전(亂廛)에 대한 법은 다시 적용할 수가 없게 되었다. 이에 시전 상인은 이익을

---

343 연로(輦路) : 천자의 거마가 지나다니는 길이다. 여기서는 궐내를 의미하는 듯하다.

잃었는데도 진상은 그대로여서 더 이상 지탱될 수 없는 형편이다. 들건대 올해(1890, 고종27) 초에 각 시전의 상인이 철시하고 폐업하고 모여서 7, 8일이 넘도록 외서(外署)[344]에 호소했다 하는데, 만일 부득이한 사정이 없다면 어찌 여기까지 이르렀겠는가? 대저 이들은 모두 우리 조종(祖宗) 여러 대에 걸쳐 은택을 입고 길러져 살게 된 자들이니, 모두 우리 성상께서 은택을 베풀어 보살펴줘야 할 무고히 고생하는 적자(赤子)들이다. 그 가운데 어찌 충성스럽고 순순하게 성상을 향해 목숨을 바칠 마음을 품은 자가 없겠는가! 다만 피해에 대한 근심이 뼛속에 절실하나 호소할 곳조차 없어, 극심한 고통에 그 부모를 부르짖은 것이니 그 정상이 또한 애처롭다. 조정이 그 정상을 깊이 체감하여 불쌍히 여기고 용서하는 덕을 베풀지 못하고서 범이나 승냥이 같은 적국을 보듯 우선 의심하고 두려워하는 마음을 품으니, 시전 상인들 마음이 어찌 더욱더 억울하지 않겠는가! 지금 만일 조약 개정을 의논하여 각국 상잔(商棧)을 철수시켜 도성 밖으로 내보낼 수 있다면 좋을 것이다. 그렇지 않으면 구역을 따로 정하여 각국 사람들로 하여금 개잔한 곳에 머물게 하고 제한된 지역 밖으로 뻗어갈 수 없게만 해도 지금 무질서하고 통제할 수 없는 것보다는 나을 것이다. 또 종로거리 시전마다 1년 상세(商稅)를 정하되 가게의 크고 작음을 헤아려 그 세제를 가볍게 하고, 춘등(春等)·추등(秋等)으로 나누어 관에 내도록 하며

---

344 외서(外署) : 외무아문(外務衙門)을 가리킨다. 조선 말기 외국과의 교섭과 통상 등의 사무를 총괄하던 중앙행정부서이다. 총무국·교섭국·통상국·번역국·기록국·회계국 등 6국을 두어 각각의 실무를 담당하게 하였다. 통리교섭통상사무아문(統理交涉通商事務衙門)의 후신으로 설치되었다가 1895년(고종32)에 외부(外部)로 개편되었으며 이후 1905년 을사조약으로 외교권이 박탈되면서 폐지되었다.

요역과 진상의 폐단을 줄인다면 시전 상인 또한 부담을 덜 수 있을 것이다. 공인과 시전 상인이 제자리를 얻게 되면 경성의 인심은 저절로 안정될 것이다.

제7 축적 蓄積

《예기(禮記)》〈왕제(王制)〉에 이르기를, "나라에 3년의 비축이 없으면 그 나라는 나라가 아니다."라고 하였으니, 그 위태로움을 말한 것이다. 대저 나라에 축적이 있는 것은 사람에게 기름과 피가 있는 것과 같다. 만일 기름이 마르고 피가 고갈되면 온 몸이 명령을 따를 수 없으니 어찌 사람노릇을 할 수 있겠는가? 지금 중외의 각국 중 비록 열 집 정도의 작은 고을이라도 공공의 비용을 축적해두지 않은 곳이 없다. 우리나라는 전조(前朝 고려) 때 전쟁이 끊이지 않아 백성들은 경작할 겨를이 없었다. 그러나 군현이 있는 곳은 모두 축적이 있어서 비록 강한 도적이 갑자기 닥치더라도 성문을 닫고서 항거하며 지키고 날과 달을 끌 수 있었으니, 먹을 것이 있고 병장기가 있었던 까닭이다. 본조에 이르러 임진년 변란에 왜인이 멀리서 달려와 서울로 들어왔는데 마치 사람이 없는 땅을 밟는 듯 했던 것은 의지할 병장기와 식량이 없었기 때문이다. 임진년에도 그랬는데 하물며 오늘날 임에랴! 오늘날 서울과 지방 모두 하루치의 비축도 없으니, 애통할 노릇이다. 그런데 서울은 그래도 사방에서 수송해 온 것이 있지만, 외도(外道)의 각 읍은 1년의 지세(地稅)와 정전(丁錢)을 거두어 모두 서울로 운반한 까닭에 한 톨의 쌀과 한 푼의 동전도 남아있지 않다. 옛날에는 환자〔還上〕가 창고에 쌓인 것을 보았지만 오늘날은 환자 또한 혁파되었다. 군현이 있는 곳마다 창고가 텅텅 비어 있으니 이서(吏胥)와 노복들은 모두 한 되 한 말의 녹봉도 없어서 촌민을 쥐어짜 스스로 입에 풀칠을 한다. 조그만 일만 있어도 결세(結稅)를 거두어 쓰지 않으면 착수할 수가 없다. 홍수나 가뭄으로 흉년이 들면 진휼하고 구제할 대책이 없어서 부유한 백성의 곡식을 강제로 빼앗아 겨우 죽을 베풀지만, 구제할 자는 몇 되지 않고 거의 한갓 소요만 일으킨다. 학문을 일으켜 선비를 기르고, 제방을 쌓아 백성을 이롭게 하고, 농사와 양잠을 권장하고,-농사와 양잠을 권장하는 것은 역시 입과 혀만 놀려서는 효과를 거둘 수 없다.- 성을 수축하여 병영을 손질하고, 관아 지붕을 이고 도로를 닦는 등의 일은 모두 현령이 된 자가 마땅히 해야 할 임무이지만, 재정이 없어서 감히 생각도 못한다.

　도적 잡는 한 가지 일을 논해보자. 요즘 약탈의 근심이 곳곳마다 있지만 영장(營將)과 고을 수령은 듣고도 알지 못하는 것처럼 하니 진실로 그 직책을 태만히 한 죄를 면할 수 없다. 그러나 만일 관에 공물(公物)이 있어 후하게 보상한다면 열흘을 넘기지 않고 소굴을 깨부술 수 있다. 후한 상으로 권면하지 않는다면 누가 기꺼이 위험을 무릅쓰고 도적의 무리와 싸워서 내쫓겠는가? 이런 이유로 도적이 기승을 부려 공사(公私) 간에 해를 입는다. 이와 같고도 나라꼴이 될 수 있다는 말은 고금에 듣지 못했건만, 어찌 변통할 생각은 하지 않고 구차히 아침저녁의 안일을 탐할 계책만 일삼을 수 있는가?

　축적의 방법은 상평창법(常平倉法)[345]을 세우는 것 만함이 없으니

345　상평창법(常平倉法) : 상평창은 고대에 쌀값을 조절하기 위해 설치한 일종의 곡식창고이다. 상평창법은 흉년에 진휼 및 물가 조절을 위하여 시행한 제도로 중국 전한(前漢) 시대부터 시작되었다. 풍년이 들면 정부에서 곡물을 구입해 거둬들이고, 흉년이 들면 정부에서 곡물을 방출하여 화폐를 거둬들였으며, 또 곡물이 귀하지 않은 곳에서는 값을 올려 사서 농민을 이롭게 하고, 곡물이 귀한 곳에서는 값을 내려 팔아서 흉년을 구제하는 방법을 기본으로 취했다. 우리나라에서는 993년(고려 성종12)에 상평창을 설치하고 구황 업무를 담당했으며, 조선시대에 와서는 1458년(세조4)에 상평창 운영 법규를 마련하여 시행하였다.

-옛날에 환자를 상평법이라 한 것은 잘못이다. 환자는 폐단이 많은 법이니 쓸 수 없다.-
마땅히 서울 바깥에 창고를 세워서 경수창(耿壽昌)의 조적법(糶糴法)[346]을 모방하여 행해야 한다. 외읍은-이후로는 외읍만 논한다.- 매 결당 3두를 더 거둔다.-앞의 5절에서 결폐(結弊)를 논하면서 줄여 10여 두라 했으니 지금 3두를 거두는 것이 백성을 괴롭히는 데 이르지 않을 것이다.- 예를 들어본다. 면천 지방은 3천여 결이라 쌀 600여 섬을 거둘 수 있다면 이원(吏員)을 줄여 20명을 넘지 않게 하여 매월 각기 1섬을 지급한다. 관노는 5, 6명을 넘지 않게 하고 사령은 20명으로 하여 매월 각기 반섬씩을 지급한다. 가령 1년의 급료미가 400섬이라면, 그 나머지 200섬은 읍창에 저장한다. 고을 선비 가운데 청렴하고 생각이 깊은 사람을 택하여 감독관을 삼고, 이원 가운데 신중하고 충직한 사람을 택하여 색리로 삼아, 그 급료를 높게 정하고 출납의 일을 전적으로 맡긴다. 창졸(倉卒) 5인에게 구료(口料)를 약간 지급하여 매 장(場)마다 시가의 높고 낮음을 살펴 관에 보고하도록 한다. 보리가 익지 않은 춘궁기라면 곡식 값이 반드시 비쌀 것이니 창고의 쌀을 내어 값을 낮추어 내다 팔고, 가을 수확기에 곡가가 싸지면 가격을 더하여 사들이되, 한결같이 시의에 따르고 억지로 배정하지 말아야 한다.-비록 봄가을이 아니라도 곡식 값이 치솟거나 폭락하는 때를 만난다면 때에 따라 조적(糶糴)할 수 있다. ○또 만일 이웃 도가 풍흉을 당해도 즉시 운반해 가서 조적할 수 있으니, 상법(常法)에 구애될 필요가 없다.

346 경수창(耿壽昌)의 조적법(糶糴法) : 경수창은 중국 한(漢)나라 선제(宣帝) 때에 대사농 중승(大司農中丞)을 지낸 인물이다. 그는 처음으로 상평법을 창안하여 쌀값을 조절하는 정책을 폈다. 조적법은 쌀값이 쌀 때 비교적 높은 가격으로 쌀을 사 들여 저장했다가 쌀값이 비쌀 때 가격을 낮추어 방출하여 쌀값을 고르게 만든 것을 말한다. 《漢書 卷24 食貨志4》

오직 이익을 많이 남기는 것으로 공(功)을 삼는 것이다.- 본관은 반드시 몸소 장부를 점검하며 매월 한번 창고의 곡물을 살핀다. 이듬해 또 새 곡식을 받으면 합하여 조적한다. 매년 말에 조적의 실제 수를 파악해 순영에 보고하면 순영에서 다시 호조에 전보(轉報)한다. 감사는 그 근면함과 태만함, 공로와 과실을 살펴 전최(殿最)[347]하고, 수령은 해당 감관과 색리의 근면함과 태만함, 공로와 과실을 살펴 상벌(賞罰)한다. 수령이 만일 털끝만큼이라도 직접 범한 일이 있으면 감사가 자세히 조사하여 감림주수자도지율(監臨主守自盜之律)[348]을 적용한다. 순영은 여러 읍의 돈과 곡물을 유용할 수 없고, 서울의 관아는 외도의 돈과 곡물을 유용할 수 없다면, 이른바 이획(移劃)[349]・대용(貸用)・급대(給代) 등 허다한 폐정(弊政)이 일절 이전의 관행을 따르지 않을 것이니,-경영(京營)에 납부하는 것은 본래 정식(定式)이 있다. 상평전곡(常平錢穀)은 바로 정식 외에 남겨 둔 본 읍의 공물(公物)인 것이다. 경영은 유용할 수 없고 또 경영에도 각기 본래 상평창이 있다면 어찌 반드시 외읍에서 취하겠는가. 만일 한결같이 상급 관아에서 유용한다면 외읍에는 또 남아 있는 재화가 없어져서 이 법은 마침내 폐지될 것이다. 내가 천진에 있을 때 각 항구에 세은(稅銀)이 매우 많은 것을 보았는데, 연경의 외부(外部)는

---

347 전최(殿最) : 관원들의 근무 성적을 심사하여 우열을 매기는 것이다. 상(上)을 최(最), 하(下)를 전(殿)이라 한다.

348 감림주수자도지율(監臨主守自盜之律) : 관공서 재물을 책임지고 관리 감독해야 할 주수(主守)가 스스로 창고의 돈이나 곡식을 도둑질했을 경우에 죄를 다스리는 형률을 가리킨다. 《명회전(明會典)》에는 오른쪽 어깨에 '도관전(盜官錢)' '도양물(盜粮物)'이라는 문신을 새기고 일관(一貫) 이하는 장(杖) 80대 일관 이상부터 2관 500문(文)이하는 장 90대, 이런 식으로 구분하여, 장물의 많고 적음에 따라 장형(杖刑)・도형(徒刑)・유형(流刑)・참형(斬刑) 등으로 처벌했다.

349 이획(移劃) : 금전과 양곡 등을 이곳에서 저곳으로 옮겨 주는 것이다.

털끝만큼도 각 주현(州縣)에 있는 공공 재화를 갖다 쓸 수 없었다. 호부(戶部)의 경상비용이 군색하더라도 또한 유용할 수 없었다.- 5, 6년이 지나지 않아 수천 섬의 쌀을 축적할 수 있을 것이고, 시행한 지 20년이면 수십만 섬에 이를 수 있을 것이다. 옛날 당 태종이 고구려를 정벌하면서 요동·백암(白巖) 두 성을 격파하고[350] 곡식 육십만 곡(斛)을 얻었다. 요동 땅 황량하고 추운 곳에도 이런 축적이 있었거늘, 하물며 삼남의 비옥한 땅에서이겠는가!

　오늘날 우리나라처럼 가난한 형편에 읍마다 수십만 섬을 축적할 수 있다고 말하면 듣는 사람이 반드시 놀라 웃으며 까마득히 먼 일이라 여길 것이다. 그렇지만 그것은 이재(理財)가 사람에게 달려 있지, 국가의 크고 작음이나 시대의 고금과는 관계가 없음을 전혀 알지 못해서이다. 조정에서 법령을 하나로 통일시켜 제용(制用)에 절도가 있고 상벌에 원칙이 있게 한다면, 비록 옛 정전(井田) 제도라도 오늘날 시행할 수 있을 것이니, 누가 후세의 상평법을 유독 오늘날에 시행할 수 없다고 하겠는가?-다만 걱정스러운 것은 임금이 항상 내외의 구별을 두어 외읍(外邑)의 공공 재화를 국가 공물이라고 인식하지 못하고서 반드시 서울로 운반하려고 하는 것이다. 심한 경우는 한나라 영제(靈帝)[351]와 당나라 덕종(德宗)이 호부(戶部)를 바깥으로

350　당 태종(唐太宗)이……격파하고 : 645년에 당 태종이 10만 대군을 이끌고 고구려를 쳐 개모성(蓋牟城)과 비사성(卑沙城)을 점령하고, 요동성(遼東城)·백암성(白巖城)을 차례로 빼앗은 다음 승세를 몰아 안시성을 공격했던 사실을 가리킨다.《冊府元龜 卷117》

351　영제(靈帝) : 자신이 황제인데도 뇌물을 받고 벼슬을 팔아 그 돈을 자신의 사고(私庫)에 저장했다고 한다.《성호사설(星湖僿說)》〈경사문(經史門) 좌장(左藏)〉에, "진(晉) 무제(武帝) 때 유의(劉毅)가, '한나라의 환제(桓帝)와 영제는 벼슬을 팔면 그

여겨 따로 서저(西邸)에 경림(瓊林)³⁵²을 설치해 그 사사로운 쓰임에 편리하도록 한 것과 같은 것이다. 만일 이와 같이 한다면 외읍의 상평법은 거론할 수 없다.- 정말 이와 같이 한다면 서울 바깥 지역도 관록(官祿)이 증가할 것이고, 흉년을 막을 수 있을 것이며, 무비(武備)를 마련할 수 있고, 국채(國債)를 갚을 수 있으며, 도적을 그치게 할 수 있을 것이다. 선비를 기르고 백성을 이롭게 하며 성을 보수하고 관청을 수선하는 일 모두 시간을 지체하지 않고 민력을 허비하지 않을 수 있어서 번갈아 큰 공적을 아뢰고 모든 일이 흥성하게 될 것이다. 비록 미국(美國)의 부강함일지라도 어찌 부러워하겠는가! 읍중에 상평창을 설치하고, 향사(鄕社)에 의창(義倉)을 설치하면 축적의 방법이 갖춰진 것이다. 이는 반계(磻溪) 유형원(柳馨遠)의 주장이다.

돈이 관고(官庫)로 들어갔는데 폐하는 벼슬을 팔면 그 돈이 사문(私門)으로 들어가니, 이를 들어 말한다면 폐하는 자못 그들만 같지 못하다.'고 하였는데, 구준(丘濬)의 《대학연의보(大學衍義補)》에는, '영제 역시 사고에 저장한 일이 있었다.'라고 했다.”라는 기록이 보인다.

352 경림(瓊林) : 당나라 덕종(德宗) 때 설치하여 공품(貢品)을 저장했던 황실 사고(私庫)인 경림고(瓊林庫)를 가리킨다. 《新唐書 卷157 陸贄傳》

제8 상업세 商稅 선박세〔舟船稅〕를 덧붙임

옛날 문왕(文王)이 기(岐) 땅을 다스릴 때 연못에 어량(魚梁) 설치를 금한 적이 없었고, 관문과 시장에서 검문은 했지만 세금을 걷진 않았으니, 덕이 지극했던 것이다. 한나라 무제 때에 이르러 비로소 소금·철·술을 전매하기 시작해 계책이 배와 수레에까지 미치니, 이때부터 조세와 전매에 관한 법이 분분히 나왔다. 역대로 소금의 이익이 가장 막중하여 지금 중국의 염세(鹽稅)는 지세(地稅)의 3분의 1에 해당하며, 차세(茶稅)가 그 다음이다. 그러나 소금은 생민의 일용 필수품인데 세금이 지나치게 무거워, 서양 사람들은 대체로 잘못이라고 여겼다. 우리나라 입법은 어질고 후덕하여 본래 백성들에게서 가혹하게 취하지 않았다. 포구·장시·어염·갈대밭 등과 같은 것의 일체 잡세는 관에 들어가는 것이 드물었다.-균역청에서 거두는 세금 또한 거의 없다.- 어떤 것은 근친 귀족의 소유이고, 어떤 것은 토호가 점유한 것이라, 서로 돌려가며 사고팔아도 관에서는 따져 묻지 않았다. 근년에 국가의 회계가 매우 군색해져서 처음으로 잡세 몇 조항을 논의하여 설치했지만 끝내 실효는 없고 민폐만 불어났으므로 곧 폐지하였다. 그러나 상인의 곤궁함과 고달픔은 본래 그대로였다.

내가 호남의 순천부에 있을 때, 해변가 산야가 씻은 듯 깨끗한 것을 보았다. 소금을 굽는 사람이 풀을 베어 땔감을 삼았기 때문인데, 구운 것도 얼마 없어서 소금가마가 대부분 버려져 있었다. 수영(水營)에서 범송(犯松)[353]을 핑계대어 염호(鹽戶)를 잡아 가두고 매 호마다 수십

---

353 범송(犯松) : 소나무를 함부로 베지 말라는 등의 벌목(伐木)에 관한 금지령을 위반함을 말한다. 위반할 경우, 가장을 도배(徒配)로 처벌하는 등 중범죄로 다스렸다.

꿰미〔貫〕의 돈을 독촉 징수하며, 아울러 곤장을 치고 옥에 가두는 것으로써 받아내는 비용이 5, 60꿰미였다. 매년 봄과 가을에 두 차례, 의례적으로 징수를 독촉하여 상름(常廩)처럼 여겼다. 이로 말미암아 염호는 대부분이 빈궁하고 의지할 곳도 없어, 줄지어 흩어져 달아났다. 이 한 가지 일만 들어보더라도 다른 것을 알 수 있다. 만약 관아에서 세금을 요구한다면 어찌 우리 백성을 더욱 곤궁하게 하지 않겠는가!

　마땅히 지금부터 공사(公私) 간의 세(稅)를 막론하고-각 항구세 및 일본 어세(漁稅)는 원래 조약이 있으므로 여기에 들어가지 않는다.- 3년 동안 일절 거두지 않아야 한다.-고의로 어기고 멋대로 거둔 것이 1푼 이상이면 모두 엄한 법으로 다스린다.- 나라 안의 백성들이 마음대로 흥정하고 사고팔도록 하여 곤궁하고 피폐한 기운이 조금 소생된 다음에 별도로 하나의 규칙을 세운다. 안으로는 경조(京兆), 밖으로는 각 읍의 상민들은 새해 초에 자신이 장사할 곳을 정하고 관에 나아가 문서를 요청한다. 관에서는 그 일의 대소를 헤아려 세금을 정해 돈을 거두고 문서를 준다.-좌고(坐賈)나 행상, 모두 동일하게 한다. 담배·술·엿·떡 등을 파는 사람도 동일하게 한다.- 만일 문서 없이 사고파는 자는 적발되는 대로 엄하게 다스리고 밑천을 몰수한다. 이듬해 초에 또 세금을 내고 문서를 바꾼다. 관에서는 상적(商籍)을 두어 그것을 상세히 기록한 다음, 별도로 상세고(商稅庫)를 정하여 그 돈을 보관했다가 연말에 순영 및 호조에 보고하고 거둔 세금의 반은 호조로 보내고 반은 본 읍에 남겨 공공 비용으로 사용한다. 강가나 바닷가의 배들은 선정국(船政局)에서 주관하여 그 대소를 헤아려 세금을 정하고 또한 매년 세금을 걸어 문서를 발급할 적에 뱃전 측면에 배이름을 새긴 다음 선적(船籍)을 마련해 기록한다. 무릇 상적이나 선적에 들어 관첩(官帖)이 있는 사람은 공사 간에 털끝만큼도 침탈할 수 없다. 만일 고의로 범하는 자가 있으면 해당 백성이 정부에 고소하도록 하여 법에 따라 엄단한다. 비록 권세 있는 귀인이라도 어지럽힐 수 없다.

어떤 사람이 물었다.

"물건에 세금을 매기지 않고 사람에게 세금을 매기는 것은 너무 소홀하지 않은가?"

대답해본다.

"물건마다 세금을 거두면 소요가 너무 심하고 부정한 폐단을 막기 어려워 중간에 붕 떠버리는 비용이 되고 말 터, 관에 들어오는 것은 필시 거의 없을 것이다. 만일 이 방법을 쓰면 간편하면서도 소란스럽지 않고 앉아서 거둬들일 수 있어 실질적인 쓰임을 얻을 수 있다. 어찌 물건에 세금을 매기는 것에 비하겠는가? 또 상세를 정하는 것은 하층 민에게서 이익을 거두려는 것이 아니다. 지금 농민은 세금이 있는데 상인만 없는 것은 근본인 농업을 중히 여기고 말단인 상업을 가볍게 여기는 방도가 아니다. 그러므로 이 제도를 만드는 것이다. 옛날에 태공(太公)[354]이 제(齊)나라 동해(東海)에 봉해져 어염의 이익으로 천하에 갑부가 되었으니, 태공이 어찌 구차하게 세금을 받아서 나라를 다스렸겠는가? 재물의 원천을 열어 주어 백성들이 그 이익을 누리도록 함으로써 백성이 부유해지고 나라도 절로 부유해졌던 것이다. 옛날 나라를 잘 다스린 자는 반드시 세금을 가볍게 하여 나라를 부유하게

---

354 태공(太公) : 제나라 태공이 동해지역에서 "어염의 이익이 중하게 만들어 가난한 백성들을 넉넉하게 하고 어질고 능력 있는 사람을 등용했다.〔設輕重魚鹽之利 以贍貧窮 祿賢能〕"라는 기록이 있다.《史記 卷32 齊太公世家》

했으니 모두들 이 방법을 사용하였다. 또 수출하는 물자에 대해 국내에서 세금을 거둔다면 이는 두 번 세금을 매기는 꼴이라 외국인이 원망하고 있다. 사람에게 세금을 매기는 것이 가장 편리하니, 이것이 바로 이른바 영업세(營業稅)라는 것이다.

제9 부자 보호 護富

무릇 빈부는 하늘이 정한 것이다. 선왕이 백성의 재산을 규제할 때 아주 가난하거나 아주 부유한 차이가 없도록 하려 했었지만 사람마다 부지런함과 게으름이 같지 않고 타고난 운명의 후함과 박함이 각기 달랐기에 성인이라도 또한 고르게 하지 못했다. 왕망(王莽)[355]과 왕안석(王安石)[356]은 함부로 옛 경전을 인용하여 빈부를 고르게 하려 했으나 부자는 파산하고 가난한 자는 더욱 가난해졌으니 일에 무슨 도움이 되었는가? 부자란 사람됨이 근검하고 힘써 일하여 집안을 일으킨 자이니, 이는 권장할 만한 것이지 미워할 것이 아니다. 고을에 부유한 백성이 있으면 위급할 때 그 힘을 많이 의지할 수 있고, 마을에 넉넉한 집이 있으면 흉년이 들어도 반드시 구제받을 수 있다. 높은 자리에 있는 자라면 잘 기르고 돌봐야 마땅하지 억눌러 파산시켜선 안 되는 것이 분명하다. 내가 시골의 물정을 살펴보니, 가난한 자는 본래 스스로 보전하기 어렵고 부유한 자는 더욱 견디기 어려워 했다. 그 중에 큰 부자는 남아도는 재물을 가지고 귀인 고관의 문전에

---

355 왕망(王莽) : 기원전 45~23. 위군(魏郡) 원성(元城) 사람으로 자는 거군(巨君)이다. 중국 한(漢)나라의 외척으로 한나라를 멸망시키고 신(新)나라를 세웠다. 그는 토지 제도를 개혁하여 천하의 토지를 전부 왕전(王田)으로 하여 매매를 금지했다.

356 왕안석(王安石) : 1021~1086. 임천(臨川) 사람으로 자는 개보(介甫), 호는 반산(半山), 소자는 환랑(獾郎), 봉호는 형국공(荊國公), 시호는 문(文)이다. 중국 송(宋)나라 때 학자이며 정치가로, 젊어서부터 독서를 좋아했고 문장에 뛰어났다. 진사에 급제하여 신종(神宗) 때 참지정사(參知政事)・동중서문하평장사(同中書門下平章事)로서 균수법(均輸法)・청묘법(青苗法)・보갑법(保甲法)・모역법(募役法)・시역법(市易法) 등 신법(新法)을 만들어 정치개혁을 단행했다. 저서로 《임천집(臨川集)》, 《당백가시선(唐百家詩選)》 등이 있다.

노닐며 세력에 빌붙어 스스로 입지를 다짐으로써 여전히 자신을 잘 지켜낼 수 있다. 하지만 작은 부자는 역부족이라 벌벌 떨면서 조심스레 사방을 돌아보며 먹고 마셔도 끝내 해를 면하지 못한다. 가장 두려운 것이 관장(官長)이고, 그 다음은 토호이며, 그 다음은 약탈해가는 도적이다. 시골 백성이 손발이 트고 굳은살이 박이도록 일해서 간신히 몇 십 섬 곡식을 거두건만, 일단 부자라는 이름만 얻으면 빼앗으려고 엿보는 걱정이 사방에서 일어난다. 광장(匡章)[357]이란 이름을 뒤집어씌우기도 하고, 중구(中冓)[358]의 사통이라 비방하기도 하고, 친족의 포흠이 아닌 것을 징수하기도 하고, 쓰지도 않은 빚을 토색하기도 하고, 그럴듯한 말로 빌려가기도 하고, 모진 형벌로 억지로 빼앗기도 하여, 요컨대 그 재산을 싹 쓸어 없애고서야 그만둔다. 탐학한 감사와 엉큼한 절도사는 민폐를 살피거나 도적의 상황을 염탐하지는 않으면서 오로지 부잣집 이름만 탐색하여 낚시감이나 사냥꺼리로 삼는데, 거리끼거나 두려워하는 것이 전혀 없다. 교활한 아전과

---

357 광장(匡章) : 광자(匡子), 장자(章子)라고도 한다. 중국 전국 시대 제(齊)나라 장수이다. 제 민왕(湣王)이 즉위하자 한(韓), 위(魏), 진(秦)과 연합하여 군사를 거느리고 초(楚)나라 방성(方城)을 쳤다. 광장은 수사(垂沙)에서 초군에게 크게 패배했다. 부모에게 잘못을 간언하다가 불효하다는 억울한 누명을 썼는데, 맹자(孟子)는 그가 불효가 아님을 알고서 변명하였다.

358 중구(中冓) : 근친상간(近親相姦)을 두고 한 말로, 중구는 내실(內室)을 가리킨다. 《시경》〈장유자(牆有茨)〉에 "담장에 납가새 있으니 제거할 수 없네. 중구의 말이여 입에 올릴 수 없네. 입에 올린다면 말이 추잡하게 되네.〔牆有茨 不可掃也 中冓之言 不可道也 所可道也 言不醜也〕"라고 하였는데, 이는 위(衛)나라 선공(宣公)이 죽고 어린 혜공(惠公)이 즉위하자, 그의 서형(庶兄)인 공자 완(公子頑)이 적모(嫡母)인 선강(宣姜)과 간통하였으므로 이것을 풍자한 것이다.

사나운 나졸마저 그런 분위기에 영합하여 기세를 부리니, 기세가 굶주린 호랑이 같다. 정말 살아남기를 도모한다면, 어느 겨를에 뇌물을 아까워하겠는가? 1년 동안 다행히 이 걱정을 면하면 처자식은 서로 축하하며 세상사는 낙을 누리지만, 갑자기 재액을 만나면 답답하고 두려워서 도리어 가난한 집의 별 일 없음을 부러워한다. 이 때문에 시골 백성은 1관 이상의 돈이 생기면 감히 드러내놓고 집안에 두지 못하고서 오직 남이 알까 두려워한다. 부지런히 이익을 추구하는 사람도 감히 마음대로 영업하지 못하고, 이익을 보고는 추구할 수가 없어 머뭇머뭇 바라보기만 하고 전전긍긍 죄지은 사람처럼 한다. 이와 같다면 백성의 재산이 어찌 많아질 수 있겠으며, 백성의 삶이 어찌 즐거울 수 있겠는가? 아, 불쌍하다! 나는 다음과 같이 들었다. 서양의 나라들은 오직 백성을 부유하게 만드는 것을 책무로 삼아, 백성 가운데 농사를 지어 이익을 크게 늘리는 자가 있으면 정부에서 여러 방법으로 이끌어주고 법을 마련하여 보호해준다. 비록 임금이라도 백성에게서 감히 털끝만큼도 함부로 가져가지 못하여 나라에 큰일이 있으면 더러 부자에게서 돈을 빌리기도 하는데, 반드시 이자를 계산하여 상환하고 기일을 어길 수도 없다. 철로·전선·기계 같은 각 공장의 큰 공사는 종종 부자가 직접 도맡아 하고 세금을 거두는데, 국가는 참여하지 않더라도 저절로 그 이익을 얻는다. 부자는 누대(樓臺)와 피복과 보배의 즐거움을 극도로 누리고, 가난한 자는 부자에게서 임금을 받고 일하여 먹을 것을 얻는다. 이에 백성과 나라가 함께 그 이익을 누리고 가난한 자와 부자가 함께 제자리를 얻는 까닭에, 세계를 누비며 눈을 부라리고 스스로 최고라 일컫는 것이다.

서양의 법은 오직 백성이 부유하지 못할까 두려워하는데 우리나라

습속은 백성이 혹시라도 부유해질까 두려워하니, 어찌 그리도 아득히 먼가? 부자가 되기를 바라는 마음은 천하 사람마다 같을 터, 서양 사람만 그런 것은 아닌데, 어찌하여 백성의 마음을 따라 법 조목을 엄하게 수립해서 사납게 침탈을 일삼는 습속을 금하고, 원납전(願納錢)으로 벼슬을 도모하는 폐단을 끊지 못하는가? 이 백성을 보호해 마음 놓고 편안히 생업에 종사하면서 그 이익을 늘릴 수 있게 한다면 십 수 년 뒤에는 철로·전선·기기창(機器廠)을 마련할 수 있는 백성이 있을 수도 있지 않은가?

제10 진영 혁파 革鎭

진영(鎭營)의 설치는 임진왜란을 겪은 뒤에 시작되었다. 그 때 왜군이 갑자기 닥치자, 군현(郡縣)에서 서로 통솔을 못한 탓에 군사를 징발하고 군량을 조달하는 것이 더디고 느렸다. 서애(西厓) 유성룡(柳成龍)이 그 폐단을 지적하고 진관(鎭管) 세우는 제도를 건의하여 도(道)마다 5진관을 설치하고 각각 영장(營將)을 두어 부근의 딸린 고을을 관할하게 하였다. 그 뒤에 병자년 호란을 만났으나 제대로 활용하지 못했다. 그때부터 또 200여 년간은 전쟁을 겪지 않아서 영장은 할 일 없이 오로지 도적 다스리는 것만 담당하며 무관의 이력을 채우는 자리가 되었다. 각 소재지마다 봉급은 매우 적어 스스로 윤택해질 수가 없는데다, 백성과 사직을 보살펴 다스릴 책임은 없고 장교와 나졸을 형벌로 죽일 권한은 있었다. 또 1년마다 교체되니 돌아보고 아까워할 것이 없어, 온통 탐학(貪虐)을 일삼아 염치라고는 전혀 없었다. 처음에는 도적의 장물이라고 양민에게 덮어씌워 강제로 그 집 재산을 몰수하고는, 도리어 "이는 직무에 속한 일이다."라고 하더니, 점차 풍속 교화를 간섭하기에 이르러 불효·불목(不睦)·음행(淫行) 등의 일로써 부유한 백성을 무고하여 줄줄이 잡아들이니 지독한 혹형(酷刑)으로 종종 죽는 지경까지 이르렀다. 심지어는 영문을 열고 송사에 얽어 들여 공공연히 뇌물을 행하기도 하니, 1년 사이에 골짜기를 채울 만큼의 재물을 가로채 수레와 말로 실어 보내고서야 떠난다. 후임자는 전임자보다 더 심하다. 간혹 드물게 잘 하려는 사람도 있어 처음에는 비록 민의를 수렴하지만 유종의 미를 거두는 자는 극히 드물다. 어째서인가?

그가 처해 있는 환경이 그렇게 만들기 때문이다. 속담에, "영장(英

將)이 잘 다스렸다는 명성을 물으려면 문밖의 풀이 푸른가 살펴봐야 한다."고 했다. 대개 영장의 치적은 문을 닫고 한가로이 앉아 있는 것뿐이라는 말이다. 관아를 설치하는 것은 백성을 보호하려는 까닭인데, 어찌하여 쓸모없는 관아를 설치하고 형벌로 죽이는 위엄을 빌려 주어 우리 백성을 꿩과 토끼처럼 잡는단 말인가? 계미년(1883) 즈음 내가 기무처(機務處)[359]에 있을 때 조정에 힘써 말하여 진영을 혁파할 것을 청했다. 조정의 의론은, 무관의 이력 때문에 그것을 어렵게 여겨 어떤 사람은 혁파하자 하고 어떤 사람은 그대로 두자고 하였다. 이에 해를 넘기자마자 다 예전대로 복구되었다. 백성을 위해 해악을 제거하는 어려움이 산을 뽑는 것과 같으니 탄식을 이길 수 있겠는가?

지금 여러 도의 군현은 땅은 작은데 관아는 많아 백성들이 그 이바지를 해낼 수가 없다. 병합할 만한 곳이 많으니, 가장 먼저 영장을 혁파하고 지방 수령이 겸하도록 한다. 무관의 이력은 경군문((京軍門))[360] 중에서 대신 변통하게 한다. 이는 아주 어려운 일도 아닌데, 어찌 구구한 무관의 이력 때문에 백성을 괴롭히는 관리를 둘 수 있겠는가? 진영을 혁파하기 전에 영장의 월급을 조정이 거두어 나라에 올리는 것은 법도가 아니다. 진관(鎭官)의 월급은 원래 본관으로부터 지급했던 것이니, 진영의 업무가 본관으로 돌아간 이상 월급 또한 마땅히 고을로 돌려주어 급료 없이 도적을 잡는 장교와 병졸에게 나누어 주는 것이 또한 마땅하지 않겠는가?

---

359 기무처(機務處) : 1883년에는 기무처가 설치되지 않았고, 1894년에 설치되었다. 이때는 통리군국사무아문이 설치되어 있었다.

360 경군문(京軍門) : 수어청, 총융청, 어영청 등과 같이 도성과 대궐의 수비를 담당한 군문들을 가리킨다.

제11 선박 정책 船政

우리나라는 삼면이 바다로 둘러싸여 있어서 공사 간에 이용할 때 오로지 선박에 의지하는데, 선박이 낡고 무딘 데다 엉성하고 약하여 신속하지 못하고 부서지기 쉽다. 또 수십 년 이래 산의 나무가 다 벌거벗기어 선박 만들 판자가 몹시 귀한 데다 남아 있는 배도 햇수가 오래되어 썩고 손상된 것이 많다. 그런데도 아무렇게나 보수하여 요행을 바라며 험로를 다니니, 참으로 위험한 방법이다. 근래 조운하는 곡식에 매양 취재(臭載)[361]가 많은데, 이는 선주 무리가 고의로 파선하기 때문만은 아니고, 배의 판재가 낡고 썩었는데도 많이 실으려고 욕심을 부리기 때문이다. 여러 나라와 통상한 이래로 기선(汽船)을 이용한 지가 오래되었다. 일본의 괘범선(掛帆船)[362]이나 등주(登州)·내주(萊州)의 고기잡이배는 베를 짜듯 왕래하면서 모두 대양을 평온하게 건너다니는데, 우리나라의 배만은 내항(內港)에만 운행하는데도 편리하지도 못하니, 하물며 감히 먼 바다를 한 발짝이라도 엿볼 수 있겠는가? 일본인은 원산(元山)의 북어를 사다가 동래와 인천에 팔고, 삼남의 미곡을 사다가 황해·평안도와 함경도 등 곡식이 귀한 곳에 팔아 매양 많은 이익을 얻는다.―내항에서는 토선(土船)을 임대하여 쓰는 것이 많은데, 약조에 따라 싣기 때문이다.― 우리나라 사람은 운반할 만한 배가 없어 가만히 앉아서 본국의 이익을 잃어버리니 어찌 안타깝지

---

361 취재(臭載) : 짐을 실은 배가 가라앉음을 말한다. 혹은 배에 실은 짐이 제때에 목적지에 닿지 못해 상하여 냄새가 나고 못쓰게 된 것을 말한다.

362 괘범선(掛帆船) : 대형 선박에 돛을 여러 개 달아 바람을 이용하여 움직이도록 설계된 배이다. 중국과 일본에서 주로 활용되었다.

않겠는가?

충청도에 사는 어떤 사우(士友)가 젊어서부터 선제(船制)에 관심을 가지고 연구하여, 강과 바다의 수성(水性)과 행선(行船)의 편리함과 불편함을 잘 알았는데, 항상 우리나라 배는 제작이 거칠고 초라하여 제대로 된 방법을 얻지 못했다고 한탄하였다. 왕년에 내가 강화 유수(江華留守)를 지낼 때 그 사람을 불러서 중선과 소선 각 한 척씩을 만들어 보게 했더니, 들어가는 비용은 다른 배와 같았으나 견고하고 치밀하며 편리하고 빠르기가 다른 배보다 매우 뛰어났다. 이에 선박 제도를 고칠 수 있음을 알게 되었다. 오늘날 온갖 일은 모두 그대로 두더라도 선박에 대한 정책만은 고치지 않을 수 없으니, 마땅히 경성에 선정국(船政局)을 설치하고-나라 안의 선함(船艦)은 모두 선정국에 소속시킨다. 상세한 것은 사의(私議) 가운데 상세(商稅)편에 나온다.- 2품 이상의 경재(卿宰)가 이를 주관하여-중국은 복건성(福建省)에 선정국이 있고, 선정(船政)은 대신이 주관한다.- 배 만드는 묘체에 깊은 식견이 있는 자를 가려내어-위에 말한 충청도의 사인과 일본에 들어가 윤선(輪船) 만드는 법을 배운 김양한(金亮漢)[363]이 이에 해당한다.- 소속 관리로 삼아 선제를 강구해야 한다. -또한 모름지기 다른 나라 사람에게 상세히 묻는다.- 조선창(造船廠)을 경강(京江)에 설치하여 먼저 대·중·소선 몇 척을 건조하여 강과 바다의 수로에 시험한다. 간혹 경상·전라·충청도 조세미를 싣고 오게 하여 미흡한 곳이 있으면 그 결점의 근원을 살펴 고치도록 하고, 또 외국인에게 보여 옳고

---

363 김양한(金亮漢) : 1841~? 본관은 안동(安東)이지만 옥천(沃川) 사람이다. 1882년(고종19)에 요코스카(橫須賀) 조선소에 입학하여 근대 조선 기술을 배운 유학생이다.

그림을 낱낱이 들고 토론한다. 그런 다음에 동래, 원산, 울릉도 등지로 다시 보내봐서 왕래하기에 편리하면 먼 바다로 운항할 수 있게 한다. 이에 상급·하급의 강선(江船) 기술자를 모아 그 법을 전수하고-선장 가운데 새 제도에 복종하지 않고 자기 견해만 옳다고 하는 자가 있으면 반복하여 자세히 깨우쳐준다. 그래도 명을 따르지 않고 옛 방법을 따라 배를 만드는 경우에는 선주와 선장 모두를 엄중히 다스린다.- 국내 모든 조선소에 깨우쳐주어 모두 새 제도를 따르게 하고 어기는 자는 엄중하게 조사하여 엄형으로 판결한다. 나룻배 또한 새 제도를 사용하도록 한다.-상인 가운데 공장에 와서 자비(自費)로 배 만들기를 바라는 자가 있으면 또한 들어준다.- 다음은 조금 큰 선박을 건조하여-일상적으로 이용하는 배보다 조금 큰 것- 상민으로 하여금 화물을 모아 싣고 서쪽으로는 연태(烟台), 동쪽으로는 쓰시마(對馬島)에 가게 한다. 한번 이익을 얻으면 그 후에는 다시 권할 필요도 없다.-바다 멀리 나가서 재화를 팔면 그 이익이 매우 크다. 그런데도 윤선세가 무거워서 우리나라 사람은 자주 왕래하지 못한다.- 물력이 조금 넉넉해지기를 기다려서 일본의 패범선을 본떠 만든다. 그것을 타면 중국과 일본의 항구 가운데 못 가는 곳이 없다. 이렇게 해나가다 보면, 기선 또한 제작할 수 있게 된다. 기선은 비용이 막대하여 지금 갑자기 의론할 수 없고, 패범선 또한 만들 수 없다. 오늘날 급선무는 오직 일상적으로 이용하는 목선에 달려 있다. 정말 법도대로 견고하고 치밀하게 만든다면 조운할 때 파선되거나 침몰할 걱정이 없고, 국가의 이익도 빼앗길 염려가 없다. 이웃 나라 근해로 점차 무역할 수 있고, 강과 바다를 배로 다니면서 바람과 파도의 위험 걱정을 면할 수 있으니, 그 이로움 또한 크지 않은가?

어떤 사람이 말했다.

"추진하는 일이 있을 때마다 우선 재정이 모자란다는 탄식부터 한다.

지금 나라의 재정이 이러한데, 무엇으로 새로운 관서를 설치하며, 무엇으로 널리 주함(舟艦)을 건조하겠다는 것인가?”

대답해본다.

“근년 이래 나라에서 조운에 실패가 많은 것을 걱정하여 외국 기선 서너 척을 샀는데, 그 가격이 10여만 원이었다. 또 함장 이하 월급이 배마다 각기 수삼 백 원씩이니, 1년 합산하면 8, 9천원이 된다. 몇 년 동안 운반한 호남·영남의 곡물은 필시 10만 섬에 불과할 터인데, 기선 한 척은 이미 파선하였다고 들었다. 그 나머지도 낡고 파손되었을 것인데, 수선하고 고쳐서 사용해도 장차 비용이 또 몇 천원 들 것이다. 쓰지 않을 때라도 함장 등의 월급은 그대로 나가니, 지금부터 5, 6년이면 그 비용이 얼마나 되겠는가? 지금 기선에 드는 비용의 20분의 1이면 충분히 선정(船政)의 업무를 마련할 수 있다. 이 무익한 일을 옮겨 오로지 유용한 데에 힘을 쓴다면 좋지 않겠는가? 또 선정국에는 본래 팔도의 선세(船稅) 수입이 있으니, 그 액수가 또한 적지 않을 것이다.”

제12 강화조약 講約

조약의 세 가지 과실을 논함〔論約條三失〕및 종교 조약을 명확히 제정하자는 논의〔論明立教約〕를 붙임

신의(信義)란 나라의 보배이다. 만약 신의를 지킬 수 있으면 비록 성곽이나 무장한 군대가 없어도 스스로 보존할 수 있다. 만일 신의가 없으면 비록 천하의 부(富)와 금탕(金湯)[364]의 견고함이 있어도 의지할 수 없다. 조약이란 교제할 때 지켜야 할 큰 신의이다. 천하 사람들이 함께 보는 것이라, 만일 한 글자라도 부합하지 않으면 작게는 생민의 안락과 근심에 관계되고, 크게는 국가의 흥망에 관계되니 신중하지 않을 수 없다. 우리나라가 통상조약을 맺은 것이 8개국이다. 일본인과 맺은 조약이 가장 많다. 원래 조약 외에 소소한 장정(章程)도 많다.

한 조약의 도장을 찍을 때마다 10일 이내에 3개 항구의 일본 상인들이 그것을 알지 못함이 없고, 1개월 이내에 일본의 대소 관원 및 여러 섬의 상인들이 그것을 알지 못함이 없어서 집집마다 외우고 익힌다. 우리나라는 대신 이하 모두가 멍하니 이해조차 못하고 그저 보통 옛날 종이쪽을 보듯 하니, 하물며 소민이겠는가?

내가 일본 상인의 행동거지와 일하는 것을 살펴보니 조약에 있는 내용을 하나라도 근실하게 따르지 않는 것이 없었다. 저들은 우리 국민들과 교섭할 때마다 우리 국민들이 무지하여 조약이 무엇인지도 모르고 그저 얕은 계책과 사사로운 꾀로써 조약의 내용을 감추고 꾸며대려

---

364 금탕(金湯) : 매우 튼튼하고 잘된 성지(城池)로 금성탕지(金城湯池)의 준말이다.

는 것을 보고는 우리 국민을 무지한 개 돼지처럼 여기면서 걸핏하면 때린다. 저들은 그런 마음으로 "조약이란 신의다. 사람이 신의가 없으면 돼지나 개와 무엇이 다를 것인가? 비록 때린다 해도 무슨 문제인가?"라고 여긴다. 우리나라 국민은 얻어맞는 까닭을 알지 못하고, 그 마음속으로, "이처럼 작은 일로 어찌 사람을 때리는가? 이는 반드시 강한 힘을 믿고 약자를 업신여기는 것이다. 조정도 일본의 강함을 두려워하니 우리들이 어찌 감히 대항하겠는가?"라고 생각하고 머리를 숙인 채 구타를 당한다. 만약 우리 백성에게 조약을 분명히 익히게 한다면 일본인과 교섭함에 조금이라도 조약에 위배됨을 보게 될 시 삼척동자라도 눈을 부릅뜨고 꾸짖으며 분한 주먹을 휘두를 수 있을 터이고, 저들도 일일이 사과하면서 감히 능멸하거나 학대하지 못할 것이다. 외국인이 한가로이 돌아다니는 것과 나라 안에서 행상하는 것은 모두 장정(章程)의 내용에 들어있다. 지방의 도(道)에 간행하여 반포한 조약이 있긴 하지만 소재지 각 관아에서는 모두 무슨 뜻인지 알지 못한다.

내가 통상아문에 있을 때 각 도에 긴요한 조약을 초록하여 여러 차례 신칙하고 상세히 주석을 달아 일에 임하여 헷갈리지 않게 했다. 하지만 감사와 수령들은 모두 대수롭지 않은 일쯤으로 여기고 울타리 곁에 내버려두고서, 매번 교섭할 때마다 걸핏하면 착오를 일으켰다. 예를 들어 외국인으로서 여행하고 행상하는 자들은 모두 빙표(憑票)[365]를 지닌다. 중국과 일본과 서양의 빙표의 제도는 각기 다르나, 똑같이 외교부서에서 찍은 도장이 있어서 진짜와 위조를 쉽게 분별할 수 있다.

---

365 빙표(憑票) : 신원 증빙을 위한 표식으로 오늘날 여권이나 비자에 해당한다.

만일 빙표를 휴대하지 않은채 공적인 일이 아니거나 불법적인 일을 일으켰을 경우 부근의 영사관으로 압송한다.-만일 일본인이 면천(沔川)에 있는데 빙표를 휴대하지 않고서 폐단을 일으키면 관아에서 죄인을 체포한 다음 장교(將校)를 정해서 인천(仁川) 영사관으로 압송한다. 만일 동래(東萊)나 덕원(德源)이 가까우면 가까운 데로 압송하며, 그 사유를 해당 감리(監理)에게 보고한다. 한편 순영(巡營)이나 외서(外署)에 보고해도 된다.- 만일 진짜 빙표를 지니고 있고 다른 폐단을 일으키지 않은 자는 관아에서 조사하고 풀어줄 뿐이다. 또 은근히 허다한 예우를 요구해도 응하지 않는다. 지금 지방 군현의 각 관리는 평상시에 조약을 살펴보지 않다가 외국인이 경내에 들어왔다는 소리를 들으면 당황하여 어찌 할 줄을 모른다. 빙표의 유무와 진짜 가짜를 묻지도 않고 이끌어서 상석에 앉히고 극진히 예우한다. 비록 불법을 저질러도 감히 잘잘못을 따지지 못한다. 또 간혹 성품이 강직하고 집요한 자는 빙표가 있는 상선의 화물을 제멋대로 붙잡아두어 분란과 항의를 불러들이는데, 두 경우 모두 적절치 못하다. 이는 조약에 밝지 못하기 때문이다.

그러므로 조정 대신이 조약을 모르면 교섭의 업무를 판단할 수 없고, 지방 고을의 장관이 조약을 모르면 반드시 모욕을 당하고 소란을 일으키게 되어, 장사치와 가난한 백성이 조약을 모르면 반드시 손해를 보면서 욕을 당하게 된다. 분명한 명령을 정해서, 지금부터는 지방 고을에 임명된 사람은 반드시 외교부서에 와서 조약을 분명히 익히도록 해야 한다. 영국과의 조약은 돌아 앉아 외우고 각국과의 조약은 앞을 보고 외우도록 한다. 조약문의 뜻에 밝지 못한 자는 돌아가 더 익히고 다시 외교부서에 와서 외우는 시험을 보게 하는 등, 반드시 망설임 없이 두루 통한 뒤에야 부임하는 것을 허락한다. 부임한 뒤에는 아전과 서리들도 조약을 강습하도록 하고 때때로 시험을 쳐서 통과하지 못한 자는 벌을 주도록 한다. 서울의 각 시전 및 세 개의 항구와 의주(義州)와 북도(北道) 등 육로로 통상하는 곳의 경우, 안에서는 외교부서가, 밖에서는 감리관(監理官)이 상민 가운데 글과 사리를 조금 아는 자에게 조약을 가르쳐-서울의 시전과 세 항구는《영국 조약》을 가르치고, 의주(義州)와 경원(慶源) 등지는《중서(中西) 육로장정》을 가르친다. 경흥(慶興)은《러시아 육로장정》을 가르친다.- 외우고 익히도록 하고, 또 서로 전수하게 한다. 그 글을 모르는 자는 언문으로 베껴 익힌다. 관아에서는 때때로 네다섯 사람씩 불러 매월 대여섯 차례씩 시험한다. 1년을 이와 같이 한다면 비록 어리석은 백성이라도 반드시 방향을 알 것이다.

조약이란 것은 나라에는 나라를 지키는 보배가 되며, 개인에게는 몸을 지키는 부적이 된다. 사람마다 모두 조약을 알고 있으면 자신을 보호할 수 있고 외국인으로부터 모욕을 당하지 않는다.-왕년에 중국과 프랑스가 베트남에서 맞섰는데, 이윽고 군대를 철수하자는 조약을 맺었다. 중국인이 조약 가운데 한 글자를 잘못보고 주둔중인 프랑스 군대를 쫓아내려다가 마침내 큰 전투를 초래하였다. 잘못이 중국에게 있었기 때문에 중국인 사상자가 매우 많았으니, 조약의 중요함이 이와 같다.-

붙임 조약의 세 가지 과실을 논함

우리나라가 전후로 맺은 조약에 과실이 세 가지 있다. 영국과의 조약에서 한성개잔(漢城開棧)을 허용한 것이 첫째 과실이다.-한성개잔은 곧 중국과 우리 조정이 전적으로 맺은 조약인데 영국과의 조약에서도 잘못 허용하여 마침내 각국이 균등하게 누리게 되었다. 나는 일찍이 한성개잔의 불편함을 비판하여 천진(天津)에 보낸 적이 있다.- 국내에서 행상을 허용한 것이 두 번째 과실이다. 일본과의 조약에서 네 개 도(道)에서 어업을 허용한 것이 세 번째 과실이다. 일을 주관하는 자는 우리나라의 형세를 헤아리지 않고 경솔하게 조약에 도장을 찍어 마침내 오늘날 고질병을 만들었으니 탄식할 만하다.

붙임 종교 조약을 명확히 제정하자는 논의

서양의 종교는 천주교와 예수교의 구별이 있는데 그 근원은 하나다. 예수교는 미국에서 숭상하는 것이다. 그 나라 사람들은 분수를 알고 스스로를 지켜서 자신이 살고 있는 나라의 금령을 위반하지 않는다. 천주교는 프랑스에서 숭상하는 것이다. 그 나라 사람들은 강하고 이기기를 좋아해 나라 안에서는 임금과 다투고, 다른 나라에서는 반드시 남의 정치를 간섭하며, 자기 무리를 보호하기 위해 백 가지 폐단을 거듭 쏟아내고, 종종 불화를 일으켜 군대를 동원하기도 한다. 우리나라에 전후로 와서 서교(西敎)를 포교한 자들은 모두 프랑스인들이었다. 예전에 각국과 교통하지 않을 때는 사교(邪敎)를 매우 엄격히 금했기 때문에 교주(敎主)가 민간에 잠복해 있어서 폐단을 일으킬 수 없었다. 각국과 교통한 뒤부터는 사교를 금하는 것이 저절로 느슨해져서, 교주가 몸을 드러내 널리 학도(學徒)를 불러 모으고 크게 교당(敎堂)을 세웠다. 또 프랑스 공사가 도와주어 그 세력이 비로소 크게 확장되었다.

청나라와 각국 간의 조약서를 본 적이 있는데, 모두 종교를 전도하는 일에 대해 명확히 써놓았다. 프랑스인과의 조약에는 원 조약 외에 종교에 대한 조약을 따로 제정하였다. 그러나 청나라의 사대부들은 그래도 물들지 않았는데, 빈궁하고 의지할 곳 없는 자들은 예배당에 모여서, 승려나 비구니나 도사(道士)가 각기 그 종교를 받드는 것처럼 하였다. 일본도 그러하다.

우리나라는 밖으로는 프랑스의 강함이 두려워 감히 드러내놓고 그 종교를 배척하지 못하고, 안으로는 사교를 배척하라는 의론이 두려워 감히 그 금지령을 분명히 없애지 못한다. 조약을 맺을 때 힘겹게 버티며 조약에서 겨우 '교(敎)'라는 한 글자를 없앴으나, 실제로는 이미 금지령을 푼 것이다. 금지령을 풀었는데도 조약을 분명하게 제정하지 않았으니 어찌 그 뒤가 좋겠는가? 미국인 묵현리(墨賢理)[366]는 공정하고 식견이 있는 사람이다. 일찍이 나에게 말하기를 "귀국이 장차 프랑스와 조약을 맺을 때 마땅히 종교에 대한 조약을 따로 제정하여 뒤에 생길 폐단을 방비해야 한다. 그 조약에 이렇게 써야 한다. '프랑스 교주가 조선의 지방에서 전도할 때, 조선 관원은 그들을 각국의 상인과 같이 보아 일체를 잘 대우해야 하며, 조선 백성이 프랑스 교회당의 교도가 되면 조선 관원은 그들을 다른 백성과 똑같이 대우해야 한다. 소송이나 범죄가 있으면 조선 관원이 잡아서 조사하고 공정하게 법으로 판단한다. 프랑스 교주는 편들어 보호할 수 없다.' 이와 같이 조약을 제정하면 아마도 자기 무리를 비호할 걱정이 없을 것이다."라고 했다.

나는 그 말이 매우 옳다고 여겼다. 병술년(1886) 여름에 프랑스 사절이 왔을 때 취당(翠堂) 김만식(金晩植)[367] 종형이 전권대신이 되어 그들과 조약을 의론했다. 이때 조정과 재야의 실정은 여전히 '교(敎)'자를 말하기를 꺼렸기 때문에 이 조약을 제정할 수 없었다. 지난해 프랑

---

366 묵현리(墨賢理) : 미국인 헨리 메릴(H. F. Merrill)의 한국 이름이다. 《고종실록》 22년(1885) 9월 7일자 기사에 "미국인 헨리 메릴[墨賢理]에게 호조 참의(戶曹參議)의 직함을 제수하고, 이어 총세무사(總稅務司)로 차하(差下)하라고 명하"라는 내용이 있고, 1887년(고종24) 12월 21일에는 그를 호조 참판에 가자하는 내용의 기사가 있다.

367 김만식(金晩植) : 1834~1900. 본관은 청풍(淸風), 자는 대경(大卿), 초자는 기경(器卿), 호는 취당(翠堂)이다. 김익정(金益鼎)의 아들로, 1861년(철종12) 진사가 되고 1869년(고종6) 정시문과에 급제 공조 참의를 거쳐 여러 조의 판서를 지냈다. 1886년 한불수호통상조약을 조인하였다.

스 교주가 교도들의 호소를 듣고 무고한 백성을 침해했는데, 그들에게 잡혀가서 모욕을 당한 자가 여럿이었는데도 외교 부서에서는 끝내 분명한 말로 문책할 수가 없었다. 지난번에 이 조약을 분명히 밝혔다면 어찌 일이 여기에 이르렀겠는가? 어떤 사람이 말하길, "지금 비록 늦었지만 추가로 이 조약을 제정할 수 있지 않겠는가?"라고 했다.

대답한다.

"모든 일은 기회를 잃으면 다시 도모하기가 아주 어렵다. 그 때는 프랑스 교주가 금지령이 풀린 것을 기뻐하여 마음을 누그러뜨리고 서로의 의견을 따를 수 있었으나, 지금은 금지령이 저절로 풀린 데다가 자기 무리를 비호하는 일을 이미 시도해 보았으니, 무어 두렵고 꺼리는 바가 있어서 기꺼이 이 조약을 제정하겠는가? 비록 조약을 제정하게 한다 해도 반드시 처음의 뜻처럼 아주 좋게 할 수는 없을 것이다."

제13 북방을 안정시킴 綏北

러시아가 서쪽과 북쪽과 동쪽의 경계를 잠식하여 4만여 리를 뻗치고 들어와 지금 청나라와 우리나라와 일본의 입구를 차지하고서 호시탐탐 병탄할 기세다. 그러니 유럽 사람은 우리 세 나라를 한심하다고 여긴다. 우리나라 또한 스스로 위태롭게 여기고 항상 말하기를, "북도(北道)는 반드시 러시아의 소유가 될 것이다."라고 한다. 그러나 내가 보건대, 러시아 사람은 강인하고 인내력이 있어 하고자 하는 바를 달성할 수 있는 자이다. 비록 영토를 넓히려는 욕심이 있어도 경솔히 움직이지 않으니 결단코 이유 없이 이웃 나라를 침범하지는 않을 것이다. 그 잠식하는 방법은 전적으로 화평하고 느긋한 방법을 쓰며, 급하게 접근하는 효과를 구하지 않고 10년 20년을 헤아려 쉬지 않고 공을 들일 것이다. 남의 빈틈을 살펴 그들이 어쩔 수 없이 스스로 포기하기를 기다렸다가 차지할 것이다. 마치 먼 곳의 물을 끌어다가 들판에 물을 댈 때, 조금씩 젖어들어 물이 웅덩이를 가득 채운 뒤에야 나아가는 것처럼, 처음에는 그것이 신속한 줄 깨닫지 못하지만 열흘 사이에 문득 아득히 큰 물을 이루게 될 것이다.

일찍이 함경북도 육진(六鎭)[368]의 사람들에게 들었는데, 러시아는 새로 귀속해 오는 백성을 지극히 관대하게 대우한다고 한다. 10가구, 혹은 4, 5백 가구를 한 마을〔一社〕로 삼아 마을의 장(長)은 그들의 본래 풍습대로 다스리게 하고, 입적(入籍)을 바라는 자는 입적시키고,

---

368 육진(六鎭) : 1434년(세종16)에 영토수복정책에 따라 김종서(金宗瑞) 등에게 두만강 유역의 여진족을 몰아내고 그 곳에 설치한 경원(慶源), 경흥(慶興), 온성(穩城), 종성(鍾城), 회령(會寧), 부령(富寧)의 여섯 군데의 진을 지칭한다.

입적을 바라지 않는 자도 또한 그 편한 대로 들어준다. 마을을 세우고 새로 개간한 토지는 비옥함이 보통의 배가 되는데, 마음대로 경작하도록 두고 조세를 거두지 않으니, 한 해가 다 가도록 배불리 즐기며 아무런 침해도 받지 않는다. 이런 까닭에 우리 백성 중 가혹한 정치에 고통을 받는 자들은 물 흐르듯 달려가 줄줄이 두만강을 건너가니, 육진이 거의 비어버렸다. 떠나지 못한 자들은 오직 조상의 무덤이 있는 세족(世族)으로 깊이 뿌리 내려 움직이기 어려운 자들이거나, 아니면 자못 토지와 재산이 있어서 작은 이익〔棧豆〕에 연연해하는 자들이고, 그 나머지는 모두 어린애를 업고 떠나간다.

저 관북(關北)은 우리 조선이 왕업을 일으킨 땅이며 상서로움의 발원지다. 풍속이 순박하고 사람들은 대체로 재주 있고 씩씩한 것이 중국의 산서(山西)와 같다. 조정에서 힘써 구휼하려는 뜻이 항상 다른 도보다 갑절이지만 서울과의 거리가 2천리이고 산봉우리가 험준해서 임금님의 교화를 자주 듣지 못하니, 어진 수령이 덕의(德意)를 베풀고 은혜를 펴는 방책을 극진히 하지 않으면 백성이 왕의 은택을 입을 수 없다. 육진은 모두 무인이 이력을 쌓는 고장이라서 수령 된 자는 대개 거칠고 어리석어 염치를 돌아보지 않는다. 또 감영과도 멀리 떨어져서 명예를 훼손하는 일에 빠져들기 쉬우니, 마침내 멋대로 탐학을 저질러서 백성을 어육으로 만든다. 수십 년 이래로 빚을 진 수령이 벗기고 빼앗는 풍조가 날로 심해지는데도 조정에서는 문책하지 않고 감사는 규찰하지 않으니, 백성들은 곤궁하여 어찌할 바를 몰라도 하소연할 곳도 없다. 강 건너 끝없이 너른 땅에 낙토가 있어서, 정치와 풍속이 너그럽고 후하며 뽕나무 삼나무가 우거졌는데, 어찌 여기를 떠나 저쪽으로 갈 마음이 없을 수 있겠는가? 이에 먼저 떠난 자는 편안하고 배부른 즐거움을 누리는데 떠나지 못한 자는 더욱 곤궁함을 당한다. 옛날 100호의 마을이 지금은 10호만 남았는데도 요역은 배로 무거워지니, 그 고통을 견딜 수가 없다. 이대로 가다가는 서로 이끌고 모두 떠나버려 남은 자는 다만 이속(吏屬)과 읍민 몇 호뿐일 것이다. 관리 된 자는 오직 경채(京債 서울사람에게 진 빚)의 무거움만 생각하고서 남아 있는 백성들에게 세금을 가혹하게 거두니, 장차 떼를 지어 일어나 저항하고 이어서 마을을 약탈해 러시아로 도망가고야 말 것이다. 조정 또한 어찌할 줄을 모르고 그대로 내버려 두어 마침내는 깨진 마당엔 기와만 널려 있고 여우와 토끼의 소굴이 될 것이다. 이에 러시아인이 장차 천천히 강을 건너와서 기와 조각을 쓸어내고 가시나무를 잘라내고 계획하고 정돈해 그들의 장부에 기재할 것이다. 조정에서 만일 따져 물으면, 저들은 반드시 "우리는 버려진 땅을 차지한 것이지 힘으로 빼앗은 것이 아니다. 귀국이 무슨 상관이 있느냐."고 할 것이다.

우리는 이미 논리가 궁한 데다 힘도 약하여 싸울 수도 없으니 필시 하나의 조약을 다시 제정하여 함경남도를 경계로 서로 다시 침범함이 없도록 할 것이다. 그러나 백성의 처지를 가엽게 여기지 않으면 함경남도 또한 함경북도처럼 될 것이니 어찌 오래 보존할 수 있겠는가? 이런 이치가 불 보듯 환하여 촛불로 비추지 않아도 저절로 드러난다. 이로써 말하자면 러시아가 남의 토지를 빼앗는 것이 아니라, 이는 우리가 스스로 버린 것이다. 만약 수령을 가려 뽑아 백성을 위로하여 스스로 버리고 떠나지 않도록 한다면, 러시아가 비록 호랑이와 이리의 마음을 지녔어도 어찌 우리에게 해를 끼칠 수 있겠는가? 옛날에는 국가에서 안무사(按撫使)를 두고 육진을 전적으로 관리하여 참으로 적절하게 하였다. 적절한 안무사를 얻어서 육진에서의 인사권을 전적으로 위임하고,

경성에 뇌물 바치는 길을 끊어버리어,-포 1필도 마땅히 마천령(摩天嶺)을 넘으면 안 된다.- 백성에게 폐단이 되는 것은 일절 혁파하고, 조세를 덜어주어서 3년을 한정해서 거두지 말아야 한다. 향장(鄕長)과 이예(吏隷) 가운데 일을 시킬 몇 사람만 남겨두고 나머지는 모두 감축하여 농사짓도록 돌려보낸다. 안무사 이하는 의식(衣食)을 절약하고, 친히 마을에 가서 농상(農桑)을 권장하고 힘써 위로하기를 게을리 하지 않는다면, 떠도는 백성들이 반드시 소문을 듣고 돌아와 모일 것이다. 사람 마음이 어찌 사는 곳 옮기기를 좋아하겠는가? 러시아 지경에 있는 우리 백성들은 아직도 그 의관을 바꾸지 않았고, 국상 소식을 들으면 모두 흰 삿갓과 띠를 두르고 남쪽을 바라보며 곡(哭)을 한다고 들었다. 이러하니 그 마음이 어찌 하루라도 고국을 잊을 수 있겠는가? 다만 포학한 정치가 두려워 감히 돌아오지 못할 뿐이다. 만일 그들을 위해 근심과 해로움을 제거하고 즐겁게 살 길을 열어준다면 저곳에 비록 열 배의 이익이 있더라도 반드시 버리고 돌아올 자가 많을 것이다. 유민(流民)이 돌아오면 논밭은 날로 개간될 것이고 부세는 날로 늘어나서 4, 5년이 안 되어서 옛날의 기상을 회복할 수 있을 것이다. 러시아 사람도 잘한다고 축하하며 엿보는 마음을 끊을 것이다.

제14 금고[369]를 해제함 解錮

벌(罰)은 자손에게 미치지 않게 하고, 상(賞)은 후손에게 이어지도록 한 것은 위대한 순 임금의 성덕(聖德)이다. 죄가 처자식에게 가지 않게 하고, 벼슬한 자가 대대로 녹을 먹게 한 것은 문왕(文王)의 어진 정치이다. 옛 전적에 "군자는 너무 심한 것은 하지 않았다."[370]고 하였는데, 지금 이미 그 자신에게 죄를 주고 또 그 후손까지 금고시키는 것은 너무 심하지 않은가? 후세에 한 사람이 죄를 지으면 죽음이 삼족(三族)까지 미치게 한 것은 참으로 너무 심한 처사였다. 그런데 다행히 살아남은 자가 있어서 한번 사면을 받으면, 조정에서는 보통 사람과 똑같이 보아 재량에 따라 관직을 주어서 등용했으니, 우리나라처럼 대대로 금고를 시키는 경우는 없었다. 우리나라의 가장 무거운 죄로 임금을 범하는 것 만한 것이 없는데, 군대를 일으켜 반역한 자는 500년 동안 겨우 수십 명뿐이다. 그 나머지는 모두 언어와 문자로 역적이 되었다. 한번 역적의 이름을 뒤집어쓰고 대간의 탄핵에 오르면 그 자손은 대대로 함께 금고되어 조정에서 그 원한을 씻어준 뒤라야 감히 과거 시험에 나갈 수 있다. 그렇지 않으면 비록 백 세대가 지나더라도 하늘의 해를 볼 수 없으니, 이것이 어찌 순리이겠는가?

저 옳고 그름이란 것은 백대의 공의(公議)이니, 임금과 재상의 권력

---

369 금고(禁錮) : 범죄 사실이 있는 사람을 등용하지 못하게 벼슬길을 막는 형벌이다. 금고는 본인에 한하는 것과 본인 및 그 자손에게까지 적용하는 두 가지가 있었다.

370 군자는……않았다 : 《맹자》〈이루 하(離婁下)〉에 "맹자가 말하기를 '공자께서는 너무 심한 것은 하지 않으셨다.'라고 했다.〔仲尼 不爲已甚者〕"라고 한 데서 온 말이다.

으로도 빼앗을 수 없다. 비록 역적이라는 악명으로 죽었어도 만일 그 죄가 사실이 아니라면 천하 후세가 모두 그 원통함을 알 것인데, 조정의 처분을 기다릴 게 무엇이겠는가? 반드시 조정의 처분을 얻어서 그 원통함을 씻고자 하는 것은 자손의 처지 때문이다. 만약 자손을 위해서 그 조상의 원통함을 씻어준다면 원통한 자도 씻어주어야 하고 원통하지 않은 자도 또한 씻어주어야 할 것이다. 힘과 세력이 있는 자는 원통하지 않아도 씻기게 되지만, 힘과 세력이 없는 자는 원통해도 씻길 수 없다. 이것이 어찌 공의겠는가?

3백 년 이래로 사대부들이 대대로 집안의 당론을 지키면서 실제로 죄를 저지른 사람이라도 그 자손은 반드시 원통하다느니 무고라느니 하며 조정이 신원해 주기를 바라는 것은 어째서인가? 조상이 죄가 없는 뒤라야 자손이 곧 금고를 모면할 수 있기 때문이다. 이에 옳고 그름이 뒤섞이고 흑과 백의 구별이 없어졌다. 이른바 효성스런 아들과 손자이라도 그 악행을 덮어 가리지 못하면 다시 진출할 수 없다. 전자를 따르자니 옳고 그름이 분명해지지 않고, 후자를 따르자니 인재가 많이 버려진다. 누가 이 같은 황당무계한 법을 만들어 3백 년 동안 원통하고 억울한 기운을 빚어냈는가? 또한 탐관오리의 죄는 역적보다 덜하지 않기 때문에 그 사람은 죽일 수 있지만 그 자손은 무슨 죄인가? 하물며 개가(改嫁)는 음행(淫行)과 달라 선왕(先王)도 금하지 않았거늘 그 자손이야 무슨 허물이 있는가?

오늘날 우리나라 법전에서는 개가를 한 사람과 뇌물 받은 관리의 자손에게는 청환(淸宦)³⁷¹을 허용하지 않는데, 모두 너무 심한 제도이

---

371 청환(淸宦) : 학식이나 문벌이 높은 사람에게 시키던 벼슬이다. 규장각(奎章閣),

다. 뇌물 받은 관리와 개가한 사람의 자손도 금고를 시켜서는 안 되거
늘, 하물며 서얼은 대개 양첩(良妾)의 후손인데 무슨 죄와 허물이 있다
고 대대로 벼슬을 막아버리는가? 심지어 사대부가에서는 조상의 제사
를 끊을지언정 서자로 적통을 잇지 않는데, 이것이 과연 하늘의 이치에
서 나온 것인가? 선왕의 법도에서 나온 것인가? 아! 동방의 바닷가
나라는 산이 많고 들은 적으며, 풍속은 궁색하고 좁다. 게다가 인재가
얼마 없는데도 문벌로써 제한하고 사색당파의 이름으로 경계짓고, 또
이처럼 벼슬길을 막는 이유도 허다하다. 천하에 없을 뿐만 아니라 곧
우리 동방의 단군과 기자, 신라와 고려 이래로도 없었던 악법이다.
그런데도 굳이 악법을 만들어 나라와 함께 존속시키니, 국가의 형세가
어찌 날로 허물어지고 쇠하지 않을 수 있겠는가? 사람의 현명하고 어
리석음은 가문의 출신과 관계가 없다. 순 임금은 곤(鯀)이 악하다하여
우(禹)를 버리지 않았고,[372] 주공(周公)은 채숙(蔡叔)의 죄로 채중(蔡
仲)을 폐하지 않았다.[373] 장탕(張湯)[374]과 두주(杜周)[375]는 천하의 혹리

홍문관(弘文館), 선전관청(宣傳官廳) 등의 자리를 말한다. 지위와 봉록이 높지 아니하
나 뒷날에 높이 승진될 자리였다.

372 순(舜)……않았고 : 순 임금은 치수에 실패하여 벌을 받았던 곤(鯀)의 아들 우
(禹)를 기용하여 치수(治水)의 일을 다시 맡겼다.

373 주공(周公)은……않았다 : 주공은 반란을 꾀했던 채숙(蔡叔)의 죄에도 불구하고
그 아들인 채중(蔡仲)을 등용하였다. 채중은 주(周)나라 채국(蔡國)의 임금으로 이름
은 호(胡)요, 채숙도(蔡叔度)의 아들인데 채숙도는 주공이 내쫓아 죽였다. 채중은 몸을
닦고 착함을 실행했다. 주공은 그를 천거하여 노(魯)나라 경사(卿士)를 삼았다. 치적이
있자 또 성왕(成王)에게 말해 채국에 봉했다.

374 장탕(張湯) : ?~기원전 110. 산서(山西) 두릉(杜陵) 사람으로, 무제 때 정위(廷
尉), 어사대부(御史大夫) 등의 직책을 역임하였다. 법의 집행이 엄격했다고 한다.

(酷吏)였지만 그 자손들은 도리어 관대하고 후덕하였으며 대대로 충성과 절개를 돈독히 하여 한나라의 명신(名臣)이 되었으니, 소(蕭)·조(曹)[376]와 같은 공훈과 덕행이 있는 공신의 후예보다도 나았다. 어찌 언어와 문자의 죄로써 여러 세대 동안 후손을 금고시켜서, 태어나서 스스로 벼슬을 포기하고 군신의 윤리를 알지 못하게 하는가? 이것이 어찌 선행을 좋아하여 대대로 미치게 하고, 악행을 미워하여 그 자신에게만 그치게 하는 뜻이겠는가?

어떤 사람이 말했다.

"오늘날 조정에서 금고의 법을 풀어주면 참으로 성대한 덕이 될 것이다. 그러나 만일 그 조상의 원통함을 씻어주지 않는다면, 자손이 영예를 탐하여 무릅쓰고 벼슬에 나가고자 하더라도, 염치를 지키는 일을 어찌 하겠는가?"

내가 대답하였다.

"그렇지 않다. 왕의(王儀)[377]와 혜강(嵇康)[378]은 모두 죄 없이 사마소

---

375 두주(杜周) : ?~기원전 95. 남양(南陽) 사람으로, 자는 장유(長孺)이다. 어사를 지내면서 법의 집행이 엄중하여 한무제에게 중용되었다. 《漢書 卷62 杜周傳》

376 소(蕭)·조(曹) : 소하(蕭何)와 조참(曹參)의 병칭이다. 두 사람 모두 유방(劉邦)을 보좌하여 황제를 칭하게 한 개국 공신으로서, 나라를 세운 후에 서로 연달아 상국(相國)이 되었다.

377 왕의(王儀) : 진(晉)나라 문제(文帝) 때에 사마(司馬)로 재직하면서 직간했다가 억울하게 죽음을 당하였다. 그 아들 위원(偉元)은 조정에서 벼슬을 주려고 불러도 나가지 않았다. 여막에서 지내며 아침저녁으로 묘소 곁의 측백나무를 잡고 우니 흐르는 눈물에 젖어 나무가 말라 죽었으며, 조정이 있는 서쪽을 향해서 앉지도 않았다고 한다. 《진서(晉書)》 권88 〈왕부열전(王裒列傳)〉에 보인다.

378 혜강(嵇康) : 224~263. 초국(譙國) 질현(銍縣) 사람으로, 자는 숙야(叔夜)이

(司馬昭)[379]에게 살해당했다. 나중에 왕의의 아들 왕부(王裒)는 죽을 때까지 진(晉)나라 조정에 벼슬하지 않았고, 혜강의 아들 혜소(嵇紹)[380]는 진(晉)나라의 시중(侍中)이 되어 탕음(蕩陰)의 병란(兵亂)에서 죽었다. 이 때문에 왕부는 효자가 되고 혜소는 충신이 되었다. 저 두 사람은 사마소에 대해 군신의 신분이 아직 정해지지 않았을 때였으니, 아비가 죄 없이 죽었다면 그 자식들이 사마소를 원수로 여겨도 안 될 것이 없다. 그러나 혜소는 오히려 부지런히 부름에 나아가서 충성을 이루었다. 하물며 임금에게 신하가 되기를 맹세하여 그 녹을 먹고 그 지위를 누린다면, 조산이 비록 죄 없이 죽었더라도 그 자손이 어찌 감히 임금을 원수로 여겨 벼슬하지 않을 수 있겠는가? 또 하물며 꼭 죄없이 죽었다는 법도 없지 않은가? 만일 이와 같은 의리가 있다면 우 임금처럼 성스럽고 채중처럼 어진 이가 어찌 지금 사람이 염치를 지키는 것만도 못하게 마음 편히 명을 받았겠는가? 마땅히 제도를 정

다. 위(魏)나라 말 진(晉)나라 초의 죽림칠현(竹林七賢)의 한 사람이다. 종회(鍾會)가 문제(文帝)에게 참소하여 죽음을 당했다.

379 사마소(司馬昭) : 211~265. 하내(河內) 온현(溫縣) 사람으로, 자는 자상(子上) 이다. 삼국 시대 위(魏)나라 권신(權臣)으로, 위왕(魏王) 조모(曹髦)가 재위(在位)할 당시에 형인 사마사(司馬師)의 뒤를 이어 대장군이 되어 국정(國政)을 마음대로 하고 스스로 상국(相國)이 되었다. 뒤에 조모를 시해하고 원제(元帝) 환(奐)을 옹립했으며, 그 아들 사마염(司馬炎)이 위나라를 찬탈(簒奪)하여 문제(文帝)로 추존되었다.

380 혜소(嵇紹) : 253~304. 초국(譙國) 질현(銍縣) 사람으로, 자는 연조(延祖)이 다. 혜강(嵇康)의 아들로, 동해왕(東海王) 사마월(司馬越)이 혜제(惠帝)를 끼고 성도 왕(成都王) 사마영(司馬穎)과 싸우다가 탕음(蕩陰)에서 패했을 때 다른 백관들과 시어 (侍御)들이 모두 도망간 상황에서 혜소만이 몸소 혜제를 호위하다 군사들에게 살해당 했다. 《資治通鑑 卷85 晉紀7》

해, 지금부터는 범인의 자손 중 정상을 알아보아 죽을 죄에 연좌된 자 외에는 금고하지 말고 재주에 따라 벼슬을 주어 등용해야 한다. 그리 되면 그 사람은 반드시 감격해 분발하며 힘을 다해 허물을 덮을 도리를 생각할 것이다. 종전의 몇 백 년 동안 금고로 버려졌던 종족들이 한꺼번에 죄명을 씻고 모두 유신(維新)에 참여한다면, 귀신과 사람 모두 기뻐하고 천지가 함께 화합할 터, 왕도의 탕탕평평(蕩蕩平平)함이란 이와 같은 것 아니겠는가? 조상의 유죄와 무죄는 저절로 백대의 공론에 달려 있을 뿐, 자손이 밝혀냄에 달려 있지도 않고, 또 조정이 죄를 씻어줌에 달려 있지도 않다. 대간(臺諫)에서 계를 올리는 자가 그만두는 것이 옳을 것이다.

제15 널리 들음 廣聽

국가의 치란(治亂)과 흥망(興亡)은 다른 데 있지 않고, 언로(言路)의 개방과 폐쇄에 달려있을 뿐이다. 옛날 요(堯) 임금은 비방의 나무를 세웠고,[381] 우(禹) 임금은 감히 간언하는 북을 설치하여[382] 아랫사람들의 실정이 모두 위에 도달하게 했다. 주나라는 감방(監謗)의 무당을 두었고,[383] 진(秦)나라는 요언(妖言)의 법[384]을 제정하여 윗사람의 허물이 알려지지 않았다. 아래의 실정이 모두 전달되면 억조창생이 자기를 임금으로 받들고, 위의 허물이 소문나지 않으면 임금의 형세가 외롭고 위태로워진다. 이것은 역대의 귀감이며 다스리는 도리 중 관건이다.

물의 흐름을 심하게 막으면 반드시 저절로 터지게 되고, 등창을 오래 두면 반드시 저절로 문드러진다. 저절로 터지면 밭에 해롭고, 저절로 문드러지면 사람을 죽게 하니 나라를 다스리는 것도 그러하다. 이렇기

---

381 요(堯)……세웠고 : 요 임금은 자신의 그릇된 정치를 지적받기 위해 궁궐 다릿목에 나무를 세워 놓았다. 《淮南子 主術訓》

382 우(禹)……설치하여 : 감간(敢諫)은 감히 임금에게 간한다는 뜻이다. 감간의 북은 잘못된 정치가 있으면 지위 고하를 막론하고 두드리도록 궁궐 문 앞에 설치한 북이다. 이 고사는 요 임금의 고사인데 우 임금의 고사로 한 것은 착오인 듯하다. 《淮南子 主術訓》

383 주나라는……두었고 : 감방(監謗)은 조정을 비방하는 자를 감시하여 색출하는 일이다. 주 여왕(周厲王)은 자신의 비정(秕政)을 비난하는 자들을 감시하기 위하여 위무(衛巫)라는 무당으로 하여금 불평불만하는 자들을 가려내어 처형하게 하였다. 《國語 周語》

384 요언(妖言)의 법 : 진(秦)나라와 한(漢)나라 때 설치했던 법의 하나로, 여론을 막는 악법이었다.

때문에 나라를 잘 다스리는 자는 반드시 백성이 입을 열어 말하게 한다. 저절로 터지거나 저절로 무너질 걱정이 없은 뒤에야 그 나라가 보전될 수 있을 것이다. 옛날 설후(薛珝)[385]가 촉(蜀)으로 사신을 갔다가 돌아와 오왕(吳王)에게 보고하기를, "그 조정에 들어가 직언을 듣지 못하였고, 그 들을 지나는데 백성들이 굶주린 기색이 있었습니다. 신이 듣건대, '제비와 참새가 집에 둥지를 틀고서 새끼 새와 어미 새가 즐겁게 지내며, 굴뚝이 터지고 대들보가 불타는데도 희희낙락 재앙이 장차 이르는 줄도 몰랐다.'[386]는 말이 있는데, 그것이 이런 것을 말한 것이 아니겠습니까?"라고 했다. 나는 역사책을 읽다가 여기에 이르러 나도 모르게 두려워져서 탄식하기를, "오늘날 언로가 닫힌 지가 이미 백여 년이다. 식견이 있는 자가 이 상황을 본다면 설후와 같은 말을 하지 않겠는가? 언로를 막은 것은 권신이 대대로 나라의 명운을 쥐고서 남들이 자기의 단점을 논하는 것을 막으려 한 데서 비롯되었다. 조정에서는 의장(儀仗)에 세운 말[387]을 경계하고, 대각(臺閣)은 입을 다문 까마

---

385 설후(薛珝) : 207?~270. 예주(豫州) 사람으로, 삼국 오(吳)나라 때 위남장군(威南將軍)과 대도독(大都督)을 지냈다. 당시 오(吳)나라의 교지 태수 손서(孫諝)가 중앙에 바칠 공물을 과도하게 매겨 백성들을 수탈했는데, 여흥(呂興)이 손서를 죽이고 진나라에 귀순해서 오나라는 그 땅을 잃게 되었다. 269년 11월 손호(孫皓)는 대도독 설후(薛珝)로 하여금 창오(蒼梧) 태수 도황(陶璜)과 함께 교지를 공격하게 했다. 설후는 양직의 부장 동원(董元)을 야습하여 보물을 빼앗아온 도황을 전부독(前部督)에 임명하여 교지를 경영하도록 하였다.

386 그……아니겠습니까? :《삼국지(三國志)》〈오지(吳志) 8 설종전(薛綜傳)〉에 보인다. 제비와 참새의 인용부분은《공총자(孔叢子)》〈논세(論勢)〉의 기사를 인용한 것인다.

387 의장(儀仗)에 세운 말 : 입장지마(立仗之馬)로, 권신 앞에서 말을 조심하는 것을

귀가 되었다. 나의 넋이 아름다운 미색에 빠지는 것[388]처럼 명령하지 않아도 풍기가 되었다. 사직하는 의례적인 상소와 권면을 진술한 진부한 말도, 반드시 존귀한 측근의 신하들에게 두루 보인 뒤에야 감히 상달한다. 임금이 죄를 주면 삼사(三司)가 반드시 따라서 죄를 청하고는 대간의 체통이라고 말한다. 임금이 죄를 주지 않으면 비록 탐학하고 간사하게 아첨하고, 일을 그르친 죄가 있어도 내버려두고 따져 묻지 않는다. 이에 서로 악행을 보면서도 거리낌 없이 행한 지가 이미 오래되어 마침내 나라의 규범을 이루었다. 후대의 사람들은 말하기 꺼려하는 세상에서 나고 자라고 늙어 죽어, 입을 막고 혀를 묶는 것을 당연하게 여긴다. 나라 형세의 위급함이 면류관에 매달린 구슬[389] 같고, 민생이 도탄에 빠졌는데도, 진나라 땅의 척박함을 보는 듯이 하고,[390] 스스

말한다. 《신당서(新唐書)》 권223上 〈이림보열전(李林甫列傳)〉에 "그대들은 홀로 의장에 세운 말을 보지 못했는가? 종일 아무 소리도 내지 않는데 삼품의 꽃과 콩을 배불리 먹는다. 한 번 울게 되면 축출당하는데 나중에 울지 않으려고 해도 그럴 수 있겠는가? 〔君等獨不見立仗馬呼? 終日無聲, 而飫三品芻豆, 一鳴則黜之矣, 後雖欲不鳴, 得乎?〕" 라고 하였다.

388 나의……것 : 색수혼여(色授魂與)와 같다. 남녀의 애정이 혼으로 통하는 것이다.

389 면류관에 매달린 구슬 : 철류(綴旒)를 말한다. 국세의 위급함을 비유한다. 《문선(文選)》에 수록된 반욱(潘勗)의 〈책위공구석문(冊魏公九錫文)〉에 "이러한 때를 당함은 철류와 같다.〔當此之時 若綴旒然〕"고 했는데, 장선(張銑)의 주에 "유(旒)는 관(冠) 위에 늘어놓는 구슬로서, 관에 매달아 놓은 것이다. 제실(帝室)의 위급함이 유가 매달린 것 같다는 뜻이다.〔旒 冠上垂珠 而綴於冠者 言帝室之危如旒之懸〕라고 했다.

390 진나라……하고 : 남의 어려움을 무관심하게 보는 것을 말한다. 한유(韓愈)의 〈쟁신론(爭臣論)〉에 "정치의 득실을 보는 것을 월나라 사람이 진나라 사람의 비옥하고 척박함을 보는 듯이 하고, 조금도 그 마음에 기쁨이나 슬픔을 느끼지 않는다.〔視政之得失 若越人視秦人之肥瘠 忽焉不加喜戚於其心〕"라고 하였다.

로를 가을 매미와 같이 여기면서,[391] 도리어 말하는 자를 괴이하게 여긴다. 내가 이전에 천진(天津)에 사신으로 갔을 때, 상소하여 절용(節用)에 관한 일을 논했다. 그 말이 몹시 간절하거나 지극하지 않았는데도 온 세상에서 시끄럽게 비난하면서 망언이라 여겼다. 나를 아끼는 사람들은 나를 위해 안타깝게 생각했다. 내가 지금 생각해도 그 까닭을 알 수 없다. 아! 말을 꺼리는 것이 이와 같으니 무엇으로 나라를 다스리겠는가? 훗날 국사(國史)를 편찬할 때 백 년 사이에는 바야흐로 한 편의 상소도 실을 만한 것이 없으리니, 어찌 후손에게 부끄럽지 않겠는가? 지금 마땅히 언로를 널리 열어서 관리든 백성이든 제한하지 않고 사람마다 말을 다할 수 있게 하다면, 실정이 도달하지 않음이 없을 것이고 원통함을 아뢰지 않음이 없을 것이다. 나라에는 공론이 있게 될 것이고 옳고 그름이 분명해져서, 위로는 임금의 허물을 보완할 수 있고, 아래로는 유행하는 풍속을 경계할 수 있을 것이다. 군자는 의지할 데가 있어서 그 힘을 다할 수 있고, 소인은 꺼리는 것이 있어서 감히 멋대로 잘못을 저지를 수 없을 것이다. 비록 광망한 언사와 무익한 말이 있더라도 아울러 받아들여서 충성스럽고 곧은 말의 길을 열어 주어야 한다. 이에 여러 사람들이 들은 것을 아우르고 대중의 지혜를 모은 다음 알맞은 것을 택하여 사용한다면, 조처에 실패하는 일이 없을 것이고, 저절로 규범에 맞을 것이다. 마치 물이 그 흐름을 따르는 것처

---

391 스스로를……여기면서 : 가을이 깊으면 매미는 울지 않는데, 이로써 사건이 있어도 감히 말하지 않음을 비유한 것이다. 《후한서(後漢書)》 권97 〈당고열전(黨錮列傳) 두밀(杜密)〉에 "유승(劉勝)은 지위가 대부(大夫)로서 상빈(上賓)으로 예우를 받았는데, 선행이 있어도 추천하지 않고 악행을 들어도 말을 하지 않고, 마음을 감추고 자신을 아끼면서 스스로 가을 매미[寒蟬] 같다고 하니 이는 죄인이다."라고 하였다.

럼 격렬하게 부딪칠 걱정이 없고 관개(灌漑)의 이익을 얻을 것이요, 병이 적절한 치료를 받은 것처럼 사악한 기운이 막혔다가 녹아 흩어져 원기가 저절로 회복될 것이다. 이것이 오늘날 나라를 고치는 요긴한 업무이다.

제16 직무를 맡김 任職

옛날 유자후(柳子厚)[392]가 〈재인전(梓人傳)〉[393]을 지었는데, 주자(朱子)는 정치의 근본을 깊이 통달했다고 여겨서 《자치통감강목(資治通鑑綱目)》의 분주(分註)에 실었다. 일찍이 나는 그를 위해 그 설을 다음과 같이 부연했다.

지금 부자가 집을 짓는데, 좋은 도목수를 택하여 먹줄 치는 일을 맡긴다. 그 다음에는 자귀질 하는 자, 톱질하는 자, 끌질하는 자, 대패질 하는 자에게 각기 그 일을 맡긴다. 주인은 오직 때때로 살펴보고 술과 음식으로 위로하며, 부지런함을 권장하고 게으름을 경계한다. 사람들은 저절로 흥이 나서 권하며 즐겁게 일을 하니, 장차 하루가 지나기도 전에 크고 넓은 집이 아름답게 완성된다. 주인이 먹줄을 치는 일을 간섭하면 도목수는 그 마음을 다하지 않는다. 자귀질, 톱질, 끌질, 대패질 등의 일을 간섭하면 자귀질, 톱질, 끌질, 대패질을 맡은 자들은 힘을 다하지 않는다. 또 자주 그 일을 바꾸면 하나의 일도 완성하지 못하고, 일에 두서가 없으며, 사람들은 모두 기운이 빠져 바라보기만 하면서 주인의 말만 기다린다. 주인의 뜻에 순종하면 술과 밥을 얻고,

---

392 유자후(柳子厚) : 유종원(柳宗元, 773~819)으로, 당나라 장안(長安) 출생이며, 자는 자후, 호는 하동(河東)·유주(柳州)이다. 고문(古文)의 대가로서 한유(韓愈)와 쌍벽을 이루었다. 우언(寓言) 형식을 취한 풍자문(諷刺文)과 산수(山水)를 묘사한 산문에도 능했으며, 시는 산수의 시를 특히 잘하여 도연명(陶淵明)과 비교되었고, 왕유(王維)·맹호연(孟浩然) 등과 당시(唐詩)의 전원파를 형성하였다. 〈천설(天說)〉, 〈비국어(非國語)〉, 〈봉건론(封建論)〉 등의 글과 시문집 《유하동집(柳河東集)》 45권, 《외집(外集)》 2권, 《보유(補遺)》 1권 등이 있다.

393 재인전(梓人傳) : 목수의 일을 재상의 정치적 역할과 비교하여 쓴 글이다.

순종하지 않으면 노여움을 산다. 그리하여 모두 아첨을 일삼고 게을리 놀기를 탐하니, 주인은 품삯만 허비하는데, 저들 공인과 장인은 도리어 편안함을 얻는다. 주인은 마음과 힘만 허비한 채 한 해가 다가도록 집을 완성하지 못하는데, 어느 한 사람도 그 잘못을 책임지는 자가 없다. 만약 이렇게 한다면 어찌 큰 집만 완성시키기가 어렵겠는가? 초가 한 칸이라도 이룰 수 없을 것이다.

지금 천하 만국은 모두 직무를 맡겨 정무를 다스린다. 한번 전권(全權)을 위임하는 임명장을 주면 시종일관 흔들지 않고 그 직무를 다한다. 그러므로 임금은 정부의 권한을 간섭할 수 없고, 정부는 모든 관아의 권한을 간섭할 수 없고, 관장(官長)은 사민(四民)의 권한을 간섭할 수 없다. 대소 상하가 각기 그 분수 안의 직무를 수행하니 공과 죄는 저절로 주인에게 있고, 상과 벌은 공의(公議)에 맡겨진다. 이것은 모든 일에 흠이 없고 공용(功用)이 크게 드러나기 때문이다. 말세를 두루 살펴보면 편한 대로 경영하고 사사롭게 행하여, 정부에 맡기지 않은 것이 많았다. 그러나 모든 관서의 직무를 다 빼앗지는 못했다. 어찌 내외 모든 관서의 손을 묶어 성취를 억압하고도 통치를 할 수 있는 자가 있겠는가? 위대한 순(舜) 임금의 성스러움으로도 오히려 번잡함을 경계하였고,[394] 문왕(文王)의 밝음으로도 여러 옥사와 여러 가지 삼가야 할 일을 감히 다 알려고 하지 않았다.[395] 어찌 그 지혜가 만물에

---

394 순(舜)……경계하였고 : 《서경》〈익직(益稷)〉의 "임금님이 잗달게 굴면 신하들도 해이해져서 만사가 실패하리이다.[元首叢脞哉 股肱惰哉 萬事墮哉]"라는 내용을 가리킨다.

395 문왕(文王)의……않았다 : 《서경》〈입정(立政)〉에서 "문왕은 여러 말과 여러 옥사(獄事)와 여러 금계(禁戒)를 도맡아 처리하지 않았다.[文王 罔攸兼于庶言庶獄庶

두루 미치기에 부족해서였겠는가? 정치의 요체는 이같이 해서는 안 된다고 여겼기 때문이다. 옛날 요(堯) 임금이 곤(鯀)에게 치수(治水)를 명했는데, 곤이 물길을 막으라고 명령하여 천하가 함께 그 피해를 입었다. 요 임금은 알지 못한 것이 아니었는 데도 오히려 그 권한을 빼앗지 않았고 그 일을 간섭하지도 않았다. 기어이 9년 동안 이루어지지 않은 것을 기다린 뒤에야 내쫓아 죽였으니, 옛 성인이 직무를 맡기는 신중함이 이와 같았다.

愼]"고 한 것을 가리킨다.

사의총서

私議總叙

운양자(雲養子)가 바닷가 산사(山寺)에 유배되어[396] 무료하고 궁색하게 지내면서 평소에 시도해보고자 하던 것을 사의(私議) 16편으로 저술하였다.

손님이 들렀다가 난색을 표하며 말했다.

"그대의 말은 진실로 지금 시대에 힘써야 할 일이다. 그러나 어떤 것은 큰 것을 버리고 작은 것을 말하고, 어떤 것은 급한 것은 놓아두고 미루어도 될 일을 논했으니 어찌 그런 주장을 하였는가?"

내가 말한다.

"내버려두라. 선생이 말하는 큰 것이란 임금의 마음을 바로잡고, 풍속을 바르게 하고, 도량형을 엄격하게 하고, 법도를 살피고, 양전(量田)을 하여 부세(賦稅) 공평하게 하고, 호적을 정비하여 요역을 고르게 하는 것이 아니겠는가? 이는 모두 앞 시대에 이미 시행한 일이다. 진실로 그것을 행하고자 한다면 지금 행하면 되지 어찌 군더더기처럼 논설이 있기를 기다리겠는가? 그대가 말한 급한 것이란 오늘날 터럭이 날리듯 어지럽게 된 폐단과 백성과 나라가 곤궁하고 초췌해진 단서가 아니겠는가? 이 또한 앞 시대에 많이 있었던 일이다. 진실로 그것을

---

396 운양자(雲養子)가……유배되어 : 김윤식이 충청남도 당진군 면천면의 영탑사(靈塔寺)에 유배된 것을 말한다. 김윤식은 1887년 5월에 면천군(沔川郡)에 유배되어 1893년 2월에 향리(鄕里)로 방송(放送)되었다.

그치게 하고자 한다면 바로 그치게 하면 되지 또 어찌 반드시 먹과 붓을 낭비하겠는가? 지금 내가 의론한 여러 조항은 모두 앞 시대에는 없었던 폐단이고 또한 천하만국에서도 듣지 못한 일이다. 오직 우리나라에서 백 년 동안 길러진 병이 오늘에 이르러 마침내 고질병을 이루어 치료하기 어려운 것들이니, 이 어찌 따로 논하여 글을 짓지 않을 수 있겠는가? 그 일은 비록 작지만 관계되는 바는 매우 크며, 그 기미가 급하지 않은 듯하지만 실상은 급한 데 관계된다. 지금 그것을 구제하지 않으면 오히려 늦었음을 유감스러워 하게 될 것이니, 만일 이때를 지나쳐버리고 나면 더욱 어찌 할 수 없을 것이다. 나는 욕되게 유배당한 사람으로서 비록 다행히 다시 하늘의 해를 보게 되었으나 노쇠하고 피곤에 지쳐 다시 분주히 일하는 것을 감당할 수 없으니, 스스로 생각건대 골짜기에서 늙어 죽을 것이다. 만약 훗날 조정에서 유서(遺書)를 구하는 은혜를 입어 이 사의(私議)를 세상 사람들이 볼 수 있게 된다면 무릉(茂陵)의 봉선서(封禪書)[397]보다 낫지 않겠는가?

정사(政事)는 저절로 거행되진 않으니 반드시 적임자를 기다려야 한다. 그러나 인재가 저절로 이르지는 않으니 현인을 천거하는 데 달려 있다. 이에 제1편 천법의(薦法議)를 지었다. 돈은 백성을 편하게 하려

---

397 무릉(茂陵)의 봉선서(封禪書) : 한나라 때 사마상여(司馬相如)가 만년에 무릉(茂陵)에서 살면서 병이 위독해지자, 무제(武帝)가 근신(近臣)을 보내 그의 글들을 모두 수집해 오도록 했는데, 집에 도착했을 때는 이미 상여가 죽은 뒤였다. 이때 상여의 처가 "다른 글은 모두 사람들이 가져갔는데, 임종 때 한 권을 주면서 사신이 오면 내주라고 하였다."라고 하였는데, 그 유서의 내용은 공덕을 칭송하고 부서(符瑞)에 대해 이야기하면서 무제에게 봉선(封禪)을 행하도록 권하는 내용이었다. 그 글을 상여의 '봉선서'라고 한다. 《漢書 卷57 司馬相如傳》

는 것이지 나라를 이롭게 하려는 것은 아니다. 나라를 이롭게 하면
병폐가 생기지만 백성을 편하게 하면 곧 이익이 된다. 이에 제2편 전법
의(錢法議)를 지었다. 군사는 많음에 달려 있지 않고 정예로 훈련함이
중요하다. 역량을 헤아려 양성하여 반드시 후환을 생각해야 한다. 이에
제3편 양병의(養兵議)를 지었다. 여섯 가지 포흠의 해는 결국 백성의
고통이 되니, 차라리 위에서 손해가 되더라도 나라의 근본을 두텁게
해야 한다. 이에 제4편 견포의(蠲逋議)를 지었다. 노나라 선공(宣公)
의 이묘법(履畝法)을 군자가 비웃었지만,[398] 한나라는 부세를 너그럽
게 하여 해가 갈수록 기초가 단단해졌다.[399] 이에 제5편 결폐의(結弊議)
를 지었다. 당나라 때 백망(白望)[400]과 주(周)나라 때 피채대(避債
臺)[401]와 같은 이전의 과실을 거울삼아 비용을 절약하고 세금을 가볍게

---

398 노나라……비웃었지만 : 춘추 시대 노나라 선공 15년에 처음으로 시행한, 공전
(公田) 이외의 사전(私田)에까지 십일세(十一稅)를 부과했던 세법(稅法)이다. 이묘
(履畝)란 밭이랑을 따라 점검하여 부세를 매기는 것인데, 그 방법은 곡식이 제일 잘
된 이랑을 잡아 그를 기준으로 그 밭 전체의 부세를 받았다. 이것은 주나라 때의 정전법
(井田法)에 비해 훨씬 가혹한 세법이었으므로 공양씨(公羊氏)가 밭이랑을 믿고 서서
세금을 거둔다고 비판하였다.《春秋公羊傳 宣公15年》

399 한나라는……단단해졌다 : 한나라 문제(文帝) 때에 전조(田租)를 거두지 않기도
하고 반만 거두기도 했는데, 그때는 천하에 물산이 풍부하고 인구가 많았으며 태창(太
倉)의 곡식이 계속 묵어 쌓였다는 고사가 있다.《雲養集 卷7 十六私議 結弊議》

400 백망(白望) : 당나라 때 궁중에서 필요한 물건을 구입하기 위해 시장에 파견한
환관들을 가리킨다. 그들은 저자에서 좌우를 바라보다가 공짜로 백성의 물건을 가져가
므로 사람들이 '백망'이라 일컬었다고 한다. 한유(韓愈)가 당나라《순종실록(順宗實
錄)》에 쓰면서 유명해진 표현이다.

401 피채대(避債臺) : 이 대의 본래 이름은 이대(謻台)로, 주나라 경왕(景王) 때 건
축된 것이다. 후에 난왕(赧王)이 진나라에 대항하여 6국 연횡을 추진하면서 부호들에게

해야 한다. 이에 제6편 공시의(貢市議)를 지었다.

몇 식구 사는 집도 오히려 한 섬의 양식을 저축해두는데, 국가 재정이 애통하게도 아침에 저녁을 도모할 수 없다. 이에 제7편 축적의(蓄積議)를 지었다. 각종 세금이 번다하여 백성이 곤궁하고 피폐해졌다. 물건에 대해서 세금을 매기지 말고 사람에 대해서 세금을 매겨 법을 간단하고 쉽게 해야 한다. 이에 제8편 상세의(商稅議)를 지었다. 밝은 임금이 나라를 다스릴 때에는 백성이 부를 쌓게 하고, 침범하지도 흔들지 않아 마치 작은 생선을 요리하듯[402] 해야 한다. 이에 제9편 호부의(護富議)를 지었다. 일이 없는데 병영을 설치하면 이는 불필요한 관리가 되어 사나운 위엄을 빙자하여 백성들에게 독을 끼친다. 이에 제10편 혁진의(革鎭議)를 지었다. 나라 군왕의 부(富)를 말할 때는 말의 수를 헤아려 대답하였다. 그러나 바다로 둘러싸인 나라는 선박 정책이 가장 중요하다. 이에 제11편 선정의(船政議)를 지었다. 사방 이웃나라와 외교할 때에는 오직 조약만 믿을 수 있다. 문호를 닫고 강화(講和)하지 않으면 모욕을 받고 수치를 당하게 된다. 이에 제12편 강약의(講約議)를 지었다. 6진(鎭)과 10주(州)[403]를 우리나라에서 진무(鎭撫)해야 하

돈을 빌렸다가 갚지 못하고 빚 독촉을 피해 이 대(臺)에 올라갔다고 한다. 《太平御覽卷177》

402 작은……요리하듯 : 작은 생선을 요리할 때 잘못하면 부스러지기 때문에 그 까다로움을 정치(政治)의 까다로움에 비유한 말이다. 《노자(老子)》에 "큰 나라를 다스림은 작은 생선을 지지는 것과 같이 한다.〔治國如烹小鮮〕"고 한 데서 나온 말이다.

403 6진(鎭)과 10주(州) : 6진은 1434년(세종16)에 영토수복정책에 따라 김종서(金宗瑞) 장군으로 하여금 두만강 유역의 여진족을 몰아내고 그 곳에 설치한 경원(慶源), 경흥(慶興), 온성(穩城), 종성(鍾城), 회령(會寧), 부령(富寧)의 여섯 곳의 진을 가리

건만 어찌하여 백성을 버리고 이역(異域)에 남겨두는가? 이에 제13편 수북의(綏北議)를 지었다. 죄가 그 자신에게 그치고 벌이 대를 잇지 않도록 공정한 법과 어진 정치를 양쪽으로 행하여 어그러지지 않게 해야 한다. 이에 제14편 해고의(解痼議)를 지었다. 그 과오를 듣기 싫어하면 과오는 더욱 뚜렷하게 드러나지만, 직언이 조정에 가득하면 그 나라는 반드시 번창한다. 이에 제15편 광청의(廣聽議)를 지었다. 비록 좋은 법이 있어도 그것은 사람이 추진하고 실천하는 데에 달려 있다. 각기 그 직무를 다해야 여러 가지 공적이 결실을 맺을 것이다. 이에 제16편 임직의(任職議)를 지었다."

경인년(1890, 고종27) 중춘(仲春) 영탑우인(靈塔寓人)이 짓다.

(옮긴이 정두영)

킨다. 10주는 구체적으로 어느 고을인지 명확히 지적된 곳이 없는데, 6진 근처의 이웃 고을로 겨울철에 사람들이 거주했다는 10구자(口子)를 가리키는 것이 아닌가 한다. 자세하지 않다.

운양집

제 8 권

설 說

소 疏

장계 狀啓

소대 召對

고포 告布

공함 公函

설 說

설은 모두 17편이나 14편만 수록한다.

비단 꽃을 오리는 사람 이야기 갑인년(1914)

剪綵者說 甲寅

동호(東湖)의 옛 별장에서 매화 한 그루를 길렀는데 품격이 몹시 빼어나고, 꽃이 피는 시기도 가장 늦었다. 주인은 아끼고 보호하면서 늦봄의 감상거리로 삼았다. 갑인년 음력 11월 그믐에 날씨가 몹시 따뜻하고 사흘 동안 가랑비가 내리더니, 얼어붙었던 샘과 샘구멍에서 졸졸 물이 흐르고 하룻밤 사이에 매화가 활짝 피어났다. 주인은 술을 마련해놓고 좋은 밤을 정해 벗들과 더불어 술 한 잔 마시고자 하였다. 그러나 얼마 안 가서 꽃잎이 어지러이 땅바닥에 떨어지기에, 슬피 매화 가지를 어루만지면서 배회하며 탄식했다.

별장 앞을 지나던 객이 말하기를, "나는 비단을 오려서 꽃을 만들 수 있는데, 사람들에게 보이면 진짜인지 가짜인지 구분하지 못합니다."라고 하였다. 주인이 그 재주를 한번 선보이라 명했더니 손님은 곧 가위를 준비해 흰 비단을 오리고, 철사를 뽑아내고 누런 밀랍으로 꾸몄는데, 꽃잎과 꽃술과 꽃받침과 씨방 하나하나에 기묘한 솜씨를 다 부렸다. 마침내 하나하나 가지에 붙이고, 서너 개씩 나란히 세워놓으니, 안개 낀 저녁과 달빛 어린 새벽, 그 아리따운 자태가 나부산(羅浮山)과 대유령(大庾嶺)¹의 매화보다 그다지 뒤지지 않았다.

객이 이에 돌아보며 활짝 웃더니 주인에게 자신이 만든 매화를 올렸다. 주인이 말하기를, "아! 당신의 재주가 매우 정교하기는 합니다. 그러나 사물의 귀한 바는 천연스러움에 있습니다. 소와 말에게 네 다리가 있는 것이 곧 천연스러움입니다. 그런데 코에 구멍을 뚫고 머리에 굴레를 씌우는 것²은 그 천연스러움을 심히 손상시키는 것 아니겠습니까? 지금 당신은 허환의 것으로 참됨을 속이면서 재능을 뽐내셨습니다. 그러나 나는 그것에 천연스러움이 거의 없는 듯하여 두렵습니다."

손님이 머리 들어 웃다가 고개를 숙이고 한숨 쉬며 말하기를, "그대는 저 하늘을 아십니까? 하늘에는 네 가지 덕이 있는데, '원(元)'이 이것들을 통솔하며, 처음부터 끝까지 오로지 어질 뿐이어서 만물이 이에 힙 입어 자라납니다.³ 하늘에 하루인들 '어짊'이 없었던 적이 있었습니까? 저 나무에 피는 꽃들은 곧 하늘의 어진 마음입니다. 때문에 이름난 꽃이며 갖가지 화초들이 만으로 그 수를 헤아리며, 봄에 번성하여 여름 가을까지 이어지는 것입니다. 가장 늦게는 국화가 있는데,

---

1 나부산(羅浮山)과 대유령(大庾嶺) : 나부산은 광동성(廣東省) 증성현(增城縣)에 있는 산이고, 대유령은 강서성(江西省) 대유현(大庾縣)에 있는 고개인데 모두 매화의 명소로 유명하다.

2 코에……것 : 《장자》〈추수(秋水)〉에 "소와 말이 네 발을 가진 것은 천연스러움이고, 말머리에 굴레를 씌우고 소의 코에 구멍을 뚫는 것은 인위적이다〔牛馬四足 是謂天 落馬首 穿牛鼻 是謂人〕"라고 하였다.

3 하늘에는……자라납니다 : 하늘의 네 가지 도는 《주역》〈건괘(乾卦) 단(彖)〉에서 이른바 "원(元)·형(亨)·이(利)·정(貞)"이다. 여기에 호응하는 인간이 갖추어야 할 네 가지 덕은 인(仁)·의(義)·예(禮)·지(智)다. '원'과 호응하는 것이 '인'이기 때문에 이렇게 말한 것이다.

때문에 국화는 서리를 이길 수 있지요. 국화가 지고 나면 초목이 모두 시들고, 서리와 눈이 때맞추어 내리면 들에는 더 이상 초록빛을 찾을 수 없고 산에는 한 점 붉은빛도 없습니다. 그때의 쓸쓸함과 삭막함은 견딜 수가 없을 정도입니다. 때문에 호사가들은 고매(古梅)를 화분에 심고, 붉은 비단을 둘러서 보호하였던 것입니다. 방법이 궁색하기는 하지만, 마음 씀은 가히 고달프지요. 그렇지만 매화는 타고난 자질이 연약하여 오래가지 못합니다. 나는 하루라도 꽃이 없으면 하루라도 하늘의 마음을 상하게 할까 두려워 지금 이런 재주를 배웠습니다. 제가 어찌 기교를 부리려고 했겠습니까? 하루라도 꽃이 없을 수 없음을 알기 때문입니다."라고 했다.

주인은 "훌륭하군요!"라고 말하면서 술상을 차려오게 하여 주거니 받거니 하다가 그 아래 취해 쓰러졌다.

바다에서 배 타는 이야기

乘海舟說

바닷물은 늘 바람 없이도 일렁인다. 그러다 미풍을 만나면 물결이 솟구쳐 하늘까지 닿는다. 배 위에는 두 개의 돛을 세워 앞뒤로 바람을 받는데, 역풍이 불 때면 돛을 옆으로 뉘어 놓고 바람의 기세를 이용해 앞으로 나아간다. 바야흐로 돛이 돌고 배가 기울어 물결 속으로 들어갔다 나왔다 할 때는, 바다 배에 익숙하지 않은 사람들은 너나없이 낯빛이 변하고 벌벌 떨면서 하늘을 우러른다. 심한 경우 토하고 똥을 싸고 배 안에서 기절해 자빠진다. 이때 배 안에 있는 사람들은 반드시 우두머리 사공의 행동을 관찰한다. 우두머리 사공이 뱃머리에 서서 한 손으로는 키를 잡고 한 손으로는 파도 끝을 가리키며, "어느 쪽에서 바람이 분다!"고 외치면, 뱃사람들은 명이 떨어지자마자 뛰어다니면서 바람 막을 대책을 세운다. 이윽고 "바람이 세게 분다!"고 외치면 뱃사람들은 또 다급히 뛰어다닌다. 사람들은 두려워하며 서로를 바라보면서 우두머리 사공의 안색을 가만히 살핀다. 우두머리 사공의 안색이 변하면 여러 사람은 당황스럽고 두려워서 어쩔 줄을 모르고, 행동거지가 편안하고 여유로우며 말하고 웃는 것이 평상시와 다르지 않으면 조금 마음을 놓는다. 그가 한번 찡그리느냐 웃느냐에 따라 나의 생사가 점쳐지기 때문에 바닷가 사람들 사이에는 "마음 약한 사람은 우두머리 사공이 되어서는 안 되나니, 사람 마음을 당혹하게 만들 수 있기 때문이다."라는 말이 있다.

옛날 육가(陸賈)는, "천하가 편안하면 재상을 주시하고, 천하가 위태로우면 장수를 주시한다."고 말하였다.[4] 천하가 장수와 재상을 주시하는 것은 배 안의 사람들이 우두머리 사공을 바라보는 것과 같다. 인심이 향하고 등지고, 모이고 흩어지는 것은 〔재상과 장수의〕 발 한번 움직이는 사이에 달렸을 뿐이다. 그러므로 "군자는 수레 안에서 말을 빨리 하지 않고, 성 위에서는 직접 손가락질하지 않는다."[5]라고 했으니, 이는 모두 올려다보는 곳에 있으므로 행동거지를 조심하기 위함이다. 옛날 관숙(管叔)과 채숙(蔡叔)[6]이 유언비어를 들끓게 하여 주(周)나라 왕실을 어지럽혔으나, 주공(周公)은 조용히 진압하여 마침내 감옥이 텅 비는 융성함을 이루었다. 《시경》에서는 "곤룡포와 수놓은 치마를 입었다."[7]라고 하였고, "붉은 신발을 신은 걸음이 진중하다."[8]라고 하였

---

4 옛날……말하였다 : 육가(陸賈, 기원전 240?~기원전 170)는 본래 초(楚)나라 사람으로 유방(劉邦)을 좇아 천하를 평정했다. 변설의 재능이 있어 남월(南越)에 사신으로 가서 남월왕 조타(趙佗)를 설득해 신하로 자칭하도록 하고 돌아와 태중대부(太中大夫)로 임명되었다. 《신어(新語)》를 지었다. 여기서 인용한 말은 《사기(史記)》〈역생·육가열전(酈生陸賈列傳)〉에서 인용했다.

5 군자는……않는다 : 《논어》〈향당(鄕黨)〉에서 "수레 안에서는 안을 돌아보지 않으시고, 말을 빨리 하지 않으시고, 손가락으로 가리키지 않으셨다.〔升車 必正立執綏 車中 不內顧 不疾言 不親指〕"라고 했고, 《예기》〈곡례 상(曲禮上)〉에 "성에 올라서는 손가락질을 않으며, 성 위에서는 소리치지 않는다.〔登城不指 城上不呼〕"라고 하였다.

6 관숙(管叔)과 채숙(蔡叔) : 관숙은 중국 주나라 때 문왕(文王)의 셋째아들로 반란을 일으켰다가 주공(周公)에게 평정되어 죽었다. 채숙도 문왕의 아들로 채(蔡) 땅에 봉해졌다가 무경(武庚)을 끼고 반란을 일으켰으나 쫓겨나 곽린(郭鄰)에 유배되었다가 죽었다.

7 곤룡포와……입었도다 : 《시경》〈구역(九罭)〉의 구절로, 주공(周公)을 찬양한 시이다.

8 붉은 신발……진중하다 : 《시경》〈낭발(狼跋)〉의 구절로, 주공을 찬양한 시이다.

다. 곽광(霍光)[9]은 조서를 받들고 어린 임금을 보좌하였으나, 나아가고 물러남에 절도를 잃지 않았기에 한나라가 그 덕분에 평안해질 수 있었다. 주아부(周亞夫)는 굳게 누워[10] 오초(吳楚)의 반란[11]을 안정시켰다. 장료(張遼)[12]는 난리가 났다는 소문을 듣고도 동요하지 않다가 합비(合淝)에서 공을 세웠다. 장완(蔣琬)[13]은 제갈량(諸葛亮)의 뒤를

9 곽광(霍光) : ?~기원전 68. 평양(平陽) 사람으로, 자는 자맹(子孟)이다. 한나라 때 사람으로 곽거병(霍去病)의 이복동생. 원초연간(元初年間)에 대사마(大司馬)·대장군이 되어 유조를 받고 유주(幼主)를 보필하여 박륙후(博陸侯)에 봉해졌다. 이때 13년 동안이나 정사를 전적으로 처리했다.

10 주아부(周亞夫)는 굳게 누워 : 주아부(周亞夫, 기원전 199~기원전 143)는 한나라 주발(周勃)의 아들로 조후(條侯)에 봉해졌다. 문제 때 흉노가 크게 쳐들어왔을 때 아부가 장군이 되어 세류(細柳)에 주둔하고 문제가 몸소 군사를 위로하자 흉노는 감히 들어오지 못했다. 뒤에 승상이 되었으나 아들의 죄에 연루되어 감옥에 갇혀 5일 동안 먹지 않고 피를 토하고 죽었다. 《한서》 권40 〈주발전(周勃傳)〉에 "밤에 군영 안이 놀라서 안에서 서로 공격하며 요란함이 장막 아래까지 이르렀는데, 했는데 주아부는 굳게 누워서 일어나지 않았다. 얼마 후 다시 안정되었다.〔夜 軍內驚 內相攻擊擾亂 至於帳下 亞夫堅臥不起 頃之 復定〕"라고 하였다.

11 오초(吳楚)의 반란 : 한나라 경제(景帝) 3년(기원전 154)에 조착(晁錯)의 건의로 오왕(吳王) 유비(劉濞)를 죄를 주어 그 영지를 일부를 빼앗았다. 이에 유비는 초(楚), 조(趙), 교서(膠西), 교동(膠東), 치천(菑川), 제남(濟南) 6국과 연합하여 반란을 일으켰다.

12 장료(張遼) : 169~222. 위(魏)나라 마읍(馬邑) 사람으로 자는 문원(文遠)이다. 여포(呂布)를 따르다가 조조에게 돌아갔다. 중랑장(中郎將)에 제수되고 관내후를 받았다. 전공이 있었고 일찍이 죽기를 무릅쓴 군사 800명으로 손권(孫權)의 10만 군을 합비(合淝)에서 쳐부순 공을 세워 정동장군(征東將軍)이 되고 진양후(晉陽侯)에 봉해졌다.

13 장완(蔣琬) : 188~245. 촉한의 신하로 자는 공염(公琰), 시호는 공후(恭侯)이다. 제갈량·비위·동윤과 함께 촉의 사상(四相)으로 꼽는다. 제갈량의 남만 정벌에 종군했으며, 제갈량의 북벌 때는 직접 종군하지 않고 성도에서 후방 지원을 담당했다. 234년

이었는데, 겉으로 기쁨과 슬픔을 드러내지 않아 촉(蜀)나라 사람들이
안심하였다. 사안(謝安)[14]은 감정을 억제하고 사물을 태연하게 대하여
진(晉)나라가 그 덕에 존속하였다. 장량(張亮)은 본디 겁이 많았는데,
적병이 갑자기 이르렀을 때 의자에 걸터앉아 똑바로 쳐다보며 아무
말도 하지 않았더니, 그 밑의 장교들이 '우리 주장(主將)께서 용맹하시
구나!' 여겨 힘을 합쳐 적을 물리쳤다.[15] 한기(韓琦)는 큰 띠를 드리우
고 홀(笏)을 바로 잡고서 천하가 편안하도록 조치했다.[16] 장방평(張方

제갈량이 사망하자 그의 유언의 의해 후계자로 지명되어 대장군록상서사·대사마가
되었다. "(장완은) 본래 슬픈 안색이 없었고, 또한 기쁜 기색도 없이 마음으로 행동거지
를 지킴이 평소와 같았다. 이로부터 중망(衆望)이 점차 복종했다"라고 한다.《三國志
蜀志14 蔣琬傳》

14　사안(謝安) : 320～385. 동진(東晉) 때 양하(陽夏) 사람으로 자는 안석(安石),
시호는 문정(文靖)이다. 당시 북방에서 전진왕(前秦王) 부견(苻堅)이 남침하자 정토
대도독에 임명되었는데, 그의 조카 사현(謝玄)의 승전 보고를 받고도 태연히 바둑 두기
를 끝내고 안으로 들어갈 때 기뻐하여 나막신의 굽이 떨어지는 것도 몰랐다고 한다.
이처럼 교정진물(矯情鎭物)했다고 한다.《晉書 卷79 謝安傳》

15　장량(張亮)은……제압했다 : 장량은 정주(鄭州) 형양(滎陽) 사람으로, 당나라 태
종(太宗)의 능연각공신(凌煙閣功臣) 24명 중의 한 사람이다. 나중에 모반으로 주살되
었다.《구당서(舊唐書)》〈장량전(張亮傳)〉에 "적의 무리가 갑자기 이르니, 군사들이
당황했다. 장량은 평소 겁이 많고 나약했는데, 아무런 계책이 없어서 그저 호상(胡床)
에 걸터앉아 똑바로 바라보며 말이 없었다. 장사들이 그것을 보고 장량이 담력이 있다고
여기고는 부총관(副總管) 장금수(張金樹) 등이 이에 북을 울리고 병사들을 거느리고
적을 격파했다.〔賊衆奄至 軍中惶駭 亮素怯懦 無計策 但踞胡床 直視而無所言 將士見之
翻以亮爲有膽氣 其副總管張金樹等乃鳴鼓令士衆擊賊 破之〕"라고 하였다.

16　한기(韓琦)는……조치했다 : 한기(1008～1075)는 안양(安陽) 사람으로, 자는 치
규(稚圭), 호는 공수(贛叟), 시호는 충헌(忠獻)이다. 벼슬은 좌복야(左僕射)에 이르렀
다. 범중엄(范仲淹)과 함께 송대 명재상으로 유명하다. 사도(司徒)·시중(侍中)을 지

平)[17]은 말에서 내려 한번 만세를 부름으로써 아직 드러나지 않은 반란을 제압했다.[18] 이는 모두 경각에 안위가 달린 상황에서 도끼와 끓는 솥 한번 쓰지 않고서 그 위엄에 복종하게 하고, 인장과 부절 한번 쓰지

내고 위국공(魏國公)에 봉해졌다. 저서로 《안양집(安陽集)》이 있다. 《송사(宋史)》 〈한기전(韓琦傳)〉에 "구양수(歐陽修)가 칭송하기를, '(한기가) 대사(大事)에 임하여 대의(大議)를 결정할 때 예복의 띠를 드리우고 홀(笏)을 바르게 들고 성색(聲色)을 동요하지 않고, 천하를 태산과 같이 안정되게 했다'라고 했다.〔臨大事 決大議 垂紳正笏 不動聲色 措天下于泰山之安〕"라고 하였다.

17 장방평(張方平) : 1007~1091. 휴양(睢陽) 사람으로, 자는 안도(安道), 호는 낙전거사(樂全居士)이다. 북송(北宋) 신종(神宗) 때 참지정사(參知政事)를 지냈다. 왕안석(王安石)의 임용과 그의 신법을 반대했다.

18 말에서……제압하였다 : 이 일이 가리키는 사실은 정확하지 않다. ①장방평은 오랜 시간 대립상태에 있던 서하(西夏)와 강화하는 데 있어 결정적인 공헌을 하였다. 1044년에 그는 황제가 교(郊)제사를 지낼 때 크게 사면을 내리고 스스로의 허물을 탓하는 자세를 취하여 서하에게 명분을 줄 것을 제안하였고, 그 결과 적절한 시기에 강화할 명분을 찾고 있던 서하의 황제 이원호(李元昊)가 이에 응하여 스스로 신하의 예를 취하고 강화의 뜻을 밝혔다. 이는 제사 한 번으로 전란을 미연에 막은 것으로 장방평의 대표적인 치적 중 하나이다. 《宋史 卷318 張方平列傳》 ②또 그가 거란에 사신으로 갔을 적에 거란의 군왕이 그의 사람됨에 감동하여 친히 술을 따라주고 타던 말을 하사하여 양국의 우호에 기인한 일도 있다. 《宋史 卷318 張方平列傳》 ③또 1054년에 촉(蜀) 지방에 곧 난(亂)이 있을 것이라는 소문이 돌면서 큰 소요를 일으킨 일이 있다. 조정에서는 이를 문(文)만으로도, 무(武)만으로도 다스리기 어렵다고 여겨 고민 끝에 장방평을 파견하여 지역을 안정시키고 난(亂)을 미연에 막고자 하였다. 그 해 11월 장방평은 임지에 도착하자마자 변경과 군현의 주둔군을 철수시키는 파격적인 결정을 내렸다. 많은 이들이 걱정했지만 결국 난은 일어나지 않았고, 이듬해 설날이 되자 촉인 모두가 크게 기뻐하고 소요가 안정되었다. 이 사실은 《가우집(嘉祐集)》 권15 〈장익주화상기(張益州畫像記)〉에 자세하며, 특히 촉인들이 장방평이 만세토록 장수하기를 축원했다는 구절〔西人來觀 祝公萬年〕이 있다. 여기서는 위의 세 사적 중 아마도 마지막 경우를 말하고 있는 것으로 보인다.

않고서 그 미더움에 복종하게 하며, 전쟁과 살상을 행하지 않고서 그 공력에 복종하게 하고, 말과 문자를 쓰지 않고서 그 다스림에 복종하게 한 예이다. 계란을 쌓아놓은 듯한 위기를 태산처럼 안정되게 바꿔놓고, 태산처럼 안정된 국면을 계란을 쌓아놓은 듯한 위기로 바꿔놓는 것은 그 사람의 행동거지가 어떠냐에 달려 있다. 남의 위에 있는 사람이라면 신중해야 하지 않겠는가? 《예기》에 이르기를 "위용을 지극히 꾸미는 일이 남을 감동시킴이 실로 크다."[19]고 하였으나, 본디 쌓고 함양한 바가 없다면 어찌 배워서 할 수 있겠는가?

---

19 위용을……크다 : 《예기》〈단궁하(檀弓下)〉에 보인다. 원문은 "盡飾之道 斯其行者 遠矣"이다.

고약한 모기 이야기

苦蚊說

호남 전주(全州)의 모기는 나라 안에 명성이 자자하며, 바닷가 모기 또한 전주 모기와 막상막하다. 그런데 전주와 바닷가 모기들은 하나 같이 순천(順天) 금오도(金鰲島)[20]의 모기를 대부(大父)라고 추켜세 웠다. 이에 금오도의 모기가 나라 안에서 으뜸이 되었다. 섬에는 본래 고라니와 사슴이 많아서, 금오도는 고라니와 노루로 나라 안에 명성이 자자하다. 먼 곳 사람들도 먹을 것을 싸들고 바다를 건너 그 피를 마시러 오는데, 찾아온 사람들은 반드시 모기한테 당해서 피며 살점이며 모두 뜯기고 만다. 그리하여 사람들은 금오도의 사슴이 사람에게 큰 보탬이 되지 않는다고 여기게 되었다. 하지만 이는 사슴이 보탬이 되지 않은 것이 아니라, 모기가 끼친 해가 크기 때문이다. 모기는 크기가 파리만 하고, 주둥이는 보리 까끄라기 같다. 혼자 앵앵 거려도 그 소리가 우레 같고, 떼 지어 날면 하늘을 뒤덮는다. 낮에도 사람 살갗에 모여들어 전갈처럼 독침을 쏜다.

나는 밤에 누워도 도무지 잠을 잘 수가 없기에 일어나 탄식하기를, "모기야, 나는 죄가 없다!"라고 했다. 마침 함안(咸安)에서 와서 '함안'이라 불리던 사람이 있었는데, 밤에 일어나 불을 붙이다가 내가 크게

---

20 금오도(金鰲島) : 현재의 전라남도 여수시 남면에 속하는 섬이다. 북쪽에 돌산도, 북서쪽에 개도, 남쪽에 소리도가 있다. 이 섬은 수림이 울창하고 사슴이 많아 조선 고종 때 명성황후가 사슴목장으로 지정하여 입산과 벌목이 금지된 제한구역이 되기도 하였다.

한숨 쉬는 소리를 듣고는 웃으며 말했다.

"세상에 완전한 복이란 없으며 반드시 되돌아오는 이치만이 있습니다. 그대는 그걸 모르십니까? 해는 정 가운데 이르면 기울고, 달은 차면 이지러집니다. 물이 불을 이기지만 흙이 반대로 물을 이기는 것, 이는 변함없는 이치입니다. 호랑이는 온갖 짐승을 잡아먹을 수 있어 천하무적이지만 털 사이의 벌레에게 뜯깁니다. 사마귀는 매미를 잡을 수 있지만 참새가 그 뒤를 제압합니다. 그 이치는 보복하는 것과도 같습니다. 옛날 오왕(吳王) 비(濞)²¹는 고산(皷山)에서 구리를 주조하여 천하에서 제일가는 부자가 되었으나 이내 조착(鼂錯)²²에게 빼앗겼습니다. 석계륜(石季倫)²³은 부유함을 스스로 자랑하였으나 사마륜(司

21 오왕(吳王) 비(濞) : 전한(前漢) 때의 오왕(吳王) 유비(劉濞)이다. 그는 고조(高祖)의 형 회(喜)의 아들로 영포(英布)를 토벌한 공으로 오왕이 되었는데, 그의 아들인 오태자(吳太子)가 황태자를 모시면서 바둑을 두다가 황태자가 던진 바둑판에 맞아 죽은 일이 발생하자 이때부터 역모를 품고 있었다. 이에 문제(文帝)가 궤장(几杖)을 하사하고 조회하러 오지 않아도 되는 은전을 내려서 무마하였다. 그러나 그는 이후 산에서 구리를 캐서 돈을 주조하고 바닷물을 끓여서 소금을 만드는 등 국가의 금법(禁法)을 무시하는 일을 자행하여 국용(國用)을 비축하는 한편, 국가의 법을 어기고 망명하는 자들을 받아들여 보호해 주었다. 그러던 차에 조착(鼂錯)이 번진(藩鎭)의 세력을 약화시키기 위해 영토를 조정으로 반환토록 하는 정책을 펴자, 드디어 초(楚)나라 등 육국(六國)과 군사를 일으켜 반란을 일으켰다. 이에 경제(景帝)는 원앙(袁盎)의 참소에 속아서 조착을 참수하고 빼앗았던 땅을 도로 돌려줌으로써 반란군을 무마하였으나, 그는 스스로 동제(東帝)라 참칭하면서 끝내 조명(詔命)을 거역하다가 후에 전쟁에 패하여 월(越) 땅으로 망명하였고 그곳에서 피살되었다.

22 조착(鼂錯) : 한나라 영천(潁川) 사람으로, 형명학(刑名學)을 배웠으며, 벼슬은 어사대부(御史大夫)를 지냈다. 제후들의 세력을 억제하기 위해 그 봉지(封地)를 삭감하려다가 참형을 당했다.

馬倫)과 손수(孫秀)[24]의 무리에게 이용당했습니다. 또 요즘 세상을 보지 못하셨습니까? 여항이나 시장에 약간의 여유 돈만 있으면 위에는 반드시 그 이익을 나눠가지려는 자가 있습니다. 기실 모두 하늘의 이치지요. 그대는 사슴피를 마셔온 지가 꽤 오래인지라, 피도 많고 피부도 윤기가 자르르합니다. 생각건대 하늘이 모기를 시켜 그대의 이익을 나눠가지려는게 아닐까요?"

내가 말하기를, "맞소! 맞아. 당연히 모기와 이익을 나눠가져 하늘의 뜻에 순응해야겠지. 그런데 사슴이 모기에게 무슨 은혜를 베푼 것이 있다고 모기가 사슴을 대신해 복수를 하는가?"라고 했다. 함안이 말하기를, "모기처럼 작고 보잘것없는 것이 텅 비고 적막하기 짝이 없는 바닷가 섬에 사는데, 사슴이 아니었다면 그 이름을 사방에 드날릴 길이 없었겠지요. 이것이야말로 은혜 중에 커다란 은혜 아니겠습니까?"라고 했다. 내가 그 말을 듣고 근심하며 말하길, "미물 또한 명성을 위해 죽을 수 있는 것인가!"라고 했다.

---

23 석계륜(石季倫) : 석숭(石崇, 249~300)으로, 발해(渤海) 남피(南皮)사람이며, 자는 계륜(季倫)이다. 진(晉)나라 때의 부호(富豪)이자 문인이다. 석숭에게 녹주(綠珠)란 첩이 있었는데 중서령 손수(孫秀)가 달라고 요구했으나 주지 않았다. 이에 손수는 조왕(趙王) 사마륜(司馬倫)을 꾀어 석숭을 죽였다.

24 사마륜(司馬倫)과 손수(孫秀) : 사마륜(?~301)은 진(晉)나라 조왕(趙王)으로 자는 자이(子彛)이며, 진선제(晉宣帝) 사마의(司馬懿)의 9번째 아들이다. 손수(?~301)는 자가 언재(彦才)이고, 본래 오나라 종실이었는데 나중에 진나라에 항복하여 표기장군(驃騎將軍) 및 의동삼사(儀同三司)를 지낸 사람이다.

궁혜[25] 이야기 신사년(1881, 고종18) 겨울
弓鞋說 辛巳冬

산해관(山海關)[26]으로 들어갔을 때 한 여자가 성대하게 차려 입고 비
틀대며 수레 앞을 지나가는데, 신발을 보았더니 짐승의 발굽처럼 생
겼다. 그 때문에 두려워 놀라고 처연히 슬퍼져 종일토록 마음이 좋지
않았다. 아! 하늘이 사물을 낼 때에는 각각 맡긴 바가 있을 터인데,
오직 사람만이 두 손과 두 발을 지녔다. 손은 일을 맡고 발은 걸음을
맡는다. 어느 것 하나라도 없으면 폐인이 되는 것이요, 이는 곧 하늘
을 저버리는 것이다. 《역경》에 이르기를 "하늘에 근본 한 것은 위와
가깝고, 땅에 근본 한 것은 아래와 가깝다."[27]고 하였다. 사람이 태어
나서 머리가 둥근 것은 하늘을 상징하고, 발이 네모난 것은 땅을 상
징한다. 발이란 아래와 가까워지는 도구이며 부녀자에게는 땅의 도
(道)가 있으니, 아래와 가까워지는 도구를 보호함이 남자보다 더해
야 마땅할 터인데, 어찌하여 고리버들을 해쳐서[28] 본성을 거스르고

---

25 궁혜(弓鞋) : 한족(漢族) 여자들이 전족에 신던 비단신이다. 신바닥이 활처럼 휘
어져 활과 비슷하다 하여 궁혜(弓鞋)라고 하였다.

26 산해관(山海關) : 하북성(河北省) 동쪽 발해만(渤海灣)에 있는 만리장성 동쪽 끝
지역으로, 조선에서 중국으로 들어가는 관문의 하나였다.

27 하늘에……가깝다 : 《周易 乾卦 文言》

28 고리버들을 해쳐서 : 《맹자》〈고자 상(告子上)〉에 "만일 고리버들을 해쳐서 그릇
을 만든다고 하면 또한 사람을 해쳐야만 인의(仁義)를 이룬다는 것인가?〔如將戕賊杞柳
而以爲桮棬 則亦將戕賊人以爲仁義與〕"라고 하였다. 고리버들은 곧 본성을 뜻한다.

쓰임을 폐하며, 하늘이 부여한 온전함을 버리고 부모께서 물려주신 몸뚱이를 해친단 말인가? 사람이 손가락 하나만 남과 달라도 부끄러워할 줄을 알면서도, 두 발이 정상이 아닌 것은 부끄러워할 줄 모르고, 병들어 불구인 몸이 슬퍼할 만한 것임은 알면서도, 스스로를 해치는 일이 더욱 슬퍼할 만한 일인 줄 알지 못하니, 이 또한 이상하지 않은가?

옛날 오형(五刑)의 벌 중에 비벽(剕辟)은 궁벽(宮辟)과 의벽(劓辟) 다음에 있었다.[29] 한나라 문제(文帝)가 태형(笞刑)으로 그것을 대신하게 한 것은 죽음에 이르는 경우가 많았기 때문이다. 그러니 비벽의 무거움은 사형과 그리 멀지 않았던 것이다. 오늘날의 부녀자들과 어린아이들이 하늘에 무슨 죄를 지었기에 사람마다 형벌에 빠지고도 스스로 알지 못한단 말인가? 식견이 있는 사람들도 딸이 아직 어리다하여 세도에 관심을 갖지 않으면서 불쌍히 여기지 않는다. 그렇다면 증자(曾子)가 말한 연빙(淵氷)의 훈계[30]와 악정자(樂正子)가 말한 하당(下堂)의 경계[31]를 유독 부녀자에게만 베풀 수 없단 말인가? 금수의 발을

---

29 오형(五刑)의……있었다 : 중국 주나라 때의 형제(刑制)에 묵벽(墨辟)·의벽(劓辟)·비벽(剕辟)·궁벽(宮辟)·대벽(大辟) 등 오형(五刑)이 있었다. 묵벽은 얼굴에 먹물을 들이는 형벌, 의벽은 코를 베는 형벌, 비벽(剕辟)은 발꿈치를 베는 형벌, 궁형은 남성의 성기를 베는 형벌, 대벽은 목을 베는 형벌로, 곧 사형을 말한다.

30 증자(曾子)가……훈계 : 《논어》〈태백(泰伯)〉에 나오는 이야기다. 증자가 운명하기 직전에 제자들에게 "이불을 걷고 자신의 손과 발을 보라.《시경》에 이르기를 '전전긍긍하여 깊은 못에 임한 듯이 하고 얇은 얼음을 밟는 듯이 하라.'고 하였으니, 이제야 나는 그런 근심을 면하게 되었음을 알겠다.〔啓予足 啓予手 試云 戰戰兢兢 如臨深淵 如履薄氷 而今以後吾知免夫〕"라고 한 데서 나온 말이다.

31 악정자(樂正子)가……경계 : 몸을 잘 간수하여 다치지 말라는 경계를 말한다. 《예

묶어 놓으면 보는 사람마다 불쌍히 여기면서, 온 천하 부녀자의 발을 묶고 놓고서도 도리어 아무렇지도 않게 여김은 유독 무엇 때문인가?

중국이 사방 오랑캐보다 나은 것은 중화(中和)의 기운을 받아서 하늘로부터 부여받은 형상을 온전히 하기 때문이다. 사방 오랑캐들은 몸을 훼손하면서도 그 중대함을 모르고, 윤상을 더럽히면서도 부끄러움을 알지 못한다. 단발하고 문신하고 얼굴 살갗을 벗기고 귀를 베고 어깨를 태우고 손가락을 불사르는 경우도 있지만, 선왕께서는 잘못을 묻지 않고 그대로 두시면서, 금수와 한 가지로 길렀다. 그러나 지금은 사해 밖에서 몸을 훼손하는 풍속이 있다는 말은 들리지 않는데, 오히려 중국에만 그런 일이 있다. 중국은 성인의 나라이며 여자는 인도(人道)의 시작인지라, 의상을 몸에 걸치고, 패옥소리로 걸음걸이의 절주를 맞추며, 행동거지가 규범에 맞고, 위엄과 의례가 본받을 만했다. 일의 기미를 미연에 방지하여 욕됨을 멀리하고자 하는 것은 진실로 남녀의 차이가 없다. 게다가 옛날 성녀(聖女)에게는 태교(胎敎)의 가르침이 있어 앉고 설 때에 특히 조심했다.[32] 자식을 낳으면 반드시 총명하기가 제장(齊莊)[33]과 같아 성인이 되고 현인이 되었으니, 여자가 세도(世道)

기》〈제의(祭義)〉에 "악정자춘(樂正子春)이 당(堂)을 내려오다 발을 다쳤다.〔樂正子春 下堂而傷其足〕"라는 내용이 있다.

32 성녀(聖女)는……삼갔다 : 성녀는 주나라 성왕(成王)의 모친 읍강(邑姜)을 말한다. 한나라 가의(賈誼)의 《신서(新書)》〈태교(胎敎)〉에 "주나라 비후(妃后)가 성왕(成王)을 임신했을 때 서서는 기우뚱하지 않았고, 앉아서는 자세를 바르게 했다.〔周妃后姙成王於身 立而不跛 坐而不差〕"라고 하였다.

33 제장(齊莊) : ?~기원전 548. 제(齊)나라 장공(莊公)을 말한다. 영공(靈公)의 아들로 이름은 광(光)이다. 처음에 태자가 되었다가 뒤에 폐함을 당해 옮겨 살다가 최저

에 관계됨이 이처럼 중하다. 그런데 오늘날의 부녀자들은 어려서부터 전족이 가해진다. 본성을 거스르며 고통을 참고, 하늘이 내려준 몸을 억지로 뒤틀어 기우뚱거리며 걷는다. 때문에 머리와 얼굴을 치장하고 비단옷을 입은 채 편히 앉아서 먹기만 한다. 부녀자가 해야 할 모든 일들을 남자에게 대신하게 하니, 이는 또 무슨 이치인가? 아! 이천(伊川)에서 머리 풀어헤친 사람[34]과 한나라 말기의 꽁지 자른 닭[35]처럼, 그 우환이 이미 멀리서 드러난 것이다.

혹자는 한족(漢族) 여자가 스스로 남다름을 드러내고 싶어서 전족한 것이라고 말하는데, 이는 그릇됨을 비호하는 말이다. 원나라 사람의 짧은 사(詞)를 들어본 적이 있는데, 종종 궁혜(弓鞋)라는 말이 나왔다. 생각건대 이미 당송 말기부터 이 풍속이 있었던 것 같다. 대체 어떤 창녀(娼女)가 우치소(齲齒笑)와 절요보(切要步)[36]의 옛 꾀를 이어받은

(崔杼)가 맞이하여 임금으로 세웠다.

34 이천(伊川)에서……사람 : 주나라 대부인 신유(辛有)가 이천(伊川)을 지날 적에, 머리를 풀어 헤치고 들판에서 제사 지내는 광경을 목도하고는 '백 년이 채 못 가서 오랑캐의 땅이 될 것이다.'고 하였는데, 그 뒤에 과연 진(晉)나라와 진(秦)나라가 육혼(陸渾)의 오랑캐 부족을 이천으로 옮겨 살게 했던 고사이다. 《春秋左傳 僖公22年》

35 꽁지 자르는 닭 : 단미지계(斷尾之鷄)로, 현철한 인사가 화를 당하기 전에 미리 피하는 것을 말한다. 빈맹(賓孟)이 교외에 나갔다가 제 꼬리를 제가 물어뜯어버리는 장닭을 보고서는 그 까닭을 시자(侍者)에게 물었다. 그 시자는 제대로 된 고운 깃털을 그대로 가지고 있으면 장차 종묘(宗廟) 제사에 희생(犧牲)으로 쓰여질 것이기 때문에 그것을 면하기 위하여 그러는 것이라고 답했다고 한다. 《春秋左氏傳 昭公22年》

36 우치소(齲齒笑)와 절요보(切要步) : 후한의 권신 양기(梁冀)의 아내 손수(孫壽)가 만들어냈다는 요태(妖態)들이다. 우치소는 이가 아픈 것처럼 얼굴을 살짝 찡그리는 것이고, 절요보는 허리를 꺾고 흔들면서 걷는 모습이다.

것인지 모르겠구나. 처음에는 이것으로 미치광이 같은 젊은이를 미혹하고자 했던 것인데, 점차 물들어서 풍폐을 이룸으로써 천여 년 동안 치료하기 어려운 병폐가 되었으니, 어찌 슬프지 아니한가?

의상(衣裳) 제도에 고금의 차이가 있는 것은 당연하다. 옛 현인 또한 말하기를 "나는 지금 사람이니 마땅히 지금 사람의 옷을 입어야 한다."[37]고 했으니, 함부로 남과 달라지려 해서는 안 되는 것이 분명하다. 신체는 하늘이 부여한 것이고 부모가 물려주신 것이다. 게다가 조정에서 규정한 법규도 없는데, 어찌하여 어리석게도 구차히 풍속에 영합하기 위해 하늘이 준 바탕을 해쳐서 사방에 비웃음을 산단 말인가? 글을 읽어 이치를 아는 세상 군자들 중 옛것을 회복하는 데 뜻을 둔 자가, 결연히 일어나 자기 집안에서부터 전족을 금지시킴으로써 규방의 걸음걸이가 단정해지고 위엄 있는 거동이 아름다워지기를 바란다. 거기한두 명의 동지가 이를 보고 훌륭하다 여겨 대대로 이어온 나쁜 풍속을 크게 변화시킨다면, 귀신과 사람이 모두 기뻐할 것이고, 중국과 변방이 함께 우러를 것이니, 그 보이지 않는 공(功)과 지극한 덕을 어찌 한나라 문제가 육형(肉刑)[38]을 없앤 것에 비교하겠는가?

---

37 나는……한다 : 송나라 소옹(邵雍, 1011~1077)의 말로, 《소씨문견록(邵氏聞見錄)》에 보인다. 소옹은 중국 송(宋)나라 때 범양(范陽) 사람으로 자는 요부(堯夫), 호는 안락선생(安樂先生), 시호는 강절(康節)이다.

38 육형(肉刑) : 육체에 과하는 형벌을 말한다.

이순도의 자 이야기

李舜徒字說

순(舜) 임금은 설(契)을 사도(司徒)[39]에 임명하여 오교(五教)[40]를 널리 펴도록 하였다. 오교란 오륜(五倫)의 가르침을 말한다. 맹자께서 말씀하시기를, "닭이 울 때 일어나 부지런히 선을 행하는 자는 순(舜)의 무리[徒]이다."[41]라고 하였다. 선을 행하는 방법 중에 오륜만 한 것이 없다. 그러나 순 임금 이래 4천여 년 동안 귀에 젖고 눈에 물들어, 앉아서 말할 때나 일어서서 다닐 때나 오륜의 바깥을 벗어나지 않았으니, 그 누구인들 순의 무리가 아니었겠는가?

그러나 지금만은 그렇지 않다. 다른 풍속이 뒤섞이고 이단이 나란히 일어나, 옛것을 싫증내고 새것만 기뻐하는 백성들이 휩쓸리듯 다투어 좇는다. 학사대부는 겨우 스스로를 지킬 뿐, 냇물을 막고 물결을 되돌리지 못하여 천하의 달도(達道)는 급속도로 거의 사라져가고 있다. 이런 때를 당하여 만인 가운데 붉은 기치를 세우고 "나는 순의 무리이다."라고 말하면서, 용문(龍門)의 지주(砥柱)[42]처럼 우뚝 서서 사람들

---

39 설(契)을 사도(司徒) : 설은 순 임금의 신하이고, 사도는 관직명인데 국가의 토지와 백성의 교화를 담당하였다.

40 오교(五敎) : 오륜(五倫)의 가르침을 말한다. 《맹자》〈등문공 상(騰文公上)〉에 "성인이 이를 걱정하여 설(契)을 사도(司徒)로 삼아 인륜을 가르쳤으니, 부자는 친함이 있어야 하고, 군신은 의리가 있어야 하고, 부부는 분별이 있어야 하고, 장유는 서열이 있어야 하고, 붕우는 신의가 있어야 한다."라고 하였다.

41 닭이……무리이다 :《孟子 盡心上》

로 하여금 우러러 의지하며 돌아갈 곳이 어딘지 알게 하는 사람이 있다면, 우리 도의 한 가닥 맥을 맡길 곳이 바로 그 사람 아니겠는가?

나의 벗 이순명(李舜命) 군은 글을 읽고 뜻을 숭상하는 선비이다. 그가 자를 순도(舜徒)라 고친 데에는 반드시 아무 뜻 없지 않을 터, 이에 그를 위하여 이 글을 지었다.

---

42 용문(龍門)의 지주(砥柱) : 산 이름으로, 중국의 황하(黃河) 가운데 우뚝이 서서 거센 물살을 견디는 바위로 이루어진 산이다. 세속에 휩쓸리지 않고 꿋꿋하게 자신의 절조를 지키는 군자를 비유하는 말로 쓰인다.

호표 이야기 임진년(1892, 고종29) 1월
虎豹說 壬辰正月

호랑이와 표범은 사람을 잡아먹을 수 있으나 사람을 두려워하기도
한다. 호랑이와 표범이 믿는 것이라곤 발톱과 이빨뿐이다. 하지만 기
지 있고 용맹한 사람을 만나면 발톱과 이빨도 쓰지 못한다. 그것 밖
에는 달리 믿을 만한 힘도 없고, 사람을 다룰 계략도 없는데, 덫이나
함정·작살·독화살·창·포 등 그 목숨을 제압하는 것들까지 있으
니, 늘 낮에는 숨어 지내다 밤에만 나다니며, 그나마 사방을 두리번
거리면서 두려움과 의심에 감히 가벼이 움직이지 않는다. 그러다보
니 한해가 다 가도록 사람 하나 잡아먹지 못하는 경우도 있다.

만일 호랑이와 표범에게 믿을 만한 힘이 있고, 사람을 다룰 계략이
있으며, 덫·함정·작살·독화살·창·포 등이 그 생명을 제압하지
않는다면, 장차 대낮에 도시 가운데를 멋대로 돌아다닐 것이다. 그리되
면 제 아무리 기지 있고 용맹한 사람이라도 감히 맞서지 못하고서,
머리를 숙이고 몸뚱이를 내던진 채 목숨을 구걸할 것이니, 이에 산
사람이라곤 거의 전멸하고 말 것이다.

혹자가 말하길, "사물의 성(盛)함이 극에 달하면 쇠하게 되는 것,
이는 변하지 않는 이치이다. 만일 인류가 지나치게 번성하면 하늘이
호랑이와 표범의 우환을 내려서 그 수를 크게 줄일 것이다. 이에 호랑
이와 표범은 믿는 바가 생기고 두려움이 없어져 제멋대로 잡아먹을
것이니, 이때를 당하여 잡아먹힘을 면한다면 다행이요, 면치 못한다면
운명이다. 그러나 이것은 운수인지라 호랑이와 표범은 스스로 왜 그렇

게 되는지 알지 못한다."라고 하였다. 아아! 참으로 맞는 말이로다!

풍수설 상 임진년(1892, 고종29) 초봄
風水說上 壬辰孟春

증자(曾子)가 말하기를, "상례(喪禮)를 신중하게 하고 먼 조상을 추모하면 백성의 덕이 두터운 데로 돌아갈 것이다."[43]고 하였다. '상례를 신중히 하는 것'은 죽은 자를 전송하는 법도로서, 죽은 자의 옷과 이불, 관곽(棺槨)을 반드시 정성스럽게 하고 반드시 미덥게 함으로써 사람 마음에 아쉬움이 남지 않도록 하는 것을 말한다. '먼 조상을 추모하는 것'은 제사지내는 예도로서, 봄과 가을에 제사[44]를 올려 죽은 이 섬기기를 살아 있을 때처럼 함으로써 그 근본을 잊지 않게 하는 것을 말한다.

《예기》에서 말하기를, "죽은 자를 보내는데 산 사람처럼 하면 지혜롭지 못하다. 그렇게 해서는 안 된다."[45]고 하였다. 만일 종묘제례에서 산 사람 섬기는 예를 죽은 이를 보내는 분묘에서 행한다면, 지혜롭다고 하겠는가? 이러므로 옛날에는 묘를 써도 봉분을 하지 않았다. 또 이르기를 "옛날에는 묘를 고치지 않았다."[46]고 하였는데, '고치다'란 초목을

---

43 상례(喪禮)를……것이다 : 《論語 學而》

44 제사 : 원문은 '증상(烝嘗)'이다. '증(烝)'은 겨울에 올리는 제사이고, '상(嘗)'은 가을에 올리는 제사인데, 널리 제사의 의미로 쓰인다. 《시경》〈천보(天保)〉에 "봄 제사, 여름 제사, 가을 제사, 겨울 제사를 선공과 선왕에게 올리니.〔禴祠烝嘗 于公于先〕"라고 하였다.

45 죽은……안 된다 : 《禮記 檀弓上》

46 옛날에는……않았다 : 《禮記 檀弓上》

베어내고 관리하는 것을 말한다. 이는 부모에게 야박하게 대하라는 것이 아니라, 지혜롭지 못하다고 한 가르침을 어겨 백성의 마음을 어지럽힐까 두려워서 한 소리이다. 따라서 아무리 효성스런 자식과 효순한 자손이라도, 한번 장사지내고 돌아오면 다시 분묘를 가지고 어찌할 수 없었고, 죽을 때까지 그리운 마음을 기탁하면서 할 수 있는 일이란 오직 종묘제사를 올리는 것뿐이었다.

옛날 성인은 천리(天理)를 기준으로 인심을 헤아리고, 음양과 귀신의 정상(情狀)에 통달하여 제도를 만들었다. 그 신중하고 치밀한 깊은 뜻은 뛰어넘을 수 없을 정도이니, 이른바 백 대(代)가 지나도 의혹이 없다는 말은 바로 이를 두고 한 소리다. 한나라 명제(明帝)는 세밀하게 살피는 작은 지혜의 자질로써 부모를 사랑한다는 아름다운 명예를 흠모하였지만, 효의 실질은 알지 못했다. 그래서 감히 선왕의 법도를 가벼이 어기고서 상릉례(上陵禮)를 처음으로 행하였고,[47] 매년 정월 초하루에 원묘(原廟)[48]에 알현하여 음식을 올렸으며, 백관(百官)들이

---

47 한(漢)나라……행하였고 : 제왕이 조상의 능묘에 가서 제사를 행하는 것을 일러 '상릉(上陵)'이라 한다. 전한(前漢) 때는 능원 부근에 따로 종묘를 설치해주고 종묘 안에서 제사를 올렸다. 그러나 후한(後漢) 명제 때에 이르러 광무제(光武帝)의 원릉(原陵)에서 상릉례를 처음으로 거행하자 능원에서 제사를 올리는 전례(典禮)가 생겨났다. 서건학(徐乾學)은《독례통고(讀禮通考)》권94에서 역대 상릉례의 자료를 기록하고, "서한 때는 종묘에서 제사를 올렸지 능원에서 제사 올리지 않았다.〔西漢 實祭廟 非祭陵 也〕", "백관을 이끌고 특별히 능원에서 제사를 올린 것은 실로 명제가 시작한 것이다. 〔其率百官特祭于陵 實自明帝始也〕"라는 평어를 달았다.

48 원묘(原廟) : 정식 종묘(宗廟) 이외에 따로 세운 종묘를 가리킨다. 한나라 혜제(惠帝)가 고조(高祖)를 위하여 패궁(沛宮)을 원묘로 세운 데서 비롯한 것이다. 원묘의 원(原)은 재(再)의 의미로 앞서 이미 사당을 세웠는데 이제 다시 사당을 세운다는 데서

통상적인 의례로 상소한 것을 가지고 죽은 태후의 화장갑과 화장 도구들을 바꾸기에 이르렀다.[49] 산 자 섬기는 예를 분묘에 행하고도 스스로 효로써 백왕 중에 으뜸이라 여겼으니, 대체 종묘는 어디에 두었는지 모르겠구나. 당시 여러 신하들은 왕망(王莽)[50] 시대에 성장한 자들이라 거짓되고 꾸밈 많은 문장을 익히 보아왔을 뿐더러, 소견 또한 명제보다 낮았다. 때문에 묵묵히 입 다문 채 한 마디 간언하여 말리는 자가 없었던 것이다. 이때부터 군주들은 대대로 종묘의 예를 간단히 하고 분묘의 전례를 숭상하였으며, 체협(禘祫)[51] 같이 큰 종묘제사도 간혹 친히 지내지 않았을망정 여러 능묘를 두루 알현하는 일은 감히 폐하지 않았다. 풍속이란 아래로 행해지는 법, 사대부와 백성까지도 모두 분묘를 중요하게 여겨, 종종 사당을 버리고 묘에서 여막살이를 하면서 효로

나온 명칭이다. 《史記集解 高祖本紀》

49 죽은……이르렀다 : 《후한서(後漢書)》 〈음황후기(陰皇后紀)〉의 기록에 따르면, "영평 17년 정월에 원릉을 알현할 때가 되었는데, 명제의 꿈에 선제태후께서 나타나 평상시처럼 즐거운 시간을 보냈다. 잠에서 깨어난 후, 너무 슬퍼 잠을 이루지 못하다가 역법을 살펴보니 내일이 길일인지라 백관과 상객들을 이끌고 상릉례를 행하였다. 그날 감로가 능원 나무 위에 내리니, 명제는 백관에서 명해 가져다 바치게 하였다. 모임이 끝난 후 명제는 자리 앞 어상에 엎드린 채 태후가 쓰시던 화장갑 속 물건을 들여다보며 슬피 울더니, 연지와 분 및 화장 도구를 바꾸라고 명했다. 좌우가 모두 울면서 감시 우러러보지 못하였다.〔十七年正月 當謁原陵 明帝夜夢先帝太后如平生歡 既寤 悲不能寐 卽案歷 明旦日吉 率百官故客上陵 其日降甘露于陵樹 帝令百官采取以荐 會畢 帝從席前 伏御床 視太后鏡奩中物 感動悲涕 令易脂澤裝具 左右皆泣 莫能仰視焉〕"라고 한다.

50 왕망(王莽) : 기원전 45~23. 위군(魏郡) 원성(元城)사람이며, 자는 거군(巨君)이다. 한나라를 찬탈하고 신(新)을 세웠다.

51 체협(禘祫) : 천자가 천신(天神)이나 시조(始祖) 등에게 지내던 제사의 총칭(摠稱)으로, 아주 성대한 의식의 제사를 말한다.

써 명성을 얻는 자도 생겨났다. 선왕의 전례는 이에 크게 무너졌나니, 명제는 가히 만세의 죄인이라 이를 만하다. 그런데 채옹(蔡邕)은 도리어 억지로 갖다 맞추면서, "지극한 효와 측은지심은 빼앗을 수 없다."고 찬미하였으니[52] 이 얼마나 비루한가?

묘를 중히 여기는 것이 꼭 의리를 심히 해치는 것처럼 보이지 않을 수는 있지만, 말류의 폐단은 이루 다 말할 수 없다. 진(晉)나라에 곽박(郭璞)[53]이란 자가 나와서 《장경(葬經)》[54]을 지었고, 또 청오문인(靑鳥文人)[55]이란 자가 나와서 요설을 퍼뜨려 민심을 미혹하고 세상에 재앙을 끼침으로써 천하 사람들로 하여금 종신토록 분묘의 일로 동분서주

---

52 채옹(蔡邕)은 ⋯⋯찬미하였으니 : 채옹은 중국 후한 때 하남(河南) 사람으로 자는 백개(伯喈)다. 문인이자 서법가(書法家)로 박학다식한 저술가였다. 헌제(獻帝) 때 좌중랑장(左中郎將)를 지냈다. 채옹은 건녕(建寧) 5년(172)에 원릉(原陵 光武帝陵)에서 거행한 상릉례에 참가한 후에 다음과 같은 의론을 펼쳤다. "듣자니 옛날에는 묘에서 제사 지내지 않았다고 하는데, 조정에는 상릉례가 있습니다. 처음에는 예에 손해를 입히는 것이라 여겼으나 지금 보니 위엄이 넘칩니다. 그 본의를 살펴본즉, 명제의 지극한 효심과 측은지심은 바꿀 수 없는 것입니다.〔聞古不墓祭 朝廷有上陵之禮 始謂可損 今見威儀 察其本意 明帝至孝惻隱不可易〕" 이 글은 《후한서(後漢書)》 권23 및 《속한서(續漢書)》 〈예의지(禮儀志)〉에 보인다.

53 곽박(郭璞) : 276~324. 진(晉)나라 문희(聞喜) 사람으로, 자는 경순(景純)이다. 박학고재(博學高才)로 사부(辭賦)에 능했다. 《이아(爾雅)》, 《산해경(山海經)》, 《초사(楚辭)》 등에 주석을 냈으며, 《동림(洞林)》, 《신림(新林)》, 《복운(卜韻)》 등의 저서가 있다.

54 장경(葬經) : 《장서(葬書)》라고도 하며, 풍수와 그 중요성을 논술한 책이다.

55 청오문인(靑鳥文人) : 한나라 청오자(靑鳥子)를 말한다. 그는 전설 속의 팽조(彭祖)의 제자로 화음산(華陰山)에 들어가서 도를 배워 신선이 되었고, 지리학에 정통하였다고 한다. 그래서 지사(地師), 즉 풍수가를 칭하게 되었다.

하게 만들었다. 그 근원은 아마도 명제가 묘를 중시하던 풍습에서 나왔을 것이나, 그런 연후에야 성왕께서 예법을 제정하신 뜻은 바꿀 수 없는 것임을 깨달을 수 있었다. -《예기》〈단궁〉에 곡묘(哭墓)와 전묘(展墓)의 글56이 있으나, 이는 나라를 떠난 자의 변례(變禮)일 뿐, 평상시에 행하는 일이 아니다.-

---

56 곡묘(哭墓)와 전묘(展墓)의 글 : 곡묘는 묘지에서 곡을 하는 것이고, 전묘는 묘를 살펴보는 것이다. 《禮記 檀弓下》

풍수설 중

風水說中

옛날 성왕께서 교화를 베풀어 사람이 지켜나갈 도의에 힘쓰게 하고,[57] 무익하고 통달하지 못한 일을 못하게 하셨다. 무익하면 손해요, 통달하지 않으면 막히게 된다. 만약 사람의 몸에서 원기(元氣)가 손상되면 필시 일시의 의기가 막히게 되니, 이것이 곧 온갖 병이 생겨나는 이유이다. 사람이 태어날 때는 천지 오행의 이치를 받고, 성장할 때는 산천 풍토의 기운을 받는다. 생명의 이치가 다하면 혼은 하늘로 올라가고, 육신은 땅에 맡겨진다. 땅에 맡겨진 육신은 먼지가 되고 재가 되어 흙과 하나가 된다. 하늘로 올라간 혼은 어둡고 아득하여, 정말로 있는지 없는지 알지 못한다. 그러나 조상의 혈기는 자손에게 남겨져 같은 부류끼리 서로 감응하나니, 그 이치는 매우 분명하며, 또한 선을 행하고 악을 행하는 것을 위에서 모두 살피고 계신다. 《시경》과 《서경》에서 일컫는 송복(頌福)의 말들은 모두 종묘제사 때 나온 것이지 분묘(墳墓)에서 나왔다는 말은 들어보지 못했다. 《역경》〈췌괘(萃卦)〉에 "왕이 종묘에 이른다."라고 하였으니, 종묘야말로 조상의 정신이 모이는 곳이다. 만약 죽은 자에게 인지가 있는데도, 혈기가 서로 감응하고 정신이 모여 있는 곳에 깃들지 않고서 도

---

57 사람이……힘쓰게 하고 : 《논어》〈옹야(雍也)〉에 나오는 말이다. "번지가 지혜에 대해 묻자 공자께서 말씀하시기를, 사람이 지켜나갈 도의에 힘쓰고, 귀신을 경외하되 멀리하면 지혜롭다 이를 만하다.〔樊遲問知 子曰 務民之義 敬鬼神而遠之 可謂知矣〕"

리어 이미 땅에 묻힌 마른 해골에 깃들고, 산천 풍수의 기운에 의탁하여 그 자손에게 벌을 주고 복을 준다면, 그런 이치가 과연 어디 있겠는가? 만일 정령이 있는 곳이 아니라면, 무지한 해골이 어찌 산천과 풍수의 기운에 감응할 수 있겠는가?

풍수가들의 주장에 대해서는 예로부터 통달한 식견을 지닌 선비들이 그 그릇됨에 관해 많이 말해왔으니, 여재(呂才)[58]의《서음양잡서(敍陰陽雜書)》같은 책이 바로 그 일례지만 여기서 다시금 논하지는 않겠다. 내가 믿는 것은 오직 성인의 가르침과 옛사람이 이미 행한 발자취뿐이다. 옛날 공자가 둑에 합장하고 먼저 돌아왔는데, 비가 몹시 내려둑의 묘가 무너졌다. 문인이 세 번 고하였지만 공자는 대답하지 않더니이내 눈물을 줄줄 흘리면서 "나는 옛날에는 묘를 고치지 않았다고 들었다."[59]고 말했다. 진호(陳澔)[60]는《예기집설(禮記集說)》에서 "옛사람은 공경하고 근실함이 지극하였으나 묘를 고치는 일은 하지 않았다. 때문에 공자는 봉분 쌓은 것이 근실하지 못해서 무너지기에 이르렀다며스스로 슬퍼한 것이다."라고 하였다. 이는 후세의 묘를 중시하는 견해로써 곡진히 성인을 보호하고자 한 말이다. 내가 중국인의 분묘를 보니사초(莎草)[61]의 견고함이 없었다. 생각건대 옛날에도 그러했을 터이

---

58 여재(呂才) : 606~665. 박주(博州) 청평(淸平)사람으로, 당나라 때의 철학가이다. 천문, 지리, 의술, 음양오행 등에 능통하였으므로 태종이 그에게 음양에 관한 잡서(雜書)를 정리하도록 명했다고 한다.

59 옛날에는……들었다 :《禮記 檀弓上》

60 진호(陳澔) : 1260~1341. 도창(都昌) 사람으로, 자는 가대(可大), 호는 운주(雲住), 경귀선생(經歸先生)이다. 송나라 말과 원나라 초의 저명한 경학가로,《예기집설(禮記集說)》을 지었다.

니, 무너지는 것도 당연하다. 옛날에는 묘소만 만들고 봉분을 만들지 않았다. 오늘날 무너지는 것은 봉분이지 무덤이 아니다. 높디높은 흙 봉분이 어찌 비를 만나고도 무너지지 않을 수 있으랴? 이것이 어찌 봉분을 근실하게 쌓지 않은 잘못이란 말인가? 대저 묻는〔葬〕 것은 곧 감추는〔藏〕 것이다. 옛날에는 묘소의 초목을 베지 않았고, 봉분은 고쳐 쌓지 않았다. 또 묘소에 절하고 묘소에 제사지내는 법도가 없었으니, 살아 있는 사람의 일과 멀었기 때문일 것이다.《주자어류(朱子語類)》 에 이르기를, "묘제(墓祭)는 옛 제도가 아니다. 비록《주례(周禮)》에 '묘인(墓人)을 시(尸)로 삼는다.'는 글이 있지만, 혹 막 장례지낼 때 후토(后土)에 제사지낸 것을 말하는 것인지 모르겠다. 다만 오늘날 풍속이 모두 그러니 또한 큰 해로움은 없다."[62]고 하였다. 공자는 장례 를 지내고 난 뒤에 묘가 무너진 사실을 알았지만, 기왕에 고칠 수 없다 면 차라리 아니 들은 만 못하였다. 차마 그 말을 들을 수가 없어서 대답하지 않았고, 들은 후에 자연 눈물을 흘렸지만 끝내 돌아가서 다시 쌓았다는 말은 없다. 이것이 곧 성인이 예를 지키고 의를 따르는 모습 인 것이다. 이로써 보건대 한번 묻은 묘소는 비록 무너졌다 해도 다시 고칠 수가 없는 것이거늘, 하물며 화복(禍福)에 동요되어 옮긴단 말인 가? 계무자(季武子)는 침전(寢殿)을 지었는데, 두씨(杜氏)를 장사지 낸 무덤이 서쪽 계단 아래 있기에 합장하라 명하고 곡을 하였다.[63] 산

---

61 사초(莎草) : 잔디를 뜻하는데, 묘의 봉분이 점차 비바람 등에 의해 점차 작아지거 나 무너지기 때문에 봉분을 다시 높이거나 무너진 부분을 보수하여 잔디를 새로 입히는 일을 사초라 한다.

62 묘제(墓祭)는……없다 :《주자어류(朱子語類)》권90에 보인다.

사람과 죽은 사람이 함께 사는 것도 꺼리지 않았거늘, 하물며 죽은 사람이 같은 산에 있다고 꺼리겠는가?

우리나라 삼국시대 때에는 장지의 화복(禍福)에 관한 설이 있지 않았다. 고려 초에 이르러 승려 도선(道詵)[64]이라는 자가 '신안(神眼)'이라 일컬어졌는데, 우리나라의 풍수가들은 모두 그를 시조로 삼는다. 고려 태조의 현릉(顯陵)이 바로 도선이 점지한 곳이니 만세토록 왕위를 이어갈 터전이 되었어야 마땅하거늘, 몇 세대 뒤에 찬탈과 시해가 이어지고, 어둡고 광포한 임금이 세습하였으며, 분주히 파천을 다니고, 여기저기 떠돌며 쫓겨 숨어 지냈다. 권력을 최씨(崔氏)[65]에게 빼앗긴 것이 다섯 대(代)요, 몽고에게 나라의 운명을 제압당한 것이 아홉 대였다. 실처럼 근근 연명한 것도 겨우 475년이며, 그 사이 백 수십 년은 거의 나라가 없는 것이나 마찬가지였다. 나라를 이어간 햇수를 헤아리면 삼국에 한참 못 미친다. 고려 태조는 영웅호걸의 자질로 가장 올바르게 나라를 얻었으며, 깊은 사랑과 두터운 은택으로 인심을 모았다. 굳이 길지(吉地)를 얻어서 묻히지 못했다 하여도 장구한 복을 점칠 수 있었는데, 도리어 삼국이 나라를 이은 햇수보다도 못하였으니, 이는 어째서인가? 또 거란과 왜구의 우환 때에는 봉은사(奉恩寺)로 태조의 관을 옮겼고,[66] 몽고와의 전쟁 때에는 다시 강화도로 옮겼다. 관을 꺼내

63　계무자(季武子)……하였다 : 계무자는 노(魯)나라 정경(正卿) 계손숙(季孫宿)의 시호다. 이 이야기는 《예기》〈단궁 상(檀弓上)〉에 보인다.

64　도선(道詵) : 신라 말의 승려이며 풍수지리설의 대가이다. 저서로《도선비기(道詵秘記)》가 있다.

65　최씨(崔氏) : 고려 말에 무력으로 정권을 장악한 최씨 일파를 말한다.

66　봉은사(奉恩寺)……옮겼고 :《고려사절요》신해 2년(951)조에 "대봉은사(大奉恩

밖으로 드러낸 채 여기저기 옮기느라 무덤이 불안하기 그지없었을 텐데, 길지가 정말 이와 같은 것이던가? 이로써 헤아려보면 도선의 술수 또한 알만하다. 그럼에도 곳곳에 비기(秘記)를 매장하여 자신의 능력을 자랑하면서, 고려를 그르치고서 또 후인들을 그르치려 하였으니, 어쩌면 그리도 심한가?

곽박(郭璞)은 중국 풍수가의 시조가 되었으나 자신의 죽음은 구제하지 못했고, 도선은 우리나라 풍수가의 시조가 되었으나 그 술수의 허망하고 망령됨이 이와 같았다. 하물며 이 두 사람에 만 배나 못 미치는 자들이야 말해 무엇하리! 오늘날 이른바 비기라는 것은 등공(滕公) 가성(佳城) 이야기[67]에서 비롯하였는데, 이는 풍수가들이 즐겨 말하는 바이기도 하다. 그러나 등공의 증손 하후파(夏侯頗)는 죄를 짓고 자살하였고 봉국(封國) 또한 철회되었으며,[68] 그 후손이 번성했다는 말은 듣지 못했다. 비기가 믿을만하지 못함이 또한 이와 같다. 그런즉 일로서도 무익하고 지혜로서도 통달하지 못했으며, 온몸을 바쳐 애를 썼어

寺)를 도성 남쪽에 세워 태조의 원당(願堂)으로 삼았다.˝라고 하였다.

67 등공(滕公) 가성(佳城) 이야기 : 등공은 한나라 고조 때의 명신인 하후영(夏侯嬰)의 봉호이다. ˝등공이 죽자 동도문 밖에서 장례 지내려고 공경들이 장례 행렬을 배웅했는데, 말들이 앞으로 나아가지 않은 채 발로 땅을 구르며 슬피 울었다. 이에 땅 구른 곳을 파보니, 다음과 같은 명문이 나왔다. '가성(佳城)이 아름다우니, 3천 년 만에 해를 보도다. 아! 등공이여, 이 방에 거하라.' 이에 그곳에 등공을 묻었다.〔漢滕公薨 求葬東都門外 公卿送喪 駟馬不行 踣地悲鳴 踣踣下地 得石有銘 曰 佳城鬱鬱 三千年見白日 吁嗟 滕公居此室 遂葬焉〕《博物志 異聞》

68 하후파(夏侯頗)는⋯⋯철회되었으며 : 하후파(?~기원전 115)는 여음후(汝陰侯) 하후영의 증손이다. 원정(元鼎) 2년(기원전 115)에 부친의 여종과 통간하였다가 두려워 자살하였고 봉국(封國) 또한 철회되었다.

도 그 효과를 보지 못한 채 끝내 자기를 속이고 남을 속였을 뿐이다.

안타깝구나! 풍수가들의 설이 공맹(孔孟) 시대에 나타나지 않았다니! 만일 성현의 말씀으로 일찌감치 단절되었다면, 후세의 사대부가 이토록 독실하게 믿지 않았을 것이고, 사사로이 여항에서나 행해져 무당이나 마찬가지 것에 불과했을 것이다. 그런데 지금은 그렇지 않고 버젓이 세상에 행해지고 있으니, 어쩌면 그리도 운이 좋은가?

풍수설 하

風水說下

사람의 장수와 요절, 가난과 부유함, 귀함과 천함에는 모두 정해진 운명이 있으니, 지혜와 힘으로 바꿀 수 있는 것이 아니다. 그래서 "군자는 장수와 요절을 의심하지 않고 몸을 닦으며 천명을 기다린다."[69]라고 하고, 공자는 "부귀가 구할 수 있는 것이라 비록 채찍 잡는 마부라도 나는 또한 그것을 하겠다."[70]라고 한 것이다. 이로써 보건대 공자라고 어찌 부귀를 원하지 않았겠는가? 다만 구할 수 있는 방법이 없었을 뿐이다.

성인은 이미 멀어지고 현명한 임금은 나오지 않으며, 사람들에겐 굳은 견해라는 것이 없고 사사로운 욕심만이 멋대로 흘러 다녔다. 각기 요행으로 복 얻을 생각만 하더니, 이에 풍수설이 크게 유행하기에 이르렀다. (풍수설에서는) 자손의 화복(禍福)은 모두 조상의 분묘에 관계되어 있는데, 길함은 힘으로 불러올 수 있고 흉함은 피할 수 있으니, 진실로 명당만 얻는다면 요절할 이가 장수하고 가난한 이가 부자가 되며, 천한 자가 귀해질 수 있다고 여긴다. 때론 하찮은 운수를 점쳐 맞추어서 어리석은 백성을 속이고 현혹한다. 어리석은 백성만 솔깃 미혹될 뿐 아니라 세상의 현인군자나 영웅호걸까지 모두 기꺼이 믿고 따른다. 위로는 공경대부로부터 아래로는 여항의 평범한 서민들까지,

---

69 군자는……기다린다 :《孟子 盡心上》
70 부귀가……하겠다 :《論語 述而》

온 힘을 다하고 노심초사하면서, 허둥지둥 다급하게 모두 분묘 일로 바쁘다. 산천을 사사로운 물건처럼 여기고 해골을 기이한 재화로 여기면서, 선을 닦아봐야 무익하고 악을 행해도 무방하니, 모든 것은 오직 명당을 가려내는 데 달려있을 뿐이라고 생각한다. 이 생각이 가슴에 또아리를 틀고 있고 허파에 붙어있는데, 너무 단단해 돌릴 길이 없다.

생기가 붙어있는 초목은 기름진 땅에 두면 무성해지고, 척박한 땅에 두면 말라버린다. 이는 산 사람이 양택(陽宅)을 갖는 것과 마찬가지 이치다. 시든 풀과 마른 나무를 아무리 기름진 땅에 심고 방법에 맞게 길러낸다 한들 활짝 피어날 수 있겠는가? 지금 풍수가들은 양택의 설을 음택(陰宅)에 억지로 끌어다 붙이고, 산 사람의 이치를 죽은 사람에게서 구하고 있으니, 그것이 통하지 않을 것임은 너무도 분명하다. 예컨대, 귀신을 그리는 일은 사람이 귀신을 본 적 없으므로 그리기 아주 쉽지만 판단하기는 아주 어렵다. 풍수가의 설은 모두 귀신 그리는 것과 같은 종류이다. 음양을 거짓으로 꾸며낸 책이 어마어마하게 많으며, 열 사람이 한 집에 모이면 그 중 대여섯은 반드시 풍수가다. 사람마다 하는 말이 다르고, 각자 자기 말이 옳다고 한다. 처음에는 '저쪽이 편안하면 이쪽도 편안하다[71]'는 이치로 설을 만들어 무덤에 시험해보았으나 부합하지 않는 경우가 많았다. 이에 화복이 내려오는 것은 무덤의 좋고 나쁨과 관계없다고 말하면서, 혈통끼리 감응한다는 이치로 설을 만들어 사람에게 시험해보았으나 부합하지 않는 경우가 많았다. 이에

---

71 저쪽이…… 편안하다 : 이 말은 정자(程子)가 했다고 전해진다. "할아버지, 아버지, 자식, 손자는 같은 기운을 타고 났기에, 저쪽이 편하면 이쪽도 편하고, 저쪽이 위태로우면 이쪽도 위태롭다.〔祖父子孫同氣 彼安則此安 彼危則此危〕"

혈통 여부와 관계없이 그 묘를 주관하는 자가 화복을 받는다고 주장하였다. 여기 한 아비를 둔 자식이 셋 있는데, 그중 한 사람이 다행히 재물을 얻으면 반드시 '이는 조부 무덤을 잘 쓴 복이요!'라고 말하고, 그중 한 사람이 불행히 요절하면 반드시 '이는 부친 무덤을 잘 못쓴 해악이요!'라고 말하며, 그중 한 사람이 우연히 과거에 합격하여 관리가 되면 반드시 '아무 산의 몇 번째 절맥에 귀한 용이 있어서 응험한 것이요!'라고 말한다. 이치가 본래 아득하고 애매한데다 이리저리 에둘러 말을 한다. 그러나 듣는 사람은 화복에 급급한지라 허실을 따질 겨를도 없이 두려운 마음에 마음이 동하고 만다. 큰 성씨의 선영(先塋)을 보면 너도나도 칭찬하고, 다른 사람이 장지를 정한 근세의 묘를 보면 모두 자리를 잘못 썼다고 지적한다. 그래서 그 주인이 밤낮으로 걱정하다가 기필코 파내게 하고서야 그친다. 하지만 이장할 때에 이르러서는 다른 풍수가가 보고 또 틀렸다고 지적하니, 주인 된 자는 장차 누구를 따라야 옳단 말인가? 또 넓은 땅을 차지하고서 다른 사람이 매장하는 것을 금하는데, 힘 있는 자는 리(里)로 계산하고, 힘없는 자는 보(步)로 계산한다. 한번 남의 산소 울타리를 침범하여 허락 없이 장사를 지냈다가는 원수 보듯 하며, 한 가문 한 집안에서도 칼부림이 나기도 한다.

아! 살아서는 친척 이웃과 서로 가까이서 살고자 하고, 죽어서는 혼자 텅 빈 산 가운데 놓여 산의 요괴 나무의 도깨비와 짝을 이루니, 이것이 어찌 이치에서 있어 온당한 것이겠는가? 남이 파내면 원수라고 하고, 자기가 파내면 효도라고 한다. 비록 열 번이나 묘를 옮길지라도 그 누구도 허물로 여기지 않으며, 자기가 파내는 죄가 남이 파내는 것보다 심하다는 것을 알지 못한다. 효자 효손이 차마 하지 못할 일을 차마 하고 있으니, 이 어찌 이성을 잃어버린 행위 중에도 큰 것이 아니겠는가? 생전에는 부모 봉양을 거들떠보지도 않다가 죽은 후에 온 힘을 다해 묏자리를 구하다니, 이 어찌 산 사람에게 박정하고 죽은 자에게 후한 것이 아니겠는가?

지금 온 나라 안에 노는 땅이라곤 한 폭도 없어서 사람이 죽어도 묻을만한 땅이 없다. 이에 오로지 훔치고 빼앗기를 일삼아, 사람 죽이는 변고와 무덤 파내는 우환이 곳곳에서 생겨나고 있다. 오늘날 주현(州縣)의 관부를 하루 종일 소란스럽게 하는 것은 온통 묘지와 관련된 송사뿐, 그 밖의 민생 업무는 생각할 겨를조차 없으니, 그것이 어찌 왕정에 있어 급선무가 될 만한 것이겠는가? 하늘이 하늘인 까닭은 생사와 화복의 운명을 통제하기 때문이다. 임금이 임금인 까닭은 빈부와 귀천의 권한을 주관하기 때문이다. 그런데 풍수가들이 하는 말에 따르자면, 명당을 얻어 장사지내면 하늘이 아무리 죽이려 하고 재앙을 내리려 하여도 그럴 수 없고, 흉한 자리를 얻어 장사지내면 임금이 아무리 부유하게 해주려 하고 귀하게 해주려 해도 그럴 수 없다고 한다. 그렇다면 온 세상을 덮으며 우뚝 저 높은 곳에 있는 하늘은 한갓 허명만을 끌어안고 있을 뿐이고, 사실 큰 운명과 큰 권한은 암암리에 풍수가들의 손에 빼앗긴 셈이다. 나는 조물주가 어떤 모습인지 알지 못했는데, 이제야 비로소 다른 사람이 아니라 온 세상에 가득한 풍수가임을 알게 되었다. 무슨 조물주가 이리도 많은가? 아! 예로부터 이단의 학설에는 미혹당하는 자도 있고 미혹당하지 않는 자도 있었는데, 오직 풍수설에만은 미혹당하지 않는 사람이 없다. 그래서 그것이 잘못된 것임을 조금이나마 아는 사람도 감히 큰 소리로 배척하지 못한다. 이는 무엇 때문인가? 온 세상이 모두 미혹되었는데 나만 홀로 미혹되지 않으면 도리어 미혹되지 않은 자를 미혹하다 여겨서, 말을 해봤자 신임도 얻지 못하고 부질없이 비웃음과 욕만 사게 되기 때문이다. 또 세간에 전하기를, 풍수를 내치는 자는 그 집안이 반드시 쇠한다고 하니, 그것이 두려워 감히 말하지 못하는 경우도 있다. 화복이 사람의 마음을 움직이는 것이 이 지경에 이르렀으니 진실로 슬픈 일이로다.

가령 참으로 풍수의 이치가 있다 하더라도, 풍수의 이치 위에 하늘의 이치란 게 있다. 하늘이 비록 아득히 높은 곳에 있지만 또한 두려워하지 않을 수는 없다. 자손에게 미칠 이해(利害) 때문에 조상의 묘를 가벼이 움직인다면 조상의 영령이 반드시 보우하지 않을 것이요, 민의(民義)에 힘쓰지 않고 오로지 음덕(陰德)만 구한다면 산천도 반드시 도와주지 않을 것이요, 오직 자신의 사사로움만 도모하고 남이야 피해를 입던 상관치 않는다면 인정이 반드시 따르지 않을 것이다. 성인의 가르침을 어기고 미혹되어 양심을 상실하며, 안분지족하지 못하고 망령되이 분수에 넘치는 것을 구한다면, 이는 천리가 용납하지 않는 바이자 왕법으로 반드시 금하는 바이다. 옛날 맹자가 양주(楊朱)와 묵적(墨翟)의 해로움을 홍수에다 비유했으나,[72] 홍수의 피해는 9년 만에 그친 데 반해 풍수의 우환은 그칠 날이 없다. 만물은 극에 달하면 반드시 되돌아가는 이치가 있다. 지금 풍수의 해는 극에 달했다. 되돌아가지 못한다면 산 자는 편안한 날이 없을 것이요 죽은 자는 장사지낼 땅이 없을 것이다. 그러니 그 우환은 홍수에 비할 바가 아니다. 이를 되돌리려면 어떻게 해야 하는가? 말하노니, 풍수 서적을 불사르고 풍수가를 금하라. 묘역(墓域)의 한계를 없애고, 묘지 옮기는 것에 대한 처형을

---

72 맹자가……비유했으나 : 《孟子 滕文公下》

엄하게 하라. 각기 친척들 옆에 뼈를 모아 묘지를 만들도록 하라. 그리
하면 될 것이다.

천당지옥설

天堂地獄說

옛날 현명한 왕이 세상을 다스릴 적에는 사심 없이 하늘을 받들고 형벌과 상을 남용하지 않았다. 착한 일을 하면 복을 받고 악한 일을 하면 재앙을 받았으니, 화복을 주관하는 권한이 인간 세상에 있었고, 눈과 귀에 뚜렷하게 보이고 들렸다. 그러므로 백성에게는 굳은 뜻이 있어 사설(邪說)이 끼어들지 못하였다. 그러나 세상이 쇠하고 도가 멀어지면서 백성 위에 있는 자는 자신의 기쁨과 노여움으로 상벌을 행하였고, 선악에 구분이 없어졌다. 백성들은 뜻을 굳히지 못하고 각자 모든 구차한 생각들을 품었다. 불교가 이에 동쪽으로 전래되어 천당지옥에 관한 설을 만들어 내 인심을 유혹하였다. 살아서 행한 선과 악이 죽은 뒤에 보답 받는다니, 그 설이 몹시 허탄한데도 세상을 돌아보아도 의지할 만한 것이 없는지라 사람들은 휩쓸리듯 그 말을 따랐다. 이에 화복의 권한이 인간 세상에 있지 않고 음계(陰界)에 있게 되었다. 옛날에 어떤 사람이 게송(偈頌)을 지어, "천당이 없으면 그만이지만 있다면 군자가 올라갈 것이요, 지옥이 없으면 그만이지만 있다면 소인이 들어갈 것이다."라고 하였는데,[73] 참으로 명언이다. 그

---

73 옛날에……하였는데 : 당나라 숙종 때 건주자사(虔州刺史) 이주(李舟)가 누이에게 보내는 글에 "석가가 중국에서 태어났다면 주공과 공자처럼 교화를 베풀었을 것이고 주공과 공자가 서방에서 태어났다면 석가처럼 교화를 베풀었을 것이다. 천당이 없다면 그만이지만 있다면 군자가 올라갔을 것이고, 지옥이 없다면 그만이지만 있다면 소인이 들어갔을 것이다.〔釋迦生中國 設教如周孔 周孔生西方 設教如釋迦 天堂無則已 有則君

런데 천당지옥설은 그렇지 않아, 염불하면 죄과를 면할 수 있고 추천재(追薦齋)를 올리면 승천할 수 있다고 한다. 몸에는 온갖 더러운 덕목을 다 갖추고 있으면서도 입으로는 부처를 외고, 살면서는 악업을 짓고 죽을 때는 열심히 명복을 빈다. 참으로 이와 같다면, 천당과 지옥은 승려의 무리가 사사로움을 경영하는 문일 뿐일지니, 상벌의 공정치 못함이 음계보다 심한 곳이 없다. 그런 법이 어디 있단 말인가.

혹자가 말하기를, "천당지옥이 있는지 없는지 참으로 알 수 없지만, 지금 여항의 백성 가운데 죽었다가 다시 살아난 자가 종종 있는데, 명부(冥府)에서의 일을 하나 하나 말하는 것을 보면 그림에서 본 것과 똑 같네. 간혹 몇 년의 수명을 늘려주었다고 하는데, 그 자가 죽을 때가 되어서 보면 그 말이 딱 들어맞네. 이로써 보건대 천당과 지옥이 전혀 없다고는 말할 수 없네."라고 했다. 내가 말했다.

"그래서 내가 없다고 한 것이네. 사해 만국에 백성들이 많고 많지만, 태어날 때는 똑같이 하늘에서 생명을 받고 죽을 때는 똑같이 땅으로 돌아간다네. 만일 명부가 있다면 반드시 하나의 관사를 두어 전담할 터, 만국에 각기 명부를 설치하지는 않을 것일세. 만국의 궁실, 의복, 모습, 언어는 각기 그 종류가 다르네. 그런데 우리나라 사람이 본 것은 우리식 제도이고, 중국 사람이 본 것은 중국식 제도네. 미루어보건대 각국 사람이 본 것도 모두 그러할 터, 무슨 명부가 그리도 많단 말인가? 사람이 죽었다가 다시 살아나는 것은 진짜 죽은 것이 아닐세. 질병으로 괴로워하다가 기절하여 깨어나지 못한 것 뿐, 목숨이 끊길 날이 정말로

子登 地獄無則已 有則小人入)"라고 한 말에서 인용한 것이다. 《태평광기(太平廣記)》〈석증(釋證)〉에 나온다.

다다른 것은 아니라네. 때문에 맥과 숨이 끊어졌어도 가슴에 온기가 모여드는 것이지. 마음이란 본디 허령(虛靈)한 물건인데, 늘 곡기와 물욕으로 꽉 막혀있어 지각이 밝지 못한 것이라네. 하지만 오랜 병 끝에 곡기도 물욕도 모두 텅 비게 되면, 한 점 영명(靈明)한 본체가 온기를 타고 발현된다네. 마치 생각으로 인해 꿈이 나타나는 것처럼, 평상시 익히 들어왔던 일들이 완연히 눈앞에 펼쳐지는 것이지. 어렴풋 염라대왕의 뜰에 발을 디디지만, 궁실이며 의복이며 모습이며 언어는 모두 심령이 얽어낸 것이고, 그가 말한 수명이 늘어난 만큼의 기간도 심령이 지시한 것이네. 마마를 앓고 있는 어린 아이가 문 밖에서 일어난 일을 안다거나, 배앓이를 하는 여인네가 약방문을 욀 수 있는 것, 이는 모두 마음이 올라오는 열기를 타고 영명함을 발했기 때문이네. 이것과 무엇이 다르겠는가?"

"그렇다면 지옥을 보았다는 자는 있는데 천당을 보았다는 자가 없는 것은 어째서인가?"

"그대는 삼대(三代)와 춘추시대의 일을 보지 못하였는가? 그때는 지옥설이 없었네. 믿거나 두려워하는 것은 오직 상제뿐이었지. 그래서 삼대와 춘추시대의 사람들은 대부분 천제 꿈을 꾸었네. 은종(殷宗)이 상제께서 보필할 신하를 내려주는 꿈을 꾸고,[74] 정백(鄭伯)이 하늘에서 난초를 내려주는 꿈을 꾸는 등,[75] 이런 종류의 일들은 매우 많았네.

---

74 은종(殷宗)이……꾸고 : 은종은 은나라의 고종(高宗) 무정(武丁)을 말한다. 그는 즉위하여 3년 동안 말하지 않고 마음속으로 훌륭한 신하를 구하였는데, 꿈에 나타나므로 초상화를 그려 천하에 구하였다. 이때 부열(傅說)은 천한 신분으로 담 쌓는 일을 하고 있었는데, 얼굴이 초상화와 같았으므로 마침내 발탁되어 훌륭한 정치를 이룩하였다. 《書經 說命》

이것이 곧 천당 아니겠는가? 이것이 곧 심령이 감응한 것 아니겠는가? 후세 사람은 불교의 학설을 익히 듣고 혹심히 믿었네. 그러나 천당은 누구나 감히 바랄 수 있는 것이 아니고, 오직 두려운 것은 지옥뿐이었네. 보통 두려워하는 감정은 흠모하는 감정보다 심해서, 평소 매우 단단히 마음에 달라붙어 있기 때문에 그 생각으로 인해 발현된 것일세. 뭐 그리 이상할만한 일이겠나?"

"그러면 천당과 지옥은 모두 만들어낸 말이니, 없다고 해도 괜찮은가?"

"그런 사실은 없지만 그런 이치는 있네."

"어디에 있는가?"

"내 마음에 있지. 착한 생각이 일어나면 그것이 곧 천당이고, 악한 생각이 일어나면 그것이 곧 지옥일세. 이는 유교에서나 불교에서나 똑같이 하는 말일세."

---

75 정백(鄭伯)이……등 : 정 문공(鄭文公)의 첩 연길(燕姞)이 천사가 난초를 주는 꿈을 꾸었다. 얼마 후 아들을 낳아 "난(蘭)"이라고 이름을 지었는데, 그가 바로 정 목공(鄭穆公)이다. 《春秋左氏傳 宣公3年》

시무설 임진년(1892, 고종29) 윤6월

時務說 壬辰閏六月

천진에 가는 육종윤[76]을 전송하다.

옛날 사마덕조(司馬德操)[77]는 한나라 소열제(昭烈帝)에게 "유생과 속된 선비는 시무(時務)를 모릅니다. 시무를 아는 자는 준걸뿐이겠지요!"라고 하였다.[78] 이른바 시무란 무엇인가? 당시 마땅히 행해야 하는 일을 말한다. 마치 병자가 약을 먹을 때 딱 맞는 약을 먹어야만 하는 것과 같다. 아무리 신기한 약방이라도 누구나 먹을 수는 없다. 소열제 때에 천하의 대세는 열에 여덟, 아홉이 모두 조조(曹操)에게 가있고, 웅거해서 천하삼분(天下三分)의 터전으로 삼을 만한 곳은 형주(荊州)와 익주(益州) 뿐이었다. 그러므로 공명(孔明 제갈량(諸葛亮))과 사원(士元 방통(龐統))이 혹여 늦을세라 급급해하며 어서 차지하라 권했던 것인데, 결국은 이 땅을 가지고 천하의 전력(全力)에 대항할

---

76 육종윤(陸鍾允) : 1863~? 제중원 주사와 외교교섭국장 등을 역임하였다. 개화사상가인 육용정(陸用鼎, 1843~1917)의 양자이다.

77 사마덕조(司馬德操) : 사마휘(司馬徽, ?~208)로, 영천(潁川) 양적(陽翟)사람이며, 자는 덕조, 호는 수경선생(水鏡先生)이다. 방덕공(龐德公), 서서(徐庶), 방통(龐統), 제갈량(諸葛亮) 등과 교유하며 젊은 사인들을 가르치고 후원하였다.

78 옛날……하였다 : 사마휘(司馬徽)가 시무를 묻는 유비(劉備)에게 "유생과 속된 선비가 어찌 시무를 알겠습니까? 시무를 하는 자는 준걸 가운데 있으니, 이 지역에 와룡과 봉추가 있습니다.〔儒生俗士 豈識時務 識時務者在乎俊傑 此間自有伏龍鳳雛〕"라고 한 말에서 인용한 것이다. 사마휘는 이후 제갈량(諸葛亮)과 방통(龐統)을 유비에게 추천하였다. 《三國志 蜀志5 諸葛亮傳》

수 있었다. 이들을 일러 시무를 아는 준걸이라고 한다. 만약 "순리에 의지해 역적을 토벌하는 것은 강약에 관계없으니, 한 자 한 치의 땅이 없어도 단번에 한적(漢賊)을 섬멸하여 중원을 회복할 수 있고, 동오(東吳)도 병합할 수 있다."라고 했다면, 듣기에는 아주 훌륭하지만 실제로는 부합하기 어려웠을 것이다. 이것이 어찌 속된 선비의 의견이 아니겠는가.

오늘날의 논자들은 서양의 정치제도를 모방하는 것을 '시무'라고 하면서, 자기의 역량은 헤아리지 않고 오직 남만 쳐다본다. 이는 체질과 병증은 따지지도 않고 남이 먹어본 약을 복용하여 확연한 효과를 얻으려는 것과 같으니, 매우 어려울 것이다. 만난 시대가 각기 다르고, 나라마다 각각의 시무가 있다. 개인의 사사로움을 깨뜨리고, 상공업의 길을 넓혀서 사람들로 하여금 각자의 힘으로 먹고 살게 하는 것, 그리고 능력을 다하게 하고 권리를 보장해주면서 나라를 부강하게 하는 것, 이것이 서양의 시무다. 법을 세워 기강을 펼치고, 인재를 뽑아 관직에 임명하며, 병사를 훈련하고 무기를 정비해 사방 오랑캐의 능멸을 막는 것, 이것이 청나라의 시무다. 청렴을 숭상하고 탐오를 내치며 힘써 백성을 구휼하는 것, 그리고 삼가 조약을 지킴으로써 우방과 틈이 생기지 않게 하는 것, 이것이 우리나라의 시무다. 만약 우리나라가 갑자기 청나라를 본받아 군비(軍備)에 전력한다면, 백성이 곤궁해지고 재정이 궁핍해져 필시 걷잡을 수 없는 우환을 겪게 될 것이다. 만약 중국이 갑자기 서양의 제도를 본받아 명분을 엄격하게 다스리지 않는다면, 기강이 해이해져 필시 상하의 질서가 무너지는 우환을 겪게 될 것이다. 만약 서양 여러 나라가 동양의 법규를 본받아 윗사람의 호오(好惡)에 따라 정령(政令)과 조치를 시행한다면, 국세가 약화되어 필시 강한 이웃 나라에 병탄되고 말 것이다. 이로써 보건대 아무리 좋은 법이 있어도 하루아침에 지구상에 통용할 수 없음이 명백하다. 지금 국세도 고려하지 않고 멀리 서양의 것을 사모한다면, 한 자의 땅도 없이 조조와 칼끝을 다투려는 것과 무엇이 다르랴. 따라서 나라를 잘 다스리는 자가 시세에 따라 적절하게 조치하고, 국력을 헤아려 대처하며, 재정을 손상시키지 않고 백성에게 해를 끼치지 않으면서 근본을 굳건히 하는 데 힘쓴다면, 가지와 꽃과 잎은 점차 무성해질 것이다. 지금들 말하고 있는 '시무'는 모두 서양의 가지와 꽃과 잎이니, 뿌리를 굳건히 하지 않고 먼저 남의 말단을 배우려 한다면 지혜롭다 할 수 있겠는가?

　지금 시무를 아는 자 가운데 북양대신(北洋大臣) 소전(少筌) 이홍장(李鴻章) 공 만한 사람이 없다. 넓은 아시아, 거대한 청나라에 어찌 시무를 말할 수 있는 사람이 없겠는가마는, 사리에 깊이 통달하고 완급을 조절할 줄 알며, 역량과 지모가 자신이 한 말에 충분히 부합될 수 있으려면 준걸이 아니고서는 어렵다. 그러므로 "오직 이 공만이 족히 감당할 수 있다."고 한 것이다. 비록 그렇더라도 이공을 흠모할 줄만 알아 사사건건 본받고자 한다면, 천진(天津)이라면 모를까, 우리나라의 오늘날 급선무는 아닐 것이다. 하물며 서양의 지엽 말단을 본받겠는가! 《시경》에 "동문을 나가니 여자들이 구름처럼 많도다. 비록 구름처럼 많으나 내 마음 그들에게 있지 않도다. 흰 옷에 쑥색 수건을 두른 여인이여. 애오라지 나를 즐겁게 하는도다."[79]라는 구절이 있다. 《역

79　동문을……하는도다 : 《시경》〈출기동문(出其東門)〉에 나오는 "동문을 나가니 여자들이 구름처럼 많도다. 비록 구름처럼 많으나 내 마음 그들에게 있지 않도다. 흰 옷에 쑥색 수건을 두른 여인이여. 애오라지 나를 즐겁게 하는도다.〔出其東門 有女如雲

경》에 "동쪽 이웃 마을에서 소를 잡아 성대히 제사지내는 것이 서쪽 이웃 마을에서 때에 맞추어 검소하게 제사지내고 복을 받는 것만 못하다."[80]라고 하였다. 그러므로 군자의 도는 스스로를 돌이보아 요령을 터득하는 것을 귀하게 여기니, 어찌 수신(修身)만 그러하겠는가.

육성대(陸聖臺) 군은 평소 세상을 향한 포부가 있었다. 그의 부친 의전자(宜田子 육용정)는 글을 읽어 이치에 밝은 선비로서, 집 밖을 나가지 않고도 천하의 변고를 안다. 육성대 군은 가훈을 받들어 익혀서 고금의 시의(時宜)에 관한 대략과 취사(取捨)를 가슴 속에 환히 알고 있는데, 다시 천진으로 객지살이 떠나 견문을 넓히려고 한다. 나는 이번 여행이 그냥 가는 것이 아님을 알고 있으니 육군은 힘쓸지어다. 천진은 내가 왕년에 노닐었던 곳으로 북양아문(北洋衙門)이 있는 곳이다. 천하에서 시무를 말할 줄 아는 자는 모두 여기에 모여 있으니, 육군이 가서 그들에게 물어보면 반드시 나와 같은 말을 하는 자가 있을 것이다.

雖則如雲 匪我思存 縞衣綦巾 聊樂我員〕를 인용한 구절이다. 본래 조강지처에 대한 그리움을 노래한 것이다.

80 동쪽……못하다 : 《주역》〈기제괘(旣濟卦) 구오(九五)〉의 "동쪽 이웃 마을에서 소를 잡아 성대히 제사지내는 것이 서쪽 이웃 마을에서 때에 맞추어 검소하게 제사지내고 복을 받는 것만 못하다.〔東隣殺牛 不如西隣之禴祭 實受其福〕"를 인용한 말이다.

재이설

灾異說

천지는 하나의 기수(氣數)이다. 사람이 천지의 기(氣)를 얻으면 태어
나고, 천지의 기를 잃으면 죽는다. 길흉화복이 여기에서 생겨나는 것
은 당연한 이치다. 하늘이 형상을 드리우고 운행하는 것은 사람을 위
해서가 아니니, 또 어찌 사람을 위해서 상도(常度)를 바꾸겠는가?
예부터 재이(灾異)를 논하는 자는 모두 하늘이 사람의 일에 감응하여
하늘의 형상을 바꾼다고 여겼다. 재이에 관한 설에서 이르기를, "사
람의 일이 아래에서 움직이면 재앙과 상서로움이 위에서 응한다."라
고 하고, 또 "하늘이 이 백성을 사랑하는 마음에 반드시 재이로써 임
금께 경고한다."[81]고 하였다. 이는 모두 구차한 소리다. 서양 사람들
은 천체의 운행을 관측하는 것에 조예가 깊어 별자리의 변화를 미리
알았기에 재이란 없다고 단언하였는데, 이 또한 통하지 않는 논의이
다. 우리 공자께서 《춘추》를 지으실 적에, 재이가 있으면 반드시 삼
가 적었다. 만일 재이의 이치가 없었다면 성인께서 어찌 괴이한 것을
좋아하여 백성을 속였겠는가. 저 하늘은 무심하여 기수에 맡길 뿐이
지만, 사람에게는 감정이 있어 기수에 감응하여 길흉이 생겨난다. 그
래서 나는 "하늘은 사람에 감응하지 않으나 사람은 스스로 하늘에 감

---

81 하늘이……경고한다 : 《논형(論衡)》 권14 〈견고(譴告)〉에 "재이를 논하면 옛 임
금이 정사에서 도를 잃으면 하늘이 재이를 써서 경고하는 것이다.〔論灾異 謂古之人君爲
政失道 天用灾異譴告之也〕"라고 하였다.

응한다."고 말한 것이다. 일월과 오성(五星)의 운행에 빠르고 늦음, 차고 기움의 차이가 있으나 실제로는 모두 자연의 수(數)다. 수가 다하는 곳에 기(氣) 또한 따른다. 홀수와 짝수가 가지런하지 않음에는 평상적인 경우가 있고 지나치거나 혹 모자란 경우가 있다. 천체의 형상이 위에 드러나면 기가 아래에서 감응한다. 이에 아래에 있는 사람과 사물이 그 기의 선과 악에 감응하여 화와 복이 생겨난다. 그 이치는 매우 분명하다. 이것이 바로 성인께서 재이를 중시한 까닭이다.

하늘의 큰 이변 가운데 일식(日食)만한 것이 없다. 그런데 옛날 역법은 성글고 오류가 많아서, 일식에 해당하지 않는데 일식이 생겼다거나 일식이어야 하는데 일식이 일어나지 않았다거나 하는 설들이 많다. 이는 모두 망령된 소리들이다. 후세의 역법가들이 일식의 회합 도수를 추산함에 백에 하나의 오차도 없게 되자 마침내 일식이 재이가 아니라고들 생각하게 되었다. 그러나 태양의 빛이 가리는 것은 어쨌든 길한 일이 아니다. 어그러진 기가 아래에 감응하면, 세상에 정치를 제대로 닦지 않는 나라가 있을 경우 반드시 그 재앙을 입게 되니, 재이가 아니라고 말할 수 없는 것이다. 이로써 미루어 보건대, 유성과 혜성이 침범하고 싸우고 지키고 하는 것은 모두 자연의 수(數)로, 일식과 같은 종류의 것이다. 때문에 이렇듯 이상한 현상이 있을 시, 천하의 임금은 모두 두려워하고 반성하여 재이를 그치게 하는 도를 행해야 마땅할 터, 내 분야(分野)[82]가 아니라고 핑계 대면서 제멋대로 방종하여 화를

---

82 분야(分野) : 성차(星次)와 상응하는 지역을 가리킨다. 고대에 십이성차의 위치를 땅에 있는 고을과 나라의 위치에 대응시켜서 말했는데, 천문(天文) 상에서는 분성(分星)이라고 하고 지면상에서 말할 때는 분야라고 하였다. 우리나라의 분야(分野)이론을

즐겨서는 안 될 것이다.

이른바 분야라는 것은 그저[83] 중국 구주(九州)만을 위해 설정한 것이 아니다. 한 하늘 아래 땅이 있고 백성이 있는 곳이라면 모두 해당할 수 있다. 나는 전에 《고려사》를 보면서 하늘에 나타난 모든 별자리의 모양을 고려 왕조의 일을 가지고 판단해보았는데, 들어맞지 않는 것이 없었다. 옛날 북위(北魏)[84] 때 혜성이 태미(太微)[85]에 들어가자 위나라 임금이 최호(崔浩)[86]에게 묻기를, "지금 사해가 분열되어 있는데, 재앙의 징조가 과연 어느 나라에 내리겠느냐? 짐은 몹시 두렵다."라고 하자 최호가 대답하기를, "사람에게 만일 잘못이 없다면 무엇이 두렵겠습니까? 우리나라는 임금이 존귀하고 백성이 낮으며, 백성들에게 다른 바람이 없습니다. 그러나 진(晉)나라는 쇠퇴하고 있어 망할 날이 멀지 않았습니다. 혜성의 이상 현상은 아마 유유(劉裕)가 장차 찬탈하려는

정리한 책으로는 서경덕(徐敬德)이 저술하고 이지함(李之菡)이 약간 수정한 것으로 알려진 《홍연진결(洪煙眞訣)》이 있다.

83 그저 : 원문에는 '徙'로 되어 있으나 '徒'자의 오기로 보인다.

84 북위(北魏) : 위(魏)나라 효문제(孝文帝)가 낙양(洛陽)으로 천도한 뒤에 성(姓)을 탁발씨(拓跋氏)에서 원씨(元氏)로 바꾸었으므로 원위(元魏)라고 했다.

85 태미(太微) : 별자리의 이름이다. 북극을 중심으로 천체(天體)를 크게 자미원(紫微垣)·태미원(太微垣)·천시원(天市垣)의 세 구역으로 나누었는데, 그 중의 하나. 이 세 개의 원(垣) 안에 다시 작은 별자리를 두었다.

86 최호(崔浩) : ?~450. 청하군(淸河郡) 무성(武城) 사람으로, 자는 백연(伯淵)이다. 중국 북위 시대의 관료로, 명문 한인 가문 출신이며 431년에는 한인사족이 누릴 수 있는 최고의 관직인 사도(司徒)에 임명되었다. 그는 천문과 술수에 능하여 황제의 두터운 신임을 받았으나 태무제 때 국사편찬의 책임을 맡아 화이사상을 근거로 글을 썼다가 이 일이 화근이 되어 그를 비롯한 화북의 명문 귀족 128명이 주살되었다.

데[87] 대한 징조가 아닐까요?" 라고 하였다. 나중에 과연 그 말대로 되었다. 양(梁)나라 무제(武帝)[88] 때 화성이 남두성(南斗星)을 범하였다. 이에 앞서 어린아이들이

화성이 남두에 들어갔네	熒惑入南斗
천자가 전각을 내려가 달려가네	天子下殿走

라고 노래를 불렀다. 무제는 머리를 풀고 전각을 내려가 달리면서 액막이를 하고자 하였다. 뒤에 위(魏)나라 임금이 관중으로 도망갔다는[89] 말을 듣고 부끄러워하며 말하기를, "오랑캐의 땅도 천체 현상에 응하는가?"라고 하였다. 이로 말미암아 보건대 재이 현상이 나타나지 않는 나라란 없으며, 오직 임금이 얼마나 잘 대처하느냐에 달려있을 뿐이다. 예를 들어, 절기의 조화롭지 못한 기운이 사방에 퍼졌을 시, 그것에

---

87 유유(劉裕)가……데 : 유유는 남조(南朝) 송나라 무제(武帝)의 이름이다. 환현(桓玄)이 진(晉)나라를 찬탈하자 유유는 군사를 일으켜 환현을 토벌하고, 안제(安帝)를 옹립하여 진나라를 부흥시켰다. 그 뒤 그는 상국(相國)이 되어 안제를 죽이고 공제(恭帝)를 세웠다가 곧 선위 받아 송나라를 세웠다.

88 양(梁)나라 무제(武帝) : 남조 양나라의 초대 황제인 고조(高祖) 소연(蕭衍)을 말한다. 549년 무제는 적신(賊臣) 후경(侯景)의 강압으로 유폐되어 음식도 마음대로 먹지 못했으며, 이로 말미암아 화병으로 정거전(淨居殿)에 누워 있다가 죽었다.

89 위(魏)나라……도망갔다는 : 북위 효무제(孝武帝) 원수(元脩, 510~534)를 가리킨다. 장군 고환(高歡)이 절민제(節閔帝)를 폐위하고 그를 즉위시켰으나, 효무제는 고환의 전횡을 싫어하여 장안으로 도망쳐 우문태(宇文泰)에게 의지하였다. 고환은 효정제(孝靜帝)을 옹립하였고, 우문태는 효무제를 살해하고 효문제를 즉위시켜, 북위가 동서로 분열하게 되었다.

감응하여 병이 걸린 자라면 분명 스스로를 해치며 섭생에 신중하지 못한 자일 것이고, 병에 걸리지 않은 자라면 반드시 섭생을 잘하여 원기를 잃지 않은 자일 것이다. 가까이로 말하면 질병부터 멀리로 말하면 별자리까지, 이 모두가 하늘의 기수(氣數)이며, 사람이 그것에 감응하는 이치 또한 동일하다.

혹자가 말하기를, "민간에서는 삼대월(三大月)[90]을 불길하다 여겼으며, 예로부터 그에 대한 징험도 있어왔습니다. 하지만 큰 달과 작은 달에는 나름의 관측하는 상수(常數)가 있는데, 어찌하여 불길하다고 합니까?"라고 하자 내가 말하였다.

"비록 상수라고는 하지만 상수 가운데 이(理)가 깃들어 있네. 천도 (天道)는 가득 찬 것을 덜어내고 귀신은 가득 찬 것에 화를 입힌다네.[91] 삼대월은 가득 참이 극에 이른 것이네. 가득 참이 극에 이르면 반드시 크게 이지러지는 법, 이는 변함없는 이치이네. 그 아래에는 반드시 어그러진 기운에 대한 응함이 있을 터라 기피하는 것이지."

"금년 임진년(1892)부터 갑오년(1894)까지 연달아 삼년간 겨울이 모두 큰 달인데, 이는 매우 드문 이상 현상입니다. 그렇다면 지금 세상의 모든 나라들이 장차 그 재앙을 받게 되는 것입니까?"

"아니, 그렇지 않네. 저 기수란 하늘도 어찌할 수 없고 성현도 면할

---

90 삼대월(三大月) : 한 달의 날 수가 29일인 달은 소월(小月), 30일인 달은 대월(大月)이라고 한다. 음력으로 대월이 잇달아 세 번 겹치는 경우를 삼대월이라 한다.

91 천도(天道)는……입힌다네 : 《주역》〈겸괘(謙卦) 단전(彖傳)〉에 나오는 "천도는 가득 찬 것을 덜어내어 부족한 것에 더해주고, 지도는 가득 찬 것을 옮겨서 부족한 것에 흘러가게 하며, 귀신은 가득 찬 것을 해치고 부족한 것에 복을 준다.〔天道虧盈而益謙 地道變盈而流謙 鬼神害盈而福謙〕"라는 구절에서 인용한 말이다.

수 없네. 옛날 요 임금 때도 홍수가, 탕 임금 때도 가뭄이, 태무(太戊) 때도 상곡(祥穀)의 이변이 있었지만,[92] 저 두 명의 성인과 한 명의 현자께서 도로써 이를 처리하였기에 재앙이 해가 되지 않았네. 한나라 때에 양구백육(陽九百六)[93]의 재액이 있어서 신하들이 장계를 올려 경계의 뜻을 아뢰었으나, 성제(成帝)는 깨닫지 못하고 후궁에게 빠져 지냈기에[94] 점차 멸망에 이르렀네. 그러므로 비록 기수의 변화가 있다 하더라도 도가 있는 나라는 재앙을 입지 않으며 유독 도가 없는 나라만 화를 입네. 이 또한 변함없는 이치일세. 지금 천도의 가득 참이 극에 달하였으니, 천하에 윗자리 있는 자라면 각자 덕을 닦고 가득 참을 지켜낼 방도를 생각해야 마땅할 것이네. 항상 조심조심 삼가면서 자만에 빠져서는 안 될 것이며, 공손하고 절약하며 위에서 덜어 내 아래에 보태주어야 할 것이네. 그렇게 하면 절대 다른 우환일랑 없을 것이네. 하지만 만약 덕을 닦을 줄도 절약할 줄도 모르고 마음껏 욕망을 부린다면, 가득 찬 것이 쉽게 이지러져 그 재앙의 응답은 이루 헤아릴 수 없을 것이네. 경계하지 않을 수 있겠는가. 이때를 당하면 임금만 그럴 것이

---

92 태무(太戊)……있었지만 : 은나라 태무 때 박(亳) 땅에 상상(祥桑)과 상곡(祥穀)이 아침에 자라나 날이 저물 때 한 아름이 되었다. 태무가 이척(伊陟)에게 물으니, '요사한 것은 덕(德)을 이기지 못하니, 덕을 닦으라.'고 하였다. 태무가 선왕의 정사를 닦은 지 이틀 만에 상상과 상곡이 말라 죽었다고 한다. 《史記 卷3 殷本紀》

93 양구백육(陽九百六) : 양구는 재앙이 드는 해를 말한다. 술가에서 4617년을 1원(元)으로 삼고 원이 시작되는 처음의 106년 사이에 가뭄이 드는 해가 9번 있음을 말한다. 《漢書 卷21上 律曆志上》

94 성제(成帝)는……지냈기에 : 한나라 효성제(孝成帝) 유오(劉驁, 기원전 51~기원전 7)가 후궁인 조비연(趙飛燕) 자매에게 빠져 정사를 망친 일을 가리킨다. 결국 자손들은 모두 조비연 자매에게 죽임을 당하여, 후사를 남기지 못한 채 45세에 죽었다.

아니라 사서인(士庶人)일지라도 각고의 노력으로 스스로를 수양하고, 사치와 낭비의 욕망을 경계해야 하네. 고요히 분수를 지킴으로써 가득 참이 극에 달할 때 뒤따르는 재앙을 밟지 않는다면, 집안을 보존할 수 있고 제 몸을 편안하게 할 수 있네. 하지만 그렇지 않으면 집안은 망하고 제 몸은 위태로워질 것이며, 기에 감응한 응답 또한 따를 것이네."

"그렇다면 기수가 평상적일 때에는 나쁜 짓을 해도 해로움이 없습니까?"

"선악의 응보는 하루 아침 하루 저녁에 한 일 때문에 일어나는 것이 아니네. 평소에 나쁜 짓을 한 자가 기수의 변화를 만나면 어그러진 기가 감응하여 반드시 먼저 해를 입게 되네. 때문에 재앙을 그치게 하는 도는 재앙이 생겨나기 전의 행실이 어떠했는가에 달려있거늘, 하물며 재앙을 만나고도 수양하고 절약할 줄 모르는 자야 말해 무엇하겠는가."

임진년(1892, 고종29) 제야(除夜)에 춘목원(春木園)의 죄인[95]이 쓰다.

---

95 춘목원(春木園)의 죄인 : 1892년에 김윤식은 면천(沔川)에 유배 중이었다. 춘목원은 유배 당시 거처에 있던 동산에 김윤식이 붙인 이름이다.

신학문의 육예 이야기 정미년(1907, 융희1)

新學六藝說 丁未

국가가 오랫동안 교육의 도를 잃어, 사장(詞章)과 공령문(功令文)으로 선비를 뽑으니, 그들의 재주가 쓰임에 맞지 않아 사업이 일어나지 못했다. 그런데도 옛 관습만을 따르면서 쇠미해진 채 오늘날에 이르렀다. 근 수십 년 이래로는 과거의 폐단이 갖가지로 생겨나 급기야 놀음판이 되어버리고, 지난날 공령문 하던 선비조차 볼 수 없게 되었다. 그런데 세상일은 크게 변하여 국세는 이에 따라 기울었다. 교육이 국가의 성쇠에 관계되는 바가 이처럼 크기에, 간절한 마음과 식견이 있는 선비가 통탄하면서 크게 탄식하는 것이다. 지금 조정의 공경들은 널리 세계의 형세를 살펴보고 안으로 나라의 위기를 돌아본 후, 인재를 키워 위태로운 나라를 부지하고자 임금의 밝은 조서를 받들어 중외에 학교를 널리 설립하고 새로운 학문을 가르치고 있다. 이는 실로 오늘날의 급선무인지라 오히려 늦은 것이 한스럽다. 그런데 글을 읽어 옛것을 좋아하는 선비들은 여전히 큰 소리로 배척하며, "지금의 학문은 옛날의 학문이 아니라 이단이자 외도(外道)다."라고 말하면서 자제들이 입학하지 못하도록 금한다. 지방에서 스스로 지조를 아낀다고 하는 자들은 학교 문을 바라볼 때마다 번번이 얼굴을 돌린 채 지나간다. 백성들이 그들을 본 떠 따라하는 것은 더욱 심하다. 요전에 면천군의 학교 교사가 생도들을 데리고 나를 방문해 뜰에서 보벌(步伐) 시범을 보였는데, 마을 남녀 모두 둘러서서 보고는 놀라 탄식하였고, 이웃 노파 가운데는 부들부들 떨며 눈물을 흘리면서,

"장차 제 아들을 빼앗아 가려는 겁니까?"라고 말하는 이도 있었다. 마치 승냥이 호랑이 도깨비를 본 듯 두려워하였으니, 심하도다! 세속을 깨우치기 어려움이여! 글 읽은 자들이 완강하게 고수하는 것이 이와 같으니 마을 아낙네를 탓해서 무엇하리요.

이른바 옛날의 학문이란 것이 삼대(三代) 때 사람을 가르치던 법이 아니던가? 삼대 때 사람을 가르치던 법은 육예(六藝)를 벗어나지 않았다. 무릇 남자로 태어났다면 장차 사방을 경영코자 하는 뜻을 품는 법, 앉아서 헛된 이치나 이야기하다가 들창 아래 늙어 죽고자 하지는 않는다. 육예란 고금에 있어 필요한 도구이며, 그 안에 있는 여섯 가지 항목은 아우르지 못하는 것이 없다. 도덕과 인의는 이(理)이고 육예는 기(器)이다. 도덕과 인의는 모두 육예로부터 나온다. 그러므로 "아래로 인사(人事)를 배워 위로 천리(天理)에 통달한다."[96]고 한 것이다. 만일 그릇[器]을 버리고 이치[理]만 말한다면 이치는 장차 어디에 담으려는 가? 오늘날 글 읽은 선비들은 모두 자신이 성인 문하의 제자이며 육예를 배웠다고 말한다. 그러나 그들이 익힌 바를 살펴보면 육예와 결코 가깝지 않다. 이들은 신학문이 무엇인지 알지 못할뿐더러, 성인의 문하에서 사람에게 가르치던 것이 무엇인지도 알지 못한다. 탄식을 이길 수가 있으랴.

고금 육예의 뜻에 대해 논해 보고자 한다. 나라를 지키고 정치를 행하여 백성을 잃지 않는 것을 일러 예(禮)라고 한다. −진(晉)나라 여숙제

96　아래로……통달한다 : 《논어》〈헌문(憲問)〉에 "하늘을 원망하지 않고 남을 탓하지 않으며, 아래로 인사를 배워 위로 천리를 통달한다.〔不怨天 不尤人 下學而上達〕"라고 한 말에서 인용한 것이다.

(女叔齊)의 말.[97]- 읍양(揖讓)과 주선(周旋)을 의(儀)라고 한다. -정(鄭)나라 자태숙(子太叔)의 말.[98]- 이 두 가지를 합쳐 예의라고 한다. 지금 신학문의 정치·법률·공법·경제 등 여러 학문은 모두 예 가운데 훌륭한 것들이다. 오륜과 오례의 예의규범이나 의칙 같은 것은 동서양의 습속이 각각 다르다. 외국 사람들의 예의규범이나 의칙이 비록 불만하지는 않지만, 연회나 조회에서 보이는 공경과 화합의 뜻은 우리와 다르지 않다. 질박하고 간략한 것은 도리어 겉치장만 갖춘 동양의 것보다 나으니, 이것이 예의의 예(藝) 아니겠는가.

옛날 태학에서 사람을 가르치던 법은 오직 음악에 있었다. 중화(中和)의 음으로 성정을 함양하여 뛰어난 인재로 길러내고 나란히 반열에 세움에, 온 천지가 춘풍화기 가운데 있었으니, 이는 오직 음악이 그렇게 만든 것이다. 후세에 악도(樂道)가 크게 무너져, 세상의 군주들은 오로지 퇴폐적인 음악과 급박한 소리만을 좋아하였다. 위에서 행하면 아래에서 본받는 법, 한번 무너지자 돌이키지 못할 지경에 이르렀고, 이에 인재는 사라지고 백성은 근심과 고통에 빠졌으며 난리와 멸망이 잇달았다. 서양 사람들은 그 이치를 분명하게 알았기에 사람을 가르치는 법에 있어서 음악에 관한 학문을 특히나 중시하였다. 반드시 사람의

---

97 나라를……말 : 《춘추좌씨전》 소공(昭公) 5년에 나오는 "예는 나라를 지키는 것이고 정령을 행하여 민심을 잃음이 없게 하는 것입니다.〔禮所以守其國 行其政令 無失其民者也〕"라고 한 진나라 대부 여숙제(女叔齊)의 말을 인용한 것이다.

98 읍양(揖讓)과……말 : 《춘추좌씨전》 소공(昭公) 24년에 나오는 "자태숙(子太叔)이 조간자를 만났을 때 조간자의 읍양과 주선의 예에 대해 묻자 '이것은 의(儀)이지 예가 아닙니다.'라고 대답하였다.〔子大叔見趙簡子 簡子問揖讓周旋之禮焉 對曰 是儀也 非禮也〕"라는 구절에서 인용한 말이다. 자태숙은 정나라의 정경(正卿)이다.

기운을 담담하고 평화롭게 하고, 이를 웅장하게 발양토록 하였으며, 활발하고 자유로운 생각이 생겨나게 하고, 강인하고 독립적인 의지를 증진케 했다. 이는 정사에 실로 적지 않은 도움이 되었으니, 이것이 곧 음악의 예(藝)가 아니겠는가?

옛날에는 활과 화살이 승세를 제압하고 적을 누르는 도구로 여겨졌으나, 총포가 나오면서 활과 화살은 버려졌다. 오늘날 남자로서 마땅히 익혀야 할 것은 총포이니, 이것이 곧 사(射)의 예(藝)가 아니겠는가?

옛날에는 말을 타거나 수레를 몰 때에 절도로써 조절했지만, 지금은 수레와 말 이외에 땅에는 기차가 있고 물에는 증기선이 있다. 세계가 앞 다투는 급선무 또한 이것이다. 전문적인 학문과 실제 경험이 없고서는 탈 수도 몰 수도 없으니, 이것이 곧 어(御)의 예(藝)가 아니겠는가?

옛날에는 육서(六書)[99]로 사람을 가르쳤다. 이는 겨우 동아시아 대륙에서만 행해져서 한자를 쓰는 나라들을 '같은 문자 쓰는 나라'라고 불렀다. 하지만 지금은 만국이 서로 교통하여 육로와 해로로 쉬지 않고 오고가니, 그들의 언어와 문자를 익히지 않고서야 어찌 교섭할 수 있겠는가. 따라서 육서 이외에 각국의 문자를 배우지 않을 수 없으니, 이것이 곧 서(書)의 예(藝)가 아니겠는가?

옛날 구장(九章)[100]의 산술은 그 대략을 열었을 뿐이다. 또한 산가지

---

99 육서(六書) : 한자의 글자 구성 원리를 6가지로 나눈 것이다. 후한(後漢)의 학자 허신(許愼)은 《설문해자(說文解字)》에서 한자를 상형(象形)·지사(指事)·회의(會意)·형성(形聲)·전주(轉注)·가차(假借)로 분류하여 설명하였다.

100 구장(九章) : 황제의 신하인 예수(隷首)가 만든 산법(算法)이다. 방전(方田)·속미(粟米)·쇠분(衰分)·소광(少廣)·상공(商功)·균수(均輸)·영부족(贏不足)·방정(方程)·구고(句股)의 아홉이다.

를 산판(算板) 가득 펼쳐놓아야 해서 번거롭기 짝이 없었다. 그런데 지금은 한 치 남짓 연필과 손바닥만 한 종이로 수만 수천을 계산하여도 조금의 오차도 없다. 그 정밀한 이치와 빠른 셈법은 날로 달로 새로워져 전에 미처 밝히지 못한 것을 밝혔으니, 이것이 곧 수(數)의 예(藝)가 아니겠는가?

지금 신학문에서 사람을 가르치고 있는 것이 모두 이러한 방법들이다. 이것은 곧 육예의 학문일진데, 이른바 이단이나 외도를 어디서 찾아볼 수 있단 말인가? 기예와 방법에 고금의 차이가 있는 것은 시세가 서로 달라 그리 된 것일 뿐, 현세의 쓰임에 맞는다는 점에서는 한결같다. 이것을 버리고 도교나 불교 같은 세상 밖 가르침에 들어가 자신만 수행하면서 나라와 백성은 염두에 두지 않겠다면 육예를 닦지 않아도 그만이지만, 이를 일러 이단이요 외도라 하는 것이다.

춘추시대 공경대부들은 조정에 들어가면 관(官)을 다스렸고 나가면 병사를 이끌었다. 백성들은 집에 있을 때는 쟁기를 들었고 밖으로 나가게 되면 창을 짊어 맸다. 그때에는 귀천상하를 막론하고 학교 교육을 받지 않는 사람이 없었다는 것을 또한 알 수 있다. 공문(孔門)의 제자 70인은 모두 육예로 이름났다. 기록에 보이는 자로는, 군정을 다스린 자로(子路),[101] 기예로 이름난 염구(冉求),[102] 어리지만 수레를 몰았던

---

101 군정을 다스린 자로(子路) : 맹무백(孟武伯)이 자로가 인(仁)하냐고 묻자 공자가 "천승지국에 그 군정을 다스리게 할 만하지만 그가 인한지는 모르겠다.〔千乘之國 可使治其賦也 不知其仁也〕"라고 대답하였다. 《論語 公冶長》

102 기예로 이름난 염구(冉求) : 자로가 '완성된 사람〔成人〕'에 대해 묻자 공자가 "장무중의 지(知)와 맹공작의 무욕과 변장자의 용과 염구의 예에다 예악으로 문채를 낸다면 성인이 될 수 있다.〔若臧武仲之知 公綽之不欲 卞莊子之勇 冉求之藝 文之以禮樂 亦可

번수(樊須),[103] 죽음을 두려워하지 않는 선비의 반열에 오른 유약(有若), 빈객의 예에 익숙했던 공서화(公西華)[104] 등이 있다. 공자께서는 박학하여 못하는 것이 없었기에 이 모든 것을 집대성하여 한 가지로만 이름나지 않았다. 나면서부터 통달한 성인인지라 노력하지 않아도 능히 할 수 있었을 텐데, 겸손하게 스스로 낮추시고 후진을 북돋우며 "나는 하루 종일 먹지 않고 밤새도록 자지 않고 생각해 보았으나 모두 무익하였으니, 배우는 것만 못하다."[105]고 말씀하셨다. 배우는 것이란 무엇인가? 책을 읽고 학업을 놓지 않는 것을 말한다. 그러므로 "《시경》 과 《서경》, 예를 행하는 것이니 모두 항상 하신 말씀이었다."[106]라 하고, 또 "수레 모는 일을 해볼까? 활 쏘는 일을 해볼까?"[107]라고 했던

以爲成人矣]"라고 대답하였다. 《論語 憲問》

103 어리지만……번수(樊須) : 노나라가 제나라와 전쟁을 할 때 염구가 좌사(左師)를 이끌고 관주보가 말을 몰고 번수가 수레의 오른쪽을 담당하였을 때, 계손(季孫)이 "번수는 젊다.〔須也弱〕"라고 하였다. 《春秋左氏傳 哀公11年》

104 빈객의……공서화(公西華) : 맹무백(孟武伯)이 공서화가 인(仁)하냐고 묻자 공자가 "관대를 띠고 조정에 서서 빈객과 함께 말하게 할 만하지만 그가 인한지는 모르겠다.〔束帶立於朝 可使與賓客言也 不知其仁也〕"라고 대답했다. 《論語 公冶長》

105 나는……못하다 : 《논어》〈위령공(衛靈公)〉에 나오는 "나는 하루 종일 먹지 않고 밤새도록 자지 않고 생각해 보았으나 모두 무익하였으니, 배우는 것만 못하다.〔吾嘗終日不食 終夜不寐以思 無益 不如學也〕"라고 한 공자의 말에서 인용한 것이다.

106 시경과……말씀이었다 : 《논어》〈술이(述而)〉에 "공자께서 항상 말씀하신 것이 시와 서와 예를 행하는 것이었으니 모두 항상 말씀하신 것이다.〔子所雅言 詩書執禮 皆雅言也〕"라고 한 구절에서 인용한 말이다.

107 수레……해볼까 : 《논어》〈자한(子罕)〉에 "내가 무엇을 할까? 수레 모는 일을 해볼까? 활 쏘는 일을 해볼까? 수레 모는 일을 해야겠다.〔吾何執 執御乎 執射乎 吾執御矣〕"라고 한 공자의 말을 인용했다.

것이다. 《예기》에, "음색 조절하는 것을 배우지 않으면 현을 편안하게 조정할 수 없다. 잡복(雜服)을 배우지 않으면 예에 편안해지지 않는다."[108]고 하였다. 옛 사람들이 육예를 배울 때는 반드시 새벽부터 밤까지 익혔으며, 노력 끝에 확실히 터득한 것이 있은 연후에야 일에 시행하였다. 그러므로 칠조개(漆雕開)가 벼슬을 사양하면서, "저는 이 일에 자신이 없습니다."[109]라고 했던 것이다. 자신이 없다는 것은 무엇인가? 육예의 뜻에 대해 아직 깊이 터득하지 못하다고 여겼기에 벼슬하기를 원치 않았던 것이다.

종묘의 회동에 예악이 없이는 빈객을 인도할 수 없고, 군진을 치고 전벌할 때 활을 쏘고 말을 몰지 않고서는 적을 막을 수 없으며, 번잡한 일을 처리하고 급무를 해결하는 데 있어서 서(書)와 수(數)가 아니면 일처리를 할 수 없다. 그러므로 배우지 않은 사람은 정사를 볼 수 없다는 말은 곧 육예를 두고 한 말이다. 지금 사람들은 헛된 명성만 흠모하고 실질에 대해서는 듣기 싫어한다. 학당을 성인의 사당으로 삼아, 매년 봄가을에 찌그러진 제기와 시어빠진 술과 썩은 고기로 대충 젯술을 올리고 그만두면서, 성인을 높이는 도가 지극하다고 여긴다. 하나의 기예를 배우고 하나의 학업을 익힌다는 말은 들리지 않고, 도리어 다른 사람이 실질적인 기예 배우는 것을 배척하고 있으니, 어찌 그리도 잘못

---

108 음색……않는다 : 《예기》〈학기(學記)〉에 "음색 조절하는 것을 배우지 않으면 현을 편안하게 조정할 수 없다. 잡복(雜服)을 배우지 않으면 예에 편안해지지 않는다. 〔不學操縵 不能安絃 不學雜服 不能安禮〕"라고 한 말에서 인용한 것이다.

109 저는……없습니다 : 《논어》〈공야장(公治長)〉에 "공자께서 칠조개에게 벼슬을 하게 하시니 '저는 이 일에 자신이 없습니다.'라고 대답하자 공자께서 기뻐하셨다.〔子使 漆雕開仕 對曰 吾斯之未能 子說〕"라고 한 구절에서 인용한 것이다.

되었는가.

오호라! 공자께서 이런 명분 없는 제사를 흠향한다고 그 누가 생각하랴. 원컨대 세상의 글 읽은 선비들이여, 평정심을 가지고 천천히 궁구해보고 시의(時宜)를 짐작해보라. 집안에 전해오는 통용 예의라면 마땅히 밝히 익히고 준수해야 하지만, 그 외의 것이라면 나쁜 것은 버리고 좋은 것만 취함으로써 실사구시(實事求是)에 힘써야 한다. 자제들 모두를 쓸모 있는 인재로 키운다면, 나라를 일으킬 수 있고, 우리의 도(道)를 부지할 수 있고, 또 자신과 가문을 보존할 수 있을 것이다. 부질없이 옛것만이 옳고 오늘의 것은 다 그르다고 여기지 말라. 오늘날을 알지 못하고 어찌 옛 것을 알겠는가? 대번에 자기만 옳고 남은 다 그르다고 여기지 말라. 백 대 후에 자연히 공론(公論)이 있을 것이다.

명덕설

明德說

성인의 도가 고원하여 행하기 어려운 것 같지만 실은 날마다 쓰고 늘
행하는 눈앞의 도리에 불과하다. 성인의 말씀이 심오하여 이해하기
어려운 것 같지만 실은 평이하고 적실하여 어리석은 남녀라도 누구
나 알 수 있는 것이다. 명덕(明德)이란 유자(儒者)들이 평소 하는 말
이지만 그 사이에 깊은 뜻이 있는 것은 아니다. 대개 성대한 덕과 지
극한 선이 일로 드러나서, 광명한 덕을 이루는 것을 말한다. 《시경》,
《서경》,《춘추좌씨전》에 나오는 명덕을 하나하나 찾아보니 수십여
곳이 되었는데, 모두 사실을 가지고 말하고 있었다. 예를 들어 대우
(大禹)는 치수(治水)의 공이 있었기에 그의 명덕을 칭송했고, 문왕
(文王)은 나면서부터 성덕을 지녀 대업을 능히 계승할 수 있었기에
명덕이라 하였다. 다른 것도 모두 이와 비슷하다. 그러나 《대학장구》
의 머릿장에서 선현(先賢)께서 명덕을 마음[心]이라 하자 후세의 유
자들이 그 뒤를 이어 세세하고 오묘한 도리를 연구하고, 영명(靈明)
한 마음의 본체를 분석하기 시작했다. 혹자는 '이(理)에 속한다.'고
하고, 혹자는 '기(氣)에 속한다.'고 하면서 시끄럽게 논쟁을 펼치며
하나로 절충하지 못했으니, 진실로 그것이 무엇인지를 깨닫지 못한
것이다. 거기다 그 아래에 '극명준덕(克明峻德)'[110] 한 구절을 인용해

---

110 극명준덕(克明峻德) :《대학장구》에 나오는 "〈강고(康誥)〉에 '능히 덕을 밝힌
다.'라고 하였고 〈태갑(太甲)〉에 '하늘의 밝은 명을 돌아본다.'라고 하였고 〈제전(帝

윗글의 뜻을 밝혔다. '준덕(峻德)'이란 숭고한 덕행을 말하니, 준덕이 곧 명덕임을 알 수 있으며, 이 또한 사실을 들어 말한 것이지 선가(禪家)에서처럼 본심(本心)을 직접 가리킨 것은 아니다.

만일 명덕이 영명한 마음이라면, 준덕은 숭고한 마음인가? '명명덕(明明德)'이라는 것은 글 전체의 강령이다. '격물치지(格物致知)'와 '정심성의(正心誠意)'부터 '수신제가(修身齊家)'와 '치국평천하(治國平天下)'에 이르기까지, 모두가 그 범위 안에 들어있다. 만일 이것이 지(知)와 행(行)을 한데 포괄한다고 말한다면 괜찮겠으나, 전적으로 심체(心體)만을 가리킨다고 말한다면 아마도 온당하지 않을 것이다.

삼가 생각건대, '명명덕'이란 나의 광명한 덕행을 밝히는 것이니, 곧 '스스로를 닦는 것〔修己〕'을 말한다. '신민(新民)'이란 스스로 새로워고자 하는 백성을 새롭게 하는 것이니, 곧 '사람을 다스리는 것〔治人〕'을 말한다. 《대학》에서 사람을 가르치는 방법은 오직 수기(修己)·치인(治人)함으로써 하늘을 따르는 데 있을 뿐이니, 하늘은 말로 하지 않고 행동과 일로써 보여줄 뿐이다.[111] 내가 어렸을 때 가숙(家塾)의 선생님께 이것을 물은 적이 있는데, 답해주신 내용을 제대로 이해할 수 없었다. 그때 나는 늦게 태어난 탓에 강학하는 자리[112]에서 당종(撞

典)〉에 '능히 큰 덕을 밝힌다.'라고 하였으니, 모두 스스로 밝힌 것이다.〔康誥曰 克明德 太甲曰 顧諟天之明命 帝典曰 克明峻德 皆自明也〕"라고 한 구절에서 인용한 것이다.

111 하늘은……뿐이다 : 《맹자》〈만장 상(萬章上)〉에 "하늘은 말로 하지 않는다. 행동과 일을 통해 보여 줄 따름이다.〔天不言 以行與事 示之而已矣〕"라고 한 맹자의 말을 인용한 것이다.

112 강학하는 자리 : 원문의 '함장(函丈)'은 강학하는 스승과 배우는 학생 사이의 한 길 정도의 거리를 가리키는데, 후에 강학하는 자리를 뜻하거나 전대의 스승을 가리키는

鐘)[113]하지 못하는 것이 한스러웠는데, 지금은 이미 머리카락이 다 빠지고 정신이 혼미해져서 백에 하나도 기억하지 못한다. 우연히 생각이 여기에 미쳤기에 기록하여 의문점을 남기려할 뿐, 감히 숭덕변혹(崇德辨惑)[114]으로 자부하려함은 아니다.

말로 사용되었다.

113 당종(撞鐘) : 원래는 종을 치는 것을 가리키는 것을 의미하지만, 여기에서는 문답을 통해 학문이 진보하는 것을 가리킨다. 《예기》〈학기(學記)〉에 "질문을 잘 기다리는 자는 종을 치는 것과 같아서 작은 것을 두들기면 작게 울리고 큰 것을 두들기면 크게 울리니, 조용해지기를 기다린 연후에 그 소리를 다 할 수 있다. 답문을 잘하지 못하는 자는 이와 반대이니, 이것이 학문을 진보시키는 방도이다.〔善待問者 如撞鐘 叩之以小者則小鳴 叩之以大者則大鳴 待其從容 然後盡其聲 不善答問者反此 此皆進學之道也〕"라고 한 말에서 유래한 것이다.

114 숭덕변혹(崇德辨惑) :《논어》〈안연(顏淵)〉에 나오는 표현으로, 자신의 덕을 높이 도야하고 의혹에 대해 분명하게 변별함을 말한다.

소疏

모두 19편이나 10편만 수록하였다.

이조 참의 사직소 신사년(1881, 고종18) 9월
辭吏曹參議疏 辛巳九月

삼가 아룁니다. 국가의 관리 제도는 반드시 능력을 살펴서 알맞은 직임을 제수하거나, 그렇지 않으면 근무한 햇수나 성적에 따라 절차에 맞게 승진시켜야 하니, 비록 미관말직이라도 구차하게 영합하여 얻을 수는 없습니다. 신은 외람되게 변변치 못한 재주로 분에 넘치게 조정의 반열에 끼어들었으나, 조정에 있으면서 아무 보탬 되지 못했고, 외직으로 나가서도 아무런 성과를 내지 못하였습니다. 근래에는 남쪽 고을을 맡아[115] 한 해를 지냈으나, 그저 후한 녹봉만 축냈을 뿐 조금의 보답도 하지 못했습니다. 재난을 불러들이고 가뭄을 초래하여 연해 지방에 기근이 들었는데, 전하의 적자들로 하여금 장차 떠돌며 고생하는 지경에 이르게 하고서도 앉아 구경만 하면서 구제하지도 못하였습니다. 그러다 어명을 받들고 부름에 응하느라 후임자에게 어려움을 던져주고 말았으니, 여기에 생각이 미칠 때면 스스로 부

---

115 남쪽 고을을 맡아 : 김윤식이 1880년(고종17) 4월 순천 부사(順天府使)로 부임했던 일을 가리킨다.

끄러운 마음에 자책하곤 합니다. 그러나 산과 수풀에나 어울릴 조야한 도량은 생각지 않으시고 우로와 같은 은택을 신에게만 유독 베푸시어, 호조 참의와 이조 참의[116]의 직첩을 하루 한 차례씩 내리셨으니, 주상의 은총을 온몸으로 입어 그 은혜로운 교지를 받들 때마다 두려운 마음이 늘어갔습니다.

이조는 한가한 관서가 아니요, 참의는 보잘것없는 관직이 아닙니다. 그런데 신처럼 자질도 얕고 명망도 가벼운 자가 남을 앞질러 앞자리를 차지하면서 마치 공로에 보답하고 능력에 상을 내리기 위해 전례 없이 초천(超遷)되는 사람처럼 대우받는다면, 이는 바라서는 안 될 복인지라, 반드시 분에 넘침으로 인한 재앙이 따를 것입니다. 하물며 지금 또 조정의 명령이 앞에 놓여있고 부름을 알리는 패찰이 와있습니다. 신처럼 사람 보는 안목이 본디 부족하고 인재 선발에 대해 전혀 모르는 자가 하루아침에 외람되게도 전형(銓衡)을 주관하는 자리를 차지하고 앉아서 남을 대신해 이 어려운 일을 맡는다면, 손가락에서 피가 흐르고 얼굴에서 땀 흐르는 꼴만 당할 뿐,[117] 비방 사고 비웃음 받는 것을 면치 못할 것입니다. 신이 이 직책에 걸맞지 않는다는 것은 신이 말하지

---

116 호조 참의와 이조 참의 : 원문에는 '지부지좌(地部之佐)', '천관지이(天官之貳)'라 되어 있다. 지부는 호조를, 천관은 이조를 각각 가리킨다. '좌(佐)'와 '이(貳)'는 각 관청의 차석(次席)으로 참판이나 참의 등을 말한다.

117 손가락에서……뿐 : 재능이 부족한 사람이 쓰여서 고생하는 것을 비유한 말이다. 한유(韓愈)의 〈제유자후문(祭柳子厚文)〉에, "다른 사람들은 나무를 잘 깎지 못하여 손가락을 다쳐 피가 흐르고 얼굴에는 땀을 뻘뻘 흘리는데, 뛰어난 장인은 도리어 소매 속에 손을 넣고 곁에서 구경만 하고 있었다.[不善爲斲 血指汗顔 巧匠旁觀 縮手袖間]"라고 한 구절에서 유래한 것이다.

않아도 깊은 식견으로 밝히 보고 계시리라 생각합니다. 그러나 신이 영선사(領選使)의 임무를 띠고 장차 사행길에 오르는 일이라면, 이는 신의 직분상 마땅히 해야 하는 일이니, 오직 일을 그르칠까 두려울 뿐, 어찌 감히 은총을 바라겠습니까?

우리 성상께서는 사신이 임무를 완수하지 못할까 걱정하는 마음[118]을 헤아리시고 사신이 일정에 맞추지 못할까 근심하는 뜻[119]을 아파하시어, 아랫사람들의 심정에 관한 일이라면 조그만 것도 통촉하지 않으심이 없고, 원하는 것이라면 반드시 이루어 주셨습니다. 신 비록 길에 넘어지고 고꾸라져 몸이 문드러져 가루가 된다 하여도, 성은의 만분의 일을 갚기에도 부족할 터인데, 어찌 감히 명기(名器)를 더럽혀 성조의 인재 등용에 누를 끼칠 수 있겠습니까. 이리저리 생각하고 헤아려보아도 받들 길이 없습니다. 이에 감히 사사로운 속마음을 펼쳐 우러러 숭엄함을 더럽힙니다. 엎드려 빌건대, 자애로움으로 내려다보시고 살펴 헤아리시어, 신의 이조 참의[120] 직임을 속히 바꾸어주심으로써 관리 임명을 무겁게 하시고, 신의 분수를 낮추어주소서. 신 지극히 두렵고도 간절한 마음 맡길 데가 없습니다.

118　사신이……마음 : 원문은 '사모회귀(四牡懷歸)'다. 《시경》〈사모(四牡)〉에 "네 필의 말이 끝없이 달려가니, 큰길이 구불구불하도다. 어찌 돌아갈 생각지 않으랴만, 왕사를 소홀히 할 수 없기에, 내 마음 슬퍼하노라.〔四牡騑騑 周道倭遲 豈不懷歸 王事靡盬 我心傷悲〕"라고 한 구절에서 따온 말이다.

119　사신이…… 뜻 : 원문은 '황화미급(皇華靡及)'이다. 《시경》〈황황자화(皇皇者華)〉에 "밝고 고운 꽃은 저 언덕과 저습한 곳에 피어 있고, 부지런히 가는 사신 일행은 매양 미치지 못할세라 염려하도다.〔皇皇者華 于彼原隰 駪駪征夫 每懷靡及〕"라고 한 구절에서 따온 말이다.

120　이조 참의 : 원문은 '삼전(三銓)'이다. 세 번째 전관이라는 뜻으로, 이조 참의를 달리 이르는 말이다.

영선사로 의주를 건널 때 올린 소 신사년(1881, 고종18) 10월
以領選使渡灣時疏 辛巳十月

삼가 아룁니다. 신은 노둔한 재주로 감히 성은을 입어 외람되게도 영선사(領選使)[121] 직에 충원되었습니다. 재주는 없고 소임은 무거워 보답할 길이 없는지라, 밤낮으로 걱정하고 두려워하며 편안히 지낼 겨를이 없었습니다. 의주(義州)에 도착하자 도제(徒弟)를 더 뽑아 마침 열 사람의 수를 채웠기에 이제 바야흐로 행장을 꾸려 강을 건너려 합니다. 우러러 궁궐을 바라보니 구름 낀 산이 만 겹이지만, 구구한 사모의 정은 그칠 길이 없습니다. 우매한 속내를 다 펼쳐 감히 근포(芹曝)의 성심[122]을 바치고자 하니, 성명께서 살펴보아 주시기를 엎드려 바라옵니다.

삼가 《서경(書經)》〈주서(周書)〉를 살펴보니, "혼란하지 않을 때에 다스림을 만들고 위태롭지 않을 때에 나라를 보존한다."[123]고 하였습니

---

121 영선사(領選使) : 조선 후기에 유학생 일행을 인솔, 청나라에 파송된 사신을 말한다. 1881년(고종18) 신식 무기의 제조 및 사용법을 배우기 위한 유학생 69명을 선발하여, 김윤식이 영선사가 되어 그들을 인솔하고 청나라에 가서 천진기기창(天津機器廠)에서 무기제조 기술을 습득케 하였다.

122 근포(芹曝)의 성심 : 임금에 대한 충성심을 말한다. 《열자(列子)》〈양주(楊朱)〉에 나오는 말로, 송(宋)나라 사람이 봄철의 따스한 햇볕과 맛있는 미나리를 임금에게 바치려 했다는 고사에서 나온 말이다.

123 혼란하지……보존한다 : 《서경》〈주관(周官)〉에 나오는 말이다. "옛날 대도의 세상에는 혼란하지 않을 때에 다스림을 만들고 위태롭지 않을 때에 나라를 보존하였다.〔若昔大猷 制治于未亂 保邦于未危〕"라고 한 구절에서 인용한 것이다.

다. 이는 제왕이 조상의 업적을 잘 이어가는 큰 요체입니다. 그러므로 현명한 자는 기미를 살펴 미연에 방지하는 것입니다. 만일 이미 어지럽고 이미 위태롭다면, 공력은 배로 들면서도 사태는 돌이키지 못할 것입니다. 우리나라는 수백 년 동안 태평성세를 누려 백성들이 병란을 보지 못하였기에, 일상을 편히 여기고 옛 것을 지키면서 즐겁게 사는 것이 몸에 배었습니다. 이는 형세상 당연한 일입니다. 그러나 지난날 아무일 없던 때라면 괜찮겠지만 지금은 세계의 기운이 크게 변하고 있습니다. 이역의 다른 종족은 《산해경(山海經)》[124]에도 나타나있지 않고 〈왕회(王會)〉[125]에도 그려져 있지 않은데, 그 종류 또한 하나가 아닙니다. 그들은 각기 군사를 거느리고 배를 몰아 합종연횡(合從連衡)하면서, 병력으로 자웅을 겨루고 법률로 서로 대치하고 있습니다. 저들이 천하를 가득 메우고 바다로 뭍으로 점차 밀려오고 있으니, 기미만 드러났을 뿐 아니라 형적(形迹)도 이미 크게 드러난 것입니다. 이러한 때를 당하고도 문호(門戶)를 걸어 잠근 채 거들떠보지 않고, 베개를 높이 베고서 편히 눕고자 한들, 그럴 수 있겠습니까.

---

124 산해경(山海經) : 기원전 3~4 세기경에 지어진 동아시아 최고(最古)의 신화집이다. 한대(漢代)의 유흠(劉歆)이 고본(古本) 32권을 18권으로 정리한 것이 오늘날까지 전해지고 있으며 〈산경(山經)〉과 〈해경(海經)〉 두 부분으로 나뉜다. 〈산경〉은 447개소의 산에 대해 기술하고 있으며, 그 방식은 산천의 형세를 말한 다음 산출되는 광물 및 동.식물, 그곳에 사는 특이한 괴물이나 신령에 대해 서술하고 각 편의 말미에는 반드시 제례에 관한 언급을 하고 있다. 〈해경〉은 지역별 풍속과 사물, 영웅의 행적, 신들의 계보, 괴물에 대한 묘사 등 다양하여 〈산경〉의 지리서적인 성격에 비해 신화서적인 성격을 많이 갖고 있다.

125 왕회(王會) : 《주서(周書)》의 편명으로, 사방의 제후(諸侯)와 사이(四夷)가 천자에게 조회하는 것을 기술한 것이다.

전하께서는 이를 걱정하시어 큰일을 해내고자 떨쳐 일어나셨습니다. 생각건대 외국으로부터의 모욕을 방어하려면 반드시 먼저 군대를 훈련시켜야 하고, 군대를 훈련시키고자 한다면 마땅히 날카로운 무기를 갖추어야 합니다. 때문에 널리 도제를 선발하여 멀리 천진(天津)으로 보내면서 노자와 양식 비용도 아까워하지 않으시고 무기제조법을 얻어내기 바라셨던 것입니다. 이는 진실로 종묘사직을 위하고 백성을 위한 고심어린 결단이며, 위태롭고 어지러워지기 전에 나라를 지키고자 하신 처사입니다. 비록 그렇기는 하지만 끝이 없는 것이 일의 변화요, 이어지기 어려운 것이 재용(財用)입니다. 옛날 나라를 잘 다스린 자는 반드시 재용을 넉넉하게 하여 뜻밖의 재난을 대비하였기에 재물이 항상 모자라지 않았고, 일 또한 어긋나지 않았습니다. 지금은 재용이 바닥났는데 사단은 끊이지 않고 일어납니다. 공사(公私) 간에 내탕고는 곳곳이 텅 비어 있고, 거두어들인 세금도 없어, 민생은 날로 초췌해지고 있습니다. 나라에서 무언가를 시행하고자 하여도 번번이 막히고 말아, 절실한 성과는 이루지 못하고 그저 인력과 재물을 허비하는 폐단만 더하였기에, 뜬소문이 바깥에서 일어나고 난리의 싹이 아래에서 생겨난 것입니다. 이 또한 형적으로 이미 드러난 것이지 그저 기미만 드러난 정도에 그치지 않습니다. 그렇다면 어찌해야 좋겠습니까? 재용을 쓰는 방법인즉, 부득이해서 쓰면 아무리 많아도 원망이 없지만, 부득이하지 않은 데도 굳이 쓰면 아무리 적어도 반드시 비방이 따릅니다. 무익한 비용을 줄여 모두 유익한 쓰임으로 돌리고, 급하지 않은 수요를 덜어내어 당장 급한 일만 전적으로 다스린다면, 사업은 일어나고 백성들의 비방은 잦아들 것입니다. 난리의 싹은 사라지고 복록은 늘어날 것입니다. 요인즉 사사로움을 억누르고 쓰임을 절약하는 것뿐입니다.

　신은 감히 비천하고 천박한 말로 장황하게 성상을 모독하지 않겠나
이다. 청컨대 옛사람이 한 말로 아뢰게 해주소서. 명나라 호세녕(胡世
寧)[126]이 변방의 방비에 관하여 올린 상소에서 다음과 같이 말하였습니
다.

　"절검을 숭상하여 재용을 절제하십시오. 개국 초기에는 지금과 똑같
은 토지에서 똑같은 세금을 거두었으나 해마다 늘 조세를 줄여 주었고,
그러고도 밖으로 오랑캐를 토벌하고 안으로 성궐을 지음에 재용에 늘
여유가 있었습니다. 그런데 오늘날 위에서는 지난날과 같은 비용을
지출하지 않고, 아래에서는 일찍이 단 1년의 세금도 감면받은 적이
없는데도 재용이 이처럼 곤궁한 것은 어째서입니까? 당나라 육지(陸
贄)가 말하기를, '재용이 가득 차느냐 텅 비느냐는 절약하느냐 절약하
지 않느냐에 달려 있을 뿐이다. 절약하지 않으면 비록 차있더라도 반드
시 비게 될 것이요, 절약할 수 있다면 비록 비었더라도 반드시 차게
될 것이다.'[127]라고 하였습니다. 육지의 말로써 미루어 보건대, 옛날

126　호세녕(胡世寧) : 1469~1530. 중국 명나라 절강 인화(仁和) 사람으로 자는 영
청(永淸), 호는 정암(靜菴), 시호는 단민(端敏)이다. 1493년 진사(進士)에 급제하여
남경형부주사(南京刑部主事)가 되어 시정(時政)의 의당 할 일을 하지 않고 있는 사실
을 상소하였으며, 호광안찰사(湖廣按察使)를 지내고 병부상서(兵部尙書)에 이르렀다.

127　재용이……것이다 : 《대학연의보(大學衍義補)》 권21 〈총론이재지도(總論理財
之道)〉에 나오는 "걸은 천하를 써도 부족했고 탕은 칠십 리 안을 썼으나 여유가 있었으
니, 이는 바로 재용이 차고 비는 것이 절약하느냐 하지 않느냐에 달려있을 뿐이다.
절약하지 않으면 비록 차있더라도 반드시 비게 되고, 잘 절약하면 비록 비었더라도
반드시 차게 된다.〔桀用天下而不足 湯用七十裏而有餘 是乃用之盈虛在於節與不節耳 不
節則雖盈必竭 能節則雖虛必盈〕"라고 한 당나라 육지(陸贄, 754~805)의 말을 인용한

개국 초기 국가를 창업할 적에, 일이 많았는데도 재용이 가득 찼던 것은 절약할 수 있었기 때문입니다. 오늘날은 조상의 업적을 지켜나갈 뿐이므로 일이 많지 않은데도 재용이 부족한 것은 절약하지 못했기 때문입니다. 오늘날 세금이 나올 곳은 옛날에 비해 늘지 않았으나 내부(內府)에서 쓰는 것은 옛날에 비해 몇 배나 늘었는지 모르겠고, 안팎에서 하는 일 없이 급료만 축내는 사람이 옛날에 비해 몇 배나 증가하였는지 모르겠으며, 위아래의 사치스러운 풍속과 관원에게 주는 후한 선물을 위해 지출하는 비용이 또 옛날에 비해 몇 배나 늘었는지 모르겠습니다. 이는 모두 안으로 관공 부서를 침범하고 밖으로 백성의 재물을 빼앗아 얻은 것들이니, 백성이 어찌 가난하지 않을 수 있겠으며 재정이 어찌 바닥나지 않을 수 있겠습니까? 엎드려 바라건대, 황상께서는 조종께서 당부하신 바를 중히 여기시고, 어렵고 급박한 변방 일을 근심으로 여기소서. 군사들은 기를 재용이 없으면 흩어진다는 것을 유념하시고, 백성들은 재산을 모조리 앗아가면 도망간다는 것을 유념하십시오. 백성도 도망가고 군사도 흩어진다는 것을 항상 마음에 새기시고, 통렬히 억제하시고 힘써 절약하십시오. 특히 호조·예조·공조 세 부서에 신칙하시어 내부에서 공급하는 각 항목의 물자를 통틀어 조사하시고, 국초의 액수와 비교하여 약간만 늘었다 하더라도 모두 일에 무익한 이런 것들이니 일괄 없애도록 하십시오. 관원에게 보내는 후한 선물과 사민(士民)들의 사치스러운 폐단은 법을 제정하여 엄금토록 하십시오. 그리고 법관 가운데 강직한 선비를 선발하여 아래에서 법을 집행하게 한다면, 안팎의 모든 신하와 백성 사이에 절검하는 풍속이 이루어져,

것이다.

국가의 재용은 절로 넉넉해지고 민생은 절로 해결될 것입니다."

삼가 엎드려 생각건대, 이 상소에서 아뢴 바는 매우 적절하고 명백합니다. 당시에 채납되었지 모르겠으나 후세의 귀감 되기에는 족합니다. 예로부터 변방의 방비에 관하여 논한 자 가운데 절약을 급선무로 여기지 않은 자가 없습니다. 재용을 절약할 수만 있다면 무슨 일이건 다할 수 있습니다. 그러나 만약 절약하지 못하고 그저 변방 방비나 했다가는 처음엔 신속히 나아가더라도 끝내 아무 성과 없을 것입니다. 이는 헛된 명예를 사모하다가 실제로는 해를 입는 것입니다. 재물을 없애고 백성을 병들게 하여 다른 나라에게 비웃음을 당하는 것이 어찌 작은 일이겠습니까. 엎드려 바라건대, 전하께서는 크게 경계하시고 성찰하시어 통렬히 스스로를 제어하소서. 《주서(周書)》에 나오는 나라 보존의 뜻을 염두에 두시고, 호세녕의 재용 절약에 관한 논의를 채납하소서. 항상 다친 사람 보듯 백성을 측은히 여기는 마음을 간직하시고, 강인하고 굳건한 의지를 바꾸지 마소서. 이로써 백성을 다스리면 크게 응하여 명령을 기다릴 것이고, 이로써 이웃 나라와 사귀면 덕을 품고 힘을 두려워할 것이니, 무엇을 구한들 얻지 못하겠으며, 무엇을 행하든 이루지 못하겠습니까. 신 직책도 낮고 식견도 얕은지라 일을 논할 자격이 없습니다. 그러나 특별한 은혜를 두터이 입어 골수에 젖어들었기에, 성상을 멀리 떠나야 하는 이때에 의리상 입을 다물고 있을 수 없어서 참람하고 망령된 죄를 헤아리지 않고 감히 보잘 것 없는 견해를 아뢰었나이다. 삼가 바라옵건대, 전하께서 신의 방자함과 어리석음이 다른 마음이 없어서가 아님을 은혜로써 살피시고 헤아려 받아들여주소서. 신 하늘을 우러르고 성상을 바라보며 격정과 두려움 감당할 길이 없사옵니다. 삼가 죽음을 무릅쓰고 아뢰었나이다.

살펴보건대, 당시 고질적인 갖은 폐단이 일일이 열거할 수 없을 정도였지만, 가장 심했던 것은 무거운 세금과 재정의 남용이었다. 나는 매번 상소를 올려 그 폐단을 통렬히 진술하고 싶었지만 한스럽게도 말할 통로가 없었다. 마침 영선사로 압록강을 건너게 되자 그 참에 무릅쓰고 이 상소를 올려 명나라 신하의 상소를 인용한 뒤 내 뜻을 덧붙여 진술하였다. 나중에 들으니, 이 상소가 올라간 후 온 조정이 술렁이면서 온당한 말이 아니라고들 했다 한다. 자칭 식견 있다는 아무개 대관마저도 그러했다고 한다. 내 지금까지 생각해봐도 진실로 그 까닭을 모르겠다. 얼마 안 되어 임오군란이 일어났다. 이것이 이 나라 어지러움의 시초였으니, 이 어찌 세금을 무겁게 거두고 재정을 남용하며 군정(軍情)을 구휼하지 않아 일어난 일이 아니겠는가! 아! 탄식할 만하도다. 경인년(1890, 고종27) 봄 영탑사(靈塔寺)에서 추가하여 기록한다.

자헌대부에 초승되는 것을 사양하는 상소 계미년(1883, 고종20) 8월

辭超陞資憲疏 癸未八月

삼가 아뢰옵건대, 신이 문표에 이름을 올려 궁문을 출입한 이래로 십년간 받아온 은혜는 모두가 격에 넘치는 것이었습니다. 매번 임명 교지가 내려올 때마다 세상 사람들의 논평 앞에 떳떳했던 적이 거의 없었습니다. 그러나 그 은혜에 보답한 실적이라고는 털끝만큼도 없는지라, 은총이 지극할수록 부끄러움과 두려움은 깊어만 갔습니다. 근자에는 또 정경(正卿)이라는 높은 품계를 등급을 뛰어넘어 제수한다는 특지를 받았습니다. 신은 진실로 당황스럽고 놀라워, 어찌하여 이렇게 되었는지 알지 못하였습니다. 신의 불초함과 부족함은 이미 성상의 깊은 안식(眼識)을 피하지 못했을 것입니다. 궁궐을 출입할 때에는 한 마디 간언도 올리지 못했고, 사방을 위해 애쓸 때에는 한 가지 일도 그 명을 받들어 떨치지 못했습니다. 그르친 일이 산더미인지라 견책만을 기다리고 있었는데, 우리 성상께서 가련히 여겨주시고 곡진히 감싸주신 덕택에 녹봉과 작위를 보존하여 오늘에 이를 수 있었습니다. 신에게 있어서는 분수를 헤아려 재능을 펼치는 것조차 과한 바람일 것입니다. 저 판서의 반열에 두고 삼공 아래에 서열을 두는 일이라면, 그 자리는 가볍지 않고 책임은 무거운지라 명망과 자질이 공론을 만족시킬 만하고 또 절차에 맞게 승진하는 자라 하여도 뒷걸음질 치며 사양할 것입니다. 그런데 신 같은 자가 하루아침에 갑자기 승진하여 훌륭한 인재들보다 높은 자리에 오르면서, 당연한 일인 것처럼 아무렇지도 않게 함부로 응할 수 있겠습니까?

신은 나름의 졸박한 규범으로, 크게 꾸미며 거짓으로 사양하거나 약삭빠르게 피하며 편의를 차지하려 하지 않았습니다. 직분 내의 일 가운데 의리상 마땅하고 힘이 미칠 수 있는 것이라면 앞을 향해 나아갔을 뿐입니다. 그러나 스스로 생각건대 작은 그릇은 큰 것을 받아들이기에 부족한 법, 그릇이 가득 차면 넘치게 마련이고 짐이 무거우면 거꾸러지게 마련입니다. 공연히 성상의 밝으심에 누를 끼치고 스스로 적당치 않다는 비난을 자초하는 것은 또한 신이 매우 두려워하는 바이기도 합니다. 이리저리 찾아보아도 어명을 받들 도리가 없기에, 감히 간곡한 속내를 펼침으로써 높으신 위엄을 더럽혔습니다. 삼가 바라건대 천지의 부모께서는 굽어 살피고 헤아리시어, 신에게 새로이 하사하신 자품(資品)과 녹을 속히 거두도록 명하심으로써 공기(公器)에 남용이 없게 하시고 제 사사로운 분수가 온당해질 수 있도록 해주시옵소서.

포량[128]의 이획[129]을 금지해달라고 청하는 상소 계미년(1883, 고종20)

乞止砲粮移劃疏 癸未

삼가 아룁니다. 신이 삼가 정부에서 장계에 회답하여 내려준 글을 읽어보았는데, 강화(江華)에서 포량(砲糧)으로 쓰고 남아 있는 환자곡을 매년 6천 섬씩 충주로 옮기라는 처분이 있었습니다. 신은 어리석고 모자라 수륙의 형편에 대해 강구해본 적이 없습니다. 그러나 외람되게 강화 유수가 되어서 마침 이 명령을 받들게 되었으니, 감히 보고 들은 바로써 성상의 높으신 식견을 더럽히지 않을 수 없습니다. 삼가 살펴주시기 바랍니다.

강화라는 섬은 한강이 바다로 들어가는 입구에 자리 잡은 수도의 문호(門戶)입니다. 먼 옛날부터 유사시에 반드시 다투는 땅이었으니, 지난 일을 가지고 살펴보건대 경성을 잃고서 강화를 보존한 일은 있지만 강화를 잃고서 경성을 보존한 일은 없었습니다. 당시는 아직 해로가 열리지 않고 배편이 편리하지 않아 수비의 요지가 해구(海口)에 있지 않았는데도 이와 같았습니다. 하물며 지금은 각국 간의 교류가 한창이고 화륜선이 베 짜듯 교차하고 있으니, 만일 미세한 틈이라도 생긴다면 교활한 자들이 기회를 엿보고 있다가 날렵한 화륜선에 예리한 화포를

---

128 포량(砲粮) : 조선 고종 때 제정된 강화(江華) 진무영(鎭撫營)의 군수로 징수하던 세미(稅米)를 말한다.

129 이획(移劃) : 환자곡(還上穀)의 일정 부분을 떼어내어 다른 관아나 다른 지역으로 옮겨 주는 것을 말한다.

장착하고서 곧장 한강 양쪽 언덕에 도달할 것입니다. 수비를 소홀히 했다가는 앉아서 구경만 한 채 어쩌지 못할 지경에 이를 터이니, 어찌 한심하지 않겠습니까? 예로부터 이름난 석학이 논의를 펼치며, 너나없이 '강화는 적을 막는 중요한 곳이니 전력을 다해 중수해야 한다.'고 했던 데에는 반드시 그만한 뜻이 있었습니다. 논자들은 인천이 개항한 이래로 강화는 궁벽하고 한가한 곳이 되어버려 군비를 설치할만하지 못하다고 말합니다. 그러나 신의 생각으로는 그렇지 않은 듯합니다. 아무런 사건도 없을 때에야 조약을 지키며 인천을 통상하는 장소로 삼겠지만, 일단 사건이 터지면 자신들의 편의를 노리느라 반드시 강화를 거쳐 갈 것입니다. 왜 그런가 하면, 배를 버리고 육지에 오르자면 요행을 바라며 험준한 곳을 지나야 하고, 상인과 백성들에게 해를 끼쳐야 하며, 여러 나라와 원한을 맺게 되기 때문입니다. 저들 역시 이해관계에 밝은 터라 결단코 그런 계책은 내지 않을 것입니다. 지금 상선들이 인천에 모여드는 것만 보고서 강화는 군비를 설치할만하지 못하다고 한다면, 이것이 어찌 통달한 견해이겠습니까?

강화 연해 지역에 방벽을 쌓는 일은 1, 2천 병사로 미봉할 수 있는 일이 아닙니다. 병인양요(1866, 고종3) 이후 병사 3천명을 두었는데, 저들의 유지 비용은 포량(砲糧)과 삼세(蔘稅)에서 나왔습니다. 신사년(1881, 고종18)에 삼세를 이획(移劃)하기 시작한 후부터 창고가 텅 비었습니다. 신이 강화에 부임하던 날 보니, 영진(營鎭)의 각 관속 및 병정 등에게 초하루에 지급하는 급료가 정지된 지 16, 7개월 되어, 하소연하는 사람들이 몰려들었습니다. 신은 군사에게 군량과 물자가 없으면 그저 화근을 키울 뿐이라 여겨, 원망을 떠맡으면서 병사를 2천5백 명으로 줄였습니다. 줄인 인원이 많다보니 비용이 제법 절감되어 겨우 일 년이 지났는데 약간의 여유분이 생겼습니다. 신은 바야흐로 군영 하나를 더 설치하여 점차 옛날 규모를 회복하고, 여유분을 절도 있게 취해 뜻밖의 사태에 대비하고자 하였습니다. 동쪽으로는 인천항에 인접해 대응하고, 서쪽으로는 해서(海西)를 제어한다면, 해안 방어가 더욱 굳건해져 저들의 호시탐탐 넘보려는 생각을 끊을 수 있다는 것, 이것이 신의 구구한 뜻이었습니다.

그런데 지금 이획하는 포량의 수가 5천 섬이 넘으니, 군영을 더 설치하는 것은 다시 논의할 겨를도 없으려니와, 남은 군사들을 계속 먹이기도 어렵습니다. 이 천연 요새의 땅으로 하여금 지키는 군사도 없고 먹일 군량도 없는 지경에 이르게 하여, 훗날 사단이 생겼을 시 주객지세(主客之勢)[130]를 앉은 자리에서 잃는다면, 이 어찌 안타까운 일이 아니겠습니까? 신이 본영에 부임한 지 18개월이 되었으나, 백 가지 잘못만 저지르고 한 가지 보답도 하지 못해, 마치 무거운 짐을 짊어진 듯 부끄럽고 송구한 마음을 늘 품고 있었습니다. 그런데 지금 포량을 이획하는 때를 당하여, 너무도 분명한 이해관계가 보이는데도 입을 다문 채 한 마디 말도 드리지 않는다면, 나라 저버린 죄를 더욱 피할 길이 없을 터라, 이렇게 감히 무례를 무릅쓰고 어리석은 견해를 바치는 것입니다. 삼가 바라건대 깊이 사려하시어 이미 내리신 명령을 속히 중지하심으로써 해안의 방어가 굳건해지게 하시고, 내지에 믿고 의지할 요새가 생기게 해주소서. 그렇게 해주시다면 감당할 길 없는 다행일 것입니다.

---

130 주객지세(主客之勢) : 주인과 객 사이의 형세라는 뜻으로, 종속적인 처지에 있는 사람이 중요한 위치의 사람을 당하여 내지 못하는 형세를 이르는 말이다.

강화 유수, 외무 협판,[131] 기기국 총판[132] 사직소 갑신년(1884, 고종21) 3월[133]

辭江華留守外務協辦機器局總辦疏 甲申三月

삼가 생각하건대, 신은 노둔한 재주로 중임을 외람되이 차지하고 강화도(江華島)에서 임직한 지 이제 3년이 되었습니다. 강화도는 비록 작은 섬이지만 실로 바다로 통하는 요충지이요 한강의 목구멍입니다. 예로부터 유수(留守)의 직임을 맡는 자는 문무의 재능을 겸비하고 명망과 내실이 있는 사람이 아니고서는 자물쇠와 같은 요충지의 중임을 감당하지 못했습니다. 더구나 지금은 상무(商務)가 새로이 열려 먼 나라 사람들까지 모여들고 있으니, 적임자를 더욱 신중히 선택하여 부지런히 위험에 대비하고 미연에 방지하여, '보관을 소홀히 하면 도둑을 부른다.'[134]는 경계를 지켜야 할 터, 이는 결코 신처럼 천

---

131 외무 협판(外務協辦) : 외무아문의 협판(協辦)으로, 과거 육조의 직제에서는 참판(參判)에 해당한다. 외무아문은 1882년 설치한 통리교섭통상사무아문(統理交涉通商事務衙門)의 후신으로 설치되었다가 1895년(고종32) 외부(外部)로 개편되었으며 이후 1905년 을사조약으로 외교권이 박탈되면서 외부가 폐지되었다.

132 기기국 총판(機器局總辦) : 기기국은 1883년(고종20) 근대식 무기를 제조하기 위해 설치했던 관청이다. 그 산하에 기기창을 두어 일본과 청나라에서 기술을 배워온 기술자들이 청나라 기술자 4명과 무기와 화약을 생산하였다. 총판(總辦)은 복수로 두어 여러 사람이 함께 책임을 맡도록 했다.

133 갑신년 3월 : 김윤식은 1882년(고종19)부터 강화 유수로 재직하면서 1883년 5월에 기기국 총판이 되었고, 1884년 3월에는 외무 협판에 임명되었다.

134 보관을……부른다 : 《주역》〈계사전 상(繫辭傳上)〉에서 "재물을 소홀히 보관하

하고 어리석은 자가 감당할 수 있는 임무가 아님이 명백합니다.

　신이 신사년(1881, 고종18) 가을에 중국에서 돌아왔을 때[135] 경황없이 명을 받들게 된 탓에, 면직을 청할 겨를조차 없이 그대로 명에 따라 외람되이 자리를 차지하고서 오랜 시일을 보냈습니다. 외람되이 스스로를 헤아리지 못하고서, 망령되게도 그 직임을 다하는 것이 보답하는 길이라 여겼습니다. 그러나 어쩔 수 없이 본성은 어둡고 어리석으며 재주와 식견은 얕고 짧아, 끝내 조금의 보탬도 되지 못하고 한갓 그르친 죄만 더할 뿐이었습니다. 게다가 외서(外署)의 요직과 기국(機局)의 번거로운 업무까지 더해져 해만 뜨면 힘써 일해야 했기 때문에, 분주하게 뛰어다니느라 피로에 지쳤습니다. 서울에 있는 날이 많아 진영(鎭營)의 업무는 늘 제쳐두었고, 백성을 다스리고 군사를 훈련하는 일은 속관(屬官)에게 맡겨둔 채 마치 상관없는 일인 양 무심하였습니다.

　이러한 때 이러한 직임을 어찌 이처럼 소홀히 할 수 있겠습니까? 지금 임기가 이미 다 되어가므로 번거로이 체직을 청할 것도 없지만, 여러 가지 업무가 늘어나 힘으로 감당할 수 없습니다. 하루 직무를 게을리하면 곧 하루의 폐해가 생기기에 감히 외람됨을 무릅쓰고 높으신 존엄을 더럽히게 되었습니다. 성상께서 굽어 살피시고 헤아려주시어, 신의 본직과 겸직을 속히 면직시킴과 동시에, 현명하고 능력 있는 자를 가려 뽑음으로써 공기(公器)가 비는 일이 없도록 하시고, 제 사사로운 분수가 온당해질 수 있도록 해주신다면, 감당할 길 없는 행운이겠나이다.

면 도둑에게 도둑질하라고 가르치는 것과 같다.〔慢藏誨盜〕"라고 하였다.

135　신사년……때 : 김윤식이 1881년(고종18) 영선사로 중국에 다녀온 일을 말한다.

병조 판서와 외무 독판을 사직하는 상소[136] 을유년(1885, 고종22) 1월[137]

辭兵曹判書外務督辦疏 乙酉正月

세 가지 경사[138]가 일어나자마자 온갖 복록을 받아서, 천명이 신년과 더불어 새로워지고, 우레와 같은 환희의 소리가 나라를 에워쌈이 더욱 가까이 느껴집니다. 엎드려 생각하건대, 신 보잘것없는 재능과 나약한 자질로 어렵고 근심스러운 시국의 임무를 감당할 수 없음을 스스로도 잘 알고 있습니다. 그래서 지난번 강화 유수와 외무 협판(外務協辦)의 직임을 면해 달라 사직소를 올림으로써[139] 여러 번 성총을 어지럽혔던 것입니다. 그런데 채 며칠 지나지 않아서 분수에 넘치게도 병조 판서의 직책을 맡고, 겨우 한 달 남짓 만에 또 독판(督辦)으로 승진하였습니다. 이는 모두 갑작스러운 일이었으며 의망(擬望)[140]에 들어 뽑힌 것도 아니었습니다. 강화 유수의 부절은 다시 묶었으나 금세 풀었고, 병조의 직함은 막 면직되자마자 도로 임명되었으니, 변

---

136 병조 판서와……상소 : 《承政院日記 高宗 22年 1月 4日》

137 을유년 1월 : 1884년(고종21) 10월 병조 판서를 겸하고, 12월 외무 독판이 되었다.

138 세 가지 경사 : 1885년 고종의 건강이 회복되고, 세자의 건강이 회복되고, 대전과 각 전궁이 환궁한 것을 가리킨다. 이것을 축하하여 경과(慶科)를 실시하기로 하였다.

139 지난번……올림으로써 : 1884년 3월에 올린 사직소를 가리킨다.

140 의망(擬望) : 3품 이상의 당상관(堂上官)을 임명할 때 세 사람의 후보자를 추천하던 일이다. 보통 임금이 그 가운데 한 사람 이름 위에 점을 찍어 정했다. 대개는 수망(首望)으로 올린 후보자로 결정하였다.

화무쌍하고 앞뒤가 전도됨이 이보다 심할 수 없습니다. 이러한 때를 당하여 신은 녹봉의 두텁고 박함과 일의 쉽고 어려움 따위도 돌보지 않은 채 오직 부지런히 힘써 받들었을 뿐이니, 어느 겨를에 분수와 능력을 헤아려서 사양하고 받아들이는 의리에까지 차분히 생각이 미쳤겠습니까? 지금에 와서 거센 파도가 겨우 멈추고 놀란 정신이 조금 안정되고 보니, 조용히 생각해보매 저도 모르게 부끄러움에 땀이 흐릅니다. 지난달에 명망이 유수에 적합하지 못했던 자가 이달에 무슨 수로 병조 판서의 요직을 받겠으며, 지난날에 재주와 식견이 협판을 감당할 수 없었던 자가 오늘날에 무슨 수로 독판의 중임을 맡겠습니까? 이리저리 여러 모로 생각해 보아도 할 말을 찾지 못하겠습니다. 오늘날 이 직책을 무모하게 맡는 것이 옳다면 전날 면직을 구걸한 것이 기망이며, 전날 면직을 구걸한 것이 옳았다면 오늘날 무모하게 따르는 것은 그저 탐욕에 지나지 않을 것입니다. 이 두 가지 중 반드시 하나에는 해당될 것이니, 신이 어찌 감히 요행을 이롭게 여기며 조정에서 얼굴을 쳐들고 있겠습니까?

또 삼가 지난날 내리신 윤음(綸音)[141]을 읽어보건대, 각기 그 직책을 맡으라고 명하셨습니다. 각기 그 직책을 맡는다는 것은 한 사람이 하나의 직책을 맡는 것을 말합니다. 사람의 재주와 힘에는 한계가 있으며, 이빨과 뿔은 한꺼번에 갖추기 어려운 법입니다.[142] 한 사람이 몇 가지

---

141 지난날 내리신 윤음(綸音) : 1884년 11월 30일 내린 별유(別諭)를 말한다. 《高宗 實錄 21年 11月 30日》

142 이빨과……법입니다 : 치각(齒角)은 '여치거각(予齒去角)'의 준말로, 하늘이 동물을 태어나게 하면서 한 동물에게 단단한 이빨을 주고 동시에 뿔까지 주는 일은 없다는 말이다. 예를 들면 소는 윗니가 없는 대신 뿔을 주고 쥐처럼 뿔이 없는 동물에겐 단단한

일을 겸하여 다스리고자 한다면 온 정신이 피폐해지고 고갈되어도 일을 그르치지 않는 자가 드물 것인데, 하물며 신은 재주와 지혜가 보잘 것없으며, 정신도 식견도 많이 줄어 없어졌습니다. 그런 신이 지니고 있는 직무인즉 백성과 나라의 안위에 관계된 것이자 이웃 나라와 교섭하는 중대한 임무이니, 만약 일을 그르친 뒤에 잘못한 죄로 처벌을 받은들 결국 나라에 무슨 보탬이 되겠습니까? 《시경》에 이르기를, "큰 밭을 갈지 말라. 가라지만 무성하게 높이 자라리라."[143]고 하였습니다. 상농(上農)의 집에서도 겨우 백 무(畝)의 농사를 지을 뿐이니, 만일 이를 넘어서면 밭 갈고 김매는 때를 놓치고 말아 가을 수확을 기대할 수 없을 것입니다. 어째서이겠습니까? 힘이 미치지 못하기 때문입니다. 삼가 바라건대, 전하께서는 큰 밭을 갈지 말라는 경계를 살피시고, 힘써 진달하는 뜻을 헤아리시어, 속히 신의 본직과 겸직 등 여러 직임을 해임하여 주시옵소서. 또한 적임자를 잘 골라 각기 그 직책에 임명하심으로써 사람과 직책이 서로 걸맞아 나라와 집안이 모두 그 복을 받게 하시옵소서. 그렇게 된다면, 신은 비록 물러나 구렁텅이에 처한다 할지라도 높은 벼슬을 하는 영광보다 덜하지 않을 것입니다. 신 황공하고 간절한 기원과 두려움에 떨며 명을 기다리는 심정을 지극히 감당할 길 없사옵니다.

이빨을 주며, 새에게는 날개를 주는 대신 발을 두 개만 준 것처럼 사물이 완전무결한 경우는 없다는 것이다. 《漢書 卷56 董仲舒傳》

143　큰……자라리라 : 《詩經 甫田》

스스로 죄를 진술하는 상소[144] 병술년(1886, 고종23) 가을[145]

自列疏 丙戌秋

삼가 생각건대, 신 타고난 성품이 어둡고 어리석으며 견식이 흐리멍 덩하여, 일을 당하면 재보고 헤아려보지 않은 채 즉시 행하면서 큰 잘못에 빠지는 것도 깨닫지 못하였습니다. 갑신년 변고 때에 신은 역 적 박영효(朴泳孝) 아비의 시신을 수습하여 장사지냈습니다. 신은 그 때 궁궐에 있으면서 사람만 만나면 그 사실을 말하였기에, 이른바 온 조정이 다 함께 안다는 말도 빈 말은 아닐 것입니다. 3년이 지나도록 비방의 말이 들리지 않기에 그것이 죄가 되는지도 알지 못하고서 속 편히 지냈습니다. 그러다 지난번 대간(臺諫)의 상소가 올라왔는데, 신의 이름이 비록 드러나 있진 않았으나 신의 죄는 스스로 도망칠 곳 이 없었기에, 저도 모르게 간담이 다 떨어지고 두려움에 땀이 흘러 등이 흥건했습니다.

돌이켜 생각해 보건대, 대체 무슨 마음이었을까요? 신의 본마음이 역적을 보호하려는 데서 나왔겠습니까? 사람들의 말이 어찌하여 이와 같은 지경에 이르렀단 말입니까? 그러나 이름이 드러나지 않았다는 핑계로 편안히 관직에 머무른다면, 이 어찌 심히 염치없는 짓이 아니겠 습니까? 오장이 다 무너지도록 숨어 엎드려 숨죽이면서, 사무도 다

---

144 스스로……상소 : 《承政院日記 高宗 23年 7月 24日》

145 병술년 가을 : 1886년(고종23) 박영효(朴泳孝)의 아버지 박원양(朴元陽)을 묻 어준 일로 탄핵을 받자 스스로 변호하는 상소를 올렸다. 결국 이듬해 탄핵을 받아 유배 되었다.

접어둔 채 삼가 처벌을 기다리고 있었는데, 성상의 하늘같이 크신 도량으로 신칙을 내리시어 먼저 꾸짖어 파면하였다가 거두어들이고, 뒤이어 귀양을 보냈다가 이내 용서해주실 줄 어찌 생각이나 했겠습니까? 사랑하여 살리고자 하셨고, 성내지 않으시고 신을 가르치셨으니,[146] 망극한 은혜를 받고서 황공한 마음에 감읍하옵니다.

신하가 역적을 보호한다는 누명을 쓰면 한 순간도 하늘과 땅 사이에 몸을 둘 수 없습니다. 그러나 신 다행히도 일월과 같은 밝음을 입어 억울함을 밝히 비춰주셨습니다. 무지함을 불쌍히 여기시고, 어둡고 어리석음을 용서하셨으며, 곡진하게 온전히 감싸주셔서 한 가닥 목숨을 보존했습니다. 이는 꿈에서조차 감히 상상할 수 없는 바이거늘, 하물며 처벌 받아 허물을 갚지도 않은 채 외람되이 영화와 총애를 입었습니다. 그렇다고 사람들의 말도 두려워하지 않고 아무 일 없던 것처럼 지낸다면, 하늘이 미워하고 귀신이 노하여 반드시 그 재앙을 받을 것입니다. 요행의 복을 어찌 다시 바라겠습니까? 머리를 들어도 머리를 숙여도 불안한 마음뿐이라 제 한 몸을 둘 곳이 없습니다. 이에 감히 무릅쓰고 말씀을 올리나니, 삼가 바라건대 성상께서 굽어 헤아리시어 신을 형리(刑吏)에게 돌려보내시고, 마땅한 법률을 집행하게 하심으로 왕법을 밝히시고 여론에 답하소서. 신 은혜에 대한 감격과 의에 대한 두려움, 그리고 초조하게 명을 기다리는 심정 지극히 감당할 길 없사옵니다.

146　성내지……가르치셨으니 : 《시경》〈반수(泮水)〉에 "온화한 얼굴에 웃으시며 성내시는 일 없이 말씀하신다.〔載色載笑 匪怒伊敎〕"라고 한 데서 인용하였다.

다시 올리는 상소[147]

再疏

삼가 생각건대, 신은 여러 차례 엄하고 준절한 하교를 받았으나, 태만하고 불경한 죄만 더욱 쌓아가면서 못나고도 미천한 자취로 성총을 번거롭게 어지럽혔습니다. 신 만 번 죽는다 하여도 그 허물을 속죄할 길 없습니다. 일전에 문계(問啓)[148]하라는 명이 내려왔을 때 신은 그 죄상을 남김없이 사실대로 밝혔고, 이어 한번 상소를 올려 공손히 처벌을 기다렸습니다. 그런데 뜻밖에 성덕으로 포용하시며 여러 번 재촉하심이 지극하셨으니, 신이 비록 지극히 어리석지만[149] 어찌 감격할 줄 모르겠습니까? 그러나 사사로운 마음에 결코 편할 수 없는 점이 있습니다. 그래서 대간의 상소에 제 이름이 드러나지 않았다고 해서 신은 다행이라 여기지 않고, 엄하고 준절한 하교를 받고서도 감히 명령을 받들지 못하였습니다. 조사받지 아니한 죄가 있을 경우 의리상 무모하게 나아가기 어려운 법, 그저 곤궁한 채 돌아갈 곳 없는 한 사람일 뿐입니다.

　신이 상소하고 비답을 기다리던 날 삼가 대전의 탄신일을 맞이했는

147　다시 올리는 상소 : 《承政院日記 高宗 23年 7月 27日》

148　문계(問啓) : 죄과로 인하여 퇴관당한 사람을 왕명으로 승지가 계판(啓板) 앞에 불러 그 까닭을 물어 아뢰는 일을 말한다.

149　지극히 어리석지만 : 원문은 '어돈(魚豚)'으로, '노어해시(魯魚亥豕)'에서 나온 듯하다. 즉 노(魯)자와 어(魚)자를 구분하지 못하고, 돼지를 뜻하는 해(亥)자와 시(豕)자를 구분하지 못할 정도로 어리석은 것을 뜻한다.

데, 신의 처소가 마침 건춘문(建春門)[150] 밖이라 모든 관원들이 반열로 달려가고 수레와 말이 가득 줄지어 있다는 소식을 들었습니다. 신 또한 성상의 화육을 입는 사람으로서 견마(犬馬)의 정성을 대략 갖추고 있으니, 기뻐 손뼉 치는 마음이 어찌 남들보다 뒤지겠습니까? 그러나 궁궐을 지척에 두고도 우러러보지 못한 채 홀로 느릿느릿 걸어 다시 성 밖으로 나왔습니다. 이것이 어찌 그렇게 하고 싶어서 한 것이겠습니까?

신칙하신 하교를 삼가 받들고 보니, 당시 묻어둔 채로 있던 사정을 이미 환하게 헤아리고 계셨습니다. 그 드넓은 은혜에 감격의 눈물이 얼굴을 덮었습니다. 그 즉시 힘껏 달려가 패초(牌招)[151]를 따름으로써 나아가 은혜로운 명령을 받들어야 마땅했으나, 신이 저지른 죄 지극히 무거운데 엄한 형벌을 가하지 않으셨기에, 사사로운 마음을 아뢸 수 없음은 전과 마찬가지였습니다. 만일 아무렇지도 않은 듯 아랑곳 않고 나아가 경솔히 사은숙배한다면, 국법은 이로 말미암아 무너지고 대간의 기풍(氣風)은 이로 말미암아 흩어질 것입니다. 신이 누구라고 이런 허물을 거듭 범할 수 있겠습니까?

엎드려 생각해도 명령을 받들어 따를 길이 없습니다. 이에 또 다시 성정(聖情)을 범함을 무릅쓰고 외람되이 높으신 존엄을 더럽혔습니다. 삼가 바라건대, 천지 부모이신 성상께서 신의 보잘 것 없는 심정을

---

150 건춘문(建春門) : 서울에 있는 경복궁의 동문이다. 문안에 세자궁이 있었으며, 황족(皇族), 척신, 상궁들만이 드나들었다.

151 패초(牌招) : 조선 시대에 임금이 승지를 시켜 신하를 부르던 일이다. '명(命)' 자를 쓴 나무패에 신하의 이름을 써서 원례(院隷)를 시켜 보냈다.

살피시어, 속히 마땅한 법률을 집행하심으로써 뒷날 스스로 새로워질 수 있는 길을 열어 주신다면 크나큰 행운일 것이옵니다. 신 두려움에 떨며 명이 이르기를 기다리는 마음 지극히 감당할 길 없사옵니다.

세 번째 올리는 상소

三疏

삼가 생각건대, 신 용서받기 어려운 죄를 짊어지고도 더할 나위 없이 커다란 용서를 받았습니다. 일전에 지엄한 명령을 받고 보잘 것 없는 심정을 다 드러내 보였는데도, 무거운 벌을 가하지 않았을 뿐만 아니라 도리어 외람되이 온화한 비답을 받았습니다. 간곡하고 절박한 말들은 한낱 꾸밈이 되어버리고, 두려움에 위축된 발걸음은 그저 태만과 불경을 더하는 꼴이 되었습니다. 신은 이에 죄 위에 죄를 더함을 면하지 못하게 되었습니다.

신 숨죽인 채 엎드려 지내온 이래로 밤낮으로 허물에 대해 생각해보았습니다. 신의 재주는 본래 쓰기에 부족하고, 기량(器量) 또한 중임을 맡기에 적합하지 못한데, 몇 년 동안 줄곧 장려하여 등용해주시는 지나친 은혜를 입었습니다. 신은 스스로를 헤아리지 못하고 외람되이 중임을 맡았는데, 아는 것을 다 바쳐 만의 하나라도 보탬이 되고자 하였으나, 어쩔 수 없이 지식이 얕고 용렬하여 시세에 맞는 조처에 어둡고, 나라 곳간만 허비하면서 끝내 한 가지 이렇다 할 일도 해내지 못하였습니다. 나아가지 못하면 후퇴하고, 공을 이루지 못했다면 패합니다. 보답도 바치지 못하고 그르친 일이 이토록 많은 것은, 당연히 그릴 될 결과였습니다.

백성의 근심과 국가의 대계에 관해 비록 어리석은 신이 감히 망령되게 논할 수는 없지만, 외무(外務) 한 가지 일만은 그 책임이 전적으로 신에게 있습니다. 수호통상조약을 맺은 이래로 국세는 날로 위축되고 민생은 날로 피폐해져, 위로는 식견이 있는 신사(紳士)부터 아래로는 시정의 소민(小民)과 시골의 어리석은 백성에 이르기까지, 한결같이 외무 관서에 적임자가 없어서 그리되었다며 허물을 돌립니다. 신에게도 귀가 있으니 어찌 들어 알지 못하겠습니까? 그러나 해명할 말이 없어 부지런히 일에만 전념하였으나, 끝내 여론이 오랫동안 쌓여 공의(公議)를 가릴 수 없는 지경에 이르고 말았습니다. 이는 신의 허물과 재앙이 쌓여 그리 된 것이지, 박원양을 장사지낸 일 하나로 인해 터진 것이 아닙니다.

신은 이에 문득 깨닫고 깊이 반성해보았습니다. 힘을 다하여 반열로 나아갈 수 없다면 일찌감치 스스로 물러날 결단을 했어야지, 앉아서 국사가 이 지경에 이르게 하다니, 또한 누구를 원망하며 탓하겠습니까? 지금 해야 할 일은 오직 속히 처벌을 받아 여론 앞에 사죄하는 것입니다. 요행히 한 가닥 목숨을 살려주시는 특별한 용서를 받게 된다면, 곧 벼슬에서 물러나 전원에 숨어살면서 다시 평민의 옷을 입고 이전의 죗값을 치를 터, 결단코 다시금 맑고 밝은 조정에 나아가 벼슬하는 일은 없을 것입니다. 신 마음이 다급하고 사정이 곤궁하여 말을 꾸밀 겨를이 없습니다. 오직 성상께서 가련하게 여기시고 살펴주시기를 바랄 뿐입니다. 신 두렵고 부끄러운 마음에 하늘에 호소하는 이 간절한 소망 지극히 감당할 길 없사옵니다.

제도국[152] 총재에 임명된 뒤 스스로 죄를 진술한 사직소 융희 원년 정미년(1907) 6월

制度局總裁除拜後自列辭職疏 隆熙元年丁未六月

삼가 생각건대, 요 임금의 마음으로 하나를 전하고 순 임금의 덕으로 빛에 화합하며, 아름다운 공적을 밝은 계책으로 크게 이으시고 성스러운 효심으로 영원한 즐거움을 기쁘게 받드시니, 태평성세를 구가하는 기쁨을 온천하가 함께 누리고 있습니다. 엎드려 생각건대, 신의 죄는 신 스스로 알고 있습니다. 만약 우리 태황제(太皇帝 고종)의 살리기 좋아하는 은혜와 우리 성상의 지극한 어짊과 큰 덕이 아니었다면, 어찌 한 가닥 목숨을 보전하여 지금까지 하늘과 땅 사이에서 숨을 쉬며 살 수 있었겠습니까? 언제까지나 바다 섬의 물고기 자라와 더불어 은혜의 물결 속에서 헤엄치며, 성상의 덕을 노래하면서 여생을 마치는 것, 이것이 신의 미천한 분수로서 누릴 수 있는 큰 행운일 것입니다. 그런데 관례에서 벗어나는 은혜로운 용서가 홀연 넘치는 은택 가운데서 내려왔습니다. 고향으로 살아 돌아갈 수 있게 해주시고, 다시 해를 보게 해주신 것만도 감히 꿈에서도 상상할 수 없는 바이었거늘, 또 다시 신을 제도국 총재를 삼는다는 성지(聖旨)를 삼가 받들게 되었습니다. 신은 명을 듣고 놀랍고도 당황스러워 마치 깊은

---

152 제도국(制度局) : 구한말 궁내부(宮內府)에 속하여 제도의 정리와 그 실행의 독려 및 일반 사무를 맡아보던 관청이다. 광무(光武) 10년(1906)에 설치하여 융희(隆熙) 1년(1907)에 폐지하였다.

골짜기에 떨어지는 것만 같았습니다.

지금 조정은 모든 교화를 새롭게 하고 각종 제도를 개혁하며, 초야에 묻혀 있는 선비를 널리 등용하고 미천한 구신(舊臣)도 버려두지 않고 있습니다. 신이 이러한 때에 감히 구구한 사적인 감정으로 망령되게 거취의 뜻을 아뢸 수는 없습니다. 그러나 신은 허물이 가득한 자라 털어 없애려 하여도 그럴 수 없습니다. 다행히 천벌을 면했다고 또 다시 외람되이 조정의 반열에 끼어든다면, 세간에 염치 있는 자가 있다는 것을 어찌 알게 하겠습니까? 고향 산에 숨어사는 것은 수구초심(首丘初心)만 간절했기 때문입니다. 그러나 도성문을 바라보며 경양(傾陽)의 정성[153]을 본받지 못하고 명령을 따를 길이 없어 눈물만 흘렸습니다. 이에 짧은 글을 올려 애달픈 심정을 무릅쓰고 아뢰나니, 삼가 바라건대 성상께서 굽어 헤아리시어 신에게 새로 임명하신 직명을 거두시고 영원히 사판(仕板)에서 깎아내심으로써 공기(公器)를 소중히 하오시고 제 사사로운 분수가 온당해질 수 있도록 해주시옵소서. 신 성은에 감격하고 의리에 두려워하며, 숨죽이고 간절히 기원하는 마음 지극히 감당할 길 없사옵니다. 삼가 죽음을 무릅쓰고 아룁니다.

---

153 경양(傾陽)의 정성 : 임금에 대한 충성을 말한다. 삼국(三國) 위(魏)나라 조식(曹植)의 〈구통친친표(求通親親表)〉에 "해바라기가 태양을 향해 잎을 기울이는 것처럼, 비록 빛을 돌려주지 않아도 늘 그곳을 향하는 것은 바로 진심 때문이다.〔若葵藿之傾葉太陽 雖不爲之回光 然終向之者 誠也〕"라고 하였다. 이후 경양은 충성이나 귀화를 비유하는 말로 사용되었다.

장계 狀啓

2편이다.

황해도 암행 어사 장계 병자년(1876, 고종13)

海西繡啓 丙子
별단은 수록하지 않았다.

삼가 생각건대, 황해도는 경기의 울타리입니다. 그러나 산과 바다 사이에 처해 있어 연안 지역은 소금기 많은 땅이요, 산 가까운 곳은 울퉁불퉁 척박한 땅이라 결부(結賦)[154]로 거두어들이는 것이 본래 보잘것이 없습니다. 중국 사신에게 숙식을 지급하고 이바지하는 비용이 유독 많은데 물길의 조운(漕運)과 육로의 수레길이 지극히 험난하니, 만일 조정의 긍휼히 여기는 은혜와 수령의 보듬어 살피는 근면함이 없다면 백성들의 고달픔은 다른 도보다 훨씬 심할 것입니다. 그래서 상납을 돈으로 대신하도록 허락하여 산을 넘고 물을 건너 운반하는 고생을 줄였고, 토지 한 결(結)의 조세액을 일정한 법으로 정하여 멋대로 과하게 징수하는 폐단을 막았던 것입니다. 환곡은 대부분 와환(臥還)[155]으로 하고 부역은 호포(戶布)로 균등하게 하여 삼정(三政)

---

154 결부(結賦) : 토지에 부과하는 기본 세금이다. 1결(結)은 땅의 면적이 아닌 소출량을 기준으로 결정되기 때문에 지질이 척박할 경우 결의 수도 줄어들게 된다.

155 와환(臥還) : 환자곡(還上穀)을 실제로 나눠주지 않고 해마다 그 이자만 거둬들이는 일을 말한다.

의 병폐가 점차 나아지자, 한 지방의 백성이 어깨의 짐을 내려놓을 수 있게 되었습니다. 이 모두가 성상께서 백성들을 근심하시어 부지런히 구휼하고 감싸 기르신 신공(神功)입니다.

다만 작년 이래로 사신의 왕래가 빈번하여 관부이건 민간이건 모두 궁핍해졌습니다. 게다가 올 여름 극심한 가뭄을 만난데다 가을로 접어들어 이른 서리가 내린 통에 하룻밤 사이에 판이하게 흉작이 되어버려서, 보이는 것은 처량한 풍경뿐이고 백성들의 사정이 다급해졌습니다. 나라에서 보살펴 기르는 적자들이 굶주림을 모면하지 못하여 장차 부지런히 정무 보시는 옆자리에 근심을 거듭 끼치게 되었으니, 여기까지 말과 생각이 미침에 한심하지 않을 수 없습니다. 앞으로 흉년을 구제하는 일은 조정의 조처에 달려 있습니다. 이러한 때를 당하여 백성들에게 피해가 되는 일이라면 일체 바로잡아서 어려움을 풀어주어야 할 것입니다. 삼가 지금 당장 구제해야 할 폐단과 연로(沿路)에서 본 더욱 다급한 일들을 조목조목 나열해 아룀으로써, 헤아려 채택하실 때를 대비하고자 합니다.

광주의 환자곡 폐단을 바로잡기를 청하는 장계 병술년(1886, 고종23) 3월

請矯捄廣州還弊狀啓 丙戌三月
올리지 않았다.

재주도 없는 신이 외람되이 성은을 입어 5년 사이에 거듭 유수(留守)[156]의 직임을 차지하게 되었습니다. 맡겨주신 곳은 모두 산과 바다 사이의 요지인데, 수어사(守禦使) 직을 감히 맡았으니, 그 책임이 결코 가볍지 않습니다. 그러나 신은 일찍이 검증된 공로를 세운 바 없으니 어찌 앞으로의 성취를 바랄 수 있겠습니까? 이에 밤낮으로 맘 졸이며 혹 일을 그르칠까 두려워하고 있습니다. 게다가 신은 외무아 문에 있어 응대에 한창 분주한지라 실로 수어영(守禦營)의 업무까지 살필 겨를이 없습니다. 직무를 감당하지 못한 죄 실로 면하기 어려움은 말할 나위 없을 것입니다.

지난달 보름께에 잠시 본영에 나아가 이틀을 머물고 돌아왔는데, 경내의 이로움과 폐단, 수어영의 사무 등에 관해서는 물론 하나도 살핀 바 없으려니와, 평소부터 익히 들어 잘 알고 있는 것이라곤 오직 본영 의 환향(還餉)[157]이 팔도에 없는 큰 폐단이어서, 백성들이 도무지 살

---

156 유수(留守) : 정2품의 특수 외관직으로, 조선 시대에는 수도방위를 위해 행정적, 군사적으로 중요한 지역에 유수부를 두어 유수를 파견했다. 개성, 강화, 광주(廣州), 수원, 춘천에 두었다. 김윤식은 1882년 7월에 강화 유수를 제수 받은 적이 있고, 1886년 2월에 다시 광주 유수를 제수 받았다. 광주 유수는 남한산성의 수어청사(守禦廳使)를 겸하였다.

길이 없어 정처 없이 떠도는 자들이 줄을 이었다는 사실 뿐이었습니다. 신이 수어영에 부임한 뒤에 자세히 탐문하고 또 장부를 조사해보았더니, 그 폐단은 애초에 돈으로 쌀을 대신하게 하여 백성들에게 관대하게 해주고자 하였으나 끝내 쌀로 돈을 대신하게 하여 백성을 병들게 한 데 있었습니다. 명분도 바르지 못하고 이치에도 맞지 않으며, 도리어 고질적인 폐단이 되어 고칠 길조차 없어졌습니다. 보는 사람마다 한심하게 여기고 듣는 사람마다 길게 탄식하지만, 바로잡아 구제할 방법이 없어 그대로 따르면서 넘어갔습니다. 오늘날에 이르러 돈은 갈수록 천해지고 쌀은 갈수록 귀해지는데, 서리와 사졸의 봉급 또한 빠뜨릴 수 없으니, 비록 바꾸지 않으려 하여도 그럴 수가 없습니다. 수어영의 사례를 한번 살펴보니, 결미(結米)[158]와 신미(身米)[159], 각 도의 환자곡(還上穀)과 모곡(耗穀)[160] 등, 갖은 명목으로 받은 쌀을 합치면 봉급 주기에 충분했는데, 언제부턴지 쌀이 돈으로 바뀌더니 점차 한 되 한

---

157 환향(還餉) : 조선 후기 군사용으로 비축한 양곡을 환곡의 예에 따라 농민들에게 대여했다가 회수하는 미곡이다. 각 도의 군영에서 군향(軍餉)으로 이획 받은 곡식을 군영 소재지나 각 읍에 분급하여 그 이자 수입으로 재정을 충당했다. 1770년(영조46) 영의정 김상철(金尙喆)의 건의에 의하여 규례를 정했으며, 각도에서는 연말에 마감하여 비변사에 보고했다. 환향 역시 환곡과 마찬가지로 부세적 기능을 가졌으므로 농민 수탈의 양상을 띠었다.

158 결미(結米) : 전지(田地)의 조세(租稅) 구실로 바치는 미곡(米穀)을 말한다. 조선 후기에 균역법(均役法)을 실시하면서, 부족한 국용을 메우기 위해 새로 전(田)에 쌀 2말을 부과하던 세금이다.

159 신미(身米) : 논밭의 결세(結稅)로 내는 쌀을 말한다.

160 모곡(耗穀) : 환자(還子) 곡식을 받을 때, 곡식을 쌓아둘 동안 축이 날 것을 미리 짐작하고 한 섬에 몇 되씩 덧붙여 받던 곡식이다.

홉도 남지 않는 지경에 이르렀습니다. 본색(本色)[161]으로 수납한 것은 그 당시 쌀값이 매우 낮아 상정가(詳定價)로 대신 바치게 하였기 때문에 그다지 손해를 보지 않았습니다. 근년 이래 쌀값이 아침저녁으로 뛰어올라 옛날에 정한 것과 비교해 거의 15, 6배나 차이가 나기에 이르렀는데, 수어영과 광주부의 서리와 사졸의 1년 급료가 6천 2백여 섬이나 되니, 본색으로 주지 않을 수 없습니다. 종전의 여러 가지 곡식은 모두 돈을 대신해 써버렸고, 달리 손쓸 곳도 없어서 살을 도려내 종기를 치료하듯 구차하게 미봉하였습니다. 바로 여기서 환곡미의 폐단이 나온 것임은 말한 나위 없습니다. 본영에서 현재 조적(糶糴)한 곡식은 1만 6천여 섬인데, 취모보용(取耗補用)[162]한 것이 1천 6백여 섬이고, 또 색락(色落)[163] 중에서 1천여 섬을 취하여 도합 2천 9백여 섬입니다. 이것은 급료를 주는 데 필요한 양이고, 아직 부족한 쌀이 여전히 3천 3백여 섬이나 되지만, 이 3천 3백 섬을 채워 넣을 길이 없습니다. 지난 신미년(1871) 즈음에는 서리와 사졸들의 급료가 모자라 바야흐로 뿔뿔이 흩어질 지경에 이르기도 하였습니다. 처음에 한 섬 값을 전(錢)

---

161 본색(本色) : 조세(租稅)를 징수하는 데 미곡(米穀)으로 걷은 환곡을 본색이라고 하고, 은전(銀錢)으로 환산(換算)한 것을 절색(折色)이라고 한다. 즉 본색이란 다른 물건에 대한 조세 본래의 종류라는 뜻이다.

162 취모보용(取耗補用) : 조선 시대 환곡제(還穀制)를 운영하는 과정에서 없어진 곡식을 채운다는 명목으로, 빌려준 곡식의 10분의 1에 해당하는 양을 이자(利子)로 받던 것이 취모(取耗)인데, 이것으로 다른 용도에 보충하는 것을 말한다.

163 색락(色落) : 세곡(稅穀)이나 환곡(還穀)을 받을 때에 간색(看色)이나 마질에서 축나는 것을 채우기 위하여 가외로 더 받는 곡식으로, 간색과 낙정(落庭)을 붙여서 나온 말이다. 간색이란 세곡(稅穀)·환곡(還穀)을 받을 때 품질을 알아보기 위하여 표본으로 걷는 것을 말하고, 낙정은 땅에 떨어진 사소한 수량을 말한다.

6냥으로 상정하여 환곡미 3천 3백 섬을 사와 그 수를 충당하였기에 지금까지도 그 법을 따르고 있지만, 지금의 쌀값은 신미년에 견주어 또 10배가 늘었으므로 6냥으로 쌀 한 섬을 사들이면 환자곡을 먹은 백성들이 손해를 보게 됩니다. 쌀 한 섬 값이 7, 80냥인데, 가호가 큰 경우는 4섬 14말을 받고 작은 경우에도 1섬 4말을 받습니다. 환곡을 받은 가호 가운데 힘이 있는 자는 줄여달라고 부탁하고 힘이 없는 자는 머리를 숙인 채 거듭 받고 있으니, 살아가는 낙이라곤 조금도 없어 온통 다른 곳으로 달아날 생각[164] 뿐입니다. 만약 지금 변통하지 못한다면 한 지역이 거의 텅 비게 될 터, 우뚝한 이 성을 어찌 혼자 힘으로 지킨단 말입니까?

삼가 생각하건대, 조정에서 경기의 백성을 걱정함이 다른 도와 다른 것은 그곳이 도성에 가까워 부지런히 나라를 위해 일하기 때문입니다. 하물며 광주부는 바로 도성의 보루와 장벽이 되는 요지이고 능침이 있는 곳이니, 처지를 헤아려 긍휼히 여겨야 함은 다른 고을에 비할 바가 아닐 것입니다. 환곡을 탕감하여 결세로 돌리거나 혹은 환곡은 그대로 두고 모곡만 받은 이후로 팔도의 백성들은 비로소 쉴 수 있게 되었는데, 오직 광주만은 환곡의 폐단이 갈수록 심해지니, 이는 어째서 입니까? 이를 바로잡을 방법은 오직 환곡은 그대로 두고 모곡을 받는 것과 결세로 쌀을 걷는 것, 두 가지에 달려있습니다. 앞 사람이라고 이를 바로잡을 마음이 없었던 것은 아니지만 두 가지 모두 어려움이 따르기 때문에 끝내 개혁하지 못했습니다. 그 하나의 어려움은 성의

---

164 다른……생각 : 원문의 '적피지의(適彼之意)'는 《시경》〈석서(碩鼠)〉편에 나오는 말로, 가렴주구를 피하여 다른 나라로 가버린다는 뜻이다.

군량이 중요하기 때문에 환곡을 그대로 두고 모곡만 취할 수가 없는 것이고, 다른 하나의 어려움은 결세를 쌀로 내도록 하면 결가(結價)가 갑자기 무거워지는 것입니다.

　신이 삼가 생각하건대, 산성의 군량은 하나같이 중시되는 터라 먼 시골 백성이 소나 말에 싣고 와 험준한 산꼭대기로 가져다 바치는데, 그 왕래하는 노고와 소모되는 비용이 이루 다 말할 수가 없습니다. 그런데 적미(糴米)가 창고에 있는 것은 겨울과 봄 사이 몇 달에 불과할 따름이라, 막상 긴히 필요할 때는 도움이 되지 않습니다. 예전에는 그래도 창고에 남겨둔 쌀이 4천 섬은 되어서 뜻밖의 일에 대비하였는데, 지금은 텅 비어 남은 것이라곤 없습니다. 그러니 산성의 군량이 중요하다는 것은 명분일 뿐 실질은 없으니, 그저 백성에게 피해를 주는 구실에 지나지 않습니다. 결가로 말하더라도 삼남에서 1결 당 바치는 것이 간혹 4, 50말에 이르기도 하지만, 경기의 여러 고을에서는 매 결당 5섬 혹은 3섬 등 일정치 않은 조세를 거두는데, 비록 3섬의 조세라 해도 쌀 20여 말보다 많습니다. 여러 본영의 사례를 살펴보면 매 결당 역시 쌀 20여 말을 내는데, 이것이 곧 옛 제도입니다. 지금은 결가가 너무나 싸서 세금이 없는 것이나 진배없습니다. 토지를 소유한 자는 경내 백성이 아닌 경우가 많은데, 앉아서 그 이익을 누리고 있으니, 이것이 이른바 요행으로 얻은 이득이라는 것입니다. 빈곤에서 스스로 벗어날 수 없는 자는 가을이 되어봐야 한 항아리의 비축도 없는 상황에서 거듭되는 조세 징수의 고통을 당해야 합니다. 어리석은 백성은 무지하여 아전의 환곡이 날로 늘어서라고 원망들 하지만, 실제 서리와 사졸의 봉급은 옛날보다 늘지 않았으며, 다만 쌀값은 날로 비싸지는데 반해 대납하는 돈은 그대로여서 부호의 부담은 줄어들고 힘없는 백성의 부담은 더 무거워진 까닭일 뿐입니다. 전토를 소유한 자에게 조세를 거두는 것은 고금에 변함없는 제도입니다. 지금 돈으로 대신하여 가볍게 바치게 함으로써 백성들에게 요행으로 이익을 얻게 하는 것은 오래도록 계속할 수 있는 방법이 아닌 바, 청컨대 앞으로는 토지의 결(結)에 따라 쌀로 내게 하되, 일괄 본영의 옛 제도 및 다른 고을의 가장 가벼운 예에 따라 내게 하소서. 민결(民結) 2천 2백 8결에서 매 결 당 쌀 22말씩 거두면 합이 쌀 3천 2백 38섬하고 6말이 됩니다. 본영에서 나눠주는 환곡이 총 1만 60섬인데, 지금부터 조적을 정지하고 모미(耗米)와 색락미(色落米)만 거두면 합이 3천 2백 섬이 되니, 결세와 환자와 모곡을 모두 합하면 쌀 6천 4백 38섬 6말이 됩니다. 봉급으로 나가는 원래 숫자와 비교하면 남는 것이 230여 섬이니, 전일의 결가 가운데 경상지출에 부족한 1만여 냥을 충당할 수 있을 것입니다.

　진실로 이와 같이 하면 전부(田賦)[165]와 호조(戶調)[166] 모두 균형을 이루게 되니, 백성들은 운반하는 노고를 덜고 가호에서는 거듭 징수당하는 고통에서 벗어나며, 유랑민이 돌아와 모일 수 있고 보루와 장벽은 더욱 공고해질 수 있습니다. 땅에서 인화(人和)를 이룰 수 있다면 위급한 때 믿고 의지할 바가 생기는 것은 물론이려니와, 또 해마다 들어오는 전곡(錢穀) 가운데서 쓰임을 정확히 하고 아끼고 저축하여 잉여분을 해마다 늘려 뜻밖의 일에 항상 대비해 둔다면, 10년이 지나지 않아서 그 효과가 반드시 나타날 것이니, 오늘날 무익한 조적과 비교해

165　전부(田賦) : 논밭에 대한 조세를 말한다.

166　호조(戶調) : 호세(戶稅)를 말한다. 정남이 있는 집은 해마다 명주 세 필, 솜세 근을, 여자와 다음 정남으로 한 호를 이룬 집은 그 절반을 바쳤다.

볼 때 그 이해(利害)가 현격히 다릅니다. 신이 외람되이 중임을 맡았으나, 폐단이 극심한 때를 당하여 그릇이 장차 기울어질 듯 제방이 장차 터질 듯한데, 때를 놓쳐 막지 못한다면 뒷날의 근심이 커질 것입니다. 그러나 정사를 변경하는 일인지라 맘대로 처리하기에 어려움이 있어, 감히 널리 여론을 수집하고 편리 여부를 헤아린 다음 실상에 근거하여 급히 아뢰는 것이옵니다. 청컨대 묘당(廟堂)에서는 성상께 아뢰어 처리해 주시옵소서.

소대 召對

모두 4편이나 3편만 수록한다.

영춘헌[167] 소대[168]

迎春軒召對

정축년(1877, 고종14) 4월 20일. 상번 어윤중(魚允中),[169] 하번 김윤식(金允植), 승지 조준영(趙準永),[170] 각신(閣臣)[171] 김홍균(金興均),[172] 책자《통감(通鑑)》제8권.

---

167 영춘헌(迎春軒) : 창경궁의 내전으로, 정조가 거처하다가 승하한 곳이다.

168 소대(召對) : 왕명으로 입대(入對)하여 정사에 관한 의견을 상주하는 일이나, 경연(經筵)의 참찬관(參贊官) 이하를 불러서 임금이 몸소 글을 강론하는 것을 말한다. 이 글의 내용은《승정원일기(承政院日記)》고종 14년 4월 20일 기사에도 보인다.

169 어윤중(魚允中) : 1848~1896. 본관은 함종, 자는 성집(聖執), 호는 일재(一齋), 시호는 충숙(忠肅)이다. 어약우(魚若愚)의 아들이다. 1869년(고종6) 문과에 급제, 탁지부대신(度支部大臣)에 이르렀다. 1896년 아관파천 때 보은으로 도망가다가 용인에서 살해되었다. 저서로《종정연표(從政年表)》가 있다.

170 조준영(趙準永) : 1833~1886. 본관은 풍양(豐壤), 자는 경취(景翠), 호는 송간(松磵)이다. 1864년(고종1) 증광문과(增廣文科)에 을과로 급제, 참판을 거쳐 1881년(고종18) 조사 시찰단(朝士視察團)의 한 사람으로 40일 동안 일본을 시찰하고 돌아와 통리기무아문의 당상경리사(堂上經理事)가 되었다. 이듬해 임오군란으로 청나라 군대가 올 때 영접관(迎接官)이 되고, 1883년 협판군국사무(協辦軍國事務)를 거쳐 1884년 갑신정변(甲申政變) 실패 후 사대당 내각에서 개성 유수(開城留守)가 되었다. 이듬해 협판내무부사(協辦內務府事)가 되고, 1886년 협판교섭통상사무(協辦交涉通商事務)를 지냈다. 편저로는《일본문견사건(日本聞見事件)》이 있다.

171 각신(閣臣) : 조선 시대 규장각(奎章閣)에 소속된 제학(提學), 직제학(直提學), 직각(直閣), 대교(待敎) 등의 관원으로, 조선 후기의 대표적인 청요직(淸要職)이었다.

172 김홍균(金興均) : 1858~? 본관은 안동, 자는 기재(起哉)이다. 김병훈(金炳薰)

'정월 진양호(正月晉羊祜)'에서부터 '불부유언(不復有言)'까지 읽고 해석을 마쳤다. 상주하여 아뢰었다.

"양호(羊祜)[173]가 진(晉)나라 무제(武帝)[174]에게 오(吳)나라를 평정하도록 권한 것은 계산상 빠뜨린 책략이 없다고 할 수 있으나, 적을 도모하기에는 괜찮아도 나라를 도모하기에는 부족했습니다. 무릇 군주란 천하가 무사태평하면 안일하고 게으른 마음이 생겨나기가 쉬우니, 이것이 곧 화(禍)가 생겨나는 까닭입니다. 무제는 본래 사치스러운 마음이 있던 데다가, 부형이 이룩해 놓은 업적에 힘입어 욕심대로 해도 좋을만한 형세를 타고 있었습니다. 그러나 감히 욕심을 부리지 못했던 것은, 아직 오나라를 평정하지 못했기에 두려움과 경계가 가슴에 남아 있던 때문이었습니다. 그래서 태시연간[175] 초에는 정신을 가다듬고 치

의 아들로 병필(炳弼)에게 입양되고, 1875년(고종12) 을해(乙亥) 별시(別試) 병과(丙科)에 급제, 김흥규(金興圭)로 개명하였다. 고종 25년 병조 참판에 임명되었다.

173 양호(羊祜) : 221~278. 태산(泰山) 남성(南城) 사람으로, 자는 숙자(叔子)이다. 중국 진(晉)나라 사마씨(司馬氏)의 대장으로 조서(詔書)를 받아 오(吳)와의 국경을 지켰는데 군기가 엄숙하고 인의로써 다스렸다. 오나라 장군 육항(陸抗)과 비록 대립된 자리에 있었으나, 서로 지기(志氣)가 상통하여 늙어 자리에서 물러나기까지 서로 경대하였다. 병이 위독해지자 사마염(司馬炎)은 친히 그의 병석을 찾아 위로하였으며, 정남 대장군에 임명하고 남성후(南城侯)에 봉했다. 죽은 뒤에는 태부에 추증되었다. 원문에 '양우(羊祐)'라 되어 있으나 '양호(羊祜)'의 오기이다. 아래 원문에도 한 차례 더 보인다.

174 진(晉)나라 무제(武帝) : 236~290. 자는 안세(安世), 묘호는 세조(世祖), 시호는 무제(武帝)이다. 사마소(司馬昭, 211~265)의 아들이자 사마의(司馬懿)의 손자이다. 중국 서진(西晉)의 제1대 황제(재위 265~290)로, 위나라 원제의 선양을 받아, 낙양을 도읍으로 진나라를 세웠다. 280년 오나라의 항복을 받아 천하를 재통일하였다. 점전법·과전법·호조식을 공포하였다.

세를 도모하여 자못 아름다운 명성을 얻었습니다. 그러나 오나라를 평정한 뒤에 군신 간에 황음무도하게 연회를 즐기다가 중화가 침범당하는 변고를 초래했으니, 그 피해가 어찌 적국 오나라에만 그쳤겠습니까? 양호는 한 지방을 맡은 신하로서 그 직임이 변방에 있는데, 생각이 멀리까지 미치지 못하였으니, 애석합니다! 춘추시대 때 언영(鄢郢)[176]의 싸움에서 범문자(范文子)[177]가 초(楚)나라를 치려하지 않은 것은, 진(晉)나라 여공(厲公)[178]이 승리로 인해 나태해질까 염려해서였습니다. 대신이 나라를 염려하는 도리가 마땅히 이와 같아야 하지 않겠습니까?"

주상께서 말씀하셨다.

"나라가 비록 잘 다스려져서 태평하다 하더라도 항상 정신을 가다듬어 치세를 도모하는 마음이 있어야 큰일을 할 수 있다. 어찌 밖으로 적국이 쳐들어올 걱정이 없다고 하여 조금이라도 소홀히 할 수 있겠는가?"

답하여 아뢰었다.

---

175 태시연간(泰始年間) : 진(晉)나라 무제(武帝)의 연호로, 265~274년이다.

176 언영(鄢郢) : 춘추 시대 초나라의 도읍지이다. 초나라 문왕(文王)이 처음 영(郢) 땅에 도읍했다가 언(鄢) 땅으로 도읍을 옮겨서도 그대로 영이라 불렀다.

177 범문자(范文子) : ?~기원전 574. 중국 춘추 시대 진(晉)나라 사람으로, 성은 사씨(士氏), 이름은 섭(燮), 시호는 문(文)이다. 사회(士會)의 아들로 경공(景公) 때 대부. 여공(厲公) 때 중군수(中軍帥)를 지냈다. 난서(欒書) 등을 따라 진(秦)나라와 싸워 크게 이기고 또 언릉(鄢陵)에서 초(楚)나라 군사와 싸워 이겼다.

178 여공(厲公) : ?~기원전 573. 이름은 수만(壽曼)으로, 중국 춘추 시대 진(晉)나라 경공(景公)의 태자로 경공을 계승해 즉위했다. 기원전 573년(여공8) 난서(欒書)·중항언(中行偃) 등에게 체포되어 갇혔다가 죽었다.

"성인이 아니고서는 무사한 때에 경계하고 두려워할 수 있는 자가 드뭅니다. 그러므로 맹자께서, '안으로 법도 있는 신하와 보필해주는 신하가 없고, 밖으로 적국과 외환이 없을 경우, 그 나라는 항상 망하게 되어 있다.'[179]고 한 것입니다. 법도 있는 대신과 보필해 주는 신하는 반드시 귀에 거슬리는 말을 많이 하고, 적국과 외환은 항상 마음의 경계를 작동시킵니다. 말이 귀를 거스르지 않고, 경계가 마음을 움직이지 못한다면 안락함에 젖어들어, 마치 짐독(鴆毒)이 사람을 해쳐도 스스로 알지 못하는 것처럼 되어버립니다. 이 어찌 나라의 큰 걱정이 아니겠습니까?"

주상께서 말씀하셨다.

"그렇다. 외적의 우환을 남겨두고자 애씀은 임금으로 하여금 방심하지 않게 하려함이다."

답하여 아뢰었다.

"임금이 편안함을 탐하면 방종하고자 하는 마음이 생겨도 다시 억누를 길 없습니다. 송(宋)나라 신하 이항(李沆)[180]이 날마다 사방의 홍수와 가뭄, 도적의 일을 가져와 아뢴 것은, 경계하는 마음을 잊지 않아 편안히 즐기려는 욕구가 생겨날 틈을 주지 않기 위해서였습니다. 그러므로 성명한 군주는 태평성대를 이루었더라도 항상 두려워하는 마음을 간직한 채 감히 자만하지 않습니다."

---

179 안으로……있다 : 《맹자》〈고자 하(告子下)〉에서 나온 말이다.

180 이항(李沆) : 947~1004. 중국 송(宋)나라 비향(肥鄕) 사람으로, 자는 태초(太初), 이병(李炳)의 아들이다. 980년 진사에 급제하여 상서우복야(尙書右僕射)에 이르렀다. 황제의 사치심을 경계하여 당시에 성상(聖相)이라고 일컬었다.

주상께서 말씀하셨다.

"임금이 한 가지 명령을 내고 한 가지 일을 시행할 때마다 감히 스스로 옳다 여기지 않고, 두 번 세 번 생각한 뒤에 행하면 실패하는 일이 드물다. 증자(曾子)는, '날마다 세 가지 일로 나 자신을 반성한다.'[181]라고 했으니, 어찌 조금이라도 소홀할 수 있겠는가?"

답하여 아뢰었다.

"사람마다 요순(堯舜)이 아니니, 매사가 다 훌륭할 필요는 없습니다. 다만 일에 닥쳐 스스로 돌아볼 때, 만일 그것이 공적인 마음에서 나왔거든 과감히 시행하고, 사욕이 개입되었거든 결연히 없애면서 속에 의구심을 남겨둬서는 안됩니다. 의구심이 많으면 일에 아무런 공을 세울 수 없습니다. 증자께서 말씀하신 것은 평상시에 성찰하는 공부이며 배우는 자가 수신(修身)하는 요체입니다. 성찰과 생각은 다릅니다. 만일 일에 임하여 세 번 생각한다면 도리어 미혹에 이르게 됩니다. 신이 아뢴 것 또한 그것이 아닙니다. 비록 모든 일을 잘한다 하더라도 자만하여 허세부리지 않고, 나랏일이 안정되었더라도 항상 경계하고 조심한다면, 훌륭한 것은 더욱 훌륭해지고 안정된 것은 더욱 안정되어질 것입니다. 옛날의 제왕이 나라를 오래도록 지킬 수 있었던 것은 모두 전전긍긍 삼가는 마음 하나가 있었기 때문입니다."

각신 김흥균(金興均)이 상주문을 모두 읽었다. 주상께서 말씀하셨다.

---

181 날마다……반성한다 : 증자는 날마다 남을 위하여 계획하는 데 충성스럽지 못하였는가, 벗과 교제하는 데 미덥지 못하였는가, 스승에게 배운 것을 익히지 않았는가 하는 세 가지로 자신을 반성한다고 하였다. 《論語 學而》

"한나라 때 흉노가 강성하여 중국의 큰 우환이 되었다. 무제(武帝)의 위엄으로도 복종시킬 수 없었거늘 조조(曹操)는 어떻게 부(部)를 나누고 장수를 둘 수가 있었는가?"

신이 답하여 아뢰었다.

"흉노의 강성함은 한나라 초보다 더한 적이 없었습니다. 선제(宣帝) 때에 이르러서 점차 쇠약해져서 호한야(呼韓邪)[182]가 머리 숙이고 귀의하여 복종했으며, 왕망(王莽)[183] 때에는 또 여러 차례 공격을 당해 패하여 흩어지고 남은 자가 없었습니다. 후한(後漢) 말기에 이르러 자립할 수 없는 지경이 되더니, 변방의 군(郡)이나 내지에 흩어져 살면서 편호(編戶)[184]처럼 되었습니다. 그것이 조조가 부를 나누고 장수를 둘 수 있었던 까닭입니다."

주상께서 말씀하셨다.

"이른바 오호(五胡)[185]라고 하는 것은 모두 남선우(南單于)의 종족인

---

182 호한야(呼韓邪) : 동흉노(東匈奴)의 선우(재위 기원전 58~기원전 31)이다. 흉노가 분열하여 5명의 선우가 일어난 중의 하나로, 형인 질지선우와 싸우고 패한 뒤 몽골 본토로 돌아가 전한(前漢)과 화친관계를 갖고 왕소군(王昭君)을 아내로 맞았다.

183 왕망(王莽) : 기원전 45~23. 위군(魏郡) 원성(元城)사람으로 자는 거군(巨君)이다. 중국 한(漢)나라의 외척으로 한나라를 멸망시키고 신(新)나라를 세웠다.

184 편호(編戶) : 호적에 편입된 평민을 말한다.

185 오호(五胡) : 진 무제(晉武帝) 사후에 왕실에서 내란이 일어 북방 소수민족 다섯 종족이 서로 이어가며 중원에서 황제를 칭했는데, 그것을 역사에서 오호라고 부른다. 흉노족(匈奴族)의 유연(劉淵) 및 저거씨(沮渠氏)·혁연씨(赫連氏), 갈족(羯族)의 석씨(石氏), 선비족(鮮卑族)의 모용씨(慕容氏) 및 독발씨(禿髮氏)·걸복씨(乞伏氏), 저족(氐族)의 부씨(苻氏)·여씨(呂氏), 강족(羌族)의 요씨(姚氏)이다. 《晉書 卷6 元帝紀》

가?"

답하여 아뢰었다.

"기질은 가까우나 종족과 부락은 각기 다릅니다. 유연(劉淵)[186]은 호족(胡族)으로 곧 남선우의 종족입니다. 석륵(石勒)[187]은 갈족(羯族)이고 부견(苻堅)[188]은 저족(氐族)이며, 요흥(姚興)[189]은 강족(羌族)이고, 모용(慕容)·탁발(跖拔)·우문(宇文) 등의 종족들은 모두 선비족(鮮卑族)입니다."

주상께서 말씀하셨다.

"시자(侍子)를 두어 볼모로 삼은 것은 그들이 배신할까 걱정해서 그리 한 것인가?"

답하여 아뢰었다.

---

186 유연(劉淵) : ?~310. 중국 16국 시대 한(漢)의 건국자로, 자는 원해(元海)로 흉노족이다. 308년 한제(漢帝)라 일컫고 평양(平陽)에 도읍했다. 시호는 광문(光文), 묘호는 고조(高祖)이다.

187 석륵(石勒) : 274~333. 중국 16국 시대 후조(後趙)의 건국자로, 자는 세룡(世龍)으로 상당 무향(上黨武鄕) 사람이며 갈족(羯族)이다. 유연(劉淵)에게 투항하여 대장이 되었다가 319년 후조(後趙)를 건국하고 조왕이라 일컬었다. 16국 가운데 가장 강성한 나라가 되었다. 재위는 15년 간이었다.

188 부견(苻堅) : 338~385. 중국 16국 시대 전진(前秦)의 임금으로, 일명 문옥(文玉), 자는 영고(永固)이다. 부웅(苻雄)의 아들로 박학다재했으며 처음엔 동해왕(東海王)이 되고, 동진(東晉) 목제(穆帝) 승평 1년(357) 부생(苻生)을 죽이고 자립해 대진천왕(大秦天王)이라 했다. 북방을 통일하고 동진(東晉) 익주(益州)를 빼앗았다. 재위는 27년간이며, 후진(後秦) 요장(姚萇)에게 잡혀 죽었다.

189 요흥(姚興) : 366~416. 중국 16국 시대 후진(後秦)의 임금으로, 자는 자략(子略), 강족(羌族) 요장(姚萇)의 아들이다. 유학(儒學)을 중시하고 불교를 제창(提倡)했다. 구마라습(鳩摩羅什) 등 고승에게 불경 번역을 요청했다. 재위는 22년간이었다.

"계책은 비록 그것이었지만 도리어 그 해를 입었습니다. 유연은 영웅호걸의 재능을 지니고 오랫동안 중국에 있으면서 정령(政令)의 득실과 형세의 허실을 낱낱이 알고 있었기에, 마침내 호시탐탐하던 마음을 드러냈던 것입니다. 만일 일찌감치 변방에 두었더라면 어찌 이에 이르렀겠습니까. 이것이 강통(江統)¹⁹⁰이 〈사융론(徙戎論)〉을 지은 까닭입니다.

---

190 강통(江統) : 중국 진(晉)나라 때 진류(陳留) 사람으로, 자는 응원(應元), 벼슬은 산기상시(散騎常侍)에 이르렀다. 일찍이 〈사융론(徙戎論)〉을 지어 혜제(惠帝)에게 올렸는데, 융인(戎人)과 적인(狄人)을 색출해서 몰아내야 한다는 내용을 담고 있다. 《晉書 卷56 江統列傳》

무인년(1878, 고종15) 7월 그믐에 차대[191]에 관한 소회
戊寅七月晦次對所懷

영상 이최응(李最應)[192], 승지 이유승(李裕承)[193], 사관 이중칠(李重七)[194], 홍종영(洪鍾永)[195], 나는 부응교로 나아갔다.

---

191 차대(次對): 매월 여섯 차례 정부 당상(政府堂上), 대간(臺諫), 옥당(玉堂)들이 입시하여 중요한 정무를 상주하던 일을 말한다. 이 글은《승정원일기(承政院日記)》고종 15년 7월 29일 기사에 올라 있다.

192 이최응(李最應): 1815~1882. 자는 양백(良伯), 호는 산향(山響), 시호는 충익(忠翼)이다. 뒤에 문충(文忠)으로 개시하였다. 흥선대원군 하응(昰應)의 형으로, 흥인군(興寅君)에 봉해졌고, 통상수교거부정책에 반대, 대원군과 반목했다. 대원군 실각후 영의정이 되었다. 통리기무아문 총리대신으로 개화정책을 추진했으나, 유림의 반대로 사직했다. 임오군란 때 살해됐다.

193 이유승(李裕承): 1835~? 본관은 경주(慶州)이며 자는 경선(景先), 호는 동오(東梧)이다. 영의정 항복(恒福)의 9대손으로, 초대 부통령 이시영(李始榮)의 아버지이다. 서울에서 태어났다. 1864년(고종1) 증광별시문과에 병과로 급제하여 1868년에는 평안남도 암행어사, 1870년 승지, 1878년 성균관 대사성·이조 참의를 역임하였고, 1881년 좌부승지로서 좌승지 박정양(朴定陽) 등과 함께 고종을 내쫓고 왕위에 오르려던 이재선(李載先)을 제주도로 유배 보내는 데 반대하고, 극형에 처하라는 계(啓)를 올렸다. 1905년 을사조약이 체결되자 조약 반대의 상소를 올려, 조약을 배척해야만 국권을 회복할 수 있다고 주장하였다. 1910년 정헌(靖憲)이라는 시호가 주어졌다가 다시 효정(孝貞)으로 개시(改諡)되었다. 저서에 시조 작품집《속소악부(續小樂府)》가 있다.

194 이중칠(李重七): 1846~? 자는 수백(壽伯)이다. 부친은 이용진(李容進)이고 조부는 이병국(李秉國)이다. 1876년(고종13) 식년 문과에 병과로 급제하였다. 1888년 협판교섭통상사무(協辦交涉通商事務)와 서리독판사무(署理督辦事務)를 역임하였다.

195 홍종영(洪鍾永): 1840~? 자는 응수(膺受)이다. 아버지는 홍재증(洪在曾)이다. 1875년(고종12) 응제부(應製賦)로 전시에 직부(直赴)되어, 같은 해 경과별시에 병과로 급제하였다. 이 후 홍문관, 사간원, 사헌부, 성균관 등의 관직을 거쳤다. 1880년(고종17) 서장관(書狀官)으로서 사은(謝恩) 겸 동지사(兼冬至使) 임응준(任應準)과

삼가 생각건대, 견문도 얕고 학식도 적은 신이 외람되이 논사(論思)의 직위[196]를 맡았으니, 분수와 능력을 헤아려 봄에 보답할 방도가 없습니다. 일전에 몇 차례 부르심을 입어 만나 뵈옵고 한(漢)나라와 진(晉)나라 사이의 일을 토론하였는데, 치란(治亂)의 갈림길과 사정(邪正)의 분수령에 이를 때면 그 즉시 답변이 나왔고 취사가 명쾌했습니다. 이에 성학(聖學)의 깊은 조예에 삼가 우러러 흠모하고 축하드리는 마음 이길 길이 없었습니다. 다만 생각건대, 제왕이 학문에 힘을 다함에[197] 있어 중요한 것은 중간에 끊임이 없는 것이니, 진실을 쌓고 오래도록 힘써서[198] 지(知)와 행(行)이 더불어 성장한 뒤라야 바야흐로 높고 밝은 지경에 이를 수 있습니다.

삼가 살피건대, 근년 이래로 전례에 따른 법강(法講)과 품의(稟議),

함께 중국에 갔다가 귀국하였다. 1890년(고종27) 고부사(告訃使)가 되어 중국에 다녀왔다.

196 논사(論思)의 직위 : 논사는 의논하고 생각하는 것으로 제왕이 학사(學士)들과 학문을 강론함을 이르는바, 여기에서는 경연(經筵)을 맡은 홍문관(弘文館)의 관직을 가리킨다.

197 제왕이……다함에 : 원문은 '전학(典學)'이다. 《서경》〈열명 하(說命下)〉에 "시종 학문에 종사하다.〔念終始典于學〕"라는 말이 있는데, 이는 부열(傅說)이 고종(高宗)에게 배움을 면려하기 위해 한 말이다. 후에 세자 혹은 제왕이 학문에 힘을 다하는 것을 일러 '전학'이라 하였다.

198 진실을……힘써서 : 《논어》〈이인(里仁)〉의 '나의 도는 하나로 관철되어 있다.〔吾道一以貫之〕"에 관해 주희의 《집주(集註)》에 '진적력구(眞積力久)'라는 말이 나온다. "증자는 그 쓰임에 대해 일마다 정밀히 살피고 힘써 행하였지만 그 본체가 하나임은 모르고 있었다. 부자께서는 참을 쌓고 힘을 쓴지 오래 되면 장차 얻는 바가 있을 것임을 알기에 증자를 불러 고했던 것이다.〔曾子於其用處 蓋已隨事精察而力行之 但未知其體之一爾 夫子知其眞積力久 將有所得 是以 呼而告之〕"

주청(奏請), 소대(召對) 모두 오랫동안 행해지지 않았습니다. 지금은 공제(公除)[199]가 겨우 지나 상장(喪葬) 의례를 앞두고 있으니, 삼가 생각건대 슬프고 경황이 없으시어 한가로이 다른 일을 돌볼 겨를이 없으실 것입니다.[200] 그러나 다른 일은 모두 놓아두어도 그만이지만 학문에 전념하는 일만은 잠시도 그칠 수 없습니다. 어째서이겠습니까? 임금이 하루 강학하지 않으면 심지를 지켜온 효과가 없어지고 정령과 조치 모두 구차해질 것이니, 그 피해가 어찌 얕고 적겠습니까? 이 때문에 숙종 임금께서는 상중에도 자주 경연에 납시어 글을 읽으셨던 것인데, 다만 묻고 변론하고 질문하고 논박하는 일은 하지 않음으로써 말하지 않는 뜻[201]을 기탁하셨습니다. 이로 보건대 우리 왕조는 열성조 이래로 졸곡(卒哭) 전이라 하여 경연을 멈춘 적이 없었습니다. 전하께서도 갑자년 원년(1864, 고종1)에 공제가 겨우 지나자 곧 소대를 명하셨습니다. 지금이라고 어찌 전날과 다르겠습니까?

또 삼가 생각하건대, 동궁 저하께서 점점 자라나 지혜와 사려가 바야흐로 열리고 계시니, 저하께서 보고 느끼고 본받는 바는 오직 전하께서 몸소 보여주시는 가르침뿐일 것입니다. 전하께서 정무 보시는 여가에 몸소 서적을 보시고, 고요히 생각에 잠기어 풀이하신 뒤, 한두 마디 격언(格言)을 골라내어 때때로 설명해주고 이끌어주신다면, 동궁 저

---

199 공제(公除) : 임금이나 왕비가 죽은 뒤 일반 공무를 중지하고 26일 동안 조의를 표하던 일이다.

200 슬프고……것입니다 : 1878년 5월 철종비 철인왕후(哲仁王后) 김씨가 승하하여 장례 절차가 진행 중이었다.

201 말하지 않는 뜻 : 옛날 임금이 삼년 거상(居喪)하는 동안 말하지 않고 정사를 대신에게 맡기는 것인데, 은(殷)나라 고종(高宗)이 그러하였다 한다. 《書經 說命上》

하께서도 반드시 일찍 깨달아 마음에 새기고, 보고 들은 바를 몸에 익히면서 '가법(家法)이 마땅히 이와 같아야 하고, 학문에 전념하는 것이 마땅히 이와 같아야 하는구나!'라고 여기실 것입니다. 전하께서 만일 스스로 강해지지 못하고 조금이라도 싫어하는 기색을 내보인다면, 동궁 저하께서도 분명 전하를 따라 나태한 마음을 갖고 학문의 중요성을 알지 못할 것입니다. 그러므로 뒷날 서연(書筵)²⁰²에서 신들이 백 번 글 읽기를 권한다 해도 오늘 전하께서 한번 몸소 가르치시는 것만 못할 것입니다. 삼가 바라건대, 전하께서는 깊이 유념해 주시옵소서.

---

202 서연(書筵) : 왕세자에게 유학의 경전과 사서(史書)를 강의하던 교육 제도. 이연(彛筵), 주연(胄筵)이라고도 한다. 세자시강원(世子侍講院)에서 담당하였으며, 고종 31년(1894) 갑오경장(甲午更張)으로 폐지되었다.

계미년(1883, 고종20) 섣달 그믐날에 나아가 아뢴 신년 축사

癸未除夕日進奏新年祝語

계미년 섣달 그믐날 밤에 나는 윤태준(尹泰駿)[203], 이조연(李祖淵)[204] 과 함께 두 사람은 이 때 좌우 영사(營使)[205]의 관직에 있었다. 입시하여 셋이 품은 생각을 간략히 아룀으로써 신년 축하인사를 대신했다.

내가 아뢰었다.

203　윤태준(尹泰駿) : 1839~1884. 자는 치명(稚命), 호는 석정(石渟), 시호는 충정(忠貞)이다. 윤교성(尹敎成)의 아들이다. 1873년 진사시에 합격하고 1881년 수신사(修信使)의 종사관으로 일본에 다녀왔다. 1882년 별시문과에 급제하고 임오군란이 일어나자 민비(閔妃)를 보호하여 충주로 피란했다. 1884년 협판교섭통상사무 등을 역임, 이 해 갑신정변이 일어나자 후영사(後營使)로 사대당을 보호하다 독립당 장사패에게 살해되었다. 영의정에 추증되었다.

204　이조연(李祖淵) : 1843~1884. 자는 경집(景集), 호는 완서(翫西), 시호는 충정(忠貞)이다. 이용규(李用奎)의 아들이다. 1880년 감찰로 수신사(修信使) 김홍집(金弘集)의 수행원으로 일본에 다녀오고, 이듬해 조병호(趙秉鎬)의 종사관으로 다시 일본에 다녀왔다. 1882년 증광문과에 급제, 고선관(考選官)으로 영선사(領選使)를 따라 천진에 간 유학생과 공장(工匠)들의 실정을 조사하고, 1884년 협판군국사무(協辦軍國事務) 겸 기계국 총판으로 있다가 갑신정변이 일어나자 사대당의 거물로 지목되어 독립당 행동대에 의하여 살해되었다. 이조 참판에 추증되었다.

205　영사(營使) : 친군영(親軍營)을 통솔하던 관직이다. 임오군란 후 수도방위군을 정비·강화할 방책을 모색하던 조선정부는 청나라에 군대의 훈련과 신식무기의 원조 등을 청하여 그들의 감독과 훈련 아래 1000명의 친군 좌영(左營)을, 500명의 친군 우영(右營)을 편성하였다.

"공자께서는 '양식을 버리고 군대를 버려야 하니, 백성의 신뢰가 없으면 설 수 없다.'[206]라고 하셨습니다. 신뢰란 나라를 세우는 큰 절목(節目)입니다. 지금 온갖 법도가 무너지고 해이해져 머리카락까지 모두 병이 들었는데, 그 근원인즉 신뢰가 없는 데서 비롯되었을 따름입니다. 대저 호령하고 정령을 베푸는 것은 신뢰를 내보이는 것이며, 내쫓고 승진시키고 상주고 벌하는 것은 신뢰를 확인시키는 것입니다. 그러나 지금은 아침에 내린 한 가지 명령이 저녁이면 벌써 폐지되고, 날마다 덕음이 내려오지만 모두 형식적인 법문(法文)일 뿐이니 백성이 어떻게 따르겠습니까? 명망 있고 공적이 뛰어난 수령으로서 관찰사와 암행어사가 바친 칭송하는 장계(狀啓)에 거듭 이름이 오른 자는 무고하게 도태당하여 다시는 등용되지 못하고, 탐관오리나 흑심 가득한 수령으로서 백성이 올린 소장(訴狀)에 발고된 자는 처벌받지 않을뿐더러 도리어 더 높이 등용되니, 백성이 어떻게 권선징악 하겠습니까? 이것은 임금의 마음속에 '사사로움[私]'이라는 한 글자를 없애지 못함으로 말미암아 이 큰 신뢰가 무너지기에 이른 것입니다. 신뢰가 없고 공정함이 없는데 어떻게 나라를 다스리겠습니까?

엎드려 바라옵건대, 지금부터 사사로운 뜻에 끌려 다니지 마시고 공정하고 미더운 길을 확립하시옵소서. 시행할 수 있는지를 살핀 연후에 명령을 내리시고, 백성의 호오(好惡)를 관찰한 연후에 쓰건 버리건

---

206 양식을……없다 : 《논어》〈안연(顔淵)〉에 나온 말이다. 자공(子貢)이 공자께 정치하는 법을 묻자, 양식을 풍족히 하고, 군대를 갖추면 백성들이 믿을 것이라고 답했다. 자공이 부득한 경우에 버린다면 그 가운데 무엇을 먼저 버려야 하는가 묻자, 공자는 제일 먼저 군대를 버리고, 다음은 양식을 버리되, 신의는 끝까지 지켜야 한다고 답했다.

하십시오. 그리되면 백성의 뜻이 미혹되지 않을 것이어서 모든 업적이 밝히 빛날 것입니다. 이에 감히 이것으로 새해의 축사를 삼습니다."

고포 告布

모두 9편이나 2편만 수록한다.

황해도 암행 어사 때 작성한 권유문 병자년(1876, 고종13) 7월
海西繡行時勸諭文 丙子七月

사족과 백성들에게 다음과 같이 권유하노라.

선유(先儒)[207]의 말씀 가운데 "덕을 좋아하는 것이 오복(五福)[208]의 근본이다."라는 말이 있다. 수(壽), 부(富), 강녕(康寧), 고종명(考終命), 이 네 가지는 이미 목숨이 부여된 시초에 정해진 것인데, 덕을 좋아하는 것이 어떻게 근본이 될 수 있단 말인가? 덕을 좋아하는 것이 본디 한 가지 일을 두고 하는 말은 아니지만 그 가운데 가장 중요한 것이 네 가지가 있으니, 효도하기, 우애하기, 친척 간에 화목하기, 인척간에 친하게 지내기[209]가 그것이다. 사람이 이 네 가지 행실을 지닐

---

207 선유(先儒) : 송(宋)나라 전시(錢時)가 편찬한 《융당서해(融堂書解)》권10에, "덕을 좋아하는 것은 오복의 근본이고 악은 육극의 뿌리이다.〔好德 乃五福之本 惡者 六極之根〕"라는 내용이 있다.

208 오복(五福) : 오복은 《서경》〈홍범(洪範)〉에 나오는 것으로, 수(壽), 부(富), 강녕(康寧), 유호덕(攸好德), 고종명(考終命)이다.

209 효도하기……지내기 : "여섯 가지 행실이란, 부모께 효도하기, 형제 간에 우애하기, 친척 간에 화목하기, 인척 간에 친하게 지내기, 벗들 간에 신의 있기, 불쌍한 자를 긍휼히 여기기이다.〔六行 孝友睦姻任恤〕"《周禮·地官》

수 있으면 하늘이 보살피고 귀신이 도와주며 사람이 사랑하기 때문에 만복이 찾아오는 것이다. 그러나 이 네 가지 행실을 지니지 못하면 하늘이 싫어하고 귀신이 버리고 사람이 미워하기 때문에 수명을 늘릴 수 없고, 부를 보전할 수 없고, 몸이 강녕할 수 없고, 천명을 누리고 죽을 수 없는 것이다. 이 이치가 불 보듯 환하니 성인이 어찌 나를 속이겠는가?

길이 황해도 지경에 들어서면서부터 백성의 숨겨진 괴로움을 찾아 묻고 민요와 풍속을 두루 살펴보았더니, 백성들 중에 근검함으로 집안은 일으켜 능히 소봉(素封)[210]의 가업을 이룬 자가 많았다. 이는 진실로 숭상할 만한 것이지 미워해야 할 바가 아니거늘, 어찌하여 칭송의 소리는 거의 들리지 않고 헐뜯는 말만 이토록 성하단 말인가? 녹을 받아먹는 집[211]에는 흠 잡힐 것이 더욱 많아, 반포지교[212]의 도리를 잊기도 하고, 어미 소가 송아지를 핥아주는 은혜를 저버리기도 하며,[213] 골육을 원수처럼 보기도 하고, 조강지처를 내치기도 한다. 친족과 이웃으로부터 원망을 사고, 내실[214]과 규방 사이에서 추한 꼴을 보이는 자가

210　소봉(素封) : 관작이나 봉토는 없어도 부유함이 봉후(封侯)와 같음을 일컫는 말이다.

211　녹을……집 : 유름식속(游廩食粟)이라는 말에서 나왔다. 과거시대 때 향시를 보아 늠생(廩生)의 명의를 얻으면 나라에서 곡식을 발급해주어 생활을 보조했다. 따라서 나라의 녹을 먹는 벼슬아치를 가리키는 말로 사용되었다.

212　반포지교(反哺之敎) : 까마귀가 자란 뒤에 늙은 어미에게 먹이를 물어다 주는 것으로, 효도를 의미한다.

213　어미……하며 : 어미 소가 송아지를 핥아주며 애지중지하는 것으로, 자식에 대한 사랑을 가리킨다.

214　내실 : 원문은 '중구(中冓)'로 집의 깊숙한 곳에 있어 남이 볼 수 없는 곳 즉 부부가

이루 다 기록할 수 없을 정도다. 비록 사람들의 말을 다 믿을 수는 없다 하여도, 어찌 스스로 반성할 길이 없겠는가? 한 번 전해지고 두 번 전해져 염찰사(廉察使)의 귀에 들어가고 패가망신하는 자가 종종 있으니, 이 어찌 덕을 좋아하지 못함으로 인해 얻은 분명한 징험이 아니겠는가?

아아! 죄가 없어도 구슬을 지닌 것이 도리어 죄가 된다[215]고 했는데, 하물며 죄가 있으면서 구슬을 가졌음에랴. 저 어리석은 백성이 두렵고 무서운 것을 알지 못하여, 때를 놓칠세라 두려워하기라도 하듯, 널리 재앙의 단서를 불러들였다. 재앙이 닥쳐 형편이 곤궁해지면 허물을 고칠 방법은 생각하지 않고 오직 뇌물 바칠 술수만을 믿으니, 어찌 양심이 손상되고 미혹됨이 이 지경에 이르렀단 말인가?

진실로 가까운 고을에서 듣고 본 것으로 말하자면, 강철모(康喆謨) 같은 자는 대대로 가정에서의 품행이 독실하고 규문이 화목하며, 최치탁(崔致卓), 정언인(鄭彦仁)은 곡식과 돈을 내어 재앙을 구휼하고 가난한 이를 도왔다. 김만회(金晩檜)는 검약하고 씀씀이를 절제하여 정성껏 손님을 대접하였으니, 온 고을에서 입이 있는 자들은 모두 칭찬하면서 그들의 걱정을 함께 걱정하고 그들의 즐거움을 함께 즐거워한다. 행실과 정의(情誼)가 이와 같다면, 10대(代)가 지나더라도 부와 건강의 즐거움을 누릴 것이다. 이야말로 과연 덕을 좋아하는 것에 대한

거처하는 방을 이른다.

215 죄가……된다 : 《춘추좌씨전》 환공(桓公) 10년 조에, "필부가 아무 죄도 짓지 않았는데 구슬을 가지고 있자 이를 탐낸 사람이 구슬을 소지한 것을 죄로 삼았다.[匹夫無罪 懷璧其罪]"라는 내용이 있다.

보답이 아니겠는가?

아아, 사람이라면 누군들 효심으로 부모를 봉양하고 친인척간에 화목하고자 하지 않겠는가? 그러나 가난하여 그 뜻을 이룰 수 없는 자가 있다. 지금 다행히 가난하지 않아 뜻을 이루기에 족하다면, 맹자께서 말씀하신 바, 부모를 섬기고 형을 공경하는 즐거움이 발이 뜀뛰고 손이 춤추는 데 이르게 될 터인데,[216] 무슨 고생으로 이 즐거운 일을 버리고 스스로 도깨비나 짐승의 부류에 빠진단 말인가?

일이 풍속교화에 관계되어 침묵하고 있을 수 없기에, 정황을 살펴보는 오늘 우선 인륜을 손상함이 매우 심한 사람 몇 명을 먼저 다스리고, 그 나머지는 차마 이름을 밝히지 않고서 스스로 새로워질 것을 허하노라. 이에 잘못을 없애고 선을 회복하라는 뜻을 펼쳐 권유하노니, 각기 마음을 씻고 행실을 고쳐 스스로 다복을 구해야 마땅할 것이다.

---

216 맹자께서……터인데 : 맹자가 추(鄒)땅 사람이므로 추성, 혹은 추맹(鄒孟)이라 일컫는다. 《맹자》〈이루 상(離婁上)〉에, "인의 실제는 효이고 의의 실제는 형을 공경하는 것이니……이 두 가지를 실천하면 즐거움이 생기고, 즐거움이 생기면 미움이 멈추며, 미움이 멈추면 자신도 모르게 손발이 춤출 것이다.〔仁之實 事親是也 義之實 從兄是也……樂則生矣 生則惡可已惡可已則不知足之蹈之手之舞之〕"라는 내용이 보인다.

순천 부사로 부임해 열여덟 개 면의 집강[217]에게 보내는 첩문[218] 경진년(1880, 고종17) 6월

順天莅任時府下帖十八面執綱 庚辰六月

첩문을 내려 보낸다.

지금 이 순영(巡營)의 공문은 정부의 지위(知委)[219]에 의거한 것으로 연교(筵敎)[220]에 모두 실려 있는 것이다. 처음부터 끝까지 즉시 각 면에 알림으로써 성상의 뜻이 평소보다 만 배나 깊고 절실함에서 나왔음을 알리노라. 널리 인재를 수소문하여 성상의 선발에 대비함은 그만둬서는 안 되는 일에 해당한다. 《논어》에 이르기를, "열 집이 사는 마을에도 반드시 충성스럽고 믿을 만한 사람이 있다."[221]고 하였고, 또 이르기를 "네가 아는 사람을 등용하면, 네가 모르는 사람을 사람들이 그냥 두겠느냐?"[222]고 하였다. 행실이라는 것이 온전한 도나 완벽한 덕을 말하는 것은 아니며, 재주란 것이 꼭 온 천하를 경륜하고 다스릴 능력을 말하는 것은 아니다. 크게는 백 사람을 합쳐 놓은 듯한 훌륭함에서 작게는 한 가지 기예의 재주까지, 하늘이 헛되게 내지는 않았을 터, 각기 알맞

---

217 집강(執綱) : 면에서 풍속을 바로잡고 관아에 관련된 업무를 처리하는 사람을 말한다. 동장(洞長), 집강, 풍헌(風憲), 이 3인이 그런 역할을 담당하였다.

218 첩문 : 수령이 그 고을의 면임(面任), 동임(洞任) 등에게 지시하던 문서이다.

219 지위(知委) : 통지나 고시 따위의 형식으로 명령을 내려 알려 주는 것을 말한다.

220 연교(筵敎) : 연석(筵席)에서 내리는 국왕의 명령을 말한다.

221 열 집이…… 있다 : 《論語 公冶長》

222 네가……두겠느냐 : 《論語 子路》

은 쓰임이 있을 것이다.

　본 순천부는 산과 바다 사이에 자리하였으니, 그 드높고 상서로운 기운이 반드시 기이하고 우뚝한 재사에게 모였을 것이다. 그러나 멀리 떨어진 궁벽한 시골이라 스스로 조정에 상달할 길이 없어 기량을 품고도 등용되지 못한 자들이 예로부터 참으로 많았다. 지금 성명하신 임금께서 위에 군림하며 밤낮으로 치세를 도모하고 계시지만, 사방 이웃 나라로 인한 걱정이 많고 재난에 대비하는 일[223]이 시급하다. 윗사람 아랫사람 할 것 없이 늘 근심하며 마음 졸이기를 그치지 못하는 것은, 오직 현명한 사람을 구하고 능력 있는 사람을 등용하기 위해서이다. 근래에 대신들이 성상을 뵙고 경연(經筵)할 적에 옥음(玉音)을 선포하시기를, "안으로는 구경(九卿), 밖으로는 지방 수령들에게 명하여 각기 여섯 조목[224]으로써 인재를 천거토록 하여 장차 초야에는 버려진 현사(賢士)가 없고 조정에는 비어있는 벼슬자리가 없게 하라!"라고 하시니, 이는 불세출의 성대한 일이었다. 임금의 말씀이 나오자마자 사방에서 호응하였으니, 조정에서 각 감영에 신칙하여 간곡하고도 정중하게 당부하였다. 지방 수령 자리에 있는 자라면 마땅히 임금의 명을 받들어 널리 알려야 할 도리를 다해야겠지만, 수령이 이 고을에 막 부임한데다

223　재난에 대비하는 일 : 원문의 '상토(桑土)'는 《시경》〈치효(鴟鴞)〉에서 나온 말로, 앞으로 닥칠 환란에 미리 대비하는 것을 의미한다. "어둔 비 내리기 전에 뽕나무 뿌리를 벗겨 출입문을 단단히 얽어 두면 백성들이 감히 나를 업신여기겠는가?〔迨天之未陰雨 徹彼桑土 綢繆牖戶 今女下民 或敢侮予?〕"

224　여섯 조목 : 어진 인재를 천거할 때 근거로 삼은 여섯 가지 조항으로 경명(經明)·행수(行修)·순정(純正)·근근(勤謹)·노성(老成)·온화(溫和)의 여섯 가지를 가리킨다.

본래 감식안이 부족한 탓에, 바위 동굴과 바다 굽이에 사는 그 누가
현인인지, 그 누가 능력 있는 자인지 알지 못한다. 성을 쌓는 자, 물고
기 잡고 소금 굽는 자, 저자에 은거하는 자, 문지기로 있는 자들은[225]
재주가 있더라도 시험해 볼 길이 없어, 답답하게 뜻을 펼치지 못한
채 슬피 백석(白石)을 노래하거나,[226] 높이 양보음(梁父吟)을 읊기도
하고,[227] 가난한 초가에 경서를 끌어안고 살면서 길이 잊지 않기로 맹세
하기도 하니,[228] 적합한 사람이 없는 것이 아니라 문제는 유사(有司)가

---

225 성을……자들은 : 부열(傅說)은 토목 공사 인부들 속에서 등용되었고, 교격(膠
鬲)은 고기 잡고 소금밭 일을 하다가 등용되었으며, 후영(侯嬴)은 문지기를 하다가
등용되었고, 백리해(百里溪)는 저자에 은거하다가 등용되었다.

226 슬피……노래하거나 : 춘추 시대 영척(甯戚)이 수레 아래에서 소를 먹이다가 제
환공(齊桓公)이 나오기를 기다려 쇠뿔을 두드리며 노래했다는 상가(商歌)를 가리킨다.
그 노래를 일명 반우가(飯牛歌)라 하는데 그 가사에 "남산에 깨끗한 돌이여, 흰 돌이
다 닳도록 요순 같은 임금을 만나지 못하였으니, 짧은 베 홑옷은 정강이도 못 가리네.
어둑한 새벽부터 깊은 밤까지 소를 먹이노니, 긴긴 밤은 어느 때나 밝아올꼬.〔南山矸
白石爛 生不遭堯與舜禪 短布單衣不掩肝 從昏飯牛薄夜半 長夜漫漫何時旦〕"라고 하였
다. 제 환공이 이 노래를 듣고 영척을 불러 이야기해 보고 좋아하여 그를 재상으로
기용하였다. 《藝文類聚 卷94》

227 높이……하고 : 제갈량(諸葛亮)이 은거할 때에 〈양보음(梁父唫)〉이란 노래를
잘 불렀는데, 그것은 어진 사람이 세상에서 박해를 받는 것을 탄식한 것이다. 양보(梁
父)는 중국 태산(泰山) 아래 있는 산 이름으로, 사람이 죽으면 이 산에다 묻었기 때문에
사람들은 양보음을 장가(葬歌)라고 일컫기도 한다.

228 길이……하니 : 은거하기로 깊이 마음먹었다는 뜻이다. 《시경》〈고반(考槃)〉에
"은거하는 곳이 시냇가에 있으니, 큰 사람의 마음이 넉넉하도다. 홀로 자고 깨어 말하나,
길이 잊지 않기로 맹세하도다.〔考槃在澗 碩人之寬 獨寐寤言 永矢不諼〕"라고 하였다.
이 시는 모시(毛詩) 서(序)에 의하면, 현자로 하여금 물러나 곤궁하게 살도록 하는
장공(莊公)을 풍자한 시라고 한다.

찾기를 부지런히 하지 못한 데 있을 뿐이다. 어찌 '좋은 사람이 없다.〔無好人〕'는 세 글자로 온 고을을 다 덮어버릴 수 있겠는가? 다행히 지금은 천재일우의 기회를 만나 분발하여 큰일을 해야 할 때이다. 옆으로 앉아²²⁹ 어진 이를 기다리고 좋은 벼슬로 인재를 낚아 올리되, 문벌로 제한하지 말고 먼 시골이라 깔보지 말고 나이에 구애받지 말도록 하라. 비록 돗자리 짜는 이나 창고지기 같이 천한 자일지라도, 곧 죽어도 여한이 없는 노인이나 어린 아이일지라도, 진실로 실제 능력만 있다면 아침에 주달하여 저녁에 부를 것이다. 무릇 이 여섯 조목 모두 지금 당장 시급한 업무이지 형식만 갖추고 숫자나 채워 넣는 도구가 아니다.

인재를 등용하려면 다른 사람이 모든 것을 다 갖추기를 바라서는 안 된다. 여섯 가지 가운데 한 가지라도 있으면 지금 세상의 쓰임에 도움이 되고 성상의 뜻에 대한 답이 될 수 있을 것이다. 공자께서도 말씀하지 않았던가. "평소에, '나를 알아주지 못한다.'고 말한다."²³⁰라고. 뜻 있는 선비가 이러한 때에 스스로 분발하여 성상의 지우(知遇)를 입지 못한다면 다시 어느 때를 기다리려는가? 삼가 생각건대, 향리에서 덕이 높고 중망 있는 사람에게는 반드시 월조평(月朝評)²³¹이 있을

---

229 옆으로 앉아 : 공손히 현인을 기다리는 것을 가리킨다. 《후한서(後漢書)》권3 〈장제기(章帝紀)〉에 "짐이 정직한 선비를 생각하며 기다리느라 옆으로 앉아 특별한 소식을 듣는다.〔朕思遲直士 側席異聞〕"라는 구절이 있다. 여기에 이현(李賢)이 주(注)를 달기를, "측석은 똑바르게 앉지 못한 것이니 현명하고 어진 사람을 기다리기 때문이다.〔側席 謂不正坐 所以待賢良也〕"라고 하였다.

230 평상시에……말한다 :《논어》〈선진(先進)〉편에, 공자가 제자들에게 "너희들이 평소에 말하기를 '사람들이 나를 알아주지 못한다.'고 하는데, 만일 너희들을 알아준다면 어찌하겠느냐?〔居則曰 不吾知也 如或知爾 則何以哉?〕"라고 물어보는 내용이 있다.

것이니, 이 여섯 조목으로 마음을 다해 빠짐없이 찾아낸 다음, 공정하게 의론하여 천거하도록 하라. 만일 '쓸 만한 사람이 없다'고 한다면 이는 한 고을을 속이는 것이요, 만일 '나는 적임자가 아니다'라고 한다면 이는 스스로를 포기한 것이다. 화려한 말로 부화한 명예를 얻은 자나 술수로서 헛된 이름을 얻은 자는 남을 현혹시키기에나 족하지 실용에 보탬 될 바 없다. 반드시 명실(名實)이 상부하는 자 중에 국경을 굳게 지키고 나라를 보전하는 방법과 이용후생(利用厚生)의 일에 보탬이 되는 사람을 구해, 정밀하고 온당한 논정(論定)을 거쳐 감영에 보고토록 하라. 혹 세상에 얽매이지 않고 홀로 우뚝한 선비 중에 스스로 광인(狂人)이 아니라고 여겨 감영 문을 찾아와 자천(自薦)하는 자가 있다면, 마땅히 파격적으로 대하여 가슴에 쌓아둔 재지와 식견을 다 캐물어 보고, 만약 쓸 만한 바가 있다면 모두 천거하도록 하라. 이와 같은 내용을 잘 알고 받들어 행하도록 할지니, 형식적 겉치레로 귀결됨이 없도록 하기를 바란다.

---

231 월조평(月朝評) : 후한(後漢) 허소(許劭)가 매달 초하루에 향당(鄕黨) 인물을 평정(評定)하던 고사에서 나온 말이다.

공함 公函

모두 53편이나 10편만 수록한다.

원세개 총리에게 을유년(1885, 고종22)

袁總理世凱 乙酉

조회에 회답합니다. 이달 초나흘에 받아본 귀국 총리의 조회(照會)와 총리아문에서 보내온 계문 한 건의 초록본에 준거하여, 토문(土們) 조사를 진행한 안건[232]에 관한 내용 모두를 받들어 열람하였습니다. 전에 우리나라 함경북도 안무사 조병직(趙秉稷)[233]이 보고한 바

232　토문(土們)……안건 : 토문 지역의 국경을 정하는 문제를 가리킨다. 1712년(숙종38) 조선과 청나라 사이에 백두산 일대의 국경선을 표시하기 위한 정계비가 세워졌다. 비석의 건립을 통해 조선과 청나라는 양국의 국경을 명확히 하고 이를 명문화하였다. 뒤에 비문의 해석을 둘러싸고 양국 간에 논쟁이 반복되었는데, 특히 '토문의 동쪽이라는 구절이 문제가 되었다. 1881년(고종18) 청나라가 길림장군(吉林將軍) 명안(銘安), 흠차대신(欽差大臣) 오대징(吳大徵)을 보내 간도 개척에 착수하자, 1883년 조선 측은 어윤중(魚允中)·김우식(金禹軾)을 보내 정계비를 조사하게 하고, 9월에 안변부사 이중하(李重夏), 종사관 조창식(趙昌植)을 보내 조선의 영토임을 주장하였으나 아무런 해결을 보지 못하였다. 그 뒤 1909년 일제는 남만철도의 안봉선(安奉線) 부설문제로 청나라와 흥정하여 남만주에 철도부설권을 얻는 대가로 자의로 간도지방을 넘겨주고 말았으며, 이 백두산정계비는 1931년 9월 만주사변이 일어난 직후 없어지고 말았다.

233　조병직(趙秉稷) : 1833~1901. 본관은 양주(楊州), 자는 치문(稚文), 시호는 충간(忠簡)이다. 조선 후기 문신으로 협판교섭통상사무, 전보국총판 등을 역임했다. 일본

에 의하면, 올해[234] 10월 19일에 감계사(勘界使) 이중하(李重夏)[235]가 길림(吉林) 파견원 독리상무위원(督理商務委員) 진영(秦瑛), 혼춘(琿春) 파견원 변무승판처(邊務承辦處) 덕옥(德玉), 호리초간(護理招墾) 혼춘 변황사무(琿春邊荒事務) 가원계(賈元桂)와 함께 백두산의 분수령을 조사했는데, 얼음을 떨어내가며 정계비를 탑본하고 붓을 녹여가며 산을 그린 후, 같은 달 27일에 일행이 무산(茂山)으로 돌아왔다고 합니다. 아울러 백두산 분계도(分界圖)를 가지고 왔는데, 이에 근거하여 그림을 살펴보니 산맥과 수맥의 구분이 모두 근거할 만하였고, 돌 비석과 흙 언덕도 표지가 또렷했습니다.

삼가 강희 임진년(1712, 숙종31)에 경계를 나눌 때의 일을 찾아보니, 우리나라 승문원(承文院)에서 옛 사실을 모아 기재해 둔 것이 이미 있었는데, 오늘날의 그림이며 비석이며 흙 언덕과 비교해보아 완연히 부합되는 것이 조금도 의심스럽거나 혼란스럽거나 하지 않았습니다. 성조인황제(聖祖仁皇帝)[236]께서는 변방 황무지 지역의 강역 나누기가 어려워 후인들의 의혹이 쉬이 불어날까 염려하시어, 특별히 귀한 신하

의 침투를 막기에 노력하는 한편, 김옥균의 살해범 홍종우를 옹호하는 등 사대당(事大黨)의 중진으로 활약했다. 만민공동회로부터 맹렬한 비난을 받기도 했다.

234 올해 : 김윤식은 1885년 을유년 4월에 예문관 제학으로 임명되었다.

235 이중하(李重夏) : 1846~1917. 본관은 전주(全州), 자는 후경(厚卿), 호는 규당(圭堂)·탄재(坦齋)이다. 조선 후기의 문신으로 고종 때 토문감계사로 백두산정계비를 답사, 국경분쟁 해소에 노력했으나 실패했다. 김홍집 제1차 내각 내무 협판에 이어 규장각제학 등을 지냈다.

236 성조인황제(聖祖仁皇帝) : 강희 황제로 청나라의 제4대 황제(재위 1661~1722)이다. 인황제(仁皇帝)는 시호, 성조(聖祖)는 묘호다. 중국 역대 황제 중 재위기간이 가장 길다. 외적으로는 중국의 영토를 크게 확장하였다.

를 파견하여 강계를 조사해 확정짓고, 비석에 새겨 기록하고, 언덕을 쌓아 표시하게 하셨는데, 그 길이가 90여 리에 걸쳐 이어졌습니다. 이는 당시에 의혹을 분별하고 사안을 종식시키기 위한 심원한 사려였음을 알 수 있습니다. 저희는 오로지 감격하며 따르면서, 경계를 정한 안쪽이라 하여도 백성들이 들어가 사는 것을 감히 허락하지 않았습니다. 이는 서로 가까이서 사단을 일으킬까 염려했기 때문입니다. 그 이후 거의 200년이 흐르도록 텅 빈 황무지인 채로 내버려두면서, 더러 유민이 함부로 들어와 사는 일이 있어도 그때마다 데리고 돌아가라고 요청하고 말 뿐이었습니다.

광서(光緖) 8년(1882)에 예부(禮部)에서 조선의 빈민들이 길림 변경에 들어와 농사를 지으며 사는 등의 일로 인해 자문(咨文)을 보내온 적이 있는데, 국왕께서 갑작스럽게 이 일을 아시고서 놀랍고 황공한 마음 이기지 못하고, 즉시 자문에 회답하여 은혜를 간청하고 유민을 데려왔습니다. 그 백성들은 머나먼 변방에 살고 있어〔그곳이 어느 나라 땅인지〕제대로 알지 못하였습니다. 광서 9년 여름에 우리나라에서는 경략사(經略使) 어윤중(魚允中)을 북쪽 국경으로 파견하여 길림·혼춘 등에 살고 있는 우리나라 유민들을 불러들였는데, 오직 두만강 북쪽 강가에서 개간하며 살던 백성들만은 고향으로 돌아오기를 원하지 않아 연합하여 진정문을 올리며 호소하였습니다. 그들의 말에 의하면, "우리들이 개간한 땅은 토문 이남으로, 지난날 성조황제께서 경계를 지을 때 우리나라 땅이라고 구획한 곳입니다. 근거 삼을 수 있는 비석도 있고 증명할 수 있는 지도도 있습니다. 두만강 이북에 경계로 삼은 다른 강이 있습니다. 저희들이 하는 말에는 명백한 증거가 있으니, 지방관이 사람을 보내 조사해보면 확증이 있음을 알게 될 것입니다."라고 하였습니다. 이때부터 우리나라의 종성 부사(鍾城府使)와 돈화 지현(敦化知縣)이 논변을 주고받았지만, 아직까지 끝맺지 못하고 있습니다.

길림과 조선이 토문으로 경계를 삼는 것은 중외가 다 알고 있는 사실입니다. 토문이 어디에 있는지만 분명히 알 수 있다면 경계는 저절로 판별될 것입니다. 비문에 적힌 바에 의하면 "동으로는 토문이 경계"라고 하였는데, 지도로 고증해볼 때 두만강 줄기는 본디 분수령에서 나오지 않으며, 그 근원은 정계비 서남쪽에 있어 비석과 거리가 멀기 때문에 증거로 삼을 수 없습니다. 그러니 어떻게 그곳을 토문이라 할 수 있습니까? 오직 복류(伏流)하는 수맥 하나만이 비석 동쪽에 있으면서 분수령에 곧장 닿아 있는데, 하늘이 내려준 모습과 이름이 토문이었다고 전해집니다. 비문에 기재된 토문은 여기임에 분명합니다. 또 복류하는 곳에 돌을 쌓고 목책을 세워 그 경계를 표시하기도 하였습니다. 그 아래에 다시 토문자(土門子) 한 줄기가 있어 경계를 구분하는 강과 합쳐집니다. 이에 그 위로는 토문을 경계로 하고 그 아래로는 토문자를 분계선으로 하였으니, 이것이 곧 여기가 진짜 토문이라는 공정하고도 명백한 증거입니다.

삼가 생각건대, 당초 비석을 세울 때 백두산 밑의 분수령을 경계로 정하고 동서로 나뉘는 물줄기로 그 근거로 삼았을 것입니다. 만일 흘러내려가는 물줄기로 정했다면, 토문 아래로 물줄기가 멀리까지 흘러내려가고 땅 또한 하염없이 멀어지는데, 계속해서 분계가 되는 강을 가지고 한계선이라 할 수 있었겠습니까? 분계가 되는 강은 일명 소토문(小土門)이라 하고 혹은 소도문(小圖們)이라 하기도 합니다. 대소(大小) 토문 모두 경계로써 이름 얻었음을 또한 알 수 있습니다. 우리나라는 일찍이 다른 나라와 땅이 뒤섞인 적이 없으며, 서북으로 연접한 곳은 모두 상국(上國)에 해당하니, 언제 한번이고 의심을 일으켜 조사, 판별하고자 한 적이 있었습니까? 길림 사람은 비록 토문이 경계임은 알고 있지만, 어디까지이고 어느 방향으로인지 분별하지 못해 두만을 토문이라 뒤섞어 불렀습니다. 번역한 발음까지 우연히 비슷하여 한 강으로 여기기에 이르렀습니다. 종전에는 텅 빈 황무지로 인적조차 드물었고 판단하기도 쉽지 않은 사안이라 그냥 부르는 대로 내버려두었던 것입니다. 그러나 지금 기왕에 근원을 끝까지 찾고 어두운 곳까지 나아가 정확하게 조사하고 있는 마당에, 근원도 줄기도 남북으로 현격히 다를 뿐더러 분수령 정상의 한조각 비석이 우뚝 서서 증명하고 있는데, 어찌 근원을 묻지도 않고 다른 물줄기를 조사할 수 있습니까? 이토록 명확한 증거를 버리고 달리 고증하고자 한다면 진상을 잃어버림이 갈수록 멀어질 것이며, 이는 비석을 세운 본뜻이 아닐 것입니다. 〔그러나 다행히〕 이제 경계에 관한 의혹이 곧 깨지게 되었습니다.

다만 그 곳은 전부터 백성들에게 허여해준 지역이 아니건만, 근래에 유민들이 몰래 들어가 농사를 짓고 있는 것을 우리나라 관리가 수시로 살펴서 단속, 금지하지 못했으니, 이는 진실로 우리나라의 책임입니다. 그러나 현재 그곳에 들어가 거주하는 자들이 많은데다 안착하여 생업을 즐기고 있는지라, 정해진 경계 안쪽이라 하더라도 차마 하루아침에 내쫓을 수는 없습니다. 아마도 그대로 두어 안무함으로써 사단을 일으키지 못하게 엄금하는 한편, 살 곳을 잃어버린 백성들이 각기 생업으로 돌아가게 해주어야 마땅할 듯합니다. 그리만 된다면 황조(皇朝)에서 우리 백성들을 보살피고 구휼해준 지극한 은혜를 저버리지 않을 것입니다. 이에 국왕의 자문(咨文)을 두 차례 예부(禮部)와 북양(北洋

이홍장)으로 나누어 보내며, 아울러 토문 지도 한 장과 고증할 수 있는 문건 초록을 갖추어 조회를 올립니다. 청컨대 귀국 총리께서 번거롭겠지만 살펴보시고 대신 전달해 주시어, 타당하게 처리해주신다면 매우 큰 다행일 것입니다.

조회에 회답합니다. 올 병술년(1886, 고종23) 9월 23일 귀국 총리의 조회에 준하여, 길림(吉林)·도문(圖們)의 경계되는 터를 기일을 정해 조사하는 일에 관한 건입니다. 이에 준하여 도문의 경계 터를 조사하고 회동하여 감정했으나, 아직 분명하게 밝혀지지 않았습니다. 하나는 도문의 다른 명칭에 대한 의심이고, 또 하나는 비석 세우고 언덕 쌓은 것에 증거가 있는지에 대한 의심하며, 또 다른 하나는 수원(水源)이 서로 어긋나는 데 대한 의심입니다. 우리나라가 비석과 언덕을 버릴 수 없는 것은 상국이 수원을 버릴 수 없는 것과 같으니, 반드시 수원과 비석, 그리고 언덕이 서로 조응하는지를 끝까지 따져 보아야만 비로소 옛사람들이 경계를 정할 당시의 생각에 부합할 것입니다. 지난번에는 눈이 쌓인 데다 계곡이 깊어서 근원과 말단을 상세히 살피기에 불편함이 있었습니다. 북양대신께서 국왕께 자문을 올려 청하신 글에 따라, 관원을 파견하여 조사함으로써 일찌감치 경계를 분명하게 하려 했지만, 금년에 우리나라에 괴질이 크게 번진데다 북로(北路)가 더욱 심했기 때문에 여름부터 가을까지 오가는 사람조차 거의 끊길 지경이었습니다. 병을 다스려 기세가 조금 잦아들었지만 시절이 또 겨울에 임박하여서 조사하는 일이 지연될 수밖에 없었습니다.

이미 국왕께 상주하여 알렸듯, 내년 3월쯤 원(原) 감계관(勘界官)

덕원 부사(德源府使)와 감리(監理) 원산 상무(元山商務) 이중하(李重夏)를 파송하여 길림 파견원과 함께 재조사 및 확인 작업을 시행토록 할 예정입니다. 귀국 총리께 청하노니, 총서(總署)의 북양대신께 전달해 길림 장군(吉林將軍)에게 통보해주십시오. 기일에 이르러 관원을 파견함에 조사의 편의를 제공해주신다면 실로 사리에 합당할 것입니다. 이에 글을 갖추어 조회에 회답하오니, 청컨대 번거로우시더라도 살펴 시행해주십시오. 수지(須至). 조회 올린 자.

조회에 회답합니다. 올해 9월 22일에 귀국 총리께서 보내온 조회에 준거하여 길림과 도문의 경계 터를 기일을 정해 조사한 일에 관한 건입니다. 이에 준하여 도문의 경계 터를 답사하고, 작년 겨울에 회동하여 그림을 면밀히 검증한 결과, 지난날 토착민들이 말한 것과 대략 부합하였으니, 재조사할 필요도 없이 절로 그림을 짚으며 가리킬 수 있을 것입니다. 그렇지만 우리나라는 이전부터 도문의 사안을 분명히 처리하지 못했습니다. 만일 분수령의 비석과 언덕의 소재에 근거하여 지세에 따라 경계를 정한다면, 그 물이 북으로 흘러 송화강(松花江)으로 들어가니 중국 길림 지방이 그 가운데 포함될 터, 그럴 리는 없을 것입니다. 하지만 만일 비석과 언덕이 근거 삼기에 부족하다면, 옛사람이 이 비석을 세우고 언덕을 만들어 양쪽 경계를 표시한 뜻이 대체 어디에 있겠습니까? 답을 찾아보아도 끝내 찾을 길이 없습니다. 게다가 분수령 아래에 또 하나의 토문(土門)이라는 명칭이 있는 것이 가장 의혹스럽기 때문에 국왕의 지난번 자문에서 비석과 언덕을 근거로 삼을 수밖에 없다고 했던 것입니다. 앞서 광서(光緒) 11년(1885) 7월 20일에 총서(總署)에서 주달한 글을 읽어보니 거기에 이르기를, "조선은 도문(圖們)으로 경계를 삼는다. 두만(豆滿)은 도만(圖滿)의 음이 변한 것이다. 그림과 서적을 찾아보아도 근거가 충분하다."고 되어 있었습니다. 강희제 때 목총관(穆總管)[237]이 비석을 세웠다는 한 대목에 대해서는 반신반의 상태로 두었습니다. 그 뒤로도 회동하여 조사를 진행했지만 결론을 얻지 못했습니다. 우리나라는 본래 문헌이 부족하여 고증이 넓지 못한 탓에, 감히 편벽된 견해만을 고수면서 밝히기 어려운 안건을 강제로 처리하지 못했습니다. 만일 도문과 두만이 하나의 강인데 음이 변한 것이라면 허다한 의심과 장애를 모두 깨뜨릴 수 있을 것이고, 오직 두만 일대를 근거로 경계를 정해야 마땅할 것입니다. 그렇다면 함께 조사하며 공개적으로 도본(圖本)을 열람하면 절로 명료하게 판별할 수 있을 터이니, 거듭 조사할 필요조차 없을 것입니다. 하지만 옛사람이 비석을 세우고 언덕을 만든 뜻을 생각해볼 때, 끝내 아무 이유 없이 만들지는 않았을 터, 마땅히 분수령에서 나오는 수원으로써 경계의 근원을 삼았을 것입니다. 두만강의 근원을 소급하면 셋이 있는데, 하나는 홍토산

---

237 목총관(穆總管) : 오라총관(烏喇摠管) 목극등(穆克登)을 가리킨다. 청나라가 1712년에 국경을 정하자는 연락을 하고 목극등을 파견했으므로 조선에서는 참판(參判) 권상유(權尙游)를 접반사(接伴使)로 보내었으나, 청의 사절이 함경도로 입국함에 따라 다시 참판 박권(朴權)을 접반사로 맞이하게 하였다. 이때 조선측의 접반사는 산정에 오르지도 못했는데, 목극등이 조선측의 접반사 군관(軍官) 이의복(李義復), 감사군관(監司軍官) 조태상(趙台相), 통관(通官) 김응헌(金應瀗) 등만 거느리고 산정에 올라가 일방적으로 정계비를 세웠다. 그 지점은 백두산 정상이 아니라 남동방 4킬로미터, 해발 2200미터 지점이었으며, 비면(碑面)에는 위에 대청(大淸)이라 횡서하고 그 밑에 '烏喇摠管 穆克登 奉旨査邊 至此審視 西爲鴨綠 東爲土門 故於分水嶺 勒石爲記 康熙 五十一年 五月十五日'이라 각서(刻書)하고 양쪽의 수행원 명단을 열기하였다.

수(紅土山水), 하나는 홍단수(紅丹水), 하나는 서두수(西豆水)입니다. 그 근원은 비록 다르지만 마침내 합쳐져 하나가 됩니다. 분수령에 비석을 세운 곳으로부터 연안의 흙 언덕이 7, 80리 이어지다 삼포(杉浦)에 이르러 그칩니다. 여기서 꺾이어 남쪽으로 흘러 복류(伏流)로 40여 리를 가서 홍토산수가 되니, 근원은 분수령에서 나왔습니다. 홍단수의 근원은 소백산이라, 비석을 세운 곳과는 서로 등지고 있는데다 무산(茂山)의 장파촌(長坡村)은 도리어 그 밖에 있으니 이곳으로 경계를 삼았을 리는 절대 없습니다. 서두수는 분수령에서 수백 리나 떨어져 있어서 서로 이어지지 않으니, 더더욱 논할 필요 없습니다. 수원을 살피고 비석과 언덕의 형세를 고찰해볼 때, 홍토산수로써 경계를 삼았음이 분명합니다.

또 《황청일통지도(皇淸一統地圖)》를 다시 조사해보니 백두산의 동서로 압록강 근원부터 두만강 근원에 이르기까지 점으로 표시한 곳이 있는데, 경계를 정한 옛 자취와 부합하였습니다. 생각건대, 옛날에는 분수령으로부터 삼포까지는 산을 따라 언덕을 쌓고, 삼포로부터 홍토산까지는 지세가 평탄하였기에 목책을 세워 표시했을 것입니다. 그런데 지금 나무는 형체 없이 썩어버렸고 언덕만이 남았습니다. 하지만 복류의 근원은 여전히 증명할 수 있으니, 홍토산 서쪽은 원래 우리나라 무산의 내지였습니다. 옛날을 따르고 준수해야 할 뿐, 더 이상 따져볼 필요도 없습니다. 만일 홍토산수로 경계를 삼는다면, 그로부터 동쪽으로 강가 연안의 조선 백성이 사는 지역은 경계를 넘어가 개간한 것이 분명해지므로 이치상 불러들어야 마땅할 것입니다. 다만 그 백성들이 흘러들어와 산 지 이미 오래되었고 호구가 수천을 넘으며, 그 땅에 안착하여 생업을 즐기고 있는데 하루아침에 옮기게 하면 흩어지고 떠돌고 길을 가다가 죽는 꼴을 면치 못할 것입니다. 이는 황조에서도 가엾게 여기시는 바일 터, 너그러운 은혜를 베푸시어 임시로 명을 내려 예전대로 안착하게 해주신다면, 우리나라 관원들이 통행, 관할하면서 매년 지조(地租)를 거두어 길림 지방관에게 보낼 것입니다. 또 봉천변 문(奉天邊門)의 사례를 따라 목책을 설치해 경계를 삼고, 다시는 한 발자국도 함부로 차지하지 못하도록 할 것입니다. 이와 같은 방법으로 한다면 황조는 지세(地稅)에 손해 보는 일이 없을 것이고, 우리나라는 백성을 잃지 않을 수 있을 것입니다. 소국을 돌보아주는 은혜와 대국을 섬기는 의리가 나란히 그 안에서 실현될 수 있으며, 실로 편의에도 합당할 것입니다. 더구나 관원을 파견하여 다시금 조사하면서, 높은 곳 꼭대기까지 오르고 험난한 곳 끝까지 가며, 일에는 아무 보탬 안 되면서 부질없이 번거로운 폐단만 일으킬 필요도 없어질 것입니다. 귀국 총리께 청하노니, 장차 이러한 사리를 총서 북양대신께 전달해주십시오. 만일 틀린 말이 있다면 재차 합동 조사를 실시하고 확정토록 할 것입니다. 뒷마무리를 잘 할 수 있는 일체의 방법을 더불어 헤아려서 밝게 교시해주심으로써 그대로 시행하기에 편하도록 해주신다면 큰 다행이겠습니다. 이에 문서로 갖추어 조회에 회답하오니, 청컨대 번거로우시더라도 귀국 총리께서 살펴 시행해주십시오. 수지(須至).
조회 올린 자.

일본 공사에게 보냄 을유년(1885, 고종22)

日本公使 乙酉

이 항목으로 보낸 공문은 모두 3차례인데, 첫 번째 조회 1통만 남아 있어서 그 대강을 제시한다.

조회합니다. 귀국 메이지(明治) 17년 9월 19일에 준하여 귀국 관청의 공사가 회답한 것은 조약에서 균점(均霑 균등한 세금 부과) 한 가지 일이었습니다. 조목 조목 따지고 논박하자면 균점은 피차간에 논변을 거친 뒤라 중첩되게 더 이상 말할 필요도 없습니다. 귀국 공문의 대의를 살펴보니 본 관서의 대신으로 하여금 조약을 위배한 실수를 시인하게 하려고 했던데, 본 관서의 대신은 결단코 인정할 수 없습니다. 만일 "균점할 수 없으니 그대로 귀국의 세칙(稅則)을 따라야 한다."라고 했다면, 그것은 장정(章程)을 어긴 것입니다. 그런데 지금 "세금의 균등 부과는 마땅히 행해야 할 일이라 가능한지 불가능한지 따져 물을 필요 없지만, 귀국의 세칙 가운데 경중(輕重)의 불편한 것에 대해 더욱 증보 교정하도록 해야 합니다."라고 했을 뿐인데, 이것을 두고 조약을 위배했다 할 수 있습니까? 귀국의 세칙 가운데 세가 무거운 토산물품은 가벼운 것을 좇아 균점하는 것이 좋고, 세가 가벼운 것은 예전대로 남겨두는 것이 좋습니다. 외국물품 가운데 귀국에서 구할 수 없는 것들의 경우, 그 세가 도리어 영국과의 조약보다 가벼운데, 이것만은 타협하여 고칠 수 없단 말입니까?

무릇 일이란 시작을 잘하는 데 달려 있습니다. 본 관서의 대신이 만일 균점의 시초에 타협하지 못한다면 끝맺음이 좋기 어렵습니다.

이것이 본 관서의 대신으로서 고심이었는데, 끝내 양해를 얻지 못하여 지체되고 또 지체되었습니다. 여러 번 귀국 정부에 대신 보고해주기를 간청하였으나 줄곧 거절하였기에, 본 관청의 대신의 뜻은 귀국 정부에 닿을 길이 없었습니다. 이것이 과연 귀 관서의 공사가 그 직분을 다 했는데도 그런 것입니까? 보내주신 문서에 이르기를, "조선과 영국의 조약이 실시된 날 우리나라 관민은 이미 그 이익을 균점했다."라고 하였습니다. 본 관서의 대신이 감히 그렇지 않다고 여기는 것은 아닙니다. 지금 다소 지연된 것은 의론이 하나로 귀결되지 못했기 때문입니다. 만일 의론이 타결되어 정해지면 바로 세금 장부를 계산해볼 수 있을 것입니다. 영국과의 조약이 비준된 날 의론이 정해진 시간부터, 귀국의 상민(商民)이 세칙(稅則)으로 더 납부한 것이 있다면 응당 하나하나 청산하여 돌려줄 것입니다. 가령 의론이 끝내 합치되지 못한다 하더라도 필시 결정되는 날이 있을 터, 그 사이에 더 낸 세금까지도 하나하나 청산하여 돌려줄 것입니다. 균점 한 가지 사항은 일찍이 영국과 조약을 비준하던 날에 시행되었으니, 의론이 지연되었다고 해서 균점을 저해했다고 보아서는 안 될 것입니다. 본 관서의 대신은 오직 사리에 근거하여 말씀드리는 것이지, 감히 고의로 억지 주장을 피면서 논박하는 것이 아닙니다. 청컨대 귀 관서의 공사께서는 살펴보시고 회답을 주셨으면 좋겠습니다.

일본 공사 다카히라 고코로[238]에게 드림 을유년(1885, 고종22)

日本公使高平小五郎 乙酉

이 항의 공문은 두 차례인데, 처음 조회한 한 통만 기록하여 그 대략을 보인다.

조회에 회답합니다. 이달 19일에 귀국의 조회(照會)에서 언급한 것에 준거한 것입니다. 그것에 준거하여 다케조에(竹添)[239] 공사가 조독판(趙督辦)[240]과 협약 의론을 진행할 당시 주고받은 이야기 및 참조할만한 증거 등이 있는지 살펴보았는데, 애석하게도 근거 삼을만한 문서가 없었습니다. 그러나 공적인 자리에서의 담판이 어찌 몇 글자

---

238 다카히라 고코로(高平小五郎) : 1854~1926. 메이지시대의 일본 외교관으로, 남작이며, 추밀고문관을 지냈다. 1876년에 외무성에 들어와 1899년에 외무 차관으로 승진했다. 미합중국 공사관, 우리나라 한성공사관에 근무했으며, 상해 영사 등을 지냈다. 1904년 러일 전쟁 때 주미공사로 활동했다.

239 다케조에(竹添) : 다케조에 신이치로(竹添進一郎, 1842~1917)로, 구마모토현(熊本縣) 출생이며, 자는 고코(光鴻), 호는 세이세이(井井)이다. 1882년 하나부사 요시모토(花房義質)의 후임으로 조선공사(朝鮮公使)가 되었다. 그는 김옥균(金玉均), 박영효(朴泳孝), 홍영식(洪英植) 등 독립당원을 지원하는 한편, 한일해저전선부설조약(韓日海底電線敷設條約), 한일통상장정(韓日通商章程), 일본인어채범죄조규(日本人漁採犯罪條規) 등 불평등조약을 체결하였다. 1884년 갑신정변(甲申政變) 후 독립당 정권이 청군의 개입으로 무너졌을 때는 독립당 간부에 대하여 냉담하였다.

240 조 독판(趙督辦) : 조병식(趙秉式, 1823~1907)으로, 자는 공훈(公訓), 시호는 문정(文靖)이다. 1888년 조선 대표로 러시아 대표 베베르와 한로육로통상장정을 체결하여 열국의 이목을 끌었다. 황국협회를 선동해 독립협회 타도에 나서, 고종에게 무고하여 수많은 개화당 요인을 투옥시켰다. 충청도 관찰사로 있을 때 동학교도들이 교조(敎祖)의 신원청원서를 보내오자 이를 일축, 오히려 더욱 탄압을 가해 동학농민운동의 원인(遠因)이 되었다.

로 된 문서만 못하겠습니까? 조약을 체결할 때에 이르러 우리나라는 귀국이 정하면서 범범히 칭했던 '서로 맞서고 이익을 다투는 전선(電線)을 설치하지 않는다.' '해외전보는 곧 부산전선국(釜山電線局)에서만 연통해서 처리한다.'는 규정에 따랐을 뿐입니다. 부산 전선을 조사해보니 일부는 덴마크 사람이 이익을 보고 있고, 일부는 귀국 거류민의 통신 구역이 되어 있어서 본국에는 조금도 이익 될 바 없습니다. 저희는 늘 호의로써 일이 성사됨을 즐거워했을 뿐, 일찍이 조금이라도 이익을 다투려는 마음을 가져본 적이 있었겠습니까? 하지만 조약에서 범범하게 칭한 몇 구절의 포함 범위가 지극히 넓어서, 한 나라가 통째로 그 속에 들어갈 줄은 실로 생각지도 못했습니다. 이제 와서 자기에게 이익 되는 일을 하고자 함에 무익한 조약을 억지로 따르는 것이 장애가 된다면, 이치상 타당하겠습니까? 타당치 않겠습니까?

지난번 다케조에 공사께서 공무를 보실 때, 다만 해저 선로만을 언급했던 것은 해저 선로가 외국과 직통하는 전선이기 때문입니다. 해저 선로도 아무 장애되지 않는데, 하물며 우리나라 경내에만 육지 선로를 설치하는 일이겠습니까? 이것이 자유로운 권리임은 미리 설명할 필요조차 없으니, 육지 선로의 일은 일단 차치하고 따지지 않겠습니다. 다만 맞서고 이익을 다툰다는 말은 무엇을 가리키는 것인지 알지 못하겠습니다. 가령 부산 근처에 해저 선로를 거듭 설치하여 외국의 전신과 접선한다면, 이곳은 정말로 이익을 나누고 기필코 다투고자 하는 지역이 될 것입니다. 하지만 인천이나 의주 같은 곳은 부산에서 육로로 1, 2천 리나 떨어져 있습니다. 인천이나 의주에 있는 사람들이 식량을 싸들고 멀리 와서 부산의 전선을 찾을 리 결코 없고, 부산에 있는 사람 또한 식량을 싸들고 멀리 가서 인천이나 의주의 전선을 찾을 리 결코 없습니다. 양쪽 모두가 이익 될 것 없고, 또 양쪽 모두가 손해될 것 없는데, 어찌 맞서면서 이익을 다툰다고 말할 수 있습니까? '부산전선국과 연통하여 처리한다.' 운운한 것 또한 부산 근처에 있어 이익을 다툴 수 있는 지역을 가리켜 말한 것일 뿐입니다. 소리도 기운도 서로 닿지 않는 곳에서 무엇 하러 많은 고생을 해가면서 구차히 연통하려 하겠습니까?

약조의 본뜻을 상세히 살펴보건대 속뜻이 결코 여기에 있지 않습니다. 인천이나 의주의 육지 선로 때문에 장애가 있는 것이 아님은 분명합니다. 부산 약조 제2관(款)에 의거하면, "조선정부는 해당 해륙 선로와 맞서고 이익을 다투는 전선을 가설하지 않는다."라고 하였고, 또 "다른 나라 정부 및 회사가 해저에 설치한 전선은 비준하지 않는다."라고 하였으며, 또 "맞서고 이익을 다투는 곳이 아니라면 조선정부는 편의에 따라 선로를 개설할 수 있다."라고 하였습니다. 이번 인천에서 의주에 이르는 육지 선로의 경우, 외람되이 헤아려보건대 이 세 가지 조건에 있어 본국 정부는 명백히 서로 맞서고 이익을 다투는 곳이 아니라고 생각했기에, 삼가 원래 조약에 비추어 '편의에 따라 개설'하였던 것입니다. 부산에 사는 사람들이 장차 인천의 개국 소식을 듣는다고 해서 모두 편리하고 가까운 해저 선로를 버리고 구불구불 우회하는 먼 곳의 육지 선로를 과연 찾아가겠습니까? 지금 육지 선로를 설치하지 않는다고 인천과 의주에 있는 사람들이 전선이 없음으로 인해 고통받다가 살던 곳을 버리고 다투어 부산으로 가겠습니까? 만약 정말로 그런 일이 있다면 부산의 해저 선로는 손해를 면하지 못하게 될 것이니, 본국 정부는 조약을 어겼다는 비난을 감수해야 마땅할 것입니다.

비유컨대 사람 몸이 목구멍 하나로 근근이 먹고 숨 쉴 수 있다 해서 그 밖의 아홉 구멍을 모두 막아버려도 된다고 한다면, 목구멍이 오관(五官)[241]이 물과 음식을 소화하는 역할을 대신하지 못하는 것은 어찌하겠습니까? 힘이 서로에게 미치지 못하면 사람이 될 수 없는데, 하물며 부산의 전선은 본디 우리나라의 목구멍과 같은 중요성조차 없지 않습니까? 그러나 서로(西路)의 육지 선로는 오관이 물과 음식을 소화하는 중요성보다 못하지 않습니다. 하나를 택한다고 하나를 폐기하는 것은 사람을 낮게 하고 나라를 낮게 하는 방도가 아닐 것입니다.

귀국은 우리나라에 대해 각별한 우의를 지니고 있어 우리나라에 관계된 일이라면 해 되는 바를 제거하고 이익을 돕고자 하지 않음이 없습니다. 왕년의 부산 조약에 대해, 본국 정부는 비록 눈앞의 이익이 없음을 알았지만 또한 훗날 아무 장애 없으리라 믿었고, 게다가 '편의에 따라 선로를 개설할 수 있다.'는 한 마디 말이 있었기에 '맞서고 이익을 다투고, 부산국과만 연통한다.' 등등을 인정했던 것입니다. 이는 다만 부산 근처의 바다와 육지에 의거하여 말한 것이었을 뿐, 포괄하는 범위가 지극히 넓어 우리의 자유로운 권리를 방해할 것이라고는 생각조차 못했습니다. 이 문제로 인해 이에 상응하는 문서를 갖추어 조회합니다. 청컨대 귀 관서 대리공사께서는 번거롭더라도 살펴보시고, 조약의 뜻을 반복하여 깊이 생각해주신다면 해답을 찾으실 수 있을 것입니다. 수지(須至). 조회 올린 자.

---

241 오관(五官) : 다섯 개의 감각기관으로, 시각·청각·후각·미각·촉각의 감각 기능을 이르는 말이다.

일본 공사 이노우에 가오루[242]에게 드림 갑오년(1894, 고종31) 9월

日本公使井上馨 甲午九月

삼가 아룁니다. 보내주신 서한을 받들어 보니, 내용에 "이번에 비록 '확실히 뜻을 정하고 진지하게 처리하라'는 유지(諭旨)를 거듭 받들 었지만, 귀국의 여러 해 동안 누적된 폐단은 하루아침에 척결할 수 없고, 음모와 방해는 막고자 해도 막을 수가 없습니다. 요즘의 어려운 사정을 어찌 상상이나 할 수 있겠습니까? 이것이 바로 처음 생각을 뒤집지 못하는 까닭입니다. 만일 정치를 바로잡는 강령에 관한 원고는 본디 돌려주지 않는 것이라면, 본사에서 해당 원고를 폐기 문서로 여겨도 좋습니다. 그러나 동학의 무리를 타일러 돌려보내기도 하고 토벌하기도 한 우리 군대의 사안만은 결단코 이랬다저랬다 할 수 없습니다. 이에 처음 생각을 거듭 떠올리며 마음 속 생각을 펼칩니다." 등의 말이 있었습니다.

이에 준하여 귀 공사께서 우리나라 정치를 바로잡는 일〔에 관해 논한 글〕을 찾아보니, 결연히 물러나는 것이 결코 귀 공사의 초심이 아니었음을 알 수 있었습니다. 실행하기 어려움을 훤히 보셨다면 차라리

---

242 이노우에 가오루(井上馨) : 1836~1915. 메이지 시대에 일본을 지배한 과두정권의 지도자 중 한 사람이다. 이토 히로부미(伊藤博文)와 소년시절부터 가까운 친구였다. 1885년 이토가 총리가 되자 이노우에는 연이어 외무상, 내무상, 대장상, 일본특명전권공사를 역임하게 되었다. 1898년 정치 일선에서 물러났으나 계속해서 국가정책에 중요한 영향력을 행사했다. 1907년에 후작이 되었다.

일찌감치 착수하지 않는 편이 나았습니다. 그러나 모든 교화의 근원은 군주의 마음 하나에 달려 있습니다. 우리 대군주 폐하께서 즉위한 이래로, 여러 신하들은 줏대 없이 아부나 하면서 한 번도 귀에 거슬리는 말을 올린 적이 없습니다. 그러나 귀 공사의 훌륭한 계책과 곧은 언설을 들은 이후로 성지(聖志)를 떨치어 힘을 다해 치세를 도모하셨으며, 자주 천장(天章)[243]을 열어 보시고 치도(治道)에 관해 강론하고자 하셨습니다. 귀 공사께서 만일 고집스럽게 입장을 바꾸지 않아 아무 데도 물을 곳이 없게 한다면, 마치 노 없이 큰 내를 건너듯, 끝내 건너가기를 기약하기 어려울 것입니다. 오직 귀 백작(伯爵) 공사께서 생각을 바꿔 주시어, 우리 성상으로 하여금 외로이 기다리는 마음만 공연히 품게 하지 말아 주십시오. 원고를 돌려보내고 군대를 타일러 돌려보내는 등의 일도 다시금 생각하시어 타당한 결론에 이를 수 있게 해주시길 아울러 바랍니다. 이 문제로 회신하오니, 번거롭더라도 귀 공사께서 깊이 헤아려 주신다면 고맙겠습니다. 날마다 편안하시기를 빕니다.

삼가 아룁니다. 앞서 우리나라 역법으로 올해 6월 19일에, 한성 안에 조계(租界)를 구획을 정하는 일이 이미 우리 부서의 조회(照會)를 통해 안건으로 올라와있었습니다. 그 후 들으니, 각국 사신이 귀 공관에서 회의를 열면서 이 일이 조약에 크게 위배되는 바가 없는 듯하다고 여겼다고 합니다. 요컨대 본 대신이 구획한 조계가 타당하게 처리되었음을 알 수 있었기에 본 대신 매우 다행스럽게 여겼습니다. 경성 안을 살펴보면 항구와 같지 않아서, 구역 구역 나누어 조계로 삼는

---

243 천장(天章) : 제왕의 글을 일컫는다.

것은 타당하지 못하니, 차라리 규모를 넓혀서 섞여 사는 지역으로 정하는 편이 낫습니다. 서문로(西門路)를 다시 조사해보면 작은 도랑을 거쳐 모교(毛橋)²⁴⁴에 이르고 긴 시냇물 줄기를 따라 하교(河橋)²⁴⁵에서 그칩니다. 여기서부터 남쪽으로 꺾어지면 초동(草洞)²⁴⁶의 작은 도랑이 되고 위쪽은 남학(南學)²⁴⁷에 속하니, 천연의 경계가 자연 이루어진 셈입니다. 지금 지도를 가지고 비교해보면, 붉은 획 남쪽은 본국과 각국 주민이 섞여 사는 지역이고 붉은 획 북쪽은 섞여 사는 경계가 아닙니다. 이것으로써 구획을 정하면 모호하여 구분하기 어려울 걱정도 없고, 또 비좁아서 수용하기 어려운 걱정도 면할 수 있을 것입니다. 세세한 절목의 경우, 수시로 의논하여 정함으로써 따르기에 편리하게 하고, 실제 사리에도 맞게 해야 할 것입니다. 이에 잡거 지역 경계 지도 한 장을 첨부하여 보냅니다. 청컨대 번거롭더라도 귀 공사께서 살펴 조사해 보아주시고 아울러 공의(公議)가 정해지면 귀 정부에 전달해주시길 바랍니다. 속히 회답을 받들어 가부를 명시해주심으로써 시행에 편의하도록 해주시기를 바라고 있겠습니다.

244 모교(毛橋) : 서울 중구 다동(茶洞) 청계천에 놓였던 다리이다.

245 하교(河橋) : 현재의 청계3가 관수교와 세운교 사이에 있던 다리이다. 부근에 하랑위(河浪尉)의 집이 있었기 때문에 이런 이름이 붙여졌다.

246 초동(草洞) : 서울 중구 초동으로, 동명은 초전동(草廛洞)의 약칭이며 이엉, 삼, 칡 등을 가공하지 않고 재료 그대로 파는 초물전(草物廛)이 있던 데서 유래되었다.

247 남학(南學) : 조선시대 4부학당의 하나인 남학(南學)을 말한다. 현재의 남산 1호 터널 입구 부근에 있었다.

영국 총영사 윌리엄 칼스[248]에게 드림 병술년(1896, 건양1)

英國總領事賈禮士 丙戌

조회합니다. 전날 본국 거문도(巨文島)에서 일어난 사건[249]으로 인하여 이미 귀국의 서리(署理) 흠차대신(欽差大臣) 구(歐) 아무개, 영사가(賈) 아무개, 총영사 아(阿) 아무개에게 조회를 올렸고, 여러 차례 주고받은 문서가 안건에 있습니다. 올해 5월 24일, 아 총영사께서 조회를 보내왔습니다. 그 내용인즉 "본국 서리 대신 구어개(歐於開)로부터 앞서 본국에 닥친 예상치 못한 일을 방어하기 위해 조선의 거문도에 잠시 주둔하게 되었는데, 연료를 가지고 있으니 조선 정부에 마음 놓으시라 전달해달라는 내용의 글을 받았습니다. 이에 같은 날 아 총영사가 관서로 와서 해당 섬의 일로 면담을 할 터이니, 양국이 서로 협의하여 실정에 알맞게 처리하도록 하십시오."라는 것이었습니다.

6월 10일 귀국의 서리대신 구(歐) 아무개가 조회한 내용을 보니, "조선과 영국의 기쁨과 슬픔에 관계된 일은 처음부터 정의로써 처리해

---

248 윌리엄 칼스[賈禮士 ; William Richard Carles] : 1848~1929. 와위크(Warwick)에서 목사의 아들로 출생하였다. 말보로 대학 졸업 후 1867년 중국으로 건너가 북경 주차 영국 공사관의 번역 유학생으로 있다가 1882년 북경 주차 공사관 서기관 대리가 되고 1884년부터 1885년까지 조선 주차 영사를 지냈다. 그 뒤 상해·한구·복주·천진 및 북경 등지에서 영사를 역임하였다.

249 거문도 사건 : 1885년 4월부터 약 2년간 영국의 동양함대가 전남 거문도를 점령한 사건을 말한다.

야 합니다. 귀 대신께서는 앞서 각국에 조회한 문건을 철회해주시고, 아울러 문건의 상례에 따라 처리할 것을 윤허해주십시오. 이미 본 사람이 있을 시, 본서의 대신에게 먼저 조회한 다음에 이어 본국 정부에 자문(咨文)을 보내 조사하게 해주면 기쁘기 그지없겠습니다. 본국이 잠시 거문도에 주둔한 본뜻에 대해서는 이미 자세히 밝혔듯 애초에 귀국과 어긋나려는 의도가 아니었고, 더욱이 귀국의 국사의 체통을 조금이라도 방해하고자 하지 않았습니다. 귀 대신께서 본서에 보내온 문서의 끝에, 섬에 있는 군대를 곧 철수하라는 등의 말이 있었습니다. 살펴보건대, 이것은 지극히 중요한 요청이라 본서 대신이 마음대로 회답할 수 있는 것이 아닙니다. 혹 앞으로 문서를 작성하여 본국에 보낼 때, 본도의 전신(電信)으로 회답하더라도 어쩔 수 없이 시일이 조금 늦어지게 될 것입니다. 그러나 본국의 회답이 도착하기를 기다려, 양국의 장구한 통상을 기약할 수 있도록 힘쓰겠습니다." 등의 말이 있었습니다.

본 대신은 귀국이 신의를 몹시 중시하여 말을 반드시 실천에 옮긴다는 것을 알고 있습니다. 기왕에 '잠시 주둔하였다.'고 했으니, 오래지 않아 곧 돌아가겠지요. 이에 일단 각국에 조회한 것을 철회하여 선린 우호를 더욱 돈독히 하고자 합니다. 또 귀국 정부에서 우리의 호의를 마음에 새겨[250] 양국이 협상을 타당하게 진행할 수 있기를 하루 하루 바랍니다. 만일 이 조그만 바닷가 섬 때문에 귀국이 천하에 신의를

---

250 우리의……새겨 : 《시경》〈반수(泮水)〉에 나오는 말이다. "우리 뽕나무 오디 따먹고, 우리 호의를 마음에 새긴다. 잘못 깨우친 저 회수 오랑캐들, 찾아와 보물 바친다. 〔食我桑黮 懷我好音 憬彼淮夷 來獻其琛〕"

잃고 각국의 비웃음을 당하게 된다면 아마도 귀국에서 결코 하시지 않을 것입니다. 이에 9월에 만나서 상의할 것을 공문으로 재촉하였는데, 세시(歲時)가 바뀌도록 소식이 묘연합니다. 우리 대군주께서는 한 치의 영토도 귀중하게 여기시므로 해를 넘기도록 기다리게만 해서는 안 될 것입니다. 귀국과 돈독하고 화목하게 지내려는 생각에 각국에 조회하지 못하고, 본 대신에게 특명을 내려 신속히 협상하여 처리하도록 하셨으니, 더 이상 지연시키지 말아야 할 것입니다. 본 대신 처음에는 귀국이 금석처럼 약속을 지켜서 날짜를 정해 협상하기를 바랐습니다. 이토록 오래 회답이 없을 줄 생각지도 못하다가 지금에 이르고 나니 매우 실망스럽고 마음은 더욱 급박합니다.

귀국 서리 흠차대신 구 아무개에게 곧장 조회하는 것 이외에, 문서를 갖추어 귀 관서의 총영사께 조회해야 할 것입니다. 청컨대 번거롭더라도 조사하시어, 신속히 판결한 뒤에 회답해주십시오. 지극히 간절히 바라며 조회합니다. 수지(須至). 조회 올린 자.

조회합니다. 전에 우리나라 거문도에서 일어난 사건으로 인해 이미 여러 차례 조회한 문건이 안건에 있으며, 이어 귀국 서리 흠차대신 구(歐) 아무개가 회답하며 운운한 내용에 준거한 것입니다. 본년 모월 모일에 본 대신은 영토의 일이 중요한지라 자연 공론이 있을 것이라 여기고, 조약 맺은 각국에 알려 조처를 요청하고자 하였습니다. 이때 아(阿) 총영사가 공문을 보내와 우리 정부에 분명히 아뢰어 신속히 처리할 것이니 각국에 알릴 필요가 없다고 하였습니다. 본 대신은 본디 귀국의 우의를 믿어온 터라 공문을 즉시 정지시켰습니다. 이후로 몇 달이 지났습니다만, 해당 섬에서 돌아갈 기미도 없을뿐더러

귀 정부로부터 단 한 글자의 회신도 오지 않으니, 본 대신은 너무도 놀랍고 의아하고 답답합니다.

해당 섬이 비록 작지만, 귀국의 거동은 이미 만국이 알고 있는 바입니다. 본 대신은 이전에 보낸 공문에 준하여 각국에 조처를 청하지 않을 수 없습니다. 늦추고 또 늦춘다면 일이 끝나지 않기 때문입니다. 아 총영사가 전에 한 말처럼 양국의 통상 협의를 하고 싶지 않은 것이 아닙니다. 귀 대인께서도 잘 아시리라 생각합니다. 이 때문에 문서를 갖추어 조회하오니, 청컨대 번거롭더라도 귀 서리총영사께서 살펴보시고 이어 귀 정부에도 보고하여 하루빨리 타결하여 우의를 돈독히 할 수 있게 해주시면 고맙겠습니다.

영국 공관에 드림 정해년(1897, 광무1) 2월

英國公館 丁亥二月

조회에 회답합니다. 귀국 역법으로 모년 모월 모일, 우리 역법으로 모년 모월 모일에 귀 관서 총영사의 조회에 언급한 내용에 의거합니다. 이에 의거하여 이전에 귀국 흠차대신 화(華) 아무개가 거문도에서 물러나 돌아가겠다고 조회한 내용을 조사하고, 곧장 본 대신이 우리 대군주께 연유를 주달하였습니다. 우리 대군주께서는 거문도가 본국의 영토에 속하며, 이는 판도(版圖)에도 기재되어 있음을 면전에서 깨우쳤습니다. 전에 귀국에서는 일이 갑작스럽게 터지는 바람이 어쩔 수 없이 잠시 거문도를 점거하였던 것이니, 이 또한 한 때의 임시방편이었을 뿐입니다. 간혹 귀국 정부의 의도를 다 알지 못하는 자가 있어 의심스런 논의를 하지 않을 수 없었습니다만, 이제 정말로 철수할 날이 눈앞에 닥쳤으니, 귀국 정부가 천하에 신의를 잃지 않았고, 지금 세상에 어떤 구실도 남기지 않았음을 족히 알 수 있습니다. 우리 양국의 우의가 더욱 돈독해지고 천하의 어지러운 의론도 종식되었으니, 이 어찌 한 사람만의 큰 다행이겠습니까? 본 대신은 명이 내려온 것을 듣고 기쁨을 이기지 못하였습니다.

이에 또 전날의 사안에 준거해 볼 때, 귀국이 시종 신의를 지키고 앞에 한 말을 과연 실천하여 우리 대군주께 신표를 올리듯 하였으니, 군주께서는 기쁜 마음에 갑절 칭송을 더하고 우리나라 사람들은 너나 없이 귀국의 높은 의기에 감복하고 있습니다. 본 대신은 외람되이 교섭을 맡아 그 영예를 더불어 가졌습니다. 귀국의 군대와 함선이 오래도록 황량한 섬에 있었던 것을 생각하면 그 노고를 알만 합니다. 본국은 관원을 파견해 예물로써 전송하고자 하니 편히 받아주십시오. 우리의 낡은 건물을 복구해주셨는데, 너무 늦게 듣는 바람에 미처 가보지 못하여 마침내 동도(東道)의 정의[251]에 결례를 범했기에, 본 대신 내심 유감스럽습니다. 이에 상응하는 문서를 갖추어 조회하오니 번거롭더라도 귀 관서의 총영사께서 알려주시기 바랍니다. 귀국 흠차대신 화(華) 아무개에게도 전달하여 진심으로 감사하는 마음을 대신 전해주시면 고맙겠습니다. 수지(須至). 조회 올린 자.

---

251 동도(東道)의 정의 : 원문에는 '동도지의(東都之誼)'라고 되어 있으나, '동도지의 (東道之誼)'의 오기로 보인다. 동도(東道)는 주인을 나타내는 말이므로, 주인으로서의 정의, 혹은 도리를 말한다.

각국 공사에게 보냄 갑오년(1894, 고종31)

各國公使 甲午

조회에 회답합니다. 우리나라 역법으로 이달 10일에 받은 귀국의 조회에서 운운한 내용들은 이미 모두 읽어보았습니다. 조사해보니, 철로를 건설하고 전선을 확장하는 등의 사업은 비록 우리 정부가 오랫동안 마음을 두고 계획한 일이긴 하나, 어떻게 실시할 것인가에 대해서는 아직 확정된 논의가 없습니다. 다만 이런 일들을 경영하는 것은 원칙적으로 국내의 사업에 속하기 때문에 그것의 시행에 관한 사안 또한 마땅히 전적으로 우리 정부 스스로가 참작하여 결정해야지 다른 나라의 통제를 받아서는 안 될 것입니다. 비단 우리 정부의 사리와 체통만이 그러한 것이 아니라 각국의 사례를 살펴보아도 모두 이러한 방법을 쓰고 있으니, 이는 본 대신이 깊이 믿고 있는 바입니다.

앞으로 만일 해당 사업과 관련한 계획을 만난다면 한 걸음 더 나아가 실시토록 하고 실시 방법을 결정하는 날, 귀국 공사 등이 간곡히 경계하신 뜻을 참조함으로써 충고해주신 성대한 뜻에 부응하도록 하겠습니다. 광산 업무를 시작하는 건에 관해서는 아직 우리 정부에서 일정한 방법을 마련하지 못하고 있으나, 사무가 일단 정돈되기를 기다렸다가 즉시 우리 정부가 직접 나서서 시행하도록 할 예정입니다.

인천 항구의 일본 조계(租界)를 확대하는 문제의 경우, 지난번 일본 공사가 조일조약에서 정한 권리에 준거하여 우리 정부에게 해당 항구를 참작해 달라고 요구한 바 있습니다. 현재 상황으로는 해당 국가의 정부에서 요구한 바 또한 부득이한 상황에서 나온 것이라 생각합니다.

한편 외국인의 조계 확충에 관한 사안을 조사해보니, 옛날 우리나라 역법으로 개국 496년에 청국 정부가 인천 항구에서 조계 확충 조약을 정한 바 있습니다. 이는 귀 공사 모두가 이미 잘 알고 계실 것입니다. 오늘날 일본 정부가 요구한 것은 앞으로는 조일(朝日) 조약을 따른 것이고, 뒤로는 청국과의 조약에 의거한 것이라, 상황을 살펴보고 사례를 고찰해봄에 근거가 없는 것은 아닙니다. 그러나 지계(地界)를 확정하는 일까진 언급하지 않았습니다. 우리 정부는 오직 공평하게 처리하여 남들에게 신뢰를 잃지 않을 것만 생각하고 있으며, 또한 외국인의 권리를 침탈하기를 원하지 않습니다. 이 때문에 상응하는 문서를 갖추어 조회 올리니, 청컨대 번거롭더라도 귀 공사께서 잘 알려주셨으면 고맙겠습니다.

(옮긴이 이주해)

어제대찬
御製代撰

序서

어제대찬 御製代撰

《국조보감속편》 서문 무신년(1908, 융희2)

國朝寶鑑續編序 戊申

나는 찬집관(纂輯官) 겸 교정관(校正官)으로서 어제(御製) 서문(序文)을 대신 찬술하라는 명을 받들었다.

《국조보감(國朝寶鑑)》이라는 책은 광묘(光廟 세조) 정축년(1457)에 처음 편집되기 시작하여 정묘(正廟 정조) 임인년(1782)에 크게 정비되었으며, 이어 삼조(三朝)의 《보감》이 헌종(憲宗) 무신년(1848)에 완성되었다. 이에 열성(列聖)께서 전해오신 심법(心法)과 정사에 관한 계책이 찬연히 갖추어지고 질서가 잡혔으니, 후세에 영원히 드리워 보이기에 족하였다. 그러나 헌종·철종 대의 《보감》만은 미처 연이어 찬집하지 못하였다.

선왕의 대업을 이어갈 책임[1]이 우리 후인에게 있으니, 소자인 내가 어찌 그 일을 마다할 수 있겠는가. 《서경》에 이르기를, "선왕이 이루신

---

1 선왕의……책임 : 원문은 '당구(堂搆)'로, 아버지의 사업을 아들이 이어받음을 말한다. 《서경》〈대고(大誥)〉에 "아버지가 집을 지으려고 모든 방법을 강구해 놓았는데 아들이 집터를 닦으려고도 하지 않는다면, 나아가 집을 얽어 만들 수가 있겠는가.〔若考作室 旣底法 厥子乃不肯堂 矧肯構〕"라는 말에서 유래한 것이다.

법을 귀감 삼아 영원히 허물없게 하소서."²라고 하였고, 《시경》에 이르기를, "타박하지도 않고 잊어버리지도 않으면서 선왕의 옛 법을 잘 따르겠다."³고 하였으니, 후왕들이 왕통을 잇고 전대(前代)의 성취를 지켜낼 방도는 오로지 선왕이 이룩하신 법을 귀감 삼고 옛날의 헌장(憲章)을 잊지 않는 데 있을 따름이다. 그러나 먼 데에 있는 것을 귀감 삼는 것은 가까운 데 있는 것을 귀감 삼는 것만큼 마음에 와 닿고 절실하지 못하다. 그것은 자신의 이목으로 보고 기억한 것이며, 풍교로써 몸에 젖은 것이므로, 상상해야할 필요도 없이 절로 보고 느끼는 효과가 있을 것이기 때문이다.

아, 우리 헌종(憲宗)·철종(哲宗) 두 임금의 크신 공로와 성대한 덕업은 모든 사람이 능히 말할 수 있을 정도다. 헌종께서 젊은 나이에 왕위에 올라, 왕권을 잡고⁴ 어진 이를 우대하고 외척을 멀리하심에, 조정이 깨끗하고 밝아졌다. 철종께서는 오랜 세월 외지에서 고생하시어 농사일의 어려움을 잘 알고 계셨던 터라, 온화한 마음으로 백성을 측은히 여기는 내용의 조서가 사책에 끊이지 않았다. 그리하여 30여 년 동안 바람과 비가 제 때 불고 내려 해마다 풍년이 들었으며, 변방이 조용하여 백성들이 기쁘게 생업에 종사할 수 있었다. 지금까지도 어린이 늙은이 할 것 없이 모두 성스러운 교화를 노래하면서 여전히 주현

---

2 선왕이……하소서 : 《서경》〈열명(說命)〉에 보인다.

3 타박하지도……따르겠다 : 《시경》〈대아(大雅)〉에 보인다.

4 왕권을 잡고 : 원문은 '건강(乾剛)'으로, 《주역》〈잡괘전(雜卦傳)〉의 "건은 굳세고 곤은 부드럽다.〔乾剛坤柔〕"에서 비롯되었다. 이는 천도의 강건함을 뜻하는 말인데, 후에 제왕의 강건한 결단력 혹은 군주의 권위를 뜻하는 말로 사용되었다.

(朱絃)[5]과 녹죽(菉竹)[6]을 간절히 그리워하고 있으니, 이것이야 말로 가까운 것으로 귀감 삼을 만한 것이 아니겠는가.

혹자는 두 임금께서 길게 재위하지 못하시어 백성들에게 오래토록 은택을 내리지 못한 것을 안타까워하기도 한다. 삼가 살펴보건대, 주(周)나라의 성왕(成王)·강왕(康王), 한(漢)나라의 효문제(孝文帝)·효경제(孝景帝), 명(明)나라의 인종(仁宗)·선종(宣宗)과 같이 훌륭한 임금이 뒤를 이어 태평성세라 일컬어지던 때에도, 그 재위 기간을 따져보면 10년 혹은 3, 40년에 불과했다. 하지만 그 유풍(遺風)과 선정(善政)은 백성들의 마음에 젖어들어 국운(國運)을 수백 년 동안이나 면면히 이어가게 하였다. 지금 우리 두 임금도 재위 기간을 합하면 겨우 29년에 불과하지만, 어진 이를 가까이하고 이로움을 즐거워하게 하신 교화는[7] 사람들로 하여금 오랫동안 잊지 못하게 하고 있다. 억만

---

5 주현(朱絃) : 주현은 종묘 제향에 쓰이는 금슬(琴瑟) 등의 악기를 일컫는 말인데, 왕업을 도울 기량이 있는 훌륭한 신하를 뜻한다. 《禮記 樂記》

6 녹죽(菉竹) : 녹죽은 《시경》〈기욱(淇澳)〉의 "저 기수가를 보건대 푸른 대가 성하도다.……우아한 군자여 마침내 잊지 못하리라.〔瞻彼淇澳 綠竹猗猗……有斐君子 終不可諠兮〕"라고 한 데서 온 말로 임금의 성덕(盛德)과 지선(至善)을 백성들이 잊지 못하는 것을 말한 것이다. '綠'은 '菉'자와 통하므로 주희(朱熹)의 주(注)에서는 푸른 대나무로 해석하였다.

7 어진……교화는 : 이 구절은 주희(朱熹)의 《대학장구》 전 10장의 주석에서 따온 말이다. "이 장의 뜻은 백성과 호오를 같이 하면서 이로움을 독차지 하지 말도록 힘쓰라는 데 있다. 이는 모두 혈구지도를 넓혀나가라는 뜻이다. 능히 그리할 수 있다면, 어진 이를 가까이하고 이로움을 즐거워하는 것이 모두 조화로워 천하가 태평해질 것이다.〔此章之義 務在與民同好惡而不專其利 皆推廣絜矩之意也 能如是 則親賢樂利各得其所 而天下平矣〕"

년토록 끝없이 이어질 이 나라의 기틀을 열어주신 공로는 성왕·강왕에 필적할 만하고 한나라·명나라를 뛰어 넘으니, 어찌 아름답지 않으리오.

내 이미 관각(館閣)의 원로 신하들에게 명하여, 일록(日錄)을 채록하고 유문(遺聞)을 모아 두 임금의 《보감》을 찬술함으로써 전대의 《보감》을 잇게 하는 한편, 전의 것을 약간 산삭 보완하여 하나의 통일된 책으로 만들라 하였는데, 몇 달이 지나 판각이 완성되었다. 책은 모두 90권이다.

아, 두 임금의 교화가 허공에 구름 지나가듯 그 자취를 찾아볼 길 없었는데, 만약 이 책이 없었다면 소자인 내가 무엇을 거울삼을 수 있었겠는가. 이에 서문을 써서 스스로 격려하는 뜻을 부친다.

흥왕[8] 금책문 경술년(1910, 융희4) 가을
興王金冊文 庚戌秋

황제는 말하노라. 백부 완흥군(完興君)은 우러러 높은 곳에 계시며 종실의 모범이 되도다. 나라에 충정을 다하며, 새벽부터 밤까지 게을리 하지 않으니 짐은 결코 잊을 수 없도다. 이에 옛날의 헌장을 상고하여 유사(有司)에게 명해 좋은 날 좋은 때를 택하여 예물과 전책(典冊)을 올림으로써 흥왕(興王)으로 진봉하니, 왕은 더욱 너의 덕에 힘써〔益懋乃德〕[9] 그 자리에 삼가 신중히 거하도록 하고, 나라와 그 아름다움을 함께 하여 영원에 드리우도록 하라. 공경하라.

---

8 흥왕(興王) : 흥왕은 완흥군(完興君) 이재면(李載冕, 1845~1912)이다. 흥선대원군의 장남이며 고종의 친형으로 한일병합조약 체결 때 황족의 대표로 참석하여 가결함으로써 지탄을 받았다. 《순종실록》 3년 8월 15일 조에 순종이 조령(詔令)을 내려 완흥군 이재면을 흥왕으로 책봉했다는 기록이 있다.

9 왕은……힘써 : 송나라 문인 소철(蘇轍)의 《난성집(欒城集)》 권30 〈서액고사(西掖告詞)〉 중 〈요면비서승(姚勔秘書丞)〉을 보면, 다음과 같은 용례가 보인다. "동관의 막중한 책임은 재능 있는 자에게만 맡긴다고 알려졌으니, 그대는 관직에 나아가 너의 덕에 더욱 힘씀으로써 내가 그대에게 거든 뜻에 맞게 행동하도록 하라.〔顧惟東觀之重 號爲衆材之委 往服厥職 益懋乃德 以稱予待爾之意 可〕"

흥왕비 홍씨를 추봉하는 금책문[10]
興王妃洪氏追封金冊文

황제는 말하노라. 고(故) 정경부인(貞敬夫人) 홍씨(洪氏)는 빛나는 모범이 빈조(蘋藻)[11]에서 밝게 드러나니, 그 아름다운 행실을 동관 (彤管)[12]에 기록하여 전할 만하도다. 지금 흥왕(興王)의 진봉일을 맞이하였으니, '높은 벼슬은 지아비를 따르는 법'을 적용함이 마땅한 바, 이에 유사(有司)에게 명하여 흥왕비(興王妃)로 추봉하노라. 저승에서나마 영광스러운 이름을 받았으니, 우리 황실을 보우하사 영원토록 쇠퇴하지 않게 하소서.

---

10 흥왕비(興王妃)……금책문(金冊文) : 《순종실록》 3년 8월 17일 조에 순종이 조령 (詔令)을 내려 흥왕의 전처 정경부인 홍씨(洪氏)를 흥왕비로 책봉했다는 기록이 있다.

11 빈조(蘋藻) : 《시경》 〈채빈(采蘋)〉에서 "어디서 개구리밥 딸까요[采蘋]? 남쪽 계곡 물가에서 따지요. 어디서 마름을 딸까요[采藻]? 물 흐르는 도랑에서 따지요.……어디에 놓을까요? 종실의 엇살창 아래 놓지요. 누가 재물을 받을까요? 임금의 막내딸이 받지요.[于以采蘋 南澗之濱 于以采藻 于彼行潦……于以奠之 宗室牖下 誰其尸之 有齊季女]"라고 하였는데, 주희(朱熹)의 주석에서 "제후(諸侯)의 부인(夫人)이 능히 정성과 공경을 다하여 제사(祭祀)를 받듦에 가인(家人)들이 그 일을 서술하여 찬미한 것이다."라고 하였다. 지체 높은 부인이 정성스럽게 제사를 지내는 것을 말한다.

12 동관(彤管) : 붉은 대로 된 붓이다. 옛날 궁중의 여사(女史)가 이 붓으로 궁중의 정회(政會)와 후비(后妃)의 일을 적었다.

홍왕비 이씨 금책문[13]
興王妃李氏金冊文

황제는 말하노라. 짐이 생각건대, 정경부인 이씨는 규방의 예의를 모두 갖추고 있어[14] 아름다운 명성이 본디부터 자자하였으며, 우리 황실의 내정(內政)을 본받아 아름다운 법도를 갖추고 있도다. 이에 옛 법전에 따라, 유사에게 명하여 화려한 예물을 갖추고 흥왕비(興王妃)에 책봉하노라. 각별한 임금의 명을 삼가 받들어 영원히 명예를 잃지 말도록 하라. 공경하라.

---

13 홍왕비 이씨 금책문(興王妃李氏金冊文) : 《순종실록》 3년 8월 15일 조에 순종이 조령(詔令)을 내려 완흥군부인(完興君夫人) 이씨를 흥왕비로 책봉했다는 기록이 있다.
14 모두 갖추고 있어 : 원문은 '칙비(飭備)'로 완비(完備)와 같다. 송나라 육유(陸游)의 〈하수성황후전(賀壽成皇后箋)〉을 보면 "아녀자의 공덕을 모두 갖추고 있고 어미로서의 도를 널리 품고 있다.[婦功飭備 母道含洪]"라는 표현이 보인다.

일본 국서에 답함 갑오년(1894, 고종31)
答日本國書 甲午

짐은 생각건대, 폐하께서는 우의에 돈독하시어, 특별히 측근의 귀한 신하를 파견하시고 친히 은혜로운 서한을 보내주시면서 즐거움과 화합의 도를 다하셨습니다. 폐하께서는 동양의 국면과 정세에 대해 환히 꿰뚫어보시고 깊이 연구하고 계십니다. 또한 우리 두 나라의 관계는 마치 수레 덧방나무와 수레처럼 나무와 바퀴가 서로 의지하고 있는 것과 같다 여기시고, 우리나라에 어려움이 많은 것을 근심하시어 토대를 굳건히 할 수 있도록 북돋워주심으로써 시종 변치 않는 의리를 밝혀 보여주셨습니다. 짐이 비록 부덕하나 어찌 감히 잊겠습니까. 아름다운 은혜와 귀한 하사(下賜)를 거듭 받았으며, 보도(寶刀)와 화병도 모두 삼가 받들었습니다. 귀국의 사신이 돌아갈 때 이미 얼굴을 보고 고마운 마음을 표하였으니, 폐하께 전달되었으리라 사료됩니다.

사신을 일본에 파견하면서 보낸 국서 갑오년(1894, 고종31)
報聘日本國書 甲午

근자에 사신이 귀국하는 것을 전송하였는데 지금까지도 눈에 아련합니다. 요즘 듣건대 폐하께서 히로시마(廣島)에 머무신다 하니, 모습과 음성이 한결 가까이 느껴집니다. 서사(西師)가 무공을 떨쳐 날마다 큰 공을 아뢰어온다 하니, 환난을 함께 하는 사이로서 어찌 기쁨을 이길 수 있겠습니까. 이에 보답의 예를 닦고 아울러 축하의 기쁨을 펼치고자 특별히 영종정부사(領宗正府事) 의화군(義和君) 강(堈)[15]을 파견합니다. 친서를 그 편에 보내오며, 아울러 토산의 호피 두 벌과 백학 한 쌍을 바치나니, 이로써 짐의 우애와 도타운 정을 표하고자 합니다. 바라건대 이끌어 영접해 주시고 그 지극한 뜻을 받아주십시오.

---

15 의화군(義和君) 강(堈) : 이강(李堈, 1877~1955)으로, 초명 평길(平吉), 호는 만오(晚悟), 봉호는 의친왕(義親王)이다. 고종의 다섯째 아들로, 어머니는 귀인(貴人) 장씨(張氏)이다. 1894년 보빙대사(報聘大使)로 도일하여 청일전쟁의 승리를 축하하고, 이듬해 6개국 특파대사(特派大使)로 영국, 독일, 프랑스, 러시아, 이탈리아, 오스트리아 등을 차례로 방문했다. 1899년(광무3) 미국에 유학, 의친왕에 봉해졌으며, 1919년 대동단(大同團)의 최익환(崔益煥) 등과 협의, 대한민국 임시정부로 탈출을 기도하다 만주 안동(安東)에서 발각되어 다시 송환되었다. 그 뒤 여러 번 일본 정부로부터 도일을 강요받았으나, 거부하고 끝까지 배일(排日)정신을 지켰다.

일본 황태자 귀국 후 백성에게 널리 알려 깨우치는 조서
정미년(1907, 융희1)

日本皇儲歸國後布諭人民詔 丁未

조령(詔令)을 내리기를,

"이번 일본 황태자의 내한은 우리 대한의 역사상 없었던 성대한 일이
었다. 두 나라가 여러 해 동안 쌓아왔던 의심과 장벽, 그리고 백성들
간의 많고 적은 감정들이 일시에 얼음 녹듯 풀렸다. 온 나라가 받들어
맞이함에 그 환호성이 우레와 같았으니, 민심이 하나임을 알 수 있었다.
앞으로 두 황실 간의 돈독하고 화목한 우의는 동맹 맺을 필요도 없이
더욱 좋아질 것이며, 두 나라 백성 사이의 친밀한 감정은 권유할 것도
없이 더욱 굳어질 것이다. 짐 또한 일본 황실의 성대한 뜻에 깊이 감격
하여, 앞으로 온 마음을 다해 결탁함으로써 두 나라 민생의 행복을
증진시키고 두 나라 기틀의 큰 운수를 굳건히 할 것이다. 나라의 근본은
이에 크게 안정될 것이고, 외환은 자연히 사라질 것이니, 이 어찌 천재
일우의 좋은 기회이자 동양 평화의 일대 관건이 아니겠는가. 오직 너희
대소 신민들은 짐의 말이 모두 폐부에서 나왔음을 양지하고, 깊이 믿고
의심치 말아야 할 것이다. 시골의 어리석은 백성 중에 혼미하여 깨닫지

못하는 자가 있으면 서로 전하여 깨우치라. 종전에 있었던 그 허다한 헛된 말과 억측과 망령된 이야기들은 모두 남김없이 쓸어버림으로써 마음을 평탄하고 곧게 하고, 오로지 진실과 믿음으로 서로를 대하라. 그 마음 영원히 변치 말고 이 나라를 함께 만들어가도록 하라. 오호라! 나라의 근본이 안정되었어도 민생이 소생하지 못하였도다. 만약 스스로 다스리고 나라 안을 정비하는 방도를 다하지 못한다면, 어찌 이웃 나라에서 충고해준 선의에 부합할 수 있으리. 안을 정비하는 방법은 오직 현자를 등용하고 간사한 자를 내쫓는 데 있을 뿐이다. 상벌을 공정하게 하는 일, 신중하게 수령을 가려 뽑는 일, 재해 입은 백성을 구휼하는 일, 드러나지 않은 원통한 사례를 분명히 밝히는 일, 오래도록 적체된 것을 뽑아버리는 일, 학교를 일으키고 산업을 번성시키는 일, 이 모든 일들이 지금의 급선무이다. 너희 내각의 여러 신하들은 짐의 뜻을 모두 체득하여 차례차례 고치고 행함으로써 빈 글과 빈 말이 되지 않도록 하라. 우리 백성들이 실질적인 은혜를 입을 수 있도록 하여 유신의 치세를 도모하라."

모두 9편이나 6편만 수록한다.

스스로를 벌하는 윤음 임오년(1882, 고종19) 7월

罪己綸音 壬午七月

사도팔도(四都八道)[16]의 기로(耆老)와 백성들에게 교유하노라.

오호라, 부덕한 내가 외람되이 백성의 윗자리에 거한 지 19년. 덕이 밝지 못한 탓에 정사가 그릇되고 백성은 흩어졌으니, 죄는 위에 쌓이고 재앙은 이 한 몸에 모였도다. 허나 모두 내가 자초한 일, 후회한들 되돌릴 수 있으랴. 임금 자리를 계승한 이래, 크게 토목 공사를 벌여 백성의 재물을 억지로 끌어들임으로써 가난한 자와 부자 모두를 곤경에 처하게 하였으니, 이것이 나의 죄로다. 화폐를 수차례 개혁하고 무고한 이를 많이 죽였으니, 이것이 나의 죄로다. 사당과 서원을 헐어 버리고 충현께 제사 올리지 않았으니, 이것이 나의 죄로다. 신기하고 보기 좋은 것만 구하고 상 내리는 일에 절제가 없었으니, 이것이 나의 죄로다. 기양(祈禳)의 의례를 지나치게 믿어 내탕금을 허비하였으니, 이것이 나의 죄로다. 널리 인재를 등용하지 않고 종친과 외척에게만

---

16 사도팔도(四都八道) : 네 개의 도읍과 여덟 개의 도라는 뜻으로, 한반도 전체를 이르는 말이다.

높은 자리를 주었으니, 이것이 나의 죄로다. 뇌물이 공공연히 행해져 탐관오리들이 징벌되지 않은 탓에 가난한 백성의 근심스럽고 괴로운 정상이 위에 도달하지 않았으니, 이것이 나의 죄로다. 나라의 창고가 바닥나 군리(軍吏)가 배를 곯고, 공가(貢價)[17]의 빚이 연체되어 시정(市井)이 폐업하였으니, 이는 나의 죄로다. 각국과 우호관계를 맺는 것은 시의(時宜)이거늘, 시행한 조치가 방도에 맞지 않아 한갓 백성들의 의심만 더하였으니, 이것이 나의 죄로다. 그리하여 필경에는 신을 노엽게 하고 백성의 원성을 자아내 변고가 백출함에, 아랫사람이 윗사람을 능멸하여 재앙이 육친(六親)에게 미쳤다. 위로는 천자에게 근심을 끼치고 아래로는 만백성의 삶을 어지럽혔으며, 이웃나라에 신용을 잃고 천하의 웃음거리가 되었나니, 이 또한 나의 죄로다.

아아, 나의 죄가 여기까지 이르렀으니, 무슨 낯으로 한 나라의 신민을 다시 대하겠는가. 슬프고 황망하고 부끄럽고 두려워 참으로 임금된 즐거움이 없도다. 너희 백성들은 내가 전날의 잘못을 기꺼이 버리고 스스로 새로워질 수 있도록 허락하겠는가. 나는 앞으로 마음도 씻고 생각도 씻어내어, 전날을 거울삼아 뒷날을 대비하겠다. 종전에 백성에게 불편을 끼쳤던 정령이 있다면 모두 명령하여 없앨 것이며, 훌륭한 관리를 뽑아 뭇 백성을 다스리게 하겠다. 실효를 강구하여 온 나라와 더불어 다시 시작할 길을 생각하겠다. 너희들도 각자의 업적에 힘써서 훌륭한 계책을 고해야 마땅할 것이다. 말이 비록 부합하지 않아도 결코 책망할 리 없을 것이다. 전날의 잘못을 메워 함께 큰 기틀을 지켜나갈

---

17 공가(貢價) : 공인들로 하여금 공물을 각 관아에 납부하게 하고 그들에게 치러주던 수가(酬價)를 말한다.

수 있다면, 종사에 있어 다행한 일일 것이다. 만일 과인이 어리석은 탓에 끝내 함께 일할 수 없다면, 마땅히 종실 가운데 어진 사람을 택해야 할 것이다. 중의로써 천거한 즉 나는 물러나 초복(初服)¹⁸으로 갈아 입고 명행(冥行)¹⁹의 경계를 따를 것이니, 이 또한 나로서는 다행한 일이다. 지금 중국의 군대가 바다를 건너와 반역의 무리를 토벌하였으나, 무력을 끝까지 행사하지 않고 잔당을 용서하였다. 나라 안에 장차 사면령이 크게 내려 더불어 유신(維新)하고자 한다. 나는 바야흐로 죄를 뉘우치고 있는 중이니, 무슨 겨를에 남을 책망하겠느냐.

아아, 나라가 흥하는 것도 항상 이러한 때이고 나라가 망하는 것도 항상 이러한 때이다. 안위의 갈림이 머리카락 한 올에 달려있으니, 경계하지 않을 수 있겠는가. 이에 마음을 펼쳐 고하는 것이니, 내 마음을 모두 알 것이라 생각한다.

---

18 초복(初服) : 처음에 입던 옷이니, 곧 벼슬을 떠나 처음 은거하던 상황으로 돌아가는 것을 말한다. 굴원(屈原)의 〈이소(離騷)〉에 "물러가 다시 나의 초복을 손질하리.〔退將復修吾初服〕"라고 하였다.

19 명행(冥行) :《법언(法言)》〈수신(修身)〉에 " 지팡이로 땅을 더듬어서 길을 찾아 어둠 속으로 나아갈 따름이니라.〔擿埴尋途 冥行而已矣〕"라고 하였고, 그 주에, "식(埴)은 땅을 말한 것인데, 맹인(盲人)이 지팡이로 땅을 더듬어서 길을 찾는 것은 보통 사람이 밤길 걷는 것과 같다. 밤길은 깜깜하다는 뜻이다."라고 하였다.

토벌한 뒤 대사면을 행하며 내린 포고문 임오년(1882, 고종19) 7월

懲討後大赦布告 壬午七月

왕은 말하노라. 국운이 불행하여, 금년 6월의 일은 곧 천고에 없었던 변고였도다. 창망 중에 미처 토벌하지 못하고 있을 때, 민심만 울분에 차 있었을 뿐 아니라 죄 지은 무리 또한 반드시 죽을 날이 올 것임을 알고 있었다. 그때 상국에서 군대를 조달해 동국을 원조하면서, 난을 주도한 무리 10명을 잡아 중형에 처했으니, 얼마나 다행한 일인가. 천벌이 가해지고 대의가 드러났도다. 그러나 만일 끝까지 조사하고 엄하게 징벌하면서 단 한 명도 새어나가지 못하게 하고자 한다면, 도리어 죄 없는 자가 횡액을 당할까 두려울 뿐더러, 이는 살리기를 좋아하는 큰 덕에도 어긋난다. 왕이 된 자가 백성도 없고 군대도 없다면 무엇으로 나라를 다스리겠는가. 이에 특별히 사면령을 내려 사람들과 더불어 다시 시작하게 해주노라. 앞으로는 변란과 관계된 일들은 일괄 묻지 않을 것이며, 목 베어 죽일 자 이하는 모두 사면한다. 죄 있는 자에게도 스스로 새로워질 것을 허락하노니, 하물며 잘 모르고서 위협에 복종한 무리임에랴. 너희 대소 군민은 각기 자리 잡고 조용히 살아가되 거짓을 퍼뜨려 민심을 선동하지도 말고, 망령되이 두려움도 품지 말라. 오로지 나 한사람을 도와 종사를 함께 지키도록 하라.

아아, 나는 뱃속의 것을 모두 펼쳐서 고하는 것이지, 결단코 헛된 말로 너희 백성과 군인들을 속이는 것이 아니다. 너희들은 국가가 밖으로는 안무(按撫)의 뜻을 내보이면서 안으로는 시기와 미움을 품고 있다 말하지 말라. 이는 필부의 사기술일 뿐이다. 왕의 말이란 한 번 나왔으면 바꾸지 않는 법이니, 너희 군민은 모두 잘 알아야 한다.

나라 안 대소 백성에게 효유함[20] 임오년(1882, 고종19)
曉諭國內大小民人 壬午

우리 동방은 바다 한 구석에 치우쳐 있어서 일찍이 외국과 교섭해본 적이 없다. 때문에 좁은 견문으로 조심스럽게 스스로를 단속하여 지키면서 500년을 내려왔다. 근년 이래로 천하의 대세는 전과 판이하게 달라졌다. 영국, 독일, 프랑스, 미국, 러시아 같은 구미(歐美)의 여러 나라들은 정교하고 편리한 기계를 만들어내어 나라를 부강하게 만드는 사업에 최선을 다하고 있으며, 배나 수레를 타고 지구를 두루 돌아다니며 만국과 조약을 체결하고 있다. 병력(兵力)으로 서로 견제하고 공법(公法)으로 서로 대치하는 것이 춘추열국(春秋列國) 시대를 방불케 한다. 그러므로 대대로 온 나라가 주인으로 섬기던 중화조차도 오히려 평등한 입장에서 조약을 맺고, 척양(斥洋)에 엄격하던 일본도 결국 수호(修好)를 맺고 통상을 하고 있으니 어찌 까닭 없이 그렇게 하는 것이겠는가. 참으로 형편상 부득이하기 때문이다.

우리나라도 병자년(1876, 고종13) 봄에 거듭 일본과 강화(講和)조약을 맺고 세 곳의 항구를 열 것을 윤허하였으며, 이번에는 다시 미국, 영국, 독일 등 여러 나라와 새롭게 화약(和約)을 맺었다. 이것은 처음 있는 일이라 너희 사민(士民)들이 의심하고 비방하는 것도 이상할 것이 없다. 그러나 의리로써 헤아려 볼 때, 이는 나라에 욕이 되는 거사가 아니며, 일의 형세로써 참작해보아도 백성을 병들게 할 단서가 없다.

---

20 나라……효유함 : 《고종실록》 19년 8월 5일 기사에 보인다.

교제의 예는 모두 우호와 화목에 있으며, 군사를 주둔시키는 의도는 본래 상업 활동을 보호하는 데 있다. 내가 능히 충신(忠信)과 독경(篤敬)의 도를 행할 수만 있다면 외환(外患) 따위는 일어나지 않을 것이다. 그런데 어찌하여 저 물정에 어둡고 꽉 막힌 유자(儒者)들은 교린(交隣)에 방도가 있음을 알지 못하고, 송(宋)이 강화를 하였다가 나라를 망친 사례만을 보고서 망령되이 끌어다 비유하면서 번번이 청의(淸議)에 붙이는가. 어리석은 백성들은 옛 것에만 익숙하여 한 마디 말로 똑같이 배척하고 나서니, 생각하지 못함이 어찌 그리 심한가.

상대가 화의를 가지고 왔는데 우리 쪽에서 싸움으로 대한다면, 천하가 장차 우리를 어떤 나라라고 여기겠는가. 도움 받을 곳 없이 고립된 채 만국과 틈이 생겨 공격의 화살이 집중된다면 결국 패망하고 말 것임을 스스로도 잘 알고 있으면서 조금도 후회하지 않으니, 대체 의리에 있어 무슨 근거가 있다는 것인가. 의론하는 자들은 또 서양 나라와 수호를 맺는 것을 가지고 점점 사교(邪教)에 물들게 될 것이라고 말한다. 이는 진실로 사문(斯文)을 위해서나 세교(世教)를 위해서나 깊이 우려되는 문제이다. 그러나 수호를 맺는 것은 수호를 맺는 것이고 사교를 금하는 것은 사교를 금하는 것이다. 조약을 맺고 통상하는 것은 다만 공법에 의거할 뿐이고, 애초에 내지(內地)에 전교(傳教)를 허락하지 않는다면 평소 공맹의 가르침을 익혀오고 오랫동안 예의의 교화에 젖어있는 너희들이, 어찌 하루아침에 정도(正道)를 버리고 사도(邪道)를 따르려 하겠는가. 설사 어리석은 백성들이 몰래 서로 서로 전하고 익힌다 하더라도, 나라에 떳떳한 법이 있는 이상 용서치 않고 처단할 것이니, 어찌 숭상하고 물리치는 데에 방도가 없을까 근심하는가.

그리고 기구를 제조할 때 조금이라도 서양 것을 본뜨는 것만 보면 대뜸 사교에 물들었다고 지목하는데, 이 또한 이해하지 못함이 심하도다. 그들의 종교는 사교이므로 음탕한 음악이나 미색처럼 멀리해야 마땅하겠지만, 그들의 기구는 이로워서 진실로 이용후생(利用厚生)할 수 있으니, 농사, 의약, 병기, 배, 수레 같은 것을 제조함에 있어 무엇을 거리껴 본뜨지 않으려 하는가. 종교를 배척하되 기구를 본받는 것, 이는 본디 서로 부딪히지 않고 병행할 수 있는 일이다. 더구나 강약(强弱)의 형세가 이미 현저한 차이를 보이는 마당에, 저들의 기구를 본뜨지 않는다면 무슨 수로 저들의 침략을 막고 저들이 넘보는 것을 막을 수 있겠는가. 안으로 정교(政敎)를 닦고 밖으로 이웃과 수호를 맺으며, 우리나라의 예의를 지키고 부강한 나라와 나란히 함으로써 너희 사민들과 함께 태평 성세를 누릴 수 있다면, 어찌 아름답지 않겠는가.

전에는 교화하기 어려운 상황들만 익히 보이고 백성들의 마음이 안정되지 않더니, 마침내 6월의 변고[21]가 일어나 이웃 나라에 신의를 잃고 천하에 비웃음을 샀다. 국세는 날로 위태로워지고 배상금은 거만(鉅萬)에 이르렀으니, 어찌 한심하지 않겠는가. 일본 사람이 우리나라에 들어와서 우리를 학대하고 모욕하며 화의에 어긋난 일을 한 적이 있었는가? 다만 우리 군민들이 망령되이 의심하고 멀리하는지라 오랫동안 분노를 품고 있다가, 이렇게 까닭 없이 먼저 범하는 행동을 하였다. 그 잘못이 누구에게 있는지를 너희들은 생각해 보라.

이번에 다행스럽게도 일처리가 대강 이루어져서 옛날의 우호관계를 다시금 펼치게 되었고, 영국과 미국 등 여러 나라가 뒤이어 찾아와 항구를 열고 도성에 주둔하게 되었다. 모든 것은 일본 사람에게 했던

---

21 6월의 변고 : 1882년 6월 1일에 일어난 임오군란을 가리킨다.

전례대로 하였다. 항구를 열고 도성에 주둔케 하는 것은 만국의 통례(通例)로 우리나라에서 처음 행해지는 것이 아니니, 결코 경악할 일이 아니다. 너희들은 각기 두려움 없이 편안히 지내도록 하라. 선비들은 부지런히 공부하고 백성들은 편안히 농사를 지으면서, 다시는 '양(洋)' 이니 '왜(倭)'니 하는 말로 근거 없는 소문을 퍼뜨려 인심을 소란하게 하지 말라. 각 항구와 가까운 곳에서는 비록 외국인이 한가로이 다니는 경우가 있을 터이나, 일상적인 일로 보아 넘기고 먼저 시비 거는 일이 없도록 하라. 만일 저들이 능멸하거나 학대하는 일이 있다면 응당 조약 에 따라 처벌할 터, 결단코 우리 백성들을 억울하게 하면서 외국인을 보호하는 일은 없을 것이다.

아, 어리석으면서 제멋대로 하는 것은 성인(聖人)이 경계한 바이고, 아랫사람으로서 윗사람을 비방하는 것은 왕법(王法)에 의해 주벌해야 마땅하다. 가르쳐주지도 않고 처형하는 것은 백성을 그물질하는 것이 므로 이와 같이 나열하여 명백히 유시한다. 그리고 이미 서양과 수호를 맺은 이상 도성과 지방에 세워놓은 척양에 관한 비문들은 지나치기도 하려니와 시대도 변하였으니 모두 뽑아버리도록 하라. 너희 사민들은 각기 이 뜻을 잘 알라.

상참윤음 갑신년(1884, 고종21) 11월

常參綸音 甲申至月

왕은 말하노라. 아아, 부덕한 내가 만백성 위에 거하되, 어진 이를 등용할 뜻이 있으나 사람 알아보는 것에 밝지 못하고, 다스리고자 하는 마음을 품었으나 다스림의 요체를 알지 못하였다. 임금 자리에 있은 이래 21년 동안 간식소의(旰食宵衣)[22]하며 쉴 겨를도 없이 지냈으나, 잡무는 번잡하고[23] 백관은 해체되어, 맡은 바 일을 오로지 하지 못하고 성과도 이루지 못하였다. 뭇 소인배가 연줄로 섞여 들어와 총명을 어지럽히니, 난국의 형세가 날로 드러나도 스스로 깨닫지 못하다가, 10월의 변고[24]를 초래하여 하마터면 종사를 무너뜨릴 뻔하였다. 오호라, 변란이 생겨난 것은 하늘이 내린 것이 아니요, 다투어 해침은 오로지 사람 때문이로다.[25] 슬프다, 나의 예닐곱 재상과 수백의 생령,

---

22 간식소의(旰食宵衣) : 날이 새기 전에 일찍 일어나 옷 입고, 해가 진 뒤 늦게 저녁을 먹는 것을 가리키는 말로, 군주가 정사에 부지런함을 뜻한다.

23 잡무는 번잡하고 : 《서경》〈익직(益稷)〉에 "임금이 체통 없이 번잡하면 신하들이 게을러져서 모든 일에 실패할 것입니다.〔元首叢脞哉 股肱惰哉 萬事墮哉〕"라는 말이 보이는데, 여기서 인용한 듯하다. 공안국(孔安國)은 "총좌란 번잡하고 체통이 없는 것을 말한다.〔叢脞 細碎無大略也〕"라고 하였다.

24 10월의 변고 : 1884년 10월 21일에 일어난 갑신정변을 가리킨다.

25 오호라……때문이로다 : 《시경》〈시월지교(十月之交)〉에 "백성이 받는 재앙, 하늘이 내린 것 아니로다. 면전에서 칭찬하고 뒤에서 미워함은, 오로지 다투어 해치는 사람 때문이로다.〔下民之孽 匪降自天 噂沓背憎 職競由人〕"라는 구절이 있다. 직(職)은 다만의 뜻이고, 경(競)은 다툰다는 뜻이다.

중주의 용사와 이웃 나라의 상인들, 대체 하늘에 무슨 죄를 지었기에 그토록 많은 이들이 화를 입었단 말인가! 이미 오랜 시일이 지났건 만, 더욱 아프게 느껴지는구나.

오늘 이후 나는 징계할 바를 알았도다. 이에 속내를 펼쳐 너희 백관 와 백성들에게 허심탄회하게 고하노라. 여러 사람의 지혜를 모아 한 사람을 보좌하여도 오히려 부족할까 근심이거늘, 하물며 한 사람의 지혜로 백관의 일을 대신하니 어찌 난리가 일어나지 않겠는가. 오늘 이후 너희 만백성과 약속하노라. 짐은 스스로 총명한 척하지도 않고, 잡무에 간여하지도 않을 것이다. 간사한 소인들을 가까이 하지 않고 사재를 쌓아두지 않으며 오직 공적인 것만 따를 것이다. 임금의 책임은 재상을 간택하는 데 있고, 재상의 직책은 현량을 추천하는 데 있다. 오늘 이후 나라의 어지러움을 다스리는 일에 관해서는 나는 감히 아는 바가 없으니, 전적으로 정부에 책임을 맡기고 위임한 채 임무 완수하기 만을 기다릴 것이다. 너희 정부는 협심하여 정사를 보좌하며, 아는 즉시 행동하도록 하되, 눈치 보며 주저하거나 구차하게 영합하여 앞 사람의 잘못을 답습하지 말라. 너희 뭇 관료들과 백집사(百執事)들은 각기 맡은 소임이 있으니, 거리끼지도 흔들리지도 말라. 나는 그 일에 간섭하지 않을 것이다. 무릇 사람을 쓰거나 중대 사안을 결정하는 일이 생기거든, 반드시 공론이 정해진 연후에 내게 품고하여 결정토록 하라. 나는 따르지 않는 바가 없을 것이다.

아아, 너희 백료 서민과 팔도의 신사는 모두 나의 말을 들을지어다. 오늘 이후로 나는 몸소 자질구레한 일을 하지 않을 것이고, 소인을 임명하지 않을 것이다. 위에서는 팔짱 낀 채 있으리니, 아래에서는 직책 을 완수하라. 너희 뭇 관료들과 백집사들은 혹시라도 눈치 보며 주저하지도 구차하게 영합하지도 말라. 오호라, 환란의 끄트머리에 천심(天心)이 재앙 내린 것을 후회하나니, 만일 이 때에 미쳐 일을 정비하고 나 한 사람을 돕지 못한다면 환란의 불씨는 아직 꺼진 게 아닐 것이다. 너희 정부는 원대히 공정함을 잡으라. 나는 공경하며 따르지 않음이 없을 것이다. 만일 나의 공심(公心)을 진실이 아니라 의심하고 사심에 영합하고자 한다면, 이는 대신의 체모가 아니다. 오직 너희 정부에 죄가 있도다. 오호라, 나는 맹세하노니, 나의 말은 거짓이 아니다. 너희 중외의 백관과 서민 모두 마땅히 잘 알았으리라.

관서 선유문 갑오년(1894, 고종31) 9월

關西宣諭文 甲午九月

지금 세계의 정세는 전과는 크게 다르다. 만국이 둘러서서 강대국과 약소국이 서로 어우러져 있다. 자주(自主)할 수 없으면 나라가 될 수 없고, 자강(自强)할 수 없으면 자주할 수 없다. 우리나라는 옛날부터 하늘을 경외하라는 가르침을 지키면서 강역을 보존하고 백성을 길러왔다. 근년 이래로 각국과 수호 관계를 맺었는데, 일본국의 경우는 우리와 영토가 가장 가까워 이웃 간의 우의가 본디 돈독했다. 이번에는 군사를 일으켜 멀리까지 건너오면서, 노고와 비용조차 꺼리지 않았다. 이는 오로지 우리를 위해 자주의 권리를 지켜주고 자강의 도를 정비해주고자 함이었으니, 터럭만큼도 우리 권리를 침범하거나 우리 국민을 손상시킬 마음이 없었다. 우리 조정에서도 그 뜻을 깊이 알았기에 서로간의 우의가 더욱 돈독해졌다. 새로운 제도를 개혁하는 것도 한결같이 공의(公議)를 따랐으니, 나라에 보탬이 되고 백성을 편하게 하는 방도라 하겠다. 새로 임명된 방백과 수령은 모두 명망이 있고 청렴하며 공명한 사람으로 가려 뽑았다. 군신 상하가 밤낮으로 부지런히 일하는 까닭은 오직 이 백성을 물구덩이 불구덩이 속에서 구해내 함께 태평성세의 복을 누리고자 함이다. 또한 외인의 능멸을 막고 이웃 나라의 기대에 부응하려 함이다.

그런데 너희 대소 민인(民人)은 시의(時宜)를 강구하지 않고 옛 소견에 집착하여 망령되이 의심을 일으키면서, 일본인이 우리에게 이롭지 않다고 말하고, 새 제도가 백성에게 불편하다고 말한다. 너희들은 생각해보라. 요역을 가볍게 하고 부세를 적게 거두며, 포흠을 줄이고 폐단을 없애는 등의 일이 과연 너희에게 편한가, 불편한가? 이는 일본 인들의 말 때문이 아니라 곧 우리나라의 옛 제도를 널리 드러내는 일이 기도 하기 때문이다. 만일 일본인들이 우리를 해하려는 마음을 품었다 면, 기어코 우리의 선정을 막고 우리 생민을 해쳐야지, 어째서 도리어 권면하고 또 성과가 있는 것을 기뻐하겠는가.

지금 관서와 해서의 백성들은 막 큰 난리를 겪고서, 고향을 떠나 흩어져 떠돌아다니느라 천 리 안에 사람 흔적이라곤 볼 수 없다. 어서 속히 고향으로 돌아와 각기 생업을 복귀하고, 전날의 의심을 깨고 조정 의 명령을 삼가 지켜야 할 것이다. 만일 옛날의 폐단을 없애지 못한 경우, 수령이 백성을 학대하는 경우, 억울한 일을 밝히지 못한 경우가 있거든 마땅히 해당 관서에 명하여 호소하는 대로 공평하게 판결을 내림으로써 상달되지 못한 채 막혀있는 원망이 없게 할 것이다. 일본 군대가 아직 철수하지 않았으나, 인마(人馬)와 양식 등 필요한 일체의 것은 관령에 따라 시가에 준하여 공급함으로써 갈등이 생기지 않게 할 것이며, 이로써 조정이 이웃과 화목하게 지내고자 하는 지극한 우의 를 드러낼 것이다. 너희 백성들이 이 뜻을 깨닫지 못할까 염려되어 특별히 양서 선유사(兩西宣諭使)를 파견하여 일일이 포고하고, 전날의 미혹을 열어 깨우치게 하려는 것이니, 각자 잘 알아서 잘못 생각하는 일 없이 마음 편히 갖도록 하라.

흥선대원군²⁶의 삼남 효유문 갑오년(1894, 고종31)

興宣大院君三南曉諭文 甲午

간곡히 효유하노라. 우리 조정은 인후(仁厚)로 나라를 세우고 예의
로 풍속을 이루었도다. 대대로 이어온 태평성대 500년 동안, 백성이
오늘날까지 전란을 보지 못하였더니, 어쩌다 근자 이래로 기강이 해
이해지고 풍속이 점차 퇴락하여, 방백 수령의 탐학, 토호 강족(強族)
의 무단, 간사한 아전과 교활한 서리의 침탈이 날로 달로 늘어 이루
다 기록할 수조차 없는 지경이 되었다. 이에 우리 조종이 품고 지켜
야할 적자들은 도저히 살 길이 없어졌으니, 높고 먼 서울의 궁궐에
호소할 길 없어 마침내 동학(東學)의 이름에 기탁해 무리를 모아 스
스로를 지키면서 하루라도 요행히 살 수 있기를 바랐다. 그 정상을
헤아리건대, 아아 막막하고 처참하구나.

나는 본디 20여 년간 문 닫고 한가로이 지냈으며, 늙고 병들어 세상
일을 알지 못했다. 그러나 근자에 나라에 많은 어려움이 생겼기에 아픈
몸을 이끌고 궐에 들어갔다. 밖을 바라보니 사방 교외엔 보루도 많아

---

26 흥선대원군(興宣大院君) : 이하응(李昰應, 1820~1898)으로, 자는 시백(時伯),
호는 석파(石坡), 시호는 헌의(獻懿)이다. 영조의 친손 남연군(南延君) 이구(李球)의
아들이다. 1863년(철종14)부터 1873년(고종10)까지 10년간 섭정하였고, 1882년(고종
19) 임오군란 직후 잠시 정권을 잡았으나 명성황후의 계책으로 청나라로 연행되어 4년
간 유폐된다. 운현궁에 칩거하며 기회를 노리던 중 1894년(고종31) 동학농민운동으로
청일전쟁(淸日戰爭)이 일어나자 일본에 의해 영립되어 친청파(親淸派)인 사대당(事大
黨)을 축출하고 갑오개혁에 참여하게 되었다. 이 효유문도 이때 작성된 것이다.

연기와 먼지가 한 눈 가득이었으며, 안을 돌아보니 나라가 위태로워 그 형세가 마치 유리로 엮어 놓은 것 같았다. 팔도를 둘러보니, 믿고 나라를 지켜나갈 곳은 오직 삼남뿐이었다. 이렇게 믿고 있는 삼남인데 태반이 거짓에 전염되어 있다. 처음에는 원망을 호소하기 위해 일어났다가 점차 승세를 타고 움직였다. 도처에서 소동이 만연하고 법을 어기고 분수를 범하기에 이르니, 관리는 정사를 펼칠 수 없고 조정은 명령을 시행할 수 없으며 백성은 편안히 생업에 종사할 수 없다. 너희들이 한번 생각해보라. 이것이 과연 의로운 거사에서 비롯되었는가? 패륜의 거사에서 비롯되었는가? 오늘날 동학의 무리라 칭하는 자들은 난민(亂民)이다. 저들을 소탕하고 섬멸해야 마땅하나 나는 차마 난민이라는 죄목을 너희에게 씌울 수 없다. 너희들은 모두 우리 조종이 기른 양민이거늘, 내가 천성을 따르고 생명을 지켜주지 못하여 난을 일으키게 한 마당에 또 어찌 차마 칼날을 서로 마주하겠는가. 조정에서는 이미 삼도에 사신을 파견하여 덕의(德意)를 펼쳐 보였다. 너희들이 끝내 돌아오지 않는다면, 이는 조정과 맞서겠다는 뜻이다. 그리되면 난민이라는 죄목을 면할 수 없을 것이다. 국가의 은혜와 용서란 늘 있는 것이 아니니, 혹여 서로 끌고 들어가 같이 물에 빠지는 염려[27]가 생길까 두렵다. 이 또한 슬프고 애석한 일 아니겠는가.

이에 내가 성상의 뜻을 헤아려 속마음을 펼쳐 보이고 허심탄회한 포고를 내리는 것이다. 너희들이 만일 퍼뜩 깨달아 병기를 버리고 밭으

---

27 서로……염려 : 윤서(淪胥)는 같이 끌고 들어가 함정 등에 빠뜨리는 것을 말한다. 《시경》〈우무정(雨無正)〉에 "이처럼 죄 없는 사람, 같이 끌고 들어가 고통에 빠뜨렸도다.〔若此無罪 淪胥以鋪〕"라는 구절이 있다.

로 돌아간다면 결단코 터럭만큼도 처벌할 리가 없을 것이다. 지금 가을 농사도 이미 익었으니 부모 처자와 함께 배부른 즐거움을 누리고 영원히 태평성세의 백성이 되라. 능력 있고 깊이 연구한 바 있는 자는 마땅히 정부에서 그 재주에 따라 거두어 쓸 것이다. 만일 포고문의 경계를 따르지 않고 범법을 자행하며, 벌처럼 모여 개미처럼 진을 진 채 관망하며 해산하지 않는다면, 이는 큰 화를 자초하는 것이라 나 또한 가여워도 도와줄 방도가 없다. 나는 이제 여든 나이가 다 되어가는지라, 달리 얻고자 도모하는 바도 없다. 오로지 한 가지 생각은 종사와 생령에 있을 뿐이다.

하늘의 해가 위에 있는 이상, 결코 속이지 않을 것이다. 만일 믿지 못할 것 같으면, 너희 중에 사리에 밝은 자 서넛이 직접 와서 깨우침을 들으라. 그리하면 분명 얼음 녹듯 의구심이 사라지고, 잘못을 알고서 두려워할 것이다. 근자에 조정에서 행하고 있는 개혁정치를 너희들도 들어보았느냐? 백성을 해치던 종전의 잘못된 폐단을 하나하나 바로잡고, 이웃 간의 우의를 닦으며 화평의 복을 더욱 두터이 하고 있다. 이는 모두 우리 성상께서 나라와 백성을 위하는 고심이다. 너희들은 마땅히 우러러 지극한 뜻에 부합하고 잘못 생각하는 일 없이 복종해야 할 터, 어째서 평온한 낙토를 버리고 위난한 곳에 스스로 나아가느냐? 아아, 지금이야말로 너희들의 화복(禍福)이 갈리는 시기이며, 사느냐 죽느냐가 판가름 나는 고비이다. 나의 말은 여기에서 그치거니와, 각자 잘 듣고서 후회에 이르지 말도록 말라.

개혁 때의 교령이 모두 10편이나 1편만 수록한다.

인재를 등용함에 문벌을 제한하지 말라는 교령 임오년(1882, 고종19)

用人不限門地敎 壬午

국가가 관직을 둔 것은 위로는 공경으로부터 아래로는 백집사(百執事)에 이르기까지, 모두 하늘의 일을 대신해 백성을 다스리게 하려 함이다. 하나의 관직이라도 직책에 부합하지 못하면 그 피해가 백성과 나라에게 돌아간다. 인재를 내는 데는 귀천의 차이가 없다. 주나라 무왕(武王)이 주왕(紂王)을 꾸짖어 말하기를, "벼슬을 시키되 대대로 한다."[28]고 하였고, 《춘추(春秋)》에서는 세경(世卿)을 기롱하였다.[29] 우리나라는 신라와 고려 이래로 귀족을 숭상하긴 하였으나 우뚝 이름이 난 사람들은 대부분 가난한 집[30]에서 나왔다. 우리 조정은 수백

---

28 벼슬을……한다 : 《서경》 〈태서 상(泰誓上)〉에 보인다.

29 세경(世卿)을 기롱하였다 : 《춘추좌씨전》 은공(隱公) 3년 조에 보인다.

30 가난한 집 : 원문은 '옹유(甕牖)'와 '승추(繩樞)'로, 깨진 항아리로 문을 만들고 노끈으로 돌쩌귀를 동인다는 것으로 극히 가난한 집을 이른다. 가의(賈誼)의 〈과진론(過秦論)〉에 "진섭(陳涉)은 옹유승추의 자식이다.〔陳涉甕牖繩樞之子〕"라는 구절이 보인다.

년 동안 태평성대를 누려 경내가 무사하였다. 관에서는 순자격(循資格)[31]을 썼고 선비들은 난세에나 볼 수 있는 기이한 절조를 보이지 못했기에, 오로지 문벌만 숭상할 뿐, 현명한지 어리석은지는 묻지 않았다. 이 때문에 벌열 가문의 사람은 나면서부터 절로 드러났고, 한미한 가문의 사람은 나면서부터 절로 버려졌다. 그러나 막상 일이 터지면 망연자실하여 그저 전례를 따르기에만 힘쓸 뿐이었다. 예전처럼 경내가 무사한 때에는 옛날 관습에 젖은 채 각기 맡은 직분에 편히 거해도 괜찮았다. 그러나 지금은 바야흐로 바다 건너 나라와 수교하느라 사무가 복잡하니, 또 다시 상법(常法)만을 따르면서 파격적인 천거를 하지 못한다면, 직무가 땅에 떨어져 나라를 지탱하기 어려울 것이다.

지금부터 이부에서 사람을 쓸 때는 오직 재주만 보고 문벌을 제한하지 말도록 하며, 문무의 직임도 각기 능력에 따라 맡기고 세업(世業)에 구속됨이 없도록 하라. 재상의 그릇은 판축하는 데서 나오기도 하며,[32] 장수의 인재는 군대의 대오에서도 뽑힐 수도 있다. 한 가지 재주, 한 가지 능력만 가진 선비라도 마땅한 자리를 잃지 않도록 해야 한다. 이는 천리의 공정함이요 때에 따른 조처의 마땅함이다. 이와 같이 한다면 나라를 보존할 수 있겠지만 이와 같이 하지 못한다면 나라가 위태로워진다. 내가 어찌 나라의 풍속을 어지럽히기 좋아해서 이러겠는가.

---

31 순자격(循資格) : 당나라 현종(玄宗) 개원(開元) 18년(730)에 시중 겸 이부 상서(侍中兼吏部尙書) 배광정(裴光庭)이 제정한 것으로, 임직한 햇수와 자질로써 관직 제수의 근거를 삼는 법으로, 오늘날 호봉에 따라 직급이 상승하는 제도와 유사하다.

32 재상의……하며 : 《맹자》〈고자 하(告子下)〉에 보면 상(商)나라의 재상이었던 부열(傅說)은 판축(版築), 즉 성을 쌓는 공사장에서 등용되었다고 한다.

안으로는 정부의 육조 장관과 밖으로는 팔도의 방백 수령까지, 힘써 이런 인재를 찾아 각기 한 사람씩 추천하여 서울로 보내라. 그리하면 내 장차 가려서 등용하겠다. 천거한 자가 쓰기에 적합하면 반드시 상을 줄 것이나, 만일 사사로움을 좇아 망령되이 천거하면 벌을 면하기 어려울 것이다.

교서는 모두 3편이나 1편만 수록한다.

문충공 김종수[33]를 정조 묘정에 다시 배향하는 교서
병인년(1866, 고종3)
文忠公金鍾秀復配享正祖廟庭教書 丙寅

왕은 말하노라.

철인(哲人)을 본받는 자들은 모두 요 임금의 인(仁)을 우러르나니,
선왕께서 맡기신 중임을 좇음이요, 더불어 흠향하는 바로 은나라의
예(禮)를 살펴보기에 족하니, 이에 원신(元臣)을 배향하는 의식을 복
원함이라. 이제 다 함께 상의한 바에 의거하여 배향하니, 마치 옆에
계시는 듯 위로가 되도다. 경(卿)은 얼음 항아리처럼 깨끗한 지조를
지니신 천지의 빼어난 인물이라. 효를 충으로 옮기심에 본령의 정대함
을 알 수 있도다. 배우고서 여유가 있어 벼슬에 나왔으나[34] 본디 심원한

---

33 김종수(金鍾秀) : 1728~1799. 본관은 청풍(淸風), 자는 정부(定夫), 호는 몽오
(夢悟)·진솔(眞率)이며, 시호는 문충(文忠)이다. 김치만(金致萬)의 아들로 1768년
(영조44) 식년문과에 급제, 벼슬은 좌의정을 지냈다. 벽파(僻派)의 영수이며 문장에
뛰어났다. 문집으로 《몽오집》이 있다.

34 배우고서……나왔으나 : 《논어》〈자장(子張)〉의 "배우고서 넉넉하면 벼슬한다.
〔學而優則仕〕"라는 말에서 따왔다.

연원이 있었으며, 말에는 내용이 있고 행동에는 도리가 있어 그 모든 것이 후배의 모범이 되었다. 언행이 정의에 부합하고 사사로운 이익을 도모하지 않았기에,[35] 홀로 옛 명유(名儒)들의 진체(眞體)를 얻었다. 한 마디 말을 잠저(潛邸)[36]에 바침에, 천고에 다시없을 어수(魚水)[37]의 만남을 이루었으니, 은미하다! 근본을 둘로 나누지 않는 의리여! 귀신에게나 물어볼 수 있을까. 밝도다! 죽어도 다른 마음 갖지 않겠다는 뜻이여![38] 일월과 빛을 다투는구나. 군신(君臣)이 함께 중도(中道)에 나아가 홍범구주(洪範九疇)[39]에서 변함없는 인륜을 펼쳤고, 필삭(筆削)[40]으로 임금의 판결을 모두 받들어 《춘추》 한 권의 대의를 밝혔다.

---

35 언행이……않았기에 : 이 말은 언행이 정의에 부합하고 사사로운 이익을 도모하지 않는다는 뜻으로, 《한서(漢書)》 권56 〈동중서전(董仲舒傳)〉에 나온다. "어진 이는 언행이 정의에 부합하고 사적인 이익을 도모하지 않으며, 도리를 밝히며 공을 계산하지 않는다. 때문에 중니의 문하에서는 오척동자도 오패를 언급하는 것을 수치스러워하면서 저들은 사기와 무력을 앞세우고 인의를 뒤로 하였다고 말한다.〔夫仁人者 正其誼不謀其利 明其道不計其功 是以仲尼之門 五尺之童 羞稱五霸 爲其先詐力 而後仁義也〕"

36 잠저(潛邸) : 원문은 '용잠(龍潛)'이다. 용이 잠겨 있다는 뜻으로 임금이 제왕이 되기 전에 왕자로 있을 때를 이른다.

37 어수(魚水) : 임금과 신하 사이의 서로 믿고 의지하는 깊은 교분을 뜻한다.

38 죽어도……뜻이여 : 위(衛)나라 세자 공백(共伯)이 일찍 죽자 그의 아내 공강(共姜)이 절개를 지키려 하였는데, 그녀의 부모가 재가시키려 하자 공강이 자신의 의지를 노래하였다. "둥둥 떠 있는 저 잣나무 배여, 황하 가운데에 있도다. 저 다팔머리 드리운 분이시여, 실로 나의 짝이시니, 죽을지언정 맹세코 다른 사람에게 가지 않으리라. 하늘 같은 어머님이, 이토록 사람 마음 몰라주시는가!〔汎彼柏舟 在彼中河 髧彼兩髦 實維我儀 之死矢靡他 母也天只 不諒人只〕"《詩經 柏舟》

39 홍범구주(洪範九疇) : 《서경》 〈홍범(洪範)〉에 기록되어 있는, 우(禹)가 정한 정치 도덕의 아홉 원칙, 즉 오행·오사·팔정·오기·황극·삼덕·계의·서징(庶徵) 및 오복과 육극, 총 아홉 가지 범주를 말한다.

자리 앞에서 대답을 구할 때면 싸워 바로잡는 충언을 도맡았고, 소매 속에 탄핵문을 넣어 왔을 때는 선(善)을 권면하는[41] 명견을 드높였다. 성인의 칭송은 영서(靈犀)의 광채[42]를 허여하였고, 좋은 벼슬은 우는 학의 미쁨을 얻음이라.[43] 몸에 다섯 개의 부절을 차고서 심복의 자리에서 숙위를 장관하고, 팔대(八代)의 쇠락을 진작시킨 문장[44]으로 규장각에서 어필을 드날렸다. 특별한 감식안은 전형(銓衡)에서 빛나, 청렴한 이 높여주고 더러운 이 내쳤으며, 간택에 임해서는 몽복(夢卜)[45]보다 어질어, 화갱(和羹)[46]과 제천(濟川)[47]이 되셨도다. 어찌 다만 세상을

---

40 필삭(筆削) : 쓸 것은 쓰고 지울 것은 지워 버림을 뜻하는데, 여기서는 사필(史筆)을 쥐고 문장에 첨삭을 가하는 것을 가리킨다.

41 선(善)을 권면하는 : '헌가체부(獻可替否)'라는 말에서 나왔다. 이 말은 선을 권면하고 과오를 고치도록 진언하는 것으로 개혁을 건의하는 말로 사용된다.

42 영서(靈犀)의 광채 : 영서는 좋은 서각(犀角)을 말한다. 조선시대 일품 벼슬아치가 허리에 서각대를 두른 것을 말한다.

43 좋은……얻음이라 : 호작자미(好爵自縻)라는 말을 인용한 것이다. 이 말은 좋은 벼슬은 저절로 그 몸에 이르게 된다는 뜻인데, 원래 출전은 《주역》〈중부(中孚) 구이(九二)〉 효사(爻辭)다. "우는 학이 뜰에 있으니, 새끼 학이 화답한다. 나에게 좋은 벼슬이 있으니, 내가 너와 더불어 얽히노라.〔鳴鶴在陰 其子和之 我有好爵 吾與爾縻之〕이다."

44 팔대(八代)의……문장 : 소식(蘇軾)은 당대(唐代) 문인 한유(韓愈)의 업적을 기리며 지은 〈한문공묘비(韓文公廟碑)〉에서, "문장으로 여덟 대(代) 동안의 쇠락함을 일으켰다.〔文起八代之衰〕"라고 말한 바 있는데, 김종수의 문학을 기리기 위해 이 말을 차용한 것이다.

45 몽복(夢卜) : 현상(賢相)을 얻는다는 뜻이다. 옛날 은(殷)나라 고종(高宗)이 꿈으로 인하여 부열(傅說)을 얻고, 주(周)나라 문왕(文王)이 점으로 여상(呂尚)을 얻은 고사에서 나온 말로, 널리 인재를 등용한다는 뜻으로 쓰인다.

46 화갱(和羹) : 《서경》〈열명 하(說命下)〉에 은(殷)나라 고종(高宗)이 부열(傅說)

보좌한 큰 공뿐이랴! 이처럼 알아주시는 중임을 얻어 금화촉(金華燭)이 거의 다 타들어갔고,[48] 온화하고도 진심어린 마음 조금의 격의도 없어 황봉주(黃封酒)[49] 술자리는 무르익었다. 성대히 울리는 술잔 주고받는 소리, 나 또한 즐겁구나. 너는 곧 나와 같으니, 이 사람 없었다면 나는 누구와 함께할까.

하늘이 신하를 내려주심에, 평생 그의 손을 빌린 까닭은 곧은 도리와 믿음직함에 있었나니, 위에 있으면서 아래를 능멸하지 않았고, 아래 있으면서 위를 더위잡으려 하지 않았다. 단 한 가지 재주도 없었지만,[50]

에게 "내가 국을 요리하거든 네가 소금과 매실이 되라.〔若作和羹 爾惟鹽梅〕"한 데서 유래하여 재상을 뜻하는 말로 쓰였다.

47　제천(濟川) : 《서경》〈열명 상(說命上)〉에 고종이 재상들에게 명하기를, "아침저녁으로 가르침을 올리어 내 덕을 도와주오. 만약 내가 쇠라면 그대를 숫돌로 삼겠으며 만약 큰 냇물을 건너게 된다면 그대를 배와 노로 삼겠소.〔朝夕納誨 以輔台德 若金 用汝作礪 若濟巨川 用汝作舟楫〕"라고 한 데서 유래했다. 제왕을 보좌하는 재상을 뜻한다.

48　금화촉(金華燭)이……타들어갔고 : 《구당서(舊唐書)》〈유공권전(柳公權傳)〉에 나오는 고사이다. "매번 욕당으로 불러 문대하실 때마다 촛불이 연이어 바닥을 보였으나 말씀이 아직 끝나지 않으면 촛불을 가져가지 못하게 하였으므로 궁인이 촛농으로 종이를 문질러 촛불을 대신하였다.〔每浴堂召對 繼燭見跋 語猶未盡 不欲取燭 宮人以蠟淚揉紙繼之〕" 후에 '발촉지자(跋燭之咨)'라는 군왕이 은혜로써 대우하며 물음을 구하는 것을 뜻하는 말로 사용되었다. 발촉(跋燭)이란 거의 다 타가는 촛불을 가리킨다.

49　황봉주(黃封酒) : 황봉은 임금이 하사한 술로, 임금이 내린 술은 누런 종이로 봉하기 때문에 이렇게 이른다.

50　단……없었지만 : 《서경》〈진서(秦誓)〉에서 인용하였다. "여기 한 신하가 있는데, 특별한 재주가 전혀 없어도 덕이 높고 관대하여 다른 사람을 받아들일 수 있다. 남에게 재능이 있으면 마치 자신에게 있는 것처럼 여기고, 남의 덕이 높으면 진심으로 그를 좋아하고 받아들이면서 말로만 칭찬하는 데 그치지 않는다.〔若有一個臣 斷斷兮無他技 其心休休焉 其如有容焉 人之有技 若己有之 人之彦聖 其心好之 不啻若自其口出〕"

그로 인해 소인의 도는 쇠락하고 군자의 도는 자라났다. 만고의 밝고 밝은 대경(大經)을 높이 드러냄에, 한 겨울에도 굳세게 서 있는 고송(孤松)처럼 늠름하고, 질주하는 물결 속에서도 버티고 서있는 기둥처럼 우뚝하였다. 타고난 성품을 지키면서 험난함을 무릅쓰고 앞으로 나아갔고, 미리 예측하는 것은 신이 알 바 아니라면서 성패를 마음에 두지 않았다.[51] 아아, 경수(涇水)와 위수(渭水)는 나란히 흘러도 합쳐지기 어려운 법, 백 년의 풍상을 겪어도 꺾이지 않았도다.

못가를 거닐며 읊조리다가[52] 이내 임금의 믿음을 입었고, 고고히 수풀 사이를 다닐 때에도 조정 향한 근심을 놓지 못했다. 그 뜻과 사업은 갈수록 견고해져 저물어가는 정원에서도 한화(寒花)를 읊었으니, 그가 남긴 공로와 이로움이 그토록 멀리 미쳐, 교악(喬嶽)과 태산(泰山)에까지 울릴 줄 그 누가 알았으리. 금강산과 철원을 여행할 때에는 은하수가 도로에 연신 너울거렸고, 동곽에 한매(寒梅)를 심은 정취에 봄바람이 교외에 흩뿌렸도다. 아직 청명한 시절을 보좌할 여력 있거늘, 어찌하여 갑자기 중도에 세상을 뜨고 말았는가?[53] 물은 흐르고 달빛은

---

51 미리……않았다 : 이 말은 제갈량(諸葛亮)의 〈후출사표(後出師表)〉에서 인용했다. "모든 일이란 이처럼 미리 알기 어려운 것입니다. 신은 그저 죽을 때까지 온 힘을 다할 뿐, 성공할지 실패할지, 이로울지 불리할지는 신의 눈으로 미리 볼 수 있는 바가 아닙니다.〔凡事如是難可逆見 臣鞠躬盡力死而後已 至於成敗利鈍 非臣之明所能逆睹睹也〕"

52 못가를 거닐며 읊조리다가 : 굴원(屈原)의 〈어부사(漁父詞)〉 중, "굴원이 쫓겨나 강가에서 노닐고 못가를 거닐면서 시를 읊조리매 안색이 초췌하고 형용에 생기가 없었다.〔屈原既放 游於江潭 行吟澤畔 顏色樵悴 形容枯槁〕"에서 인용하였다.

53 중도에……말았는가 : 원문의 '기기미(騎箕尾)' 혹은 기기(騎箕)는 대신의 죽음을 가리킨다. 《장자(莊子)》〈대종사(大宗師)〉에 나온다. "부열은 도를 얻어 무정의 재상

빛나건만, 가슴 아픈 임금님 어진 이를 그리워하시고, 용이 떠나고 호랑이가 죽으니 슬픔에 찬 선비들 정도(正道)를 잃고 헤매었다. 배향하여 면례(緬禮)[54]를 거행하는 날, 서유자(徐孺子)의 고풍에 탄식하였고, 시호 고치는 의식을 행하라 교유가 내려온 날, 곽가(郭家)에서의 비례(非禮)를 증험하였다.[55] 천년 사이의 일이 마치 하나로 엮은 듯하니, 모두 한 시대에 힘써 일했던[56] 영웅호걸임을 알겠다.

근자에 정조의 신주가 태실에 들어가는 날을 맞이하여 종신(宗臣)을 묘정에 배향하는 의전이 있었다. 24년간이나 창도해온 다스림을 추앙함에 있어서는 때로 우열을 논하기도 하였으나, 삼정승이 모두 덕성스

으로써 온 천하를 다스렸으며, 동유를 올라타고 기수의 꼬리를 차지하여 열성과 나란히 하였다.〔傳說得之以相武丁 奄有天下 乘東維 騎箕尾 而比于列星〕"

54 면례(緬禮) : 무덤을 옮겨서 다시 장사지내는 일을 가리킨다.

55 곽가(郭家)에서의……증험하였다 : 후한(後漢)의 고사(高士) 서치(徐穉)는 각지를 유력하다가 누가 죽거나 상을 당하면 도보로 먼 길을 찾아가서 제사를 올린 뒤에 곧장 떠나갔으므로 그가 누구인지 상주도 몰랐다고 한다. 그런데 곽태(郭太)가 모친상을 당했을 적에 누군가가 그의 여막 앞에 생추(生蒭) 한 묶음을 놔두고 떠났기에 사람들이 괴이하게 여겼더니, 곽태가 "필시 남주(南州)의 고사 서유자(徐孺子)일 것이다. 《시경》〈백구(白駒)〉에 이르지 않았던가, '망아지에게 먹이는 싱싱한 풀 한 다발, 그 사람 백옥처럼 아름다운 분'이라고. 하지만 나의 덕이 어떻게 이것을 감당할 수 있겠는가.〔及林宗有母憂 穉往弔之 置生蒭一束于盧前而去 衆怪 不知其故 林宗曰此必南州高士徐孺子也 詩不云乎 生蒭一束 其人如玉 吾無德而堪之〕"라고 탄식했다고 한다. 유자(孺子)는 서치의 자이다. 《後漢書 卷53 徐穉列傳》

56 힘써 일했던 : 《시경》〈시월지교(十月之交)〉에 "힘써 일하면서 감히 수고롭다 말하지 못하네.〔黽勉從事 不敢告勞〕"라는 구절이 보이는데, 왕선겸(王先謙)은 《시삼가의집소(詩三家義集疏)》에서, "'민면(黽勉)'은 '밀물(密勿)'이라고도 한다."라고 하였다.

럽다 여긴 신하를 추대함에 있어서는 사람들이 이론이 없었다. 저승에 서건 이승에서건 처우에 다름이 없으니, 내용과 형식 모두 마땅함을 얻었으나, 추위와 더위란 왔다가 가는 것, 세상사 거듭 변함에 탄식하노라. 아, 지난날 비석이 쓰러짐은 후예들이 침전에 제사지내는 의식을 그만두었을 때에 일어난 일이라, 몇 년 동안이나 여름제사 봄제사 겨울제사 가을제사가 거의 행해지지 못하였다. 생각건대 오늘까지도 위아래를 오르내리며, 여전히 쇠하지 않은 채 미련을 두고 계시리라. 나지막이 읊조리며 일생을 보냈기에 이미 '신을 알아주고 신을 죄 준다'는 구절[57]을 들었고, 공의(公議)는 반드시 백 대를 기다려야 하니, 어찌 '이를 폐함은 죄 때문이다.'라는 의론[58]이 없겠는가. 원년에 소자가 그 자애로운 가르침을 입었기에, 처음으로 당파의 금고를 풀고서 어둠을 떨치고 막혀있던 자를 꺼내주었다. 하물며 명의가 남아 있는 바라, 시호와 관직도 복원하였다.

위대하구나. 역사에 기록할만한 공렬은 전왕께서도 잊지 않으셨다. 봄물은 넓고 아득하여 감회가 일어나니, 어디에서 다시 찾아올까? 가을 해처럼 빛나는 기상은 대향(大饗)에 속할만하다. 일곱 대 동안의 덕정을 살펴보니 옛날 배향했던 자를 복원한 일 있었고, 한 사람의

---

57 신을……구절 : 《맹자》〈등문공 하(滕文公下)〉의 "《춘추》는 천자의 일이다. 때문에 공자는 '나를 알아주는 것도 《춘추》이고, 나를 죄 주는 것도 《춘추》일 것이다.'라고 말했다.〔春秋 天子之事也 是故孔子曰 知我者 其惟春秋乎 罪我者 其惟春秋乎〕"에서 나온 말, '지아죄아(知我罪我)'를 인용했다. 자신에 대한 남들의 칭찬과 비방, 즉 평가를 가리킨다.

58 어찌……의론 : 《서경》〈대우모(大禹謨)〉에서 "그 사람을 생각하는 것은 공적 때문이요, 그 사람을 폐함은 죄 때문이다.〔念茲在茲 釋茲在茲〕"라고 하였다.

탄식을 줄이고자 하는 데는 조정의 논의가 모였다. 모두 말하기를 한번 가고 오지 않는 것은 없다고 하니, 하늘의 뜻을 기다렸는가, 이제야 비로소 영원히 쉴 수 있게 되었다. 이에 경을 다시 정조의 묘정에 배향하노니, 융숭한 의식은 새로워졌으나 가깝게 느껴짐은 마치 어제와 같구나. 오래도록 방황하였으니, 영령께서는 아마도 희비가 교차하시리. 밝고 어진 이 다시 만났으니, 온화한 가르침을 너는 듣고 행하라. 어렵게 나아가고 쉽게 물러난 절개를 살펴보니 지금까지도 변치 않았고, 덕을 숭상하고 현자를 본받던 의식은 옛날을 상고해보아도 모자람이 없다. 아아, 전에 없던 법도가 다시금 높아지고, 아름답고 굳센 공렬이 더욱 드러나도다. 처음부터 끝까지, 억년 만년 많은 복을 영원토록 내려주시고, 왼쪽에서 또 오른쪽에서 우리 자손과 만백성을 늘 보호하소서.

모두 17편이나 10편만 수록한다.

청원부원군 김시묵[59] 치제문 정묘년(1867, 고종4) 4월
清原府院君金時默致祭文 丁卯四月

경께서는	惟卿
명망과 덕행으로 이름난 양반가문의 자손	名德世胄
성명한 시절에 올곧은 신하로서	明時純臣
어짊을 쌓고 경사를 길러	積仁毓慶
우리 조정의 유신[60]이 되었도다	作我有莘
나아가고 물러남에 법도가 있어	進止有常
박륙후[61]와 같은 충심을 바치었고	博陸輸忠

59 김시묵(金時默) : 1722~1772. 본관은 청풍, 자는 이신(而愼), 시호는 정익(靖翼)으로, 정조의 장인, 효의왕후(孝懿王后)의 아버지이다. 영조 때 여러 관직을 지냈으며, 1776년(정조 즉위년) 딸이 왕비로 진봉되면서, 영의정·청원부원군에 추증되었다.

60 유신(有莘) : 상(商)나라 탕(湯) 임금은 유신씨(有莘氏)의 딸을 아내로 맞이했다. 여기서는 김시묵의 딸이 정조의 왕후가 되었기에 유신이 되었다고 한 것이다.

61 박륙후(博陸侯) : 한 무제 때 대장군 곽광(霍光)을 가리킨다. 곽광은 일찍이 무제의 유조(遺詔)를 받들어 어린 소제를 잘 보필해서 천하가 태평하게 잘 다스려졌으나, 소제가 막 죽고 나자 선제(宣帝)가 친정을 하면서 곽씨 일족의 병권을 거둬들이고 마침내 모반했다는 이유로 곽씨를 멸족시켰다.

돈후함과 겸양의 덕으로	敦厚退讓
만석군[62]의 가풍을 이으셨도다	萬石家風
대각에선 빼어난 이름을 날리고[63]	蜚英臺閣
일에 임하여선 간언을 다하였으며[64]	臨事盡言
10년 경험의 장수로	十年宿將
위력을 길러 국경을 지켰도다[65]	養威閫門
입으로는 함부로 말하는 법 없었고,	口無雌黃
몸에는 법도에 어긋나는 행실 없었도다	身無擇行
자손은 가득 차고 넘칠까 경계하였고[66]	子孫戒盈
규문은 깨끗하고 맑았도다	閨門清靜
밝게 빛나는 무소 허리띠[67]	赫赫犀帶

62 만석군(萬石君) : 석분(石奮, ?~기원전 124)은 전한 때의 대신이다. 대단한 학식
은 없었으나 공손하기 이를 데 없었다. 한 고조는 그의 겸양이 마음에 들어 그의 누이를
미인(美人)으로 맞이하기도 하였다. 경제(景帝) 때에는 구경(九卿)의 반열에 올라 2천
석(二千石)이 되었고, 네 아들의 관직 역시 2천 석에 올랐기에 세상에서는 그를 만석군
이라고 불렀다.

63 대각(臺閣)에선……날리고 : 비영등무(蜚英騰茂)에서 나온 말이다. 비(蜚)는 비
(飛)와 통하며, 영(英)은 명성을 뜻한다. 무(茂)는 실제 업적을 가리킨다. 이 네 글자는
곧 사람의 명성과 사업이 날로 창성하는 것을 뜻하는 말로 쓰인다.

64 일에……다하였으며 : 김시묵은 1759년에 대사간을 지냈다.

65 위력을……지켰도다 : 1769년 병조 판서와 어영대장을 지냈다.

66 자손은……경계하였고 : 지만계영(持滿戒盈)에서 나왔다. 물이 가득 든 그릇을 들
고서 혹 넘칠까 조심하는 것을 가리키며, 더 나아가 높은 지위에 있지만 교만하지 않도
록 스스로를 경계한다는 뜻으로 사용된다. 조조(曹操)의 〈선재행(善哉行)〉의 세 번째,
"물이 가득한 그릇을 들고 넘치지 않게 할 수 있다면 덕 있는 자가 능히 좋은 끝을
볼 수 있도다.[持滿如不盈 有德者能卒]"가 그 출전이다.

허리에 드리움에 황송해하였고   垂之斯悚

휘황하게 빛나는 부월   煌煌鈇鉞

땅에 짚으심에 두려워 하였도다   仗之斯恐

내 그 분의 묘지명을 보니   我觀幽銘

마치 그 사람을 보는 듯   如見其人

그의 어진 부인도   亦惟賢配

본분을 지키며 제사 의식을 훌륭히 모시었도다[68]   儀協蘋蘩

후손들 그 업적을 이어[69]   來孫繩武

젊은 나이에 관직에 오르고   妙齡釋褐

그 가르침을 떨어뜨리지 않으니   不墜厥訓

남은 경사가 이에 드러났도다   餘慶乃發

나의 기쁨 두 배인 것이   予喜倍常

---

67 무소 허리띠 : 1품의 벼슬을 가진 관리가 허리에 두르던 띠이다. 무소의 뿔로 만든 장식물을 붙였기에 서대라 하였다.

68 본분을……모시었도다 : 《시경》〈채빈(采蘋)〉과 〈채번(采蘩)〉에서 유래한 말이다. 〈채빈〉 서문에서 이르기를, "〈채빈〉은 아녀자가 본분을 잃지 않는 것을 말한다. 아녀자가 능히 제사를 잘 받들 수 있으면 본분을 잃지 않는 것이다.〔采蘩 夫人不失職也 夫人可以奉祭祀 則不失職矣〕"라고 하였다. 후에 '빈번'은 제사를 모시는 의식, 혹은 아녀자의 본분 등을 뜻하는 말로 사용되었다.

69 후손들……이어 : 《시경》〈하무(下武)〉에 "앞으로 올 날 밝히어, 조상의 발자취를 밝히시면, 아, 만년이 되도록 하늘의 복 받으시리라.〔昭玆來許 繩其祖武 於萬斯年 受天之祜〕"라는 구절이 있다. 주희(朱熹)는 《시경집전(詩經集傳)》에서, "승은 잇는 것이고, 무는 자취다. 무왕의 도는 이토록 밝아, 후세가 능히 그 자취를 이을 수 있다는 뜻이다.〔繩 繼 武 迹 言武王之道 昭明如此 來世能繼其迹〕"라고 설명하였다. 후세 조상의 업적을 잇는 것을 일러 '승무'라고 하였다.

어찌 사사로움 때문일까   豈以伊私

헌에 임하여 은총을 하사하며   臨軒錫寵

길게 읊조림에 감회가 이누나   永言興思

관원을 시켜 제사 올림으로   佇官致侑

나의 정성을 표하노라   以表予忱

영혼이 있거든   靈如不昧

내려와 흠향하시라   庶格斯歆

문충공 김상용[70] 치제문 을해년(1875, 고종12)
文忠公金尙容致祭文 乙亥

인조 때에 신하가 있었으니	仁廟有臣
시호는 문충이라	曰惟文忠
일어나 왕가를 보좌함에	作輔王家
전심전력 하였도다	盡瘁盡瘁
그 옛날 병자호란, 정묘호란	昔在丙丁
임금의 발걸음 창망할 제	國步蒼黃
조용히 살신성인하며	從容成仁
한 손으로 기강을 지켜내었도다	隻手扶綱
임금은 욕을 입고 신하는 죽는 와중에	主辱臣死
조금의 의혹도 없이 처신하였기에	處茲不惑
의로운 명성 드높았고	義聲彰聞
온 세상이 놀라 탄복하였도다	華夷驚服
저 먼 옛날	瞻彼太古
종신께서 남긴 모습 우러러보니	宗臣遺像
그 늠름한 청풍은	凜然淸風
백세토록 앙모하는 바	百世猶仰

---

70 김상용(金尙容) : 1561~1637. 본관은 안동, 자는 경택(景擇), 호는 선원(仙源)·
풍계(楓溪), 시호는 문충(文忠)으로 김극효(金克孝)의 아들이다. 성혼(成渾)의 문인
으로 1590년(선조23) 문과에 급제, 벼슬은 예조·이조 판서를 지냈다. 1636년(인조14)
병자호란 때 강화로 피란했다가 이듬해 강화성이 함락되자 폭약에 불을 붙여 자살했다.

갑자가 세 번 돌았음에도   舊甲三回

나의 그리움은 점점 더하도다   采增予懷

경의 자손들 관직에 올라   卿孫釋褐

마침 이 조정에 있으니   適在是時

나는 인재를 얻어 기쁘고   予喜得人

경은 후손이 있어 기쁘리   卿則有後

관원을 시켜 제사를 올리니   伻官致侑

이 술 흠향하시라   庶歆斯卣

문정공 김경여[71] 치제문 정축년(1877, 고종14) 봄

文貞公金慶餘致祭文 丁丑春

경께서는	惟卿
한 겨울에도 맨 뒤에 시들어	大冬後凋
천 길 벽 위에 서 있었네	千仞壁立
친소를 구분하는 마음 없이[72]	心無適莫
오직 의로운 자와만 함께 하시었네	惟義與合
문장은 경술에 근본을 두었고	文本經術
학문에도 연원이 있었네	學有淵源

---

71 김경여(金慶餘) : 1596~1653. 자는 유선(由善), 호는 송애(松厓)로, 김광유(金光裕)의 아들이다. 1624년(인조2) 익위사(翊衛司) 익위(翊衛)가 되었고, 1663년(인조11) 식년문과(式年文科)에 을과로 급제, 정언(正言), 지평(持平) 등을 역임했다. 1636년(인조14) 병자호란에 왕과 남한산성에 피란했다. 이듬해 청나라에 항복한 뒤로는 조정에 나가지 않고 고향 회덕(懷德)에 돌아갔다. 조정에서 수차례 대간(臺諫)에 임명했으나 취임하지 않자 결국 금교역(金郊驛)에 유배되었다. 이듬해 충청도 관찰사가 되어 군사력 배양에 힘썼으며, 이어 부제학(副提學)에 임명되었으나 병으로 사퇴했다. 좌찬성(左贊成)에 추증, 회덕의 정절서원(靖節書院)에 제향되었다. 출처와 의리에 분명하였으며, 송준길・송시열과 친교가 두터웠다. 문집에 《송애집》이 있다.

72 친소를……없이 : 적막(適莫)은 사람을 대함에 있어 친소를 구분하여 후하게 혹은 박하게 대하는 것을 말한다. 《후한서(後漢書)》 권63 〈이섭전(李燮傳)〉에, "당시 영천의 순상과 가표는 나란히 이름을 날리며 서로 사이가 좋지 않았는데, 이섭은 이 둘과 모두 교유하면서 어느 한 쪽을 편애하지 않았기에 세상에서는 그의 공평함을 칭송했다.〔時潁川荀爽・賈彪, 雖俱知名而不相能, 燮幷交二子, 情無適莫, 世稱其平正〕"라는 말이 있는 데서 유래했다.

아는 것이 밝고 부모 봉양함에 두터웠으니	知明養厚
금 같은 정기와 옥 같은 윤택함이여[73]	金精玉溫
부모 섬기기를 오직 효로써 하고	事親惟孝
임금에게는 충을 다하였네	在君則忠
정난 때는 조용히 계시다가[74]	靖難斂跡
지우를 입음에 떨치고 일어났네	遇知奮庸
우뚝한 저 남한산성	屹彼漢城
나라의 궁전이 되었네	爲大邦殿
적에 맞서 싸우리라 맹서하고	誓師敵愾
피를 칠한 채 독전하시었네	抹血督戰
진나라가 천하를 제패하자	天下帝秦
뜻있는 선비는 바다에 빠져죽나니[75]	志士蹈海
누추한 집에서 홀로 깨어 노래할지언정[76]	寤歌衡門

---

73 옥(玉) 같은 윤택함이여 : 옥의 윤택함은 곧 인덕(仁德)을 가리킨다. 《예기(禮記)》〈빙의(聘義)〉에 "군자의 덕은 옥에 비유된다. 매끄럽고도 윤택한 것이 곧 어짊이다.[君子比德于玉焉 溫潤而澤 仁也]"라는 말이 보인다.

74 정난(靖難)……계시다가 : 여기서 말하는 정난이란 1624년(인조2)에 이괄(李适)이 일으킨 난을 가리키는 듯하다. 이때 김경여는 공주(公州)로 호가(扈駕)한 바 있다.

75 뜻있는……빠져죽나니 : 도해(蹈海)는 바다에 투신자살하는 것을 말하는데, 전국시대 제(齊)나라의 고사(高士)인 노중련(魯仲連)이, 무도한 진왕(秦王)이 황제가 되어 천하에 정사를 편다면 자신은 차라리 동해(東海)에 빠져 죽어 버리겠다고 한 데서 온 말이다. 이는 곧 불의에 굴하지 않는 절의를 뜻한다. 《史記 魯仲連傳》

76 누추한……노래할지언정 : 오가(寤歌)는 《시경》〈고반(考槃)〉에 "은둔할 집을 이룬 것이 언덕에 있으니 훌륭한 분이 편히 쉬는 곳이네. 홀로 자고 깨어 노래하지만 영원히 이대로 할 것을 맹세하네.[考槃在阿 碩人之薖 獨寐寤歌 永矢弗過]"라고 한 데서

정의로운 은둔에 후회란 없으리	嘉遯無悔
오랑캐 사신 접견하기를 거듭 거절하니[77]	再辭接虜
필부의 뜻 빼앗기 어려워라	匹夫難奪
옛 군주 섬기겠노라 청하니	請服舊君
의로운 명성이 먼저 닿았네	義聲先徹
효종께서 즉위한 처음에	寧陵初服
분발하여 큰 뜻을 품으셨네	奮大有爲
네 현자가 함께 등용되어	四賢同升
용이 되고 기가 되었네[78]	爲龍爲夔
입을 열면 의를 펼치면서	開口陳義
존왕양이의 시급함을 말씀하셨네	尊攘是急
이것을 제쳐두고 다스림을 구한다면	外此求治
이는 신 등이 미칠 바 아니옵니다라 하니	匪臣攸及
효종의 깊은 맘 이들과 똑같아	淵衷契合
나의 보배로운 신하라고 하시었네	曰予寶臣

유래하였다. 어진 사람이 언덕에서 은둔해 있음을 읊은 것이다. 형문(衡門)은 나무를 가로질러 만든 보잘것없는 문을 말한다. 안분자족하는 은자의 거처를 뜻한다. 《시경》 〈형문(衡門)〉에 "형문의 아래, 한가히 지낼 만하네.〔衡門之下 可以棲遲〕"라고 한 데서 유래한 말이다.

77 오랑캐……거절하니 : 김경여가 청나라에 항복한 뒤로 조정에 나가지 않고 고향에 돌아갔다가, 조정에서 수차 대간(臺諫)에 임명했으나 나아가지 않은 일을 말하고 있는 듯하다.

78 네……되었네 : 요 임금이 백이(伯夷)에게 예를 맡기고, 기(夔)와 용(龍)에게 음악을 맡기고, 순 임금에게 직책을 맡긴 것을 의미한다.

어둔 비 내리기 전에 창문 붙들어 매고[79]	綢繆陰雨
바람 불고 구름 낄 때 부지런히 일하였네[80]	密勿風雲
다스리기 어려운 것은 일이라	難平者事
저 간사한 자들과 못된 무리들로 인해	宵人敗類
탄식하며 조정을 떠나	歎息去朝
높은 충성 끝내 이루지 못했네	危忠莫遂
충청도 관찰사[81]에 제수되어 근심을 나누었으나	分憂湖臬
뜻만은 여전히 북쪽에 있었네	志猶在北
사아는 노를 두드렸고[82]	士雅擊楫
도간은 벽돌을 날랐다던가[83]	陶侃運甓

---

79 어둔……매고 : 날이 궂기 전에 일을 미리 한다는 뜻이다. 《시경》〈치효(鴟鴞)〉에, "하늘이 그늘지고 비오기 전에 창문을 단속한다.〔迨天之未陰雨 綢繆牖戶〕"라는 구절이 보인다.

80 바람……일하였네 : 안사고(顔師古)의 《간류정속(刊謬正俗)》에 보면, "여러 가지 정사를 미리 단속하고, 밤낮으로 부지런히 일한다면, 은혜는 구름을 타고 내려오고, 은택은 비와 함께 흩뿌려진다.〔綢繆庶政 密勿夙夜 恩從風翔 澤隨雨播〕"라는 구절이 보인다. 《시경》〈시월지교(十月之交)〉에 "열심히 일하며 감히 노고를 호소하지 않네.〔黽勉從事 不敢告勞〕"라는 말이 보이는데, '민면(黽勉)'은 곧 '밀물(密勿)'과 통한다.

81 충청도 관찰사 : '얼(臬)'은 일개 도(道)의 사법을 주관하던 지방관을 말한다. 김경여가 충청도 관찰사가 된 것을 가리킨다.

82 사아(士雅)는 노를 두드렸고 : 진(晉)나라 조적(祖逖)이 군사를 거느리고 북방을 치러나가는데, 중류에서 뱃전을 치며 맹세하기를, "만약 중원을 맑게 하지 못하고서 다시 이 강을 건넌다면, 저 강물과 함께 영영 떠나버리겠다.〔祖逖不能淸中原而復濟者 有如大江〕"라고 하였다. 사아(士雅)는 조적의 자(字)이다. 《晉書 卷62 祖逖傳》

83 도간(陶侃)은 벽돌을 날랐다던가 : 진(晉)나라의 도간이 형주(荊州)를 맡고 있을 때 고을에 일이 없자, 매일 아침 벽돌 100개를 집 밖으로 옮겼다가 저녁에 집안으로

계책은 비록 펼치지 못했으나	計雖未伸
의로움에는 부끄러움 없으니	義則無愧
그가 세운 풍상과 명성[84]	樹之風聲
백세토록 전해지네	有辭百世
죽음에 임해서도 상소를 썼나니	臨簀草疏
충정은 더욱 깊고 정신은 온전하였어라	忠篤神全
자낭[85]은 영에 성을 쌓으라 하였고	子囊城郢
유공[86]은 현자를 천거하였다지	劉珙薦賢
정조께서 교훈을 내리심에	正廟有訓
춘추의 주인이 되셨네	春秋主人
곤룡포보다도 빛남이여[87]	袞襃煒煌

옮겼다. 사람들이 그 까닭을 물으니, "내가 장차 중원(中原)에 힘을 쏟고자 하는데 너무 안일하면 일을 감당하지 못할까 두렵다.〔吾方致力中原 過爾優逸 恐不堪事〕"라고 대답했다는 고사에서 나온 말로, 스스로 힘껏 노력함을 비유한 말이다. 《晉書 卷66 陶侃列傳》

84 그가……명성 : 《서경》〈필명(畢命)〉에 "현숙함과 사특함을 드러내어 그 사는 마을을 표하고, 선함을 드러내고 악함을 눌러 풍조와 명성을 그곳에 세우시오.〔旌別淑慝 表厥宅里 彰善癉惡 樹之風聲〕"라는 말이 나온다.

85 자낭(子囊) : 춘추 시대 초(楚)나라 장왕(莊王)의 아들이다. 장차 죽을 때에 왕에게 유언(遺言)하기를 "꼭 영(郢)에 성을 쌓으십시오."라고 하였는데, 《춘추좌씨전》에서 평하기를 "자낭은 죽으면서도 충성을 잊지 않았다."라고 하였다. 《春秋左氏傳 襄公 14年》

86 유공(劉珙) : 1122~1178. 자는 공보(共甫)로, 유자우(劉子羽)의 맏아들이다. 주희(朱熹)가 유자우에게 사사하여 유공과 절친하였다.

87 곤룡포보다도 빛남이여 : 공포황(袞襃煌)이라는 말에서 비롯되었다. 춘추필법에 한 글자의 깎아내림이 도끼보다 무섭고 한 글자의 표창함이 곤룡포(袞龍袍)보다 영화

귀신에게 물어봐도 좋으리	可質鬼神
저 아득한 신주는	茫茫神州
오랑캐가 문명의 나라를 대신하였네[88]	冠裳鱗介
비풍[89]을 길게 부르며	永言匪風
앞뒤를 돌아봄에 분노가 이는구나	顧瞻興懷
하물며 이 해를 맞이하고 보니	況値茲歲
슬픔이 더욱 커지도다	予懷增悵
황천에서 일어나기 어렵다손	九原難起
후생이 어찌 그냥 있을 수 있을까	後生何放
이에 옛날 법식에 따라	式遵舊典
멀리서 물 떠다가 제사 올리네[90]	遠侑泂酌
영혼이 있거든	靈如不昧
내려와 흠향하시라	庶歆斯格

롭다는 뜻이다.

88 오랑캐가……대신하였네 : 관상(冠裳)은 원래 관복을 가리키지만 더 나아가 문명, 문명의 나라를 가리킨다. 인개(鱗介)는 어패류를 지칭하는 말이지만 더 나아가 소인배, 오랑캐 등을 천시할 때 사용하는 말이다. 유아자(柳亞子)가 쓴 〈열사 유병생 조문[弔劉烈士炳生]〉 시의 네 번째 수에, "진동하는 오랑캐 먼지에 사방이 자욱하니, 저 오랑캐가 중화를 대신함을 어찌 차마 볼까.[滾滾胡塵黯四方, 忍看鱗介易冠裳]"라는 구절이 보인다.

89 비풍(匪風) : 《시경》〈비풍(匪風)〉은 나라가 쇠약하고 말세가 됨을 한탄한 내용이다. 여기서는 명나라가 멸망한 것을 슬퍼한 것이다.

90 멀리서……올리네 : 멀리서 물을 길어오는 것을 '형작'이라 한다. 《시경》〈형작(泂酌)〉에 "아득히 흐르는 물을 떠다가[泂酌彼行潦]"라는 표현이 보인다. 이 구절에 대해 정현(鄭玄)은 "멀리서 떠오는 것[遠酌取之]"이라 전(箋)을 달았다.

문헌공 서승보[91]에게 시호를 베풀 때 치제문 무인년(1878, 고종15) 11월

文憲公徐承輔延諡時致祭文 戊寅至月

고관의 이름난 문벌	簪組名閥
훌륭한 인품과 빼어난 용모	圭璋令姿
행실 닦는 데 스스로 힘써	飭躬砥行
처음부터 끝까지 부족함 없었네	終始無虧
집안이 엄숙하고 화목하여	閨門肅穆
효를 충으로 옮길 수 있었네[92]	孝可忠移
강시 부부처럼 즐거운 얼굴 하고서	姜被湛和
노래자처럼 기쁨으로 모셨네[93]	萊服愉怡

---

91 서승보(徐承輔) : 1814~1877. 본관은 대구(大丘), 자는 원예(元藝), 호는 규정(圭庭), 시호는 문헌(文憲)이다. 도승지(都承旨) 미수(美修)의 손자로, 공조 판서 유여(有畬)의 아들이다. 1856년(철종7) 별시문과에 병과로 급제하여 충청우도 암행어사, 형조 판서 등 내외 청환직(淸宦職)을 역임하였으며, 글씨에 능하였다.

92 효(孝)를……있었네 : 《효경(孝經)》〈광양명(廣揚名)〉에 "공자께서 말씀하시길, 군자는 부모를 효로써 모시기 때문에 충을 임금께 옮길 수 있는 것이고, 형제를 공손함으로 섬기기 때문에 순종을 웃어른에게 옮길 수 있는 것이다.〔子曰 君子之事親孝 故忠可移于君 事兄悌 故順可移于長〕"라는 말이 나온다.

93 강시(姜詩)……모셨네 : 이십사효(二十四孝)에 나오는 이야기로, 강시(姜詩)는 후한의 효자인데, 아내 방씨(龐氏)와 더불어 어머니를 극진히 섬겼다. 어머니가 강물로 끓인 차를 좋아하기에 매일 멀리 있는 강가에 가서 찻물을 길어오고, 또 생선회를 좋아하여 강가로 가서 물고기를 잡아왔는데, 늘 즐거운 마음으로 효도를 다하며 싫은 내색을 하지 않았다. 그러던 어느 날 집에서 멀지 않은 곳에 강물 맛과 똑같은 샘물이 솟아오르

학문은 근원에 힘써	學務原本
스스로를 속이지 않는 데서 시작하였네[94]	始於不欺
넘치지 않게 스스로를 단속하고	汎濫守約
경으로써 몸가짐을 하였네	敬以自持
늦게 현달한 길에 올라	晚登顯途
펼치고 베푼 것 적었으나	薄有展施
오직 재능으로 선비를 시험하고	試士惟才
부하들 거느림에 사사로움 없었네	按部無私
관리 전형에도 참여하고	載參銓選
임금의 글[95] 도맡았네	載贊綸絲
임금의 사랑으로 팔좌[96]에 나아가서도	寵晉八座

고 거기서 매일 잉어 두 마리가 튀어나왔다. 이를 일러 '용천약어(湧泉躍魚)'라고 한다. 노래자(老萊子)는 초나라의 학자인데, 나이 70세에도 어린아이 옷을 입고 어린애 장난을 하여 늙은 부모를 위안하였다고 한다.

94 스스로를……시작하였네 : 남이 보지 않는 어두운 방에서도 자신을 속이지 않는 신독(愼獨) 공부를 말한다. 《심경부주(心經附註)》〈시운잠수복의장(詩云潛雖伏矣章)〉의 해설에 나오는 정자(程子)의 말에 "학문은 어두운 방에서 자신을 속이지 않는 일로부터 시작된다.〔學始於不欺闇室〕"라고 하였다.

95 임금의 글 : 《예기》〈치의(緇衣)〉에 "왕의 말은 실 같으나, 그것이 나가서는 밧줄과 같이 커진다.〔王言如絲 其出如綸〕"라는 말이 나온다. 공영달(孔穎達)은 소(疏)에서 이르기를, "왕이 처음 말을 꺼낼 적에는 실처럼 얇지만, 밖으로 그것이 시행됨에 이르러서는 그 말이 점점 커져서 밧줄만해진다.〔王言初出 微細如絲 及其出行于外 言更漸大 如似綸也〕"라고 하였다. '윤사'는 후에 왕의 조서나 조칙 등을 가리키는 말로 사용되었다.

96 팔좌(八座) : 고관대작을 가리키는 말이다. '여덟 자리'는 시대에 따라 각각 달랐는데, 한나라에서는 6조(曹)의 상서(尙書)와 1영(令)·1복(僕)을, 위나라에서는 5조(曹)·1영(令)·2복야(僕射)를, 수(隋)·당(唐)에서는 2복야와 6상서를 쳤었다. 《小

더욱 스스로 겸손하고 낮추었네 　　愈自謙卑

성품이 담박하여 욕심이 적었으니 　　泊然寡欲

관작이란 얽매일만 한 것 아니라 　　爵不足縻

하시는 말씀마다 도리에 맞아 가려낼 바 없었고 　　口無擇言

품은 뜻에는 거짓됨일랑 없었네 　　志絶詭隨

관직에서 물러나 한가하게 지내실 때 　　退公燕居

책을 손에 쥐고 피로함도 잊으셨네 　　手卷忘疲

옷매무새 바로하고 단정히 앉아계실 때면 　　整衣端坐

그 엄숙한 모습 마치 생각에 빠지신 듯 　　儼然若思

땅을 내려보고 하늘을 우러러도 부끄러움 없고 　　俯仰無怍

진퇴읍양 행동거지마다 본받을 만하였네 　　周旋可儀

식견 탁월하고 기예 또한 빼어났으나 　　識超蓺精

감추신 채 그 기이함 드러내지 않으셨네 　　斂不見奇

품행 또한 반듯하시어 　　操履循循

일국의 대신[97]이여 그 모습 의젓하였네[98] 　　羔裘委蛇

學紺珠 職官類 八座》

97 일국의 대신 : 원문은 '고구(羔裘)'이다. 이는 옳고 그름을 밝혀서 바로잡는 대신(臺臣)을 뜻하는 말이다. 《시경》〈고구(羔裘)〉에 "갖옷 입은 저 사람이여, 나라를 바로잡는 일을 맡으셨네.〔彼其之子 邦之司直〕"라는 말이 나온다.

98 그 모습 의젓하였네 : 《시경》〈고양(羔羊)〉의 "크고 작은 양의 가죽이여, 흰 실로 다섯 줄을 꿰맸도다. 퇴청하여 집에서 먹으니, 조용하고 자득하도다.〔羔羊之皮 素絲五紽 退食自公 委蛇委蛇〕"에서 온 말인데, 이 시는 남국(南國) 사람들이 문왕(文王)의 정사(政事)에 교화되어 높은 지위에 있는 이들이 모두 검소하고 정직하므로, 한 시인(詩人)이 그것을 찬미하여 부른 노래이다.

타고나신 오복⁹⁹이 융성하여	嚮用方隆
보고 듣는 것 쇠해지지 않았는데	視聽未衰
그렇게 갑자기 하늘로 가신 지	胡遽乘化
어언 1년이 넘었구나	奄踰一朞
태상시¹⁰⁰에서 올린 시호를	太常議諡
보고 있자니 눈물 흐르네	覽之涕而
관원을 시켜 음식을 권하니	伻官致侑
내려와 흠향하시라	庶格歆斯

타고나신 오복[99]이 융성하여   嚮用方隆

보고 듣는 것 쇠해지지 않았는데   視聽未衰

그렇게 갑자기 하늘로 가신 지   胡遽乘化

어언 1년이 넘었구나   奄踰一朞

태상시[100]에서 올린 시호를   太常議諡

보고 있자니 눈물 흐르네   覽之涕而

관원을 시켜 음식을 권하니   伻官致侑

내려와 흠향하시라   庶格歆斯

---

99 오복(五福):《서경》〈홍범(洪範)〉에 나오는 "향용오덕(嚮用五福)"에서 인용했다. 다섯 가지 복, 즉 수(壽), 부(富), 강녕(康寧), 유호덕(攸好德), 고종명(考終命)을 모두 누리는 것을 말한다.

100 태상시(太常寺):종묘(宗廟), 사직(社稷)과 그 밖의 나라의 제사를 맡는 관이다.

정무사 오장경[101] 치제문 을유년(1885, 고종22) 5월
靖武祠吳長慶致祭文 乙酉五月

위무 드높으신 오공이여	桓桓吳公
남기신 공덕이 동쪽 땅에 남았도다	功存東土
공덕이란 무엇인가	紀功維何
아아 임오년의 일이로다	粤在壬午
바로 지척에서 군란이 일어나	兵變肘掖
역적들이 문 앞까지 들이닥쳤으니	敵臨門戶
장차 무너질 것 같은 집을	如屋將傾
누가 있어 지탱해줄까[102]	誰爲之柱

---

101 오장경(吳長慶) : 1829~1884. 안휘성(安徽省) 여강현(廬江縣) 사람으로, 자는
소헌(筱軒)·소수(筱帥)이다. 1862년 이홍장(李鴻章) 휘하의 군대에 들어가 각지에서
전공을 세웠다. 1882년 조선에서 임오군란이 일어나자 민씨 정권은 청나라에 구원병을
요청했다. 청나라는 통령수사제독(統領水師提督) 정여창(鄭汝昌), 마건충(馬建忠)을
파견하여 군란을 수습하도록 했다. 오장경은 광동 수사제독(廣東水師提督)으로서 4000
여 명의 군사를 이끌고 조선에 들어와 마건충의 주도로 대원군을 납치하여 천진(天津)
으로 압송하고 민씨 정권을 복귀시켰다. 군란 진압을 명목으로 많은 군민을 학살하고
친일적인 개화파들을 탄압했으며 대원군파를 정계에서 숙청하는 한편, 민씨 일파를
보호하기 위한 친위대(親衛隊)를 창설하는 등 조선의 내정과 외교에 깊이 개입했다.
그 뒤 원세개(袁世凱)와 함께 조선에 남아 조선의 병권(兵權)을 장악했다.

102 지탱해줄까 : 원문에는 '수위지왕(誰爲之柾)'이라고 되어 있으나, 《운양집》 다른
곳에 인쇄된 '왕(柾)'자와 자세히 비교해보면 여기서는 명백히 '주(柱)'자가 잘못 인쇄된
것임을 알 수 있다. 또 아래 위 문맥상으로도 '수위지주(誰爲之柱)'가 되어야 한다.
즉 무너져가는 집에, 누가 기둥이 되어줄 수 있느냐는 뜻이어야 통하기 때문이다.

공이 이때 명을 받들어	公時承命
이곳에 와서 적들을 소탕하고 위무하였네	來茲剿撫
재난 당한 저 백성들[103]	蕭蕭于征
삼천의 곰과 호랑이 같은 장수들	三千熊虎
황제의 위엄 선포함에	誕宣皇威
그 분노 끝없었네	不終厥怒
오호라 공이여	嗚呼惟公
하늘이 내리신 성대함이라	天畀斯臙
군진과 같이 효성과 우애 갖추었고[104]	孝友君陳
길보와 같이 문무를 겸비하였네[105]	文武吉甫
창을 메고 원수를 갚아	荷戈復讎
선조의 위업을 이었네	克繩先武

103 재난……백성들 : 《시경》〈홍안(鴻雁)〉에서 인용했다. "기러기 떼 하늘을 날며 푸드득푸드득 날갯짓 하네. 우리들 집 떠나서 들판에서 고생하였으니, 이에 빈궁한 사람들을 가엾게 여기고, 홀아비 과부들을 불쌍히 여기셨네.〔鴻雁于飛 蕭蕭其羽 之子 于征 劬勞于野 爰及矜人 哀此鰥寡〕"라고 하였다. 정현(鄭玄)의 주석에 따르면, 이 시는 재난을 당한 백성들이 이리저리 떠돌 때 그들의 삶이 안정되도록 힘쓴 주(周)나라 선왕 (宣王)의 공덕을 찬미하여 지어진 것이라고 한다. 여기서 유래하여 애홍편야는 도처에 난민(難民)이 가득함을 비유하는 고사성어로 사용된다.

104 군진(君陳)과……갖추었고 : 《서경》〈군진(君陳)〉의 "임금이 말씀하시기를, 군 진이여, 그대는 아름다운 덕으로 효도를 하고 공손하였소. 효성이 있어야만 형제에게 우애를 다하여 그것을 정사에까지 베풀 수 있는 것이요.〔王若曰 君陳 惟爾令德 孝恭 惟孝友于兄弟 克施有政〕"에서 인용했다.

105 길보(吉甫)와……겸비하였네 : 《시경》〈유월(六月)〉의 "문무에 뛰어난 길보는, 만방의 모범이구나.〔文武吉甫 萬邦爲憲〕"에서 인용했다.

막사[106]에서 《역경》을 강하실 때는   青油講易

규범과 법도 성실히 따랐네   循蹈規矩

공이 동국에 주둔하실 때   公駐在東

남들이 감히 얕보지 못했거늘   人不敢侮

공께서 금주로 돌아가시더니   公歸金州

한 번 이별이 영영 이별 되었구나   一別千古

몇 해가 흐르도록   星霜載周

그 절도 있는 모습 볼 수가 없어   儀型莫覿

깊은 밤에도 잠 못 이루고   丙夜不寐

북소리만 엄숙하네   有嚴其皷

새로 지은 사당 근엄한데   新廟翼翼

제수를 바치네   享以簋簠

또한 의용군이 있어   亦有義勇

사당에서 모시고 흠향하네   陪食于廡

너울너울 내려오시는 모습   繽紛翳降

바람과 비가 뒤따르네   從以風雨

굽어보고 우러르며 크게 탄식하니   俯仰太息

공의 신령이 내와서 만나네   公靈來迕

산하를 일으킬 듯한 기운으로   氣作山河

이 세상 영원히 깨끗하게 하소서   永淸寰宇

---

106 막사 : 청유(青油)는 대장군의 막사인 청유막(青油幕)을 가리킨다. 청유라는 기름을 발랐다고 하여 이렇게 부른다.

덕수궁 이토 히로부미[107] 치제문 기유년(1909, 융희3)
德壽宮伊藤博文致祭文 己酉[108]

하늘의 복이 동아시아에 내려	天祚東亞
기이한 인재가 태어났네	挺生異人
바람과 천둥 마음대로 부리며	風霆駕御
구름과 우레 다스렸네	雲雷經綸
왕을 받들어 패권을 안정시키고	尊王定覇
크게 유신을 도왔네	弘贊維新
관작은 상공에 상응하고	爵膺上公
공훈은 기린각에 빛났네	勳著麒麟
두루 대국을 잘 헤아려	紆籌大局
어진 자와 가까이하고 이웃에 우호적이었네	親仁善隣

---

107 이토 히로부미(伊藤博文) : 1841~1909. 야마구치현(山口縣)에서 출생했으며, 본명은 하야시 도시스케(林利助), 호는 슌포(春畝)이다. 1863년 영국에서 서양의 해군학을 공부, 메이지유신 이후 이름을 바꾼 뒤 신정부에 적극 참여하여 내각총리대신에 올랐다. 1905년 11월 특명전권대사로 대한제국에 부임한 뒤 고종과 조정 대신들을 강압하여 을사조약(乙巳條約)을 체결, 대한제국 초대 통감(統監)으로 부임했다. 1907년 을사오적(乙巳五賊)을 중심으로 한 친일 내각을 구성, 헤이그특사사건을 빌미로 고종을 강제로 퇴위시켰다. 1909년 통감을 사임하고 추밀원 의장이 되어 러시아 재무상(財務相) 코코프체프와 회담하기 위해 만주(滿洲) 하얼빈(哈爾濱)에 도착했다가 안중근(安重根)에게 저격당해 사망했다.

108 기유(己酉) : 저본에는 '을유(乙酉)'로 되어 있으나, 시기상 기유가 옳으므로 바로잡았다.

선지자로서 뒤늦은 자들을 깨우치니	先知覺後
실로 하늘이 낸 현자라	實維天民
갈라진 곳 새는 곳을 메우고	補苴罅漏
썩은 것을 신이하게 만들었으며	化腐爲神
우리의 국본을 북돋우려	培我國本
일찍이 가르침에 열심이었네	蚤諭是勤
손잡아 이끌고 보호하며 길러주니	提携保育
날로 광명에 이르렀네	光明日臻
의로움은 은나라 반경[109]과도 같고	義同殷盤
은혜는 지극히 가까운 친척보다 나았네	恩逾周親
깊고 두텁게 의지함에	依毘寀篤
대궐 근심이 모두 풀렸네	憂舒北宸
어찌 생각이나 했을까 저 흉한 전보가	何圖凶電
북쪽 물가에서 도착할 줄을	來自北濱
변고는 뜻밖의 일[110]에서 생기고	變生豫且
재앙은 편안한 가운데서 나오는 법	禍出靖安
하늘의 해는 참담하게 빛을 잃었고	慘淡天日

---

109 반경(盤庚) : 은왕(殷王) 반경의 이름이자 《서경》의 편명이다. 〈반경〉편은 반경
이 백성들에게 고한 글이다. 은나라 중엽에 엄(奄)에서 은(殷)으로 천도하여 중흥을
이룬 어진 임금으로 전해진다.

110 뜻밖의 일 : 예저(豫且)는 춘추 시대 송(宋)나라의 어부이다. 강신(江神)이 거북
을 하신(河神)에게 사신으로 보냈는데, 천양(泉陽)에 이르러 뜻밖에 예저의 그물에
걸렸다. 그날 밤 거북이 송 원왕(元王)에게 현몽하여 사실을 말하여서 화를 면했다
한다. 여기서는 이토가 예기치 못한 변고를 당했음을 비유한다. 《史記 龜策傳》

만리 밖엔 바람과 연기 자욱했네   萬里風烟

지난 여름 이별할 때   去夏一別

경의 말 아직도 생각나네   尙記卿言

틈이 나면 찾아뵙겠노라 했으니   休暇來覯

그것이 내년이라 했지   定在明年

황태자궁에서 나와 함께하며   伴我儲宮

외로운 나를 위로해주었지   慰我依門

하시던 말씀 아직도 귓가에 남았는데   言猶在耳

모든 것이 지난 일 되었네   萬事成陳

이에 가까운 신하를 보내어   玆遣近臣

멀리서나마 정성스런 제사를 드리나니   遠致精禋

영혼이라도 깨어있거든   靈如不昧

흠향하시길 바라네   庶歆苾芬

동궁 이토 히로부미 친제문
東宮伊藤博文親祭文

오호라 우리 공이여! 빼어난 불세출의 인재로서 큰일을 할 것이라는
기대에 부응하였네. 당대 사람들에게 은택을 베풀어, 아름다운 명성
온 세상에 퍼졌네. 이제 바야흐로 모년(暮年)을 맞았으니, 장수와 안
락의 복을 누려야 하건만, 어찌하여 자기 몸조차 돌보지 않는 그 정
성[111]은 노년이 되어서도 해이해지지 않는가. 가을에도 삭풍 부는 겨
울에도 노고조차 꺼리지 않고, 궁벽하고 거친 변방을 돌아다니시었
네. 이제 막 잔칫상을 물렀거늘, 갑자기 이와 같은 횡액을 만났으니,
하늘의 소행인가? 사람의 소행인가? 아니면 운명인가?[112]

　오호라 슬프다! 소자는 구중궁궐 유모 손에서 자라나 어둡고 무지하
였는데, 공께서는 나를 한 번 보시더니 가르칠 만하다 허락하시고, 부황
(父皇)의 부탁을 받아들여 내 손 붙들고 동쪽으로 건너가셨네. 스승을
택해 가르치고 길러주셨으며, 일상생활과 먹고 자는 것에 이르기까지,
모든 것을 보살펴주시었네. 병으로 몸져 누워있을 때면 나의 모든 부탁
들어주셨고, 외출하여 유람을 다닐 때에도 언제나 동행하셨네. 비록

111　자기……정성 : '비궁(匪躬)'은 강한 충성심에 자신의 몸조차 돌보지 않는 것을
가리킨다. 《주역》〈건(蹇) 육이(六二)〉의 "왕의 신하가 절뚝거리는 것은 그 신하 개인
의 일 때문이 아니다.〔王臣蹇蹇 匪躬之故〕"라는 말에서 나왔다.
112　하늘의……운명인가 : 《맹자》〈만장 상(萬章上)〉에, "사람이 하지 않았는데 그
리 되는 것은 하늘의 뜻이고, 사람이 불러들이지 않았는데 이른 것은 운명이다.〔莫之爲
而爲者 天也 莫之致而至者 命也〕"라는 말이 보인다.

천 리, 백 리나 떨어져 있는 곳도 쉼 없이 왔다 갔다 하시며,[113] 그림자나 메아리처럼 함께하셨네. 소자가 지금 편안하고 건강하며 대강이나마 방향을 아는 것은 모두 우리 공께서 가르쳐주신 덕분이라. 못난소자가 어찌 이와 같은 우리 공을 만났을까. 오호라! 마음속에 간직한채 어느 날인들 잊을까? 훗날 학업을 완성하고 귀국하여, 우리 두 나라의 폐하께 아뢰어 우리 두 나라의 우의를 더욱 돈독하게 하고, 동양의대국(大局)을 영원히 공고케 함으로써 남들이 우리 두 나라에 간섭하지 못하게 할 수 있다면, 아마도 우리 공의 은혜에 보답하는 것이리.감정이 지극하여 글 모양새가 갖춰지지 않는 터라, 말로 뜻을 다할수 없네. 공께서는 아시는가? 모르는가? 오호라 애통하다. 흠향하소서.

---

113 쉼……하시며 : 원문은 '동동왕래(憧憧往來)'로, 《주역》〈함(咸) 구사(九四)〉효사에 나오는 구절이다. 끊이지 않고 왕래하는 모습을 가리킨다.

탁지대신 충숙공 어윤중[114] 치제문 경술년(1910, 융희4)
度支大臣忠肅公魚允中致祭文 庚戌

오호라 경께서는	嗚呼惟卿
고인의 유풍을 지니셨도다	古之遺直
하늘이 위인을 낳아	天生偉人
사직을 지켜주셨도다	以衛社稷
사직이란 무엇인가	社稷維何
오직 임금과 백성뿐이라	惟君與民
백성을 보호할 수 없다면	不能庇民
무엇으로 임금을 높이랴	何以尊君
이 뜻 하나만을 쥐고	秉執此義
백 번 꺾이어도 돌아보지 않았도다	百折不回
내외를 두루 거치며	歷試內外
정성을 다하고 지혜를 다 쏟았나니	竭誠盡知
백성을 이롭게 할 수만 있다면	苟利於民
온몸을 다 바쳐도 아깝지 않으리	頂踵不惜
부월을 지니고 호남으로 가고[115]	持斧湖南

---

114 어윤중(魚允中) : 1848~1896. 자는 성집(聖執), 호는 일재(一齋)이며 시호는 충숙(忠肅)이다. 1881년(고종18) 일본에 파견된 조사시찰단의 단장으로 일본의 문물 제도를 시찰하였고, 1882년 청나라와 조청상민수륙무역장정을 체결하였으며, 갑오개 혁 때 탁지부대신으로 재정개혁을 주관하였다. 경제개혁을 통해 부국강병을 이루고자 했던 조선 후기 최고의 재정전문가이다.

경략사가 되어 서북으로 가서[116]	經畧西北
묵은 폐단을 줄이고 없애니	鐲除宿弊
백성들이 이에 살아났도다	赤子斯活
동쪽으로 일본에 갔을 때는[117]	東遊扶桑
어진 이 호걸들이 사귀기를 원했고	賢豪願交
서쪽으로 대륙에 갔을 때는	西抵大陸
긴요한 내용을 결정하였도다[118]	得其領要
나라의 관문에서 종횡으로 회담하며	津門縱談
국사로서 인정을 받았으며	許以國士
옛 관례를 혁신하여	革其舊例
북시를 처음으로 없애었도다	首罷北市
임오년에 나라로 돌아와	壬午東還

---

115 부월(斧鉞)을……가고 : 1893년(고종30)에는 양호선무사(兩湖宣撫使)가 되어 보은(報恩)에 집결한 동학교도를 해산시켰다.

116 경략사(經略使)가……가서 : 1883년(고종20) 서북경략사(西北經略使)가 되어 의주(義州)에서 청국 대표 장석란(張錫鑾)과 중강(中江)무역장정을, 회령(會寧)에 가서는 팽광예(彭光譽)와 회령통상장정을 각각 체결하여 통상협상을 진행하는 한편, 청나라와의 국경을 확정짓기 위해 토문강(土們江)과 두만강, 관서지역을 직접 답사, 조사하여 청나라 대표와의 담판을 통해 양국 간의 경계를 확정짓기도 하였다.

117 동쪽으로……때는 : 1881년(고종18) 5월에는 일본에 파견된 조사시찰단의 단장에 선임되어 일본의 문물과 제도를 시찰하였으며 이때의 그의 기록은 《수문록(隨聞錄)》에 전해진다.

118 서쪽으로……결정하였도다 : 1882년(고종19) 청나라 천진(天津)에 파견되어 청의 외교통상 전문가인 이홍장(李鴻章)과 더불어 조선과 청나라 간의 현안을 논의하였다.

조정에서 나라 위한 계책에 참여하며	參謨廟堂
쓸데없는 관직을 줄여 없애고	省汰冗官
무너진 기강을 정리하였도다	整理頹綱
동학의 비적들에게 왕의 뜻을 선유하니	宣諭東匪
그 명망 흠모하여 이르는 곳마다 굴복하였고	望風迎降
갑오년에 다시금 일어나니	甲午再起
사민들 두 손 이마에 대고 경하 올렸도다	士民加額
강개하여 국사를 논할 때면	慷慨論事
의로움이 얼굴빛에 나타났도다	義形于色
드디어 탁지부를 총괄하고	遂綰金穀
군사의 직책을 겸하게 되니	兼掌戎兵
위태로운 국면을 든든히 받쳐주기가	支拄危局
우뚝한 장성과도 같았도다	屹若長城
사회가 국정을 맡았더니	士會當國
도적의 무리 흩어져 달아났고[119]	羣盜迸逸
이강[120]이 궁 내에 있었더니	李綱在內
조정이 엄숙하고 맑아졌도다	朝著肅淸
기이한 재앙 어찌 생각했으랴	何圖奇禍
백룡이 물고기 옷 입으셨도다[121]	白龍魚服

---

119 사회(士會)가……달아났고 : 사회는 춘추 시대 진(晉)나라 대부였던 범무자(范武子)의 이름이다. 순림보(荀林父)가 죽자 집정을 담당하면서 교화에 힘을 써서 진나라 도적의 무리들을 모두 진(秦)나라로 도망가게 했다.

120 이강(李綱) : 송(宋)나라의 재상으로 여진족에게 침략당하여 국가가 위급할 때에 정승이 되어 국운을 만회하였다.

안타깝다 끝내 쓰이지 못해	惜未究用
조야가 함께 애통해하노라	朝野傷盡
용감하여 어려움을 피하지 않았고	勇不避難
알면 시행하지 않은 것이 없었으니	知無不爲
이 시대에 이런 사람을	斯世斯人
어디 가서 얻으리	何處得來
경의 공훈 아름답게 여김에	嘉乃勳猷
두터워 잊지 못하겠노라[122]	曰篤不忘
경을 추증하는 것은 결코 보답이 아니며	貤贈匪報
시호를 내리는 것도 영광스런 일 아니라	易名匪光
끊임없이 피어오르는 향 연기	香烟裊裊
형형하게 빛나는 일편단심	丹心熒熒
영혼이 내려오셨는지	靈庶來格
산초와 흰쌀[123]이 향기로워라	椒糈斯馨

121 백룡이……입으셨도다 : 백룡어복(白龍魚服)은 흰 용이 물고기의 옷을 입는다는
뜻으로, 신분이 높은 사람이 서민의 옷을 입고 미행하는 것을 비유하는 말이다.

122 경의……못하겠노라 : 《서경》〈미자지명(微子之命)〉에 나오는 "내 그대의 덕을
아름다이 여겨 두터워 잊지 못한다 하노라.〔予嘉乃德 曰篤不忘〕"라는 구절에서 인용했
다.

123 산초와 흰쌀 : 산초를 흰쌀에 섞어 만든 제사 음식이다. 《초사(楚辭)》〈이소(離
騷)〉에 "무함이 저녁에 내려오심에, 초서를 품고서 맞이하네.〔巫咸將夕降兮 懷椒糈而
要之〕"라는 구절이 나온다. 왕일(王逸)은 주(注)에서 "산초는 향기로운 풀로 신을 내려
오게 만든다. 서는 흰쌀로 신께 바치는 음식이다.〔椒 香物 所以降神 糈 精米 所以享神〕"
라고 설명하였다.

내각총리대신 충헌공 김홍집[124] 치제문 경술년(1910, 융희4)
內閣總理大臣忠獻公金弘集致祭文 庚戌

경께서는	惟卿
태평성세의 기린과 봉황	瑞世麟鳳
나라일 도모하고 앞날을 점쳤네	謀國蓍蔡
학문은 가업을 이었고	學襲家庭
공덕은 조정에 남겼네	功存鼎鼐
충절은 곧고 순실했으며	忠純其節
절개는 빙벽[125]과도 같았네	氷蘗其介
우뚝 높은 데서 멀리를 내다보고	卓然遠覽
헐뜯음과 비방도 피하지 않았으니	不避訾毁
관직에 나온 이래로	迺自釋褐
이 한 몸 나라 위해 바쳤네	許國以身
나라가 망하면 함께 망하고	國亡與亡

---

124 김홍집(金弘集) : 1842~1896. 자는 경능(景能), 호는 도원(道園)・이정학재
(以政學齋), 시호는 충헌(忠獻)이다. 개성 유수를 지낸 김영작(金永爵)과 창녕 성씨의
아들이다. 초명은 굉집(宏集)이었으나 홍집(弘集)으로 개명하였다. 천주교도이자 개
화사상에 식견을 지닌 부친에게 영향을 받았으며 부친과 친분이 두터웠던 박규수 문하
에서 수학하였다. 청일전쟁 후에 갑오개혁을 단행하였다. 을미사변 후 일본의 압력에
의한 개혁을 실시하다가, 의병들의 규탄을 받고 내각이 붕괴되었으며, 그도 난도들에게
살해되었다.

125 빙벽(氷蘗) : 얼음물을 마시고 황벽나무를 식용한다는 말로, 청고한 생활을 하며
절조를 지켜 온 것을 뜻한다.

나라가 보존되면 함께 보존되리	國存與存
원망도 감수한 채 경장을 주도하고	任怨更張
구미와 조약을 체결하였으며	締約歐美
여러 차례 위태로운 국면을 떠맡아	屢擔危局
홀로 선 채 기대지 않았네	獨立不倚
을미년의 변고를 당해	旃蒙之變
천지가 아득히 어두워졌네	天地晦塞
난리가 안정되고 소란이 진정되니	靖亂鎭囂
이는 본디 쌓아온 덕이 도운 것이라	寔賁宿德
공자께서 살아계시기에 죽을 수가 없어	子在不死
안연은 나중에 도착했나니[126]	顏淵是後
만일 공급이 위나라를 떠나면	如伋去衛
임금은 누구와 더불어 지키겠는가[127]	君誰與守
의리는 끝이 없으나	義理無限
충성스런 마음은 확인할 수 있나니	丹衷可質
필부처럼	匪若匹夫

---

126 공자께서……도착했나니 : 《논어》〈선진(先進)〉에 나오는 말을 인용하였다. "공자께서 광 땅에서 어려움에 처했을 때, 안연이 맨 나중에 왔다. 공자께서, '나는 네가 죽은 줄 알았다.'고 하자 안연이 이르기를, '선생님께서 계신데, 제가 어찌 감히 죽겠습니까?'〔子畏於匡 顏然後 子曰 吾以女爲死矣 曰 子在 回何敢死〕"라고 하였다.

127 만일……지키겠는가 : 《맹자》〈이루 하(離婁下)〉에 나오는 말을 인용하였다. "자사가 위나라에 있는데 제나라의 도적이 쳐들어왔다. 혹자가, '도적이 왔는데 왜 떠나지 않으십니까?'라고 묻자 자사가 이르기를, '나 공급이 떠나면, 임금은 누구와 더불어 지키겠는가?'〔子思居於衛 有齊寇 或曰 寇至 盍去諸 子思曰 如伋去 君誰與守〕"라고 하였다.

도랑에서 목매어 죽는 것 본받지 않았네[128]	効諒溝瀆
창졸지간에 만난 재앙	倉猝遭禍
어찌 성인의 뜻에서 나왔으랴	豈出聖意
앞서 엮은 어제문	曩編御製
하늘같은 말씀 간곡하고 정성스럽네	天語諄摯
전에 했던 말씀 깎아내어	欲刪前語
충성스런 혼백을 위로하나니	以慰忠魂
특별한 대우에 감격하는 것은	感激殊遇
이승이나 저승이나 다르지 않으리	幽明無間
이에 시호[129]를 내리며	茲贈節惠
정성스런 윤음 선포하노라	宣以丹綸
관원을 시켜 음식을 권하니	伻官致侑
향그러운 제수 흠향하소서	庶歆芬芬

---

128 필부(匹夫)처럼……않았네 : 《논어》〈헌문(憲問)〉에 "어찌 필부필부들이나 인정하는 사소한 신의와 절개를 지켜 스스로 개천에서 목을 매어 죽음으로써 남이 알아주지도 않는 사람이 될 수 있겠는가?〔豈若匹夫匹婦之爲諒也 自經於溝瀆而莫之知也〕"라고 하였다.

129 시호 : 원문은 '절혜(節惠)'라고 되어 있는데, 《예기》〈표기(表記)〉에 보인다. "선왕이 시호로써 이름을 높이고 한 가지 선으로써 요약했다.〔先王諡以尊名 節以壹惠〕"라고 하였으니 이는 아름다운 시호를 내려 그 이름을 높이되 여러 가지 선행을 다 들기 어려우므로 가장 큰 것을 요약하였음을 이른다. 이 때문에 시호를 절혜(節惠)라고도 칭한다.

영의정 홍순목[130] 치제문 경술년(1910, 융희4)
領議政洪淳穆致祭文 庚戌

아, 경이시여	惟卿
밝은 지혜는 한나라 재상이요	通明漢相
충성과 절개는 주나라의 재보로다	忠貞周輔
전대의 아름다운 전통을 계승하여[131]	世濟其美
나라의 기둥이 되었네	爲國之柱
이른 나이에 관리가 되어	蚤歲釋褐
대각에서 빼어난 이름을 날리고[132]	蜚英臺閣
호서의 안절이 되어	按節湖西
오막살이까지 두루 은혜를 베풀었네	惠遍蔀屋

130 홍순목(洪淳穆) : 1816~1884. 자 희세(熙世), 호 분계(汾溪), 시호는 문익(文翼)이다. 수구당(守舊黨) 강경파의 거두로 대원군의 통상수교거부정책을 지지하여 미국공사와 로저스 제독이 통상교섭을 요구하자 강경히 척화를 주장, 대항케 하였다. 임오군란으로 대원군 재집권 시 관제를 개혁, 총리군국사무가 되어 당오전(當五錢)을 주조케 하였다. 1884년 대원군이 실각하자 다시 사임, 중추부사로 있던 중 아들 영식(英植) 등 개화당이 일으킨 갑신정변이 실패하자 관작이 삭탈된 끝에 자살하였고, 갑오개혁으로 복관되었다.

131 전대의……계승하여 :《춘추좌씨전》문공(文公) 18년에 보이는 표현이다. "후세가 그 아름다움을 이어 그 명성 떨어뜨리지 않네.〔世濟其美 不隕其名〕." 공영달(孔穎達)은 소(疏)에서 "세제기미란 후대가 전대의 아름다움을 잇는 것을 말한다.〔世濟其美 後世承前世之美〕"고 설명하였다.

132 대각(臺閣)에서……날리고 : 비영등무(蜚英騰茂)에서 나온 말이다. 431쪽 주 63 참조.

전형을 맡음에 오로지 공정함으로 하였기에 掌銓惟公

사사로이 청탁하러 찾아오는 이 없었네 門無私謁

늦게 재상에 임명되어[133] 晚膺甌卜

묘당의 계책에 부지런히 힘썼네 廟謨密勿

임금을 마땅한 도로 이끌어 引君當道

조정을 올바르게 세웠으되 立朝正色

관에서 퇴청하여 밥 먹을 땐[134] 退食自公

쓸쓸한 방 한 칸뿐이었네 蕭然一室

노련하고 신중하여 老成持重

변란과 개혁을 좋아하지 않았네 不喜紛更

바라보면 우뚝한 태산북두라 望隆泰斗

보배로운 문장[135]으로 명성을 떨쳤네 聲振瓊琚

지난 갑신년에 曩在甲申

갑자기 사변이 터졌네 事起倉猝

나라의 근본이 흔들리고 國是靡定

---

133 늦게 재상에 임명되어 : 구복(甌卜)은 금구매복(金甌枚卜)의 준말로 새로 재상을 임명하는 것을 말한다. 당나라 현종(玄宗)이 재상을 뽑을 때 책상에 이름을 써서 금 사발로 덮고, 사람들에게 이를 맞추어 보게 하였다 데서 유래하였다.

134 관에서⋯⋯땐 :《시경》〈고양(羔羊)〉에, "관에서 퇴청하여 밥 먹으니, 조용하고 자득하도다.〔退食自公 委蛇委蛇〕"라고 한 데서 온 말인데, 이는 남국(南國)이 문왕(文王)의 덕에 감화되어 모든 벼슬아치들이 검소하고 정직하게 사는 모습을 노래한 것이다.

135 보배로운 문장 : 원문은 '보배로운 구슬(瓊琚)'로 훌륭한 시문을 뜻한다.《시경》〈목과(木瓜)〉에 "나에게 목과를 주거늘 경거로써 갚는다.〔投我以木瓜 報之以瓊琚〕"라고 한 데서 유래하였다.

충신을 역적으로 여겼네	認忠爲逆
경은 늙어 시골에 있었기에	卿老在野
자세한 사정 알지 못했네	莫知其詳
갑자기 기미성을 탔다[136]는 소식 들리니	遽聞騎箕
애통하고 상심함을 어찌 감당하리요	曷任畫傷
을사년 가을	乙巳之秋
아드님께서 살신성인하셨으니[137]	哲嗣成仁
충과 효를 다한 것은	忠孝不匱
가훈을 따름이라	庭訓是遵
선을 드러내고 공을 포상하는 것은	彰善襃功
법에서 정한 바	厥有彝章
이미 시호를 내렸으니	旣擧易名
제사상을 차려 바치네	載致侑觴
조정에 임하여 거듭 탄식하나니	臨朝屢歎
죽은 이 일으켜 세우기 어려워라	九原難作
영혼이 깨어 있거든	靈如不昧
정성스런 제사 흠향하시라	庶歆泂酌

136 기미성(箕尾星)을 탔다 : 정승의 서거(逝去)를 뜻한다. 은(殷)나라 무정(武丁)의 정승 부열(傅說)이 죽은 뒤 "기미성을 타고 뭇별과 어깨를 나란히 하였다.〔騎箕尾而比於列星〕"라는 고사에서 연유한 것이다. 《莊子 大宗師》

137 아드님께서 살신성인하셨으니 : 홍순목의 아들 홍만식(洪萬植, 1842~1905)이 1905년 일제에 의하여 을사조약이 강제로 체결되자 음독자살한 일을 가리킨다. 이 소식을 들은 고종은 그의 충의를 높이 평가하여, 숭정대부 참정대신(崇政大夫參政大臣)에 증직하고, 장례를 후히 지내게 하였다. 시호는 충정(忠貞)이다.

상소 비답은 모두 15편이나 1편만 수록한다.

진선 김낙현[138]의 상소에 대한 비답
進善金洛鉉疏批

어려서 배우고 장년에 배운 것을 펼치고자 하는 것은[139] 선비의 뜻이요, 자기 몸만 깨끗이 하고자 도리를 어지럽히는 것은[140] 군자가 하지 않는 바이다. 그대는 선비의 집안에 태어나 성현의 책을 읽었기에, 뜻은 백성을 윤택하게 하는 데 있고 재주는 경세제민하기에 넉넉하다. 군읍(郡邑)을 다스리게 하여 시험해보니 탁월한 성과를 내었다. 내가 그대를 선발하여 대간과 사헌부, 경연의 직에 두었던 것은, 날

---

138 김낙현(金洛鉉) : 1817~1892. 자는 정여(定汝), 호는 계운(溪雲)이며, 아버지는 돈녕도정 김재진(金在晉)이며, 어머니는 숙부인 청송 심씨로 부사 심응규(沈應奎)의 딸이다. 1859년(철종11) 진사시에 합격하여 정릉참봉을 처음 벼슬로 현감을 거쳐 대사헌에 이르렀으며 시호는 문경공이다. 유신환(兪莘煥)의 제자이며, 저서로《계운유고(溪雲遺稿)》가 있다.

139 어려서……것은 : 어렸을 적에 열심히 배우고, 장년에 이르러서는 포부를 펼치는 것을 말한다.《맹자》〈양혜왕 상(梁惠王上)〉에 보인다. "사람은 어려서는 배우고 장년에는 그것을 행하고자 한다.〔夫人幼而學之 壯而欲行之〕"

140 자기……것은 :《논어》〈미자(微子)〉의 "자기 한 몸 깨끗이 하고자 큰 인륜을 어지럽힌다.〔欲潔其身 而亂大倫〕"에서 나왔다.

마다 곧고 간절한 말을 듣고자 함이요, 또 나와 왕세자를 보필해주길 바라서였다. 그런데 어찌하여 거두어 쓰고자 하는 나의 뜻이 도리어 그대를 나오기 어렵게 만드는 단서가 되어, 조정에서 한 사람의 순리(循吏)를 잃는 꼴이 되고 말았는가. 이것이 내가 항상 개탄하는 이유이다. 지금 화란(禍亂)의 끄트머리에 백성과 나라의 우환은 날로 심해진다. 그대는 관례를 답습하지 말고 어서 올라와 나의 목마른 심정을 위로해 달라. 나는 옆으로 앉은 채[141] 기다리겠다.

---

141 옆으로 앉은 채 : 겸손한 마음으로 현자를 기다리는 것을 뜻한다. 《후한서(後漢書)》 권1 〈장제기(章帝紀)〉에 "짐은 곧은 선비를 기다리느라 옆으로 앉아 소식을 듣고 있소.〔朕思遲直士 側席異聞〕"라는 말이 나오는데, 이현(李賢)은 주(注)에서, "옆으로 앉는 것은, 똑바로 앉지 않는 것을 말하며 현량한 인재를 기다림을 뜻한다.〔側席 謂不正坐 所以待賢良也〕"라고 설명하였다.

모두 25편이나 1편만 수록한다.

원사인[142]을 파견하여 심병[143]의 훈련을 지도해주기를 청하는 자문 계미년(1883, 고종20) 봄

請派袁舍人指授沁兵教練咨 癸未春

오장경(吳長慶)에게 보낸 글이다.

자회(咨會). 1882년(고종19) 11월에 귀영 영무처의 원세개 사인이 강화 유수 김윤식과 함께 가서 강화부의 형세를 살피고 온 사실을 알았소. 김윤식이 회답하여 아뢴 바에 따르면, 원사인은 강화부야말로 한양의 목구멍이니 병사를 훈련시켜 험준한 요새를 지킴에 있어 조금도 느슨하게 하여서는 안 된다며 극구 말했다 하오. 살펴보건대, 강화부는 이 나라의 긴요한 땅으로 고려 이래로 일이 생길 때마다 먼저 칼날을 받아왔소. 하물며 지금은 해로가 사방으로 통해 있으니, 결코 물길을 버리고 육로로 가고자 하지 않을 터, 만일 이 통로만 통과한

---

142 원사인(袁舍人) : 원세개(袁世凱, 1859~1916)로, 하남성 항성(項城) 사람이며, 자는 위정(慰亭) 또는 위정(慰庭), 호는 용암(容庵)이다. 북양군벌(北洋軍閥)의 영도자로서, 신해혁명(辛亥革命) 시기에 중화민국(中華民國) 초대 대통령을 지냈다. 후에 군주제를 회복하여 황제를 칭하여 많은 정치적 소란을 야기하였다.

143 심병(沁兵) : 강화 수비군을 지시하는 말이다.

다면 곧장 한양에 도달할 수 있소. 문지방을 지키지 못하고서 집안을
지킨다는 것은 또한 어려운 일이오. 만일 이처럼 된다면 중국과 조선
에 큰 우환을 끼치게 되어 서로 믿고 의지하는 세력[144]을 잃는 꼴이
되고 말 것이오. 탄환만한 작은 섬이지만 관계되는 바는 결코 가볍지
않소. 생각건대 귀 대인께서도 이미 깊이 헤아리셨을 것이오. 지금은
강의 얼음도 다 녹아서, 김윤식에게 명하여 강화에 가서 병사를 훈련
시키도록 하려 하니, 청컨대 원사인도 파견해주시어 함께 가서 군사
훈련에 관한 모든 방법을 가르쳐주시오. 아울러 포대를 설치한 형세
가 어떠한지 살펴보신 후 일에 닥쳤을 때 어떻게 방비해야 하는지를
저들에게 알려주시오. 손으로 익히고 눈으로 본다면 아무리 어리석
은 자라도 알게 될 것이고, 아무리 유약한 자라도 강해질 것이오. 이
는 가르치고 인도하는 방법에 달려 있을 터인데, 오직 원사인만은 충
직하고 곧고 영민하고 통달하시며, 군대를 다스리심에 사사로움이
없소. 또한 이미 친군 병사들을 훈련시킴에 뛰어난 성과를 올리신 바
있소. 지금 강화 병영의 일로 과중한 수고를 끼치게 되어 몹시 미안
하오. 그러나 커다란 판국을 돌아보면 겉치레 같은 작은 예절 따위
신경 쓸 겨를이 없소. 이에 글을 갖추어 자회하니, 번거롭더라도 귀
대인께서 잘 살펴주시어 원사인의 행차를 특별히 허락해주신다면 매
우 다행이겠소. 수지(須至).[145]

---

144 서로……세력 : 순보상련(脣輔相連)에서 나왔다. 이는 입술과 이는 서로 의지하
는 관계라는 뜻인데, 관계가 밀접하여 서로 기대는 사이임을 비유한다. 《춘추좌씨전》
희공(僖公) 5년에 있는 "수레 덧방나무와 수레는 서로 의지하는 사이이고, 입술이 없어
지면 이가 시리다.〔輔車相依 脣亡齒寒〕"라는 말에서 나왔다.

145 수지(須至) : 옛날 공문의 마지막에 관용적으로 사용하던 용어이다. 청(淸)의

적호(翟灝)는 《통속편(通俗編)》〈정치(政治)〉에서 '수지'의 뜻에 대해 이렇게 설명했다. "'수지'란 지금 공문에서 습관적으로 사용하는 정격이 되었으나, 그 뜻을 물어보면 말을 못한다. 《구양공집(歐陽公集)》〈상도동리첩(相度銅利牒)〉에 따르면, '일을 그르치는 데 이르지 말라.'는 구절이 보이고, 〈오보첩(五保牒)〉에 보면 '당황하고 허둥대는 지경에 이르지 말라.'는 구절이 보인다. 이 모두 편말에 사용되었는데, 대체적으로 '이르지 말라'고 주의를 주는 것과, '반드시 이르라'는 말로 권했던 것은 표현상에 있어서 반면이냐 정면이냐의 차이만 있을 뿐이다.〔須至 今公文中習爲定式 問其義 則無能言之據 歐陽公集 相度銅利牒云 無至悞事者 五保牒云 無至張皇鹵莽者 亦俱用之篇末 大抵戒之曰無至 勸之曰須至 其辭僅反正不同耳〕"

모두 9편이나 1편만 수록한다.

이홍장[146]에게 주는 편지 병술년(1886, 고종23)
與李鴻章書 丙戌

이중당(李中堂) 각하,

서상우(徐相雨)[147]가 돌아오는 길에 9월 3일에 보내주신 편지를 가져

왔습니다. 채 반도 펼쳐 읽기 전에 감격과 참괴의 마음이 교차했습니

다. 간사한 무리가 나라를 어지럽히고 떠도는 말이 백성을 미혹하는

일이야 어느 때인들 없었겠습니까. 그 시작은 하찮은 발단과 사소한

까닭에 있겠습니다만 참소[148]를 통하면 결국 붉은 색과 자색을 구분

---

146 이홍장(李鴻章) : 1823~1901. 안휘(安徽) 합비(合肥) 사람으로, 본명은 장동(章桐), 자는 점보(漸甫), 호는 소전(少荃)·의수(儀叟)이다. 1870년 직예총독(直隸總督)에 임명되어 이 직책을 25년간 맡았다. 이 기간에 여러 상공업 근대화계획을 추진했고, 오랜 기간에 걸쳐 서구 열강을 상대로 외교문제를 담당했다. 태평천국운동 진압에 공을 세우고 양무운동의 중심인물로 군대와 산업의 근대화에 힘썼으나, 청일전쟁의 패배로 실각했다.

147 서상우(徐相雨) : 1831~1903. 자는 은경(殷卿), 호는 규정(圭廷), 시호는 문헌(文憲)이다. 미·영 양국과의 수호통상조약 체결에 종사관이 되었고 갑신정변에 따른 문제로 일본과 협상을 벌였다. 한로밀약설(韓露密約說)에 대한 진상을 해명하기 위해 천진에 다녀왔으며 영국에 거문도 점령을 항의하고 그 철수를 요구했다.

하기 어려운 지경에 이르러 대국(大局)을 그르치고 맙니다. 이번에 터진 증빙 문서 사건의 경우, 발단도 없이 또 아무 이유도 없이 깊고 어두운 데서 일어났으니, 이는 필시 배우지 못한 소인배가 나라를 팔아먹고 일신을 도모하고자 하는 계략에서 저지른 일일 것입니다. 속셈을 은밀히 감추고서 시험해보려 하였으나, 다행히 성공하지 못했습니다. 다만 종적이 심히 은미하여 그 뿌리를 찾을 길 없었는데, 다행히 실로 밝디 밝은 하늘의 거울을 내려주심에 진위의 소재를 알아낼 수 있었습니다. 우레와도 같은 위엄, 언제나 가까운 곳에 있었고,[149] 따뜻한 가르침, 언제나 지척을 벗어난 적 없었습니다.[150] 또 중당께서 곡진히 이해해주시고 용서해주시며 조용히 진정시켜주신 덕분에, 동방의 생령들은 어떻게 그렇게 되었는지도 모르는 채 편안한 자기 보금자리를 보존할 수 있게 되었습니다. 이 일을 깊이 마음에 새긴 채 어느 하루인들 잊었겠습니까. 이때부터 스스로의 과오를 통탄하며 경계하면서, 더러 한밤중에도 잠들지 못하고 방안을 돌며 방

---

148 참소 : 원문의 '패금(貝錦)'은 남을 교묘하게 중상하여 죄를 씌운다는 뜻이다. 《시경》〈항백(巷伯)〉에 "형형색색 아름다워라, 조개무늬 비단이로다. 저 참언하는 사람, 너무나 지나치구나.〔萋兮斐兮 成是貝錦 彼譖人者 亦已大甚〕"라고 하였다.

149 언제나……있었고 : 원문은 '불숭조(不崇朝)'로 '불종조(不終朝)'와 같다. 《시경》〈하광(河廣)〉의 "누가 송나라를 멀다고 했나, 아침 전에 갈 수 있는 것을〔誰謂宋遠, 曾不崇朝〕"이라는 구절에 보이는데, 정현(鄭玄)은 전(箋)에서 "'숭'은 '종'과 같다. 아침이 끝나기 전에 간다는 뜻으로, 가까움을 비유한다.〔崇 終也 行不終朝 亦喻近〕"라고 설명했다.

150 언제나……없었습니다 : 《춘추좌씨전》 희공(僖公) 9년에 "천자의 위엄이 내 얼굴과 불과 지척지간인데〔天威不違顔咫尺〕"라는 말이 나온다. 후에 이 말은 천자의 용안이 매우 가까이 있는 것을 가리키는 말로 사용되었다.

황하였습니다. 간교한 자들이 거짓을 일삼고[151] 재앙을 빚은 것은 실로 의리가 밝지 못하고 기강이 엄숙하지 못한 데서 비롯되었으니, 조속히 막지 않을 수 없습니다. 이 허물이 실로 누구의 책임이겠습니까.

이 나라가 비록 미약하나 그래도 예의지방으로 널리 알려졌고, 과인이 비록 우매하나 떳떳한 성품만은 대강 갖추었습니다. 그런데 지금에 와서 예의를 버리고 다른 이에게 비호를 구한다면, 사람들은 장차 내가 남긴 음식을 먹으려 하지 않을 것입니다.[152] 이해득실을 따져보아도 그 차이가 분명히 드러날 뿐 아니라 천리가 용납하지 않을 것임은, 이 나라 오척동자도 모두 알 수 있고, 모두 말할 수 있는 바입니다. 또한 군신상하가 늘 말하고 지켜온 바이기도 합니다. 소진(蘇秦)의 종횡술(縱橫術)[153]이나 괴통(蒯通)의 경중설(輕重說)[154] 같은 것은 대

---

151 거짓을 일삼고 : 《서경》〈무일(無逸)〉의 "백성들은 아무도 서로 속이어 어리둥절하게 하는 일이 없었다.〔民無或胥譸張爲幻〕"에서 나왔다. 거짓으로 유혹하는 것을 이른다.

152 사람들은……것입니다 : 《춘추좌씨전》 장공(莊公) 6년에 등후(鄧侯)가 스스로를 비평하기를 "내가 남긴 음식은 사람들이 먹으려 하지도 않을 것이다.〔人將不食吾餘矣〕"라고 한 데에서 나온 성어다.

153 소진(蘇秦)의 종횡술(縱橫術) : 소진(蘇秦, ?~기원전 284)은 중국 전국 시대 동주(東周) 낙양(洛陽) 사람으로 자는 계자(季子)다. 합종연횡가인 귀곡선생(鬼谷先生)에게 장의(張儀)와 같이 배웠으며 합종책(合縱策)으로 유명하다.

154 괴통(蒯通)의 경중설(輕重說) : 괴통은 제(齊)나라 출신의 책사(策士)이다. 한나라 때 한신(韓信)은 유방(劉邦)의 대장이 되어 탁월한 공로를 세우고 제왕(齊王)에 봉해졌다. 수만의 병사를 거느리고 다리 하나 드는 데 따라 경중이 나뉠 정도로 영향력을 행사했다. 괴통은 경중을 가를 대세가 한신에게 있음을 알고서 그를 배알하여 말하길, "장군은 왕을 떨게 만드는 위세를 이고, 보상받지 못한 공로까지 있으니, 초로 가면

개 형세가 엇비슷하고 명분도 정해져있지 않았을 때 그저 일시적으로
낸 임기응변의 대책이었을 뿐입니다. 이 나라가 과연 강성한 이웃나라
의 형세에 비해 서로 엇비슷합니까? 상국의 명분에 비해 과연 정해진
바가 없습니까? 2백년간 이어온 하늘의 법도와 땅의 도의는[155] 차치하
더라도, 임오년(1882 임오군란)과 갑신년(1884 갑신정변)에 우리를 구원
해주신 은혜를 모두 잊고서, 책사의 권모술수를 행하고자 한다면, 상국
에 죄를 짓고 사방에서 비웃음을 살 것입니다. 이것이 어찌 나라를
도모하는 방도이겠습니까? 지난 날 수차례 편지를 받들었는데, 그때
그때 지도를 내려주심에 통로가 비로소 열리고 소식도 유난히 빨라졌
음을 느꼈습니다. 또한 매사의 마땅한 처리방식까지 모두 대신 헤아려
주셨지요. 천 리 사이의 잘 모르는 일을 전하는 것[156]은 편지가 아니라
생각했건만, 지금 이 편지를 받드니, 그 뜻이 간곡하고 경계하신 말씀
이 정확합니다. 이 편지를 쥐고 깨우치고 반성하자니 퍼뜩 병이 다
나은 것만 같았습니다. 중당께서 나를 지극히 사랑하지 않으신다면
어찌 이렇게까지 하시겠습니까? 삼가 하나하나 마음에 새기고 종신토

초나라 사람이 믿지 않을 것이요, 한으로 가면 한나라 사람이 두려움에 떨 것이다.〔將軍
戴震王之威 挾不賞之功……歸楚 楚人不信 歸漢 漢人震恐〕"라고 하면서 항우, 유방과
더불어 천하를 셋으로 나눌 것을 권하였다. 여기서 말한 경중설이란 바로 이러한 책략을
가리킨다.

155 하늘의……도의는 :《춘추좌씨전》소공(昭公) 25년에 나오는 "무릇 예란 하늘의
법도요 땅의 도의요 백성의 행실이라.〔夫禮 天之經也 地之義也 民之行也〕"를 인용한
것이다.

156 천……것 : 양웅(揚雄)《법언(法言)》〈문신(問神)〉에 "옛날 어두운 것을 드러내
고, 천 리의 잘 모르는 것을 전하는 데는 글만한 것이 없다.〔著古昔之昏昏 傳千里之忞忞
者 莫如書〕"라는 말이 나오는데, 이를 인용했다.

록 경계로 삼아야 할 것입니다. 또한 바라건대, 중당께서도 나의 진심을 잘 헤아려 결단코 사설(邪說)에 흔들려 본래의 뜻을 저버리지 말아주십시오. 답신을 적으며 당신의 공업(功業)에 만복이 깃들기를 기원합니다.[157] 그만 적겠습니다.-이때 세작이 궁궐을 출입하여 국서를 날조하고 러시아에 보호를 요청하였다. 그러나 일이 탄로나 이홍장이 이문(移文)을 보내 경고하였기에 이러한 내용의 답서를 보낸 것이다.-

---

157 답신을……기원합니다 : '순송훈기(順頌勛祺)'는 편지글 맨 마지막에 적은 축원의 말이다. '순(順)'은 '글을 마무리하는 김에'라는 뜻이며, '송(頌)'은 축원한다는 뜻이다. '훈(勛)'은 '공업'이라는 뜻이고 '기(祺)'는 길하고 상서로운 것을 뜻한다. 상대에 따라 세 번째 글자는 변하는데, 상대가 상인일 경우는 '순송상기(順頌商祺)', 문인일 경우는 '순송문기(順頌文祺)' 등으로 바꿀 수 있다.

칙명을 받들어 찬술하였다.

홍선헌의대원왕 원지명 병서
興宣獻懿大院王園誌銘 並序

왕의 성(姓)은 이씨(李氏)요 휘(諱)는 하응(昰應)이며, 자는 시백(時伯), 호는 석파(石坡)다. 남연군(南延君)[158] 충정공(忠正公) 휘 구(球)의 제4남이며, 은신군(恩信君)[159] 충헌공(忠獻公) 휘 정(禎)의 손자이고, 장조의황제(莊祖懿皇帝)의 증손이며, 영조대왕(英祖大王)의 현손(玄孫)이시다. 은신군에게 후손이 없어서 인평대군(麟坪大君)[160] 충경공(忠敬公) 휘 요(㴐)의 5세손으로 영의정(領議政)에 추

---

158 남연군(南延君) : 이구(李球, 1788~1836)로, 처음 이름은 채중(寀重)이었으나, 은신군에 양자로 입적하면서 구(球)로 개명하였다. 인조의 아들인 인평대군(麟平大君)의 6세손(世孫) 병원(秉源)의 둘째 아들이자 고종의 생부(生父)인 홍선대원군 이하응(李昰應)의 아버지이다. 1868년 그의 묘가 독일인 E.J. 오페르트 등에게 도굴되어 외교문제가 되기도 하였다.

159 은신군(恩信君) : 이진(李禛, 1755~1771)으로, 장헌세자(莊獻世子)의 서자, 정조의 이복동생이다. 홍선대원군(興宣大院君)의 조부로, 어머니는 숙빈(肅嬪) 임씨(林氏)이다. 1771년(영조47) 김구주(金龜柱) 일당의 무고로 형 은언군(恩彦君)과 함께 관작을 박탈, 제주로 유배되어 죽었다.

160 인평대군(麟坪大君) : 이요(李㴐, 1622~1658)로, 자는 용함(用涵), 호는 송계

증된 휘 병원(秉源)의 제2남의 후사를 세웠으니, 그 분이 남연군이다. 어머니는 여흥군부인(驪興郡夫人) 민씨(閔氏)이니, 감역(監役)을 지내고 우의정(贈右議政)에 추증된 민경혁(閔景爀)[161]의 따님이시다.

왕께서는 순조(純祖) 경진년(1820, 순조20) 12월 21일에 안국동의 궁에서 태어났다. 군부인이 임신했을 때 꿈속에서 선인(仙人)이 아이를 주는 상서로움이 있었는데, 낳은 후에 보았더니 모습이 꿈과 똑같았다. 어려서부터 총명함이 남다르고 도량이 드넓어서 부형 모두 원대한 그릇이라 인정하였다.

갑오년(1834, 순조34)에 흥선부정(興宣副正)에 봉해지니 품계는 자신대부(資信大夫 종3품)였다. 헌종 을미년(1835)에 보신대부(保信大夫 종3품)로 승품되고, 신축년(1841, 헌종7)에 창의대부(彰義大夫 정3품)로 승품되어 흥선정(興宣正)으로 봉작이 높아졌다. 계묘년(1843)에 효현왕후(孝顯王后)[162]가 승하하자 수릉관(守陵官)에 차임되어 군(君)

(松溪), 시호는 충경(忠敬)이다. 인조의 셋째 아들이며 효종의 동생으로, 1630년 인평대군(麟坪大君)에 봉해졌다. 1640년 볼모로 심양(瀋陽)에 갔다가 이듬해 돌아온 이후, 1650년부터 네 차례에 걸쳐 사은사(謝恩使)가 되어 청나라에 다녀왔다. 시서화(詩書畵)를 잘하였을 뿐 아니라 제자백가에도 정통하였던 그는, 1645년 소현세자(昭顯世子)를 따라 내조(來朝)하였다가 3년 뒤에 본국으로 돌아간 중국인 화가 맹영광(孟永光)과 가깝게 지내기도 하였다. 효종의 묘정에 배향되었다.

161 민경혁(閔景爀) : 1746~1815. 민백헌(閔百憲)의 아들로 증좌찬성(贈左贊成) 민백징(閔百徵)에게 입양되었다. 딸이 이구(李球)와 혼인하여 흥선대원군을 낳아서 고종(高宗)을 외증손(外曾孫)으로 두었다.

162 효현왕후(孝顯王后) : 1828~1843. 성은 김씨(金氏)이며 본관은 안동(安東), 시호는 효현이다. 아버지는 영돈령부사 영흥부원군(永興府院君) 김조근(金祖根)이다.

에 봉해졌고, 품계는 소의대부(昭義大夫 종2품)였다. 얼마 지나지 않아 중의대부(中義大夫 종2품)로 승품되었다. 갑진년(1844, 헌종10)에 승헌대부(承憲大夫 정2품), 숭헌대부(崇憲大夫 정2품)로 승품되고 또 가덕대부(嘉德大夫 종1품)로 승품되었다. 을사년(1845)에 의덕대부(宜德大夫 종1품), 흥록대부(興祿大夫 정1품)로 승품되었다. 병오년(1846)에 수릉(綏陵)을 옮겨 받들 때 대전관(代奠官), 수빈관(守殯官)에 차임되고, 현록대부(顯祿大夫 정1품)로 승품하여 품계의 끝까지 올랐다. 정미년(1847) 동지사(冬至使)에 뽑혔으나 가지 않았다. 주원(廚院), 전의감(典醫監), 사포서(司圃署), 전설시(典設寺), 조지서(造紙署) 등 부서의 제조(提調)가 되었고, 종친부(宗親府) 유사당상(有司堂上), 오위도총부 도총관(五衛都總府都總管)이 되었다.

이때 종실이 미약하여 오로지 왕만을 중히 의지했는데, 왕께서는 비록 산직(散職)에 있었지만 항상 강개하여 임금께 충성하고 백성에게 은택을 베풀고자 하는 뜻을 지녔다. 철종 계해년(1863) 12월에 선왕께서 후사 없이 승하하셨다. 우리 태황제(太皇帝)께서 왕의 차남으로 신정황후(神貞皇后)[163]의 명을 받들어 궁에 들어가 대통을 이어받게 되자, 왕을 흥선대원군(興宣大院君)으로 높였다. 우리 태황제께서 어

1828년(순조28)에 태어나 1837년(헌종3) 10세에 왕비에 책봉되었으며 4년 뒤 가례(嘉禮)를 올리고 왕후가 되었으나 왕후가 된 지 2년 후인 1843년(헌종8) 16세의 나이로 소생 없이 요절하였다.

163 신정황후(神貞皇后) : 1808~1890. 성은 조씨(趙氏)이며 본관은 풍양(豊壤)이다. 풍은부원군(豊恩府院君) 만영(萬永)의 딸로 익종의 비이다. 1819년(순조19) 세자빈에 책봉되고, 1834년 아들 헌종이 즉위하자 왕대비가 되었으며, 1857년(철종8) 대왕대비로 진봉되었다.

린 나이로 즉위하셨기에, 왕은 복왕(濮王)[164]과 같은 황제의 생부로서 주공(周公)과도 같은 책임을 떠맡았다. 밤낮으로 노고를 꺼리지 않았고, 알면서 행하지 않음이 없었다. 구족(九族)을 돈독히 하고 사색(四色) 당파를 탕평했으며, 요행의 문을 막고 언로(言路)를 열었다. 어두운 곳에 막혀있던 인재를 발탁하고 권세가를 억눌렀으며, 학교를 일으키고 중복된 사당을 혁파하였다. 절검을 숭상하고 사치를 금하였으며, 탐관오리를 쫓아내고 청백리를 장려하였다. 형벌을 엄하게 하고 법을 준엄하게 함으로써 간교한 자들을 징치하였다. 병사를 훈련시키고 포대를 설치하여 뜻밖의 일에 대비하였다. 군정의 폐단을 개혁하여 양반에게도 호포제(戶布制)를 균일하게 적용하였다. 사창(社倉)을 설치하여 빈민을 진휼하고, 경복궁을 중건하여 밝음을 향하는 정치를 바로잡았다.[165] 위로는 묘전(廟殿)과 능원(陵園)으로부터 아래로는 모든 관청과 각 군의 동헌에 이르기까지 일일이 수리하고 고쳤으니, 백성들 모두 기뻐하며 힘든 것을 잊었고, 부역을 부리되 오랜 시일을 끌지 않았다. 10년 사이에 내리는 명령마다 모두 행해져[166], 내외가 숙연히 나라를

---

164 복왕(濮王) : 송나라 영종의 생부 조윤양(趙允讓, 995~1059)을 말한다. 송 태종의 손자로 여남군왕(汝南郡王)에 봉해졌으며 생전의 관직은 평장사·판종정사에 이르렀다. 사촌동생인 인종이 붕어하자 아들이 없던 인종의 양자가 된 13째 아들 서가 영종으로 즉위하면서 복왕에 추존되고 안의 시호가 내려졌다.

165 밝음을……바로잡았다 :《상서》〈주고(酒誥)〉에 나오는 "성인은 남쪽을 향해 앉아 천하의 소리를 듣고, 밝음을 향하여 다스린다.〔聖人南面而聽天下 嚮明而治〕"에서 인용했다.

166 내리는……행해져 : 명령을 내리면 즉각 행동하고 금지령을 내리면 즉각 멈추는 것을 뜻한다. 즉 형법을 엄정히 지킨다는 의미인데,《관자(管子)》〈입정(立政)〉에 보인다.

위해 힘을 바쳤다. 벼슬아치들이 깨끗해지고 민심이 서로 권면하니, 보관해 둔 물자가 날로 쌓여 붉게 썩은 것이 줄을 이었고,[167] 태창(太倉)의 곡식도 10년을 지탱할 수 있을 정도였다.

정치가 어느 정도 정비되자 임금에게 정사를 넘겨주고 세상일 모두 물린 채 양주의 직동(直洞)에서 한거하셨다. 임오년(1882, 고종19) 여름에 군란이 일어나, 일본 공사관을 불태우고 일본 공사를 쫓아냈다. 왕은 변란 소식을 듣고 입성하여 소요하는 무리들을 다독여 안정시켰다. 이때 동쪽 이웃을 질책하는 말이 날마다 이르렀고, 조약을 맺은 각국들은 불평을 품고 있었다. 왕께서는 틈이 생겨 분쟁이 일어난 것을 심히 우환으로 여겼으며, 그 허물을 스스로 도맡은 끝에 마침내 보정부(保定府)로 끌려가는 일을 당하심으로 국난을 해결하였다. 보정부에 계신 4년 동안, 흔연히 모든 것을 순리에 맡기니, 예전보다 수염이며 머리털이 더 많아지셨다. 또한 거처에 감천(甘泉)이 솟아나고 바람이 돌아와 불을 끄는 기이한 일이 생겨났기에 사람들은 왕의 정성에 하늘이 감응하여 보답을 얻은 것이라고 말했다. 북양대신(北洋大臣) 이홍장(李鴻章)이 이때 보정총독(保定總督)을 겸하고 있었는데, 왕을 한번 만나보고는 매우 중히 여기며 시종일관 변함없이 예우하였다. 을유년(1885)에 도태(道台) 원세개(袁世凱)를 파견하여 귀국으로 호송하게 했다. 이때부터 왕은 문을 닫고 고요히 수양하면서 서사(書史)를 즐겼다.

---

167 보관해……이었고 : 홍부관후(紅腐貫朽)라는 말에서 나왔다. '홍부'는 양식이 오래 쌓인 채로 있어 썩어 붉은 색이 된 것을 말하며, '관후'는 엽전을 꿴 줄이 너무 오래되어 부패한 것을 말한다. 즉 재물이 많은 것을 상징하는 말이다.

갑오년(1894)과 을미년(1895) 사이에 황실이 다난했던 탓에, 왕께서 입궁하시어 보호하느라 편히 쉴 겨를이 없었다. 이 해가 다 가서야 운현(雲峴)의 사저로 돌아오셨다. 광무(光武) 원년인 정유년(1897) 가을에 병환을 얻어 7삭(朔)이 되도록 쾌유치 못하셨으나, 세수하고 머리 빗는 일은 거르지 않으셨다. 이듬해인 무술년(1898) 3월 2일 병진에 이르러 정침(正寢)에서 붕어하셨다. 죽음에 임해서도 정신이 맑으시어, 시중드는 자에게 관건(冠巾)을 내오라 명하면서 죽음에 대한 생각이 없으셨으니, 평소에 마음을 고요히 다스려 오신 공력을 가히 알 만하다. 향년 79세였다. 이 해 윤3월 26일 기묘에 남서(南署) 공덕리(孔德里)의 아소당(我笑堂)에 예를 갖춰 장사지냈다. 여기는 왕께서 미리 터를 잡으시고 옛사람이 생전에 미리 묘소를 만들어 놓았던 뜻을 기탁했던 곳이기도 하다.

당금 황제 융희(隆熙) 원년(1907) 8월 24일에 대원왕(大院王)으로 추봉(追封)하고 헌의(獻懿)라는 시호를 내렸다. 2년(1908) 1월 29일, 음력 정미년(1907) 12월 26일에 파주(坡州) 운천면(雲川面) 대덕동(大德洞) 동쪽 언덕으로 이장하였다. 비 민씨(閔氏)는 행판돈녕(行判敦寧)으로 영의정에 추증된 민치구(閔致久)[168]의 따님이시다. 여흥부대부인(驪興府大夫人)에 봉해졌다가, 광무 원년 정유년 겨울 12월 16일 신미일에 붕어하셨는데, 향년 80세였다. 융희 정미년(1907) 대원왕

---

168 민치구(閔致久) : 1795~1874. 본관은 여흥이며, 시호는 효헌(孝獻)이다. 첨지중추부사(僉知中樞府事) 단현(端顯)의 아들로 흥선대원군의 장인이다. 1863년 외손(外孫)인 고종이 즉위하자 공조 참의(工曹參議)가 되었다. 이듬해 공조 판서에 특진, 이어 광주부 유수(廣州府留守), 의금부 판사, 돈녕부 판사, 공조 판서 등을 역임하였다. 영의정에 추증되었다.

비(大院王妃)로 추봉되고 순목(純穆)이라는 시호가 내렸다. 공덕리에 묻었다가 이때에 이르러 대덕동에 합장하였다. 3남 3녀를 두셨다. 장남은 영돈녕부사(領敦寧府事) 재면(載冕)으로 완흥군(完興君)에 봉해졌다. 차남은 곧 우리 태황제 폐하시다. 재면은 통덕랑(通德郞) 홍병주(洪秉周)의 딸에게 장가들었고 여주(驪州) 이인구(李麟九)의 딸과 재혼하였다. 장녀는 전판의금부사(前判義禁府事) 조경호(趙慶鎬)[169]에게 시집갔고, 차녀는 전판돈녕(前判敦寧) 조정구(趙鼎九)[170]에게 시집갔다. 완은군(完恩君)에 추봉된 왕의 서자인 참판 재선(載先)[171]은 현감 신석완(申錫完)의 딸에게 장가들었다. 서녀는 궁내대신(宮內大臣) 이윤용(李允用)[172]에게 시집갔다. 재면은 2남 3녀를 두었다. 장남은

---

169 조경호(趙慶鎬) : 1839~? 본관은 임천(林川), 자는 회경(會慶), 호는 구당(鷗堂)이다. 흥선대원군의 사위로, 우참찬을 거쳐 한성부 판윤, 예조 판서, 내의원 제조, 광주부 유수를 지냈다. 다시 한성부 판윤을 거쳐 공조 판서, 예조 판서를 지낸 후 기로소에 들어갔다. 글씨에 능했으며 국권 피탈 때 높은 지위를 주었으나 거부했다.

170 조정구(趙鼎九) : 1862~1926. 본관은 풍양(豊壤), 자는 미경(米卿), 호는 월파거사(月坡居士), 초명은 석구(晳九)이다. 흥선대원군의 사위이다. 주로 궁내부의 요직을 지내며 왕실의 의례를 담당하였다. 국권피탈 때 일제가 주는 은사금 및 남작의 칭호를 거절하고 합방조서(合邦詔書)와 고유문(告諭文)을 찢고 두 차례나 자결을 기도하였으나 실패하였다. 그 뒤 금강산에 숨어지내다 고종의 인산을 치르고 중국에서 망명생활을 하던 중 둘째 아들의 사망소식을 듣고 귀국, 봉선사에서 지냈다.

171 이재선(李載先) : ?~1881. 흥선대원군의 서자이자 고종의 이복형이다. 1881년 민씨세도와 개화정책에 불만을 품고 안기영 등이 흥선대원군의 재기를 도모할 때 왕으로 추대할 예정이었으나 이풍래의 밀고로 실패하자 자수하였으나 사사(賜死)되었다.

172 이윤용(李允用) : 1854~1939. 본관은 우봉(牛峰)이며, 자는 경중(景中)이다. 동생 이완용과 함께 일본의 앞잡이로 국권강탈에 적극 협력하였다. 1854년 서울에서 이호준(李鎬俊)의 서자(庶子)로 출생하였으니 이호준에게 양자로 들어간 이완용(李完

전 참판 준용(埈鎔)[173]으로 영선군(永宣君)에 추봉되었다. 판서 홍종석(洪鍾奭)[174]의 딸에게 장가들었고, 김재정(金在鼎)의 딸과 재혼하였다. 차남은 시종관(侍從官) 문용(坟鎔)[175]으로 전 교관 김병일(金炳日)의 딸에게 장가들었다. 딸들은 각각 군수 김인규(金仁圭), 전비서승(前秘書承) 김두한(金斗漢)에게 시집갔고, 서녀는 전 주사(主事) 김규정(金奎定)에게 시집갔다. 조경호(趙慶鎬)의 아들 한국(漢國)[176]은 규

用)에게 서형(庶兄)이 된다. 1869년 돈녕부(敦寧府) 참봉(參奉)이 되어 흥선대원군에게 인정 받아 그의 서녀(庶女)와 혼인하여 사위가 되었다. 1896년 이완용, 이범진(李範晉) 등과 모의하여 아관파천(俄館播遷)을 주도하였고, 1910년 국시유세단(國是遊說團) 단장을 맡아 일본이 대한제국을 강점하여 통치해야 한다고 홍보하였다. 그해 한일합방이 되자 일본정부로부터 남작(男爵)의 작위를 받았고, 이후에도 수많은 친일단체에서 활동하였다.

173 준용(埈鎔) : 이준용(李埈鎔, 1870~1917)으로, 자는 경극(景極), 호는 석정(石庭)·송정(松亭)이다. 흥선대원군의 손자이며, 김홍집내각 내부 협판, 통위사에 등용되었다. 주차일본 공사를 지냈다. 이어 영선군에 봉해지고 육군참장이 되었다. 극렬한 배일주의자였으나 뒤에 친일파로 변절했다.

174 홍종석(洪鍾奭) : 1814~1864. 본관은 남양(南陽)이고 초명은 석종(奭鍾)이며, 자는 군필(君弼)이다. 익풍부원군(益豊府院君) 홍재룡(洪在龍)의 아들로 누이는 헌종(憲宗) 계비인 효정왕후(孝定王后, 1831~1903)이다. 1851년(철종2) 정시문과에 급제하여 성균관 전적, 정언, 금성 현령, 안악 군수, 대사성을 거쳐 예조 참판(禮曹參判)에 이어 예조 판서(禮曹判書)로 승진하였다.

175 문용(坟鎔) : 이문용(李坟鎔, 1882~1901)으로, 흥선대원왕의 손자이자 홍친왕의 차남이다. 영선군 이준용의 동생이며 고종 황제의 조카이다. 시강원 시종관(侍講院侍從官)을 지냈다.

176 한국(漢國) : 조한국(趙漢國, 1865~?)으로, 본관은 임천(林川), 자는 원빈(元賓)이다. 1880년(고종17) 증광별시 문과에 급제하였다. 전라북도 관찰사, 지돈녕사사, 궁내부 특진관 등을 지냈다.

장각 제학(奎章閣提學)이고, 딸들은 전 참판 김홍규(金興圭), 표훈원
총재(表勳院總裁) 이재극(李載克),[177] 참봉(參奉) 이면구(李勉九)에게
각각 시집갔다. 조정구(趙鼎九)의 아들은 전 참판 남승(南升), 전 시종
남익(南益), 전 시종관 남복(南復)이다.

　왕은 영준하고 호매한 자태를 타고나셨으며 행실이 순후하고 결함
이라곤 없었다. 천륜에 독실하시어 상을 치를 때 예를 다하셨고, 선조
를 받드는 예절 또한 연로하여도 해이해지지 않았다. 형제 사이에 지극
한 공경을 다했으며, 집안에 사사로운 재물이 없었고 이간하는 말을
하는 자가 아무도 없었다. 맏형이신 문공(文公)[178]께서 극구 칭찬하여
말하기를 "우리 집안 어진 아우는 성품이 베풀기를 좋아하여 창고를
가리키면 보리를 내어주는 풍모[179]가 있다."라고 하였다. 사람들을 만

177　이재극(李載克) : 1864~1927. 본관은 전주, 호는 만송당(晩松堂)이다. 1864년
(고종1) 서울에서 예조 판서 이연응(李沇應)의 아들로 출생하였다. 1894년 청일전쟁이
일어나자 이듬해 일본군을 위한 전승위문사(戰勝慰問使)로 파견되었다. 1905년 을사
조약 체결 때는 종친대신(宗親大臣)으로 일제의 뜻에 따라 고종을 협박하는 일을 맡았
다. 1909년 조선에 일본 신궁을 세우려는 신궁봉경회(神宮敬義會)의 부총재가 되었으
며 '조선과 일본은 형제국으로 조선은 일본의 보호를 받아야 한다.'고 주장했다. 1910년
한일병합이 있은 직후 조선귀족령에 따라 일제에 기여한 공적을 평가받아 일본정부로부
터 남작(男爵) 작위를 받았다. 1925년 조선 실업가들의 친일단체인 대정실업친목회(大
正實業親睦會)의 회장이 되었다.

178　문공(文公) : 이정응(李㝡應, 1815~1848)으로, 은신군의 양손자이며 남연군 이
구와 군부인 여흥 민씨의 둘째 아들인 흥완군(興完君)이다. 흥인군(興寅君) 이최응(李
㝡應), 흥선대원군의 형이며 흥녕군의 동생이다. 1865년(고종2) 9월 14일 신정왕후
조대비의 명으로 특별히 의정부 영의정에 추증되었다. 처음 이름은 시응(是應)이었다.
1844년(헌종10) 10월 동지정사로 청나라의 연경에 다녀왔다.

179　창고를……풍모 : 삼국시대 오나라 주유(周瑜)가 노숙(魯肅)에게 군량을 요구하

나 담소할 때는 해학을 곁들여 온화하고 인자하였으나, 잘못을 저지른 사람은 반드시 면전에서 질타하면서 조금도 용서치 않았다. 상 줄 일이 있으면 소원한 사이라고 제외하지 않았고, 벌 줄 일이 있으면 가까운 사이라고 봐주지 않았기에, 어진 이와 어리석은 이 모두가 자신의 몸 볼보는 것조차 잊게 하였다.[180] 귀하고 현달해진 자제나 조카들도 곁에서 모실 때는 늘 삼가고 경외하였다. 조급히 나아가려 하는 것을 일절 금하고 의를 행하는 것을 중시하였다. 평상복은 삼베와 면이었고, 두 가지 고기반찬을 상에 올리지 않았다. 신묘년(1891, 고종28) 회근(回졸) 때에도 헌수(獻壽)하지 말도록 경계하니, 이에 풍속이 크게 변하여 일시에 귀족들의 놀이와 화려한 복장, 연회, 주식(酒食)의 소비가 크게 줄었다. 시문과 서화에 큰 뜻은 없었으나 모두 신묘한 경지에 들었다. 특히 난을 잘 쳐 천하에 이름이 드높았기에 그것을 얻은 자는 모두 보물로 여기고 간직하였다. 저술한 것으로는 《양전편고(兩銓便考)》[181]와 《강목집요(綱目輯要)》[182]가 세상에 전한다.

자, 노숙이 한 창고를 가리키면서 기꺼이 가져가라고 했다는 고사를 인용한 것이다. 《三國志 卷54 魯肅傳》

180 어진……하였다 : 양희(楊戲)의 〈계한보신찬(季漢輔臣贊)〉에 제갈량을 기리며 쓴 내용 중에 "널리 덕교를 펼치고 외물을 다스리고 풍속을 바꾸었기에, 어진 이이건 어리석은 자이건 다투어 마음을 바치면서 그 몸조차 돌보는 걸 잊었다.〔敷陳德教 理物 移風 賢愚競心 僉忘其身〕"라는 표현이 보인다.

181 《양전편고(兩銓便考)》 : 1865년(고종2)에 왕명으로 편찬하여 1870년(고종7)에 보간(補刊)하였다. 종래의 《양전주의(兩銓注擬)》는 조목이 복잡하여 고증하기 어려웠기 때문에, 새로 이조(吏曹)와 병조(兵曹)의 전제와 고실(故實)을 상고하여 이전(吏銓)・병전(兵銓) 각 30항목으로 개편한 것이다.

182 《강목집요(綱目輯要)》 : 1878년(고종15) 《통감강목(通鑑綱目)》과 《속강목(續

오호라! 왕의 공과 왕의 덕은 한 세상에 널리 펼쳐졌으니, 마치 푸른 하늘에 걸린 흰 해와도 같아 모두가 그 청명함을 알 수 있도다. 덕을 심고 경사를 길러 우리 두 임금 중흥의 대업을 열고, 억만년 무궁할 위대한 기틀을 드리웠으니, 그 공덕은 당대에 그치지 않으리. 아아, 성대하도다! 윤식은 외람되이 지문을 찬술하라는 명을 받들었으나, 재주와 학식이 천박하여 만분의 일도 제대로 그려내기에 부족하도다. 그러나 일찍이 옷자락을 끌고 왕의 문전에 나아가 가르침을 입은 바 있으니, 지금 능을 만드는 역사(役事)에 감히 글월을 올리지 않을 수 없어, 삼가 행장에 의거하여 위와 같이 찬술하였다. 명을 지어 잇는다.

아아, 빛나는 왕이시여	於赫維王
당대의 영웅이며 현자로다	命世英賢
하악의 정기 타고나	氣鍾河嶽
온 세상에 이름 떨쳤네	名振海寶
저경궁[183]으로부터 상서로움이 싹 터	發祥儲慶
성인께서 태어나셨네	載誕聖人
공경스럽고 단정하신 성인이여	聖人穆穆
왕이 되시어 이 나라를 돕고 지키셨네	王作翰屏
공정하고 사사로움 없어	大公無私

綱目)》에서 대요(大要)만을 발췌하여 엮은 책이다. 홍선대원군의 명을 받아 신응조(申應朝)가 편찬하였다.

183 저경궁(儲慶宮) : 선조(宣祖)의 후궁 인빈 김씨(仁嬪金氏)를 가리킨다. 홍선대원군의 계보는 인빈 김씨의 아들이자 인조의 아버지로서 후에 원종(元宗)으로 추존된 정원군(定遠君)으로부터 이어진다.

조정에 청명함이 드러났고	朝著淸明
은혜로 팔방을 적심에	惠洽八域
풍년 들어 볏짚 풍족하였네	豐年穰穰
위정척사에 있어서는 도를 보존하였고	道存闢衛
존왕양이에 있어서는 의를 엄정히 했네	義嚴尊攘
폐단을 다스리고 새는 곳을 막았으며	興弊補漏
고사 지경의 백성을 소생시키고 강한 자를 꺾었네	蘇枯弱强
하고자 하는 바를 따라 다스림에	從欲以治
사방의 백성이 교화되었네	風動四方
동쪽 당에 떠도는 말 많았으나	流言居東
붉은 신 신으신 자태 의젓하셨네[184]	几几赤舃
곤경에 처해서도 형통함을 잃지 않으니	處困如亨
화이 모두가 우러러 탄복하였네	華夷敬服
잠깐 사이에 많은 환난 겪고	頃値多難
액운을 만났네	百六之會
나아가나 물러서나 근심 뿐	進退維憂
언제나 위험 중에 처해 계셨네	安危身佩
왕의 치우치지 않은 마음	王心不頗
저울과도 같았네	如鑑衡平
성긴 예절에 구애받지 않고	不拘疎節

---

184 붉은……의젓하셨네 : 《시경》〈낭발(狼跋)〉의 "이리가 앞턱 살을 밟고 곧 그 꼬리를 밟는도다. 공은 도량이 넓으시고, 붉은 신 신고 걷는 걸음걸이 의젓하네.〔狼跋其胡 載疐其尾 公孫碩膚 赤舃几几〕"라는 구절을 인용했다.

마음껏 다니셨네 　　　　　　　　邁往任情

효도와 우애를 　　　　　　　　　維孝友于

나라에 베푸셨고 　　　　　　　　施於家邦

궁핍한 자들 긍휼히 진휼하심이 　恤窮賑貧

때맞춰 내리는 비와도 같았네 　　若時雨降

공은 만세토록 남을 것 　　　　　功存萬世

덕은 삼존처럼 우뚝하네 　　　　德隆三尊

겸손하여 자랑하지 않으시면서 　撝謙不伐

겸허한 마음으로 스스로를 낮추었네 　虛己下人

편지를 보내 눈을 읊으셨고 　　　授簡賦雪

붓을 휘둘러 난을 치셨네 　　　　揮毫寫蘭

고고한 품격이여 　　　　　　　　品格高古

그 풍취 초탈도 하였어라 　　　　風韻脩然

순수함과 공경스러움과 곧음과 고요함은 　純穆貞靜

옛날의 여사에 필적하네 　　　　媲古女士

수명은 하늘과 나란하고 복이 융성했으니 　壽齊福隆

동사에 길이 빛나리 　　　　　　有光彤史

대덕리 두렁길에 　　　　　　　　大德之阡

무덤이 아름답네 　　　　　　　　佳城鬱鬱

천봉하는 길한 날에 　　　　　　遷奉協吉

초상이 의젓이 갖추어져 있네 　　有儼像設

신령께선 영원히 평안하시고 　　神其永安

우리 종사를 보우하소서 　　　　佑我宗祊

왕의 덕을 잊지 못한다면 　　　　王德不忘

이 명문을 보아주소서　　　　　　　　　　　　　　觀此幽銘

융희 2년(1908) 1월 13일 종일품 숭정대부(崇政大夫) 제실회계감사
원경(帝室會計監査院卿) 신 김윤식(金允植)이 칙명을 받들어 삼가 찬
술합니다.

덕수궁[185]이 친히 찬술한 순헌귀비[186] 지문의 부기

신해년(1911) 윤6월

德壽宮親撰純獻貴妃誌文附記 辛亥閏六月

신 윤식 삼가 생각건대, 깊고 엄한 궁궐 안에서의 귀비의 덕, 귀비의
행실은 외간에서는 자세히 알 수 없었습니다. 다만 밖에서도 볼 수
있어 백대에 모범으로 드리울 만한 것은 크게 두 가지인데, 학교를
일으킨 것과 고아를 구휼한 것이 그것입니다. 학교를 일으키는 것은
지금의 정사에 있어 급선무이며, 여자를 교육시키는 것은 학교를 일
으키는 데 있어 근본입니다. 하소연할 곳 없는 백성으로는 사궁(四
窮)[187]만한 자가 없고, 고아는 사궁 중에서도 으뜸입니다. 저들의 뜻

---

185 덕수궁(德壽宮) : 여기서는 고종을 의미한다. 현재의 덕수궁의 본래 명칭은 경운
궁(慶運宮)이었으나, 고종이 1907년 폐위된 후 이곳에 머무른 이래로 현재와 같이 덕수
궁으로 불리게 되었다. 태조(太祖) 이성계(李成桂)가 퇴위한 후 상왕으로 머물던 곳이
개성의 덕수궁(德壽宮)이었던 데서 유래하여 상왕의 대명사처럼 사용되었다.

186 순헌귀비(純獻貴妃) : 1854~1911. 고종의 후궁이다. 명성황후의 시위상궁으로
있다가 명성황후가 살해된 후 고종을 섬겼다. 아들 은을 낳아 귀인에 책봉되고 선영이라
는 이름을 받았다. 진명 여학교를 설립했고 명신 여학교 설립에 거액을 기부하였다.

이 아직 열리지 않은 때에, 귀비께서는 먼저 이 두 가지 일을 일으키어 몸소 이끌고 교화하심으로 인정(仁政)을 도왔습니다. 땅을 하사하고 재물을 내어 여학생을 길렀고, 옷을 절약하고 먹을 것을 줄여 가난한 고아를 구휼하였으니, 위에서 행하면 아래에서 본받는 법, 사방이 이에 교화되었습니다. 수년 사이에 규중에는 글 읽는 소리가 많아졌고, 길에는 신음하는 아이가 없어졌습니다. 풍성한 공과 위대한 업적으로 말한다면, 역대 동관(彤管)의 기록에서도 찾아볼 수 없습니다. 그 쌓인 경사와 넉넉한 복으로, 슬기로운 왕세자께서 탄생하셨습니다. 왕세자의 학문에 날로 성취가 있으니, 광명한 경지에 이르러 이 땅의 만억년 무강한 아름다움을 열 수 있을 터, 아아 성대합니다.

---

187 사궁(四窮) : 환과고독(鰥寡孤獨)으로, 홀아비, 늙은 홀어미, 부모 없는 아이, 자식 없는 늙은이를 통틀어 이르는 말이다.

서 序

모두 65편이나 50편만 수록한다.

조생 노규와 이별하며 주는 서문 정사년(1917)

贈別曺生魯奎序 丁巳

증사(曾師) 조노규(曺魯奎)가 벽진(碧珍)[188]으로 돌아가려 함에 청하여 말했다.

"노규가 장차 먼 길 떠나려 하는데 제게 보탬 될 말씀을 해주셨으면 합니다."

내가 말하였다.

"그대가 말하지 않아도 이별 선물을 드리려고 했었소. 허나 혹 증사께서 나더러 증사의 아름다움이나 기리면서 증사의 복을 축원해주기를 원하는 것인지 모르겠소."

증사가 정색하며 말하기를 "그건 제게 보탬 되는 바가 아니라 손해가 되는 바입니다. 그런 소릴랑 노규는 듣고 싶지 않습니다."라고 하였다. 내가 말했다.

"훌륭하오. 내 그런 말을 해낼 수 있을지 걱정이구려. 내 일찍이 영남에서 객지살이 한 적이 있는데, 그곳 산을 보니 길게 이어지면서 드넓

---

188 벽진(碧珍) : 경북 성주군을 말한다.

고, 험하면서도 드높았소. 그곳 사람들은 기개를 숭상하면서 남에게 굽히기를 좋아하지 않았소. 그곳에서 나는 벼와 기장, 과일과 채소, 면포와 비단 등을 이웃 장시로 넘어가 교역할 필요도 없이 경내에서 충분히 자급할 수 있었으니, 실로 천혜의 땅이라 이를 만하였소. 듣자니, 옛날 태평성세 때는 나라에서 전국팔도에 인재를 구하면 서쪽 끝자락에서건 북쪽 변방에서건 모두 뽑혀 조정에 들어왔으나, 그 중에서도 영남이 최고였다고 하오. 이때에 영남의 벼슬아치들이 조정을 기울였고, 선비들 또한 그런 자부심으로 스스로 면려하였기에, 모두 명예와 절개를 아끼면서 도(道)를 강설하고 학업을 익히며, 큰 선비 위대한 신하가 가난한 초가집에서 나오기도 하였소. 또 사방에 보루가 있어 의병이 봉기하였소. 그렇기에 풍교가 돈후하여서 사양하고 물러날 줄 알며, 부지런하고 검소하고 충직하고 성실하였소. 그러나 시대가 내려올수록 풍속이 얄팍해져서, 아첨을 돈후함으로 여기고 인색을 검소함으로 여기며 남에게 강요하기를 좋아하고 겸손히 물러서려 하지 않았소. 하여 길이나 과장(科場)에서 시끄럽게 다투는 자가 있으면 반드시 영남사람일 것이라 여겼소. 이에 따라 나라에서 예로 대우하는 것도 점차 야박해졌소. 증사, 나는 영남의 사대부들을 매우 안타깝게 생각하오. 그 지역으로 말하면, 옛날 추로지향(鄒魯之鄕)[189]이라 부르던 곳이 아니겠소. 그 사람들로 말하면 오래된 가문의 후예들 아니겠소. 그 땅에서 나온 것이 어찌 옛날보다 줄었겠소. 그런데도 지금 선비들은 나날이 저속해지고 백성들은 나날이 궁핍해지고 있으니, 이 어찌 임금

---

189 추로지향(鄒魯之鄕) : 공자와 맹자의 고향이라는 뜻으로, 예절을 알고 학문이 왕성한 곳을 이르는 말이다.

님께서[190] 정교를 잘못 베푸신 탓이기만 하겠소. 마땅히 생각해 보아야 만 할 것이오. 선비는 스스로 천해진 연후에 남들이 천하게 여기고, 백성은 스스로 궁해진 연후에 남들이 궁하게 여기는 것이오. 듣자니, 영남의 선비들은 자식을 낳아 붓을 잡을 수만 있으면 곧 과거 공부를 시키고, 문밖을 나갈 수만 있으면 곧 관아를 출입하며 서리 및 아전과 사귀는 법을 가르치며, 과거보러 갈 수만 있으면 곧 연줄을 타고 스스로를 팔아 벼슬길에 나아가게 해 달라 청탁하는 법을 가르친다 하오. 공부를 잘 할지 못 할지, 때가 이로울지 불리할지, 이 모든 것은 운명에 맡기면 되는 것이오. 그런데 거짓된 방법으로 그것을 취하고서도 전혀 부끄러운 줄을 모르고, 겨우 향시(鄕試)에 한번 붙은 것을 가지고 만족 해하면서 다른 것을 추구하지 않소. 때문에 젊어서부터 글을 짓고도 다 늙도록 아는 것이라곤 없소. 그러면서 도리어 경술(經術)을 모욕하 고 문장을 업신여기며 전혀 생각이라곤 하지 않소. 만약 이들이 하루아 침에 법과 제도를 제정하는 관리가 된다면 장차 무슨 수로 그 직책을 감당하겠소? 이것은 바로 선비가 스스로 미천해진 까닭이오.

벽진의 호구는 총 1만 7천인데 외람되이 사적(士籍)에 올라 과거에 응시하는 자가 5천, 관가나 관할 읍에 예속된 이졸(吏卒)이 2천 남짓, 공장(工匠)의 가호 또한 수천은 족히 되니, 그들은 모두 합치면 9천여 호가 되오. 이들은 모두 손을 놀리면서 농민에게 의지해 먹고 살아가는 부류요. 그 나머지 중에 농사짓는 자는 겨우 8천 호뿐이오. 8천 호로부 터 조세를 거두어 위로 왕에게 바치고, 아래로 왜술병(倭戍兵)을 먹이

---

190 임금님께서 : 원문은 '순선(旬宣)'으로 널리 사방을 복종시켜 임금의 은덕이 두루 미치게 하는 것을 뜻하므로, '순선'을 하는 사람은 곧 임금을 뜻한다.

고 나면 무엇으로 부모를 봉양하고 처자식을 기르겠소? 대대로 농사를 지어온 백성은 곳간이 차서 조금만 넉넉해지면 분수에 만족하지 못하고서 자식을 가르쳐 선비가 되게 하고, 아우를 가르쳐 서리가 되게 하며, 손자를 가르쳐 장인이나 상인이 되게 하오. 그렇게 함으로써 농사짓는 수고를 면하고 조세의 큰 부담을 피하며, 권세가를 휘둘러 이익을 챙기면서 대단한 계책이나 얻은 듯 생각하오. 농민은 넉넉해질 수 없고, 선비는 삶을 영위할 수 없으며, 서리는 이득을 챙길 수 없고, 장인과 상인은 공급할 수 없으니, 서로 침범하고 싸우면서 원망과 비방이 벌떼처럼 일어나오. 이것이 바로 백성이 스스로 궁핍해진 까닭이오.

사람이 글을 읽지 않으면 운명을 편히 받아들이지 못하오. 운명을 편히 받아들이면 부러움을 끊을 수 있고, 부러움을 끊을 수 있으면 그 가운데 즐거움이 있는 법이오. 시부(詩賦)와 표책(表策)을 짓는 것은 학문하는 것이 아니고, 자주색 인끈을 차고 붉은색 관복을 입는 것은 자신을 영예롭게 하는 것이 아니오. 자신을 영예롭게 하는 것은 필경 명절(名節)이 아니겠소! 선비라면 명예를 사랑하지 않을 수 없소. 위에 있으면서 명예를 사랑하지 않으면 소보(巢父)와 허유(許由)[191]가 될 것이나, 아래에 있으면서 명예를 사랑하지 않으면 걸왕(桀王)과 도척(盜跖)이 되고 마오. 명예를 사랑할 수 있으면 부끄러움을 알 것이

---

191 소보(巢父)와 허유(許由) : 소보는 나무 위에 새처럼 둥지를 짓고 살았던 데서 소보라 칭했다고 한다. 요 임금이 일찍이 허유에게 천하를 양보하겠다고 했을 적에 허유가 그 말을 듣고는 자기 귀를 더럽혔다 하여 영수(潁水)에 가서 귀를 씻었는데, 이때 마침 소보는 송아지에게 물을 먹이려고 나왔다가 허유가 귀를 씻는 것을 보고는 그 물조차 더럽다고 여겨 송아지에게도 그 물을 먹이지 않고 상류로 올라가서 물을 먹었다는 고사가 있다. 《高士傳》

고, 부끄러움을 알면 차마 하지 못하는 짓이 있을 것이며, 하지 못하는 짓이 있으면 식견이 밝아질 것이오.

경술(經術)이란 사람됨의 근본이오. 비록 시골에서는 쓰이지 않는다 하더라도 세상에서는 반드시 쓰임이 있고, 비록 지금에는 쓰이지 않아도 후세에는 반드시 쓰임이 있소. 옛말 중에 '자식에게 황금이 가득 찬 광주리를 주는 것은 경전 한 권을 가르치는 것만 못하다.'[192]는 말이 있소. 영남의 선배들도 일찍이 이 말을 실천하여 조정의 모범이 되고 후세에 명예를 남긴 적이 있으니, 그 효험이 실로 크고도 멀지 않소? 문장이란 세상과 더불어 낮아졌고 높아졌다 하는 것이오. 문장의 도(道)가 온갖 묘리에 이르면 그로 인해 도가 전해지고 그로 인해 학문이 밝아지니, 겨우 작은 벌레나 새기는 하찮은 기술[193]을 가지고 사람 눈에 들고자 하는 것과는 비교할 바 아니오. 만일 깊은 경지에까지 도달할 수 있다면 더욱 오래토록 전해질 수 있겠지요. 경술과 문장이 두 가지는 천하의 지극한 보배이니, 가난한 집에 산다 하더라도 그 즐거움은 고관대작과 바꾸지 않을 것이오. 고작 진사 한번 되는 것이 어찌 말할 만하겠소? 이 두 가지에 능하지 못하다면, 물러나 농사를 배워서 팔다리를 놀려 날마다 맛난 음식을 부모께 올림으로써 즐겁

192 자식에게……못하다 : 한(漢)나라 때 추로(鄒魯)의 대유(大儒)라고 일컬어졌던 위현(韋賢)이 네 아들을 잘 가르쳐 모두 현달하게 하였으므로, 당시에 "황금이 가득한 상자를 자식에게 물려주기보다는 경서 한 권을 제대로 가르치는 것이 훨씬 낫다.〔遺子 黃金滿籯 不如一經〕"라는 말이 유행했다고 한다. 《漢書 韋賢傳》

193 작은……기술 : 원문의 '조전(雕篆)'은 조충전각(雕蟲篆刻)의 준말로 벌레 모양이나 전서(篆書)를 조각하듯이 정교한 미사여구로 문장을 꾸미는 하찮은 기교를 가리킨다.

게 해드리면 되오. 그렇다면 비록 배우지 못했다 하더라도 경술 중에 있는 사람이라 할 것이오. 옛날 한나라에서는 경전에 밝은 선비를 등용하였으나 역전(力田) 과목을 동시에 두었으니, 이는 제왕의 훌륭한 법이오. 설령 위에서 공부를 독려하는 사람이 없다 하더라도, 무릇 지력(知力)이 있는 백성이라면 어찌 계책을 도모하여 스스로를 지키고자 하지 않을 수 있겠소? 그러나 스스로 힘을 다하지 않고 걸핏하면 윗사람만 원망하는 자 또한 있으니, 이와 같은 어지러운 풍속이 넘쳐나도록 두어서는 안 되오.

내 집이 가난한 것을 걱정하지 않고 백성이 가난한 것을 걱정한다면 가난은 병폐가 되지 않을 것이요, 내 몸이 궁한 것을 걱정하지 않고 도가 궁한 것을 걱정한다면 궁함은 재앙이 되지 않을 것이오. 내 감히 종신토록 이를 행하고자 하였으나 너무 행하기 어려운 것을 탓하고 있었소. 증사도 아마 그런 뜻을 지니고 있지 않겠소? 이와 같이 한 뒤에야 장부라 일컬어지기에 부끄럽지 않을 것이오. 내실이 명성보다 앞서면 오래 갈 것이지만 명성이 내실보다 앞서면 위태롭소. 내실에 있어 명성이란 그림자가 형체를 따르는 것과 같소. 때문에 군자는 명성을 구하지 않는 것이오. 《시경》에 이르기를 '학이 깊은 늪에서 울면 소리가 하늘에 들린다.'[194]고 하였으니, 깊은 늪에서 울면 이에 들릴 것이고, 이에 천 리에 도달할 것이오."

---

194 학(鶴)이……들린다 : 《시경》〈학명(鶴鳴)〉을 인용한 것이다.

완재절중 서문 기미년(1919)

婉裁折中序 己未

심승여(沈升如)는 학문을 좋아하고 많은 책을 섭렵하여서 읽지 않은 책이라곤 없었다. 그러다 널리 읽기만 하고 행실을 잘 지키지 못하는 것을 병통으로 여기며, 《공양전(公羊傳)》과 《곡량전(穀梁傳)》을 가져다 읽고 뜻에 맞는 것 몇 편을 취해 한 책으로 엮은 다음 '완재절중(婉裁折中)'이라 명명하였다. 《공양전》은 보통 완곡하면서도 은미하다 일컬어지고, 《곡량전》은 변석이 뛰어나고 판결이 뚜렷하다고 일컬어지는데,[195] 지금 그 둘의 장점을 합쳐서 중간 것만을 취한 것이다. 곡량과 공양 두 선생은 《춘추》의 정미한 뜻을 구술로 전해 받았는데, 뒤를 이어 전(傳)을 지은 것은 그 뜻을 밝히고자 함이었다. 어찌 글 짓는 것 따위에 얽매였겠는가. 그러나 후세에 그 책을 읽는 자들은 반드시 문장을 먼저 감상하고 나서야 나중에 뜻을 취한다. 뜻이 나타나는 곳에 문장 또한 이른다. 이 뜻이 없다면 비록 문장이 있다 한들 볼만하지 않다. 《좌전(左傳)》이 풍부하고 아름답지 않은 것은 아니나, 후세 사람은 그럼에도 허황되고 과장되었다며 흠잡으니, 이

---

195 공양전은……일컬어지는데 : 동진(東晉)의 범녕(范寧)은 〈곡량전집해서(穀梁傳集解序)〉에서 "좌씨는 아름답고 내용이 풍부하지만 단점은 미신이 너무 많다는 데 있고, 곡량은 완곡하고 청아하지만 단점은 너무 짧다는 데 있으며, 공양은 변석과 판결이 뛰어나지만 그 단점은 너무 저속하다는 데 있다.〔左氏艷而富 其失也巫 穀梁婉而淸 其失也短 公羊辨而裁 其失也俗〕"라고 하였다. 그러나 김윤식이 착각을 해서인지, 《곡량전》과 《공양전》의 특징을 서로 뒤집어서 설명하고 있다.

는 문장이 뜻보다 과한 데서 비롯된 병폐이다. 한나라 유자들은《춘추》를 유난히 중시하였으나, 참위(讖緯)¹⁹⁶를 많이 끌어들여 그 징험이 부합함을 드러냈다. 또 공손홍(公孫弘)은 춘추의 의리로써 신하와 백성들을 단속하였고, 장탕(張湯)은 각박하고 세세한 법령으로 이치를 따졌다.¹⁹⁷《춘추》를 연구한 자는 정위(廷尉)에 충원되어, 두 전에서 이른바 책비(責備)¹⁹⁸·주심(誅心)¹⁹⁹·무장(無將)²⁰⁰ 등의 학설에

---

196 참위(讖緯) : 앞날의 길흉화복(吉凶禍福)의 조짐이나 예언 또는 그러한 술수(術數)에 관한 책을 가리킨다.

197 공손홍(公孫弘)은……따졌다 : 이 구절은《사기》〈평회서(平准書)〉에 보인다. "공손홍은《춘추》의 의리로써 신하를 단속하여 한나라 재상이 되었고, 장탕은 엄격하고 세세한 법령으로 이치를 판결하여 정위가 되었다.〔自公孫弘以春秋之義 繩臣下 取漢相 張湯用峻文決理 爲廷尉〕" 공손홍(公孫弘, 기원전 200~기원전 121)은 중국 한나라 때의 관리로 자는 차경(次卿)이다. 현량과(賢良科)로 발탁되어 승상을 지내고 평진후(平津侯)에 봉해졌다. 장탕(張湯, ?~기원전 115)은 한나라 무제(武帝) 때 율령을 만들었고 벼슬은 어사대부(御史大夫)를 지냈다. 옥사를 처리할 때는 법조문을 매우 각박하게 적용했다.

198 책비(責備) : 춘추필법(春秋筆法)에 어진 사람에게 책비하는 것이 있는데, 책비란 구비(具備)하기를 요구하는 것이다. 그것은 보통 사람에 대하여는 여간한 허물을 용서하거나 비판하지 않지만, 어진 사람에게 있어서는 조그만 허물이라도 비판하여 이런 어진 사람이 왜 이런 허물을 지었는가 하고 애석히 여기는 뜻으로 책망한다는 말이다.

199 주심(誅心) : 노(魯)나라 선공(宣公) 2년에 조천(趙穿)이 진(晉)나라 영공(靈公)을 도원(桃園)에서 죽였는데, 당시 집정(執政) 신(臣)인 조순(趙盾)이 그들을 토벌하지 않았다는 것과, 소공(昭公) 19년에 허(許)나라 도공(悼公)이 병중에 있을 적에 세자(世子) 도지(悼止)가 약을 맛보지 않아 도공을 죽게 하였다는 두 가지 사건을 들어, 모두 임금을 시해하였다고 쓴 논법을 말한다. 즉 그러한 사실은 없지만 그 동기가 불순한 것을 책망한 것이다.

200 무장(無將) : 임금이나 부모를 장차 위해하려는 마음을 먹어서는 안 됨을 이른다.

근거하여 자신의 의견을 완성할 수 있었다. 누군가가 그 속내를 알고서 비난하면 죄명을 만들어내 모함하였으니, 이는 뜻이 문장보다 과한 데서 비롯된 폐단이다.

오늘날의 사람들은 입으로는 춘추의 의리를 수백 번 외우지만 하나도 실행에 옮기는 바 없이 그저 종종 편장(篇章) 사이에서 모방만 할뿐이다. 그러니 문장만 숭상하고 뜻은 숭상하지 않는 시대라 말할 수 있으리라. 군자라면 시대에 따라 치우치고 잘못된 것을 바로잡아야 하는데, 지금 그대가 '절중(折中)'이라 책의 이름을 붙인 것은 문질(文質)의 중간을 얻고자 함이겠으나, 뜻을 먼저 하고 문장을 뒤로 하여 이 시대에 맞는 중간을 얻느니만 못하다. 가려 뽑을 것이 적당한 것인지 아닌지에 관해서는, 감히 어리석은 내가 알 바 아니다.

춘추 시대 노 장공(魯莊公)의 아우인 숙아(叔牙)가 장공을 시해할 생각을 굳히자, 숙아의 아우인 계우(季友)가 숙아에게 독약을 먹이고 자살하게 하였다. 이에 대하여 《공양전》 장공(莊公) 32년 조에, "공자 아가 지금 시해하려는 생각만을 가졌을 뿐인데, 말이 어찌하여 직접 시해한 자와 동일하게 다루었는가? 군친에게는 시해할 생각조차도 가져서는 안 된다. 가지기만 하여도 베어 죽이는 것이다.[公子牙今將爾 辭曷爲與親弑者同 君親無將 將而誅焉]"라고 하였다.

수춘재 서문 경신년(1860, 철종11)

收春齋序 庚申

세상 사람들은 산속에 파묻혀 글이나 읽는 사람을 보고 항상 나약하고 무능하다고 말한다. 또 책만 알고 물정은 모른다고 말한다. 글을 알고 나면 차마 하지 못하는 바가 생기고, 하지 않는 바가 생긴다.[201] 차마 하지 못하고 또 하지 않기 때문에 나약하다고 말하는 것이다. 나 또한 일찍이 글 읽는 자의 뒤를 따라다닌 적이 있는데, 매번 이 말을 들을 때마다 늘 병통으로 여겼으나 왜 그러는지는 알 수 없었다. 세상에서 강하고 유능하다고들 말하는 사람은 모두 차마 하지 못하는 마음이 없고, 할 수 없는 일을 행할 수 있는 자들이다. 세상에서 용감하다고들 말하는 사람은 의리에 용감한 자는 드물고 노여움과 욕망에 용감할 뿐이다. 술잔을 들고 담론을 세우다가도 한 마디 말을 가지고 맞서다 갑자기 버럭 화를 내며 힘을 믿고서 서로 능멸하는데, 강한 자가 하늘 위로 방방 뜨면 약한 자는 땅속으로 꺼져버리고 말며, 사람들도 그 위엄에 굴복하고 만다. 관직에 있으면서 명예가 있는 자라면 형세를 믿고서 일을 판단하며, 잘못된 판단을 고집해 위엄을 세우면서 한 시대를 속이고 백 대에 해악을 남긴다. 먹고사는 일이 걸린 경우라면 채찍질을 하여 죽음에 이르게 하고, 사령[202]이 분주

---

201 차마……생긴다 : 《맹자》〈진심 하(盡心下)〉에 나오는 말로, "사람이 차마 하지 못하는 바가 있는데, 그 차마 하는 바에 도달하면 인(仁)이요, 사람이 하지 않는 바가 있는데, 그 하는 바에 도달하면 의이다.〔人皆有所不忍 達之於其所忍 仁也 人皆有所不 爲 達之於其所爲 義也〕"라고 하였다.

히 뛰어다니는 것을 보고서 눈앞의 쾌락이라 여긴다. 세도 있는 호족들이 권세를 독점하고 좌지우지하는 것은 전대에도 모두 싫어하던 바이다. 그러나 가난한 자의 곡식을 빼앗아 부자들의 청탁을 들어주면서 저 불량한 자들은 그 사이에서 이득을 취한다. 그리고는 밖으로 나와서 사람들에게 말하기를, "일처리가 아무개 공만큼 빠른 사람이 없어!"라고 말한다. 향당의 보잘것없는 백성들은 그 상황을 알지 못하므로, 입에서 나오는 대로 "아무개 재상, 아무개 재상" 하고 칭찬을 한다. 어쩌면 그리도 어리석은가!

산속에서 글 읽은 자들은 마을에 살더라도 남에게 한 마디 탓도 하지 않고, 백성으로부터 곡식 한 알 빼앗지 않는다. 그런데도 경박한 무리들은 오히려 얕잡아보고서 업신여기고 모욕한다. 어쩌다 현(縣) 하나를 얻어 고을살이를 하게 되더라도 정사를 뜻대로 펼칠 수 없고, 그렇다고 사납게만 하는 것은 그의 뜻이 아니다보니 혁혁한 공을 세우지 못한다. 그 사람이 꼭 공직에 관한 지식을 익힌 것은 아닐 수도 있는데, 실수만 한번 했다하면 남보다 열 배 이상의 비웃음을 받는다. 어찌 가슴 아프지 않을 수 있겠는가! 군자의 마음 씀은 반드시 충서(忠恕)를 근본으로 삼아, 자신에 대해서는 엄중히 책망하고 남에 대해서는 가볍게 책한다.[203] 내가 남에게 잘못한 것이 있어 남이 나를 탓하는 것이라면, 자책할 겨를도 없을진대 남을 책할 것이 무엇이랴! 내가 남에게 잘못한

---

202 사령(使令) : 조선 시대 각 관아에서 심부름하는 사람을 가리키는 범칭이다. 사령의 임무를 맡던 조례(皂隸), 나장(羅將)이 직접 사령이란 별칭으로 불리기도 했다.

203 자신에……책한다 : 《논어》〈위령공(衛靈公)〉에 나오는 말이다. "자신에 대해서는 엄중하게 책망하고 남에 대해서는 가볍게 책한다면 원망 사는 일이 멀어진다.[子曰躬自厚而薄責於人 則遠怨矣]"

것이 없는데 남이 나를 탓하는 것이라면, 그 사람이 잘못된 것일 뿐, 나와 무슨 상관있으랴! 때문에 천하에는 노여워할 만한 일이란 없는 것이다.

옷이며 음식을 공양하는 절차나 권세를 믿고 행패부리고 청탁하는 습관 등은 모두 해서는 안 된다고 말할 만한 일은 아니다. 군자라면 본디 그런 것에 마음을 쓰지 않기 때문이다. 그러나 뜻을 펴지 못한 시정배들은 종종 없는 말을 지어내어 비방을 퍼뜨리고, 백성들 역시 그 말을 믿곤 한다. 군자는 관직에 오르면 아전이 관청 곡식을 축내는 것을 보고 "아전은 녹을 받지 못하니, 어찌 축낸 것을 가지고 책망할 수 있겠느냐?"고 말하고, 비천한 백성이 법을 어긴 것을 보고 "본래 좋은 법이 아니었으니, 어찌 법을 어긴 것을 가지고 책망할 수 있겠느냐?"고 말한다. 사건이 터질 때마다 근본을 좇아 그 부득이한 정황을 곡진히 살피고, 먼저 나를 책한 다음 대부분의 사안을 공정한 입장에서 용서해준다. 이렇다 보니 일은 연체되고 상사의 독촉은 날로 다급해진다. 이에 편협하고 천박하고 속 좁은 무리들이 그 틈을 타 군자를 무고하여 곤란한 지경에 빠뜨려도, 묵묵히 한마디 변명의 말도 하지 않으니, 어찌 통탄스럽지 않겠는가!

　－환재(瓛齋) 박공(朴公)이 평하여 말한다. 탐욕과 포학은 서로를 필요로 하는 사이다. 포학하지 않고서는 탐욕을 채울 길 없으니, 포학하면서 탐욕스럽지 않은 자 없고, 탐욕스러우면서 포학하지 않는 자 없다. 이른바 글 읽은 선비가 작은 현 하나라도 얻게 되면, 그 좌우에서 충성을 도모하네 하는 자들은 걸핏하면 위엄과 사나움을 내보이라 권할 뿐이다. 한 가지 명령 한 마디 말이 조금이라도 지체될라치면 몰래 서로 돌아보면서 근심어린 탄식을 그치지 못하니, 주인 된 자 역시 마음이 동요하지 않을 수 없어 이로 인해 본래의 태도를 바꾸어버린다. 이에 좌우의 사람들은 마음껏 백성들을 못살게 굴 핑계의 구실을 얻게 되고, 주인 된 자는 고과(考課)에서

낮은 등급을 받아 떠나게 된다.-

　군자의 노여움은 대의에 크게 관계되는 바가 아니라면 갑작스레 발하지 않는다. 순 임금은 한번 노하여 사흉(四凶)을 제거하였고, 탕왕(湯王)과 무왕(武王)은 한번 노하여 천하를 안정시켰으며, 공자는 한번 노하여 소정묘(小正卯)[204]를 주살하였고, 맹자는 한번 노하여 양주(楊朱)와 묵적(墨翟)[205]을 제거하였다. 이것이 어찌 모두 그 자신을 위해 발한 것이겠는가. 한나라 이후에도 영웅호걸이 간혹 나왔는데, 마음 씀이 실로 성인의 공정함에 미치지는 못했으나 그래도 요인즉 모두 천하를 위한 마음에 기인해 노여움을 발하였고, 천하 사람들 역시 그들에게 승복하였다. 만일 작은 일을 보고서 또 작은 말을 듣고서 노여워 눈을 부릅뜨고 하루 사이에도 얼굴색이 몇 번씩이나 붉어지던 사람이, 막상 대단한 일과 대단한 말을 보고 듣고는 기운이 다 빠져 위엄도 세우지 못한 채 우물쭈물하다가 물러선다면, 이는 군자가 부끄러워하는 바일 것이다. 따라서 군자의 노여움이란 수양을 쌓고 때를 기다리다 움직이는 것이니, 혹은 천 년에 한번 노하고, 혹은 수 삼백 년에 한번 노한다. 크게 노하면 천하가 움직이고 작게 노하면 한 나라가 진동한다. 이로움과 윤택함을 당대에 입혀주고, 명성과 기림을 무궁에 드리운다. 그러나 시대를 만나지 못해 혹 초야에서 곤궁하게 지내기

204　소정묘(少正卯) : 춘추 시대 노(魯)나라 대부(大夫)의 이름이다. 소정묘가 천하의 다섯 가지 대악(大惡)을 모두 갖고 있어 나라 정치를 어지럽히므로, 공자가 섭정했을 당시 주살했다.

205　양주(楊朱)와 묵적(墨翟) : 맹자 당시에 양주와 묵적의 사상이 성행하였는데, 맹자는 양주의 이기(利己)와 묵적의 겸애(兼愛) 모두 성인의 도에 위배된다며 배척하였다.

도 하고, 또 한 구석에 살며 무사한 시대를 만나 끝내 나약하다는 이름을 면치 못한 채 줄줄이 죽어갔으리니, 슬프도다! 노여움이란 항상 발하는 것이 아니며, 강직하고 굳세고 정직한 기운은 노하기 전에 이미 갖추어져 있는 것인데, 사람들은 그것을 모르고서 나약하다고만 여긴다. 사람들이 노여워할만 할 때 나 홀로 억누르고 발하지 않는다면, 큰 용기가 아니고서야 그렇게 할 수 있겠는가? 또 사람들은 할 만하다고 하여도 나는 하지 않는 바가 있고, 사람들은 참을 만하다 하여도 나는 참지 못하는 바가 있다면, 그 용기는 반드시 남보다 뛰어난 것이리라.

존경하는 벗 서여심(徐汝心)[206]은 내가 형으로 모시는 분이다. 일찍이 거하는 곳에 '수춘재(收春齋)'라 스스로 이름 붙이고 나에게 글을 써 달라 요청한 지 3년이 되었으나 미처 구상하지 못하고 있었다. 경신년(1860) 여름에 나는 순천의 금오도(金鰲島)에 있었는데, 사슴을 잡아 피나 마시면서 한가로이 지내다가 우연히 옛날에 수춘재의 서문을 부탁받은 일을 떠올렸다. 봄은 으뜸이다. 사시의 처음에 자리 잡고 살리기 좋아하는 덕을 주로 하며, 네 덕을 겸하여 포괄하나[207] 혼연히

---

206 서여심(徐汝心) : 서응순(徐應淳, 1824~1880)으로, 본관은 달성(達城), 여심(汝心)은 자, 호는 경당(絅堂)이다. 유신환(兪莘煥)의 문하에서 심기택(沈琦澤), 민태호(閔台鎬), 김윤식(金允植) 등과 함께 수학하였다. 1870년(고종7) 음보(蔭補)로 선공감 감역(繕工監監役), 군자감 봉사(軍資監奉事), 영춘 현감(永春縣監)을 역임하고, 간성 군수(杆城郡守)로 부임하여 임지에서 죽었다.

207 네……포괄하나 : 만물의 시작인 봄은 인(仁)을, 여름은 예(禮)를, 가을은 의(義)를, 겨울은 지(智)를 뜻한다. 이것을 사덕(四德)이라 부르는데, 주희(朱熹)는 '인포사덕(仁包四德)'을 주장했다. 따라서 인을 상징하는 봄이 사덕을 겸했다라고 표현한 것이다.

그 자취를 볼 수 없다. 나는 이에 느낀 바가 있어 마음속에 품었던
생각을 꺼내어 말해보았을 뿐이다.

신산북[208] 선생 환갑날 올리는 수서 을축년(1865, 고종2)

申汕北先生六十一歲序 乙丑

옛사람은 큰 복을 대할 때 반드시 오래 살고 편안히 죽는 것을 먼저 말하고 부귀를 뒤에 말했다. 부귀란 부지런하고 검약하며 몸소 실천하고 닦아야만 얻을 수 있는 것이다. 부지런하고 검약하며 몸소 실천하고 닦는 것은 현자들의 일이지만, 오래 살고 편히 죽는 것은 귀천의 구분도, 현인이나 불초한 자의 차이도 없다. 오히려 그 반대로 현자가 부족하고 불초한 자가 넉넉할 수도 있고, 왕공대인은 누리지 못하는데 농사꾼이나 종 같이 천한 자가 도리어 누리기도 한다. 옛사람은 어째서 이것이 더 귀하다고 했을까?

그러나 나는 이것이 현자를 두고 한 말이지 농사꾼이나 종, 불초자를 두고 한 말은 아니라고 생각한다. 현자가 장수하면 그가 위에 있는 사람인즉 도를 오래도록 행하여 천하에 교화가 이루어지게 할 것이요, 아래 있는 사람인즉 아무리 많은 것이 바뀌더라도 우뚝 선 채 미혹되지 않으며, 남들이 듣지 못하는 것을 듣고, 남들이 보지 못하는 것을 볼 것이다. 그리하여 사람들은 마치 아직 정해지지 않은 것을 미리 판결해 주는 점을 믿듯 그 사람을 믿을 것이다.

산북(汕北) 신 선생은 귀한 가문의 자손으로 태어나 시(詩)와 예

---

208 신산북(申汕北): 신기영(申耆永, 1805~?)을 말한다. 정약용(丁若鏞)의 제자로 경기도 광주(廣州) 두릉(斗陵)에서 살았다. 독립운동가 박은식(朴殷植, 1859~1925)의 스승이기도 하다. 저서로 《율당잡고(聿堂雜稿)》가 있다.

(禮)로 이름난 집안에서 자랐다. 선생은 또 큰 재주와 넓은 학문으로 한 시대를 호령하였으니, 부귀는 본래 선생이 가지고 있던 것이었다. 앞서 그 조부 죽은공(竹隱公)은 강직한 도로 인해 세상과 부딪혔다. 선생은 약관이 안 된 나이에 철마산(鐵馬山) 묘막에 은거하기 시작해, 지금 어언 50년이 되어간다. 어부며 나무꾼과 더불어 노닐고, 농사짓는 이, 누에치는 이들과 더불어 살면서 혼연히 세상사를 잊었다. 지난날 혁혁하게 공명과 위세로써 한세상을 움직였던 사람들은 그간 대부분 늙어 죽었거나, 혹은 흘러가버리는 물처럼 허무하게 지위를 잃기도 했다. 그 뒤를 이어 일어나 기세등등하게 권력에 오른 자가 있지만, 그 위세가 아직 꺾이기도 전에 눈 깜짝할 사이 처지가 바뀌기도 하였다. 그러나 선생은 초연히 세상 밖에 홀로 서서, 세상의 변해가는 것 보기를 마치 다른 사람이 두는 장기판을 팔짱끼고 구경하듯, 당 위에서 배우들이 연극하는 것을 바라보듯, 제철에 나온 벌레나 한창 피어난 꽃이 어우러져 눈앞을 지나가는데 그것을 보며 이목의 즐거움을 삼듯 하셨다. 홀로 그런 것들이 지니는 이치의 대략을 터득하면서, 옛날을 애도하고 지금을 아파했다. 때때로 마을 자제들과 손뼉을 치며 담소를 나누었기에, 마을 자제들은 비로소 노여움을 잊고 이치를 관조하는 가르침을 얻어들을 수 있었고, 의리의 분별이 무엇인지 알 수 있었다.

바야흐로 배를 몰아 험난한 데를 다니면서 폭풍과 큰 물결 사이에서 요행을 바랄 때, 또 무성한 것은 시들고 시든 것은 무성해지고, 무성함과 시듦이 교차하는 사이에는 성정이 수없이 변하게 마련, 타고난 성품의 온전함을 능히 보존할 수 있는 사람은 거의 드물다. 선생은 온화한 얼굴로 한가함을 즐기면서, 책을 쓰고 도를 논하고, 꽃에 물을 주고 채소를 심으며 50년을 하루 같이 지냈다. 그 자손은 모두 어질고 빼어나서, 좌우에서 봉양함에 뜻에 맞지 않는 것이 없기에, 몸은 항상 온화하고 기운은 항상 평안하며 정신은 날로 드넓어지고 얼굴에는 날로 윤기가 더해져, 젊은 사람도 미치지 못할 정도이다. 돌아보건대 지금은 당파의 금고도 풀렸고, 옛날에 빼어난 인재[209]라 일컬어지던 자들은 모두 시들어 떨어져버렸다. 그러니 선배들의 이야기를 듣고 옛날 현자의 자취를 우러르고자 하는 자라면, 우리 선생을 버리고 누구에게서 찾아볼 수 있겠는가. 그런 뒤에야 현자 중에도 수를 누릴 수 있는 자가 있음을 알 것이고, 현자라야 장수가 귀한 것임을 알게 될 것이다.

식구를 거느리고 동쪽으로 돌아가 적막한 물가를 찾았을 때, 사람이라면 그 근심을 이기지 못했겠으나 선생은 슬프다고 생각하지 않았다. 근자에 조정에서 선생의 명성을 중히 여겨 관직에 제수했으니, 영예라 일컬을 만하겠으나 선생은 기쁘다고 생각하지 않았다. 선생이 부귀를 가벼이 여기는 것은, 부귀는 재천이라 그 사이에 마음 쓸 필요가 없음을 잘 알고 있기에 부귀의 부림을 받지 않는 것이다. 운명을 알고 그것의 부림을 받지 않는 자라면, 반드시 마음속에 지키고 있는 바가 있을 것이며, 마음속에 지키고 있는 바가 있으면 그 즐거움이 부귀보다 더할 것이다. 그렇긴 하지만 선생의 나이 이제 예순 하나이니, 이제부터 백세가 될 때까지 장수를 기약할 수 있다. 선생의 문장이 오래도록 멀리 전해진다면, 그 수명은 기약할 수조차 없다.

---

209 빼어난 인재 : 후한(後漢)의 사대부들은 옛날의 '팔원(八元)'이나 '팔개(八凱)'니 하던 칭호를 본 따 당시의 명사들을 부르곤 했다. 그중 '팔준(八俊)', '팔고(八顧)', '팔급(八及)', '팔주(八廚)'라는 호칭이 있었는데, '준'은 빼어난 자를 가리키고, '고'는 덕행으로 사람을 이끌만한 자를 가리키며, '급'은 추종자를 이끌 능력이 있는 자를 가리키고 '주'는 재물로써 사람을 구제할 수 있는 자를 가리킨다. 후에 '준고급주(俊顧及廚)'는 재덕이 뛰어난 인재를 상징하는 말로 사용되었다.

《고금시초》서문 병인년(1866, 고종3)

古今詩鈔序 丙寅

시(詩)는 성정에서 나오는 것이라, 빌려오거나 모방한다고 해서 훌륭해지지 않는다. 그러나 자기 말만 쓰기 좋아하고 옛것을 본받을 줄 모르며, 내키는 대로 짓는 것만 귀하게 여기고 고심해가며 깊이 구하고자 하는 노력이 없다면, 성정의 뜻에 도달할 수 없다. 비유컨대, 사람의 성품은 모두 선하지만 반드시 요순(堯舜)의 도를 배워 힘써 회복한 뒤에야 성인이 되고 현자가 될 수 있는 것과 같다. 요순의 도는 반드시 주공과 공자의 가르침의 도움을 얻어야 밝아지며, 주공과 공자의 가르침은 또 반드시 정자(程子)와 주자(朱子) 등 여러 현인들이 그것을 설명해주고 그 안에 담겨진 심오한 뜻을 밝혀주어야 크게 발양될 수 있다. 또 우리나라 선유(先儒)의 말도 구하지 않을 수 없으나, 지금의 어진 경학 스승에게서 직접 배우는 것만은 못할 것이다. 직접 절실하게 보고 느껴 문로(門路)를 바로 세운 뒤에야 널리 보더라도 능히 요약할 수 있고, 타고난 성정을 따라도 어그러짐이 없을 것이다. 본래 선한 성품만 믿고 마음 내키는 대로 곧장 가면서 배움을 구하고자 하는 노력을 더하지 않는다면, 끝내 향원(鄕愿)[210]이 되는 꼴을 면치 못한 후에야 그칠 것이다.

---

210 향원(鄕愿) : 시골에서 후(厚)하고 틀림없는 듯이 행동하여, 남에게 덕이 있는 것처럼 보이나, 그 실상을 알아보면 위선자에 불과한 사람을 가리키는 말이다. 《논어》〈양화(陽貨)〉에, "공자께서 말씀하기를, 향원은 덕을 해치는 도적이라고 하셨다.〔子曰 鄕愿德之賊也〕"라는 말이 보인다.

근세에 글 짓는 선비들은 정문(程文)[211]을 익히며 시도(詩道)를 가볍게 여긴다. 옛날 시인으로는 겨우 이백(李白)이나 두보(杜甫)의 이름만 알 뿐, 왕유(王維)와 위응물(韋應物) 아래로는 묻지 조차 않는다. 성품에서 우러나온 것은 조탁을 빌릴 필요 없다고 여기면서, 마음 가는 대로 붓을 놀리며 비루함을 부끄러이 여기지 않는다. 이에 한 시대의 풍아(風雅)가 땅에 떨어지고 말았다. 훗날 임금께서 지방을 순시하시며, 태사(太師)에게 명해 시를 바치게 하여 보시고자 한다면, 장차 어떤 시를 채집하여 바칠 수 있을 것인가.

주채형(周采瀅) 군은 진사에 합격하고서 서쪽 서울로 유학을 떠났는데, 고대의 전적들을 실컷 보면서 미처 이르지 못했던 부분을 더욱 넓혔다. 또 시도가 옛날과 견줄 바 못됨을 부끄러이 여겨 고금의 시를 직접 기록하였는데, 위로는 당우(唐虞)부터 아래로 명청(明淸)에 이르기까지, 빼어난 꽃은 모두 모으고, 잡풀은 모두 뽑아낸 다음 합하여 몇 권으로 엮었다. 얼마 있다 남쪽으로 돌아가게 되자 나에게 서문을 구하며 말했다.

"우리나라의 성시(聲詩)[212]는 중국인들 사이에서 오랫동안 칭송되어 왔습니다. 3백 년 동안 조용한 채 그 명성을 이은 자가 없는 것이 어찌 '맑은 구름에 가랑비' 두 구절이 없어서 그리 된 것이겠습니까?[213] 이

---

211 정문(程文) : 과거에서 쓰는 일정한 법식의 문체를 말한다.

212 성시(聲詩) : 노래로 불려진 시를 말한다. 음악이 없는 시는 도시(徒詩)라 한다.

213 맑은……것이겠습니까 : 청나라 시인 왕사정(王士禎)은 〈논시절구(論詩絶句)〉 32수 중 제29수에서 조선의 사신 김상헌(金尙憲)의 시를 언급하며 다음과 같이 읊었다. "'맑은 구름에 가랑비 내리는 소고사, 국화는 수려한데 난꽃은 시드는 팔월.' 조선 사신의 시어를 기억하나니, 과연 동국은 성시를 잘 이해하는구나.[澹雲微雨小姑祠 菊秀蘭衰八月時 記得朝鮮使臣語 果然東國解聲詩]"

모두가 습속이 구차하고 박학의 자질이 없으며, 어려운 것이 싫어 쉬운 데로만 나아가고, 가까운 것을 홀시하여 잘 알지 못하는 데서 기인한 것입니다. 게다가 시골 글방에는 참고할만한 책이 없어서 보고 싶어도 얻어 볼 길이 없습니다. 제가 기록한 이 책은 감히 빼버리고 깎아내는 권형의 뜻을 실은 것이 아닙니다. 일단 연대만을 기록함으로써 독자로 하여금 시간을 덜 들여 고금 시가(詩家)의 연원을 모두 다 궁구할 수 있게 하고, 전날의 좁은 식견을 깨칠 수 있게 할 수 있다면 다행이겠습니다."

내가 말했다.

"시의 근원은 육경(六經)에서 나온다네. 널리 보고 많이 알고자 하는 노력은, 학문하는 자라면 놓칠 수 없는 것이지."

그리고는 어려움을 만났을 때 앎을 추구함으로써 본성을 회복한다는 설을 취하여 책머리에 붙인다.

노성 현감 김창산[214] 기수 을 보내며 쓴 서문 갑술년(1874, 고종11)
送魯城宰金倉山 綺秀 序 甲戌

조정에서 벼슬살이 하는 나의 벗들은 한결같이 이끌어주는 권세가 하나 없이 스스로의 바른 행실과 명망으로 자리를 얻었다. 밖으로 나가 외직을 맡을 경우에는 대부분 보잘것없는 현(縣)의 작은 마을을 얻어 나갔다. 창산자(倉山子)는 그 중 한 사람이다. 창산이 남쪽으로 가기 전에 나에게 와서 이별하며 말했다.

"앞으로 자네와 오랫동안 보지 못할 터이니, 격려의 말이라도 해주기 바라네. 사군자라면 겸제(兼濟)[215]의 뜻을 품었겠으나, 명이란 게 있으니, 내게 남은 것이라곤 그저 스스로를 잃지 않는 것뿐일세."

이 말은 신명에게 물어볼 만하며, 오늘날 사군자의 병폐를 찌르기에 충분하다. 현자는 자신에게 넉넉한 것을 가지고 남의 부족한 점을 권면한다고 들었는데, 창산자를 두고 한 말인가.

---

214 김창산(金倉山) : 김기수(金綺秀, 1832~?)로, 본관은 연안(延安), 자는 계지(季芝), 호는 창산(蒼山)이다. 서울 출신으로 김준연(金駿淵)의 아들이다. 1876년 일본과 강화도조약이 체결되니 예조 참의로서 수신사(修信使)로 임명되어 76인의 수행원을 이끌고 20여 일간 일본에 체류하고 돌아왔다. 그가 일본을 시찰하고 돌아와 올린 복명별단(復命別單)은 고종과 조신(朝臣)들에게 커다란 충격을 주었으며 일본의 실체를 재인식하는 계기가 되었다. 일본에서의 견문을 기록한 《일동기유》와 《수신사일기》를 저술하였다.

215 겸제(兼濟) : 《맹자》〈진심 상(盡心上)〉에 나오는 "뜻을 얻으면 천하 만민을 두루 구제하고, 뜻이 막히면 자기 한 몸을 잘 다스린다.〔達則兼濟天下 窮則獨善其身〕"에서 인용했다.

사람의 마음인들 어찌 착한 일을 하고자 하지 않겠는가. 그런데도 그 뜻을 이룰 수 없는 것은, 먹고 입는 것과 스스로를 봉양하고 사환을 부리는 일 등에 연루되어 그것에 얽매어 통제당하기 때문이다. 창산자는 청빈과 고생스러움으로 스스로를 다스렸다. 집에 첩도 두지 않고 종도 부리지 않는다. 종일토록 손에 한 권의 책을 들고서 담담한 채 무언가를 붙좇지 않는다. 평소에 스스로를 단속함이 이와 같아서, 남들은 모두 급급해하는데 나 혼자 자득하고, 남들은 모두 두려워하는데 나 혼자 태연하다. 이것이 바로 능히 스스로를 잃지 않을 수 있는 이유인 것이다.

옛사람 중에 뜻을 얻으면 백성에게 은택을 더하고, 녹봉과 전토가 많은 사람을 봉양하기에 족한 연후라야 집을 가졌다고 한 것은 경대부를 두고 한 소리이다. 그 나머지는 겨우 자기 몸 하나 지키면서 터럭 하나로도 자신을 얽매지 않았다. 때문에 곤궁하거나 영달하거나, 여유롭게 받아들였다. 그런데 지금은 가장 낮은 등급의 관리[216] 이상만 되면 모두 좋은 옷을 입고 맛난 음식을 먹으며, 몸 봉양을 풍성히 하고 사환을 충족히 두려 한다. 모두 세속에서 하는 짓이나 본받으면서 오직 명예가 옛사람에게 못 미칠까 걱정하니, 어찌 가능하겠는가. 창산자는 간소하게 사는 방도를 깊이 얻은 자이니, 그것으로 나를 면려한 것도 당연하다. 자기 몸을 봉양하는 것으로 마음에 누를 끼치지 않는 자가 어찌 일신의 누로써 백성에게 누를 끼치겠는가. 이에 나는 노성(魯城)의 백성이 편히 쉬게 될 것임을 알겠다.

---

216 가장……관리 : 주(周)나라 때는 관제가 일명부터 구명까지 있어서, 일명이라 하면 가장 낮은 급의 관직을 가리켰다.

서경당이 영춘 현감으로 가는 것을 보내는 서문 갑술년(1874, 고종11)

送徐絅堂出宰永春縣序 甲戌

가난과 미천함은 본디 선비에게 있는 것이다. 그러므로 도(道)로 얻은 것이 아니라 하더라도 부당한 방법으로 벗어나려 하지 않는다.[217] 그런데 "나라에 도가 있을 때엔 가난과 천함이 수치다."[218]라는 말은 또 무슨 소린가? 선비는 이 세상에 태어나 심신을 수양하면서 몸을 순결하게 하고,[219] 기량을 품은 채 쓰이기를 기다린다. 위에 있는 사람은 조급해하며 오직 이런 사람을 얻지 못할까 걱정이므로 부지런히 자문하고 예로써 초빙하여 이 사람을 높은 지위에 올린 다음, 더불어 하늘이 내린 직분을 다스리고 더불어 하늘이 내린 음식을 먹는다. 이 사람은 아침에 진흙탕에서 나와 저녁에는 고대광실에 거한다.

---

217 도(道)로……않는다 : 《논어》〈이인(里仁)〉에 보이는 구절이다. "부귀는 사람들이 다 원하는 것이다. 그러나 정당한 방법으로 얻은 것이 아니라면 그것에 처하지 않는다. 빈천은 누구나 다 싫어하는 것이다. 그러나 그것이 비록 정당한 방법으로 얻은 것이 아니라 할지라도, 부당한 방법으로 벗어나려고 노력하지 않는다. 군자가 인함에서 떠나 있다면 어찌 명예로운 이름을 이룰 수 있겠는가?〔富與貴 是人之所欲也 不以其道得之 不處也 貧與賤 是人之所惡也 不以其道得之 不去也 君子去仁 惡乎成名〕"

218 나라에도……수치다 : 《논어》〈태백(泰伯)〉에 나온다. "나라에 도가 있을 때엔 가난하고 천한 것이 수치요, 나라에 도가 없을 때엔 부유하고 귀한 것이 수치니라.〔邦有道 貧且賤焉 恥也 邦無道 富且貴焉 恥也〕"

219 몸을 순결하게 하고 : 원문은 '조신욕덕(澡身浴德)'으로, 심신을 수양하여 순결하고 깨끗하게 한다는 뜻이다. 《예기》〈유행(儒行)〉에 보인다.

화려한 수레에, 붉은 대문이나 조정에 앉아 함께 연회를 즐기고 자리를 겹겹이 깔고서 진수성찬을 먹는데,[220] 마치 처음부터 부귀했던 것처럼 하니, 이는 쌓은 것이 크고 베푼 것이 원대하기 때문이다. 소인의 보잘 것 없는 기예나 작은 재주로는 관직으로 먹고 살더라도 그 봉록이 겨우 땅을 빌려 농사지을 정도에 지나지 않는다. 때문에 군자가 가난함과 비천함을 부끄러워하는 것이다. 이와 반대의 세상이라면 그렇지 않다. 저 보잘 것 없는 기예와 작은 재주는 쉬이 때를 만나지만 원대한 자는 세상에 용납되기 어렵다. 그러므로 오래도록 가난과 비천함을 떠나지 못한다. 식자는 이것으로 세상을 본다.

나의 벗 서경당(徐絅堂) 선생은 젊어서 대단한 명성이 있었으나 만년에는 그늘진 길에서 실의한 채 몇 년을 보내다가 영춘지현(永春知縣)으로 나가게 되었다. 영춘은 열 집밖에 없는 작은 읍이고, 녹봉이라야 백 무(畝)의 수확에도 미치지 못한다. 경당은 그것을 부끄럽게 여겨 편안치 않은 기색이었다. 어떤 사람이 그의 마음을 풀어주며 이렇게 말했다.

"옛날의 어진 선비는 문지기와 야경꾼도 마다하지 않았네.[221] 지금

---

220 자리를……먹는데 : 부귀한 집의 사치스런 생활을 뜻한다. 한나라 유향(劉向)의 《설원(說苑)》〈건본(建本)〉에 "자리를 겹으로 깔아놓고 앉고, 솥을 늘어놓고 먹는다.〔累茵而坐 列鼎而食〕"라는 표현이 보인다.

221 문지기와……않았네 : 《맹자》〈만장 하(萬章下)〉에 보인다. "가난을 위하는 자는 높음을 사양하고 낮음에 거하며, 부를 사양하고 가난에 거할 지니라. 높음을 사양하고 낮음에 거하며, 부를 사양하고 가난에 거함은 어찌해야 마땅하리오. 관문을 안고 딱딱이를 치느니라.〔爲貧者 辭尊居卑 辭富居貧 辭尊居卑 辭富居貧 惡乎宜乎 抱關擊柝〕"

영춘이 비록 작긴 하나 그래도 백성을 다스릴 책무가 있는데, 그대는 어찌하여 싫어하는가?"

내가 그 말을 듣고 말했다.

"아, 이는 서경당의 마음을 모르고서 하는 소릴세. 어진 선비가 문지기와 야경꾼이 되는 굴욕을 당하게 하고도 부끄럽게 여기지 않았다면 도대체 어떤 세상이었겠는가. 경당은 천하의 선비로서 항상 요순 때와 같은 나라를 이루려는 뜻을 품고 있네. 비록 부득이하여 낮은 관직을 맴돌았지만, 하루인들 세상을 잊은 적이 있었겠는가. 경당이 세상에 크게 쓰일 수 있다면, 뭇 현인들은 띠풀처럼 함께 나아갈 것이고,[222] 임금은 위에서 한가롭고 백성은 아래서 편안할 것이네. 오직 우리 임금께서만 모르고 있을 뿐, 안다면 어찌 경당이 가난하고 비천해지도록 그냥 두시겠는가. 경당은 일찍부터 이 세상을 도(道) 있는 세상으로 보았네. 차마 지금 세상에서 때를 만나지 못한 자로 스스로를 규정할 수 없어서, 수치스럽게 미천하고 가난한 가운데 거했던 것이네. 이것이 바로 경당의 충후(忠厚)함일세. 과감히 세상사를 잊고 작은 관직에 몸을 숨기고서도 이를 부끄럽게 여기지 않는 것은, 자기만 깨끗이 하고 자기 몸 하나만 잘 지키는 자의 행동이니, 경당이 그런 사람이겠는가?"

---

222 띠풀처럼……것이고 : 《주역》〈태괘(泰卦) 초구(初九)〉에 "띠풀을 뽑을 때 얽혀서 자기들 무리끼리 함께 뽑히는 것과 같으니 길하다.〔拔茅茹 以其彙征 吉〕"라는 표현이 있다. 이는 현인들이 조정에 나아갈 적에 단독으로 움직이지 않고 동류와 함께 나아간다는 것을 의미한다.

《이우상유고》에 붙인 서문 을해년(1875, 고종12)
李藕裳遺稿序 乙亥

이우상(李藕裳)은 작년에 죽었다. 나는 벗 이소금(李素琴)에게서 그의 유고를 받아 읽어보았는데, 지금 사람의 글과는 사뭇 다른 것 같았다. 소금이 나에게 말해주기를, "우상은 어려서부터 총명하였으며, 부모에게 효도하고 사람들과 믿음으로 사귀었네. 27년 동안 문을 닫아걸고 자취를 감춘 채 지내면서 담담한 자세로 누구를 해하지도 무엇을 추구하지도 않았네. 하지만 유독 옛날의 문사를 좋아해서, 한 편을 완성할 때마다 손으로 적어서 보관하고는 누구에게도 보이지 않았기에 사람들 중에 그 사실을 아는 자가 없었네. 태어나서 때를 만나지 못한 것은 운명이라지만, 죽어도 알려지지 못한다면 이는 벗들의 책임일세. 지금 그 사람은 죽었으나 글은 아직 남아 있으니, 지금 세상에서 뜻을 같이하는 한 두 명과 더불어 그 글을 감상한다면 반드시 정평이 날 걸세."라고 하였다. 내가 듣고 탄식하며 말하였다.

"나라에서 향학의 교수관을 폐지한 지가 벌써 수백 년이라, 조정에서 벼슬하는 자는 문벌로만 한정될 뿐, 학문에 관해서는 묻지 않네. 때문에 향곡의 인사들은 권면할 바도 흠모할 바도 잃고서 날로 비천해졌으니, 이는 재능이 없는 탓이 아닐세. 우상은 황간(黃澗)[223]의 만산(萬山)에서 태어나 스승이나 벗과 더불어 강론하는 도움을 받지 못하였으니, 좁고 거칠다는 기롱을 면치 못하는 것이 당연할 것이네. 그런데 그가

---

223 황간(黃澗) : 충청북도 영동군(永同郡)에 있는 구읍(舊邑) 이름이다.

저술한 유고를 보니, 산문에 있어서는 멀리는 유자후(柳子厚 유종원(柳宗元))의 험준함과 고결함을 배웠고, 가까이는 청나라 초기 여러 명가들 중 빼어난 자들을 좇았네. 시(詩)에 있어서는 왕어양(王漁洋)[224]과 송여상(宋荔裳)[225]이 남긴 법도를 깊이 터득하여, 뼈마디가 나긋나긋 고요하고 풍격이 초탈하며, 조탁하고 제련하는 습기를 씻어버려 조금도 구차한 느낌이 없었으니, 어찌 기이하지 않겠는가. 아, 나도 알고 있네. 우상이 일찍부터 세상과 왕래했다면, 그의 견문이며 풍도며 날마다 세속에 물들어 결국 어물전에 들어가면 냄새에 동화되어 버리는 꼴[226]을 면치 못했을 것을 말일세. 그러나 그는 깊은 산속에 문을 걸어 잠근 채, 세속에 이목을 접하지 않고 정신을 모아 묵묵히 외물을 바라보면서 초연히 신묘한 경지에 들었기에, 온갖 속박에서 벗어나 홀로

---

224 왕어양(王漁洋) : 왕사정(王士禎, 1634~1711)으로, 산동성 신성(新城) 사람이며 자는 이상(貽上), 호는 완정(阮亭), 별호는 어양산인(漁洋山人)이다. 청나라 때 문인이다. 순치(順治) 때에 진사로 벼슬이 형부 상서에 이르렀으며 시호는 문간(文簡)이다. 시로 해내에 이름을 떨쳐 사람들이 당대 정종(正宗)이라 칭하였다. 저술은 《대경당집(帶經堂集)》, 《지북우담집(池北偶談集)》 등 수십 종이 있다.

225 송여상(宋荔裳) : 송완(宋琬, 1614~1674)으로, 내양(萊陽) 사람이며 자는 옥숙(玉叔), 호는 여상이다. 진사로 절강 안찰사 · 사천 안찰사를 지냈다. 시를 잘 지었으며 시윤장(施閏章)과 더불어 이름을 나란히 해서 '남시북송(南施北宋)'이라 했다. 저서로 《안아당집(安雅堂集)》이 있다.

226 어물전에……꼴 : 유향의 《설원》 〈잡언(雜言)〉에 보인다. "선한 이와 살다보면 마치 난초 가득한 방에 들어간 것과 같아, 함께 오래 지나면 그 향을 맡지 못하고 동화되어 버린다. 악한 이와 살다보면 마치 어물전에 들어간 것과 같아 오래 지나면 그 악취를 맡지 못하고 그 또한 동화되어 버린다.〔與善人居 如入蘭芷之室 久而不聞其香 則與之化矣 與惡人居 如入鮑魚之肆 久而不聞其臭 亦與之化矣〕"라고 하였으니, 곧 환경에 동화되는 것을 가리키는 말이다.

고인의 영역에 들어갈 수 있었네. 산천은 그의 기운을 가둘 수 없었고, 세상의 계단은 그의 걸음을 구속할 수 없었네. 이것이 어찌 범속한 뼈, 홍진의 태를 지닌 자들이 논할 수 있는 바이겠는가. 옛사람이 후조종(侯朝宗)의 글을 논하면서 이글이글한 불빛이 아직 사그라들지 않았다고 했는데,[227] 아마도 그의 나이가 젊었기 때문일 것이네. 그런데 이우상의 유집을 보니 어릴 때 지은 것들도 많이 실려 있었는데, 버리고 취함이 없을 수 없겠지만 빼어난 기운, 깊고 드높은 사고가 종이 위에 넘쳐났네. 무덤 속에 있는 사람의 무료하고 병약한 기운일랑 전혀 없거늘, 오래 살지 못한 것은 또 무슨 이유에서일까? 영지나 예목(睿木)[228]은 신선이 심은 식물이네. 그러나 하루아침에 시골 들판 길가에 두루 자라난다면 제아무리 빛을 발하여 보기 좋다 하더라도 누가 다시 알아주겠는가. 그가 인간 세상에 오래 머물지 못한 것도 당연하구나. 슬프다!"

---

227 후조종(侯朝宗)의……했는데 : 후조종은 후방역(侯方域, 1618~1654)이다. 명말청초 때 살았던 상구(商丘) 사람으로, 자는 조종(朝宗)이다. 위희(魏禧), 왕완(汪琬)과 더불어 '청초삼가(淸初三家)'라 불렸으며 《장회당문집(壯悔堂文集)》, 《사억당시집(四憶堂詩集)》등을 남겼다. 여기서 인용한 말은 두준(杜濬)이 후방역의 글을 평한 내용이다. "후조종은 뒤에 나온 인재이나 근본이 견고하지 않고 이글이글한 불빛이 아직 사그라들지 않고 남아있다. 특히 망령된 말을 지어내어 자기 뜻을 드러내곤 하는데, 이는 특히나 문장에 있어서의 큰 병폐다.〔朝宗後出才俊 而根柢不堅 火色未老 尤好作妄語 以行己意 此最是文章大病〕"라고 하였으니, 주량공(周亮工)의 《척독신초(尺牘新鈔)》에 그 내용이 실려 있다.

228 예목(睿木) : 전설에 나오는 신목(神木)이다. 진(晋)나라 곽박(郭璞)의 《산해경도찬(山海經圖贊)》〈감수성목(甘水聖木)〉에 "예천과 예목은 수명을 늘리고 타고난 천명을 다하게 해준다. 조화로운 기운을 늘려주고 어두운 정신을 없애준다.〔醴泉睿木 養齡盡性 增氣之和 祛神之冥〕"라는 구절이 보인다.

장단지부 소산 이공[229]을 보내는 서문 병자년(1876, 고종13)
送長湍知府素山李公序 丙子

단주(湍州 황해도 장단)는 두 서울 사이에 있어, 고도(故都)의 경기지역
에 해당한다. 오관산(五冠山)이 서쪽에 있고 임진강(臨津江)이 남쪽에
있다. 신령한 경개, 신비한 구역, 기이한 바위, 깊은 동굴이 황도(黃
圖)[230]를 위호하는지라, 옛날 취화(翠華)[231]가 미련을 두고 떠나지 못
하던 곳이요, 명현들이 깃들어 쉬던 곳이요, 사신들이 바다를 옆에
두고 유람하던 곳이다. 그러나 처한 곳이 서쪽의 교통 요로인 데다
가, 진(津)과 관문의 요충지를 차지하고 있어서, 반드시 무인 가운데
명민하고 출중한 자를 뽑아 지키게 한다. 읍의 커다란 정무로는 주전
(廚傳)[232]을 다스리고 꼴을 제공하며 오가는 사람을 맞이하고 전송하

---

229 소산 이공(素山李公) : 이응진(李應辰)으로, 유신환 문하에서 김윤식과 함께 수
학하였다. 1860년 문과에 급제하였고, 성균관 대사성, 홍문관 제학, 이조 참판, 형조
판서, 한성부 판윤, 이조 판서를 역임하였다. 시호는 문헌(文憲)이다. 1873년 김윤식이
양근에서 북산 아래 육상궁 근처로 이사했을 때 이응진도 풍계로 이사를 와 서로 주고받
은 시가 《운양집》 권2에 실려 있다.

230 황도(黃圖) : 경기 지역을 가리키는 말이다. 북주(北周) 때 문인 유신(庾信)의
〈애강남부(哀江南賦)〉에 "황도에서 낭망(狼望)을 끌어안고, 적현에서 노산을 읊었
네.〔擁狼望於黃圖 塡盧山於赤縣〕"라는 구절이 나오는데, 예번(倪璠)은 주를 달아 "여
기서 말하는 '황도'는 기보 지역을 가리킨다.〔玆云黃圖 謂畿輔也〕"라고 하였다.

231 취화(翠華) : 푸른 깃털 장식의 깃발 혹은 수레로, 대가(大駕)나 제왕의 대칭으로
쓰인다.

232 주전(廚傳) : 옛날에 손님에게 숙식과 거마를 제공하던 곳이다.

는 등, 고달프고 수고스러운 일들만 잔뜩이라, 농사를 권면하고 학교를 일으키는 일에 힘쓸 겨를이 없다. 하물며 청아하게 강과 산을 감상하고 명승지에 발자취를 남기는 일이야 나루를 묻는 자조차 드물다.

을해년(1875, 고종12) 가을, 임금께서 대부 이공을 행(行)[233] 장단지부에 임명하셨다. 이공은 덕망과 문학이 한 시대의 으뜸이며, 고생을 견디는 지조가 서릿발 같고 세속의 본보기 될 만한 자질을 품고 계신다. 세상의 논자들은 날마다 공이 등용되기를 바랐으나, 공은 영예와 이익 따위에 담담하기만 하여서 오랫동안 하릴없는 곳에 방치되었다. 임금님께서 늙고 가난한 공의 처지를 가엾게 여기시어 특별히 이 읍을 제수하셨으니, 옛날 북문(北門)의 시인[234]보다 불우하다고 말할 수는 없다. 그러나 어찌 공만이 알아주심을 입었겠는가? 장단의 산수도 이제 알아주는 이를 만나게 될 것이다.

장단은 전대 왕조 때 사대부들이 쉬며 노닐던 곳이다. 이름난 정원과 별장이 줄을 이었고, 물줄기 하나 바위 하나가 모두 기이하여 시인들의 품평을 거치지 않은 것이 없다. 종묘가 남쪽으로 옮겨온 지 수백 년 이래, 남아 있던 향기는 거의 모두 사라지고 말았다. 이제 공이 그곳으

---

233 행(行) : 관직 앞에 행(行)이 붙은 것은 자신의 품계보다 실제 관직이 낮았기 때문이다.

234 북문(北門)의 시인 : 《시경》〈북문(北門)〉을 두고 한 소리이다. "북문을 나서니 마음에 근심이 가득. 어렵고 가난하거늘 나의 어려움 알아주는 이 없네. 어쩔 수 없다. 하늘이 하시는 일이니 말한들 무엇하리오?〔出自北門 憂心殷殷 終窶且貧 莫知我艱 已焉哉 天實爲之 謂之何哉〕"라고 하였으니, 곧 가난하고 불우한 심경을 읊은 시라 할 수 있다.

로 가서, 먼지를 떨어내고 드높이 북돋아줌으로써 어두운 곳에 갇혀있는 것을 다시 드러나게 하고 어두운 것을 다시 밝게 해준다면, 옛적의 풍류와 문물을 황량한 언덕, 끊긴 언덕 사이에서 다시금 찾아볼 수 있게 될 것이다. 뿐만 아니라 백운(白雲)[235], 익재(益齋)[236], 가정(稼亭)[237], 목은(牧隱)[238] 등 여러 공들도 천 년이 지난 지금에 지기를 만날

---

235 백운(白雲) : 이규보(李奎報, 1168~1241)로, 본관은 황려(黃驪), 초명은 인저(仁氐), 자는 춘경(春卿), 호는 백운거사(白雲居士)·지헌(止軒)·삼혹호선생(三酷好先生), 시호는 문순(文順)이다. 이윤수(李允綏)의 아들이다. 1190년(명종20) 문과에 급제, 벼슬은 태자대보(太子大保)를 지냈다. 걸출한 시인이었고 명문장가였다. 저서로《동국이상국집(東國李相國集)》이 있다.

236 익재(益齋) : 이제현(李齊賢, 1287~1367)으로, 본관은 경주(慶州), 초명은 지공(之公), 자는 중사(仲思), 호는 익재(益齋)·실재(實齋)·역옹(櫟翁), 시호는 문충(文忠)이다. 이진(李瑱)의 아들이며, 백이정(白頤正)의 문인이다. 1301년(충렬왕27) 성균시에 장원, 이어 문과에 급제, 벼슬은 문하시중(門下侍中)에 올랐다. 당대의 명문장가로 외교문서에 뛰어났고, 정주학의 기초를 확립했다. 《익재난고(益齋亂藁)》에 17수의 고려가요를 한시 7언절구로 번역하여 오늘날 고려가요 연구의 귀중한 자료가 되고 있다. 저서로《익재집》,《역옹패설(櫟翁稗說)》,《서정록(西征錄)》 등이 있다.

237 가정(稼亭) : 이곡(李穀, 1298~1351)으로, 본관은 한산(韓山), 초명이 운백(芸白), 자는 중보(仲父), 호는 가정, 시호는 문효(文孝)이며, 이자성(李自成)의 아들이요, 이색(李穡)의 아버지로 이제현(李齊賢)의 문인이다. 1320년(충숙왕7) 문과에 급제, 1333년(충숙왕 복위2) 원나라 제과(制科)에 제2갑으로 급제, 벼슬은 도첨의찬성사(都僉議贊成事)를 지내고 한산군(韓山君)에 봉해졌다. 가전체 작품〈죽부인전(竹夫人傳)〉이 있고, 저서로《가정집》이 있다.

238 목은(牧隱) : 이색(李穡, 1328~1396)으로, 본관은 한산(韓山), 자는 영숙(穎叔), 호는 목은(牧隱), 시호는 문정(文靖)이다. 이곡(李穀)의 아들이며 이제현(李齊賢)의 문인으로 1348년(충목왕4) 원나라에 가서 국자감의 생원이 되어 성리학을 연구했다. 1353년 향시와 정동행성의 향시에 1등으로 합격, 서장관이 되어 원나라에 가서 1354년 회시에 1등, 전시에 2등으로 합격, 귀국하여 벼슬은 판문하부사에 이르렀다.

수 있을 것이다. 이 어찌 장단의 지극한 행운이 아니겠는가.

내가 듣기로, 산천의 기운이 모여서 인걸이 된다고 하였다. 옛날 훌륭한 관리는 수레에서 내리면 반드시 먼저 인재를 찾아갔으니, 이것이 곧 정사에 있어 가장 중요한 일이기 때문이다. 그러나 세속에 찌든 관리라면 산천을 물어 찾아갈 겨를도 없을진대, 하물며 산천의 기운이 모인 인걸을 물어 찾아가겠는가. 나는 이공이 떠나는 것을 보고 장단의 인사들이 어진 스승을 얻어 재목을 완성할 수 있게 된 것을 축하하나니, 그들이 행운을 만난 것은 산천보다 못하지 않을 것이다.

1367년 대사성이 되어 김구용(金九容), 정몽주, 이숭인 등을 학관으로 채용, 성리학 발전에 기여했다. 1373년 한산군(韓山君), 1395년(태조4) 한산백(韓山伯)에 봉해지고 이듬해 여강(驪江)으로 가다가 죽었다. 문하에 권근·김종직·변계량 등을 배출해 조선 성리학의 주류를 이루게 했다. 여말 삼은(三隱)의 하나로 꼽힌다. 저서로 《목은시고》, 《목은문고》가 있다.

한치수[239]가 용강현에 부임하는 것을 보내는 서문

병자년(1876, 고종13)

送韓致綏之任龍岡縣序 丙子

상숙(庠塾)[240]으로부터 조정에 이르기까지, 포의로부터 널리 칭송받는 현귀에 이르기까지 조용히 자득한 채 남들 뒤에 있지 않지만 명망이 쇠하지 않고, 남이 알아주기를 기다리지 않지만 남들이 흠모하며, 윗자리에 있는 사람을 잡고 오르려하지 않아도 윗자리에 있는 사람이 그의 편이 되어주고, 세상사람 모두 급급하여도 나 홀로 느긋하여서 초연히 옛날 명사(名士)의 풍모를 지닌 사람을 지금 세상에서 구한다면, 나는 벗 한치수(韓致綏)가 바로 그런 사람이다.

　나는 치수를 경외하고 사랑한다. 그와 나란히 하고 싶었으나[241] 그렇게 하지 못한 것이 어찌 학술과 문장뿐이랴! 치수는 경연(經筵)에 출입한 지 수년에 세자시강원 문학(文學)으로서 깊은 지우를 입었기에, 하루도 곁을 떠나지 못했다. 성상께서 그 박한 녹봉으로는 부모 봉양하

239　한치수(韓致綏) : 한장석(韓章錫, 1832~1894)으로 치수는 그의 자이다.

240　상숙(庠塾) : 상고 시대 때 지방과 마을에 설치한 학교로서 제왕의 벽옹(辟雍), 제후의 반궁(泮宮) 등 태학(太學)과 대칭되는 것이다. 《예기》〈학기(學記)〉에 "옛날 교육하던 것에는 마을에는 숙이 있고, 고을에는 상이 있고, 지방에는 서가 있고, 나라에는 학이 있었다.〔古之敎者 家有塾 黨有庠 州有序 國有學〕"라는 기록이 있다.

241　나란히 하고 싶었으나 : 《논어》〈이인(里人)〉의 "어진 이를 보거든 그와 나란히 할 방도를 생각하고, 어질지 못한 이를 보거든 안으로 스스로를 돌아보라.〔見賢思齊焉 見不賢而內自省也〕"에서 인용한 말이다.

기에도 부족하다 여기시어, 특별히 용강지현(龍岡知縣)에 제수하시면서 한 고을의 세수(稅收)로 부모를 봉양하게 해주시었다. 치수 또한 특별히 보살피심에 감격하여 감히 외직이라 마다하지 못했다.

명을 받던 날, 부지런히 인사를 다니다가 장차 떠나는 길에 내게 말했다.

"오늘이 지나면 오랜 동안 보지 못할 터인데, 자네가 내게 말 한 마디 해주지 않을 수 있겠는가?"

내가 말했다.

"알겠네. 자네는 집에 있을 때는 벗들과 불쾌한 일이 없었고, 조정에 있을 때는 동료들과 미워함이 없었네. 지금 비록 현(縣)에 있게 되었으나, 아전과 백성인들 사랑하며 받들지 않겠는가? 그러나 내가 듣기로, 관리가 수척하면 백성이 살찌고, 관리가 살찌면 백성이 수척하다 하였네. 용강은 예부터 조적(糶糴)의 폐단이 있어 백성이 살 길이 없었네. 그때는 읍의 수입이 매우 많았지만 아전이 축낸 환곡도 매우 많았네. 근년에 조적을 파한 이래로 관리의 녹봉이 갑자기 줄고 아전이 환곡을 축내지 않으니, 백성은 즐겁게 생업에 임해 호구가 날로 늘어났네. 윗사람에게 털끝만큼의 이익이라도 있으면 아랫사람에게는 산더미 같은 손해가 있는 법, 이는 이미 분명히 확인된 바이며 이해와 폐단의 커다란 근원이기도 하네. 자네는 지난날 경연 자리에서 일찍이 손익(損益)의 뜻으로 우리 임금께 고한 적이 있는가? 일개 현으로 한 나라의 정사를 알 수 있네. 정사가 어찌 말 많은 데 있겠는가. 자네가 잘 다스릴지 말지는 예단할 수 없지만, 지난날 행적으로 미루어볼 때 잘 다스릴 것일세. 아전에게 위엄을 세우지 않아도 아전이 반드시 경외하고, 백성에게 명예를 얻고자 하지 않아도 백성이 반드시 사랑할 것이네. 오로지

한 마음으로 본래 바탕을 잃지 않을 것이네. 내가 아는 자네는 이러할 뿐일세."

《위당인보》서문 병자년(1876, 고종13)

偉堂印譜序 丙子

종정(鍾鼎)[242]이 없어진 후 국서(國書)[243]가 성행하고, 관지(款識)[244]가 폐지된 후 사인(私印)이 생겨났다. 도서에 사인을 찍는 것은 종정에 관지를 새기는 것과 같다. 제작법은 매우 정밀하지만 쓰임새는 간단하다. 사방 한 마디밖에 안 되는 네모 칸 안에 칼과 끌을 능숙하게 움직이는데, 방원(方圓)과 곡직(曲直), 경사와 밀도를 가장자리 부근에서 운용함에 있어 모두 정해진 법도가 있다. 그러나 법을 벗어난 필획, 필획을 벗어난 느낌을 터득할 줄 알아야 비로소 최고의 수준에 오를 수 있다.

이양빙(李陽氷)[245]은 "모인법(摹印法)에는 네 가지가 있으니, '신(神)'과 '기(奇)'와 '공(工)'과 '교(巧)'가 그것이다."[246]라고 하였다. 여

---

242 종정(鍾鼎) : 나라의 상징인 종(鍾)과 정(鼎)에 큰 공이 있는 사람의 사적을 새겨서 길이 전하는 것을 말한다.

243 국서(國書) : 한 나라의 역사와 문장 등에 관한 책을 말한다.

244 관지(款識) : 의식에 쓰는 제기(祭器), 솥, 종 따위 그릇에 새긴 글씨나 표지(標識) 혹은 낙관을 말한다.

245 이양빙(李陽氷) : 당나라 조군(趙郡) 사람으로, 자는 소온(少溫)이다. 문장과 전서(篆書)에 능하였는데 그의 전서는 특히 유명해서 "당(唐) 3백 년 간에 전서로 일컬을 자는 오직 양빙(陽氷)일 뿐이다."라고까지 하였으며, 또 창힐(蒼頡)의 후신이라고도 한다.

246 모인법(摹印法)……그것이다 : 이 말은 원(元)나라 오구연(吾丘衍)이 지은《학고편(學古編)》에 실려 있다. "이양빙이 말했다. '모인법에는 네 가지가 있다. 조물주와

기서 '신'이란 필묵이 가는 정해진 길 바깥에서 느낌으로 터득해낼 수 있으되 말로는 비유할 수 없는 경지를 뜻한다. 때문에 솜씨 좋은 장인은 법도는 터득할 수 있을지 몰라도 법도 바깥의 느낌은 터득해낼 수 없다. 그러나 글을 읽고 옛것을 좋아하는 군자만은 손에 끌과 칼 한번 쥐어본 적이 없어도 느낌을 전할 수 있다. 그러므로 고금을 관찰할 수 있고, 고아함과 속됨을 분별할 수 있는 것이다. 가까이는 책상 위에 올려놓고 감상할 수 있고, 멀리는 천 리까지 서신을 전할 수 있기에, 이에 도서의 중함이 엄연히 종정과 나란해졌다.

위당(偉堂) 이학사(李學士)는 고금의 이름난 전각을 수집했다. 그리고는 청전석(靑田石)과 수산석(壽山石)²⁴⁷ 중 좋은 것들을 가져다 놓고 기술자를 불러다 모탁한 다음, 한 책으로 엮어 그 이름을 '인보(印譜)'라 하고서 내게 서문을 지어 달라 하였다. 위당은 젊어서 관리가 되어 대각(臺閣)에서 이름을 날렸다. 벼슬살이 하는²⁴⁸ 틈틈이 고대

맞먹는 공력과 귀신에게서 받은 배치능력을 일러 「신」이라 한다. 필획 이외에 미묘한 법을 터득한 것을 일러 「기」라 한다. 한 가지 기예에 정일해 규구와 방원이 반듯한 것을 일러 「공」이라 한다. 번다함과 간략함이 서로 교차하면서 배치가 어지럽지 않은 것을 일러 「교」라 한다.〔李陽冰曰 摹印之法有四 功侔造化 置受鬼神 謂之神 筆劃之外 得微妙法 謂之奇 藝精于一 規矩方圓 謂之工 繁簡相參 布置不紊 謂之巧〕"

247 청전석(靑田石)과 수산석(壽山石) : 청전석은 중국 절강성(浙江省) 청전현에서 나는 인장석이고, 수산석은 복건성(福建省) 복주(福州)에서 나는 인장석이다. 청전석은 푸른빛이 돌고, 수산석은 붉은색, 황색, 흰색이 섞여있다.

248 벼슬살이 하는 : 원문은 '잠필(簪筆)'로 원래 관이나 홀 사이에 붓을 꽂아 글씨 쓸 준비를 해놓는 것을 가리키는데, 여기서 더 나아가 벼슬살이 하는 것을 뜻하기도 하였고, 조선 시대 때에는 예문관의 검열(檢閱)이나 승정원의 주서(注書)를 달리 이르던 말로 사용되기도 하였다.

전적을 연구하였기에, 천록각(天祿閣), 석거각(石渠閣)²⁴⁹ 등 비부(秘府)에서 소장하고 있던 책에서 이미 그 꽃봉우리를 따내고 꽃송이를 모두 섭렵했다. 천하에 재미로 즐길만한 모든 것을 거론하여도 그 지극한 즐거움을 바꾸기에 부족할 터인데, 어찌 이 사방 한 마디로 된 사인(私印)을 사랑하게 되었을까. 그러나 옛사람들은 긴요한 서적에는 필히 사인을 찍었으며, 후세 사람 중 고인에 대한 흠모의 정을 지닌 자는 인장의 흔적까지 귀히 여겼다. 예컨대 양씨(楊氏)나 왕씨(王氏)가 가보를 만든 것이나 조씨(趙氏)가 가승(家乘)을 만든 것은, 모두 널리 고찰하고 삼가 전하고자 함이었지 사인을 사랑해서가 아니었다. 그러니 서적을 중히 여기고 옛사람을 경모해서일 뿐, 그렇지 않다면 그저 미전(米癲)이 돌에 미친 것²⁵⁰이나 다름없을 텐데 위당이 어찌 그런 것을 취했겠는가. 《고금인사(古今印史)》²⁵¹에 이르기를, "도장은 믿음을 보이고 후세에 전하는 것이라 하였다. 훌륭한 것은 전해지고 훌륭하지 않은 것은 전해지지 않는다. 이것을 안다면 스스로 수양해야 할 바를 알 것이다." 내 위당을 위해 이 구절을 한번 읊어보았다.

249　천록각(天祿閣)·석거각(石渠閣) : 한나라 때 비서(秘書)를 쌓아두던 전각 이름이다.

250　미전(米癲)이⋯⋯것 : 북송(北宋) 때의 유명 화가인 미불(米芾)은 행동거지가 괴이하여 당시 사람들은 '미전'이라고 불렀다. 그는 돌을 무척 좋아하여 《송사》〈미불전(米芾傳)〉에 따르면, 휘종 때 지무위군(知無爲軍)이 되어 나간 미불은 "무위주에 형상이 기이한 돌이 많은 것을 보고는 크게 기뻐하며, '이 정도면 나의 절을 받을 만하다.'라고 하더니 의관을 갖추고 절을 하면서 그 돌을 형이라 불렀다.〔無爲州治有巨石 狀奇丑 芾見大喜曰 此足以當吾拜 具衣冠拜之 呼之爲兄〕"라고 한다. 이것이 바로 유명한 미불배석(米芾拜石) 전고다.

251　고금인사(古今印史) : 명나라 서관(徐官)이 지은 책이다.

이춘소[252]가 청양 수령으로 가는 것을 보내는 서문

병자년(1876, 고종13)

送李春沼宰靑陽序 丙子

벼슬을 하면서 배운 것을 실행하는 것은 누구나 원하는 바이다. 그러나 옛사람 중에는 당대의 영예를 사모하지 않고 한가로이 스스로 즐기는 사람들이 있었으니, 그 즐거움을 능히 알 수 있을까?《서경(書經)》에 이르길, "오직 효를 하며 형제끼리 우애하여 정사에 펼쳐가라."[253]고 하였고, 공자께서는 "이 역시 정치를 하는 것이다. 어찌 그것을 하는 것만이 정치하는 것이랴."[254]라고 하였다. 때문에 군자는 집에 있은즉 교화가 처자식에게 행해지고, 관직에 있은즉 은택이 백성에게 베풀어지나니, 내가 배운 것을 행하지 않음이 없다. 작게는 한 현을 기르고 크게는 나라를 평안하게 하니, 만난 것은 다르지만 이룬 것은 한 가지다. 그러므로 득실로 인한 걱정도, 슬픔으로 인한 우환도 없이 내게 있는 것을 중히 여길 뿐, 외물은 내 뜻을 바꿔놓기에 부족하다.

내가 그대를 따라 배우며 노닌 지가 수십 년인데, 보았더니 밤낮으로 일삼는 것이라곤 오직 부모를 봉양하고 제사를 받들며 손님을 공경하

---

252 이춘소(李春沼) : 선조의 6남 순화군(順和君)의 7대손이다. 1900년(광무4) 고종 황제의 명으로 영가군(永嘉君) 이효길(李孝吉)의 봉사손이 되었다.

253 오직……펼쳐가라 :《서경》〈군진(君陳)〉의 말이다.

254 이……것이랴 :《논어》〈위정(爲政)〉의 말이다.

고 어른께 공손한 것뿐, 다른 것은 알지 못하였다. 집안사람들 모두 그대를 좇아 교화되어 법도를 잘 지켰으며, 흔연히 자득한 마음으로 누추하고 가난한 것도 잊었다. 그 즐거움은 아마도 말로 다할 수 없으리라. 이제는 한 집안을 다스리던 것을 한 현에 베풀게 되었으니, 그 즐거움은 집에 있을 때와 다를 바 없으되 함께 그 즐거움을 누릴 사람은 더욱 많아졌다. 이것을 미루어 한 성(省), 한 나라에 이른다면 더불어 그 즐거움을 누릴 자 더욱 많아질 것이나, 스스로 즐거워하던 바는 본디 그대로일 것이다. 스스로 즐거워함이 깊으면 남에게 미치는 것도 넓다. 경내의 모든 백성으로 하여금 노인을 공경하고 어린이에게 자애하며 윗사람을 사랑하고 이웃과 화목하여, 흔연히 농사짓는 수고로움도 세금과 부역의 고통도 잊게 할 수 있다면, 이것이 어찌 한 가지 정사 한 번의 명령으로 백성을 편안하게 해준다고 얻을 수 있는 일이겠는가? 방경백(房景伯)이 청하(淸河) 태수가 되었을 때, 아들을 고소한 어머니와 함께 밥을 먹음으로써 패구(貝邱)에 사는 모자를 감화시켰다.[255] 청양 백성 중에도 보고 느껴 선해질 자가 반드시 있으리라는

---

255 방경백(房景伯)……감화시켰다 : 방경백은 중국 후위(後魏) 시대 청하(淸河) 사람으로 자는 장휘(長暉)이다. 《자치통감(資治通鑑)》 권151에 그가 청하군(淸河郡) 태수(太守)로 있을 당시의 이야기가 소개되어 있다. "경백의 모친 최씨는 경서에 통달하고 식견이 밝았다. 하루는 패구에 사는 부인이 그 아들을 불효죄로 고소하였다. 경백이 이와 같은 사실을 모친에게 고하니, 모친이 말하기를, '말만 듣는 것은 직접 보느니만 못하다 하였다. 산속에 사는 백성이 아직 예의를 몰라 그러니, 어찌 심히 질책할 만한 일이겠느냐.' 이에 고소한 모친을 불러와 평상을 마주하고 밥을 먹으면서 아들보고는 당 아래에 서서 경백과 그 모친이 함께 밥 먹는 모습을 지켜보게 했다. 그러자 채 열흘이 안 되어 잘못을 후회하며 돌려보내달라고 했다. 그러나 최씨가 '겉으로는 부끄러워하는 듯 보이지만 마음은 아직 아니다.'라고 하기에 그냥 두었다. 20여 일이 지나자 그 아들은

것을 나는 잘 안다.

머리를 찧어 피를 흘렸고, 모친은 울면서 아들을 돌려보내달라고 하였다. 경백은 그제
야 아들을 놓아주었다. 그 아들은 후에 효자로 이름났다.〔景伯母崔氏 通經 有明識 貝丘
婦人列其子不孝 景伯以白其母 母曰 吾聞聞名不如見面 山民未知禮義 何足深責 乃召其
母 與之對榻共食 使其子侍立堂下 觀景伯供食 未旬日 悔過求還還 崔氏曰 此雖面慚 其心
未也 且置之 凡二十餘日 其子叩頭流血 母涕泣乞還 然後聽之 卒以孝聞〕"

온천 서 어르신 환갑날 올린 수서 정축년(1877, 고종14) 4월
溫泉徐丈六十一歲序 丁丑四月

세상의 명망 있는 사람과 통달한 선비 중에 포의(布衣)로서 집안을 일
으켜 그 휘황한 명성이 누대에 이어진 자라면, 분명 애초에 어진 부형
(父兄)이 있었을 것이다. 꾸밈이 적고 질박하여 말로 가르치지 않아도
힘써 근검을 행하고, 질박함을 품고 순후함을 머금은 채 빛을 숨기고
덕을 감추며, 적선(積善)하여 남은 경사를 아껴두었다가 후세에게 남
겨준 것이리라. 나는 일찍이 진백(陳伯)과 마황(馬況)과 순낭릉(荀朗
陵)과 진대구(陳大邱)[256]의 사람됨을 사모하였다. 이 몇 사람은 기량과
안목이 당대에 등용되어 치달려 나아가기에 충분했으나, 허름한 집에
자취를 감춘 채 후세를 길렀으며, 임금 모시고[257] 높은 벼슬할 길을 남

---

256 순낭릉(荀朗陵)과 진대구(陳大邱) : 순낭릉은 순숙(荀淑, 83~149)이다. 자는
계화(季和)이고 고결한 품행으로 이름났다. 진대구는 진중궁(陳仲弓, 104~187)이다.
《세설신어(世說新語)》〈덕행(德行)〉에 다음과 같은 고사가 보인다. "진대구가 순낭릉
을 찾아가는데, 집은 청빈하여서 부릴 하인이 없었기에 원방이 수레를 몰고 계방이
의장을 지닌 채 뒤를 따르고, 장문은 아직 어려서 수레에 탔다. 순낭릉은 숙자로 하여금
문을 열어주게 하고, 자명으로 하여금 술을 따르게 하고 나머지 여섯 아들은 돌아가며
음식을 내왔다. 문약은 아직 어려서 그의 무릎 위에 앉아있었다. 당시 태사로 있던
자가 상소를 올려 말하길, '덕행이 뛰어난 자들이 동쪽에 모였습니다.'라고 하였다.〔陳
大丘詣荀朗陵 貧儉無僕役 乃使元方將車 季方持杖後從 長文尙小 載著車中 旣至 荀使叔
慈應門 慈明行酒 餘六龍下食 文若亦小 坐著膝前 于時太史奏 眞人東行〕"

257 임금 모시고 : 근왕(勤王)의 임무를 수행하는 것을 말한다. 원문은 '기상(旂常)'
으로 기(旂)는 교룡(交龍)을 그린 깃발이고, 상(常)은 일월(日月)을 그린 깃발로서
임금을 상징한다. 《周禮 春官 司常》

겨놓고 훌륭한 아우, 명철한 후손을 기다렸는데, 만족하여 즐겁게 사는 모습이 마을 사람들과 다르지 않았다.[258] 이들의 타고난 고아한 품성과 두터운 덕이야 어찌 후생이 미칠 바이랴.

온천(溫泉)의 서 어르신은 젊어서 이천(利川)의 들에 집을 짓고 식구 수만큼 농사를 지었으며, 남은 것이 있거든 아우 경당(絅堂)[259]에게 가져다주었다. 또 어진 스승과 벗들을 따라 배웠는데, 학문을 이룬 뒤에는 맏아들을 경당에게 보내 수업하게 하였기에 이윽고 자녀와 조카, 여러 사촌들이 모두 사우(士友)들 사이에서 대단한 칭송을 듣게 되었다. 나는 일찍이 경당과 노닐던 터라서 온천의 정사(精舍)에서 공에게 인사드릴 기회가 있었는데, 박실하고 순수하며 웃고 떠드는 법 없이 과묵하였기에 어르신이 질박하게 실천하는 군자임을 알 수 있었다. 물러나와 경부(敬夫)와 이야기를 나누노라니 돈후하고 화락한 모습이 과연 법도 있는 집안의 본보기를 잃지 않았다. 깊고 두텁게 심으면 멀고도 크게 피어난다는 말이 참으로 맞는 소리로구나! 나 때에 이루지 못하면 그 후손은 장차 이루리라는 말이 참으로 맞는 소리로구나! 옛날 왕엄주(王弇州)가 말하기를, "녹나무와 구기자 나무는 그 가지 끝이 하늘에 뾰족하지만 그것이 드리운 그늘은 백 무(畝)에 달하고, 뽕나무와 여지의 열매는 한 마을을 비옥하게 해주지만 마을 사람들은 그렇다고 가지 끝을 보호하지 않고 뿌리를 보호하나니, 뿌리가 튼튼한

---

258 만족하여……않았다 : 《맹자》〈만장 하(萬章下)〉에 나오는 "마을 사람과 어울리면서 즐거워하며 차마 떠나지 못했다.〔與鄕人處 由由然不忍去也〕"에서 나왔다. '유유'는 즐거운 모습이다.

259 경당(絅堂) : 서응순(徐應淳, 1824~1880)이다. 503쪽 주 206 참조.

연후라야 드리운 그늘과 비옥함이 오래가기 때문이다. 단 샘물을 흘려 보내면 천 이랑까지 스며들지만, 콸콸 흐르는 물줄기를 아끼지 않고 한 아름밖에 안 될 법한 구멍을 아끼는 것은, 근원이 아무 탈 없어야 멀리까지 스며들 수 있기 때문이다."[260]라고 하였다. 그렇다면 공은 장차 뿌리를 보호하고 근원을 아끼는 자일런가.

내가 보니, 공은 예순을 넘긴 나이임에도 가난하고 검약한 삶을 편히 여기면서 근심하는 낯빛이 없다. 몸에는 소박한 옷을 입고서 화려하게 수놓은 옷을 원치 않는다. 변변치 않은 상을 받아도 진수성찬 늘어놓은 솥보다 귀하고, 질나팔과 피리 소리가 서로 화합하니[261] 순 임금이나 제곡 때의 음악[262]보다 즐겁다. 그러니 장차 후세에 바라는 바가 있어 당대의 영화를 흠모하지 않고, 넘치는 복을 남겨두었다가 끝도 없는 보답을 얻으려 하심이 아니겠는가? 청컨대 이 말로써 공의 생신을 경하 드리고, 또한 이 말이 징험되기를 기다리게 해 달라.

---

260 왕엄주(王弇州)……때문이다 : 왕엄주는 왕세정(王世貞, 1526~1590)으로, 태창(太倉) 사람이며, 자는 원미(元美), 호는 봉주(鳳洲)·엄주산인(弇州山人)이다. 가정(嘉靖) 연간에 진사에 급제, 형부 상서를 지냈다. 이반룡(李攀龍)과 더불어 당시의 문맹(文盟)을 주도했다. 저서로 《엄산당별집(弇山堂別集)》, 《고불고록(觚不觚錄)》, 《엄주산인사부고(弇州山人四部稿)》, 《독서후(讀書後)》, 《왕씨서원(王氏書苑)》, 《화원(畫苑)》 등이 있다.

261 질나팔과……화합하니 : 《시경》〈하인사(何人斯)〉에 나오는 "맏형이 질나팔을 부니, 둘째형이 대피리를 부네.〔伯氏吹壎 仲氏吹篪〕"에서 나온 말로 형제간의 화목함을 상징한다.

262 순……음악 : 원문은 '소영(韶韺)'으로 '소'는 순 임금 때의 음악이고, '영'은 제곡(帝嚳) 때의 음악이다.

사종제 치거가 회인 현감으로 가는 것을 보내며 쓴 서문
무인년(1878, 고종15)

送四從弟穉居赴懷仁知縣序 戊寅

친척 아우 치거(穉居)가 계방(桂坊)[263]을 거쳐 회인(懷仁) 현감으로
나가게 되었는데, 떠나는 길에 내게 이별의 말을 해달라고 했다.

듣자니 회인은 두메산골 작은 현이지만 백성은 근검하고 농사에 힘
쓰며, 풍속은 순박하여 옛날 당우(唐虞) 때 백성의 풍모가 남아있다고
한다. 올해도 저물어 가는데, 그대를 위해 당풍(唐風)을 불러 전송해도
되겠는가? 〈실솔(蟋蟀)〉의 첫 장에서 적기를, "귀뚜라미가 마루에 있으
니 이 해도 드디어 저물었도다. 지금 우리가 즐기지 아니하면 세월이
지나가 버릴 것이네."[264]라고 하였다. 풀이하는 자가 말하기를 "당(唐)
의 백성들이 부지런히 농사에 힘쓰다가 한해가 저물녘에야 비로소 서
로 잔치하며 즐기는 것이다. 그러나 홀연 가버리는 세월을 탄식하며,
즐길 날이 얼마 남지 않았음을 근심하였으니, 근심이 깊고 생각이 먼
것이 이와 같다."[265]고 하였다. 또 말하기를 "너무 태평하게 놀지 말라.

---

263 계방(桂坊) : 동궁(東宮)이 있던 곳을 가리키는데, 조선 시대 때에는 세자익위사
(世子翊衛司)를 달리 이르던 말이었다.

264 귀뚜라미가……것이네 :《시경》〈실솔(蟋蟀)〉의 구절이다. 주희(朱熹)는 당
(唐)의 풍속이 근검하여 일 년 내내 쉬지 못하다가 세모에나 음식을 들며 즐기는데,
그렇다고 너무 절제 없이 즐겨서는 안 된다는 점을 경계하는 시라고 하였다.

265 당(唐)의……같다 : 이 말은 주희(朱熹)의《시집전(詩集傳)》에 보이는 것을 요
약한 것이다. "당의 풍속은 근검하였기에 백성들은 일 년 내내 수고로이 일하면서 잠시

직분 맡은 것을 생각하여 즐김을 좋아하되 지나치지 말라. 양사(良士)는 언제나 조심한다네."266라고 하였다. 풀이하는 자가 말하기를 "즐기되 황음에 이르지 않고, 멀리 걱정하고 물러나 뒤를 돌아본다."267고 하였고, "친애하고 화락한 은혜와, 경계의 뜻을 드리우고 충고하는 마음을 모두 다했다."268고 하였다. 〈산유추(山有樞)〉269 역시 의상(衣裳)과 거마(車馬), 종고(鍾鼓)와 주식(酒食)의 갖은 즐거움을 일일이 거론하면서, 즐거움을 권면하고 수고로움을 위로하였다. 이는 선성(先聖)께서 남겨주신 아랫사람을 깊이 이해해주던 인(仁)이며, 풍속이 도타워지게 해 준 원인이기도 하다. 그러므로 "조이기만 하고 늦추지

도 쉬지 못하다가, 한 해의 끝 농한기에 가서야 서로 먹고 마시면서 즐거움을 삼는다. 그래서 '귀뚜라미가 당에 있으며 세월이 어느덧 저물었네. 지금 즐기지 않으면 세월은 나를 두고 가버릴 것이네.'라고 말한 것이니, 그 근심이 깊고 생각이 먼 것이 이와 같다. 〔唐俗勤儉 故其民終歲勞苦 不敢少休 及其歲晚務閒之時 乃敢相與燕飲爲樂 而言今蟋蟀在堂 而歲忽已晚矣 當此之時而不爲樂 則日月將舍我而去矣 然其憂深而思遠也〕"

266 너무⋯⋯조심한다네 : 〈실솔(蟋蟀)〉편의 두 번째 수이다.

267 즐기되⋯⋯돌아본다 : 이 말 역시 《시집전》의 요약이다. "관직에 거하는 자들을 고려하여, 그들로 하여금 비록 즐기되 황음에 이르지 말라고 하였으니, 저 양사의 깊은 우려와 돌아봄만 같다면 위험과 망국의 지경에는 이르지 않을 수 있다.〔盍亦顧念其職之所居者 使其雖好樂而無荒 若彼良士之長慮却顧焉 則可以不至于危亡也〕"

268 친애하고⋯⋯다했다 : 이 말은 원(元)나라 유근(劉瑾)의 《시전통석(詩傳通釋)》에서 인용했다. "요 임금부터 주나라까지, 거의 천여 년이 흘렀다. 그러나 요 임금의 풍화는 유전되어 당 땅 사람들 마음에 응집되었다. 그래서 백성들은 질실하고 근검하는 습성을 지닌 것이다. 친애하고 화락한 은혜와 경계의 뜻을 드리우고 충고하는 마음이 이 시에 모두 보이니, 이는 그 풍속이 돈후해진 까닭이기도 하다.〔自堯至于周 蓋千餘年矣 而其風化流傳固結於唐人之心 故其民間質實勤儉之習 親愛和樂之恩 警戒忠告之情 備見於詩 此其俗所以爲厚也〕"

269 산유추(山有樞) : 역시 《시경》〈당풍(唐風)〉의 편명이다.

않거나 늦추기만 하고 조이지 않는 것은 문왕과 무왕의 도가 아니다.'[270] 라고 한 것이니, 늦추고 조임의 대의를 잘 아는 자라면 안으로 마음을 다스리고 밖으로 사람을 다스림에 넉넉히 남는 바가 있을 것이다.

치거는 부귀하게 자랐으나 몸가짐이 수수한 선비 같다. 집안에서 검약을 실천하며 늘 조심조심 마음을 지켰으니, 이는 천성이 그러했다. 이것으로 정치를 한다면 회인 백성 중에 그 은택을 입지 않을 자가 어디 있겠는가. 그렇긴 하나 이런 말이 있다. 조심함이 지나치면 겁이 많아질 폐단이 생기고, 오로지 검약만 알면 사람이 자잘해질 폐단이 생긴다. 겁이 많아지면 두려워하게 되고, 사람이 자잘해지면 무서워하게 되니, 이 두 가지 모두 정치의 큰 체통이 되지 못한다. 당의 백성처럼 부지런히 수고하고 또 조심조심 근심하면서 살았는데, 한 해가 다가도록 기뻐할 겨를도 답답함을 풀 즐거움도 없다면 혈기가 막히고 만사가 고착되어 마음 또한 통할 길이 없을 터이니, 풍속인들 어떻게 순박해지겠는가. 그러므로 이와 같은 시를 지어서 그 마음을 풀어준 것이다. 이것이 곧 조이고 늦추는 도리이다. 백성이 이와 같을진대 하물며 백성을 다스리는 자이겠는가? 옛날 우리 숙고조 서흥부군(瑞興府君)[271] 이

---

270 조이기만……아니다 : 《예기》〈잡기(雜記)〉에 "활을 조이기만 하고 늦추지 않는다면 문·무왕일지라도 다스리지 못하고, 활을 풀어 놓기만 하고 조이지 않는 일은 문·무왕이라도 하지 않을 것이니, 한 번 조이고 한 번 늦추는 것이 바로 문왕과 무왕의 도이다.〔張而不弛 文武弗能也 弛而不張 文武弗爲也 一張一弛 文武之道也〕"라는 구절이 보인다.

271 서흥부군(瑞興府君) : 《운양속집》권4의 〈부호군김공묘갈(副護軍金公墓碣)〉에 따르면 청풍 김씨 10세 중 김부(金溥)가 서흥 부사(瑞興府使)를 지냈다고 한다. 여기서 언급된 서흥부군 역시 김부를 말하는 것으로 보인다.

래로 4대 동안 모두 백성을 기르는 덕을 펼쳤는데, 인애함과 관대함이 쌓여 대대토록 번창함을 이룬 것이 지금까지 이어졌다. 후손이 입고 있는 그 덕이 아직 다하지 않았으니, 선조의 유업을 잇고 수놓은 예복에 패옥을 달고서 우리 집안을 빛낼 자가 곧 치거 아니겠는가. 치거는 힘써야 하리. 치거는 문장과 학문이 뛰어났으나 음서로 벼슬길에 나아가 늦게야 한 현을 얻었다. 어쩌면 석연치 않은 마음이 있을 것이기에 떠나는 길에 시인의 뜻에 의탁하여 덕담을 해주었다.

《옥동야음집》 서문

玉洞夜飮集序

청수(聽水) 어르신[272]께서 남주(南州)에서 금을 뜯으며 몇 년 동안이나 머물러 계신 탓에, 북산(北山) 아래의 시사(詩社)는 이로 인해 오래도록 열리지 못했다. 기묘년(1879, 고종16) 겨울, 어르신의 아들 홍사길(洪士吉)이 성균관 제술 시험에 우수하게 합격하였기에 도성에 있는 지기들 모두 청수를 위해 기뻐하였으나 너무 멀어서 경하할 길 없었다. 우리들은 서로 이렇게 말했다.

"청수 어르신이 여기에 계셨다면 이대로 쓸쓸하게 넘어갔겠는가? 경지와 정신이 만나는 것은 산천이 가로막을 수 없는 것일세. 한번 취하여 서로 그리워하는 애달픔을 위로해본들 어떠하리?"

마침내 다음해 정월 상순에 파강(巴江)[273]의 글방에 모여 술잔을 높

---

272 청수(聽水) 어르신 : 《음청사(陰晴史)》 1881년 9월 18일 기록에 "장동(壯洞) 청수댁(聽水宅)"이란 글귀가 있고 '홍재정(洪在鼎)'이라는 편자 주가 있다. 홍재정(洪在鼎, 1820~?)은 본관 남양(南陽), 자 공실(公實), 호는 청수이다. 1848년에 진사에 합격하였고, 1879년에 무안 현감, 이후로 장흥 부사, 회덕 현감 등을 지냈다. 또 《운양속집》 권2에 〈청수집서(聽水集序)〉가 있으나 청수집의 현전 여부는 미상이다. 기타 자세한 인적사항 역시 알려진 바가 없다.

273 파강(巴江) : 윤병정(尹秉鼎, 1822~1889)으로, 본관은 남원(南原), 자는 사홍(士弘), 호는 파강(巴江), 시호는 효문(孝文)이다. 태주(泰周)의 아들이다. 유신환(兪莘煥)의 문인으로 그의 행장을 짓기도 하였으며, 윤정현(尹定鉉)에게도 수학하였다. 1882년 임오군란이 일어나자 낙향하였다. 노모 봉양을 이유로 조정의 상경 독촉을 피하였고, 동시에 호포(戶布)의 혁파, 서원의 복설과 같은 대원군 정책에 정면으로 반대되는 의견도 상소하였다. 저서로는 《파강유고(巴江遺稿)》가 있다.

이 들고 만전(蠻箋)[274]에 시를 썼다. 〈벌목(伐木)〉[275]시를 읊고 〈정운(停雲)〉[276]편을 노래하는데, 창가의 매화는 향기를 토해내고 처마에 걸린 달에서는 빛이 흘렀다. 밤은 깊은데 등불은 훤하고 온 당이 시끌벅적하게 웃고 떠들자니, 홍애(洪厓) 선생의 어깨라도 칠 수 있을 것 같았다.[277] 모인 사람은 모두 열한 명이었는데, 대산(臺山) 김 문청공(金文淸公)[278]의 〈부매시(賦梅詩)〉 운을 잡아 각기 근체시 한 수씩을

---

274 만전(蠻箋) : 사천 지방에서 나는 채색 종이를 말한다.

275 벌목(伐木) : 《시경》 〈벌목(伐木)〉을 말한다. 주희는 《시집전》에서 "술과 음식을 갖추어 붕우를 즐거워함이 이와 같으니, 차라리 그가 까닭이 있어서 오지 아니할지언정 나의 은의가 지극하지 아니할 수 없음을 말함이라.〔言具酒食以樂朋友如此 寧使彼適有故而不來 而無使我 恩意之不至也〕"라고 하였다. 즉, 술과 음식을 차려 오지 못하는 벗을 위해 은의를 다하는 것을 말한다.

276 정운(停雲) : 진(晉)나라 도연명(陶淵明)의 〈정운(停雲)〉이란 시를 말한다. 도연명은 자서(自序)에서 "정운은 친우를 그리워하는 것이다.〔停云 雲思親友也〕"라고 하였다.

277 홍애(洪厓)……같았다 : 홍애 선생은 황제(黃帝) 때의 악인(樂人)으로 후에 득도하여 신선이 되었다는 전설의 인물이다. 진(晉)나라 시인 곽박(郭璞)은 〈유선시(游仙詩)〉에서, "왼손으로 부구의 소매를 잡고, 오른손으로 홍애의 어깨를 치네.〔左揖浮丘袖 右拍洪崖肩〕"라고 하여 신선과 나란히 장생불로하고자 하는 뜻을 의탁했다. 즉, 신선이 된 듯한 기분을 묘사한 것이다.

278 김 문청공(金文淸公) : 김매순(金邁淳, 1776~1840)으로, 본관은 안동. 자는 덕수(德叟), 호는 대산(臺山), 시호는 문청이다. 그는 성리설에 관하여 일가견을 가지고 있어서 인물성동이론(人物性同異論)을 둘러싼 호락논쟁(湖洛論爭)에 한원진(韓元震)의 호론(湖論)을 지지하였다. 당대의 문장가로 홍석주(洪奭周) 등과 함께 명성이 높았으며, 여한십대가(麗韓十大家)의 한 사람으로 꼽혔다. 고종 때 판서에 추증되었다. 저서로는 《대산집》, 《대산공이점록(臺山公移占錄)》, 《주자대전차문표보(朱子大全箚問標補)》, 《전여일록(篆餘日錄)》, 《열양세시기(洌陽歲時記)》 등 다수가 있다.

지은 다음, 시통(詩筒)의 옛 일²⁷⁹을 잇고자 우편으로 부쳤으니, 그저 계단 앞뜰에 피어난 꽃을 축하하고, 농두(隴頭)의 봄소식을 전하고자 함이다.²⁸⁰ 나 윤식은 세 시간의 제한 안에 운자에 맞춰 지을 수 없기에, 서문 몇 줄을 대략 적음으로써 금곡(金谷)의 벌주²⁸¹를 대신하고자 한다.

279 시통(詩筒)의 옛 일 : 당나라 때 시인 백거이(白居易)와 원진(元稹)은 절친한 친구 사이였는데, 백거이는 항주 자사(杭州刺史)로, 원진은 월주 자사(越州刺史)로 있을 때 서로 대나무로 만든 통 속에 시를 넣어 서신을 대신해 주고받았다는 이야기가 있다. 아마도 이 일을 염두에 두고 한 소리인 듯하다.

280 농두(隴頭)의……함이다 : 남조(南朝) 때 성홍지(盛弘之)가 지은 《형주기(荊州記)》에 다음과 같은 이야기가 전한다. "육개와 범엽은 친한 사이였는데, 강남에서 매화 가지 하나를 꺾어 장안의 범엽에게 보내며, 매화시를 함께 보냈다. '매화 꺾어 역사에게 주며, 농두 사람에게 붙여 보내네. 강남엔 아무 것도 없오, 봄소식 한 가지를 보낼 뿐.'〔陸凱與范曄范相善 自江南寄梅花一枝 詣長安與曄 幷贈花詩曰 折梅逢驛使 寄與隴頭人 江南無所有 聊寄一枝春〕"

281 금곡(金谷)의 벌주 : 이백(李白)의 〈춘야연도리원서(春夜宴桃李園序)〉에 '만약 시를 이루지 못하면 금곡의 벌주 수대로 벌을 받으리라.〔如詩不成罰依金谷酒數〕'라는 말이 있다. 금곡은 진(晉)의 부호 석숭(石崇)이 하양(河陽)에 둔 별장(別莊) 이름이다.

《해주청풍김씨종안》 서문 경진년(1880, 고종17) 봄
海州淸風金氏宗案序 庚辰春

향약(鄕約)은 고을에서 세우고, 종법(宗法)은 종족이 정리한다. 이 두 가지는 교화의 근원이자 풍속이 선해질 수 있는 근본이다. 진정 향약을 밝히고자 한다면 반드시 종법을 먼저 다듬어야 하나니, 효제(孝悌)에 근본하지 않고 믿음으로 남을 구휼할 수 있는 사람은 없다. 해주(海州)는 율곡(栗谷) 선생이 향약을 강론하여 밝히신 땅이다. 선생께서 힘써 행하신 여력으로 한 고을을 다스리고 가르치시니, 당시 향리에 살던 사우(士友)들은 사람마다 효성과 자애를 중시하였고 집집마다 인의와 사양함이 흥하였다. 이것이 해주 향약이 나라의 으뜸이 된 이유였다. 그 후 사대부의 가법(家法)이 점차 쇠락하자 향약도 따라서 무너졌고, 옛날의 화락하던 풍모는 다시 볼 수 없게 되었다. 안타깝지 아니한가.

우리 집안에는 옛날에 종안(宗案)이 있었으니 이는 고을 진신(縉紳)에게 향안(鄕案)이 있었던 것과 같다. 그 규모와 절목은 비록 상세히 알 수 없으나, 그때까지는 종법이 남아 있었음을 알 수 있는데, 언제부터인지 종안도 없어져버려 파계(派系)가 어떻게 갈라졌는지, 남고 없어진 대략적인 수는 어떠한지, 다시는 살펴볼 길이 없게 되었다. 해마다 한 번 있는 종족의 모임도 한번 읍하고 나면 흩어져버리고, 누가 누구인지 막막히 알 길이 없는데, 하물며 종법을 물을 수 있겠는가.

이미 향약을 회복할 수 없다면 마땅히 종법을 펴서 밝히고 한 종족 안에서 스스로 행해야 한다. 종법을 밝히고자 한다면 종안을 먼저 정리하는 일이 제일이다. 우리 선조의 자손임이 틀림없는 자라면 반드시 소목(昭穆)[282]에 의거하여 삼가 기입한다. 매번 종회가 열릴 때마다 각 파에서 보고한 인원의 늘어나고 줄어든 숫자에 준하여 그때그때 늘리거나 줄인다. 올릴 수 없는데 사칭하여 올린 자가 있으면 깨끗이 제거하고 올릴 수 있는데 올리지 않은 자도 내친다. 반드시 정밀하고도 반드시 신중하게 하여 훌륭한 모범을 영원토록 전한다. 그렇게 되면 종족을 합하고 족보를 고찰하지 않고서도 책 한번만 펼쳐보고 환하게 알 수 있을 것이다. 《시경(詩經)》에서 말하지 않았는가. "어찌 다른 사람이랴. 우리 형제 다 모였네."[283]

여기 기입된 자들은 모두 피와 기운이 서로 이어지고 근심과 즐거움을 함께 할 사람들이다. 천 백 사람의 마음 모두 조상의 마음을 제 마음으로 삼는다면, 사랑하고 공경하며 기뻐하고 흡족한 감정이 무럭무럭 일어나 순박하고 넉넉한 풍속이 한 고을의 법도 되기에 충분할 것이다. 이것이 바로 전대 현인이 남겨주신 교화의 뜻을 저버리지 않는 길이다. 기묘년(1879, 고종16) 겨울, 암자를 짓는 일이 끝났는데, 경향의 종족 어르신들의 뜻이 종안을 정리하여 재실에 간직하길 원하시기에, 윤식은 그러한 소릴 들은 것이 기뻐서 종안을 위해 서문을 지었다.

---

282 소목(昭穆) : 고대 종법(宗法)의 제도이다. 종묘(宗廟)나 묘지(墓地)에 조상들의 자리를 배열할 때 시조는 중앙에 모시고 2세, 4세, 6세는 시조의 왼쪽에 모시는데 이를 소(昭)라 일컫고, 3세, 5세, 7세는 시조의 오른쪽에 모시는데 이를 목(穆)이라 일컫는다. 이는 종족 내부의 장유(長幼)와 친소(親疎) 및 원근(遠近)을 구분하기 위해서 만든 것이다. 《周禮 春官 小宗伯》

283 어찌……모였네 : 《시경》〈기변(頍弁)〉의 "가죽 고깔 오뚝 쓰고 다 뭣들 하는 건가. 네 집 술도 좋다마는 안주 또한 진미로세. 어찌 다른 사람 모였으랴. 우리 형제 다 모였지.〔有頍者弁 實維何期 爾酒既旨 爾殽既時 豈伊異人 兄弟具來〕"라고 한 데서 온 말인데, 이 시는 형제 친척이 한자리에 모여서 잔치한 것을 읊은 것이다.

《중수건릉지》 서문 경진년(1880, 고종17) 봄
重修健陵誌序 庚辰春

건릉(健陵)에는 옛날에 지은 능지(陵誌)가 있었으나[284] 금상 계유년 (1873, 고종10)에 재실에 화재가 나는 바람에 옛날 능지 및 선생제명록(先生題名錄) 모두가 잿더미가 되어버리고 후세 사람은 더 이상 살펴볼 길이 없어졌다. 5년이 지난 정축년(1877)에 성균관 진사 남치상(南致祥)[285] 군이 건릉 침랑(寢郎)에 제수되었는데, 부임한 후 탄식하며 말하기를, "관부의 성시(省寺)에는 모두 관례를 적은 법도와 양식이 있거늘, 하물며 이곳은 성인의 상(象)이 모셔져있는 곳인데 기록된 서적이 없단 말인가?"라고 하였다. 그리고는 비부(秘府)에 보관하고 있는 서적을 뒤지고 태상(太常)[286]의 규정을 상고하여, 예조의 전례며 화성 행궁의 선반에 보관하고 있는 문서며, 상고할 만한 건릉

---

284 건릉(健陵)에는……있었으나 : 건릉(健陵)은 정조 및 정조 비 효의왕후(孝懿王后) 김씨의 능이다. 경기도 화성시 안녕동에 있다. 구 묘지명은 순조 때 윤행임(尹行恁)이 지었다.

285 남치상(南致祥) : 남정철(南廷哲, 1840~1916)로, 본관은 의령(宜寧), 자는 치상(穉祥), 호는 하산(霞山)이다. 유신환(兪莘煥)의 문인으로 김윤식과 같이 배웠다. 요직을 두루 거쳤으며 1910년 국권이 피탈된 후에 일본 작위 남작(男爵)을 받았다. 글씨를 잘 써 덕수궁 대한문 중수 현판, 태박산 선사양각(璿史兩閣) 중수의 상량문(上樑文) 등을 썼다. 문집 30권이 있으며 묘는 양평군 서종면 노문리에 있다. 저본에는 '致'가 '政'으로 기록되어 있으나 이 뒤로 모두 '致'로 쓰고 있으므로 오기가 분명하다.

286 태상(太常) : 즉 태상시(太常寺)이다. 나라의 제사(祭祀)와 시호(諡號)의 일을 맡던 관아이다.

의 자취에 속하는 것이라면 반드시 여러 방면으로 수소문해 찾아냈다. 한 편을 얻을 때마다 아우 및 벗들과 분업하여 빨리 베껴 썼다. 그렇게 몇 달이 지나 비로소 완성하니, 도합 4권이었다. 맨 앞은 도식(圖式)을 실었고, 그 다음에는 교서와 책문, 묘지와 행장을 실었으며, 그 다음은 제례의 집행 의식에서부터 부장한 기물의 수량, 금호(禁護) 항목에 이르기까지, 부류별로 나누고 제목을 붙였다. 세세한 것과 드넓은 것이 모두 실리고 나니, 옛 묘지에 비해 열에 대여섯이 늘었다. 또 전후에 제사를 지낸 관리가 관직에 제수된 날짜를 상고하여 제명록(題名錄) 한 권으로 모았다.

책이 완성되자 편지를 보내 윤식에게 고했다.

"그대 이름이 제명록에 있을뿐더러, 능지를 정리하는 일에도 도움이 없었다고 할 수 없으니, 여기 한 마디 말이라도 쓰는 게 어떻겠습니까?"

윤식이 듣고 탄식하며 말했다.

"선대왕의 성대한 덕과 지극한 선은 백성이 형용할 길 없다. 그 공덕을 드날린 의전(儀典)으로 말하자면, 능묘에 묻은 명(銘)이 있고, 비석 뒷면에 새긴 기(紀)가 있다. 홀과 옥에 새기고 대나무와 비단에 드리워서 명산 석실(石室)에 간직함으로써 후대에 고해야 할 내용이라면, 꼭 이 능지가 있어야만 전해지는 것은 아닐 것이다. 그러나 건릉은 성인이 깃든 곳이라 사방에서 이곳의 예법을 살핀다. 그러니 하나라도 갖추지 못하면 이는 신중한 도리가 되지 못한다. 게다가 우리는 백년 뒤에 태어났기에, 그 온화하고 화락하신[287] 가르침을 듣지 못했다. 다

---

287 온화하고 화락하신 : 원문은 '색소(色笑)'로, 온화하고 기쁜 낯빛을 이른다. 《시경》〈반수(泮水)〉에 "온화한 얼굴에 웃으시며 성내시는 일 없이 말씀하신다.[載色載笑

행히 가까이서 능묘를 지키면서 유적을 편집할 수 있었으니, 주현(朱絃)[288]과 녹죽(綠竹)[289]의 생각이 거의 여기 깃들어있다 하겠다. 이것이 곧 치상의 뜻인 것이다. 삼가 찬술한 차례와 규례를 살펴보니, 종합한 바가 상세하고도 촘촘한 것이 후세에 큰 도움이 될 만하다. 치상이 관각(館閣)에서 찬집하는 일을 맡아 일대의 위대한 전적을 찬술한다면 분명 찬연히 볼만할 것이다. 어찌 제사지내는 관리만 참고할 뿐이겠는가."

匪怒伊敎)"라고 하였다.

288 주현(朱絃) : 종묘 제향에 쓰이는 금슬(琴瑟) 등의 악기를 일컫는 말인데, 왕업을 도울 기량이 있는 훌륭한 신하를 뜻한다.

289 녹죽(綠竹) : 《시경》〈기욱(淇澳)〉의 "저 기수 가를 보건대 푸른 대가 성하도다.……우아한 군자여 마침내 잊지 못하리라.〔瞻彼淇澳 綠竹猗猗……有斐君子 終不可諼兮〕"에서 나온 말로 임금의 성대한 덕과 지극한 선을 백성들이 잊지 못하는 것을 말한 것이다.

변길운[290] 원규 을 보내며 쓴 서문 신사년(1881, 고종18) 늦겨울
送卞吉雲 元圭 序 辛巳季冬

우리나라 사람들은 요동 벌의 광활함을 극구 칭송하면서 천하으뜸이라 말한다. 내가 요동 벌에 도착하여 며칠을 가보니, 사방을 돌아보아도 산 하나 없어 가슴이 탁 트였기에, 참으로 평생에 볼까말까 한 장관이로구나 생각했다. 그러다 기북(冀北)[291]의 벌판에 이르러서는 다시금 넋을 놓고 말았다. 전날 요동 벌의 장관을 돌이켜 생각하니, 이는 우물 안 개구리의 소견을 면치 못한 것이었다. 이 천하에 기주 벌보다 더 큰 곳이 또 얼마나 많을까 모르겠구나. 잠자코 있으라 하백(河伯)이여! 큰 도를 터득한 사람에게 비웃음을 받는 것도 당연할지니.[292]

---

290 변길운(卞吉雲) : 변원규(卞元圭)로, 본관은 초계(草溪), 자는 대시(大始), 호는 길운(吉雲), 주강(蛛舡)이다. 1881년(고종18) 영선사 김윤식을 따라 별견당상(別遣堂上)으로 청나라에 파견되어 군기제조 학습을 위해 유학생들을 인솔하여 머물면서 세 차례에 걸친 김윤식과 이홍장 회담에 참석했다. 귀국후 1882년 통리교섭통상사무아문의 참의를 거쳐 1884년 기계국 방판이 되고, 이어 지돈녕부사, 한성부 판윤을 역임하였다.

291 기북(冀北) : 중국 하남성(河南省) 기주(冀州)의 북부(北部)를 가리킨다.

292 잠자코……당연할지니 : 《장자(莊子)》〈추수(秋水)〉에서 인용했다. "가을이 되면 물이 불어난 모든 냇물이 황하로 흘러드는데, 그 물줄기의 거대함이란 양쪽 물가에서 서로 소인지 말인지 구별할 수 없을 정도이다. 하백은 흔연히 기뻐하면서, 천하의 아름다움이 모두 자기에게 있다고 생각하였다. 물 흐르는 대로 동쪽으로 가 북해에 이르러 동쪽을 바라보니 물의 끝이 보이지 않았다. 이에 하백은 탄식하면서 말하였다. '속담에 백 가지 도리를 들으면 자기만한 사람이 없다고 생각한다던데, 바로 나를 두고 한 말

나와 길운(吉雲)은 같은 시대에 태어나 한 나라에서 같이 살았으니, 일찌감치 만나 어울렸어야 하는데, 줄곧 만나질 못하고서 그가 박학하고 재주 많으며 영민하고 예를 좋아하는 사람이라는 것만 대략 알고 있었다. 신사년(1881) 가을, 나는 사신의 명을 받들어 천진(天津)에 가게 되었는데, 길운이 별개(別价)의 신분으로 동행했다. 매번 여관에서 묵을 때면 등불을 켜놓고 서로 이야기를 나누었는데, 그 내면이 어떠한지 두드려보았더니 끊임없이 지식이 터져 나왔으나 마치 말 잘 못하는 사람처럼 겸손한 모습이었다. 특히나 시무에 대한 지식이 깊어서 집안일도 잊고 나라를 근심했다. 시문(詩文) 짓는 일에는 그다지 마음을 쓰지 않았으나, 표연히 속세를 벗어나는 시상이 있었다. 오래 지나다보니 마치 진한 술을 마치고 취한 듯 서로 간의 정이 흠뻑 돈독해졌다. 종사(從事) 윤석정(尹石汀)[293]과 백겸산(白兼山)[294]도 그와 취미

같구나. 또 나는 일찍이 공자의 넓은 학식을 낮게 평가하고, 백이의 절의를 가볍게 여기는 이야기를 들은 적이 있는데, 이제까지 나는 그 말을 믿지 않고 있었다. 지금 당신의 무궁한 모습을 보니 내가 당신의 문하로 찾아오지 않았다면 위태로웠을 뻔했다. 오랫동안 도를 깨달은 사람들의 비웃음거리가 될 뻔하였다.' 하백이 말하길, '그렇다면 사물의 겉모습이나 사물의 내면 같은 것은 무엇으로 그 귀천을 구분하는가?' 해신이 답하길, '도로써 보면 물에는 귀천이 없고, 물로써 보면 스스로만 귀하고 다른 것은 천하다.……잠자코 있으라, 하백. 네가 어찌 귀천의 문이 크고 작은 집을 알 수 있겠는가!'〔秋水時至 百川灌河 涇流之大 兩涘渚崖之間不辯牛馬 於是焉河伯欣然自喜 以天下之美爲盡在己 順流而東行 至於北海 東面而視 不見水端 於是焉河伯始旋其面目 望洋向若而歎曰 野語有之曰 聞道百以爲莫己若者 我之謂也 且夫我嘗聞少仲尼之聞而輕伯夷之義者 始吾弗信 今我睹者之難窮也 吾非至於子之門 則殆矣 吾長見笑於大方之家 北海若曰 以道觀之 物無貴賤 以物觀之 自貴而相賤……默默乎河伯 女惡知貴賤之門 小大之家〕라고 하였다.

293 윤석정(尹石汀) : 윤태준(尹泰駿, 1839~1884)으로, 본관은 파평(坡平), 자는

가 퍽 잘 맞아서, 겉치레 따위 신경 쓰지 않고 허물없이 지냈다. 〔나와 길운과 윤석정과 백겸산〕 넷은 장자가 말한 네 사람[295]처럼 막역한 사이다. 그믐날에 보정부(保定府)[296]에서 이백상(李伯相)[297]을 알현하고, 7

치명(稚命), 석정은 그의 호이다. 1881년 수신사(修信使)의 종사관으로 일본에 다녀왔고, 이어 영선사(領選使)의 종사관으로 청나라에 다녀왔다. 1884년 협판군국사무(協辦軍國事務), 협판교섭통상사무(協辦交涉通商事務) 등을 역임하였다. 갑신정변(甲申政變)이 일어나자 후영사(後營使)로 사대당(事大黨)을 보호하다가, 독립당(獨立黨)의 장사패 윤경순(尹景純)에게 살해되었다.

294 백겸산(白兼山) : 백낙윤(白樂倫)으로, 본관은 수원(水原), 호는 겸산이다. 1881년(고종18) 훈련원정 재임 시절 통리기무아문(統理機務衙門)의 요청으로 훈련원부정(訓鍊院副正) 서광태(徐光泰)와 함께 영선사(領選使) 김윤식을 따라 관변(官弁)으로 가게 되었다. 학도 69명을 인솔하여 천진(天津)으로 가서 무기 만드는 기술을 배울 수 있도록 하였다. 1883년(고종20) 통리군국사무아문(統理軍國事務衙門)에서 무기 만드는 것을 관리할 기기국(機器局)을 설치할 것을 계청하여 기기국이 설치되었는데, 이때 방판(幇辦)으로서 총판(總辦)을 도와 맡은 바 역할을 다하였다. 순천 군수와 남원 군수를 지냈으며 구례지방의 매천 황현(黃玹, 1855~1910)과 친했다. 시(詩)에 능하였다.
한국역대인물종합정보에는 1790년에 태어나 1817년(순조17) 무과에 급제하였다고 기록되어있으나 이는 그의 활동연대가 1880년대 이후임을 감안해보면 납득할 수 없는 수치이다. 아마도 백낙윤(白樂潤)과 혼동한 것으로 보인다.

295 네 사람 :《장자》〈대종사(大宗師)〉에 나오는 자사(子祀), 자여(子輿), 자려(子犁), 자래(子來)를 말한다. "자사, 자여, 자려, 자래 네 사람이 말하기를, 누구든 '무'를 머리로 삼고, '생'을 등으로 삼고, '사'를 엉덩이로 삼을 수 있다면, 누구는 생사존망이 하나임을 알 수 있다면 나는 더불어 벗이 되겠다고 하였다. 넷은 서로 바라보며 웃었고, 막역하게 서로 어울려 지내며 벗이 되었다.〔子祀 子輿 子犁 子來四人相與語曰 孰能以無爲首 以生爲脊 以死爲尻 孰知死生存亡之一體者 吾與之友矣 四人相視而笑 莫逆於心 遂相與爲友〕"

296 보정부(保定府) : 하북성 중부에 위치한 주도이다. 북경에서 남쪽으로 15킬로미터에 위치한 지역으로 정치의 중심지이다.

일이 지나서야 천진에 도착해 천진 당국의 여러 대부들과 교섭했다. 장님에게는 반드시 옆에서 도와주는 사람이 있다는 말처럼, 길운이 우리에게 그들에 대해 먼저 소개해주어 빈틈을 사전에 봉하였기에 다행히도 어명을 욕되게 하지 않을 수 있었다.

길운은 이미 일을 마치고 우리나라로 돌아가게 되었다. 천진에 남는 우리 셋은 들판에 나가 전송하였는데, 술잔이 돌았으나 자리에 앉은 사람들은 묵묵히 말이 없었다. 보았더니, 모두들 눈에 눈물이 그렁그렁 하였기에 나 또한 마음이 움직이지 않을 수 없었다. 옛사람이 말하기를 사람들이 시름을 말하면 나 또한 시름겹다 하더니, 참으로 지극한 마음을 표현한 소리로다. 슬프다! 우리는 동쪽 바닷가에서 태어나 천 리 밖을 나가 본 적 없는데, 하루아침에 마자수(馬訾水 압록강)를 건너고 갈석산(碣石山)[298]을 지나 연(燕)나라·조(趙)나라의 교외를 밟았으니, 가히 멀리까지 노닐었다 이를 만하다. 그러나 중국 땅 전체를 놓고 헤아려볼 때 이 또한 변방의 문턱이나 진배없다. 또 땅을 에워싸고 있는 바다의 큰 규모로 논하자면 아직 규방 사이를 벗어나지도 못한 것이다. 규방 사이에서 사람을 전송하면서 눈물 뿌리고 슬퍼하며 전송하는 자가 또 있을까. 어린 아기는 누군가와 재미있게 놀다가 같이 놀던 이가 일어나면 쳐다보며 운다. 같이 놀던 사람이 나가봐야 겨우 문밖이고, 돌아오는 것 또한 금세일 터인데, 그런데도 울며불며 하는

---

297 이백상(李伯相) : 청 말의 외교관이다. 이홍장(李鴻章)을 수행해 독일을 방문해 담판을 진행한 바 있다. 아편전쟁 당시 천진이 함락되자 조정에서는 이백상을 전권대신(全權大臣)에 임명했다.

298 갈석산(碣石山) : 중국 하북성(河北省) 진황도(秦皇島)에 위치한 산이다.

것은 눈앞에 닥친 슬픔을 이기지 못해서이다. 지금 우리들의 마음 또한 실로 이와 닮았으니, 또한 우습지 아니한가. 원컨대 길운은 힘써 자중자애하시고, 조속히 나라의 관문에 도달하여 원대한 책략을 제 때 고하시라. 하늘 끝에 남아 있는 객을 위해서는 염려 일랑 하지 마시게. 지금 우리들은 이미 규방 문을 나섰는데, 장차 구름 속 학을 좇아 천 리를 노닐게 될지, 바닷가 붕새를 따라 구만 리를 치솟을지 모를 일이다. 세상일의 변화란 끝도 없으니, 어찌 족히 말할 만하겠는가.

강고환[299] 위 의 유집에 붙인 서문 갑신년(1884, 고종21) 8월

姜古歡 瑋 遺集序 甲申八月

세상에서는 시인 보고 대부분 경박하다고 칭하는데, 뿌리가 깊지 않아 화려하고 나약한 데로 흐르기 때문이다. 그러나 옛사람이 시를 논하면서, "만권의 책을 독파해야 비로소 시 짓는 재주를 부릴 수 있다."[300]고 한 말은 알지 못한다. 정말로 만권을 독파할 수 있다면, 뿌리가 튼튼하고 잎이 무성하며 마음이 호호탕탕 드넓을 것이니, 그 자부하는 웅심인즉 시로써만 스스로를 한정 짓지 않을 터인데, 세상에서는 여전히 시인이라며 경시한다. 하여 종종 하층에서 위축된 채 침잠하여 지내니, 이 어찌 시인의 불행이 아니랴!

고환(古歡) 선생은 외롭고 빈한한 처지로부터 떨치고 일어나 힘써 배우고 스스로를 반듯이 세웠다. 읽은 책으로 말하자면 거의 다섯 수레도 넘지만, 당대의 시무에 뜻을 두고 학문을 이루었으되 쓰일 길이 없어 문밖을 나서도 외롭고 쓸쓸할 뿐이었다. 오직 시를 통해 사대부들과 교유하였기에 마침내 시로 이름을 얻게 되었다. 그러나 실의와 곤궁

---

299 강고환(姜古歡) : 강위(姜瑋, 1820~1884)로, 고환은 그의 호이다. 조선 말기의 개화사상가, 시인이자 금석학자이다. 김정희, 오경석과 함께 조선 후기 금석문을 연구하였다. 또 김택영, 황현과 더불어 조선말 3대 시인으로 불렸다. 《황성신문(皇城新聞)》의 발기인 중 한 사람이며 국문 연구에도 전력하였다.

300 만권의……있다 : 이 말은 주이준(朱彝尊)의 〈재중독서(齋中讀書)〉 12수 가운데 나오는 구절이다. "시가 비록 작은 재주나, 그 근원은 경사에 두고 있는 바, 반드시 만권의 저서를 읽어야 비로소 그 재주 부릴 수 있으리.〔詩篇雖小伎 其源本經史 必也萬卷儲 始足供驅使〕"

속에 추위와 배고픔에 쫓겨 동으로 서로 떠돌면서 그윽하고 날카로운 시상과 왕성한 기운을 모두 시에 기탁하였기에, 시가 더욱 훌륭해졌다. 선생께서 돌아가실 때 집에 쌀 담아 놓는 앵병은 텅 비었고 오직 몇 권의 시문만 남겨놓으신 채 삶을 마감했다. 아아! 시로써 삶을 마친 것은 선생의 뜻이 아니었도다.

나는 선생의 성함을 본디 들어 알고 있다가 한성에서 한 번 뵙고 연태(烟台)의 배 안에서 다시 뵈었다. 그때 선생은 이미 칠순이셨는데, 일본 및 상해와 북경[301]을 두루 유람한 뒤 범선을 타고 동쪽으로 돌아오는 길이었다. 때는 겨울이라 눈보라가 칼날 같았다. 선생은 몹시도 얇은 옷을 입고서 벌벌 떨며 돛에 기대어 서 있었으나, 수염과 눈썹 사이에는 은연중에 장한 기운이 서려있었다. 선생은 유람하며 지은 시의 초고를 꺼내 보여주었는데, 힘차고 굳세며 웅장하고 무거운 느낌이 젊은 시절 작품보다 덜하지 않았다. 나는 선생을 '시선(詩仙)'이라 추켜세웠다. 시선은 늙지 않으니 선생의 시 역시 늙지 않음을 뜻한 것이었다. 이제 선생은 비록 돌아가셨지만 선생의 시는 죽지 않고 남아 있다. 어찌 늙지 않은 것뿐이랴.

선생의 아들 아무개가 유고를 품고 와서 내게 서문을 부탁했다. 나와 선생은 알고 지낸 지는 오래지 않으나 지기(知己)나 마찬가지인지라[302]

---

301 상해와 북경 : 신호(申滬)는 상해(上海)의 별칭이며, 석진(析津)은 지금의 북경시 일대를 지칭한다.

302 알고……마찬가지인지라 : 한나라 추양(鄒陽)의 〈옥중에 편지를 올려 스스로를 해명하다(獄中上書自明)〉에 보인다. "속담에 이르기를, '머리가 다 세도록 함께 해도 갓 알게 된 사이 같고, 만난 지 얼마 되지 않았어도 옛날부터 알고지낸 사이 같다.'고 했으니, 이는 어째서입니까? 서로를 잘 알고 모르고의 차이입니다.〔諺曰 有白頭如新

서로 끌리는 느낌이 있었다. 동쪽으로 돌아온 이래로, 잠시 틈이 나면 선생의 오두막을 찾아가 술도 드리고 배움도 구해야지[303] 생각했거늘, 이제는 그럴 수 없게 되었다. 이 유고는 곧 다섯 수레의 책을 읽고 얻어 낸 정수다. 내 감히 그 깊은 경지를 엿볼 수 없으나, 이 책이 일단 간행되어 해내의 백성들에게 전해져 함께 보게 된다면, 선생의 뜻을 알고서 선생께서 평생 마주쳤던 곤경을 슬퍼할 것이다.

傾蓋如故 何則 知與不知也〕"라고 하였으니, 이 말은 서로 간 감정의 두터움은 알고 지낸 세월로 가늠할 수 없는 것임을 비유한다.

303 선생의……구해야지 : 원문은 '재주문자(載酒問字)'로 학식이 깊은 사람을 찾아가 배움을 구하는 것을 말한다. 《한서(漢書)》 권87 〈양웅전(揚雄傳)〉에 나오는 다음의 이야기에서 비롯되었다. "집이 가난한데 술을 좋아했다. 그 집을 찾아오는 사람이 드물었으나, 때때로 호사가가 술과 안주를 가지고 찾아와 배웠다.〔家素貧 嗜酒 人希至門 時有好事者載酒肴從游學〕" "유분은 양웅을 좇아서 기이한 글자를 만들었다.〔乃劉棻嘗 從雄學作奇字〕" 청(淸)나라 정윤승(程允升)은 《유학경림(幼學瓊林)》 〈음식(飮食)〉에서, "호사가들이 술을 가지고 와서 기이한 글자를 물었다.〔好事之徒 載酒而問人奇 字〕"라고 요약한 바 있다.

탁원 서문

琢園序

탁원(琢園)은 이노우에 가쿠고로(井上角五郎)[304]의 호이다.

이노우에(井上) 군은 서쪽 조선으로 와서 박문국(博文局)에서 2년
동안 머물렀다. 그간 문을 걸어 잠그고 외국사를 번역하면서 함부로
교유하지 않았다. 하여 한참이 되었는데도 도성 안 사대부 중 그를
아는 자가 없었다. 나는 그의 풍모를 듣고 속으로 좋아하고 있었는
데, 한번 만나보니 전부터 다정한 사이 같았다. 나의 벗 민운미(閔芸
楣)[305] 시랑이 그가 머무는 방에 '탁원(琢園)'이라 써놓고, 나더러 서
문을 지으라 했다.

---

304 이노우에 가쿠고로(井上角五郎) : 1860~1938. 메이지에서 쇼와 시대 전반부까
지 활약했던 정치가이자 실업가이다. 히로시마 출신으로 게이오 의숙(慶應義塾)을 졸
업한 후, 1883년 스승 후쿠자와 유키치(福澤諭吉)의 권유로 조선으로 와서《한성순보
(漢城旬報)》창간에 협력했으며, 1884년 갑신정변(甲申政變)에 간여하였다. 갑신정변
실패 후 김옥균 등의 망명 때 일본으로 돌아갔다가 1885년 일본 외무상이었던 이노우에
가오루(井上馨)를 따라《시사신보(時事新報)》의 통신원 자격으로 함께 들어왔다. 당
시 통리아문독판(統理衙門督辦)이었던 김윤식의 부탁으로 활자와 인쇄기를 구입하여
와서《한성주보(漢城週報)》창간을 도와 편집주사(編輯主事)에 임명되었다가 1886년
12월 귀국하였다. 1890년 이래 중의원 의원으로 14회 당선되어 정치인으로서 활동하였
고, 이후 북해도탄광철도 전무, 일본제강소 회장 등을 역임하며 실업가로 활동하였다.
305 민운미(閔芸楣) : 민영익(閔泳翊, 1860~1914)으로, 본관은 여흥(驪興)이며 자
는 우홍(遇鴻)・자상(子相), 호는 운미(芸楣)・죽미(竹楣)・원정(園丁)・천심죽재
(千尋竹齋)・예정(禮庭)이다. 아버지는 민태호(閔台鎬)이다. 조선 말기 명성황후의
친정 조카로서 개화기 개화업무를 이끌었고 후에는 고급관료로서 국가에 큰 영향을
끼쳤다.

옥은 다듬지 않으면 그릇이 되지 못한다는 말은 배움에 나아감을 뜻한 것이다. 들자니 일본은 학교가 매우 흥성하여서 수만여 구역까지 늘어났으며 빼어나고 준수한 인재가 성대히 배출되었다 한다. 외지로 나가면 힘을 사방에 떨치고, 안에 처해서는 공의(公議)를 지킨다. 요컨대 한 가지 재주를 자부하지 않는 사람이 하나도 없는 것이다. 이노우에 군은 빼어난 젊은 인재로서 학교에서 배출되었다. 옥에다 비유하자면, 이미 다듬고 이미 갈아서 오서(五瑞)[306]를 만들 수 있고, 황류(黃流)[307]를 바칠 만한데, 군은 그런데도 자만하지 않고서 혼인도 벼슬도 하지 않은 채 오로지 진수(進修)에만 몰두했다. 이웃나라를 떠돌면서 고생스럽게 공부하고 거친 음식을 먹었다. 그렇게 함으로써 견문을 넓히고 자신이 못하는 부분을 증진시키고자 했으니, 군의 뜻이 또한 지극하구나.

그러나 우리나라는 학정(學政)이 이미 오래 전에 무너져, 아름다운 자질을 지닌 선비라도 재능을 완성할 수 없다. 이노우에 군이 이런 곳에서 노닌들 옥을 다듬어 돌아가는 이익을 조금도 얻지 못하였을 터인데, 어찌하여 탁(琢)을 취하여 이 뜰의 이름을 지었는가. 아마도

---

306 오서(五瑞) : 제후를 봉할 때에 공(公)·후(侯)·백(伯)·자(子)·남(男)의 등급에 따라 하사하던 규(圭)와 벽(璧)을 말한다.

307 황류(黃流) : 술을 가리킨다. 《시경》〈한록(旱麓)〉에 "깨끗한 저 옥 술잔, 황류가 그 가운데 있구나.〔瑟彼玉瓚 黃流在中〕"라는 구절이 있다. 정현(鄭玄)은 전(箋)에서 "황류는 기장술이다〔黃流 秬鬯也〕"라고 하였고, 공영달(孔穎達)은 소(疏)에서 "기장을 빚어 술을 만들고 울금초를 섞는다.……황금처럼 색이 누런데, 그 술이 그릇 안에서 움직이므로 황류라고 하였다.〔釀秬爲酒 以郁金之草和之……則黃如金色 酒在器流動 故謂之黃流〕"라고 설명했다.

스스로를 다듬은 공력으로 남의 옥도 다듬게 하려함이리라. 이노우에
군은 공평하고 충후하여 천하의 보물을 사사로이 여기지 않을 것이다.
내 그 마음을 깊이 알기에 즐거이 그를 위해 서문을 쓴다.

탁원이 일본으로 귀국하는 것을 보내며 쓴 서문 을유년(1885, 고종22) 봄

送琢園歸日本序 乙酉春

탁원(琢園)이 박문국에 와서 지낸 지 몇 년이다. 나는 공무가 바빠서 아침저녁으로 모여서 이야기 나눌 수 없었지만, 때때로 박문국 직원에게서 공의 몇 마디 말을 전해 들을 때마다 흐뭇하니 마음이 즐겁지 않은 적이 없었다. 함께 한 지 오래되자, 진한 술을 마시고 취한 것처럼 거의 신분이나 형적(形迹)조차 잊은 지기(知己)가 되었다. 갑신년(1884, 고종21) 10월의 변고로 세간이 솥 끓는듯하였고 날마다 깜짝 놀랄만한 일이 들려왔다. 그때 나는 하도감영(下都監營)[308]에 있었는데, 어떤 사람이 와서 탁원도 죽음을 면치 못하였다고 하기에 나는 감히 믿지 않을 수 없었다. 발을 구르고 길게 탄식하며, "이런 사람이 이 지경에 이르다니, 이것이 어찌 천리(天理)이겠는가."라고 말했다. 내 그를 위해 슬퍼한 것이 며칠이었는데 이노우에 가오루(井上馨) 대사께서 오실 때 탁원은 스스로 말 모는 하인이 되어 다시 한성에 왔다. 사람 편에 내게 편지를 보냈기에, 나는 편지를 쥐고 어리둥절하였다. 자세히 살펴보니 탁원의 필적인지라 기쁨을 금할 길 없었다. 여러 친지들에게 두루 자랑하면서, "탁원이 살아 있어. 천리가 있다는 말은 참일세."라고 말했다. 다음날 내 집을 방문하니, 우리는 손을

---

308 하도감영(下都監營) : 현재 동대문역사문화공원 자리에 있던 훈련도감의 감영(監營)을 말한다.

부여잡고 위로하다가 난리를 겪게 된 경위를 이야기하였다. 위험한 지경에 이른 것이 여러 번이었으나 조금도 증오하는 기색 없이 오히려 조심스럽게 두 나라가 우호 관계를 잃을까 염려하였다. 속약(續約)이 이루어지고 나는 외서(外署)에 배치되었는데, 교제(交際)의 마땅함을 강론할 때에는 쉬지 않고 이야기를 나누었다. 그의 뜻은 늘 전체의 이익을 살피는 데 있었고, 지엽적인 이해(利害) 따위에는 얽매이지 않았다. 풍속을 잘 살펴 형세에 근거하고 때를 헤아려 백성을 인도하였으며, 인정을 잘 헤아렸다. 그러나 시비와 득실의 분간에 이르면 단호하였다. 공정함을 지키면서 의론을 세울 때면 확고하여 움직일 수 없었고, 면전에서 사람의 단점을 내칠 때면 조금도 봐주는 법이 없었다. 항상 말하기를 "자강의 실질 없이 허명만을 사모하는 것이 화를 초래하는 원인이요, 부국의 실질 없이 어수선하게 고치는 일만 벌이는 것이 난리를 초래하는 원인이다. 내가 조선에 있는데, 조선을 위해 도모하고자 하는 일이라면 무엇인들 말하지 않겠는가? 그러나 부강의 책략만은 언급하지 않았으니, 이는 형편상 불가능했기 때문이다. 지금 조선의 급선무 중 널리 학교를 열어 인재를 기르는 것 만한 게 없다. 사람마다 이러한 견문을 지니고 이러한 지혜와 사려를 갖춘다면, 장차 성대하게 일어나 기세 좋게 나아갈 것이니, 위에서 일으켜 권면하지 않아도 자연히 부강해질 것이다."라고 하였다. 또 말하기를 "동양 삼국이 한 마음으로 힘을 합친다면 저 구주(歐州)가 무슨 걱정이랴! 한스러운 것은 시기와 방해의 장벽을 깨뜨리지 못하여, 망령되이 남의 마음이 내 마음 같지는 않으리라 의심하는 것이다."라고 하였다. 또 말하기를 "천하에 이치를 벗어나는 일이란 없으며 정(情)을 벗어나는 법이란 없다. 이치의 법도를 상실하지 않는다면 필부라도 왕공을 두려워하지 않을진대 하물며 한 나라이겠는가?"라고 하였다. 또 말하기를 "조선에는 대단히 악한 사람은 없으나 대단히 착한 사람도 없다. 때문에 떨치고 일어나지 못하는 것이다."라고 하였다.

매번 더불어 이야기 나눌 때마다 그는 조선말을 썼다. 간혹 말이 막히면 종이를 펼치고 글씨를 썼는데, 쓱쓱 소리가 나는가 싶으면 순식간에 수십 수백 마디가 완성되었으며, 문장도 내용도 모두 갖추어졌으니 실로 천재였다.

을유년(1885) 봄에 어머니를 뵈러 돌아간다고 했다. 나는 술을 따라 이별하면서 이렇게 말해주었다.

"나와 공은 지역이 다르고 입은 옷도 다르지만, 같은 것이 있다면 마음이요. 나는 늙었으니 원컨대 여생 동안 마음을 저버리는 사람이 되고 싶지 않소. 공은 여기 있으면서 속으로 귀국을 그리워했을 터, 비록 저쪽에 가신들 어찌 이 나라를 잊을 수 있겠소? 이웃이 나라의 복을 부끄러워하는 것은 군자의 말이 아니니, 공은 반드시 그렇지 않을 것이오. 봄엔 좋은 날 많으니 올 수 있으면 다시 오시오."

탁원이 웃으며 일어났다. 이에 그 말을 적어 그에게 주면서 이 글을 읽는 세상 사람들로 하여금 우리 둘이 서로 주고받은 의리가 한갓 아녀자의 사랑 같은 것이 아니었음을 알게 한다.

(옮긴이 이주해)

지은이 김윤식(金允植)

1835(헌종1)~1922. 자는 순경(洵卿), 호는 운양(雲養), 본관은 청풍(淸風)이다. 유신
환(兪莘煥, 1801~1859)과 박지원의 손자인 박규수(朴珪壽, 1807~1876)에게 사사해
노론낙론계의 사상을 이어받았다. 1881년(고종18) 영선사로 파견된 일을 계기로 친청
노선을 고수하였다. 일본과의 굴욕적 조약에도 순순히 응하여 많은 비판을 받기도 하였
으나, 1919년 3·1운동의 고조기에 대일본장서(對日本長書)를 일본정부에 제출했던
일로 '만절(晚節)'이라 평가받기도 하였다. 김윤식은 조선의 최대 격변기에 온갖 부침을
겪으며 벼슬아치의 일생을 보내는 한편 문장가로서도 이름이 높았다. 1922년 그가 죽었
을 때 '조선의 문호(文豪)'로 지칭되기도 하였다. 저서로는《운양집(雲養集)》,《음청사
(陰晴史)》,《속음청사(續陰晴史)》등이 있다.

옮긴이 이지양

1964년 안동에서 태어났다. 성균관대학교 국어국문학과를 졸업하고 성균관대학교 일반
대학원에서 국문학 전공으로 문학석사, 고전문학 전공으로 문학박사 학위를 받았다.
동국대학교 한국문학연구소 연구교수, 부산대학교 인문학연구소 연구교수로 근무했고,
현재 연세대학교 국학연구원 연구교수로 재직하고 있다.
대표적인 논문으로〈연암문학을 통해 본 인간관과 진정론〉외 다수, 번역서로《조희룡
전집》,《역주 이옥전집》외 다수, 저서로《홀로 앉아 금을 타고-옛글 속의 우리음악
이야기-》,《나 자신으로 살아갈 길을 찾다-조선 여성 예인의 삶과 자취-》가 있다.

옮긴이 정두영

1966년 서울에서 태어났다. 연세대학교 사학과를 졸업하고 연세대학교 대학원 사학과
에서 문학석사, 문학박사 학위를 받았다. 연세대학교, 신구대학, 대림대학, 명지대학교
강사, 연세대학교 국학연구원 연구교수를 지냈고, 현재 경상대학교, 안동대학교, 경남
과학기술대학교에서 강사로 재직하고 있다.
대표적인 저술로는〈16세기 정국 동향과 이희의 정치활동〉(2013, 송와 이희 연구),
〈정조대 도성방어론과 강화유수부〉(2013, 서울학연구 51),《한국사 인식의 기초》
(2013, 공저, 혜안), 번역서로는《주자봉사》(2011, 공역, 혜안) 등이 있다.

옮긴이 **이주해**

1968년 서울에서 태어났다. 연세대학교 중문학과를 졸업하고 국립대만대학 중문연구소에서 문학석사 및 박사학위를 받았다. 연세대학교, 광운대학교 강사 등을 지냈고, 현재 연세대학교 국학연구원 교육전문연구원으로 재직하고 있다.

대표 저서로는 《한유문집 1, 2》(번역), 《우초신지 1~4)》(번역) 및 〈明淸時期 文人들의 旅行과 遊記文學 고찰―〈南遊記〉를 중심으로〉, 〈중국고전문학에서 자전적 글쓰기의 특징―유형을 중심으로〉 등이 있다.

권역별거점연구소협동번역사업 연구진

연구책임자　이광호(연세대학교 문과대학 철학과 교수)
공동연구원　김유철(연세대학교 문과대학 사학과 교수)
　　　　　　허경진(연세대학교 문과대학 국어국문학과 교수)
선임연구원　구지현
　　　　　　기태완
　　　　　　백승철
　　　　　　이지양
　　　　　　이주해
　　　　　　정두영
교열　　　　김익수
　　　　　　김영봉(권1, 2, 3)
연구보조원　안동섭

운양집 4

김윤식 지음 | 이지양·정두영·이주해 옮김
2013년 12월 30일 초판 1쇄 발행
편집·발행 도서출판 혜안 | 등록 1993년 7월 30일 제22-471호
주소 (121-836) 서울시 마포구 서교동 326-26번지 102호
전화 3141-3711 | 팩스 3141-3710 | 이메일 hyeanpub@hanmail.net
ⓒ한국고전번역원·연세대학교 국학연구원, 2013
Institute for the Translation of Korean Classics · Institute of Korean Studies Yonsei university

값 32,000원
ISBN 978-89-8494-494-7 94810
　　　978-89-8494-490-9 (세트)